SOCIÉTÉ

DES

ANCIENS TEXTES FRANÇAIS

BENOIT DE SAINTE-MAURE

ROMAN DE TROIE

V

Le Puy-en-Velay. — Imprimerie Peyriller, Rouchon et Gamon.

LE
ROMAN DE TROIE.

PAR

BENOIT DE SAINTE-MAURE

PUBLIÉ D'APRÈS TOUS LES MANUSCRITS CONNUS

PAR

Léopold CONSTANS

PROFESSEUR A L'UNIVERSITÉ D'AIX-MARSEILLE

TOME V

PARIS
LIBRAIRIE DE FIRMIN-DIDOT ET Cie
RUE JACOB, 56

M DCCCCIX

Publication proposée à la Société le 29 mars 1903.

Approuvée par le Conseil dans sa séance du 8 juillet 1903, sur le rapport d'une Commission composée de MM. J. Bédier, P. Meyer et A. Thomas.

Commissaire responsable :
M. A. THOMAS.

NOTES

45. *Omers* (cf. 71), Homère. C'est très probablement
au *Roman de Troie* que ce nom a été emprunté (comme
aussi *Estace* (Stace) au *Roman de Thèbes*), par Robert de
Ho, dans ses *Enseignements*. Voy. G. Paris, *Romania*,
XXXII, 161.

324. *Le Saietaire* (cf. 6900, 12353, 12405, etc.), le Sagittaire, amené à Troie par Pistropleus, roi d'Alizonie (voy. la
note aux v. 6893-4). Le latin *sagittarius*, « armé de flèches »
(cf. Tacite, *Ann.* II, 16, *cum equite sagittario*), pris substantivement, a de bonne heure traduit le grec Κένταυρος,
et en même temps servi à désigner les Scythes, cavaliers-
archers, à cause de leur habitude de combattre à cheval à
coup de flèches. Cf. Pline, XVII, 24, 36.

Les exemples de *saietaire*, au sens de monstre moitié
homme, moitié cheval, ne sont pas très rares en ancien
français. Cf. *La mort d'Aimeri de Narbonne* (poème dont
la rédaction première est probablement antérieure à *Troie*),
v. 2502, *Devant sont homes et cheval par deriere* (où il
s'agit de toute une troupe combattant dans la bataille dans
laquelle Aimeri meurt frappé d'une flèche lancée par un
sagittaire), et Godefroy, s. v. Ce qui est rare, c'est la réunion
de l'idée d'*archer* jointe à l'idée de *centaure*. Cf. la *Lettre
du prêtre Jean à l'empereur Frédéric* (en provençal), éd. H.
Suchier (dans *Denkmæler der provenʒalischen Literatur*,

Halle, 1883), ch. 10 : *En alcuna partida del desert son atro-
badas alcunas gens, los quals son Sarrahins, que de l'enborigol en sus son ayssins con home e de l'enborigol en aval
ayci con cavals, los quals portan archs an sagetas, e apel-
lam los egalmens* sagitaris. M. Suchier est revenu sur ce
sujet dans *Romania*, XXXII, 379 ss. Pour la source de
Benoit, voir notre Introduction.

724. *Penelope.* Corrigez, d'après le ms. *H, Pelopene (B
Pelepone, R [P]elopen).* Cf. Darès (éd. Meiser), I, 1, *in Pelo-
ponneso.* L'auteur a pris ce mot pour un nom de ville.

1006. *Adès*, assez nombreux, nombreux. Ce mot n'est
employé dans *Troie* (sauf erreur), à part deux exemples,
vv. 376 et 17138, où il signifie « aussitôt, aussitôt après »,
que comme adverbe de quantité, dont le sens se rapproche
de celui de *assez*, auquel il est lié au v. 5513 (cf. 10566,
15602, où il est joint à *pro*), ou même ne s'en distingue pas.
Cf. 2954, 3137, 3683, 5059, 5212, 5647, etc. (voy. au *Glossaire*). Ce sens n'est assuré dans aucun des exemples cités
par Godefroy (pour plusieurs, nous n'avons pas, il est vrai,
vérifié le contexte), mais on le trouve dans la *Chronique des
Ducs de Normandie*. Cf. II, 1770-1, *Ainz quita puis ses prisons tuz Et lur dona del suen adès;* 2874, *Damagie(z) m'aviëz
adès*, etc.

1827-8. Du heaume de Jason, dont le cercle d'or porte gra-
vés les noms des dieux, on peut rapprocher la lance de
Wothan, où est gravée la malédiction sur l'or du Rhin.

2115. *Aïdier*, qui pourrait surprendre à la date de notre
poème, est ici parfaitement établi par l'accord des 3 mss. de
la 1re famille, et de *A²* et *A* (ce dernier oublié aux variantes),
qui sont aussi, généralement (en tout cas à ce passage), de
la 1re famille. Cf. 5460, 18574, 23546; de plus, *aïdoë* 18432,
aïderent 421 (rime), 8698(r.), *aïdierent* (ou plutôt *aïderent*)
15883, *aïdera* 3921, *aïdast* 24789, *aïdanz* 5458, 22000, *aïdé*
27829 (r.). *La Chronique des Ducs de Normandie* donne
aiuër en rime avec *aler* au v. 4362, où il semble qu'il faille
corriger : *aïder.*

2185. *Lan que*, à la saison où, alors que. Il vaudrait peut-
être mieux écrire *lanque* (cf. prov. *lanquan*), ou *l'an que*, si
l'on admet l'étymologie *illum annum quando*. Il faut d'ailleurs remarquer que tous les mss. qui donnent cette leçon
séparent *que* : *l'an que* serait donc préférable.

2215-8. Cf. le *Roman de Thèbes*, v. 4645-6, *Que, se il nos
torne a destrece, Iluec seit nostre forterece.*

2586. *Castor dut bien estre entrepris*, il ne faut pas s'éton-

ner si (il est naturel de penser que) Castor fut angoisse.
Sur cet emploi qu'affectionne Benoit (voy. au *Glossaire*)
de *devoir* avec l'infinitif, pour indiquer que l'action exprimée par l'infinitif est dans la nature des choses, se produit
forcément, voy. Ad. Tobler, *Vermischte Beitræge zur franzœsischen Grammatik*, II, 32 ss.

2845-6. *Teus cuide sa honte vengier, Cui en avient grant
encombrier.* Cf. Leroux de Lincy, *Livre des prov. franç.*,
2e éd., II, 421 : *Tex quide son duel vengier Mout bien, qui
son annui porchace Et son damage quiert et chace* (*Renart*,
18428) ; — *Tex cuide vengier sa honte, qui l'acroist* (*Anc.
prov. ms.*, xiiie *siècle*). Ce proverbe ne se trouve pas dans le
recueil des *Proverbes du vilain* qui nous a été conservé (Le
Roux de Lincy, II, 459 et l'édition de Ad. Tobler). L'indication donnée ici, v. 2843-4 (de même 3807 et 10393) n'a d'ailleurs aucune importance : elle sert simplement à attirer
l'attention sur le proverbe.

3150. *Ceca.* On attendrait *Cea* (cf. 14105, *Porte Cee* :
espee). L'erreur était sans doute dans le manuscrit que
suivait Benoit. L'édition Meiser de Darès (iv) donne *Scæa*,
et comme variantes, *scea M* et *sce G.*

3807-8. *Mieuz vient laissier*, etc. Cf. Leroux de Lincy,
II, 349, *Mieux vaut reculer que mal saillir* (Gabriel Meurier,
Trésor des sentences). Voy. la note aux vers 2845-6.

3909-10. *Soz ciel n'a rien que jo voussisse Qu'a icele hore
n'en traisisse*, il n'est rien au monde que je n'en eusse
obtenu à ce moment, si j'avais voulu.

4000-1. *Ço li fait dire coardie : Proveire sont toz jorz
coart.* Cf. *Thèbes*, 2057, *mais coarz est.* Troïlus, répondant
à Hélénus, développe les mêmes idées que Capanée, répondant à Amphiaraüs.

4138-42. *Hector li proz en fu alez*, etc. La levée d'hommes
faite par Hector dans une région indéterminée fait double
emploi avec celle qu'ont déjà faite Pâris et Deïphebus
(cf. 4032-8) en Pannoine (*sic*), contrée où précédemment
(cf. 3201-4) Hector avait déjà levé des troupes. Darès
mentionne à leur place respective les deux levées, et la
seconde n'est pas plus justifiée chez lui que chez Benoit,
puisqu'il dit simplement, comme ce dernier, que Pâris s'em-
barque avec les troupes venues de Péonie ; mais, tandis que
Benoit n'indique nullement le lieu, il fait aller Hector dans
la Haute Phrygie, ce qui indique une tentative pour expliquer ce double emploi, qui n'était sans doute pas dans sa
source.

4239. *A la cité de Climestree.* Cf. Darès (éd. Meiser), ix, *Castor et Pollux ad Clytemestram ierant, secum Hermionam neptem suam Helenæ filiam adduxerant.* Benoit a pris Clytemnestre pour un nom de ville : il est vrai que la forme corrompue du mot dans son ms., qui devait porter *Climestram* (cf. les variantes aux v. 27968, 28049, etc.), permet de lui accorder les circonstances atténuantes.

4281. *C'ert de Juno la soveraine.* Darès (ix) dit : *Argis Junonis dies festus erat his diebus quibus Alexander in insulam Cytheream venit, ubi fanum Veneris erat : Dianæ sacrificavit.* Benoit, dont le ms. manquait sans doute du mot *Argis*, fait célébrer la fête dans l'île de *Citherea*. Il faut d'ailleurs reconnaître que ce que dit Darès est bizarre : on ne voit pas pourquoi il est question dans la même phrase de Junon, de Vénus et de Diane. Ne conviendrait-il pas de corriger *Dianæ* en *Dionæ*, comme l'ont proposé MM. Wagener et Greif? Les copistes ont pu être influencés par le passage du ch. x (quelques lignes plus loin), où il est parlé d'un temple consacré à Apollon et à Diane, au port d'Helæa.

4448-50. *A quel que chief en deions traire, O de ço faire o del laissier, O d'autre chose comencier.* Il est impossible de ne pas voir un pronom neutre *le* (et non l'article) dans *del laissier* (= *de le l.*), et par conséquent un exemple qui contredit l'opinion plusieurs fois soutenue par M. Tobler (cf. *Vermischte Beitræge zur franz. Gramm.*, I, 33; II, 86). Il en est de même aux vers 4506, 19507, 19663, 20516, 24797, 24968, 25205, 28181. Notre poème n'offre pas moins de trois exemples de *dels* (= *de* et *les* pron.), v. 19081, 27115, 27116, où l'on ne saurait voir l'article, pas plus que dans le passage relevé par M. P. Meyer (*Romania*, XI, 191) dans la *Vie de Grégoire* de frère Angier, v. 2879, où M. Tobler voit une particularité de l'anglo-normand.

5023-38. Ptolémée Chennus affirme que Palamède fut substitué à Agamemnon dans le commandement de l'armée à Aulis même, parce que ce dernier avait refusé de sacrifier Iphigénie. Benoit suit naturellement Darès, qui ne donne le commandement à Palamède qu'après les funérailles d'Hector.

5119 ss. Cf. Gérard d'Amiens, *Meliacin* ou *le Cheval de fust*, extrait dans *Zeitschrift für roman. Philol.*, XXVII, 617 :

> Vit que Nature ot mis s'entente
> En li de trestoute biauté,
> Qar rose qui naist en esté

N'est si bele sus autres flours
Comme ele est miroirs (lis. mireours) et flours
De biauté sus celes du monde.

Il s'agit de la femme endormie que découvre Meliacin dans la tour et qui sera désormais l'objet de ses pensées.

5178. *Mais mout par esteit vergondos.* Allusion aux amours honteuses de Patrocle et d'Achille. Cf. les railleries d'Hector dans son entrevue avec Achille, en particulier les vers 13181-8.

5179. *xA²* écrivent, au lieu de *Aiaus fu gros e quarrez*, *Biax fu et gros, granz (A² lons) et carrez*, par suite de la substitution du *B* à l'*A* dans leur modèle commun, qui n'a pas vu que le vers ainsi modifié contredisait le vers 5173 et répétait l'épithète du v. 5176. Le scribe de *A²*, qui n'était pas inintelligent, soit qu'il eût Darès sous les yeux, soit qu'il fût frappé de l'expression du v. 5187, *Mais un autre Aiaus i ot*, a tracé en 10 vers un portrait d'Ajax-Télamon, pour remplacer le portrait original en 8 vers que l'erreur du v. 5179 avait fait rattacher au portrait de Patrocle (v. 5171-8).

5277-8. Pour la blancheur de la neige sur la branche, cf. Guillaume de Saint-Pair, *Histoire du Mont Saint-Michel*, 5690; Renaud de Beaujeu, *Biaus Desconeüs*, 2383; Guillaume de Lorris, *Roman de la Rose* (éd. Francisque-Michel), 545-6; Christine de Pisan, *Livre du chemin de long estude*, 2541.

5391 (cf. 16557, 22898, 29160). *Poëte*, dans ces exemples, signifie « prêtre », comme dans *Thèbes*, 5081 et 6453. Au v. 5820, où il désigne Calchas, c'est à la fois un prêtre (ou même un évêque, cf. 25869) et un devin (cf. *Sages poetes, bons devins* (d'Hélénus) 5391). Mais il a aussi le sens de « savant dans l'art magique »; cf. 13353 (*un sage poëte*), 14668 (*Trei poete, sages doctors, Qui mout sorent de nigromance*), et surtout 16685, où *li sage poëte*, auteurs du merveilleux tombeau d'Achille, sont les mêmes qui, au v. 16606, sont désignés par les mots : *trei sage enchanteor*.

5441. *Dreiz sire d'armes portanz.* L'accord du gérondif n'a ordinairement pas lieu; cf. *Prise d'Orange*, 1427, *Ne vos leroie por les membres perdant*; *Saint Gille*, 2893, *En Rencevals as porz passant*, etc., et voy. Ad. Tobler, *Verm. Beitr. zur franz. Grammatik*, I, 7. Pour des exemples de l'accord, voy. *Beuve de Commarchis*, 2485; *Beaumanoir*, 1095; Jehan de Tuim, *Hist. de J. César*, 147, 14.

5680. *De la cité, de l'onor d'Arges.* Après ce vers, le scribe de A^2, qui fait volontiers parade d'érudition, ajoute : *Dunt sire estoit rois Adrastus, Cui fille avoit dan\{ Tydeüs.* Il lui suffisait d'ailleurs, pour être si bien renseigné sur le père et l'aïeul de Diomède, d'avoir lu le *Roman de Thèbes.*

5698-5702. Le chiffre total, pour les chefs comme pour les vaisseaux, ne concorde pas avec les chiffres partiels que la critique des mss. semble assurer dans notre texte. Ces chiffres donnent 39 chefs (ou 44 en y comprenant les cinq compagnons d'Ajax-Télamon) au lieu de 49, et 1253 vaisseaux au lieu de 1130. Mêmes divergences dans le texte du *Darès.* L'édition d'Artopœus (Strasbourg, 1691), qui donne à la p. 284 (notes de Vinding à Dictys), une récapitulation des vaisseaux d'après Dictys, Darès et Homère, fournit pour Darès le total erroné de 1090, alors que les chiffres relevés dans la note donnent 1088 et ceux du texte 1061, le total du texte étant d'ailleurs 1202. L'édition Meiser (Leipzig, 1873) donne comme total, d'après les mss. utilisés, 1130, alors que les chiffres partiels du texte totalisés ne donnent que 1122. Pour ce qui concerne les chefs, l'édition Artopœus, en nomme 44, l'édition Meiser 44 également, comme Benoit, qui supprime Patrocle et ajoute *Crenos* (cf. le ms. *L* de Darès, *Cernus*) ; mais le total donné est de 47 dans Artopœus et de 49 dans Meiser. Nous avons cru pouvoir corriger 69 en 49 dans le texte critique, par la raison que Benoit semble avoir suivi purement et simplement son manuscrit de Darès sans se préoccuper de l'exactitude de l'addition, et que le chiffre des vaisseaux, 1130, est conforme à celui de Meiser, assuré par la critique des manuscrits. Pour les vaisseaux, nous n'avons pas cru pouvoir nous lancer dans des corrections hasardeuses, pour arriver à justifier le chiffre total.

5954. *Avir.* Cf. 13360, 28574, *avire* 10498 et *Règle de saint Benoit,* tr. fr. de Nicole, v. 1646, *avir;* cf. aussi *Vie de saint Edmond* (éd. Fr.-Michel, *Doc. inédits sur l'hist. de Fr.*), 77-8, *Ceo que homme voit, ceo deit hom crere, Kar ce n'est pas songe ne arveire,* et Godefroy, s. v. *arvoire. Avir* remonte probablement non pas à *arbitrium,* mais à un doublet populaire ou peut-être dialectal *adbitrium* (voy. A. Ernout, *Mém. Soc. de ling.,* XIV, 473-5), qui a été traité comme *adbibere,* d'où *abeivre. Adbitrium* doit d'autant moins surprendre que *adbitere* pour *adire* a subsisté jusqu'au temps de Plaute. Cf. *Capt.* III, 4, 72, *si adbites propius.* A *arbitrium* se rattachent régulièrement les formes du provençal ancien *albir, albiri, arbir,* et celle du provençal moderne *aubire,*

comme aussi la forme alpine *arbiri*, que donne Mistral
(*Tresor*). Mais la var. du ms. *I*, *arvir*, au v. 13360 (comme
aussi *arveire*, *arvoire*, *auvoire*) semble bien postuler *arvi-
trium* (voy. A. Thomas, *Romania*, XXXVIII, 148). Pour
ar = ad, cf. Priscien, II, 35, 2 (Keil), : « *Antiquissimi
pro* ad *frequenter* ar *ponebant* : arvenas, arventores,
arvocatos, arfines, arvolare, arfari *dicentes pro* advenas,
etc. ; *unde ostenditur recte* arcesso *dici ab* arcio *verbo
quod nunc* accio *dicimus...* Arger *quoque dicebant pro* ag-
ger ». D'autre part, Velius Longus, VII, 71, 22 (Keil) cite
arvorsus, *arvocarius*; Diomède *arvenire*, Marius Victorinus
arventum. Enfin on lit dans les Gloses de Placide *arveniet :
adveniet*. On remarquera que, sauf *arcesso* (qui est sans
doute une métathèse de *accerso*) et *arger* (qui est difficile à
expliquer), tous les exemples cités ont une labiale continue,
f ou *v* (cf. *arvire* 13360 *I*).

6265-77. C'est sans doute à l'imitation du *Roman de Troie*
que l'auteur du *Roman d'Alexandre* a décrit une vigne, tout
aussi merveilleuse que le pin de Troie, dans la salle de bains
de Porus.

6695. *E de Licoine.* Voy. la *Table analytique des noms
propres*, s. v. *Licoine*. Le passage tout entier est bouleversé
dans les mss. de Darès *G* (Saint-Gall, 197) et *L* (Leyde, F
113), qui appartiennent à la même famille que le manuscrit
dont se servait Benoit. Voici le texte de *GL*, que nous ferons
suivre de celui de l'édition Meiser : *GL*, de cixonia remus,
de tracia pileus (*G* phylemus) et alcamus (*G* calcamus), de
paeonia (*L* phoenia) praetemesus teropeus (*L* pretemeseus
tropheus), de phrygia ascanius, xantypphus (*G* xatippus) et
merceres, de boaetia sanius asamaus et porcius (*G* boetia
sanias asimaus et phortus), de boetino epystropolis (*G* epistropilis) et boetius [1]... de alizonia ; — *Meiser* (XVIII) : de
Ciconia Euphemus, de Thracia Pirus et *Acamas*, de Paeonia
P*y*raechmes et *Asteropaeus*, de Phrygia Ascanius et Phorcys,
de Maeonia Antiphus et Mesthles, de Alizonia Epistrophus
et *Odius* [2].

6843-5. L'Euphrate et le Tigre (pour le Tigre, cf. 27484)
étaient mis au moyen âge, d'après la Bible, au nombre des
fleuves ayant arrosé le Paradis terrestre. Cf. *Genèse*, II,

1. Meiser voit dans *epystropolis et boetius* les noms qui terminent l'énumération dans l'édition : *Epistrophus et Odius*.

2. Les mots *et Odius* ont été ajoutés par Meiser ; Dederich écrit :
Odius et Ep.

10-14 : « *Et fluvius egrediebatur de loco voluptatis ad irri-
gandum Paradisum, qui inde dividitur in quatuor capita.
Nomen uni* Phison : *ipse est qui circuit omnem terram Hevi-
lath, ubi nascitur aurum. Et aurum terræ illius optimum
est : ibi invenitur bdellium et lapis onychinus. Et nomen flu-
vii secundi* Gehon : *ipse est qui circuit omnem terram Æthio-
piæ. Nomen vero fluminis tertii* Tigris : *ipse vadit contra
Assyrios. Fluvius autem quartus ipse est* Euphrates ».

6893-4. *Del reiaume d'Aliʒonie, Qui vers terre est de Femenie.* Pistropleus, roi d'Alizonie, en amène le Sagittaire.
L'Alizonie (voy. la *Table analytique des n. pr.*) est voisine
de la terre de Femenie, dont la reine, donnée d'abord par
Benoit (sans doute de son propre chef) comme l'amie du
jeune Grec Celidis (v. 8829 ss.), est ensuite (d'après Dictys)
identifiée avec Penthesilée (vv. 23769, 24059, 24169, 24430).
La terre de *Femenie* etait souvent confondue, au moyen
âge, avec le royaume des Amazones. Voy. la note à *Amaʒoine*, v. 23305 et celle du v. 6695.

7158. *E les nes furent essaiviees*, et (que) les vaisseaux
furent à sec (sur le rivage). *Essaivier* (= *ex-aquare*) a
d'abord signifié « mettre à sec sur le rivage un vaisseau
(cf. 7158, 18910), ou une personne, d'où, intransitivement,
avec un nom de personne pour sujet, aux temps périphrastiques, « débarquer » (cf. 1878 et 7343). Il faut traduire
de même le *essauga* du *Turpin saintongeais* (cf. *eixuga*,
sèche, dans Garros, 4ᵉ égl., éd. Ducamin, qui remonte à
ex-sucat, non à *ex-aquat*). M. Camille Jullian (*Revue des
études anciennes*, I (1899), 241), le traduit à tort par
« monte ». En réalité, Roland, après avoir traversé les
marais, *débarque* et *monte* ensuite à la basilique de Saint-
Seurin. Par un développement en sens contraire, ce mot a
signifié aussi « quitter le rivage (et non plus : la mer), prendre la mer » (cf. 3280). Pour d'autres sens dérivés du sens de
« assécher », voy. Godefroy, à l'article *essever*, auquel aurait
dû être réuni l'article *essevier*, traduit à tort par « arriver »;
voy. aussi à *esseu, esseve, essevement, esseveur, essiau*, et d'autre part à *seviere*, « écluse d'un vivier ». Le mot technique
sewage, « eau usée, eau d'égoût, eau d'épandage », récemment emprunté à l'anglais ¹ (cf. *sewer*, égoût) semble bien

---

1. Cf. un article du journal le *Temps* du 8 janvier 1905, où
ce mot se trouve cinq fois : « par l'eau de boisson contaminée à
certains moments, ainsi que par l'infiltration dans les puits atte-
nant aux champs d'épandage du *sewage* non épuré »... « pour

être apparenté à *sewiere*, lui-même issu de *essaivier*, *essevier*[1].

7597-7604. Contrairement à ses habitudes, Benoit s'abstient volontairement de tous détails, alors que l'auteur du *Roman de Thèbes*, décrivant la tente d'Adraste, n'emploie pas moins de 90 vers (v. 3979-4068), et que l'auteur du *Roman d'Alexandre* en vers de 12 syllabes, décrivant celle du grand conquérant, s'étend longuement sur la mappemonde, les douze mois, les travaux d'Hercule et l'histoire d'Hélène[2]. Il est vrai que Benoit se rattrape avec la *Chambre de beautés*, le *Tombeau d'Hector* et la *Géographie de l'Orient*, qui précède l'épisode de Panthésilée.

8008. *Dinas d'Aron* (cf. 9043), un des bâtards de Priam. Cf. *Disnadares*, Tristan ménestrel (*Romania*, XXXV, 497 ss.), 670 et *Dysn.*, ibid., 882, qu'il faudrait sans doute écrire *Dinas d'Arès*. *Dinas de Lidan*, le sénéchal du roi Marc, qui figure plusieurs fois dans le même poème et est d'ailleurs bien connu, n'a rien à voir ni avec *Dinas d'Arès*, ni avec *D. d'Aron*.

8099. *Doʒe vos en ai ja nomeʒ*. Benoit n'en nomme que *dix* (v. 7989 ss.), lorsqu'il indique ceux de ses frères bâtards qu'Hector garde avec lui. Mais il en a déjà nommé *trois* : *Cicinalor*, qui marche avec le premier corps (v. 7706-9), *Cadarʒ*, qui fait partie du troisième, et *Pitagoras* du sixième, ce qui fait *treiʒe* : il ne devrait donc en rester que *dix-sept* à nommer. C'est, en effet, ce chiffre qu'annoncent les mss. *M²AA'A²BCEHIJKMPRW*, qui cependant (sauf *E*, voy. plus loin) en énumèrent *dix-huit*, comme les mss. *DEGLM'NP²*, qui avaient (sauf *E*) annoncé ce chiffre. Il est vrai qu'au v. 8099, le premier groupe donne : *Les treʒe vos en ai nomeʒ* (*H Les .x. vos en ai ci n.*). Le ms. *E* (seul) supprime les v. 8125-8 : *Seʒimes fu Cadorʒ de Liʒ : Mais Ausalon, li fiʒ Daviʒ, N'ot plus bel chief que il aveit ; Proʒ e*

épurer le *sewage* », etc.; de même, dans un autre article du 6 mai 1905 « l'épuration du *sewage* ». M. A. Thomas me fait observer que l'angl. *to sew* a été justement rattaché à l'anc. fr. *essever* par Scheler, dans Grandgagnage, *Dict. étymol. de la langue wallonne*, t. II, 359, n. 1.

1. Il faut ajouter aux exemples cités par Godefroy un autre exemple du *Complément* (charte de 1317), où il lit à tort *essener*.

2. Cf. Philarque, fragments dans Athénée, XII, 55 et Élien, Ποικίλη ἱστορία, IX, 3.

hardiʒ e forʒ esteit, et par conséquent n'en nomme que *dix-sept*, régularisant ainsi toutes choses. Il y aurait donc peut-être lieu de considérer ces quatre vers comme interpolés : en tout cas, leur introduction a dû avoir lieu de très bonne heure, étant donné qu'ils se trouvent dans un des deux plus anciens mss., *M²*, qui, il est vrai, dans cette partie, voisine déjà de temps en temps avec la 2ᵉ famille. Cf. la note suivante.

8125. *Cadorʒ de Liʒ.* Ce *Cador*, qui a peut-être été introduit parmi les bâtards de Priam par un copiste voisin de l'époque où a été composé le poème (voy. la note précédente), rappelle le *Cadarʒ*, plus authentique, du v. 7799. Cador se rencontre à la fois dans les chansons de geste (*Anseïs de Carthage, Covenant Vivien, Enfances Vivien, Aleschans*) comme chef Sarrasin, et dans Gaufrei de Monmouth (*C. dux Cornubiæ*), qui en fait le général en chef des troupes du roi Arthur. Cf. Wace, *Brut*, 9600 et Gautier d'Arras, *Ille et Galeron.*

8126. *Daviʒ,* au cas régime, se trouve également plusieurs fois à la rime dans Macé de la Charité, d'après Herzog, *Untersuchungen ʒu Macé de la Charité.* Voy. *Rev. de Philologie française et de Littérature,* XVII (1903), 3.

8149. *D'Aliʒonie.* Au lieu de renvoyer aux *Notes* (c'est-à-dire (comme le plus souvent) aux *Variantes complémentaires*), il aurait fallu renvoyer à la *Table analytique des noms propres.* De même pour les autres renvois concernant des noms propres, par exemple aux v. 6875, 11325, etc.

8182. *Ipomenès.* Il ne faut pas lire *Idomenès* pour *Idomeneus* (cf. 29059). Idoménée est, en effet, mentionné plus loin (v. 8225-8) comme formant, avec Mérion, le douzième corps d'armée. Dans Darès (xxiv), Idoménée est tué par Hector à la bataille où lui-même trouve la mort (*Idomeneum obtruncavit, Iphinoum* (mss. *GL Iphiclum*) *sauciavit*). Ce qui explique que Benoit dédouble le nom, c'est qu'il reparle d'Idoménée, aux *Retours,* d'après Dictys. Cf. la note à *Ifidus,* v. 16061.

8315-7. Allusion aux amours contre nature d'Achille et de Patrocle. Cf. les notes au v. 5178 et aux vers 22288-9.

8364 (cf. 8446, 10067, 14418). *Li eüst ja fors traites* pour *les li eüst,* etc. L'ellipse du pronom de la 3ᵉ pers. régime direct devant un autre pronom de la 3ᵉ pers. au datif est de règle, comme on sait, en ancien français (cf. 364, 369, 1034, etc.); mais il semble bien qu'on l'évite géné-

ralement, lorsque le premier pronom est au pluriel, comme
dans notre passage.

8861-4. *Ço peise mei por vostre amie*, etc. Allusion à
l'amour de Polidamas pour Hélène. Palamède y fait également allusion 11410-22, en insistant malicieusement sur
l'inutilité de sa poursuite : *Quar de bon gré ne a enviz Ne
sereiz ja de li saisiz.* Parfois il semble que Benoit ne juge
pas Hélène indifférente aux mérites du jeune héros; cf.
l'allusion des vers 10293-4 : *Tel l'a oï cui pas n'en peise,
Que n'est vilaine ne borgeise,* et celles, moins précises, des
vers 11921-30 et 14422-7. Mais l'allusion des vers 14406-8
ne vise que Polydamas, et d'autre part, les paroles que lui
adresse Hector (v. 7837-9) : *Or se tairont li vanteor E li
coart encuseor, E li preisié avront lor lieus,* semblent bien
dégager nettement Hélène de toute complicité.

8913 ss. Le trait chevaleresque du jeune Theseüs envers
Hector, dont celui-ci le récompense bientôt en le faisant
relâcher par les Bàtards (cf. v. 9102-16), n'était certainement pas dans la source de Benoit, et l'honneur lui en
revient tout entier.

10393-4. *Li vilains dist*, etc. Cf. Le Roux de Lincy, II,
351 : *Mort n'a amy (Adages françois*, xvie siècle) et voy. la
note aux vers 2845-6.

10910. *Si com li Livres recante.* Pour *recante (cante,
cant)*, au lieu de *reconte (conte, cont)*, voy. l'INTRODUCTION,
Langue du roman de Troie, sous *A*. C'est par confusion
avec le verbe *chanter* que les scribes des mss. *A'CKM*, qui
ignoraient ces formes, ont écrit *chante* et celui de *A rechante.*
Cf. 691, *M² chanté ; 6659, AF rechant, N chent*, et de même
chante, N.-D. de Chartres, 209; Rutebeuf, *I¹*, 167; *Naissance de Jésus* (fragm. publié par M. Tobler dans les *Sitzungs-
berichte der Kœniglich-Preussichen Akademie der Wissen-
schaften* de Berlin), 143.

11407-8 répètent les vers 11257-8.

11498. *E Resa, li fel reis d'Aresse.* Tous les mss. donnent
Eurialus (seules var. *Euripillus C, Euualus A) li reis d'Aresse.*
Nous corrigeons d'après le vers 495 (résumé initial) : *Si
com Resa (var. Resus), li reis d'A.*, et les v. 18538-9 : *Se
combatirent cil d'A. Resa (var. Resus) ot non li sire d'eus*, où la
leçon *Resa* semble mieux appuyée que *Resus*, qui cependant
aurait l'avantage d'être plus rapprochée du *Rhesus* classique
et expliquerait mieux le dédoublement en *Heseüs* et *Resus.*
Voy. ces mots à la *Table analytique des noms propres.*

11779. *En* (pronom), « de cela, de leur conduite ».

12036. *Del reiaume de Leütiz*. Cf. *Roman d'Alexandre* (Michelant), p. 69, v. 28, *le regne de Libe et de Lutis* et p. 525, v. 10, *dusc' as pors de Lutis*, et *Rolant*, 3205, *E Dapamort, un altre rei Leutiz*, et 3360, *a un rei Leutice*, où la correction de Th. Müller nous semble inutile. Gaston Paris (*Romania*, VIII, 331, croit qu'il s'agit non des Lithuaniens, comme on l'a cru, mais des Wilzes = *Luitici*, *Luiticii*, etc (grand-duché de Mecklembourg).

12597-9. Allusion à Tydée, par conséquent au *Roman de Thèbes*.

13373. *Cenocefali*, Cynocéphales (chez les Anciens hommes à tête de chien) ; Benoît, qui ne comprend pas le mot, se contente de dire : *Lait sont e d'estrange façon*. La *Lettre du prêtre Jean* en provençal (éd. H. Suchier), ch. v, fournit la leçon mutilée *Cenophali* (*d'autres n'i ha que han .iii. pes e d'autres que han nom Fenituri, Pignei, C.*), et la rédaction latine (ms. de Cambridge) donne *Cenocephali* (*Fauni, Satyri, C.*), ce qui prouve que la forme *Cenocefali* n'était pas inconnue au moyen âge.

14110. *Montesclaire*. Cf. *Tristan ménestrel* (*Romania*, XXXV, 497 ss.), v. 1494, *Et je al pui de Montesclaire Irai*.

14289 ss. Cet épisode semble bien imité, *mutatis mutandis*, du *Roman de Thèbes* (v. 4363 ss.), où Parthénopée envoie à son amie Antigone par un « danzel » le cheval d'Itier, qu'il vient de frapper à mort.

14633. *E les doze pierres gemeles*. Au lieu des douze pierres jumelles annoncées [1], Benoit en nomme en réalité *treize*. On pourrait croire que c'est parce qu'il distingue (avec Marbode) la *sarde* (pour la rime *sardina* 14636, cf. *sardines* 14647) de la *sardoine* 14639, dont elle ne diffère que par la couleur, qui est plus rouge ; mais il n'en est rien. Si nous comparons la

---

1. Ce chiffre consacré provient de la Bible (*Exode*, 28; *Apocalypse*, XXI, 19-20). L'*Exode* énumère les pierres précieuses fixées au pectoral d'Aaron sur quatre rangées de trois : 1° pyropus (bronze renfermant un quart d'or), topazius, smaragdus; 2° chrysoprasus, sapphirus, adamas (diamant); 3° cyanus (espèce de lapis-lazuli), achates (agate), amethystus; 4° beryllus thalassius, sardius, jaspis. L'*Apocalypse* donne dans l'ordre suivant les noms de douze pierres qui ornent les murs de la Jérusalem céleste : 1° jaspis, 2° sapphirus, 3° chalcedonius, 4° smaragdus, 5° sardonyx, 6° sardius, 7° chrysolitus, 8° beryllus, 9° topazius, 10° chrysoprasus, 11° hyacinthus, 12° amethystus. Cf. le *Lapidaire* du ms. B. N. fr. 14969, publié par M. P. Meyer, *Romania*, XXXVIII, 1 ss.

liste de Benoit avec celle qui figure dans le *Lapidaire* en vers publié par Léopold Pannier (l. II, part. I, ch. 2), v. 97-118, nous trouvons neuf pierres de même nom (je prends l'ordre et la graphie du *Lapidaire : sarde* (Benoit : *sardina*), *thopasce, esmeraude, rubys, saphyr, jaspe, amethyste, grysolite, beril.* Le *ligure* est représenté dans Benoit par le *charbocle* (cf. *Lapidaire d'un roi d'Arrabe*, ms. de Berne, 646 (cité par Godefroy) : *charbocle : ligure*); l'*acathe* (agate) et l'*oniche* (onyx) par la *calcedoine* et la *sardoine*, qui sont l'une et l'autre des variétés de l'agate. La *prasme* (prase, chryso-prase), variété de quartz vert-obscur, semble avoir été ajoutée par Benoit d'après la Bible, sans doute d'après l'*Apocalypse*, dont il est très voisin, puisqu'il ne fait que remplacer l'hya-cinthe par le rubis, avec lequel on le confond quelquefois, et ajouter l'escarboucle (*charbocle*). Du reste, on peut admettre qu'il imitait le *Roman de Thèbes*, v. 4025-8, qui, sur les dix pierres qu'il nomme, en donne neuf d'identiques à celles de Benoit, et même dix, si l'on admet la parenté de la *jagonce* avec le rubis.

15167. *Gente façon* (cf. *Amadas et Idoine*, 4931). Cette locution se rattache à la périphrase de *cors* (*char, chief, persone*, etc.) remplaçant un nom de personne. Il est pro-bable comme le dit M. Tobler (*Verm. Beitr. zur franz. Grammatik*, I, 6), que cet emploi de *façon* est dû à sa trom-peuse ressemblance avec *face*.

15271 (cf. 29643, 29656, 29769). *Laudamanta* pour *Laoda-manta*, accusatif de *Laodamas*. Un poème de Lævius, qui faisait partie de ses *Erotopægnia*, avait pour titre *Protesi-laodamia* (= *Protesilaus-Laodamia* (Aulu-Gelle, XII, 10,5; Nonius, p. 116, 209; Priscien, p. 242, 13), et aussi *Protesi-laus* (Priscien, p. 484,9) et *Laudamia* (Priscien, p. 496,27). Le ms. de Dictys dont se servait Benoit donnait donc pro-bablement la leçon *Laudamanta*. Une synérèse semblable se rencontre dans certains mss. de *Troie* pour le mot *Lau-medon* = *Laomedon* (cf. 165 F, 1003 M²FH (où M²H modi-fient le vers pour lui donner une syllabe de moins), 1015 CFR, 2389 BF, 2451 et 2472 F, etc.).

15327. *Falue* = lat. populaire *faluca*. Ce mot, comme l'italien *falò, faliva, fanfaluca* (cf. πομφόλυξ), appartient, dit M. Schuchardt (*Zeitschrift für rom. Philol.*, XXVIII, 2), « à un groupe de vocables très étendu qui allie l'idée de « flamme, étincelle », à l'idée de « chose passagère, vaine, trompeuse, sans valeur, futile ». Il rapproche également *falot*, non seulement au sens de « lanterne », mais encore (comme adjectif) au sens de « plaisant, grotesque ». Nous y joindrions volontiers le prov. mod. *falourd*, toqué.

15487. *Chaeir a quaz* (cf. 23022, 26189 et *c. a quas* 11372), tomber lourdement, comme une masse. G. Paris (*Romania*, XXVII, 317) fait de *quaz* le nom verbal de *quacier* = * *coactiare* (voy. W. Fœrster, note à *Ivain*, 6129), et rapproche Wace, *Brut*, 1172, et Raoul de Houdenc, *Meraugis de Portlesguez*, 5411, où *quaz* rime comme ici (sauf une exception) avec *braz*.

15516. *N'avenist pas*, celà aurait dû ne pas arriver. *Por une fole... Vos entremetez de fol plait : N'avenist pas, sacheiz de veir* équivaut à *Bien avenist que por une fole... ne vous entremeïsseiz de tel plait*, comme le montre l'emploi de *avenist*. Si Hector avait voulu dire : « il n'aurait pas convenu », il aurait dû employer l'indicatif *aveneit*, puisque l'action était accomplie. Pour l'emploi de la négation jointe à un verbe exprimant la nécessité, mais portant à la fois sur l'idée de nécessité et sur celle de ce qui est nécessaire, voy. Ad. Tobler, *Vermischte Beitræge zur franzœsischen Grammatik*, I, 29.

15798. *Revire*, cherche à éviter (proprᵗ : en se détournant). Cf. *Chronique des Ducs de Normandie*, II, 15940, *Rien ne dote ne ne revire*, et 21071, *Que ne revire mesprison*, où il faut corriger *Que* en *Qui*.

16061. *Ifidus*. Dans le seul passage de Darès (XXIV) où il est question de ce personnage, les mss. *GL* (Benoit suit un ms. de cette famille) donnent *Iphiclum* (acc.) *L*, *Yphiclum G* : le scribe du ms. que suit Benoit (ou Benoit lui-même) a lu *d* pour *cl*. Mercier (éd. 1618) corrige *Iphinoum*, d'après Homère, *Iliade*, VII, 14, sans doute par la raison qu'Homère parle d'Iphiclus (*Il.* XXIII, 636) comme d'un contemporain du vieux Nestor, qu'il avait vaincu à la course dans sa jeunesse, et le donne (II, 705) comme le père de Protésilas et de Podarcès, qui avait succédé à son frère dans le commandement de ses troupes.

17390. Au lieu de : *li vaillanz*, *BKM* donnent : *et Drianz*, ce qui prouve que le scribe de leur source commune connaissait le *Roman de Thèbes*.

17463-4. Cf. *Thèbes*, 7637-8 : *Astes vos l'ost bien replenie Et de vitaille bien guarnie*, vers que Benoit a imités de près, en intervertissant les rimes.

17691. *Narcisus* (cf. 17704, 17709). Il est possible que Benoit ait connu la légende de Narcisse, amoureux de son image, par Ovide, mais il ne l'a pas suivi exactement, négligeant la double métamorphose de Narcisse en la fleur de ce nom et celle de la nymphe dédaignée Echo. Il n'a d'ailleurs pu connaître le poème du xiiie siècle qui nous a été conservé. Mais il est certain que ce poème avait été précédé par un autre, car on connait la curieuse affirmation de Pierre le Chantre dans son *Verbum abbreviatum*, qui est de la fin du xiie siècle, à propos des prêtres qui recommencent la messe plusieurs fois quand l'offrande n'arrive pas : « *Hi similes sunt cantantibus fabulas et gesta, qui, videntes cantilenam de Landrico non placere auditoribus, statim incipiunt de Narciso cantare ; quod si nec placuerit, cantant de alio.* »

18044-8. Il y a là une vague allusion à la légende, bien connue au moyen âge, de Salomon trompé par sa femme, qui feint d'être morte pour se faire enlever par celui qu'elle aime et résiste à l'épreuve du plomb (ou de l'or) bouillant versé dans la paume de la main. Cf. Chrétien de Troyes, *Cligès*, v. 5876-8 ; *Élie de Saint-Gilles*, v. 1792 ss.; *Les sept sages de Rome*, v. 426 ; *Marques de Rome*, conte XI, le poème anglo-normand du xiiie siècle publié par M. P. Meyer dans le *Bulletin de la Société des anciens textes français*, XIII, 98, etc., et voyez la belle étude de G. Paris dans le *Journal des Savants* de 1902, pp. 645 ss. — La même allusion se retrouve un peu plus loin, vv. 18448-53.

18573. *Qu'om ne s'i set vis conseillier* (cf. 19429, 20844, 25543, 27471, 27600, 29600). Cette expression négative, où *vif (vis)* sert à fortifier l'idée exprimée par le verbe, est venue, par analogie, de phrases affirmatives où le verbe exprime un état : par exemple, ici même, v. 22963, *Qui par mei est vis confonduʒ*, et aussi *Gui de Bourgogne*, 4256 (Anc. Poètes), *Quant [Rollans l'entendi, vis quida forsener; Garin le Loherain*, I, ch. xiii (P. Paris), *a poi n'enrage vis* (cf. ici même, 2706, 7437, 11272, 12321, 12557, etc.; *Récits d'un Ménestrel de Reims*, 433, etc.).

19208. *Queinement* (cf. 22059, 24389, 24392). Ce mot peut être considéré comme un doublet de *queienement*, qui se rencontre comme variante, d'après Joly, au v. 24392, dans un ms. qu'il ne désigne pas et que nous n'avons pu retrouver. Ne pourrait-on pas les tirer tous deux de *quoianam mente?* Cf. Plaute, *Rudens*, 229, *quoiănam vox mihi prope hic sonat?*; *Curc.* 111; *Bacch.* 979; *Pseud.* 702; *Trin.* 45.

19511. *Tes* pour *teus* (en rime avec *remés*), est unique dans notre poème, et d'ailleurs tout à fait exceptionnel. *Teʒ* l'est un peu moins ; cf. *Cléomadès*, Ars. 3142, fol. 19 d, ap. Godefroy, *tes : recordés* (picard pour *recordeʒ*), et Raimbaud,

Ogier, 7573 (éd. Barrois), *ites : trovés,* et à l'intérieur du v.,
Ogier 7574, 9243; *Roman de Mahomet,* p. 39, etc.

19578. *Cinc anʒ en a duré la guerre.* Ce chiffre de cinq
ans semble trop faible, comparé avec celui de dix ans que
l'on donne comme étant la durée du siège. A ce passage, il
est vrai, Darès se sert de termes vagues (ch. xxvii) : *Achilles
queritur...* tanto tempore *tot milia hominum perisse,* et Benoit
profite sans doute, pour se donner libre carrière, du manque de précision dans l'indication du temps que dura l'absence de Ménélas, chargé de ramener Pyrrhus de Scyros, et
de celui qui s'écoula entre l'arrivée de Penthésilée et sa
mort.

19680. *Libanor,* Liban (cf. *Libanus* 23248). Cette forme
de génitif pluriel latin de la deuxième déclinaison se retrouve
dans le nom d'homme *Libanor,* chef Sarrasin, dans la chanson inédite du *Siège de Barbastre* (voy. Ovide Densusianu,
La Prise de Cordres et de Sebille, Introd. xxxix). *Libanus* est,
en latin, un nom d'esclave.

19969. *Cendaus d'Andre.* La soie est encore aujourd'hui à
peu près la seule production d'Andros.

20084. *Plus granʒ ne fust,* il n'eût pas vécu plus longtemps.
Cf. *Du Guesclin,* 128, *Mais quant je serai grant et li tamps
enterra, Je arai tel cheval qui chier vous coustera.*

20222 (cf. 14590). *Ne remaint por Calcas le vieuʒ. Vieuʒ*
pour *vieil* a été sans doute influencé par *vieʒ* de *vetus.* Cf.
Jordan Fantosme, 995, *Mès pur lu rei destruire Henri le
vielʒ guerrier.*

20621-2. *En dous cenʒ lieus ont fait lor merc Les dures
mailles del hauberc* (cf. 11711-2 et 14161-2, qui diffère un
peu). Il faut sans doute voir une copie du premier de ces
passages dans Gerbert de Montreuil, *Roman de la Violette,*
2117-8 (éd. Michelant) :

> K'en .ii. c. lius ont fait le merc
> Sour lui les mailles dou hauberc.

20940. *Icele* remplace *joste,* à suppléer d'après *josta* du
v. 20937. On appelait *joste de pais* la joute pacifique des
tournois avec armes émoussées.

21155 ss. La tactique d'Achille est ici identique à celle
qu'il a employée à l'égard de Troïlus.

22288-9. *Or vos otrei Que compareiʒ ceʒ druëries.* Allusion
aux amours d'Achille avec Antilocus, qui avait remplacé
Patrocle après sa mort (cf. les notes à 5178 et à 8315-7).

22351. *Guadeaus*, pourceaux. Cf. Gautier de Coinci, *Miracles* (ms. de Bruxelles 10747, fol. 206 *b*, ap. Godefroy) : *Toʒ tens groignoient com gadiaus, Qui dit adès : « Haon, haon! »*, où Godefroy traduit à tort par « chevreau ».

23125 ss. Cf. Bouché-Leclercq, *Manuel des Institutions romaines*, 236 : « Les travaux géodésiques ordonnés par César, commencés en 44 et poursuivis pendant 25 années (et non 37, comme dit notre *Roman*), sous la direction d'Agrippa, permirent de dresser une carte générale de l'Empire *(mensura orbis terræ)*. Les matériaux de cette carte, mesures et statistiques consignées dans les commentaires d'Agrippa, réunies dans une *Chorographie* officielle, détaillées dans divers *Itinéraires*, servirent, entre autres usages, à régulariser l'administration financière. C'est dans ce but surtout que le canevas de la carte générale fut peu à peu rempli par les *agrimensores*, et que chaque commune finit par avoir son cadastre *(forma)* ». Dans la Gaule Narbonnaise, le recensement et le recueil des cartes cadastrales fut exécuté par Balbus, sur l'ordre d'Auguste, en l'an 27 av. J.-C. Voy. Dion Cassius, LIII, 30; Tacite, *Annales*, I, 11; Suétone, *Auguste*, XXVIII, 102; Hygin l'Arpenteur, *De limitibus constituendis* (dans Lachmann, *Schriften der rom. Feldmesser*, I, 166-208).

23305. *Amaʒoine*. L'Amazonie, ou pays des Amazones, est confondue ici, comme souvent au moyen âge, avec la terre de *Femenie*, dont est reine Penthesilée (voy. la note aux v. 6893-4). Cf. la *Lettre du prêtre Jean à l'empereur Frédéric* (en prov.), (éd. H. Suchier, dans ses *Denkmæler der provenʒ. Lit.*, I), ch. 28 : DE LA TERRA DE FEMENIA. *De la tersa part del desert de La Menor India, de la part de mieg jorn, es una gran prohenssa que es apellada Amassonia, en la qual habitan femenas tant solament sens home; e son apelladas Amassonis, e aquella prohenssa es nomnada terra de* Femenia. *Las quals femenas han maritʒ, mas non habitan anb elas, etc.* Les Amazones sont mentionnées, en compagnie des Pygmées et des Hermaphrodites, dans la *Chanson de sainte Foi*, publiée par M. J. Leite de Vasconcellos, dans *Romania*, XXXI, 177 ss.

24709-10. *Après les ferai conjurer Que il remaignent al soper*. Pour *conjurer*, nous avons adopté la leçon de *nK*, confirmée par *M* (*A. leur f. jurer*) et indirectement par *yB* (*proier*) et qui donne un sens meilleur (cf. G. Paris, *Rom.*, VI, 129-133; *Mélanges linguistiques*, 270-5), tout en reconnaissant la légitimité de *convirer* (= **convitare*), que préfère M. Ad.

Tobler, d'après l'analogie de *mire* = medicum, *gramaire* = *grammatica*. etc. (voy. *Zeitschrift für vergleichenden Sprachforschung*, III, 414 ss.). Au vers 27235, *convia* (*M conuoia*, *HJLM¹ a semons*), et au v. 27425, *conviëʒ* (*M² conveieʒ*), il n'y a pas lieu d'écrire *convira*, *convireʒ*, aucun manuscrit ne donnant *conuira*, *conuireʒ*.

25072. *Sert* a pour sujet *ceste cité*.

25358-9. (*Senʒ plus tarder senʒ plus atendre*), *Saillirent mainte comunal*, ils s'élancèrent tous avec ensemble. C'est une variante à ajouter aux cinq locutions adverbiales relevées par M. W. Fœrster, *Zeitschrift für roman. Phil.*, II, 88 : 1° *maintre et communaument*, 2° *m. c.*, 3° *mainte communalment*, 4° *maintre et communal*, 5 *m. c.* (Guillaume de Palerne, 3979). Notre passage se rattache au n° 5, dont il ne diffère que par la conservation de *mainte*, transformé dans la plupart des cas en *maintre*, comme *triste* et *ruste* en *tristre* et *rustre*. M. Giulio Bertoni, dans une note récente de la *Revue des langues romanes* (VI⁰ série, I, 479-80), considère dans ces expressions *maint* comme un sujet pluriel rattaché à *comunal* (considéré également comme sujet pluriel) ou à *comunaument* par la conjonction *et*, contrairement à l'opinion de M. Fœrster, qui voit dans *mainte* un adverbe dépourvu du suffixe -*ment*, *comunaument* portant seul le suffixe, comme il arrive pour d'autres adverbes de qualité en ancien français, en italien et en provençal. Nous nous rallions à l'opinion de M. Fœrster, qui est également valable pour le cas (qui est le nôtre) où le second adverbe a aussi perdu le suffixe -*ment* (*comunal*, employé seul, est pris adverbialement 8541, 12448, 14479, 17169, 19967 et 23423), et nous écrivons l'expression en deux mots, au lieu de l'écrire en un seul, comme le veut M. Ad. Tobler, qui en fait un adverbe composé : il n'y a d'ailleurs là qu'une nuance.

25711-4. Cf. Dictys, V, 8, *tum, multo invicem habito sermone, ad postremum binis milibus talentorum auri atque argenti rem decidunt* (de même Malalas, p. 145 et Cedrenus, p. 108 ; mais Tzetzès, *Schol. ad Posthom.* 619, parle de 6,000 talents d'or et autant d'argent). Si l'on compare avec les chiffres de la demande de Diomède (Dictys, V,6), qui exigeait 5,000 talents d'or et autant d'argent, outre 100,000 quartauts de blé pendant dix ans, on voit que les protestations d'Anténor avaient produit leur effet et qu'Ulysse, malgré son impatience d'en finir, avait dû, après une longue discussion, rabaisser notablement ses prétentions, sans doute en considération de la remise du Palladium. Benoit, qui ne connaissait pas le *talent*, remplace ce mot par *besant*, ce qui est loin d'être équivalent. D'autre part, que signifient les mots : *cil qui meins avra des reis*, auxquels rien ne correspond dans Dictys ? S'agit-il des alliés de Priam ? Nous l'avons cru d'abord et nous avons suivi la leçon de *M²*, en corrigeant *cent mile* en *dous mil*, ce qui était inutile. Nous admettrions plus volontiers aujourd'hui qu'il s'agit des rois grecs ; le chiffre de deux mille de *M* serait alors suffisant et il faudrait écrire : *Avra dous mil besanᴣ de peis*, ce qui est tout aussi plausible. Il faudrait alors, naturellement, aux vers 25470-1, lire avec *M²J* (puisqu'il s'agit d'une somme totale et non d'une part) : *Cinc cenᴣ mil besanᴣ de fin or* (cf. *E* : *.xlᵐ. mars de fin or* ; la rime est la même dans *HLM¹P²*) *E cent mil mars d'argent senᴣ leis*.

27273-6. Antenor, ço me dit Ditis, etc. Il n'est point du tout question de ce départ d'Anténor, pas plus dans Dictys que dans Darès. Benoit a cru devoir ainsi expliquer ce qui est dit plus loin (v. 27355 ss.), qu'Anténor fut d'abord mandé pour régner sur ceux des Troyens qui ne voudraient pas s'exiler avec Énée, puis repoussé à l'instigation de ce dernier, qui avait appris qu'il était la cause de son propre exil.

27355-547. Voici en quelques mots le résumé de ce passage : Énée, condamné à l'exil par les Grecs pour avoir caché Polyxène, rassemble les Troyens survivants et conseille à ceux qui ne voudront pas le suivre de faire venir Anténor, qui avait quitté Troie (cf. 27273-6), et de le prendre pour chef. Mais entre temps (*entre tant dis*, v. 27410), ayant appris qu'Anténor avait, dans un festin où il les combla de présents, demandé aux chefs grecs son exil, il fait décider qu'il sera repoussé. Anténor, détourné par ses amis d'opposer aucune résistance, part à l'aventure et fonde sur la côte de l'Adriatique la ville forte de *Corcire Menelan*, dans le royaume de Gerbène, où régnait Oënidus (voy. à la *Table analytique des noms propres*). Il y est rejoint par une partie des Troyens restés à Troie, montés sur onze vaisseaux. — Par une erreur qu'explique l'obscurité relative du latin de Dictys [1], Benoit a donc attribué à Anté-

---

1. Voici ce texte, d'après Meiser (V, 17) : « *Æneas apud Trojam manet : qui post Græcorum profectionem cunctos ex Dardano atque ex proxima pæneinsula adit, orat uti secum Antenorem regno exagerent. Quæ postquam, præverso de se nuntio, Antenori cognita sunt, regrediens ad Trojam* (s.-e. *Æneas*, et non pas *An-*

nor le rôle qui appartenait à Énée. Les mots *de Antenore
ejusque regno quæ audieram retuli*, qui terminent le chapitre, ne lui ont pas fait reconnaître son erreur, car il les a
appliqués au prétendu règne d'Antenor à *Corcire Menelan.*
Et il ne pouvait pas non plus être détrompé par ce que dit
Darès dans les dernières lignes de son livre, qui ne visent
que les chiffres respectifs des compagnons d'Énée, d'Anténor et d'Hélénus et Andromaque, et où d'ailleurs les mots
Antenorem secuti sunt duo milia quingenti indiquent bien un
départ d'Anténor, quoique Darès ait dit quelques lignes plus
haut, parlant de lui-même : *nam is ibidem* (« à Troie ») *cum
Antenoris factione remansit.* L'excès de concision de sa source
explique l'erreur de Benoit sans la justifier, car il pouvait
lire au chapitre précédent (XLIII) : « *Æneas cum suis omni-
bus proficiscitur.* » Si Josephus Iscanus avait écrit son poème
de Bello Trojano un demi-siècle ou trois quarts de siècle
plus tôt, Benoit aurait pu y lire ces vers, qui l'auraient détrompé : VI, 891, (*Æneas*) *in Hadriacas exsul delabitur un-
das. Hinc urbi Corcyræ novæ, quam struxerat ipse, Nomen,
et exiguo regnat contentus agello Romanis olim præmissus
mœnibus auctor.*

27667-28548 sont réduits dans *E* à 20 vers, ou plutôt, ce
sont les vers 27932-28548, car il n'est rien dit de la mort
de Palamède et de la vengeance qu'en tira son père sur les
Grecs.

28070-1. *Ainz que toz seit liz n'achevez Li Livres* semble
contredire les nombreux passages (cf. 2825-8, 2847-62,
10554, 11092-3, etc.) où il est fait allusion à un récit débité
devant un public, mais en réalité il n'en est rien, et ce vers
montre seulement que le poème était lu sur un manuscrit,
et non récité par cœur. M. Muret, *Tristan*, Introd. p. LXVI,
dit que *Tristan* était destiné à être récité, tandis que les

tenor) imperfecto negotio (« sans avoir réussi à obtenir les secours qu'il était allé solliciter »), *aditu prohibetur. Ita coactus cum
omni patrimonio ab Troia navigat devenitque ad mare Hadriati-
cum, multas interim gentes barbaras prævectus. Ibi cum his qui
secum navigaverant civitatem condit appellatam Corcyram Melænam. Ceterum apud Troiam* (« dans le pays autour de Troie »)
*postquam fama est Antenorem regno potitum, cuncti qui bello re-
sidui nocturnam civitatis cladem evaserant ad eum confluunt bre-
vique ingens coalita multitudo : tantus amor erga Antenorem
atque opinio sapientiæ incesserat. Fitque princeps amicitiæ ejus
rex Cebrenorum Œnideus.* »

poèmes de Benoit et de Chrétien devaient être lus. Cette opinion, probable pour Chrétien, est inadmissible pour Benoit.

28253-6. *E Eneas s'en fu alez, Ensi com vos oï avez, Par mainte mer o sa navie, Tant qu'il remest en Lombardie.* On ne s'explique pas tout d'abord pourquoi Énée, après avoir été débarrassé par Diomède de ses ennemis, quitte aussitôt Troie. Cela tient à ce que Benoit, qui suit aveuglément son manuscrit (parent de *BG*, qui donnent *aenean* pour *oeneum*), a attribué à Énée le secours que Dictys (VI, 2) fait donner par Diomède à *Œneiis*, roi d'Étolie. Il aurait dû être averti par les mots *in Ætolia* qui figurent dans la phrase latine. Il ne devait plus être question d'Enée après ce qui en est dit aux vers 27355-547, où son rôle et celui d'Anténor sont étrangement intervertis (voy. la note). Les mots *Issi com vos oï avez* visent les v. 27355-9, et nullement le *Roman d'Eneas*, comme plusieurs l'ont cru. Pour les mots : *Tant qu'il remest en Lombardie,* voyez l'INTRODUCTION, *Sources du roman de Troie.*

28281. *E il,* c'est-à-dire Dictys, qui était, comme Idoménée, originaire de Crète.

28428. *E cil,* c'est-à-dire : Anténor. Peut-être faudrait-il préférer la leçon de *y P¹, Antenor s'est apareilliez,* quoiqu'elle soit moins bien appuyée.

28574. *Avir.* La correction de *aïr* (les autres leçons sont moins bien appuyées) en *avir* semble assurée par le rapprochement avec les vers 5954 (voy. la note à ce passage) et 13360. Cf. aussi *avire* 10498.

28756 (cf. 28780). *Les charaies.* Cf. Chrétien de Troyes, *Cligès,* v. 3005-10 :

> Por ço fu Thessala clamee,
> Qu'ele fu de Thessaille nee,
> Ou sont faites les deablies
> Anseigniees et establies.
> Les femes qui del païs sont
> Et charmes et *charaies* font.

28888. *Souci,* abîme, gouffre. Cf. *Thèbes,* 5073 et 5157 (suj. *sousiz* 5075). Pour l'étymologie (= * sumescitum, de *sumere*?), voy. notre article, *Revue des langues romanes,* XVI, 215-6 ¹, et de plus, *Romania,* VI, 437 (G. Paris et P. Meyer) et XXXVII, 135 (A. Thomas).

---

1. Aux exemples cités dans cet article, il convient d'ajouter le *Creux-de-Souci,* près du lac Pavin, non loin du Mont-Dore (Puy-

28993. *La*, à Ithaque.

29050. *Prospre* = prosperum. Cf. la traduction en prose du *Voyage de saint Brandan*, 21, *propres vens* = prosper ventus, où M. Schultze (*Zeitschr. für rom. Phil.*, XXXI, 190) voit une confusion du traducteur avec *proprius* : c'est peut-être un simple *lapsus* du scribe et il faudrait lire : *prospres*.

29368. *Laïs*, là-bas. Cf. G. Paris, *Romania*, XXVIII, 113 ss., qui cite de nombreux exemples (3 autres exemples sont donnés par M. Schultz-Gora, *Zeitschr. für rom. Philol.* XXIV, 564) et considère ce mot comme une réduction de *la jus*, qui a prévalu de bonne heure (cf. *çaïs*, beaucoup moins usité), rapprochant de *laïs* (= *la jus*), *aït* (= *aiut*). L'opinion de Mussafia (*Rom.*, XXVIII, 112), qui propose de voir dans *-is ipsum* (*epsu*), où l'*i* aurait été amené par la proclise comme dans *neis* = *ne-es* ou *meïsme* à côté de *meesme*, nous semble moins plausible.

29479-82. *Que toז li siegles qui l'orreit A merveille le li tendreit E a trop laide cruëuté, Come a home de son aé*, car tout homme qui l'entendrait dire le lui reprocherait comme un acte inouï et honteusement cruel, étant donné qu'il s'agit d'un homme de cet âge (d'Acastus, que veut mettre à mort son petit-fils Pyrrhus). *Come* a ici à la fois un sens explicatif et un sens proportionnel marqué par *a* (ce traitement s'adressant à). De même ὡς en grec et *ut* en latin. Cf. Cicéron, *de Sen.*, IV, 12 : *Multæ (erant in Fabio), ut in homine Romano, litteræ,* Fabius était fort instruit pour un Romain; *Brutus*, X, 41 : *Proximo seculo Themistocles insecutus est, ut apud nos, perantiquus; ut apud Athenienses, non ita sane vetus*, etc.

29485. *Por eus*, à cause d'eux (Thétis et Pélée).

29565. *Palliotin.* Cette partie de la Phénicie est inconnue aux géographes anciens. Simonide fait ensevelir Memnon dans une contrée de la Syrie nommée Πάλτον, près du fleuve Βαδα (ap. Strab. XV, 500), où il faut sans doute corriger Βήλον, accusatif). Josèphe, *Bell. Jud.*, ‖II, 10, dit : Τοῦ δὲ ἄστεως (Πτολεμαίδος, Ptolémaïs de Judée) ἀπὸ δύο σταδίων ὁ καλούμενος Βήλαιος (var. Βήλεος) ποταμὸς παραῤῥεῖ παντάπασιν ὀλίγος, παρ' ᾧ τὸ Μέμνονος μνημεῖόν ἐστιν. Étienne de Byzance appelle ce fleuve Βήλον : Pline, V, 19 et Tacite, *Hist.*, V, 7, *Belum*.

de-Dôme), et peut-être la grotte de *Solsac*, sur le plateau jurassique situé au nord de Rodez (Aveyron).

Tzetzès, *Schol. ad Posthomerica*, 345, l'appelle d'abord
Βήλαιος, comme Josèphe, puis Βήλος dans l'épitaphe de
Memnon :

> Μέμνων Τιθωνόν τε καὶ Ἠοῦς ἐνθάδε κεῖμαι
> Ἐν Συρίη Βήλου παρ' ποταμοῦ προχοαῖσιν.

Dederich fait observer (*Dictys*, 496) que Memnon était
d'Éthiopie selon les uns, de l'Inde selon d'autres, mais qu'il
avait des possessions très étendues, puisqu'il serait parti
de Suse (sa patrie selon Elien, *Nat. anim.* V, 1) pour aller
à Troie.

29647. *Quel chaelet a aluchier Honte li vienge = Que a
aluchier le c. h. li v.* A avec l'infinitif exprime ici à la fois
l'instrument et la cause. On connaît le fameux vers de Cor-
neille : *A vaincre sans péril on triomphe sans gloire.* Cette
construction se rencontre encore aujourd'hui comme équivalant à *en* et un participe présent : *souvent l'on perd à vouloir
trop gagner* ou *en voulant t. g.* — *Quel* nous offre un exemple
de la soudure de l'article à *que* : dans tous les autres passages relevés au *Glossaire, le* est pronom. L'inversion est
d'ailleurs forcée.

30030. *Li signes dont il esteit nez*, le signe de reconnaissance [indiquant] son pays d'origine (où il était né).

30215. *De l'isle*, etc. Cf. Dictys, VI, 15, *insulam in qua
ortus erat et ad postremum insigne jaculi ostendit.* Il faut
noter que Benoit fait partir Télégonus à cheval et qu'il se
rend en *Achaie* sans qu'il soit question de traverser la mer.
Dictys avait dit (VI, 15) : *Per idem tempus Telegonus, quem
Circe editum ex Ulixe apud Ææam insulam educaverat, ubi
adolevit, ad inquisitionem patris profectus, Ithacam venit.*

30303 ss. Cf. le Renclus de Molliens (Barthélémy), *Carité*,
241 :

> Aucuns lira ou orra lire
> Ches vers, ne les voura relire ;
> Et li envious les lira,
> Por chou k'il en voura eslire
> Aucun mot dont il puist mesdire.
> Li envious en mesdira,
> Mais ja prodom mal n'en dira, etc.

TABLE ANALYTIQUE

DES NOMS PROPRES

Abidie 26570, région d'Abydos, Abydos. — On y érige le tombeau d'Hécube 26570 ss.

[Abisme], s. *Abismes* 23134, l'Abîme.

Absalon, Abselon, var. de *Ausalon*.

Acaie, var. de *Achaie*.

Acalos, -ox, Accalor, var. de *Ascaloz*.

Acamas 26313, roi Grec. — Reçoit Ethra pour sa part de butin 26309 ss.; — est repoussé de son pays à son retour 28147 ss. — Chargé dans Darès de ravitailler l'armée avec Démophon (cf. xix et xxvi) : son nom est devenu dans Benoit un nom de lieu (voy. Carantes).

Acamus' 6737, A. de Thrace, allié de Priam. — Vient à Troie avec Pileus 6733 ss.; — assiste à la 4ᵉ bataille (11323) et à la 10ᵉ (15381).

Acamus², var. de *Thalamus*.

Acapador, -edor, var. de *Agapenor*.

Acastus 29097, 29131, 29184, 29222, 29254, 29352, 29421, 29441, 29493, père de Thétis (cf. 29439 ss.). — Avait dépossédé Pélée 29096 ss.; — père de Plistenès et de Menalipus, que tue Pyrrhus 29254; — Pyrrhus l'épargne, à la prière de Thétis, son aïeule et de Peléc, son aïeul, à condition qu'il lui cèdera le trône 29287 ss.

Acernantès, var. de *Asternatès*.

Achaie 3447, 5647, 8243, 9497, 30036 (*esmaie* :), 30257, l'Achaïe (nord-ouest du Péloponèse), considérée comme le royaume d'Ulysse. — Castor et Pollux s'y trouvent 3447 ss. (cf. 2109-10, où il est dit (plus exactement) qu'Hercule les trouva à Sparte). — Ulysse en amène à Troie 50 vaisseaux 5647-8 : ce qui suppose qu'il possédait la partie du Péloponèse voisine de l'île de Cephalenie et d'Ithaque, et que l'Achaïe débordait primitivement au sud-ouest sur l'Elide (Darès, éd. Meiser, donne *ex Ithaca*, sans

variante); — Télégonus vient
par terre (contrairement à
Dictys, VI, 15) y chercher
son père Ulysse 30035 ss.; —
on y transporte le corps d'U-
lysse (ce qui implique que le
château-fort où il mourut
n'était pas en Achaie) 30257
ss.

Achillès (invar.) 153, 192,
208, etc., Achille; *li fiz A.*
25743, 24071, 24197, 24261,
29080, *al fil a.* 24229, 26429,
Pyrrhus. — Fils de Peleüs et
de Thetis 151-3; — assiste à
Sparte au conseil où est décidée l'expédition contre Troie
5011 ss. ; — son portrait
5157-70; — conduit de Phice
à Troie 50 vaisseaux; — va
à Delphes avec Patrocle pour
consulter l'oracle 5789 ss.; —
en amène Calcas au camp des
Grecs 5845 ss.; — son expédition en Mysie, dont il tue
le roi Teütrans 6519 ss.; —
charge Telephus de ravitailler l'armée 6613 ss; — arrivé
à la fin de la 1re bataille, repousse les Troyens dans la
ville 7545 ss.; — proche parent de la mère de Margariton 8113-6; — ses lamentations sur le corps de Pa-
trocle; jeux aux funérailles, riche tombeau 10371 ss.;
— éloge de sa fidélité à l'é-
gard de Patrocle 10391-8; —
marche en tête à la 3e bat.
10563-4; — lutte contre Hector et tous deux sont désarçonnés 10631 ss.; — lutte
encore contre Hector, qui enlève son cheval; il remonte
et l'attaque furieusement,
mais on les sépare 10691 ss.;
— tue Doroscalu 10877-86; —
au conseil tenu le soir même,
promet aux chefs grecs de
faire tous ses efforts pour les
débarrasser d'Hector 11063
ss.; — à la 4e bat., secourt
Agamennon désarçonné par
Hector: pris par celui-ci,
est délivré par Diomède
11213 ss.; — à la 5e bat., tue
Hupot (12029 ss.), Eüfemis

(12304 ss.), Phileüs (12507
ss.) [et Astor, voy. *Steropeus*];
— enlève le cheval d'Hec-
tor, Galatée, qui est repris
par les Bâtards 12517 ss. ;
— fait prisonnier Anténor
12551 ss.; — fait déci-
der d'en demander l'échange
avec Thoas 12614 ss.; — son
entrevue avec Hector pendant
la trêve qui suit la 7e bat.;
— accepte le combat singulier proposé par lui pour
vider la querelle, mais les
chefs des deux côtés s'y opposent 13131-260; — allusion à
ses amours contre nature
13178 ss. : — à la 8e bat., tue
deux braves Troyens, Licaon
de Porte Cee et Eüphorbius
de Chastelclus 14083 ss. ;
lutte contre Hector : ils se
défient mutuellement 14148
ss.; — abattu par Troïlus et
fait prisonnier, est délivré
par Ajax-Télamon et Menesteüs 14435 ss.; — ses ex-
ploits à la 10e bat.; il frappe
à mort Margariton, qu'on emporte à Troie et qui meurt
sous les yeux d'Hector 15775
ss.; — apprenant l'absence
d'Hector, il avertit Agamemnon; ils rassemblent leurs
chevaliers et repoussent les
Troyens jusqu'aux portes,
où les Grecs, pénètrent avec
eux 15888 ss.; — devait
épouser la sœur de Polibetès
16166-8; — est blessé grièvement à la cuisse par Hector,
qu'il veut empêcher de dépouiller Polibetès 16180 ss. ;
— se fait panser et guette
Hector, le surprend à dé-
couvert pendant qu'il emmenait un roi prisonnier et
l'abat mort de son cheval
16199 ss.; — repousse les
Troyens jusque dans la ville
16231 ss. ; — est grièvement
blessé par Memnon, qu'il
blesse aussi, et on l'emporte
pâmé 16262 ss. ; — un mé-
decin d'Orient le guérit bientôt 16292 ss.; — il est mécontent de voir enlever à Aga-

memnon le commandement 17031 ss.; — tombe amoureux de Polyxène, qu'il aperçoit au temple le jour anniversaire de la mort d'Hector 17531 ss.; — monologue d'Achille amoureux 17638-746; — il envoie un messager à Hécube pour lui demander en mariage Polyxène, offrant d'abandonner le siège, ce qui obligera les Grecs à partir 17747 ss.; — ses agitations en attendant le retour du messager, revenu à Troie le troisième jour pour recevoir la réponse (monologue) 18001 ss.; — il cherche à persuader aux chefs grecs qu'ils doivent abandonner le siège 18144 ss.; — sa proposition étant repoussée, il défend à ses gens de combattre 18407 ss.; — à la 12ᵉ bat., reste insensible aux supplications du fils d'Héber et des messagers d'Ajax-Télamon et continue à jouer aux échecs 18987 ss.; — souffrances amoureuses d'Achille 19424 ss.; — il répond à Ulysse, qui le sollicite de reprendre les armes 19561-678; aux paroles insinuantes de Nestor 19700-16; au discours agressif de Diomède (allusion à Tydée et à la première guerre de Thèbes) 19753-79; — pendant la trêve qui suit la 15ᵉ bat., consent à prêter ses hommes à Agamennon et à Nestor 20341 ss.; — il les exhorte avant la bataille 20423 ss.; — son chagrin en les voyant revenir décimés; le désir de se venger et l'amour luttent en lui (monologue) 20691-812; — à la 18ᵉ bat., voyant fuir ses hommes poursuivis par les Troyens, il s'arme et rétablit bientôt le combat 21025-118; — il est blessé au bras et à la main par Troïlus 21127 ss.; — à la 19ᵉ bat., ordonne à ses Mirmidons de chercher

Troïlus et de l'entourer pour qu'il ne puisse lui échapper 21289 ss.; — Troïlus ayant eu son cheval tué sous lui, Achille survient et lui tranche la tête, puis le traîne à la queue de son cheval 21425 ss.; — est blessé par Memnon, qui lui enlève le corps de Troïlus 21464 ss.; — revient à la bataille dans la semaine sans attendre d'être guéri, tue Memnon et le coupe en morceaux 21547 ss.; — accepte avec reconnaisance le rendez-vous que lui fait donner Hécube au temple d'Apollon 21957 ss.; — plein d'impatience, il s'y rend désarmé, le lendemain soir, avec le jeune Antilogus et tombe avec lui sous les coups de Pâris et des siens après une défense héroïque 22111 ss.; — son merveilleux tombeau 22405 ss.; — à l'instigation de Calchas et d'Ulysse, Pyrrhus immole Polyxène sur sa tombe pour venger sa mort 26385 ss.; — conquêtes d'Achille rappelées par Ajax-Télamon dans la dispute du Palladium 22815 ss.; — il consent à céder à Agamemnon sa captive Ypodamia, pour le décider à rendre Astinomé à son père 26979 ss.; — la reprend quand Chrysès a ramené Astinomé à Agamemnon, celui-ci ayant juré qu'il n'avait point eu de rapports avec elle 27010 ss.

Achillidès 29806, fils de Pyrrhus et d'Andromaque. — Donne la liberté et des terres aux Troyens exilés et fait porter couronne à son frère Laudamanta 29797 ss.

Acluç, Aclus, var. de *Agluz*.

Adrastus (invar.) 6668, A. de Sezile, allié de Priam. — Assiste à la 4ᵉ bat. 11316; — y est blessé et désarçonné par Ulysse 11369-76; — l'un des chefs à la 10ᵉ bat. 15382.

Adriaticon (*mer*) 27463, mer Adriatique. — Anténor et ses

compagnons y sont attaqués et dépouillés par des pirates 27461 ss.

AFIMAS, AFUNAS, var. de *Asimas.*

AGAMENNON (invar.) 189, 213, 279, etc., *Agamennor* (voc.) 26318 (: *Antenor*), Agamemnon, roi de Mycènes, chef de l'expédition contre Troie. — Il est mandé à Sparte par son frère après l'enlèvement d'Hélène 4795-802; — l'exhorte à se venger des Troyens 4937-5004; — est choisi comme chef de l'expédition 5023-38; — son portrait 5141-52; — amène à Troie 100 vaisseaux 5601-4; — propose aux chefs rassemblés à Athènes d'envoyer consulter l'oracle d'Apollon à Delphes 5703 ss.; sacrifie à Diane en Alida 5967 ss.; — à Ténédos, propose, avant d'engager la guerre à fond, d'envoyer réclamer Hélène aux Troyens 6073 ss.; — débarque le dernier avec Ménélas, Thoas et Ajax-Télamon 7339 ss.; — après la 1re bataille, organise le campement des Grecs 7590 ss.; — conduit, à la 2e bat. le dernier corps formé des hommes de Mycènes et de ceux qui n'avaient pas de seigneur 8309 ss.; — attaqué par Palamède, qui lui dispute le commandement pendant la 1re trêve, réussit à se maintenir 10479-555; — à la 3e bataille, place Achille en tête, puis Diomède et ensuite Ménélas 10561 ss.; — le soir même, il engage les chefs Grecs à examiner comment ils pourront se débarrasser d'Hector 10981 ss.; — à la 4e bat., est renversé par Hector et secouru par Achille 11207 ss.; — après la 5e bat., réconforte les Grecs 12570 ss.; — propose de demander une trêve de trois mois pour enterrer les morts 12828 ss.; — à la 8e bat., secourt les Grecs mis en fuite par Pâris 14367 ss.; — après la 9e, demande une trêve de trente jours 15216 ss.; — à la 10e, apprend d'Achille l'absence d'Hector : ils rassemblent les troupes et repoussent les Troyens jusqu'aux portes, où les Grecs pénètrent avec eux 15888 ss.; — il se félicite de la mort d'Hector et exhorte les chefs à demander une trêve de deux mois; elle est conclue et l'on donne aux morts la sépulture 16575 ss.; — se défend contre Palamède, qui réclame le commandement suprême, mais consent à ce qu'on le remplace 16911 ss.; — envoyé par Palamède en expédition pour ravitailler l'armée, accepte sans hésitation et vient heureusement à bout de son entreprise 17410 ss; — sur le conseil de Nestor, est réélu chef de l'armée après la mort de Palamède 19163 ss.; — le lendemain, engage la bataille (la 13e) 19205 ss.; — envoie Ulysse, Ménélas et Diomède à Achille pour lui demander de reprendre les armes 19411 ss.; — rend compte au Conseil du résultat négatif de la démarche et demande s'il faut faire la paix 19799 ss.; — à la 15e bat., est blessé à la tête par Troïlus 20019 ss.; — demande une trêve de six mois 20162 ss.; — fait avec Nestor une nouvelle tentative auprès d'Achille : celui-ci permet qu'on mène ses hommes à la bataille 20357 ss.; — envoie demander à Priam les corps d'Achille et d'Archilogus; Priam les rend et accorde une trêve d'un mois 22386 ss.; — Agamemnon assemble le Conseil, qui décide de consulter l'Oracle : la réponse est qu'ils doivent faire venir à Troie le rejeton d'Achille 22501 ss; — après la mort de Pâris, ordonne de camper devant la porte prin-

cipale (? *portal*) 22883 ss. ; —
offre la bataille aux Troyens,
mais Priam défend de sortir
jusqu'à l'arrivée du puissant
secours qu'il attend 23112
ss. ; — après le sac de Troie,
assemble les chefs dans la
tour de Minerve : on délibère sur les conventions à
tenir envers les traîtres, sur
le partage du butin et sur
le sort des prisonniers 26241
ss. ; — il se fait donner Cassandre, qu'il aimait 26299
ss. ; — avait reçu d'Achille
Astinomé pour sa part de
butin 26915 ss. ; — refuse de
la rendre à son père Chrysès,
malgré la peste dont les dieux
ont frappé l'armée pour venger son injure 26932 ss. ; —
s'y décide à condition de recevoir en échange la captive
d'Achille, Ypodamia 26969
ss. ; — rentré en possession
d'Astinomé, renvoie à Achille
Ypodamia en jurant qu'il n'a
point eu de rapports avec elle
27010 ss. ; — de concert avec
Ménélas, il adjuge le Palladium à Ulysse à cause de
l'appui qu'il avait donné à
Hélène 27051 ss. ; — est accusé du meurtre d'Ajax avec
Ménélas, Ulysse et Diomède
27109 ss. ; — Cassandre lui
prédit sa fin tragique 27197
ss. ; — avec Ménélas, ils reçoivent le nom flétrissant de
Plistenidas (voy. ce mot) et
demandent à partir seuls
27289 ss. ; — tué en trahison par Egistus et Clitemestra, la nuit de son arrivée
28047 ss. ; — vengé plus tard
par son fils Oreste 28285 ss.

AGAPEDON, var. de *Agapenor*.
AGAPENOR 5691, 8305, roi de
Capadie. — Amène à Troie
50 vaisseaux 5691-2 ; —
forme le 27ᵉ corps à la 2ᵉ
bat. 8305-8.
AGLUS, var. de *Agluz*.
AGLUZ, voy. GILOR.
AGRESTE 6885 (*cil d'A.* 7873,
9201, 9203 (: *honeste*); Dictys
et Dar. *Adrestia*, Dar. mss.

GL *Agrestia*), = *Adrastea*,
contrée et ville de la Petite
Mysie, sur la Propontide et
l'Hellespont. — Patrie d'E-
dras et de Fion 6885 ss.;
— donnée comme une île en
mer lointaine 6885; — les
gens d'A. forment le 6ᵉ corps
à la 2ᵉ bat. sous la direction
de Pitagoras 7873 ss. ; —
combattent contre ceux de
Crète et de Pylos 9195 ss.

AIAUS' (invar.) 626 et 9410
(: *mortaus*), 5187, 6638 (*Menelaus :*), 9432 (*taus :*), 9885
(: *chevaus*), 22560, 22609,
Ajax, fils de Telamon ; — de
même *Telamon*, *Telamon
Aiaus* et *Telamonius Aiaus*
(voy. ces mots). — Son portrait 5187-200; — surnommé
Telamon 5188; — amène à
Troie, de Salemine, 50 vaisseaux 5619-22 ; — son débarquement 7339 ss.; — forme,
avec le roi Teücer et quatre
« amiraus », le 8ᵉ corps à la
2ᵉ bat. 8209 ss. ; — y lutte
contre les gens d'Hector 8869
ss.; — abattu par Polydamas
8947 ; — blessé par Edron
9011 ss. ; — ramène les
fuyards au combat (discours)
9341 ss. ; — blesse Enée et
en est blessé 9408 ss. ; —
joute contre Hector; tous
deux sont renversés 9885-9;
— blesse grièvement Margariton 9919-26 ; — revient à la
mêlée autour de Menesteüs
avec 1,000 chevaliers 9993
ss. ; — ils se reconnaissent
avec Hector comme cousins,
et Aiaus obtient d'Hector
qu'il fasse cesser la bataille
au moment où les Troyens
allaient brûler les vaisseaux
10129 ss. ; — assiste à la
4ᵉ bat. 11306 ; — attaqué par
Sarpédon : tous deux sont
renversés et grièvement blessés 11523 ss. ; — va recevoir
Briseïda 13517 ss. ; — à la
8ᵉ bat., délivre, avec l'aide de
Menesteüs, Achille, qu'on
emmenait prisonnier 14491
ss. ; — se distingue à la

10ᵉ bat., où il renverse Polydamas, que Troïlus secourt et fait remonter 15713 ss.; — abattu et pris par Margariton, est dégagé par Achille 15831 ss.; — à la 12ᵉ bat., attaque les Bâtards et coupe le bras à Siciliën 18593 ss.; — Deïphebus le renverse et le frappe à grands coups d'épée en le raillant sur sa parenté 18603 ss.; — il exhorte ses hommes et empêche l'incendie totale des vaisseaux 18913 ss.; — est au premier rang avec l'autre Ajax à la 14ᵉ bat. 19971-3; — à la 16ᵉ, a le prix de la journée 20579 ss.; — à la 18ᵉ, est renversé par Philemenis, qu'il vient d'attaquer, mais ses compagnons le font remonter 20967 ss.; — apprend aux Grecs que Licomedès élève un fils de sa fille et d'Achille, Neoptolemus : il faut l'envoyer chercher pour obéir à l'oracle (voy. AGAMENNON) 22560 ss.; — va sans armes défensives à la 20ᵉ bat. 22609 ss.; — est frappé mortellement d'une flèche par Pâris, qu'il tue d'un coup de pointe au visage (cf. Darès xxxv) 22779 ss.; — assiste à la 21ᵉ bataille; donc il est encore vivant (Benoit suit ici Dictys (IV, 19) qui fait tuer Pâris par Philoctète 23569; — renverse Penthésilée, mais est couvert de blessures et pris par Philemenis et les Amazones; Dioméde le délivre 23648 ss.; — arme chevalier Pyrrhus et lui fait jurer de venger son père 23809 ss.; — renversé par Penthésilée à la 22ᵉ bat. 24016 ss.; — jure les conditions de paix fixées avec Anténor 25828; — réclame le Palladium 26609-18; — son discours, où il énumère ses exploits et ceux d'Achille, devant qui il s'effacerait volontiers, s'il était vivant 26693 ss.; — le Palladium est donné à Ulysse par Aga-

memnon et Ménélas, malgré l'avis des chefs qui lui préféraient Ajax 27051 ss.; — ses menaces quand le Palladium est donné à Ulysse; on le trouve percé de coups le lendemain matin 27081 ss.; — fureur de ses gens, douleur de Pyrrhus, sépulture donnée à ses cendres 27117 ss.; — deuil de trois jours à la requête de Pyrrhus, avant le départ des Grecs; ils déposent leur chevelure sur la tombe et déclarent déshonorés Agamemnon et Ménélas, qu'ils appellent *Plistenidas* (voy. ce mot) 27277 ss.; — ses gens attaquent et pillent les vaisseaux d'Ulysse, qui s'échappe avec peine 28549 ss.

Aïaus² (invar.) 190, 5179, 8222, 11306, 11626, 23569; — de même *Oïleüs Aïaus* et *Oïlëus Aïaus* (voy. ces mots), Ajax, fils d'Oïlée. — Son portrait 5179-86; — il amène à Troie de Logres 37 vaisseaux; — forme le 10ᵉ corps à la 2ᵉ bat. 8221-2; — assiste à la 4ᵉ bat. 11306; — se joint à Ménélas pour attaquer Pâris 11626 ss.; — va recevoir Briseïda 13517 ss.; — se distingue à la 12ᵉ bat. 18866; — est au premier rang avec Ajax-Télamon à la 14ᵉ 19971-6; — lors du sac de Troie, arrache du temple de Minerve Andromaque et Cassandre, mais protège leur vie 26211 ss.; — Cassandre lui prédit la vengeance de la déesse 27209 ss.; — perd sa flotte au retour et se sauve à grand peine pendant la tempête 27620 ss.

Aiglus, var. de *Agluz*.

Aise 3820, 3821 (sans article), l'Asie-Mineure. — *Ceus d'Aise* 3820, 3821 désigne des peuples alliés des Grecs.

Alamenis, voy. Almenus.

Alanus, Alenus, Alermus, Alernius, var. de *Almenus*.

Alcamus¹, -uz, var. de *Acamus*.

Alcamus², -nus, Alinus², var. de *Thalamus*.

ALCANON, var. de *Ascaloƶ*.

ALCENON 28951, 28985, 29040, 29071, le roi Alcinoüs. — Donne à Ulysse des nouvelles de Pénélope 28950 ss.; — consent à l'aider contre les Prétendants 28983 ss.; — donne en mariage à Télémaque sa fille Nausica 29039 ss.

ALEMAIGNE, Allemagne : *cheval d'A.* 7467, *drap de seie d'A.* 19334, *brant trenchant d'A.* 20907, *espee d'A.* 21281. — — *L'emperere d'A.* donné (avec celui d'Espagne) comme exemple de grande richesse 16741-4.

ALGUS, var. de *Agluƶ*.

ALIBOTRA 23270, fleuve d'Orient. Cf. *Palibothra*, ville sur le Gange, dont on voit les ruines près de Patna (Solin, LII, 12).

ALIDA 5958, 5968, Aulide. — Est donnée comme une forêt célèbre 5957-8; les Grecs y sacrifient à Diane 5967 ss.

ALIGNUS, ALINGNUS, ALINUS', ALYNUS, var. de *Almenus*.

ALINAGAN, -UADAN, var. de *Almadian*.

ALIXANDRE (s.) 810, Alexandre, roi de Macédoine. — Trouva les « bones » plantées par Hercule (colonnes d'Hercule) 805-10.

·ALIZONIE 6893, 12341 (Dar. *Aliƶonia*), patrie de Pistropleus. Dans Dictys, les principaux mss. et les premières éditions portent *Odius et Epistrophus, filii Minui, Aƶanorum reges*, où Dederich a corrigé *Aliƶonorum* d'après Homère *Il.* II, 856 et V, 39 et Eustathe. *Aƶani* ou *Æƶani* était une ville de l'Epictetus, contrée située au nord de la Phrygie, ce qui semble convenir ici : *Aliƶonia* en serait une variante; — *Cil qui sont d'A.* n'assistent pas à la 2ᵉ bat. 8149.

ALIZONIÈNS 12389, combattants venus d'Alizonie, gens de Pistropleus.

Alliés de Priam. Sont sous la direction des fils de Priam (dont trois bâtards, Cicinalor, Cadarz et Pitagoras), d'Enée, d'Anténor et de Polydamas, son fils, et sous le commandement supérieur d'Hector 6921 ss.; — s'en vont pour ne pas jurer une paix honteuse 25748 ss.

ALMADIAN 8120 et 9941 (s.), fils bâtard de Priam. — Reste avec son père à la 2ᵉ bat. 8097 ss.; — blesse Ulysse à la tête 9941-4.

ALMENIS, voy. ALMENUS.

ALMENUS 5611, 7259, 8190, ALMENIS 317 (corr.), 12136, 12139, 12662 (*Orcomenis* :) (Dar. *Ialmenus*, ms. F *Almenus*, L *Alimnus*, G *Alumnus*), Ialmenus, roi d'Orcoménie. — En amène à Troie, avec Ascalophus, 30 vaisseaux 5611-4; — son débarquement 7259 ss.; — fils d'Ascalaphus 8190; — forme avec lui le 4ᵉ corps à la 2ᵉ bat. 8188 ss.; — tué par Hector à la 5ᵉ bat. 12135 ss.; — rappel de sa mort 12662.

ALON, var. de *Aron*.

ALPHATENÈS (*mer*) 23222. Peut-être est-ce une corruption de *Asphaltitès* (cf. ms. *C asphaltenes*). Il y aurait alors double emploi avec la *mer Morte*, autre nom du lac *Asphaltites*.

ALPHENOR (invar.) 28646, 28649, 28671, compagnon et ami d'Ulysse, qui enlève, pour le lui livrer, Arenain, fille de Lestrigonain, dont Alphenor était violemment épris; obligé de fuir devant son frère Poliphemus, il la laisse enceinte 28644 ss.

ALPON, -ONZ, var. de *Ampon*.

ALTERNANTÈS, var. de *Asternatès*.

ALYMIDAN, AMADIAN, var. de *Almadian*.

AMASUS, var. de *Masius*.

AMAZOINE 23305, pays des Amazones. — Légende des Amazones 23302 ss.

voyage : démarches infructueuses auprès de Péléc, de Télamon, de Castor et Pollux et de Nestor 3279-582; — il en rend compte à Priam et à son Conseil 3583-650 ; — est consulté par Pâris sur son projet d'attaquer le temple, à Cythère 4375 ss.; — son portrait physique 5473-80 ; — il prend part à la 4ᵉ bat. 11129 et 11334 ; — est fait prisonnier par Achille à la 5ᵉ 12551-5 ; — est échangé contre Thoas pendant la trève qui suit la 7ᵉ bat. 13065 ss. ; — à la 18ᵉ bat., est désarçonné par Menesteüs 20947 ss. ; — avec son fils Polydamas, Anchise et Enée, décide de faire rendre Hélène et ses trésors 24471 ss. ; — fait cette proposition en Conseil à Priam 24515-77 ; — instruit des mauvais desseins de Priam, conseille à ses complices de se garder de lui et de revenir à la charge jusqu'à ce qu'ils obtiennent la permission de s'aboucher avec les Grecs 24726 ss. ; — exhorte les Grecs à faire la paix 24828 ss. ; — stipule avec Agamennon, Idoménée, Ulysse et Diomède des conditions avantageuses pour Enée et pour lui, et la moitié du royaume de Priam pour un de ses fils 24901 ss. ; — amène à Troie Taltibius comme messager des Grecs et l'héberge chez lui 24953 ss.; — fait l'éloge des Grecs devant le Conseil et engage les Troyens à leur abandonner leurs trésors et les ornements des temples 25015-168; — est chargé par le Conseil, avec Enée, de régler les conditions de la paix 25242 ss.; — fait faire un magnifique tombeau à son fils Glaucus 25258 ss. ; — promet à Hélène d'intercéder pour elle auprès de son premier mari 25289 ss. ; — va au camp des Grecs et ra

T. V.

mène Ulysse et Diomède, qui exigent publiquement, à son instigation, qu'on exile Antimacus 25307 ss. ; — Anténor leur dévoile le secret du Palladium 29364 ss. ; — fait connaître au Conseil et à Priam, qui accepte, les conditions des Grecs 25463 ss. ; — est témoin, avec Enée, Ulysse et Diomède, des prodiges annonçant la ruine de Troie (feu éteint, sacrifice enlevé par un aigle) et affecte d'en ignorer la signification 25500 ss. ; — décide par ses promesses Theano à fermer les yeux pendant qu'il enlève le Palladium, qu'il livre aux princes Grecs 25612 ss. ; — se fait assurer par Ulysse de la protection des Grecs 25677 ss. ; — avec Enée, s'arrange pour ne pas se parjurer en jurant la paix 25841 ss. ; — avec Enée aussi, demande et obtient la liberté pour Hélénus, et Agamennon se joint à lui pour demander la grâce d'Andromaque 26314 ss. ; — Agamemnon lui réclame Polyxène ; Enée refusant d'indiquer sa retraite, il la découvre dans une tour et la livre aux Grecs 26398 ss. ; — après la dispute du Palladium, conseille aux chefs de se réconcilier, les invite à un festin et leur fait des présents 27223 ss. ; — quitte le pays sans raison connue (voy. la note) 27273-6 ; — rappelé pour régner sur les restes des Troyens, il est chassé par Enée, qui a appris que c'est sur sa dénonciation au sujet de Polyxène que les Grecs ont décidé son propre exil 27355 ss. ; — il va fonder Corcire Menelan sur l'Adriatique et se fait bien voir du roi de Gerbenc, Oënidus, qui lui cède le pays en conservant la suzeraineté 27461 ss.; — les restes des Troyens vont rejoindre Anténor sur onze vaisseaux 27529 ss.

ANTENORIDAS (*L'une ot non*) 3146, porte de Troie, nommée la première.

ANTENORIS -ors, voy. ANTENOR.

ANTHICUS, -PUS, var. de *Antipus*.

ANTHONIUS, var. de *Antonius*.

ANTIF, voy. ANTIPUS³.

ANTILOGUS (suj. et rég.) 597, 20981, 20993, 22145, 22222, 22247, et *Antilogon* (r.) 22282, Antilocus, fils de Nestor. — A la 18ᵉ bat., tue Brun le Gemel 20981 ss, ; — accompagne son parent Achille au temple d'Apollon et meurt avec lui après une défense courageuse 22144 ss. ; — son père envoie son corps dans sa patrie 22492.

[ANTIPHAT], s. *Antiphaz* 28629, Antiphatès, fils de Ciclopain. — Tue, avec son cousin, Poliphemus, cent des compagnons d'Ulysse et emprisonne les autres 28627 ss.

ANTIPUS¹ 5641, 13953 (Dar. *Antiphus*, mss. *GL Antippus*), A. de Caledoine. — En amène à Troie, avec Philitoas, 3o vaisseaux 5639-42 ; — assiste avec Phelis (Philitoas) à la 8ᵉ bat. 13953 ss. ; — neveu de Phelis 14043-4 ; — tué par Hector en voulant le venger 14043 ss. — rappel de sa mort 16834.

ANTIPUS² 5671, 8275, A. d'Elide. — En amène à Troie, avec Amphimaus, 11 vaisseaux ; — forme le 21ᵉ groupe à la 2ᵉ bat. 8273-6.

ANTIPUS³ (s.) 6769, 7739, 8533, 8595, 11324, *Antif* (r.) 12649 (: *poësteïf*) (Dar. *Antiphus*, ms. *G xatippus*, *L xantyphus*; le passage est bouleversé), A. roi de Frise, allié de Priam. — Vient à Troie avec Mercérès et Thalamus et amène 700 chevaliers 6769 ss. ; — ils forment ensemble le 2ᵉ corps à la 2ᵉ bat., sous la direction de Troïlus 7737 ss.; — à l'appel de Mercérès, va secourir Troïlus, pris par Menesteüs 8595 ss. ; — assiste à la 4ᵉ bat. 11324; — tué par Diomède à la 5ᵉ bat. 12127 ss.; — regretté par les Troyens 12649.

ANTONIUS 7995 (s.), 9009 (s.), fils bâtard de Priam. — Combat sous Hector à la 2ᵉ bat. 7989 ss.; — renverse Epistrophus et en est renversé 9009-10.

ANTYALUS, var. de *Eürialus*.

APAMENA 23289, contrée située au Nord de la Syrie.

APOCALIS, l'Apocalypse. — *Cil qui fist A.* 25796, saint Jean (cité à propos du tombeau de Panthésilée).

APOLINUS *C*, APOMINUS *A*, var., au v. 6668, de AMPON LI VIEUZ.

APOLLIN, voy. APOLLO.

APOLLINI (datif) et APOLLINIS (génitif), voy. APOLLO.

APOLLO (r.) 5776, 27205, 29611, (datif 5901), s. 5872, 13788, 25594, 25923, 27205, génitif *Apollinis* 5796 et 25530 (*ris* :), 27202 (*ocis* :), 16643 et 26109 (: *bis*), 21925 et 22098 (: *mis*), 21987 et 22174 (: *vis*), datif *Apollini* 5823 (: *merci*), 25581 (: *autresi*), et APOLLIN 13768 et 24492 (cas sujet pour cas rég.), Apollon, considéré comme connaissant l'avenir et rendant des oracles dans le temple de Delphes. — Achille et Patrocle sont chargés par les Grecs d'aller le consulter au sujet de l'expédition 5789 ss. (voy. à DELFON). — Le temple d'Apollon à Troie, était situé près de la porte de Thymbrée 16635 ss. ; — Achille y est tué 21920-5, 22174 ss. — on y sacrifie sans pouvoir empêcher la flamme de s'éteindre, au moment de la conclusion de la paix, et un aigle emporte la victime au camp des Grecs 25525 ss. ; — Priam est dit avoir été tué devant l'autel d'Apollon 27201-4, mais c'est par erreur, car aux v. 26145-6, c'est devant l'autel de Jupiter, comme l'affirment Darès et Dictys ; — Apollon avait « dédié » les murs de

Troie, construits par Neptune 25923.

APON, var. de *Ampon*.

AQUAIE, var. de *Achaie*.

ARABEIS (n.) 19263, les Arabes. — Ils tirent de l'arc à la 13ᵉ bat. 19263 ss.

ARABEIS (adj.), Arabe. — *Chevaus A.* 15715, 20891 ; — *or A.* 19407.

ARABI (adj.), Arabe ; — *cheval A.* 7920.

ARABICON (*mer*) 28224, mer Arabique (auj. : mer Rouge).

ARABIÈIS (adj.), Arabe. — *Chevaus A.* 23373.

ARAGON, nom de contrée. — *Cheval d'A.* 18629.

ARAGON (adj.) Aragonnais. — *Cheval A.* 7825.

ARAIBE (*or d'A.*) 14632, 14650, 16727, Arabie.

ARATUS 29118, 29175, espion envoyé (avec Crispus) dans l'intérieur de la Thessalie par Pyrrhus 29111.

ARCAMUS, -ASMUS, var. de *Acamus*.

ARCHELAUS (invar.) 5608, 7221, 7249, 8195, 8686, 9949, 10935, 10943, 10947, 11305, 12277, toujours trisyll., (Dar. *Arcesilaüs*, mss. *GL Archelaus*), roi de Béotie. — Amène à Troie, avec Prothenor, 50 vaisseaux 5607-10 ; — son débarquement 7221 ss. ; — ses exploits 7249-52 ; — forme, avec Prothenor, le 5ᵉ corps à la 2ᵉ bat. 8193 ss. ; — cousin de Prothenor 8198 (mais son oncle 10939); — ils combattent contre les gens de Larise' 8675 ss. ; — blessé légèrement par Godelès, qu'il blesse de même 9949-54 ; — cherche en vain à enlever le corps de Prothenor 10935-55; — assiste à la 4ᵉ bat. 11305 et 12277.

ARCHILAUS, -AX, var. de *Archelaus*.

ARCHILOGUS' 10849, 16835 (cf. Dar., xx, *Arcesilaum*, corr. de Meiser d'après le ms. de Munich (*M*), qui donne *Arcisi-*

laum, mss. *GL Archilocum*), Grec, parent de Boëtès ; — tué par Hector à la 3ᵉ bat. 10849-73 ; — sa mort est rappelée 16835.

ARCHILOGUS² 6876, 7720, 8397, 11326, 11386, 11498, fils d'Heseüs, roi de Therace. — Vient à Troie avec son père et plus de 1000 chevaliers 6875 ss. ; — forme avec lui et Glaucon² le 1ᵉʳ corps à la 2ᵉ bat., sous la direction de Cecinalor 7719 ss. ; — attaque avec son père et Glaucon² les gens de Phice 8395 ss.; — assiste à la 4ᵉ bat. 11326; — y lutte contre Telepolus; ils se blessent légèrement 11385 ss.

ARCHYLOCUS, ARCILOGUS, ARGILOCUS, var. de *Archilogus*.

ARENAIN 28655 (Dictys, VI, 5, *Arenen*, acc.), fille de Lestrigonain, aimée d'Alphenor. Ulysse l'enlève par « art » et la livre à Alphenor, qui la laisse enceinte en partant. Voy. à ALPHENOR.

ARESSE', nom de lieu inconnu à Darès et sans doute amené par la rime : *Morin d'A.* 9890; *Resa, li reis d'A.* 495, 11498, *li r. d'A.* 15814, 18662, Resa (voy. ce mot); — *cil d'A.* 18538, les gens commandés par Resa.

ARESSE² (*d'*), *d'*ARESTE, var. à *de Perse* 14219.

ARGEI (*Telepolus li granz d'*) 17212 (*rei* :), amené par la rime pour *Arges*. Tlepolemus était d'Argos : il avait dû s'exiler à Rhodes à cause du meurtre de son oncle.

ARGES 5680 (*barges* :), 12276, Argos, patrie de Diomède, de Sthelenus et d'Eürialus. — *Ceus d'A.* 8286, *cil d'A.* 12277, 27981.

ARGLUS, var. de *Agluz*.

ARGO 962, 964, nom du vaisseau que monta Jason pour aller conquérir la Toison d'or. — Le premier vaisseau construit 913-20.

ARGUS (invar.) 894, 905, 962,

963, 964, Argus, constructeur du navire Argo. — Il demande un mois au plus pour sa construction 905-8.

ARISBAN 26776, ville de Troade conquise par Ajax-Télamon. Cf. Dictys, II, 27, *Arisbam* (acc.).

ARMEDIUS 23265, fleuve inconnu d'Orient.

ARMENIUS 23249, monts d'Arménie.

ARMERIUS, var. de *Idomeneus*.

ARMIONE, ARMONE (*et*), ARMONETE, var. à *Eetion* (corr.).

ARON, voy. DINAS.

ARRAGON, var. de *Aragon*.

ARTAMUS, var. de *Acamus*.

ASALON, var. de *Ausalon*.

ASCALAFUS -OS, var. de *Ascalaphus*.

ASCALAPHUS 5611, 8189, 11303 et *Ascaloꝝ* (s.) 7259, 8635 (Dar. *Ascalaphus*, ms. *G -ophus*), roi d'Orcomenie. — En amène, avec son fils Almenus, 30 vaisseaux 5611-4; — son débarquement 7259 ss.; — forme, avec son fils, le 4ᵉ corps à la 2ᵉ bat. 8188 ss.; — ses hommes et lui luttent vaillamment contre Hector 8632 ss.; — assiste à la 4ᵉ bat. 11305.

ASCALASCHUS, ASCALERPHUS, ASCALOFUS-OPHUS, var. de *Ascalaphus*.

ASCAMUS, var. de *Acamus* et de *Thalamus*.

ASCANIUS, var. de *Thalamus*.

ASIMAS 6781 (Darès *Ascanius*, ms. *G Asimaus*, *L Asamaus*), comte de Boëce, allié de Priam. — Amène à Troie, avec Fortis et Sanias, 1000 chevaliers 6781 ss.

ASPONS, var. de *Ampon*.

ASSALON, var. de *Ausalon*.

ASSANDRUS 29125, 29138, 29181, ami de Peleüs². — Apprend aux espions de Pyrrhus la triste situation de son aïeul et leur raconte les noces de Thétis et de Pélée 29139 ss.

ASSIRE (corr., mss. *Syre*, *Sire*) 23291, Assyrie.

ASTERNATEN 15462, 15522, s.

Asternatès, le plus jeune fils d'Hector et d'Andromaque.

ASTERNANTÈS, ASTRENATÈS, var. de *Asternatès*.

ASTINOMEN (r.) 26869, 26919, 26933, s. *Astinomé* 26968, Astynomé, fille de Chrysès, épouse d'Eetion, roi de Linerse (Lyrnesse), enlevée par Achille, qui avait tué son père et donnée par lui à Agamemnon 26915-22; — réclamée par son père et rendue, puis ramenée par lui à la prière d'Ajax 26932 ss. (voy. ACHILLÈS et AGAMEMNON.

ASTOR, voy. STEROPEUS.

ASYMAS, var. de *Asimas*.

ASYMIOIS, var. de *Simieis*.

ATERNANTÈS, var. de *Asternatès*.

ATHENES 58, 86, etc., Athene 192, 482, 13520, 20547, Athènes. — Homère y apporte son livre 58; — Cornelius y tenait école 86; — l'expédition s'y rassemble 5583 ss. et 5703 ss.; — Oreste y recrute environ mille chevaliers pour reconquérir son trône 28295 ss.; — Oreste y est jugé et absous 28475 ss. — *Li dus d'Athene* 192, 20547, *li d. d'Athenes* 8184, 8545, 8615, 9775, 15907, 17253, 18340, Menesteüs. Voy. ce mot.

ATHENIËIS 22753 (: *Greꝝeis*), Athéniens.

[ATHENIËN], s. sg. et rég. pl. *Atheniëns* 8527, 14495, 15921 (: *tens*), 18627 (: *rens*), Athénien. — *Li bons dus A.* 14495, 18627, Menesteüs.

ATREÏ (gén. lat.) 27292, d'Atrée.

AUFRIQUE 18191, Afrique.

AUMAÇOR (Γ) 19456, le Sultan (*del regne a l'A.*)

AURIPHILUS, var. de *Euripilus*.

AUSALON 8126 (s.), Absalon, fils de David (Cador de Liz lui est comparé pour sa belle tête).

AUSALOZ, var. de *Ausalon*.

AUSTERNATÈS, var. de *Asternatès*.

Autor (l') 914, 18877 (r.), s. 3990, 14571, 14602, 18877,

23680, 26106, 28076, 28226,
li *Autors* 2035, 2078, 3144,
5698, 24422, 28518, 28713,
Darès et,à partir du v. 24422,
Dictys; 26106 est douteux
(c'est peut-être une autorité
imaginaire).

AVABUS, var. de *Labius.*

AVENTURE (sans article) 10180,
16842, 17549, 29220, le Destin, la Fortune.

AVERSIER (l') 12414, ordinairement : le Diable ; ici : le Sagittaire.

AVERTIN, var. de *Leoncin.*

AZONIS¹ 23271, fleuve d'Orient,
p.-ê. *Azanus,* fleuve sur la
côte méridionale de Taprobane (Ptolémée).

AZONIS² 23287, contrée d'Orient,
p.-ê. la contrée des *Aza-
ni,* dans la *Phrygia Epictetus.*

[BADIAN], s. *Badians* (*monz*)
23249, montagnes,en Orient(?)

BANDUS, var. de *Bauduin.*

BARCIN, var. de *Leoncin.*

Bâtards, fils de Priam et de
concubines, au nombre de
trente 2959-62. — Liste des
Bâtards 7994 ss. et 8107 ss.
— Trois, Cicinalor (7709),
Cadarz (7799) et Pitagoras
(7914) commandent des
corps de troupe à la 2ᵉ bat.,
dix combattent avec Hec-
tor (7989 ss.) et les autres
sont en réserve avec Priam
(8097 ss.); — secourent Hector 8976 ss. ; — vengent Cassibilant 9171 ss. ; — loués
par les Dames de Troie après
la 2ᵉ bataille 10299-301 ; —
prennent part, sous la conduite de Pâris, à la 4ᵉ bat.
11329 et 11509 ss.; —repren-
nent Galatéé, le cheval
d'Hector, enlevé par Achille
12544 ss. ; — se distinguent
à la 10ᵉ bat. 15816 ss. — pro-
tègent la rentrée des Troyens après la mort de Troïlus 21640 ss.; — chassent
Diomède de la ville où il a
pénétré après la mort de
Pâris 22871 ss.

BAUDIN, var. de *Bauduin.*

BAUDUIN 9030 — Fils d'Ourie
(?) 9030 ; — est tué (ou blessé grièvement) par Quintilien
à la 2ᵉ bat. 9029 ss.

BAUDUIT, -UR, -UÇ, var. de
Bauduin.

BAVIERE (*le regne de*) 27311.
pour indiquer de grandes richesses.

BELETIS 14964, forêt très gibo-
yeuse, près de Troie.

[BENEEIT], s. *Beneeiz* 2065,
5093, 19207, *B. de Sainte
More* 132, Benoit. — L'auteur du *Roman de Troie*
132 ; — ses scrupules à rien
ajouter à Darès 2061 ss.,
5093 ss.; — ses interven-
tions 766, 913, 1268, 1638,
2035-44, 2061-78, 2794-6,
2800-4, 5327-8, 7320, 10175-
86, 10551-2, 11092-6, 13249,
14578, 15237 ss., 17417,
18443 ss., 20660-3, 25547; —
plaintes sur la mort de Prote-
silas 7519-30; — réflexions
sur l'inconstance et la fragi-
lité des femmes 13429-56 et
13471-94;—éloge de la dame
à qui il dédie son poème
13457-70; — s'excuse de ne
pas décrire plus longuement
la tente de Calchas (13835
ss.), le lit d'Hector (14940
ss.), le deuil de Polyxène
(16496 ss.), les tombeaux de
Troïlus et de Memnon (21824
ss.), la vie des fils d'Androma-
que(29811-4).

BIEZ (?), voy. MEREL.

BOCINE, BOCTINE, BOCTRINE, var.
de *Botine.*

[BODIAN], s. *Bodians* 23249,
montagne en Orient : c'est
peut-être l'*Emodus Sericus*
(Chinois *Kuën-lün*), d'où sort
le Hoang-Ho (lat. *Baudisus*).

BOËCE¹ 3353 (*Qui siet es parties de Grece*) 5607, 8141
(*La ou creist tante bone espece*), 10911, Béotie. — Patric
d'Archelaus et de Prothenor,
qui en amènent 50 vaisseaux
5607-10. — *Cil de B.* forment le 5ᵉ corps à la 2ᵉ bat.
8193 ss.

Boëce² 6781 (Dar., mss. *G Boetia*, *L Bœtia*, manque aux éd. d'Artopœus et de Meiser), patrie d'Asimas, de Fortis et de Sanias, alliés de Priam. — *La gent de B.* ne prend pas part à la 2ᵉ bat. 8141-2.

Boëcel, -es, var. de *Boetès*.

Boëciëns (r. pl.) 8687 (sans article), les gens de Boëce¹. — Combattent contre ceux de Larise¹ 8685 ss.

Boëtès¹ 10826, 16833, chef grec tué par Hector à la 3ᵉ bataille. — Parent d'Archilogus 10849-51; — rappel de sa mort 16833.

Boëtès² 6795 (Dar., mss. *GL Boetius*, manque aux édit. d'Artopœus et de Meiser), B., de Botine, allié de Priam. — Amène à Troie, avec son frère Epistrot, 700 chevaliers.

Boëthès, var. de *Boëtès*.

Boëtin, var. de *Botine*.

Botine 6793 (Dar., mss. GL *Boetino*, manque aux édit. d'Artopœus et de Meiser), patrie de Boëtès et d'Epistrot. — « *Terre sauvage outremarine* » 6794 : malgré ce renseignement, il s'agit sans doute de la Bithynie. —*Cil del regne de B.* ne prennent pas part à la 2ᵉ bat. 8143.

Botrilancie (*terre de*) 26769, terre (près de Troie) conquise par Ajax-Télamon. Cf. Dictys, II, 27, mss. *BG botiram cillamque*, éd. Artopœus *Botyram Cillamque*, éd. Meiser (corr. de Dederich) *Petyam Zeleamque*.

Bozine, var. de *Botine*.

Bretons (*lais de*) 23599.

Briseïda 362, 560, 5275, 13090, 13617, fille de Calchas, amante de Troïlus. — Son portrait 5275-88; — réclamée par son père pendant la trève qui suit la 7ᵉ bat. 13086 ss.; — ses amours avec Troïlus 13261 ss.; — son départ de Troie et sa rencontre avec Diomède, qui lui déclare son amour et à qui elle répond sagement 13327 ss,; — elle reproche à son père sa trahison à l'égard des Troyens 13713 ss.; — avait donné à Troïlus le gonfanon qu'il portait à la 8ᵉ bat. 14448-51; — prête le cheval de Troïlus à Diomède, qu'il raille pour la perte du sien, et lui donne pour gonfanon sa manche droite 15079 ss.; — émue par la dangereuse blessure de Diomède, se décide à lui donner son amour (monologue) 20202-340.

Brisès 26881, roi de Pedason et Legeron (voy. ce dernier mot), qui se pendit de désespoir, quand Achille eut conquis son royaume 26878 ss.

[Brot], s. *Broʒ li Puilleis* 14605, chirurgien qui soigne Hector après la 8ᵉ bat. Cf. Got.

Brun le Gemel 598, 20995, s. Bruns li Gemeaus 8118, 9931, 20989, Brun le Jumeau, fils bâtard de Priam. — Reste avec son père à la 2ᵉ bat. 8097 ss.; — secourt Fanoël et renverse Prothenor 9931-6; — tué par Antilogus 20981 ss.

Cadarz (rég.) 7799 (et Cadorz de Liz? préd. 8125), fils bâtard de Priam. — Fait partie du 3ᵉ corps, formé par les gens de Larise¹, à la 2ᵉ bat. 7785 ss.; — est probablement le même que Cadorz de Liz 8125. Cf. *Cador* (héros breton) et voy. les notes aux vers 8099 et 8125.

Cadoc, var. de *Cador*.

[Cador de Liz], prédicat *Cadorʒ de Liʒ* 8125 : il est cité le 16ᵉ parmi les bâtards de Priam qui restent avec leur père à la 2ᵉ bat. (contradiction; voy. *Cadarʒ*).

Cadorz -os,-oz, var. de *Cador*.

Caforte, var. de *Caphorte*.

Cains, var. de *Caras*.

Calamus, var. de *Thalamus*.

Calaphus, var. de *Ascaloʒ*.

Calcamus, var. de *Acamus*.

Calcas (invar.) 211, 339, 359, etc., Calchas, le devin; *la fille C.* 371, 564, 586, 13063,

15025, 20081 (la f. au vieil C.), 20203, Briseïda. — Fils de Testor 5821 ; — envoyé par les Troyens à Delphes pour consulter l'oracle, il y rencontre Achille et se rend avec lui au camp des Grecs sur l'ordre d'Apollon 5817 ss. ; — conseille aux Grecs de sacrifier à Diane pour faire cesser la tempête 5944 ss. ; — pendant la bataille de 80 jours (7ᵉ), réconforte les Grecs 12777 ss. ; — pendant la trêve qui suit, réclame sa fille Briseïda, craignant qu'elle ne partage le sort des Troyens, qu'il prévoit 13086 ss. ; — se disculpe des reproches de trahison qu'elle lui adresse 13713 ss. ; — description de sa tente 13818 ss. ; — au conseil tenu après la mort de Palamède, raffermit le courage des Grecs, disposés à faire la paix 19924 ss. ; — interprète comme un présage de victoire l'enlèvement du sacrifice par un aigle, au moment des négociations pour la paix 25572 ss. ; — de concert avec Crisès, ordonne aux Grecs d'offrir à Minerve un cheval de bois pour remplacer le Palladium 25722 ss. ; — exige la mort de Polyxène pour venger Achille et rendre le calme à la mer 26385 ss. ; — explique que la grande mortalité dans l'armée est le résultat du refus d'Agamemnon de rendre sa fille à Crisès 26943 ss.

CALCEDOINE, -IDOINE, var. de *Caledoine*.

CALCEDONOIS, CALCID., var. de *Caledoneis*.

CALEDOINE 5639, 13955. (Dar. *Calydna* (corr. de Dederich), ms. G *Caledonæ*, L *Caledonem*), Calydon, donné comme patrie de Philitoas et d'Antipus[1]. L'interprétation par *Calydnæ* (sous-ent. *insulæ*), Κάλυδναι (Strabon, XIII; Lycophron, *Alex.*, v. 25; *Hom. Gloss.* II, 677), au nord de Ténédos, est inadmissible, et par

conséquent aussi la correction de Dederich. — *La grant gent de C.* 9120.

CALEDONEIS 8223, 13985, 14017, gens de Caledoine. — Forment le 11ᵉ corps à la 2ᵉ bat. 8223-4; — à la 8ᵉ, perdent leurs deux chefs Antipus et Philitoas 13985 ss.

CALIDOINE, -ONOIS, var. de *Caledoine*, *Caledoneis*.

CALIPSA 28709, 28801, Calypso, l'enchanteresse : retint quelque temps Ulysse, mais ne put l'empêcher de partir 28800 ss.

CALLES, var. de *Pileus*.

CALOR, var. de *Cador*.

CAMETÈS 23248 (p. ê. déformation de *Emodus*, Hymalaya), montagne inconnue d'Orient ; — 23263 fleuve inconnu d'Orient.

CAMUS, var. de *Caras*.

CANOPUS 28452, pilote de Ménélas, tué par des serpents à son arrivée à un port (en Égypte, d'après Dictys, VI, 4) 28451 ss.

CANPORTE, var. de *Caphorte*.

CAPADIE 5691, 8305, patrie d'Agapenor (Dar. *ex Arcadia*, mss. *GL ex arch.*). Le mot était sans doute déjà corrompu dans le ms. de Benoit.

CAPEDOR (et), var. de *Agapenor*.

CAPHORTE 23225 (: *Morte*), mer de Carpathos (*Carpathium mare*). Cf. *Carphata*.

CAPHOTE, CAPOTE, var. de *Caphorte*.

CARANTÈS 17433, nom d'un lieu où les Grecs trouvent à se ravitailler : confusion avec le nom d'homme *Acamantem*, acc. de *Acamas* (voy. ce mot et THESIDAS).

CARAS 6677, 11317, 11427, 11434 (Dar. (éd. Artopœus) *Mopsus, Cares, Nastes, Amphimacus* ; Dar.(éd. Meiser) *M[op]sus, de Phrygia] Asius, de Caria A.*, mss. *GL Masius Caras A.*), C de Colophon, allié de Priam. — Assiste à la 4ᵉ bat. 11317; — renversé par Sthelenus, tue son cheval et le blesse au visage 11427 ss.

CARAUS, CARCAS, CARRAS, var. de *Caras*.

CARDE, CARDO, -OIZ. -OZ, var. de *Cadorz*.

CARENTÈS, var. de *Carantès*.

CARIBDIN 28876 (joint à *Scillan*), Charybde, gouffre où Ulysse perd les deux tiers de ses vaisseaux.

CARIZ DE PIERRELEE (*li fiz*) 14307. — Est chargé par Diomède de conduire à Briseïda le cheval de Troïlus, enlevé par lui, et lui rapporte sa réponse 14290 ss. (distinct de CARRUT).

CARMENTA 23264, fleuve inconnu d'Orient.

CARMIONE, -OTE, CARMONE, var. à *Earmoné* (corr.).

CARPENTAS, CARPHANTA, var. de *Carphata*.

CARPHATA 23242, Carpathos, île.

CARRUT DE PIERRELEE 8494 : Grec tué par Dodaniët, pendant qu'il attaque Hector désarçonné 8491 ss.

CARSIBELANZ, -ILANZ, -ILEM, -UBILAN, CARSSIBILAN, var. de *Cassibilanz, -ant*.

CARSIDOINE, var. de *Caledoine*.

CARTAGE 2624, 11308, 27605. — *Li riches reis de C.* 11308 assiste, du côté des Grecs, à la 4e bat. *Le fil al rei de C.* 2624, Eliachim, tué par Pollux à la 1re guerre de Troie, est évidemment différent: dans les deux cas, Cartage est amené par la rime. — Au v. 27605, Carthage est présentée, dans un grand danger, comme une ville où l'on préfèrerait être.

CARUS, var. de *Chirrus*.

[CASIAN], *Casians* (*monz*) 23249 (= *Casianus mons*, ord^t *Casii mons*), montagnes de la *Scythia serica* (Chine centrale).

CASPION 23217, mer Caspienne.

CASSANDRA 271, 2953, 4143, 4161, 4883, etc., Cassandre. — Seconde fille de Priam et d'Hécube 2953-4; — prédit la ruine de Troie si Pâris épouse une femme de Grèce 4143 ss.; — autres prédictions et plaintes au moment du mariage de Pâris : on l'enferme pour ne plus l'entendre 4881 ss.; — nouvelles prédictions à l'occasion des funérailles des morts après la 2e bataille: on l'enferme encore 10417-54; — son portrait 5529-40; — à la mort d'Hector, les dames de Troie rappellent ses avertissements 16418-9; — ses prédictions sont encore rappelées à propos de la mort de Pâris 22850-1; — elle fait porter au tombeau d'Hector les offrandes que Minerve et Apollon ont refusées à cause du meurtre d'Achille dans le temple d'Apollon, et le feu ne s'éteint plus 25590 ss.; — lors du sac de Troie, se réfugie dans le temple de Minerve 26113 ss.; — Ajax, fils d'Oïlée, l'arrache du temple, mais sauve sa vie 29211 ss.; — elle est donnée à Agamemnon, qui l'aimait 26299 ss.; — son chagrin ; ses prédictions malheureuses pour les chefs, en particulier pour Agamemnon et Ajax, fils d'Oïlée 27183 ss.; — ce dernier perd sa flotte et ne se sauve qu'avec peine, avec quelques compagnons, expiant ainsi la violation du temple de Minerve 27618 ss.

CASSIBALAN, -ANS, -ELANS, -ILAM, -AN, var. de *Cassibilant, -anz*.

CASSIBILANT 10266, 10413, 11954, s. *Cassibilanz* 8007, 9037, 9133 (: *Prianz*) et *Cassibilant* 261, fils bâtard de Priam. — Combat sous Hector à la 2e bat. 7989 ss.; — tue Glo de Valfrait 9037 ss.; — est tué par Thoas 9117 ss.; — on cache sa mort à Priam jusqu'au lendemain 10265-70; — on l'enterre près du temple de Vénus 10411-6.

CASSIMILAN, var. de *Cassibilanz*.

CASTELE (*cheval ou destrier de*) 2467 (: *arondele*), 9456, 11476 et 14012 (*sele :*), cheval de Castille.

CASTOR (invar.) 2110, 2302, 2415, etc., frère de Pollux et d'Hélène. — Avec son frère,

promet son appui à Hercule
contre Laomedon 2109-25; —
commande l'une des trois
troupes qui attaquent directement les Troyens 2302 ; —
vient au secours de Nestor
2418 ss. ; — blesse Seguradon 2541-72 ; — renversé,
blessé et pris par Cédar,
mais secouru par Pollux
2573-622 ; — réside en Achaie
3447-52 ; — reçoit avec menaces le message d'Anténor
3463-88 ; — était allé conduire Hermiona à Climestra
quand arriva Pâris 4239 ss. ;
— mourut en mer avec son
frère, étant à la poursuite
d'Hélène (le peuple les croyait immortels) 5061 ss. ; —
son portrait 5807-18.

Caucasus 23247, *les puiz de C.*
16156, le Caucase.

Ceca 3150 et **Cee** 14105 (: *espee*), porte de Troie nommée
la quatrième, les portes
Scées.

Ceciocles, var. de *Theriocles*.

Cecire, var. de *Sezile*.

Cedar (invar.) 2507, 2541,
2557, 2573, 2589, jeune Troyen. — Secourt Laomedon
abattu par Nestor et renverse
celui-ci 2507 ss. ; — renverse Castor et emmène son
cheval en le raillant 2573 ss.

Cedius, var. de *Scedius*.

Cefalama, -ania, var. de *Cephalania*.

**Celedonias, Celidanias, -amas,
-onas**, var. de *Celidonias*.

Celephon, var. de *Colophon*.

Celidas 9007, var. de *Eneas*.

Celidis¹ 8829, 8842, 8854,
8865, jeune grec, ami de la
reine de Femenie, qui lui
avait donné son propre cheval et ses armes (8832 ss.).
— A la 2ᵉ bataille, il attaque
Polidamas, qui le tue et le
raille, faisant allusion à son
amie 8842 ss. ; — il est vivement regretté 8865-8.

Celidis², var. de *Sceiidis*.

Celidonias (invar.) 8109, 9900,
fils bâtard de Priam. — Reste avec Priam à la 2ᵉ bat.

8097 ss. ; — abattu et blessé
par Melon d'Orep 9899-9902.

Celidus -nus¹, var. de *Scedius*.

Celinus², var. de *Sthelenus*.

Cenedous, var. de *Crenos*.

Cenocefali 13373 (du nomi-
natif pl. latin), les Cynocéphales. — Prennent la bête
nommée *dindialos* 13364 ss.

Cephalama -e, Cephamala, var.
de *Cephalania*.

Cephalania 29912, ville sur la
mer (Dict., VI, 14, dit seulement : *agris qui in Cephale-
nia erant*), où Ulysse fait
enfermer Télémaque : auj.
Cephalonia, près d'Itaque, la
plus grande des îles Ionien-
nes.

Cepsim 26775, ville de Troade
(ou de Mysie) conquise par
Ajax-Télamon. Cf. Dictys,
II, 27, *Scepsim* (acc.).

Cerasque, var. de *Trace*.

Cesar¹ (*Julius*) 23135, Jules
César. — Fait faire, dans tout
l'Empire, un arpentage qui
dura trente-deux ans (voy. la
note) 23135 ss.

Cesar², var. de *Cedar*.

Ceta, Cetha, var. de *Ceca*.

Chambre de Beautez (*la*) 305,
386, 582, 26127, *Ch.* (la) *de
Labastre* 14608, *de Labastrie* 14631 (c-à.-d. d'albâtre),
ou simplement *la Chambre*
14642, 14657, 14686, 14756,
14791, 14865, 14871, 14881,
14889, 14919, chambre merveilleuse du palais de Priam.
— Description 14631 ss.: —
Priam l'avait donnée à Hélène lors de son mariage 14951
ss. ; — pendant le sac de
Troie, les dames s'y rassemblent 26127 ss.

Chastelclus 14108, château
près de Troie, dans la forêt
de Montesclaire : Eûforbius
en était seigneur.

Chedius, var. de *Scedius*.

Chelidus¹, var. de *Almenus*
(5611 *J*).

Chelidus², var. de *Scedius*.

**Chelydamas, Cherid., Cherido-
ros**, var. de *Celidonias*.

Cherepex, var. de *Steropeus*.

CHERIDAS, var. de *Thesidas*.
CHERIOCLES, -DES, var. de *The-rioclès*.
CHERRONESE 26723, la Cherso-nèse de Thrace, conquise par Ajax-Télamon.
Cheval (le) de bois. — Cons-truit par Epius, sous la direc-tion de Crisès, pour être offert à Minerve en rempla-cement du Palladium 25722 ss.; — on est obligé d'abat-tre les murs pour le laisser passer 25894 ss.
CHIPE, CHIPRE, CHIRPE, var. de *Cipe*.
CHIPRE 23241, 28446, île de la Méditerranée orientale; — Teucer, exilé, y fonde une nouvelle Salamine 28443 ss.
CHIRONIS 29148 (gén. lat.), Chi-ron, seigneur dans la maison de qui ont lieu les noces de Thétis et de Pélée.
CHIRRUS 8108 et 9896 (s.), fils bâtard de Priam. — Reste avec son père à la 2ᵉ bat. 8097 ss.; — blesse un noble Grec 9896-8.
CHIRUS, CHYRRUS, CHYRUS, var. de *Chirrus*.
CHOLONPON, var. de *Colophon*.
CHOYLAS, var. de *Tolias*.
CICILIËNS, var. de *Siciliëns*.
CICINALOR (invar.) 7709, 7713, 8506, fils bâtard de Priam. — Portrait 7710-15; — accom-pagne Glaucon² et Heseüs, et leurs hommes, à la 2ᵉ bataille 7706 ss.; — y secourt Hector 8506 ss.
CICLOPAIN 28617, frère de Les-trigonain, roi de Sezile; — il rançonne avec lui Ulysse 28609 ss.
CILICAS 26857 (transcrit du lat. de Dictys, II, 16, *Cilicas ag-greditur*, et pris pour un nom de pays), Cilicie. — Achille y conduit ses troupes.
CINARAS 29324, 29342, Cinyras, serviteur d'Acastus, tué par Pyrrhus en trahison.
CIOPE (*de*), CYOPE (*de*), pour d'*Eciope*, var. de d'*Ethiope*.
CIPE 5685, 8293 (Dar. *Cypho* (corr. de Mercier), mss. GL

cypro), Cyphus, ville de la Perrhæbia (Thessalie), au pied de la montagne de ce nom, patrie de Cuneüs.
CIPRE, var. de *Cipe*.
CIPRESSUS, var. de *Heseüs*.
CIRCÈS 28709, 28748, 28789, 28797, 29975, 29984, 29998, 30208, 30284, Circé. — Ses charmes amoureux (Calipso est jointe à Circès dans cette description) 28701 ss.; — ses enchantements ne peuvent retenir Ulysse, qui la laisse grosse et emporte une partie de ses trésors 28747 ss.; — ne peut empêcher son fils Télégonus d'aller à la recher-che de son père 29975 ss.; — sa joie en revoyant son fils, qu'elle avait cru mort; ses regrets de la mort d'Ulysse 30284 ss.
CIRUS, var. de CHIRRUS.
CISONIE 6713, 7807, 8706, 11321, 24181 (Dar. *Ciconia*, mss. GL *Cixonia*), pays des Cicones, en Thrace, près de la mer de ce nom, patrie de Remus.
CITARE (*le rei de*) 26853 (pro-vient de *rex Scytharum* de Dictys, II, 16). — Achille reçoit de lui de grands dons.
CITHARIIENS (*Vaus*) 3868. C'est là qu'est placée la scène du jugement de Pâris.
CITHEREA 4257, 23241, Cythè-re, île au sud du Péloponèse; — il y avait un temple consa-cré à Vénus 4261 ss.
CLARIAUS, -IAX, -EAUX, -EUS, var. de *Clarueil*.
CLARUEIL, voy. MAUDAN.
CLAUCON, var. de *Glaucon*.
CLIMENA 26309, dame échue à Démophon dans le partage du butin (parente de Méné-las, enlevée avec Hélène, se-lon Dictys, I, 3); cf. *Etra*). — La Climena du v. 28108, fille de Therasis et d'Idomé-née, provient d'une mauvaise interprétation d'un passage de Dictys (VI, 2), d'ailleurs légèrement altéré : *interim Menestheus cum Ætra The-*

sei [*nepti?*] et *Clymena filia ejus ab Atheniensibus recipitur; Demophoon atque Acamas foris manent.* Il est difficile de deviner la leçon que donnait ici le manuscrit de Benoit, mais on peut affirmer à coup sûr que sa *Therasis* vient de *Thesei.* Idoménée est d'ailleurs quatre lignes plus haut, on pourrait même dire à la ligne précédente, si l'on admettait (ce qui est fort possible) que la phrase intermédiaire (qui se rapporte à l'exil de Diomède) doive être placée après les mots *foris manent.*

CLIMESTREE 4239 (corr.), nom d'une ville où Castor et Pollux étaient allés, quand Pâris arriva en Grèce : confusion avec un nom de personne (cf. Darès, ix (éd. Meiser), *Castor et Pollux ad Clytemestram ierant,* « s'étaient rendus chez C. ») Cf. CLITEMESTRA.

CLITEMESTRA 28049, 28073, 28377, rég. *Clitemestran* 27968, 28338 (Dict. VI, 2 et 3, *Clytemestra*), Clytemnestre, épouse d'Agamemnon. — Œax (*Oëaus*) l'avertit que son époux connait sa conduite et l'engage à prévenir sa vengeance 27967-76 ; — de concert avec son amant Egisthe, elle le tue la nuit même de son arrivée à Mycènes 28047 ss. ; — son fils Oreste (voy. Orestès) le venge cruellement 28347 ss.

COLCON¹, voy. COLCOS.

COLCON², var. de *Glaucon.*

COLCOS (r.) 765, 838 (*os :*), 936, et *Colcon* 1137 (: *Jason*), la Colchide, au sud-est du Pont-Euxin, où se trouvait le bélier à la Toison d'or. — Donnée comme une île 765 ; — la Toison est dans un îlot, près de la capitale, Jaconitès 1801 ss.

COLIAS, var. de *Tolias.*

COLLOFON, COLOFON, -ONE, var. de *Colophon.*

COLOPHON 6675, 8138, contrée (*de mer avironee* 6676 = presqu'île?). Il y a eu sans doute confusion avec la ville de ce nom, en Ionie, au nord d'Ephèse, non loin de la mer. — Les quatre rois de C., Caras, Masius, Nesteus et Fimacus, sont désignés (mais ne prenant pas part à la 2ᵉ bataille 8137-8.

COLOPHONE, var. de *Colophon.*

COMMACINE 23291, Commagène, partie septentrionale de la Syrie.

CORAX, var. de *Coras.*

CORCIRE MENELAN 27527 et CORCIRE 27538 (*Corcyram Melænam* Dictys, V, 17, *Corcyra Nigra* Mela, II, 7 ; Pline III, fin), île et ville de l'Adriatique, qui aurait été fondée par Anténor, aujourd'hui « Curzola ». Dans Dictys, V, 17, que Benoit a mal compris, elle est fondée par Enée (voy. la note aux v. 27355-547).

CORINTE 28086, 28157, Corinthe. — Talthybius y remet Oreste à Idoménée 28073 ss ; — les chefs exilés s'y rassemblent 28155 ss.

CORINTHE, var. de *Corinte.*

CORMENIE (*de*), -ONIE (*de*), var. pour *d'Orcomenie.*

CORNELIUS 83, 120. Cornelius Nepos. — Donné comme le neveu de l'historien Salluste 82 ; — tenait école à Athènes 86 ; — y trouve l'histoire du siège de Troie de Darès et la traduisit en latin 117-122.

CORTACE 23267, fleuve d'Orient difficile à identifier. Cf. *Cortatha,* ville sur le *Magnus Sinus* (mer de Chine), à l'embouchure d'un fleuve qui portait sans doute le même nom.

CRENEOS, -EOUS, -EUS, var. de *Crenos.*

CRENOS 5693 (: *dous*) (Darès *Cernus* : addition du ms. L non admise dans le texte par Meiser : *C. ex Pilo navibus numero XXII*), roi de Pile.

CRENUS, var. de *Crenos*.

CREPEÜS, CRESPEÜS, var. de *Steropeus*.

[CRESTIIEN], s. *Crestiiens* 29568, n. m., Chrétien.

CRETE 5644 (semble ici pris pour un nom de ville : *De c. et de la region*), 23242, 28414, 28550, la Crète, patrie d'Idoménée. —*Ceus de C.* 8227, *cil de C.* 8431, 9270, les Crétois ; — *le rei de C.* 24905, 28087, 28279, 28579, 28941, 29059, Idoménée.

CRETEIS (sans article) 8427, 9181, les Crétois.

CRINEOUS, CROENEX, var. de *Crenos*.

CRISÈS (invar.) 25723, 25738, 26869, 26932, 26959, 27010, Chrysès, prêtre d'Apollon. — Se joint à Calcas pour ordonner aux Grecs d'offrir à Minerve un cheval de bois destiné à remplacer le Palladium et en donne le plan à Epius 25722 ss. ; — réclame à Agamennon sa fille enlevée par Achille, et l'ayant reçue, la lui rend à la prière d'Ajax-Télamon 26982 ss. — *La fille C.* 26959, Astinomé.

CRISORAS 23268, fleuve d'Orient, probablement le *Chysorrhoas*, qui arrose Damas : Solin, XL, 10, dit que le Pactole s'appelle aussi *Chysorrhoas*.

CRISOS 23273, fleuve d'Orient que nous ne savons comment identifier.

CRISPUS 29117, 29175 (Dict. VI, 7, *Chrysippum*), espion envoyé par Pyrrhus dans l'intérieur de la Thessalie, avec Aratus.

CRUPESUS, var. de *Cupesus*.

CUNEÜS 5685, 8296, C. roi de Cipe. — Conduit à Troie 11 vaisseaux 5685-6 ; — forme le 25e corps à la 2e bat. 8293-8.

CUPENSUS, CUPESSUS, -ESUC, var. de *Cupesus*.

CUPESUS 6703, 7789, 8678, 11319, 15379, C. de Larise, allié de Priam. — Vient à Troie avec Hupot le Grand 6703 ss. ; —

forme avec lui le 3e corps à la 2e bat., sous la conduite de Cadarz 7785 ss. ; — ils combattent contre les Boëciëns 8675 ss. ; — il assiste à la 4e bat. 11319 ; — l'un des chefs à la 10e bat. 15379.

CUPRESSUS, -ESUS, CUPESUS, var. de *Cupesus*.

CYFONIE, var. de *Cisonie*.

DAIRE 8839, 24400, s. *Daires* 93, 538, 3119, etc., et *Daire* 91, 14094, 16262, 21187, 21419, 24395, 26144 ; *Darès* (invar.) 5201, 6527 (: *Herculès*), 23810 (*Achilles* :), Darès le Phrygien, auteur d'un *Excidium Trojæ* que le moyen âge à préféré aux poèmes d'Homère comme plus véridique. — Né à Troie 93-4 ; — a été témoin du siège de cette ville par les Grecs et l'a défendue, notant les événements au jour le jour 95-112 ; — son impartialité 113-6. — L'autorité de Darès est invoquée directement 538, 2064, 3119, 3145, 5442, 5510, 6527, 8839, 12440, 12722, 15200, 16262, 18970, 19082, 20034, 20151, 21187, 21419, 23810, 24395, 25988 ; indirectement (*l'Autor*) 2035, 2438, 3990, 14571, 14602, 18877, 23680, 24422 ; négativement 914, 920, 14094, 17348, 22302-5.

DAMEDEUS (s.) 24460, pour désigner un Dieu unique.

DAMES (*les*) *de Troie* regardent du haut des murs, avec Hélène, la 2e bat. 8081 ss. (cf. 8650 ss.) ; — hésitent entre Troïlus et Polydamas pour le second prix de la journée et louent aussi Pâris et les Bâtards 10283-301 ; — regardent défiler l'armée avant la 3e bat. ; — de même pour la 8e 13972 ss. ; — sont témoins des exploits de Priam à la 11e 17148-56 ; — signalées aussi a la 13e 19354 ss.

DANAUS, DANABUS (= *de Nabus*), var. de *Labius*.

18726, 21378, 22517, 22977, 25997, 26348, 28911, 29660, s. Deus 3060, 3228, 4492, 4727, 6913, 7930, 8359, 8659, 10441, 13312, 13369, 13680, 14634, 14750, 14949, 15351, 17660, 17792, 18118, 18622, 22038, 22829, 24188, 26205 (: *auteus*), 26515, 29810, 30315, Dieu, un Dieu unique. — *Le Deu poissant* 26146, Jupiter.

Diana 4292, 5947 et *Diane* 7666 (*ordane :*) Au premier passage, 4292, il faut sans doute corriger dans Darès, xii, 3 (Meiser), *ubi fanum Veneris erat : Dianæ sacrificavit*, en *ubi ad fanum V. Dionæ* (« à Vénus ») s. (cf. l'éd. Artopœus, Strasbourg, 1691, *ubi ad f. V. Dianæ* s.) : il y a lieu, en effet, de s'étonner que Pàris sacrifie à Diane dans le temple de Vénus (voy. la note à 4281). — Sacrifice de Pàris à Cythère (?) (voy. ci-dessus) 4291-6 ; — sacrifice des Grecs en Alida (Aulide) pour obtenir une heureuse traversée 5930 ss. ; — temple de D. à Troie, hors des murs, près duquel Hector range l'armée à la 2ᵉ bataille 7658 ss.

Diapagite 23269, fleuve d'Orient, que nous n'avons pu identifier.

Dimas, var. de *Dinas*.

Dinadaron, var. de *Dinas d'A- ron*.

Dinas d'Aron 8008, 9043, fils bâtard de Priam. — Combat sous Hector à la 2ᵉ bat. 7989 ss. ; — tue un Grec 9043-4.

Diomedan (r.) 26926 et *Diome- dean* (r.) 26837, fille de Forbanta, qu'Achille se réserve dans le partage du butin, ainsi qu'Ypodamia.

Diomedès (invar.) (191 ?), 226, 326, etc., Diomède, roi d'Argos. — Assiste à Sparte au conseil où est décidée l'expédition contre Troie ; — son portrait 5211-24 ; — amène à Troie, avec Sthelenus et Eûrialus, 80 vaisseaux 5677-80 ; — est envoyé comme ambas-

sadeur à Troie avec Ulysse ; costume 6211 ss. ; — ses menaces à Priam 6385 ss. ; — sa réplique menaçante à Énée 6441 ss. ; — forme, avec Sthelenus et Eûrialus, le 23ᵉ corps à la 2ᵉ bat. 8283-7 — marche le second après Achille à la 3ᵉ bataille 10565-8 ; — lutte contre Troïlus et enlève son cheval 10725 ss. ; — à la 4ᵉ bat., secourt Achille, renversant Enée, qu'il raille, et blessant Hector 11244 ss. ; — à la 5ᵉ bat., tue Antipus [3] (12127 ss.) [et Menestren, cf. 12649-52], et le Sagittaire 12450 ss. ; — après la 7ᵉ bat., va avec Ulysse à Troie pour demander une trève 12853 ss. ; — vient à la rencontre de Briseïda, réclamée par son père, et lui déclare aussitôt son amour 13517 ss. ; — l'un des chefs à la 8ᵉ bat. 13943 ss. ; — renverse Troïlus et fait présent de son cheval à Briseïda, qui lui envoie ses remerciements mêlés de réserves 14286 ss. ; — Polydamas le renverse et donne son cheval à Troïlus 14409 ss. ; — D. est fort épris de Briseïda, qui le raille pour la perte de son cheval, mais lui prête celui de Troïlus en y joignant le don de sa manche droite en guise de gonfanon 15001 ss. ; — à la 10ᵉ bat., il attaque Troïlus ; ils se blessent légèrement, mais on les sépare 15638 ss. ; — va avec Ulysse et Nestor solliciter Achille de reprendre les armes 19449 ss. ; — discours agressif, où il fait allusion à l'amour d'Achille, ce qui lui attire une verte réponse 19717 ss. ; — devant le Conseil, appuie les propositions d'accommodement d'Ulysse 19889 ss. ; — est grièvement blessé à la 15ᵉ bat. par Troilus, qui l'engage à se méfier de Briseïda 20071 ss. ; — à la 20ᵉ bat., combat contre Philemenis et ses Paphlagoniens 22687 ss. ; — après la mort de Pâris, entre avec les Troyens dans la ville, mais, n'étant pas suivi, est obligé de reculer 22869 ss.; — à la 21ᵉ bat., Penthésilée lui enlève son écu 23629 ss.; — il empêche Penthésilée de mettre le feu aux vaisseaux 23697 ss.; — fait refuser la sépulture à Penthésilée, qu'on jette dans le fleuve « Eschandre » 24451 ss.; — est amené à Troie, avec Ulysse, par Anténor et Enée, pour traiter de la paix 25321 ss.; — est témoin avec eux des prodiges annonçant la ruine de Troie (voy. à ANTÉNOR) 25500 ss.; — jure le premier, avec Ulysse, de tenir les engagements pris avec Anténor 25809 ss.; — réclame le premier le Palladium 26619-34; — se retire non sans dépit devant Ajax et Ulysse 27041 ss.; — est accusé du meurtre d'Ajax avec Agamemnon, Ménélas et Ulysse 27109 ss.; — Ulysse lui confie le Palladium, qu'il garde nuit et jour 27172 ss.; — complice d'Ulysse dans le meurtre de Palamède 27237 ss.; — repoussé d'Argos par sa femme Egial, prévenue contre lui par Œax, et qui lui reprochait d'ailleurs de n'avoir pas veillé sur son frère Tassandrus, bien qu'il eût enlevé son cadavre sur le champ de bataille au péril de sa vie 27932-66 et 27978 ss.; — chassé aussi de Salamine à cause du meurtre d'Ajax 28115 ss.; — appelé par Enée à Troie, le débarrasse de ses ennemis 28208 ss. (voy. la note à 28253-6); — Egial, effrayée, lui fait des propositions de paix et il rentre dans son royaume 28238 ss.

DIOMENAUS, -EZ, var. de *Idomeneus.*

DIRCÈS 2667 (*D. de Salemine*), parent de la reine, épouse de Laomédon 2668; — annonce à Laomédon que Troie a été surprise par les Grecs.

DISHADARON, DISN., var. de *Dinas d'Aron.*

DITIS (invar.) 649, 24395, 24397, 24405, 24418, 24907, 25338, 25614, 25988, 26144, 26306, 26567, 27047, 27273, 27985, 28043, 28230, 28277, 28424, 29537, 29764, 30303, Dictys de Crète, auteur d'une histoire de la guerre de Troie, source de Benoit pour la fin de son poème.

DODANIëT 10706, s. *Dodaniëʒ* 8484, 8500, D. del Pui de Rir, « vaslet » d'Hector. — A la 2ᵉ bat., appelle au secours d'Hector désarçonné et, avec les deux lances qu'il lui apportait, tue Carrut de Pierrelee et un autre Grec 8484 ss.; — Hector lui confie le cheval d'Achille, qu'il vient de prendre 10706-7.

DODINEL., var. de *Odenel.*

DOGLAS ¹ (invar.) 7882, 9206, père de Fion. — Sa femme l'empoisonna 7884.

DOGLAS ² 8123, 9955, 9959 (toujours suj.), fils bâtard de Priam. — Reste avec son père à la 2ᵉ bat. 8097 ss.; — renverse Teücer et blesse Menesteüs, venu à son secours, qui lui coupe une partie du nez 9955 ss.; — secourt, avec Polydamas et Fion, les Troyens pressés par Agamemnon.

DOLOCAMUS, var. de *Doroscaluʒ.*

DOLON ¹ (invar.) 349, 12860, 12895, 13013, 24733, chevalier Troyen. — Rencontre Ulysse et Diomède se rendant à Troie pour demander une trêve et les accompagne courtoisement 12858 ss.; — de même au retour 13009 ss.; — donné comme complice de la trahison d'Anténor et d'Enée 24733 ss.

DOLON ² 9017 (: *Polixenon*), s. *Dolonʒ* 7996 (*seconʒ* :), 7997, fils bâtard de Priam. — Combat sous Hector à la 2ᵉ bat. 7989 ss.; — tue Polixenon et donne son cheval à Hector, qui a perdu le sien 9017 ss.

DOMERIUS, -INIUS, var. de *Idomeneus*.

DORASCALUS, var. de *Dorosca
luʒ*.

DORION [1], voy. DORIUS.

DORION [2], var. de *Merion* (5643
G).

DORIUS (s.) 8217, 12664, r.
16836; *Dorus* (s.) *de Satelee*
12329; *Dorion* (r.) 5624
(*compaignon :*) (Darès *Diorem*, mss. *GL Dorium*), compagnon d'Ajax-Télamon. —
Combat sous lui à la 2ᵉ bat.
8217; — blessé par Hector
8905-7; — tué par le même
à la 5ᵉ bat. 12324 ss.; — sa
mort est rappelée 12664 et
16836.

DOROCALUS, var. de *Doroscaluʒ*.

DOROSCALIZ, -US, -CHALUS, var.
de *Doroscaluʒ*.

DOROSCALU 10885 (: *bu*), s. *Doroscaluʒ* 8009, 9045, 11945,
fils bâtard de Priam. — Combat sous Hector à la 2ᵉ bat.
7989 ss.; — y renverse
l'« amiraut qui Dorse tient »
9045 ss.; — tué par Achille à
la 3ᵉ bat. 10877 ss.; — ses
funérailles 11945 ss.

DORSE 9046, nom de ville ou de
pays (cf. (?) le comté de Dor-
set, au sud-ouest de l'Angleterre), dont l'« amiraut » est
renversé par Doroscalu à la
2ᵉ bat. 9045 ss.

DORUS, voy. DORIUS.

DOSCALUS, var. de *Doroscaluʒ*.

DROCHALUS, var. de *Doroscaluʒ*.

DYNAS, var. de *Dinas*.

EANTIDÈS 27318, Æantidès, fils
d'Ajax-Télamon et de Glauca.
— Confié, avec son frère Eurisacis, à Teücer après la
mort d'Ajax 27313 ss.

EARMONE, var. à *Eetion*. Voy.
ce mot.

EBRAS, var. de *Edras*.

EBOËAN (r.) 27901, 27997, l'Eubée. — Considérée comme
une localité, non comme une
île 27901; — donnée à tort
comme le royaume de Tele-
phus (voy. Dict. II,1) 27995 ss.

ECTOR, voy. *Hector*.

ECUBA (invar.) 612, 2928, 5509,
11855, etc., Hécube, épouse
de Priam. — Mère de huit
enfants 2929 ss.; — son portrait 5509-18; — prend entre
ses bras Hector blessé 10219;
— félicite et encourage à
bien faire Troïlus, Enée et
Polydamas, dans la chambre
des dames, après la 4ᵉ bat.
11855 ss.; — supplie Hector
de ne pas aller à la bataille
15429 ss.; — ses lamenta-
tions sur le corps d'Hector
16425 ss.; — déclare au messager d'Achille qui lui demande
la main de Polyxène qu'elle
consultera Priam et Pâris
17806 ss.; — triomphe des
résistances de Priam et donne
au messager, revenu le troisième jour, une réponse favorable 17885 ss.; — justifie
devant Priam Achille, qui a
repris les armes 21211 ss.;
— ses plaintes à la mort de
Troïlus 21698 ss.; — prie
Pâris, pour venger ses frères,
de tuer Achille en trahison :
elle donnera rendez-vous à
Achille au temple d'Apollon
hors des murs, sous prétexte
de renouer les pourparlers,
et Pâris l'y surprendra avec
une troupe armée; Pâris accepte, non sans répugnance
21838-956; — envoie aussitôt
un messager, qui rapporte une
réponse favorable; prie Pâris
de prendre ses dispositions
21957 ss.; — fait renouveler
en vain les sacrifices à Minerve et à Apollon, dont le
feu s'est éteint 25578 ss.; —
lors du sac de Troie, rencontre Enée et invective le
traître 26157 ss.; — devient
folle ou feint la folie à la
mort de sa fille Polyxène et
est lapidée par les Grecs « en
Abidie » (voy. ce mot), où l'on
voit encore son tombeau
26550 ss.

EDRAS 6887, 7881, 7913, 9205,
21641, 22644 (Dar., XVIII,
Adrastus), roi d'Agreste, allié

de Priam. — Vient à Troie avec Fion 6885 ss.; — ils forment ensemble le 6ᵉ corps à la 2ᵉ bat. sous la direction de Pitagoras 7873 ss.; — protège la rentrée des Troyens après la mort de Troïlus 21611 ss.

EDRON 7996 et 19001 (s.), fils bâtard de Priam. — Combat sous Hector à la 2ᵉ bat. 7989 ss.; — blesse Ajax-Télamon 9011 ss.

EETION 26859 (: *renon*), roi de Linerse, tué par Achille. Correction proposée en note du texte critique, au lieu de *Earmoné* (: *fierté*).

EGEON (*mer*) 27570, mer Egée : une tempête y assaille les Grecs à leur retour de Troie.

EGETAINE 23068 (littᵗ : égyptienne), pierre précieuse.

EGIAL (invar.) 27939, 27979, 27985, 28005, 28126, 28238, 28242 (Dict. VI, 11, *Ægiale*), femme de Diomède. — Trompée par Œax, qui lui dit que son époux revient avec une femme qu'il aime et décidé à la chasser, lui fait interdire par ses sujets l'accès d'Argos, 27932 ss.; — effrayée quand Diomède a triomphé des ennemis d'Enée, elle lui fait des propositions de paix, et Diomède rentre dans son royaume 28238 ss.

EGISTUS (s.) 28052, 28083, 28379, 28391, r. *Egistus* 28293, 28300 (*plus :*) et *Egiston* 28331 (*acheison*), Egisthe, amant de Clytemnestre, dont il eut Erigone 28049 ss. — Absent au moment où Oreste s'empare de Mycènes, est pris dans une embuscade, traîné par les rues et pendu 28379 ss.

ELEINE, voy. HELEINE.

ELENI, voy. HELENUS.

ELEPHANTINE 23237 (corr., mss. *Seleph.*, *Sileph.*, etc.), donnée comme des neuf îles principales de l'Orient, Eléphantine, île du Nil, dans

la Haute-Egypte, non loin des cataractes.

ELEUZER 23271, fleuve d'Orient, que nous n'avons pu identifier.

ELIACHIM 2630, fils du roi de Carthage, neveu de Laomédon. — Tué par Pollux dans la première expédition contre Troie 2623-34; — Laomédon exhorte les Troyens à venger sa mort 2635-48.

ELIDE 5669, 8273, 10020. — Patrie d'Antipus² et d'Amphimacus². — *Cil d'E.* forment le 21ᵉ corps à la 2ᵉ bataille 8273-6; — ils y combattent avec les gens de Rhodes et ceux d'Ormenie 10019 ss.

ELINUS, var. de *Almenus*.

ELIUS, var. de *Heseus*.

ELLÉS (*mer*) 22122, l'Hellespont, où se noya Léandre.

ELPINOR 12327 (Dar. XXI, *Elephenorem* (manque au Catalogue); Dictys I, XVII, XL (*naves*) *Elephenor ex Eubœa*, Dar. ms. *L cleo liel phenorem*, ms. *G helpinorem*), roi de Libanor, tué par Hector à la 5ᵉ bat. 12324 ss.; — sa mort est rappelée 12663 et 16834.

ELYNADANS, var. de *Almadian*.

EMELEUS, var. de *Emelius*.

[EMELIN], s. EMELINS, voy. EMELIUS.

EMELIUS (s.) 5649, 25826 et *Emelins* 8246, 9499 (: *roncins*), 9945 (Dar. *Eumelus*, ms. *G Emeleus*, L *Æmelius*), roi de Pigris (voy. ce mot). — En amène 10 vaisseaux 5649-50; — forme le 16ᵉ corps à la 2ᵉ bataille 8245-6; — joute contre Gilor d'Agluz : ils se désarçonnent 9945-8; — jure les conditions de paix convenues avec Anténor 25826.

EMENUS, var. de *Cuneüs*.

ENEAS (invar.) 303, 434, 682, etc., Enée, prince troyen. — Reçoit de Priam l'ordre d'aller en Grèce avec Pàris 4195; — est consulté par Pàris sur son projet d'attaquer le temple, à Cythère 4375 ss.; — son

portrait 5461-72 ; — son discours dédaigneux en réponse
à Ulysse et à Diomède réclamant Hélène 6423 ss. ; —
forme le 7e corps, avec les
gens de Licoine, à la 2e bat.
7924 ss. ; — recommande à
Hector de hâter la sortie des
troupes 7933 ss. ; — renversé
par Odenel 9007-8 ; — blessé
légèrement par Ajax-Téla-
mon, qu'il blesse aussi 9408
ss. ; — l'un des chefs à la
4e bat. 11120-4 ; — pro-
tège de son bouclier Pâris
désarmé, que presse vive-
ment Ménélas, et le ramène
à Troie 11645 ss. ; — contre
l'avis de Priam, conseille
d'épargner Thoas fait prisonnier, de peur de représailles 11784 ss. ; — va voir
avec Polydamas et Troïlus,
Hélène, Hécube et les dames ;
ils assurent la reine de leur
dévouement 11845 ss. ; — secourt Hector à la 5e bat.
(12204 ss.) et tue Amphimacus[2] 12217 ss ; — l'un des
chefs à la 10e bat. 15375 ; —
arrête les Grecs devant les
lices 15877 ss. ; — com-
mande les gens de Licoine à
la 22e bat. 24183-4 ; — avec
Anchise, Anténor et Polydamas, décide de faire rendre
Hélène et ses trésors 24471
ss. ; — appuie devant le Conseil les propositions de paix
d'Anténor 24603 ss. ; — est
chargé par le Conseil, avec
Anténor, de régler les conditions de la paix 25242 ss. ;
— est témoin des prodiges
annonçant la ruine de Troie
(voy. à ANTÉNOR) 25500 ss. ;
— avec Anténor, s'arrange
pour ne pas se parjurer en
jurant la paix 25841 ss. ; —
les Grecs lui conseillant de
venir en Grèce, demande et
obtient les vingt-deux vaisseaux qu'avait fait construire
Pâris pour son expédition
27240 ss ; — conseille aux
Troyens qui ne veulent pas
le suivre de prendre Anté-

nor pour seigneur ; mais
ayant appris que son exil
était dû à sa dénonciation,
il reste et lui fait signifier de
quitter le pays 27355 ss. ; —
Diomède lui prête un puissant secours contre ses voi-
sins qui l'assaillaient 28208
ss. (voy. la note à 28253-6) ;
— il part et s'établit en Lombardie (Italie) 28253-6.

ENFERNAL (li) (substantif s. pl.)
26435, les divinités infer-
nales.

ENGRÈS 2675, nom donné au
lieu où fut érigé le tombeau
d'Hécube, « por ço que le
cuer ert porvers ».

ENRIE, var. de Ourie.

ENVIE (sans art.) 16843, 26532,
26537, l'envie personnifiée.

EOLI (isles d') 28703 (Dict. VI,
5, Æoli), Eole (les îles d') : nom
d'homme pris pour un nom
de lieu (le gén. lat. aurait dû
exclure la préposition de ; cf.
cependant d'Eleni et Heleni,
s. v. HELENUS).

EPINEIS, var. de Crenos.

EPIPEX, var. de Epistroz[3].

EPISTROPHIUS, voy. EPISTROT[1].

EPISTROT[1] 12193 (: mort), s.
Epistroz[1] 8203, 8969, 12162,
et Epistrophus 319, 5615,
12155, roi de Phocide, frère
de Scedius. — Amène à Troie,
avec Scedius, 50 vaisseaux
5615-8 ; — forme avec lui le
7e corps à la 2e bat. 8203
ss. ; combat contre Antonius :
ils sont renversés tous deux
9009-10 ; — menace Hector à
la 5e bat. ; celui-ci lui répond
et le tue d'un coup d'épée
12162 ss. ; — sa mort est rappelée 12664.

EPISTROT[2], s. Epistroz[2] 6795,
(Dar. ms. G Epistropilis,
L Epystropolis, manque aux
éd. Artopœus et Meiser),
E., roi de Botine, allié de
Priam. — Amène à Troie,
avec Boëtès, 700 chevaliers ;
— l'un des chefs à la 10e bat.
15382.

EPISTROUS, -OUZ, EPITROX, -OZ,
var. de Epistroz.

EPISTROZ ¹ et E. ², voy. EPIS-
TROT ¹ et E. ².
EPIUS 25735, 25896. — Est
chargé de construire un che-
val de bois sous la direction
de Crisès 25735 ss.
EPYONEUS, -EX, var. de *Crenos*.
EPYSTROZ, var. de *Epistroz*.
ERIGONA 28057, fille d'Egistus
et de Clitemestra ; — se pend
en voyant Oreste absous
28524 ss.
ERMAFUS, var. de *Masius*.
ERMAGORAS, var. de *Hermagoras*.
ERMIONOIS, var. de *Essimiëis*.
ERO 22123, Héro, l'amie de
Léandre.
ERUPILUS, var. de *Eüripilus*.
ESCALAPHUS, -OPHUS, var. de
Ascalaphus.
ESCHANDRE 24457 (sans article),
le Scamandre, fleuve de la
plaine de Troie. — Le corps
de Panthesilée y est jeté
24456 ss.
Escrit (l') 5290, s. *li Escriz*
312, 551, 5495, 21548, 22306,
l'Escriz 2959, 15275, 24364
et *l'Escrit* 14383, 18744,
18969, 20009, 27670, la source de Benoit.
Escriture (l') 710, 16638, la
source de Benoit.
ESDRAS, var. de *Edras* et de
Edron.
ESDROM, -ON, -UL, var. de *Edron*.
ESEÜS, ESIUS, ESYUS, var. de
Heseüs.
ESIMIOIS, var. de *Essimiëis*.
ESIONA (r.) 175, 2793 (: *naistra*), 3261 (: *ça*), 4200, 10127,
24862, *Esionain* 18202 (: *antain*) et *Esionan* 3937 et 6350
(: *an*), s. *Esiona* 6161, Hésione, sœur de Priam, concubine
d'Ajax, fils de Télamon. —
Hercule la donne à Télamon
après la 1ʳᵉ prise de Troie
2793-804 ; — Priam envoie
Anténor en Grèce pour la réclamer 3187 ss. ; — mère de
Télamon Aïaus 10129-32.
ESNUIOIS, var. de *Essimicis*.
ESPAIGNE, Espagne ; *cheval d'E.*
7468, 7714, 11643, 23440,
23886, 23932 ; *or d'E.*15614,

20897, 22607 ; — l'empereur
d'E. donné (avec celui d'Allemagne) comme exemple de
richesse 16741-4.
ESPANEIS, d'Espagne, — *Or E*
1839.
ESPIRROZ, ESPISTROS -OZ, ESPI-
TROZ, var. de *Epistroz*.
ESON (invar.) 723, 727. — Père
de Jason 727-8 ; — frère germain de Peleüs 721-3 ; — vi-
vait à Pelopène 723-5.
ESSIMIËIS 5632 (d') 8235, 9493,
9811 (d') (Dar. *ex Syme*, ms.
G *eximi*, L *eximina*). habitants de Syme, île située près
de Rhodes, patrie d'Hune-
rius ou Hunier ; — forment le
14ᵉ corps à la 2ᵉ bataille 8535
ss. ; — combattent à côté des
gens d'Achaie (avec Ulysse)
et des Pigreis (avec Emelin)
9489 ss.
ESSIMIOIS, ESSYM., voy. ESSIMIËIS.
Estoire (l') 198, 2860, 10312,
12440, 12721, 17028, 17336,
19207, 23160, 24252, 24740,
29078, (l'Histoire), la source
de Benoit.
ETHIOPE 6854 (Dar. *Æthiopia*),
Ethiopie, patrie de Sersès et
de Mennon.
ETHIOPES, ETIOPE, ETYOPE -ES,
var. de *Etiope*.
ETHRA 26310, Æthra, dame
troyenne échue à Acamas
dans le partage du butin (parente de Ménélas, enlevée
avec Hécube, selon Dictys,
I, 3).
EÜFEME 7929 et *Eüfemus* 12647,
15378, s. *Eüfemes* 6696 (*l'a-
miraut*) 11322, Euphemus,
roi du pays des Cicones (voy.
à LICOINE). — Amène au secours de Priam 1000 chevaliers 6695 ss. ; — forme le 7ᵉ
corps à la 2ᵉ bataille sous la
direction d'Enée 7924 ss. ;—
assiste à la 4ᵉ bat. 11322 ;—
l'un des chefs à la 10ᵉ bat.
15378. Cf. EÜFEMIS.
EÜFEMIS 12307 (: *pris*), 12647
(: *Phileis*) — Tué par Achille
à la 5ᵉ bat. 12304 ss. ; — sa
mort est rappelée 12647 ; —
distingué à tort de *Eüfemus*

par Benoit. qui ne l'a pas re-
connu sous cette forme (cf.
Darès, xxvi, *Euphemum*), et l'a
fait reparaître à la 10ᵉ bat.
EÜFEMUS, voy. EUFEME.
EÜFORBIUS' 4090, Euphorbe,
devin grec, père de Panthus.
EÜFORBIUS ² 14107, seigneur de
Chastelclus, troyen tué par
Achille à la 8ᵉ bataille.
EUFRAME, EÜFREMUS, var. à *Eü-
feme*.
EÜFRAS, -ATE, voy. EÜFRATES.
EÜFRATÈS (sans article) 6844,
23264, *Eü rate* 9501 (: *ba-
rate*) et *Eüfras* 7974 (*mars* :),
l'Euphrate, fleuve d'Asie.
EUMENIUS, var. de *Emelius*.
EÜMENUS , - INUS , EÜNEUS,
EÜUEUS, var. de *Cuneüs*.
EURIALUS, var. de *Eürialus*. —
Au v. 11498, *Eurialus* des
mss. a été corrigé en *Resa li
fel* (voy. la note).
EÜRIALUS 5013, 5677, 8384,
11309 (toujours *li beaus E.*),
Euryalus (Darès), d'Argos. —
Assiste à Sparte au conseil où
est décidée l'expédition contre Troie 5011 ss. ; — forme
avec Diomède et Sthelenus
le 23ᵉ corps à la 2ᵉ bat. 8283-
7 — assiste à la 4ᵉ bat. 11309.
EURIPHILUS, -YLUS, var. de *Euri-
pilus*.
EURIPILUS 5665, 8270, 16059,
Eurypylus, roi d'Ormenie. —
Amène à Troie 50 vaisseaux ;
— forme le 20ᵉ corps à la
2ᵉ bat. 8270 2 ; — tué par
Hector à la 10ᵉ bat. 16054 ss.
EURISACIS 27321 (: *vis*) (Dict. V,
16, *Eurysaces*), fils d'Ajax-
Télamon et de Tecmissa ; —
les Grecs le confient à Teü-
cer à la mort de son père, avec
son frère Eantidès 27313 ss.
EÜROPE 3811 (sans article). —
C'est le tiers du monde 3812.
— *Cil d'E.* (18191) aident les
Troyens.
EUROPOIS, EURUPIOIS 8235, var.
de *Essimiëis*.
EURUALUS, var. de *Eürialus*.
EÜRUS 4172 (sans article), l'Eu-
rus, vent d'E t.
EÜTIPLUS, var. de *Eüripilus*.

EXIMIEIS, EXUNOIS, EXUROIS,
var. de *Essimiëis*.
Exos 23263, probablement dé-
formation de *Axon*, fleuve de
Carie.
EYSUS, var. de *Heseüs*.

FAMIAUS, -UAUS, -UEL, FANO-
RIAX, FANUEL, -ELS, -EAX, var.
de *Fanoël*, Fanoeaus.
FANOËL 9927 (: *poutrel*), s. *Fanoeaus* 8117 (: *beaus*], fils bâtard de Priam. — Reste avec
son père à la 2ᵉ bat. 8097 ss.;
— renversé par Ajax-Téla-
mon et secouru par Brun le
Gemel 9927-30.
FEGOR 18746, roi de Leütiz,
inconnu à Darès et à Dictys.
FELIPPON, var. de *Phelipon*.
FEMELIE, FEMINIE, var. de *Femenie*.
FEMENIE 6894 (c.-à-dire : des
femmes), nom donné au
moyen âge à une contrée exclusivement habitée par des
femmes, dont la position en
Orient n'était que vaguement
connue (dans certaines chansons de geste on la place au-
delà de la mer Rouge). —
L'Alizonie en est voisine
6897-8;— c'est le pays des épi-
ces 6899; — *la reine de F.*
est l'amie de Celidis 8831 ss.;
— c'est Penthésilée, amou-
reuse d'Hector 23769, 24059,
24169, 24430.
FERIMON, var. de *Phelipon*.
FICE, FICI, var. de *Phice*.
FICIUS, var. de *Masius*.
FIEREJOSTICE, voy. GLAUCON ².
FILAMENIS, FILEM., FILIM., FI-
LOM., var. de *Philimenis*.
FILIPILUS, var. de *Eüripilus*.
FILISTINS, -ITAINS, -ITINS, -UT-
TIS, var. de *Filitis*.
FILITHOAS, FILIT., FILOTH., var.
de *Philitoas*.
FILITIS 15384, ville de Fortis '.
FIMACUS 6678 (Dar. (éd. Arto-
pœus et Meiser) *Amphimacus*),
de Colophon, allié de Priam
(sans doute corrompu dans
le ms. de Benoit).
FION (invar.) 6887, 7882, 7885,
7913, 9206, 9209, 9227, 9253,

conquise par Ajax-Télamon.
Cf. Dictys, II, 27, *Gargarum*.

GASCOIGNE 11496 (: *bosoigne*),
Gascogne. — *Cheval de G.*
11496.

GAUDINE (LA), voy. POLIXE-
NART².

GEMEAUS (LI), GEMEL (LE), voy.
BRUN.

GERAPOLIN 26841, ville de Phrygie prise er pillée par Achille.
Cf. Dictys, II, 16, *Hierapo-
lin* (acc.).

GERBENE 27514, ville ou contrée, où régnait Oënidus ((Eni-
deus), située près de Corcire
Menelan (voy. ce mot), d'a-
près Benoit, qui a mal compris son texte (voy. la note
aux v. 27355-547]. Cf. Dictys, V, 17 : *rex Cebrenorum*
(mss. *Gebrenorum*) *Œnideus*.
Cebren était en Troade.

GILLES, GILLET, GILLOR, -ORS,
-ORZ, GILO, var. de *Gilor*.

GILOR D'AGLUZ 8121 et 9945 (s.),
fils bâtard de Priam. — Reste
avec son père à la 2ᵉ bat.
8097 ss.; — joute avec Emelin ; ils se renversent 9945-8.

GILORS, -OZ, var. de *Gilor*.

GIMEL, -ELS, -IAX, var. de *Gemel, Gemeaus*.

GIROR, var. de *Gilor*.

GLACON -ÇON, var. de *Glaucon*.

GLAUCA 27319, fille de Cycnus,
roi de Neandria (ou Nean-
dros), en Troade, concubine
d'Ajax-Telamon, mère d'Eantidès.

GLAUCON¹ (invar.) 6685 (*li vieuz
G. : Sarpedon*), 8395, 8403,
et *Glaucus* (r.) 15377 (Dar.
Glaucus), Glaucus, roi de
Lice. — Parent de Priam
(voy. GLAUCON ²), qu'il vient
aider avec son fils Sarpédon
et plus de 3,000 hommes ; —
donné comme père de Sar-
pedon (qui, dans la légende
classique) est fils de Jupiter
et d'Europe, 6686, et (sous le
nom de *roi de Lice*) de G.
Fierejostice (voy. ce mot)
7693-4; — à la 2ᵉ bataille,
combat contre les gens de
Phice 8395 ss.; — l'un des

chefs à la 10ᵉ bat. 15377 ; —
à la 11ᵉ, est entouré d'ennemis et tué en portant secours
à Sarpédon blessé 17241 ss.;
— deuil de son neveu Mem-
non et de Pâris 17354 ss.; —
on ramène ses restes dans son
pays après l'avoir veillé trois
jours dans un temple 17377
ss. Voy. *Le rei Perseis*, s. v.
PERSEIS.

GLAUCON² (s.) 7701 et GLAUCON
FIEREJOSTICE (s.) 7694, fils de
Glaucon, le roi de Lice. —
Cousin germain d'Hector
7698 ; — forme le premier
corps avec Heseüs à la 2ᵉ
bataille, sous la direction de
Cicinalor 7692 ss.

GLAUCON³, voy. GLAUCUS².

GLAUCUS¹, voy. GLAUCON¹.

GLAUCUS² (r.) 24213, 25040,
Glaucon (r.) 25258, Glaucus,
fils d'Anténor (d'une autre
mère que Polydamas), tué par
Pyrrhus à la 22ᵉ bat. 24213-
20 ; — sa mort est rappelée
par son père 25339-42 ; — il
lui élève un tombeau magnifique 25258 ss.

GLO DE VALFRAIT 9038, grec tué
par Cassibilant à la 2ᵉ bat.
9037 ss.

GLUZ (*de Gluz*), var. de AGLUZ
(*d'Agluz*).

GODELES 8122 et 9949 (s.), fils
bâtard de Priam. — Reste
avec son père à la 2ᵉ bat.
8097 ss.; — blesse légèrement
Archelaus, qui le blesse de
même 9929-54.

GOLUZ, var. de *Gilor*.

GONTAUT (*fers de*) 14373, 19994,
épées de Gontaut. — Sans
doute amené par la rime.
Gontaud (Lot - et - Garonne)
existait bien au XIIᵉ siècle,
mais il ne semble pas qu'il y
ait eu là de manufacture
d'armes.

[GOT], s. *Goz* 10245, médecin
d'Orient, qui guérit rapidement Hector de ses blessures
après la 2ᵉ bat. (cf. BROT). —
Plus prisé en son temps
qu'Hippocrate et que Galien
10247-8.

Gré (s. sg. et s. pl.) 19302 (*tré* :), 25469 (: *esmeré*), Gres (s. sg. et r. pl.) 9019 et 20998 (: *remés*), Grec, les Grecs.

Grece (sans article) 177, 229, 1008, etc., Grèce. — *Ceus de G.* 25013, 25245, 26346, *cil de G.* 7641, 9463, 14977, 18798, 23515, 24370, 24522, 28257, 28427, *la gent de G.* 16139, les Grecs. — Le pays de Jason y est compris 717-8, 2045; — *Grece* signifie « les barons de Grèce », 5040 : *De rechief ont G. banie*; — *Cil de G.*, effrayés à la nouvelle des exploits de Diomède secourant Enée, se soumettent aux princes à leur retour de Troie.

Gresse (*de*), Greste (*de*), var. de *d'Agreste*.

Greu (r. sg. et s. pl.) 236, 285, 338, etc., r. pl. *Greus* 241, 263, 6787 (: *teus*) etc., s. sg. 600, 21006, 23061, Grecs, les Grecs. — Le sing. pour le plur. 600 : *Greus ne se tint plus*.

Grezeis (invar.) 214, 532, 641, etc. (sans article), Grecs, les Grecs.

Guilors, var. de *Gilor*.

Gymel, var. de *Gemel*.

Hacaie, var. de *Achaie*.

Heber, roi de Thrace; — *li fiz H.* 514, 18994, 19010, 19059. — Grièvement blessé, il supplie en vain Achille de secourir les Grecs et meurt sous ses yeux 18994-19070.

Hector (invar.) r. 174, 265, 305, 329, 352, etc. (après élision, *Ector* [passim), s. 257, 365, etc. (*H.* : *Prothenor*); (mais s. *Hectors* (: *cors*) 10817, 12657); — *la femme H.* 29627, 29638. — Fils aîné de Priam et d'Hécube 2933-6; — n'assistait pas au conseil où fut décidé l'envoi d'Anténor en Grèce, parce qu'il était allé soumettre les gens de « Panoine » 3199-204; — donne des conseils pleins de sagesse dans la délibération où l'ex-

pédition de Pàris est décidée 3771-840; — son portrait 5313-80; — a autorité sur ses frères et sur les rois alliés 6921 ss.; — tue Protésilas à la 1ʳᵉ bataille et épouvante les Grecs jusqu'à l'arrivée d'Achille 7503 ss.; — range les Troyens près du temple de Diane pour la 2ᵉ bataille 7658 ss.; — conduit le 9ᵉ et dernier corps à la 2ᵉ bat., avec, sous lui, dix de ses frères bâtards 7979 ss.; — recommande à Priam de rester en réserve et de retenir les gens a pied dans les lices 8034 ss.; — tue Patrocle à la 2ᵉ bat. 8329 ss.; —désarçonné par Merion, au moment où il allait dépouiller Patrocle de ses armes 8359 ss.; — il renouvelle sa tentative, mais Mérion emporte le corps 8437 ss.; — blessé par Teücer, il blesse son compagnon Dorius 8869 ss.; — tue Amphimacus 9001 ss.; — Delon lui donne le cheval de Polixenon, sur lequel il remonte 9021-4; — venge la mort de Cassibilant par un grand carnage 9145 ss. et 9281 ss.; — blesse grièvement Philitoas 9451 ss.; — ramène au combat ses gens repoussés, en son absence, jusqu'aux murs (discours) 9607 ss.; — blessé légèrement par Hunier, il le tue 9810 ss.; — demande à Priam 1.000 chevaliers pour achever la défaite des Grecs et le prie de l'appuyer avec le reste de ses troupes; il emmène les bâtards 9838 ss.; — joute contre Ajax : ils se désarçonnent 9885 ss.; — tue Mérion, après lui avoir rappelé leur lutte sur le corps de Patrocle 10049 ss.; — blessé par Menesteüs pendant qu'il cherche à dépouiller de ses armes le corps de Patrocle dans la tente où Mérion l'avait déposé 10065 ss.; — il rentre le dernier dans la ville; les dames lui font une ovation et ses sœurs le désarment 10201-37 ; — le médecin Got le guérit rapidement de ses blessures 10238-64 ; — à la 3ᵉ bat. lutte contre Achille et tous deux sont désarçonnés 10631 ss. ; — plus tard, il renverse encore Achille et enlève son cheval ; on remet en selle Achille et ils s'attaquent furieusement, mais on les sépare 10691 ss. ; — il tue Boëtès et son parent Archilogus 10825-76, puis Prothenor 10910-11, — à la 4ᵉ bat., renverse Agamemnon et prend Achille ; est blessé par Diomède, qui lui arrache son prisonnier 11207 ss. ; — à la fin de la journée, avec l'aide d'Enée, il sauve Pàris vivement pressé par Ménélas 11637 ss. ; — visite les blessés et est désarmé par les dames 11687 ss. ; — reçoit à Troie la visite d'Hélène, l'embrasse tendrement et fait une allusion ironique à la rencontre de ses deux maris 11732 ss. ; — conseille d'épargner Thoas fait prisonnier, afin de l'échanger à l'occasion 11809 ss. ; — à la 5ᵉ bat., tue Orcomenis (12091 ss.), Alamenis (12135 ss.), Epistrot' (12162 ss.), Scedius (12225 ss.), Elpinor et Dorus (12315 ss.) et Polixenart 12397 ss. ; — trouve trop longue la trêve demandée par les Grecs 12963 ss. ; — son entrevue avec Achille, à qui il propose un combat singulier pour vider la querelle : les chefs des deux armées s'y opposent 13121-260 ; — à la 8ᵉ bat., tue Phélis et Antipus' 13985 ss. ; — est blessé au visage : il se venge cruellement des Grecs et tue Mérionès 14126 ss. ; — lutte contre Achille : ils se défient mutuellement 14148 ss. ; — vers la fin de la bataille de 30 jours (8ᵉ), il est blessé grièvement au visage 14529 ss. ; — résiste aux prières d'An-

dromaque, qui, sur la foi d'un songe menaçant, veut l'empêcher d'aller combattre (15263 ss.) et à celles de sa mère, de Polyxène et d'Hélène 15425 ss. ; — Andromaque lui présente en vain son plus jeune fils Asternatès 15455 ss. ; — il se rend aux instances de son père et retourne au palais, mais ne veut pas se désarmer 15533 ss. ; — jure de venger Margariton, qui vient de mourir devant lui, mais son père le retient encore 15850 ss. ; — sort enfin en voyant les Grecs pénétrer dans la ville, tue Euripilus, coupe le bras d'Ifidus, délivre Polydamas et tue Leotetès 16007 ss. ; — tue Polibetès et blesse grièvement à la cuisse Achille, qui veut l'empêcher de le dépouiller 16155-95 ; — est tué par Achille, qui le guettait et le surprend découvert au moment où il emmenait un roi prisonnier 16215-30 ; — on emporte le corps à Troie ; marques de deuil 16317 ss. ; — lamentations des dames, de Pàris et d'Hécube ; douleur de Priam, d'Andromaque, d'Hélène et de Polyxène 16353 ss. ; — embaumement du corps et son installation sur un lit de parade 16503-74 ; — son tombeau merveilleux dans le temple d'Apollon 16635 ss. ; — Priam y établit en son honneur un couvent d'hommes 16849 ss. ; — anniversaire de sa mort 17489 ss.

Helee 4524 (après élision *Elee* 4551), château-fort sur la mer dans l'île de Cythère. — La garnison attaque les Troyens qui viennent de piller le temple 4523 ss.

Heleine' 180, 629, 673, etc. (après élision *Eleine*), Hélène, épouse de Ménélas, enlevée par Pàris. — Sœur de Castor et Pollux 4243 ; — en apprenant l'arrivée de Pàris, elle va sacrifier au temple de Vénus : l'amour naît de leur rencontre à Cythère 4319 ss. ; — ne semble pas fâchée d'être enlevée par Pàris 4505-6 ; — sa douleur en voyant le désespoir de ses compagnes de captivité 4639-64 ; — elle se déclare résignée à son sort 4755 ss. ; — est bien accueillie par Priam et sa famille et épouse Pàris 4845 ss. ; — son portrait 5119-40 ; — à la 2ᵉ bat., monte sur les murs avec les princesses et les « dames » de Troie pour regarder la lutte 8081 ss. (cf. 8650 ss.) ; — tante de Merel de Biez 8781 ; — assiste, avec Polyxène et les dames, à la sortie de l'armée pour la 3ᵉ bat. et provoque l'admiration par sa beauté 10591 ss. ; — est témoin de la chute de Pàris renversé par Ménélas à la 4ᵉ bat. 11367-8 ; — après avoir félicité Pàris, va voir Hector, qui lui fait fête et vante le courage de ses deux maris, ce qui lui tire des larmes 11721 ss. ; — accueille courtoisement et encourage Enée, Polydamas et Troïlus, qui lui font visite après la bataille 11845 ss. ; — avec Polyxène et Hécube, cherche à empêcher Hector d'aller à la bataille 15449 ss. ; — relève Andromaque évanouie 15486-90 ; — sa douleur devant le cadavre d'Hector 16479 ss. ; — ses plaintes à la mort de Pàris 22915 ss. (cf. 23073 ss.) ; — Anténor, Polydamas, Anchise et Enée décident de la rendre aux Grecs avec ses trésors 24471 ss. ; — elle prie Anténor d'intercéder pour elle auprès de son premier mari 25289 ss. ; — Priam la recommande aux Grecs 25854 ss. ; — les Grecs déclarent que, pour éviter les effets de la haine de l'armée, ils l'enverront prendre quand ils seront arrivés à Sigeon 25950 ss. ; — est ren-

duc à Ménélas, à la prière d'Ulysse 26279 ss. ; — en Crète, où elle aborde avec Ménélas, elle excite la curiosité générale 28423 ss. ; — sa fille, Hermione, épouse Oreste 28533 ss.

HELEINE ² 29542 (Dict. VI, 10, *Ilimera*, quam nonnulli materno nomine Hemeram (mss. *BG Helenam*) *appellabant*), sœur de Memnon. — Déterre ses restes et les transporte dans sa contrée, nommée *Palliotin* (voy. ce mot et la note à 29565), où ils reçoivent une magnifique sépulture, puis disparaît 29537 ss. ; — sa mère était déesse ou fée 29582.

HELENI, voy. *Helenus.*

HELENUS 2940, 3943, 4161, 5381, 26343, après élision *Elenus* 26323, gén. *Heleni* 4023 (: *menti*) (cf. *d'Eleni* 16419 : *chaiti*). — Quatrième fils de Priam et d'Hécube 2940-2 ; — prophétise les malheurs de Troie 3943-82 ; — son portrait joint à celui de Deïphebus 5381-92 ; — fait rendre aux Grecs les corps d'Achille et d'Antilogus, que Pàris voudrait laisser sans sépulture 22348 ss. ; — délivré à la prière d'Anténor après la prise de Troie, sollicite la même faveur pour Andromaque 26322 ss. ; — obtient plus tard de Pyrrhus qu'il lui remette les deux fils d'Hector 27263 ss.

HELINUS, var. de *Almenus.*

HEMELIUS, HOM., var. de *Emebius.*

HERCULÈS (invar.) 156, 805, etc., Hercule. — Assiste à la fête donnée par Peleüs ; ses travaux 805-12 ; — proche parent de Jason, l'accompagne à Colcos 971-2 ; — répond fièrement, après Jason, au messager de Laomédon, qui leur défend de séjourner sur ses terres 1089-1106 ; — assiste anxieux au départ de Jason pour l'îlot où se trouve la Toison d'or 1801-

4 et 1845-8 ; — sa joie en revoyant Jason vainqueur 1977-9 ; —de retour en Grèce, il va solliciter l'appui des princes les plus vaillants contre Laomedon 2099-176 ; — part au printemps suivant pour Troie, sur quinze vaisseaux, avec Castor et Pollux, Télamon, Pélée et Nestor 2177-2210 ; — après le débarquement à Sigeon, assigne sa place à chacun des chefs pour la marche sur Troie et propose de dresser une embuscade afin de s'emparer de la ville, qui sera mal gardée pendant la bataille, ce qui est accepté 2285-2354 ; — il marche en tête avec deux mille chevaliers 2355-6 ; — après avoir fait occuper Troie, il prend à revers les Troyens et tranche la tête à Laomédon 2713-44 ; — donne Hésione à Télamon pour sa part de butin 2793-804 ; — son retour en Grèce 2805-24 ; — père de Telephus 6528 ; — avait sauvé le royaume de Teütrans, roi de Mysie 6576 ss.; — son expédition contre Troie rappelée par Anténor 24850 ss.

HERMAFUS, var. de *Masius*.

HERMAGORAS 8110 et 9903 (s.) (après élision *Erm.* 20511), fils bâtard de Priam. — Reste avec son père à la 2ᵉ bat. 8097 ss.; — tue Melon d'Orep 9899-9906 ; — tué à la 16ᵉ bat. en secourant Troïlus 20509 ss.

HERMIONA 4249, 28540, 29597, 29631, 29724, 29758, Hermione, fille de Ménélas et d'Hélène. — Absente au moment de l'enlèvement d'Hélène 4247 ss.; — épouse Oreste 28539 ss.; — est ravie et épousée par Pyrrhus 29595 ss.; — sa jalousie à l'égard d'Andromaque ; elle appelle son père pour qu'il la mette à mort ainsi que son fils 29620 ss.

HESEÜS 6875, 7719, 8396, 11325, 15383 (Darès (éd. Artopœus et

éd. Meiser), XVIII, et Dictys, II, 45 *Rhesus*, mss. *GL Heseus*; *Theseus* (ou *Teseus*), que donnent tous les mss. aux vers 6875, 7719 et 8396, provient du *t* du mot précédent (*Vintheseus*, *Etheseus*) et a passé de là aux autres passages ; d'ailleurs, au v. 15383 et surtout au v. 11325, les var. de la majorité des mss. appuient *Heseus* ou *Eseus* ; voy. la note au v. 11498), roi de Thrace, allié de Priam. — Vient au secours de son parent, avec son fils Archilogus et plus de 1,000 chevaliers 6875 ss.; — forme le 1ᵉʳ corps avec Glaucon² à la 2ᵉ bat., sous la direction de Cicinalor 7719 ss.; — combat avec lui contre ceux de Phice 8395 ss.; — assiste à la 4ᵉ bat. (11325) et à la 10ᵉ 15383. — Pour la confusion avec Rhesa, voy. ce mot.

HEUNIERIUS, var. de *Hunerius*.

HIDONS, HISDOR, var. de *Isdor*.

Historial (li grant *Livre*) 23303, Chroniques utilisées par Benoit pour la légende des Amazones.

HUGODELES, -EZ, var. de *Godelès*.

HUMERITUS var. de *Hunerius*.

HUNERIUS (s.) 5631 et *Huniers* (s.) 8238, 9495, 9810, fils de Mahont (8238 et 9495), roi des *Essimiëis* (voy. ce mot). — Amène à Troie 43 vaisseaux 5631-2 ; — forme le 14ᵉ corps à la 2ᵉ bat. 8235 ss.; — combat, avec Ulysse et Emelin, contre Pâris et ceux de Perse 9489 ss.; — blesse légèrement Hector, qui le tue 9810 ss.

HUNIERS, voy. *Hunerius*.

HUPOT 12046, 12059, s. *Hupoꝫ Hupot le grand* 12648 s., *Hupoꝫ li granꝫ* 6703, 7787, 8678 (cf. v. 12048) (Dar. *Hippothous*, ms. *G. Hippotus*, *L Hipotus*), H. de Larise¹, allié de Priam. —Vient à Troie avec Cupesus 6703 ss.; — forme le 3ᵉ corps à la 2ᵉ bat., sous la conduite de Cadarz 7785 ss.; — ils combattent contre les Boëciëns

8675 ss.; — il est tué par Archille au début de la 5ᵉ bat. 12044 ss.; — sa mort est rappelée 12648.

HURIE, var. de *Ourie*.

HYMBRITUS, var. de *Huneruis*.

HYRDOR, HYSDOR, var. de *Isdor*.

IDEE (*les puis d'*) 26790, le mont Ida. — Ajax-Télamon y poursuit de grands troupeaux de bétail et s'en empare 26787 ss.

IDOMENEUS (invar.) 5643, 8226, 8425, 25825, 28081, 28098, 28279, 28289, 28579, *Idoménés* (s.) 29059 (:*remes*), Idoménée, roi de Crète. — En amène à Troie, avec Mérion, 80 vaisseaux 5643-6; — forme, avec Mérion, le 12ᵉ corps à la 2ᵉ bat. 8225-8; — aide Mérion à enlever à Hector le corps de Patrocle 8425 ss.; — jure les conditions de paix fixées avec Anténor 25825 ; — Taltibius lui apporte à Corinthe Oreste enfant; il accepte de l'élever 28073 ss.; — est bien accueilli dans son royaume 28277 ss.; — arme chevalier Oreste à quinze ans et lui donne mille chevaliers pour l'aider à reconquérir son trône 28285 ss.; — lui fait faire la paix avec Ménélas 28533 ss.; — accueille Ulysse, qui lui raconta ses malheurs 28579 ss.; — lui donne deux vaisseaux bien équipez et l'envoie à Alcenon 28941 ss.; — meurt, laissant le trône à ses deux fils, Mérion et Laerta (voy. LAERTA) 29057 ss.

IDOR, var. de *Isdor*.

IFIDUS 16061, 16837 (Dar. *Iphinoum* acc., corr. de Mercier), ms. *G yphiclum*, L *iph.*; la mauvaise lecture *d = cl* était sans doute déjà dans l'exemplaire de Darès utilisé par Benoit), I., comte grec. — Tué ou grièvement blessé par Hector à la 10ᵉ bataille (le texte n'est pas clair) 16061 ss.; — donné comme tué à la récapitulation 16837.

IMEÜS, var. de *Cuneüs*.

INDE (sans article) 23287, l'Inde (la patrie d'Orcomenis l'avoisine 12094); — *I. la Superior* (on en tire des oiseaux merveilleux dont les plumes ornent les chapeaux d'Ulysse et de Diomède se rendant à Troie 6230; on y avait fabriqné le drap du manteau de Briseïda 13341); — *I. la Major* (qu'avoisine la patrie de Polibetès' (voy. à ce mot) 16157), la presqu'île de l'Inde ; — *I. la Menor* (Paris y chassait quand il eut à juger les trois déesses 3861): I. est sans doute ici une corruption de *Ide = Ida* (cf. *Idee*). — Dans les chansons de geste, on trouve *Inde Superior*, *Inde Major* et *Inde la Grant*. L'expression *Inde* (ou *Indie*) *Supérieure* désignait encore au commencement du XVIᵉ siècle la partie Nord et Nord-Est de l'Asie (Sibérie et Mandchourie), au Nord du Catay (Chine septentrionale), que l'on en faisait ordinairement dépendre. Cf. Rabelais, *Pantagruel*, IV : « veu que l'oracle de la dive Bacbuc estoit près le Catay en Indie Supérior, » et voy. (entre autres cartes), le phanisphère dressé par Sébastien Munster pour son édition de Ptolémée (1545).

INDIIEN 13353 (: *Troiien*), Indien.

INON, var. de *Aron*.

IPOMENÈS' 8182, chef grec. — Forme le 2ᵉ corps, avec Merion² et Menesteüs, à la 2ᵉ bat. 8179 ss.

IPOMENES ², -EX, var. de *Idomeneus*.

IPOPODÈS 23233, peut-être : l'île des Hippopodes, peuple fabuleux du nord de la *Sarmatia Europœa*, à l'est de l'embouchure du *Viadus* (Oder). Il est vrai que cette explication ne concorde guère avec l'indication dont la fait suivre Benoit : *la plus lointaine* (des neuf îles de l'Orient).

IPSEÜS, var. de *Heseüs*.

ISAURE 23287. Isaurie, province de l'Asie Mineure, entre la Pisidie et la Cilicie.

ISAÜS, var. de *Heseüs*.

ISDOR 8008 et 9893 (s.), fils bâtard de Priam. — Reste avec lui à la 2e bat. 8097 ss.; — tue un comte grec 9893-5.

ISEÜS, var. de *Heseüs*.

ISMARON (r.) 27171, Ismarus, ville de Thrace, vers l'embouchure de l'Hèbre : Ulysse s'y réfugie.

ISPSEÜS, var. de *Heseüs*.

JACONITÈS 1148-1163, capitale de l'île de Colcos, résidence du roi Oëtès. — Description de la ville 1149-58, et de la grand'place devant le palais 1185-98.

JASON (invar.) 156, 728, 742, etc., Jason, le conquérant de la Toison d'or. — Fils d'Eson, le frère de Peleüs'; son éloge 727-40; — se laisse persuader par Peleüs d'aller conquérir la Toison d'or, 855-92; — on croit que J. est le premier qui soit monté sur un vaisseau 913-20; — les plus vaillants des Grecs s'offrent pour l'accompagner 939-52; — il part au printemps et arrive aux ports de Troie avant une semaine 953-84; — le roi Laomedon lui fait défense de séjourner sur ses terres : il obéit, non sans protester 1003-1133; — il arrive à Colcos et entre dans la capitale Jaconitès, où le roi Oëtès lui fait bon accueil (1133-1210); — sa fille Médée s'éprend de Jason et lui montre les difficultés de son entreprise; elle offre de lui indiquer les moyens de les surmonter, s'il veut lui promettre le mariage; Jason accepte 1211-1460; — Jason entre dans la chambre de Médée, conduit par sa vieille gouvernante; après des serments solennels, il reçoit de M. une figurine, un onguent, de la glu, un écrit et un anneau magiques, qui lui permettront d'entrer en possession de la Toison 1572-1763; — après quelques heures de repos, il part, malgré les observations d'Oëtès 1763-1804; — la Toison est dans un îlot, situé à environ une lieue et demie du rivage 1805-12; — Jason s'arme sur la grève : description de son armure 1813-42; — observant fidèlement les recommandations de Médée, il fait tracer quatre sillons aux bœufs dont la gueule lançait des flammes, coupe la tête au dragon, en sème les dents dans les sillons tracés et il en sort des chevaliers qui s'entretuent : il peut alors s'emparer de la Toison 1877-1976; — il est accueilli avec enthousiasme par les siens et par tous les habitants; Médée l'embrasse et lui donne rendez-vous pour la nuit 1977-2014; — en partant un mois après, il enlève Médée : l'auteur s'indigne de ce qu'il l'abandonna plus tard 2022-42; — accueil qu'on lui fait en Grèce : son oncle cache soigneusement son dépit 2045-60; — l'auteur n'achève pas son récit parce que Darès n'en dit pas davantage et qu'il a une longue histoire à raconter.

[JORDAN], s. *Jordans* 23273, le Jourdain, fleuve de Palestine.

JUDAS 25842, 26135, épithète appliquée à Anténor.

JULIUS, voy. CESAR'.

JUMAX, -IAX, var. de *Gemeaus*.

JUNO 3875, 4280 (*J. la soveraine*); gén. *Junonis : le temple J.* 16629, 22894, le temple de Junon : on y garde quinze jours le corps d'Hector et on y ensevelit Pàris.

JUPITER (invar.) 1623, 3125, 21715, 25831.

KARANTES, KARENTES, var. de *Carantès*.

KARCAS, KARRAS, var. de *Caros*.

Labastre, Labastrie. Voy. *Chambre de Beautez.*

LABIUS (*li fiz*) 8263, Machaon. Provient du lat. *Æsculapius*, pris adjectivement au sens de « fils d'Esculape ». Pour l'adj., cf. Pline XXIX, IV, 22, *anguis Æsculapius Epidauro Romam advectus* (il s'agit d'une espèce de serpent). D'où les var. *Labus, Larbus, Barbus, Babus, Rabus, Donabus* (= *de Rabus*), *Donaus, Auabus.*

LABUS, LARBUS, var. de *Labius.*

LACOINE, LANCOINE, var. de *Licoine.*

LAÇONIE, var. de *Alizonie.*

LAERTA 29063, fils d'Idoménec, qui lui succède avec son frère Mérion et meurt au bout de cinq jours. — Le ms. de Dictys (VI, 6) de Benoit portait sans doute : *et laertæ triennio,* comme celui qu'à suivi Cratander dans son édition, d'où : *tradito... Merioni regno et Laertæ. Triennium postquam filius domum rediit, finem vitæ facit,* au lieu de : *tradito... M. r.: et Laerta t.,* etc., d'où la confusion avec le père d'Ulysse.

LANDOMATA, -ONNATA, -OMONTA, -OMANTA, LANDROMACA, var. de *Laudamanta.*

LAOMEDON (invar.) 165, 1003, 1015, 1093, etc., Laomédon, père de Priam, roi de la première Troie. — Fait défendre à Jason et à Hercule de séjourner plus longtemps sur ses terres 1003 ss.; — soutient courageusement l'attaque des Grecs venus pour venger l'injure reçue 2389 ss.; — renversé par Nestor, le frappe de trois coups d'épée 2472-2506; — jure de venger son neveu Eliachim et repousse les Grecs jusqu'à la mer, où un messager lui apprend que Troie est prise 2635-86; — est tué par Hercule 2739-44.

LARISAN 26775, ville de Troade conquise par Ajax-Télamon. Cf. Dictys II, 17, *Larissam.*

LARISE[1] (*li reis de Larise* 316, 12069 (*Hupot, le rei de L.* 12046); *cil de L.* (s. sg.) 113, 11319, Cupesus; *cil* (s. pl.) *de L.* 7786, 8675, 8697, les gens de L.), Larisse d'Éolide, près de Cyme, ou L. d'Ionie (*Larissa Éphesia*), patrie d'Hupot le Grand et de Cupesus : Dictys, II, 35, donne pour patrie à Hippothous (Hupot) *Larissa Pelasgidarum*; cf. LARISE[2].

LARISE[2] 5674, 8277 (: *prise*), 10031 (: *devise*) (Dar. éd. Meiser) *Argisa*, Mme Dacier *Argissa* (presque tous les mss. ont *Larisa*), patrie de Polibetès et de Leoncin, son cousin. Cette *Larise* est *Larissa* de Phthiotide (Thessalie), appelée aussi *L. Cremaste* ou *L. Pelasgia* (cf. Dictys II, 35, *L. Pelasgidarum,* qui est donnée comme la patrie d'Hippothous (Hupot). *Argissa* (ou *Argara*) est au N.-O. de Larisse de Pthiothide et non loin de cette ville, ce qui a pu amener la confusion de Darès, où il faut sans doute maintenir *Larissa* des manuscrits. — *Cil de L.* forment le 22e corps grec à la 2e bat. 8277 ss.; — ils s'y distinguent 10031 ss.

LAUDAMANTA 15271 (sans doute au cas sujet (cf. *Phorbanta* et *Briseïda*) : *L. ot non li uns*) 29643, 29656, 29769, Laodamas, fils aîné d'Hector et d'Andromaque. — N'avait pas cinq ans à la mort de son père 15270.

LAUDOMENTA, LAUMADENTA, var. de *Laudamanta.*

LAUMEDON, var. de *Laomedon.*

LAURIÉNTEL 6066, château-fort (imaginaire?) au bord de la mer, que prennent les Grecs en arrivant (d'abord vaguement désigné : *A un chastel sont arivé* 5991). Cf. TENEDON.

LAVERTIN, var. de *Leoncin.*

LEANDER, var. de *Leandès.*

LEANDÈS 22121 (: *Ellès*), Léandre, l'ami de Héro, qui périt en traversant l'Hellespont. Voy. Ellès.

Legeron 26880 (Dict. II, 16, *Lelegum urbem*, mss. *BG Legeorum u.*, corr. de Mercier), dans Benoit ville de Brisès prise par Achille (Pedason est dédoublée).

Legre, var. de *Logres*.

Leoestes, var. de *Philotetès*.

[Leontin], s. *Leontins* 5675, 8280(*L. de Valjoïe*), *Leotetes* 16109, *Leotetus* 16838 (Dar. *Leonteus*, mss. *GL Leontius*), cousin de Polibetès. — Amène avec lui à Troie 60 vaisseaux 5673-6; forme avec lui le 22ᵉ corps à la 2ᵉ bat. 8277-80; — Leotetès (Leotetus) en est à tort distingué (cf. Darès, xxix, l. 22).

Léopilus, -oldus, -olus, var. de *Telopolus*.

Leotetus, voy. *Leotetes*.

Leotetès 16109 et Leotetus 16838, chef grec, cousin germain de Diomède 16110; — tué par Hector à la 10ᵉ bat. 16109 ss; — sa mort est rappelée 16838. Distingué à tort de Leontin (Leonteus de Darès); cf. Dar. xxix, l. 22.

Leothetes, var. de *Philotetès*.

Lerucin, var. de *Leontin*.

Lesbion 27829, *port de L* 5066, Lesbos, île et ville de l'Archipel. — C'est en quittant L. que Castor et Pollux furent assaillis par la tempête où ils périrent 5066 ss. — La ville est pillée et détruite par Ajax-Télamon 26829 ss.

Lestrigonain 28617 (rég.) et Lestrigona 28645 (rég.), frère de *Ciclopain*, roi de Sezile : ils rançonnent Ulysse 28609 ss.

Letre (la) 5673, 21552. 21617, 23128, 28208, la source de Benoit.

Leŭchins, -cin, Levercicin, cins, -cus, -sins -ins, Leurcin, -ins, var. de *Léontins*.

Leuripolus, var. de *Telopolus*.

Leŭtiz 12036 (*hardiz* :), 18746 (*faitiz* :), patrie de Fegor. — Le cheval d'Achille à la 5ᵉ bat. en provient 12031

ss. ; — de même l'arc de Pàris à la 12ᵉ 18744 ss. (Dar. *Lycia*, mss. *GL Licia*).

Libanor (*puiz de*) 19680 (*Nestor* :), mont Liban.

Libanor (*le reiaume de*) 12327, patrie d'Elpinor (sans doute pour la rime; de même 19680 (*Nestor*) *qui tint les puiz de L*).

Libanus 23248, Liban, chaîne de montagnes de Syrie.

Libe (*de*), var. de *d'Elide*.

Licaon de Porte Cee 14105, Troyen tué par Achille à la 8ᵉ bat.

Lice¹ 6685 (*le rei de L.* 7693, Glaucon; 17177, Sarpédon; — *ceus de L.* 8432), Lycie, patrie des rois Glaucon et Sarpedon.

Lice² (*de*), Lide (*de*), var. de *d'Elide*.

Licoine 6695, 15378 et *Liconie* 11322 (pour 6695, cf. Dar., ms. *L, de helyconia eufemus* après *Amphimacus*, ms. *G, de elic. eufenus* après *Glaucus*, éd. Artopœus et Meiser *de Ciconia Euphemus*(en supprimant *Remus* et *de Heliconia*): le passage dans Darès est bouleversé; voy. aux *Notes*), patrie d'Eŭfeme. — *Licoine*, que nous substituons à *Lacoine* (*Lacone N*) ou *Lancoine* (cf. *Liconie* 11322, mss. *Lisonie*, *Alisonie*, etc., issus de *Liçonie*; mais *Lithonie FN*, de *Lichonie* et *Aritonie M¹*) est probablement *Lycaonia*, contrée de l'Asie Mineure située entre la Phrygie et la Galatie au Nord, la Pisidie à l'Ouest, la Cilicie au Sud et la Cappadoce à l'Est. — *Cil de L.* 7927, *Ceus de L.* 9323, 24184, forment le 7ᵉ corps à la 2ᵉ bat. 7924 ss. ; — commandés par Énée à la 2ᵉ bat. 9321 ss. et à la 22ᵉ 24183-4.

Licomedès 22564, 23784, Lycomède, roi de Sciros, aïeul de Neptolemus (ou Pirrus), fils d'Achille. — L'avait élevé 22563-6; — le remet en pleurant à Ménélas 23786-9.

Maschez, var. de *Mahez*.

Masius 6677 (voy. à *Caras*), M. de Colophon, allié de Priam.

Massius, var. de *Masius*.

Mathan 8119 et 9937 (s.), fils bâtard de Priam. — Reste avec son père à la 2ᵉ bat. 8097 ss.; — blessé par Ulysse 9937-40.

Maudan (inv.) 8111, 9909, M. Clarueil, fils bâtard de Priam. — Reste avec son père à la 2ᵉ bat. 8097 ss; — enlève un œil à Scedius 9907-14.

Maufé (*le*) 12471, ordinairement : le Diable, ici : le Sagittaire.

Mecerès, var. de *Mercerès*.

[*Mecinal*] (*le*), s. *Mecinaus*(*li*), le Traité de Médecine.

Mede 23294, Médie.

Medea 159, 1212, 1275, etc. Médée, épouse de Jason. — Portrait de Médée 1213-53; — à la vue de Jason, elle s'éprend de lui et quelques jours après lui offre spontanément de lui donner les moyens de vaincre les obstacles qui s'opposent à la conquête de la Toison, à condition qu'il lui promette le mariage, ce que Jason accepte 1255-1444; — elle invite Jason à venir la nuit suivante dans sa chambre 1445-60; — son impatience 1461-1533; — elle envoie chercher J. par sa vieille gouvernante et, sur son conseil, se couche; description de son lit 1534-71; — arrivée de J.; elle lui fait jurer qu'il la prendra à femme légitime et se donne à lui 1572-1649; — elle lui fournit les indications qui lui permettront de conquérir la Toison 1650-1762; — son inquiétude quand elle le voit du haut d'une tour, voguer vers l'îlot où se trouve la Toison 1857-76; — sa joie en voyant, de sa tour, Jason revenir vainqueur 1671-6; — elle va à sa rencontre, l'embrasse et lui donne secrète-

ment rendez-vous pour la nuit 2006-14; — elle abandonne tout pour le suivre; plus tard, elle en est délaissée 2023-42.

Melon¹, var. de *Merion*.

[Melon²], s. *Meles* 9899, M. d'Orep, neveu de Thoas. — Blesse Celidonias et est tué par son frère Hermagoras 9899-9906.

Melibee 5681, 8289, Meliboea en Thessalie, patrie de Philotetès (Philoctète).

Menalipus 29253, 29403, fils d'Acaste, tué en trahison par son oncle Pyrrhus.

Menalus¹ 7856, père de Steropeus.

Menalus², var. de *Menelus*.

Menedous, var. de *Crenos*.

Menelau, voy. *Menelaus*.

Menelaus, var. de *Menelus*.

Menelaus (trisyll. ordinairement invar.) : s. 187, 4223, 4227, 4245, 4787, 4795, etc., r. *Menelaus* 4423 (: *vassaus*) et 19587 et 19612 et *Menelau* 4782, 11613, 11639, 11649, 22587, 23625, 25959, Ménélas, roi de Sparte, époux d'Hélène; — *la fille M.* 29623, Hermoine. — Rencontre les vaisseaux de Pâris en se rendant auprès de Nestor 4219 ss.; — après l'enlèvement d'Hélène, Agamemnon, son frère, le réconforte et l'exhorte à la vengeance 5005 ss.; — son portrait 5153-6; — amène à Troie 60 vaisseaux 5605-6; — son débarquement 7339 ss.; — forme le 6ᵉ corps à la 2ᵉ bat. 8199 ss.; — exhorte les siens 8729 ss.; — Remus et lui se renversent et se blessent légèrement 8774-8; — il blesse ensuite grièvement Remus 8791 ss.; — fait prisonnier Polydamas, qu'Hector lui arrache 8945 ss.; — marche après Achille et Diomède à la 3ᵉ bat. 10569 ss.; — renverse Pâris à la 4ᵉ bat. 11357 ss.; — blessé à la cuisse d'une flèche par Pâris, se fait panser, puis va, avec Ajax-Oïleüs, à la recherche du Troyen désarmé, qu'Énée protège de son bouclier, pendant qu'Hector lui fraie la voie pour rentrer à Troie 11581 ss.; — est au premier rang à la 8ᵉ bat. 13939 ss.; — blesse Memnon au visage, puis est abattu et pris; mais ses hommes le délivrent 14237 ss.; — proteste quant Agamemnon demande au conseil s'il y a lieu de faire la paix 19815 ss.; — avait été blessé à la 15ᵉ bat. 20193 (il n'en est pas question dans la description); — est chargé par les Grecs d'aller demander à Licomedès, son aïeul maternel, le fils d'Achille 22586 ss.; — revient au bout de deux mois avec Pyrrhus 23780 ss.; — jure les conditions de paix fixées avec Anténor 25827; — sur les instances d'Ulysse, les Grecs lui rendent Hélène au lieu de la mettre à mort 26279 ss.; — en reconnaissance, il lui fait adjuger par son frère le Palladium 27051 ss.; — est accusé du meurtre d'Ajax avec Agamemnon, Ulysse et Diomède 27109 ss.; — Agamemnon et lui reçoivent le surnom flétrissant de *Plistenidas* (voy. ce mot) et demandent à partir seuls 27289 ss. — Ménélas aborde en Crète, y apprend la mort d'Agamemnon et de Clytemnestre, annonce l'établissement de Teucer en Chypre et rentre en paix à Mycènes 28412 ss.; — cherche à se venger d'Oreste, qu'on décide enfin de juger à Athènes 28469 ss.; — lui donne en mariage sa fille Hermione 28533 ss.; — appelé par elle pour la débarrasser d'Andromaque sa rivale et de son fils, il hésite devant les menaces populaires, bien qu'Oreste soit venu lui offrir son aide, et repart en voyant celui-ci décidé à tuer Pyrrhus 29633 ss.

MÉNÉLUS 8107, 9892 (s.). fils bâtard de Priam. — Reste avec son père à la 2ᵉ bat. 8097 ss.; — tue Morin d'Aresse 9890-2.

MENESE, var. de *Manese*.

MÉNESTEÜS (s.) 481, 5695, 8185, 8526, 8661, etc., r. *Menesteon* 8605 et *Menesteüs* 8635 (: *Troilus*) (Dar. *Menestheus*), Mnesthée, ou Ménesthée, *duc* d'Athènes (c'est ainsi qu'il est presque toujours qualifié; cf. *li dus d'Athènes*, etc. s. v. ATHÈNES). — Amène a Troie 50 vaisseaux 5695-7; — forme le 2ᵉ corps, avec Merion² et Ipomenès, à la 2ᵉ bataille 8179 ss.; — renverse Troïlus et l'emmène prisonnier, mais Mercerès et ses hommes le lui arrachent 8545 ss.; — abat Mercerès 8661 ss.; — délivre Thoas pris par les Bâtards; est blessé légèrement 9775 ss.; — blesse Hector, pendant qu'il cherche à dépouiller le corps de Patrocle dans la tente où Mérion l'a déposé 10065 ss.; — assiste à la 4ᵉ bat. 11307; — va recevoir Briséïda 13517 ss.; — à la 8ᵉ bat., avec l'aide de Télamon, délivre Achille, qu'on emmenait prisonnier 14491 ss.; — Philemenis le renverse et lui casse quatre dents, mais ses gens réussissent à l'emporter 15907 ss.; — s'oppose à la proposition d'Achille de lever le siège: il voudrait qu'on allât combattre dès le lendemain 18340 ss.; — à la 12ᵉ bat., secourt Ajax-Télamon 18625 ss.; — à la 16ᵉ, est renversé par Troïlus, qui emmène son cheval 20462 ss.; — à la 18ᵉ, renverse Anténor, dont il emmène le cheval 20947 ss.; — à la 20ᵉ bat., abat Polydamas, qui est secouru à temps par Philemenis 22722 ss.; — avec Diomède, après la mort de Pâris, repousse les Troyens dans la ville 22861 ss.; — prend la défense d'Oreste accusé de parricide et le fait absoudre 28498 ss.

Menestren, voy. Mercerès

Mennon (invar.) 429, 5493, 6855, 13929, 14219, 14238, etc., *Mennor* su). 11130 (*Antenor*:), rég. 7472 (*Sicamor*:), Meinnon, roi d'Ethiope, allié de Priam. — Son portrait 5493-508; - neveu de Sersès 6855; — frère de Sicamor 7471-2; — l'un des chefs à la 8ᵉ bat. 13928-30;—blessé par Ménélas au visage 14237 ss. ; — assiste à la 10ᵉ bat. 15376; — après la mort d'Hector, blesse grièvement Achille, qui le blesse aussi 16263 ss. ; — sa douleur à la mort de son oncle Glaucon' 17371 ss. ; — voyant Achille qui traîne le corps de Troïlus, l'invective, puis l'attaque, le blesse plusieurs fois et lui arrache le corps 21464 ss. ; — dans la même semaine, Achille, sans attendre d'être guéri, retourne au combat, le tue et le coupe en morceaux, mais reçoit lui-même de graves blessures 21547 ss.; — pendant la trêve, on rassemble ses membres épars et on l'ensevelit près de Troïlus 21809 ss. et 29553; — après la guerre, sa sœur Hélène déterre ses restes et les transporte dans sa contrée (Palliotin), où elle lui élève un magnifique monument 29537 ss.

Mennor, voy. Mennon.

Menon, var. de *Mennon*.

Menor, voy. Inde.

Mercerès (s.) 6770, 7738, 8533, 8559, 8598, 8666, 11318, 15659, 15664 (Dar. XVIII et Dictys II, 35 *Mesthles*, mss. *GL Merceres*), *Menestren* (r.) 12649 (Dar. XXI *Mesthlen* (corr. de Mercier), ms. *G Mnestorem*, *L Mesten* avec *ne* sur *Mes*), roi de Frise, allié de Priam. — Vient à Troie avec Antipus et Thalamus et amène 700 chevaliers 6769 ss. ; — forme, avec Antipus et Thalamus, le 2ᵉ corps à la 2ᵉ bat. sous la direction de Troïlus 7737 ss. ; — reproche à ses hommes et à Thalamus

de laisser emmener Troïlus, fait prisonnier par Menesteüs 8559 ss. ; — délivre Troïlus 8595 ss.; est ensuite renversé par Menesteüs 8661 ss.; — assiste à la 4ᵉ bat. 11318; — renverse le roi de Carthage et emmène son cheval 11471 ss.; — tué par Diomède à la 5ᵉ bat. d'après la récapitulation des v. 12647-52 (cf. Dar. XXI), où il est appelé *Menestren* (non reconnu sous cette forme par Benoit, qui le fait reparaître à la 10ᵉ bat.); — renversé par Ménélas à la 10ᵉ bat. et fait prisonnier, est délivré par Troïlus et Polydamas 15657 ss.

Mercurion (rég.) 3874 (*avison* :), Mercure. — Conduit vers Pâris les trois déesses dont il doit juger la querelle 3873 ss.

Merel 8791 et Merel de Biez 8780, jeune neveu d'Hélène, tué par Polydamas.

Meridiès 23132, n. m., le Midi.

Merion¹ (invar.) 5643, 8226, 8366, 8381, 8389, 8429, 8447, 8465, 8523, 10049, 10402, 16832, roi Crétois, compagnon d'Idoménée. — Mène avec lui à Troie 80 vaisseaux 5643-6; — forme, avec Idoménée, le 12ᵉ corps à la 2ᵉ bat. 8225-8 ; — empêche Hector de dépouiller Patrocle et le désarçonne 8359 ss.; — revient se joindre à Idoménée et aux gens de Patrocle 8429 ss. ; — emporte le corps de Patrocle sur son arçon 8465 ss. ; —tué par Hector, qui lui rappelle leur lutte sur le corps de Patrocle 10049 ss. ; — sa sépulture 10400-4; — rappel de sa mort 16832.

Merion², voy. Merionès.

Merion³ 29063, fils et successeur d'Idoménée.

Merionès 14136, 16839 (: *mais*) et Merion² 8179. — Cousin d'Achille 14136; — du royaume des Lidiains 14138; — forme le 2ᵉ corps à la 2ᵉ bat. 8179 ss.; — tué par Hector à la 8ᵉ bat. 14136 ss.; — rappel de sa mort 16839.

MERON, var. de *Mahez*.

MÉSAVENTURE sans article 24526, la malechance (personnifiée).

MESCERÈS, MESERES, var. de *Mercerès*.

MESE ¹ 6521, 6529, 12577, 17349, la Mysie; — *cil de M.* 6544, 6567. — Conquise par Achille sur Theûtrans, qui la laisse en mourant à Telephus 6519 ss.; — après la 5ᵉ bat., Agamemnon promet aux Grecs des secours venant de M. 12570 ss.; — Agamemnon y va pour le ravitaillement de l'armée 17439 ss.

MESE ², var. de *Manese*.

[MESFAIT], s. MESFAIZ (sans article) 20702, le désir de la vengeance personnifié.

MÉSOPOTAMIA 23290, Mésopotamie.

MICEINES 5602, 8312, 28349, 28461, 29724, *Miceine* 17009, Mycènes, capitale d'Agamemnon. — *Cil de M.* 8312.

MICERES, var. de *Mercerès*.

MIDI (sans article) 12381, 23181, le Midi.

MINERVA 3875, Minerve.

MINERVE 25582, 25662, 25727, 25867, 27654; — *del temple M.* 27211, *el t. M.* 656, 25503, 25615, *el riche t. M.* 26120, *deden̄z un temple riche et chier Fondé en l'enor de M.* 23033, *en la tor M.* 26245 (cf. Darès XLII, *in arcem*). — Le feu s'éteint quand on y offre un sacrifice, au moment des négociations de paix 25509 ss.; — Cassandre s'y réfugie lors du sac de Troie 26120 ss.; — c'est dans la tour de Minerve qu'on délibère sur le partage du butin et sur le sort des prisonniers 26241 ss.

MINERVE (pour MINERVÆ) (*Templum*) 25384 (expression latine conservée), le temple de Minerve.

MIRMIDONEIS (invar.) 572, 17773, 20406, 21025, 21119, 21397, 23803, 23941, 23955, 24055, 24151, les Myr-

midons, les hommes d'Achille. — Il leur défend de combattre, quand les Grecs ont repoussé sa proposition de lever le siège 18405 ss. (voy. sous ACHILLE); — leur joie à l'arrivée de Pyrrhus 23802 ss.; — leurs exploits contre les Paphlagoniens à la 22ᵉ bat. 23935-62; 24055 ss.

MIRNE 28600, pour *Ismaron* : mot déjà corrompu dans le ms. de Dictys employé par Benoit; cf. VI, 5, mss. *BG*, *adpulsus Zismirnum*; éd. Catrander (Bâle, 1529), *a. Zimarum*, éd. Artopœus (Strasbourg, 1691), Dederich (Bonn, 1833), et Meiser (Leipzig, 1872), *a. Ismarum*.

MISCERÈS, var. de *Mercerès*.

MOLOSSOS 29089 (acc. lat.; cf. Dict. VI, 7, *apud Molossos*), Molosses de Thessalie (et non d'Epire, voy. la note de Dederich). — Pyrrhus y fait radouber ses vaisseaux 29079 ss.; — Andromaque y met au monde Achillidès 29765 ss.

MONDANZ, var. de *Maudanz*.

MONT ESCLAIRE (*forest de*) 14110, forêt située près de Troie. Voy. CHASTELCLUS. Cf. *Tristan menestrel (Romania, XXXV, 497 ss.)*, 1494.

MORGAIN, -AN, -ANZ, -UEIN, var. de *Orvain*.

[MORIN], s. MORINS 9890, M. d'Aresse, « amiraut » grec tué par Menelus à la 2ᵉ bat.

MORT 23002, 23006, la mort personnifiée.

MORTE (*mer*) 23226.

MUSAS 29170 (acc. lat.), Muses, nom que prennent aux noces de Thétis et Pelée, les dames et les jeunes filles invitées.

NABUS, var. de *Labius*.

NARCISUS 17691, 17704, 17709, Narcisse. — Achille se compare à lui 17691 ss.

NATURE (sans article) 5318, 26452, la Nature personnifiée.

NAUPLUS (invar.) 27671, 27680,

27869, 27913, 27932, Nau-
plius, roi d'Eubée, père de
Palamède. — On lui avait dit
que son fils avait été cruellement assassiné, après avoir
été faussement accusé de trahison 27680 ss.; — pour se
venger, il attire la flotte
grecque, au moyen de feux
allumés pendant la nuit, sur
les récifs de l'Eubée, où une
partie des vaisseaux se bri-
sent ou sont écrasés par les
roches qu'on y lance 27868 ss.

NAUSICA 29042, fille d'Alcenon.
—Epouse Télémaque 29039 ss.

[Né d'Amors], s. Nez d'Amors
8130, 9975, fils bâtard de
Priam. — Reste avec son père
à la 2e bat. 8097 ss.; — secourt Doglas contre Menesteüs 9975 ss.

NECTOR, var. de Nestor¹ et de
Nesteus.

NENNIUS, var. de Cuneüs.

NEOPOLUS, var. de Telepolus.

NEOPTHOLEMUS, NEOPT., NEPTHO-
LEMUS, NEPT., NET., var. de
Telepolus et Telepolemus.

NEPTOLEMUS (invar.) 5239,
22569, 24446, 25829, 26548,
27129, 27277, 29185, 29279,
29362, 29383, 29403, 29471
(alterne avec Pirrus, mais domine à la fin) (Dar. Neoptolemus), Néoptolème (ou Pyrrhus), fils d'Achille et de Déï-
damia. Voy. PIRRUS.

NEPTUNUS, Neptune. — Avait
construit les murs de Troie
25918-23 (cf. Dictys V, 11).

NEPTUS, NEREUS, NERIUS, var.
de Hunerius.

NESTELS, -ES, -EX, var. de Nesteus.

NESTEUS 6678 (Dar., éd. Artopœus et Meiser, Nastes, d'a-
près Mercier; ms. L Nesteus,
après Eufemus; voy. à CARAS),
N. de Colophon, allié de Priam.
— Assiste à la 4e bat. 11317.

NESTOR¹ (suj. et rég.) 542, 2163,
3499, etc; Nestors (s.). 22492,
(defors:), gén. Nestoris 20494
(entrepris:), Nestor, roi de Pylos. — Promet son appui à
Hercule contre Laomédon

2163-76; — commande l'une
des trois troupes qui at-
taquent directement les
Troyens 2301; — attaque le
premier et est bientôt secouru
par Castor et Pollux 2409 ss.;
— renverse Laomédon, qui le
frappe de trois coups d'épée
2463-506; — est abattu par
Cedar et blessé par Laomédon 2507 ss.; — son caractère violent 3499 ss.; — ses
menaces à Anténor, qui réclame Esiona 3515-50; — son
portrait 5225-34; — amène
à Troie 80 vaisseaux 5625-6;
— son débarquement 7234
ss.; — forme le 13e corps à
la 2e bat. 8229 ss.; — combat
contre les Bâtards et les gens
d'Agreste 9179 ss.; — assiste
à la 4e bat. 11304; — après
la mort de Palamède, con-
seille de mettre de nouveau
Agamemnon à la tête de l'armée 19163 ss.; — va avec
Ulysse et Diomède solliciter
Achille de reprendre les
armes 19449 ss.; — répond à
Achille, qui conseille la paix,
et dit qu'on la fera plus
avantageusement après une
victoire 19679-99; — prend
congé sans avoir rien obtenu
19780 ss.; — fait une nouvelle tentative après la 15e
bat. avec Agamemnon:
Achille lui prête ses hommes
20361 ss.; — sa douleur
après la mort tragique de son
fils unique Antilogus 22371
ss.; — il envoie son corps
dans sa patrie 22492 ss.; —
jure les conditions de paix
fixées avec Anténor 25827; —
à l'assemblée de Corinthe,
conseille aux princes exilés
de recourir aux prières pour
rentrer en possession de leur
royaume et d'ajourner la punition des traîtres 28155 ss.

NESTOR², var. de Nesteus.

NEUPTOLEMUS, var. de Telepolemus.

NUBIE 10669, contrée; cheval
de N. 10669 (à Achille).

NEXTIS, var. de Nesteus.

OCCIDENT 23178, s. *Occidenʒ* 23132, l'Occident.

OCCIMIOIS, var. de *d'Essimiëis*.

OCEAN 23129, l'Océan.

ODAMAUZ, -EAUS, -NIAUZ, var. de *Odeneaus*.

ODENEAUS, voy. ODENEL.

ODENEL 9777, s. *Odeneaus* 7994 (*beaus* :), 9007, 9749, 9781, fils bâtard de Priam. — Combat sous Hector à la 2e bat. 7989 ss. ; — renverse Celidas 9007-8 ; — participe avec Quintilien et Rodomorus ses frères à la prise de Thoas ; est abattu (mort?) par Menesteüs 9739 ss.

ODEUEL, var. de *Odenel*.

ODINIAX, var. de *Odeneaus*.

ODOMAUS, -MALS, -NEAX, var. de *Odeneaus*.

OÉAUS (s.) 27933 (Dict. VI, 2, *Œax*), fils de Nauplus, frère de Palamède. — Incite Egial et Clitemestra à se venger de l'infidélité de leurs maris et les persuade 27932 ss.

OÉLEÜS, var. de *Oileïus*.

OÉNIDUS 27513, roi de Gerbene. — Donne à Anténor une grande autorité dans son royaume sous sa suzeraineté 27509 ss.

OÉTÈS (invar.) 1164, 1182, 1198, 1254, 1779, 1797, Æétès, roi de Colcos (Colchide), père de Médée. — Fait bon accueil à Jason et à ses compagnons et leur présente sa fille Médée 1199 ss. ; — cherche en vain à détourner Jason de son entreprise 1779-96 ; — voit avec dépit sa victoire 1980 ; — mais cependant l'accueille avec honneur et le traite magnifiquement jusqu'à son départ 2003-4 et 2015-24.

OÏLEÏUS 5634, voy. AÏAUS².

OÏLENIUS, var. de *Oileïus*.

OÏLEUS (trisyll.) 26215, 27209, 27620, 27668, voy. AÏAUS².

OLEÏUS, OLIENUS, OLIEUS, OLINEUS, var. de *Oileïus*.

[OMER], s. *Omers* 45, 71. — Son livre fut attaqué à Athènes, parce qu'il faisait combattre les dieux et les déesses avec les hommes, mais il fut enfin accepté à cause de son mérite 45-74.

Oracle. — Un oracle (dont le lieu n'est pas indiqué) dévoile à Ulysse le sort des âmes après la mort 28828-37.

ORAINS, ORAINZ, var. de *Orvain*.

ORCOMENIE¹ 5614, 8188, 8633, 8639 (Dar. *Orchomeno*, ms. G *Orcomeno*, L *Orcomœnio*); *la terre d'O.* 5614; *les genʒ d'O.* 8188, *cil d'O.* 8639, *cil qui furent d'O.* 8188), territoire d'Orchomène, patrie d'Ascalophus et d'Almenus.

ORCOMENIE² 5665, 8270, 10019, et ORCOMEINE 16060 (Dar. (v. 5665) *ex Ormenio*, ms. G *ex Orco*, L *ex Orcomeno*; *Ormenio* est une corr. de Dederich), ville de la Magnésie, partie de la Thessalie (cf. Ὀρμένιον dans Homère et *Hormenium* (*Horminium*) dans Pline IV, 9), patrie d'Euripilus. — *Cil d'O.* combattent avec les Rodeis et les gens d'Elide 10019 ss.

ORCOMENIS 12093, 12099, 12660, 16836, allié des Grecs. — Venu du côté de l'Inde 12094 ; — tué par Hector à la 5e bat. 12101 ss. ; — sa mort est rappelée 12160 et 16836.

ORCOMENIUS, -YS, var. de *Orcomenis*.

ORCOMONIE, var. de *Orcomenie*.

OREP, voy. MELON.

ORESTÈS 699, 28080, 28287, 28296, 28305, etc., Oreste, fils d'Agamemnon et de Clytemnestre. — Sauvé par Talthybius, qui l'emporte à Corinthe et le confie à Idoménée 28081 ss. ; — Idoménée le fait chevalier à quinze ans et lui donne mille chevaliers pour reconquérir son trône 28285 ss.; — il en rassemble autant à Athènes 28295 ss. ; — l'oracle lui ordonne de tuer sa mère pour venger son père 28304 ss. ; — Focensis, père de la première femme d'Egisthe, se joint à lui 28327 ss. : — ils s'emparent de Mycènes et punissent les coupables ; Oreste arrache les mamelles à sa mère et laisse son corps sans sépulture 28347 ss.: — accusé de parricide devant ses pairs réunis à Athènes, il est défendu par Menesteüs et absous, puis couronné à Mycènes 28475 ss. ; — fait la paix avec Ménélas et épouse Hermiona, fille de Ménélas et d'Hélène 28533 ss.: — cherche à se venger de Pyrrhus, qui lui a ravi son épouse 29595 ss. ; — vient rejoindre Ménélas auprès d'Hermiona pendant le voyage de Pyrrhus à Delphes et l'excite contre Andromaque et son fils 29675 ss.; — il va en secret à Delphes et tue Pyrrhus, puis emmène Hermiona à Mycènes 29693 ss.

ORIËNT (toujours sans article) 1714, 3096, 10246, 16549, 23177, 23125, 23231, 23850, 24228 (s. *Orienᴈ* 23131, 23295) et *Oriant* 13365 et 23047 (: *grant*), 16295 (: *tant*), l'Orient. — Géographie de l'Orient 23127-301; — *mire d'O.* 10245-6, 16295; — *Panthesilee d'O.* 23850, 24228; — *paile d'O.* 7615, 16549.

ORIËNTAL (adj. des 2 genres) 23283, 23304 (r.), r. pl. *Oriëntaus* 23259, d'Orient.

ORNA, ORNAIN, ORNAIS, var. de *Orvain*.

ORUPILUS, var. de *Eüripilus*.

ORVA, var. de *Orvain*.

ORVAIN 8024, fée qui aima en vain Hector et lui fit présent du cheval Galatée.

OTEVIËN 28726, s. *Oteviëns* 1698, Auguste (Octave), dont les trésors furent célèbres au moyen âge ; — *li tresors O.* 28726.

OUDINEL, var. de *Odenel*.

OURIE 9030, père de Bauduin.

OVA, var. de *Orvain*.

OXIMIOIS, var. de *Essimiëis*.

OYLEUS, OYLLEIUS, var. de *Oileus*.

PACTOLUS 23269, Pactole, fleuve de Lydie.

PAFAGLOINE, -ONE, -GOINE, -GONE, -LOINE, var. de *Paflagoine*.

PAFLAGOINE 6807, 6815, 8145, 15919 (Dar. *Paphlagonia*, ms G *Plaflaconia*), Paphlagonie, patrie de Philemenis. — Représentée comme située très loin « vers le soleil » (sans doute vers l'Orient) 6809 ss. ; — il faut dix mois et trois semaines pour en venir 6826. — *Icil de P.* 8145 ne prennent pas part à la 2ᵉ bat. 8145-8.

PAFLAGONE, PAFOG., PAFONIE, var. de *Paflagoine*.

PAFLAGONEIS (sans article) 15925, 22701, 22712, 23935, 24035, 24057, 24389, (avec article) 28935, les Paphlagoniens.

PAFLAGONIËNS 20525 (: *suens*), Paphlagoniens.

PALAMEDËS (invar.) 191 (peut-être à corriger ici en *Diomedès*), 233, 443, 501, etc., Palamède, fils du roi d'Eubée Nauplius ; — *li pere P.* 28566, Nauplius (voy. NAUPLUS). — Son portrait 5251-6; — retardé par la maladie, ne rejoint les Grecs qu'à Ténédos ; — conseille de débarquer aussitôt devant Troie et d'attaquer la ville, ce qui est fait 6979 ss.; — secourt les Grecs contre Sersès 7435 ss. ; — tue le neveu de Sersès Sicamor 7471 ss.; — fait valoir ses titres au commandement suprême pendant la 1ʳᵉ trêve 10479-555 ; — assiste à la 4ᵉ bat. 11302 ; — y renverse Polydamas et le raille sur ses amours 11393 ss.: — venge la blessure de Menesteüs et repousse les Troyens dans la ville 15941 ss.; — après la mort d'Hector, réclame le commandement suprême ; on le lui accorde, en présence du désintéressement d'Agamemnon, malgré l'opposition d'Achille 16859-17042 ; — conduit les Grecs à la 11ᵉ bat. 17099 ss. ; — est

renversé par Priam 17136
ss. ; — envoie Agamemnon
en expédition pour ravitailler
l'armée (peut-être « par malveillance ») 17414 ss.; — fait
réparer les vaisseaux, garnir
et approvisionner les tours
17463 ss. ; — à la 12ᵉ bat.,
blesse à mort Deïphebus
18667 ss. ; — tue Sarpédon
et est ensuite tué d'une flèche
par Pâris 18784 ss. — Deuil
des Grecs 19148 ss. ; — riche
tombeau de Palamède 19385
ss.; — fils de Nauplus
27671 ss.; — récit qu'on
avait fait de sa mort à son
père 27680 ss. (voy. à ULI-
XÈS).

PALARCHE, var. de *Pilache*.

PALATINE (var. *Palastine*, *Pa-
lest.*, *Palestrine*), patrie imaginaire de Philéüs. Cf. Dictys II, 35 (catalogue des
alliés de Priam), *Pylæus Lethi*
(mss. *Pylei*) *ex Larissa Pelasgidarum*, et III, 14,
*Asius... et cum Hippothoo
Pylæus, hi Larissæis, Asius
Sesto regnantes.*

PALESTINE 23292, contrée d'O-
rient.

PALLADE 26604, 27074, s. *Pallades* 25726, 25734, 26671,
26699, Palladium.

PALLADION (invar.) 654, 668,
25415, 25619, 25674, 26654,
26802, 26998, s. 24408 (: *trai-
son*), 25631 (: *metron*), 25715,
préd. 25403 (: *veneracion*).

PALLAS 25389. — Envoie le
Palladium dans le temple
qu'Ilus lui élevait à Troie
25379 ss.

PALLIOTIN 29565 (Dictys VI, 10,
éd. Meiser et ms. *G Phallio-
tin*, éd. Artopœus, éd. Dederich et ms. *B Palliochin*), nom
d'une contrée (située en Phénicie, d'après Dictys) patrie
d'Hélène, sœur de Memnon.
Elle y fait ensevelir ses restes
(Voy. la note).

PANDARUS 6667, 8135, 11315,
P. de Sezile, allié de Priam.
— Ne prend pas part à la 2ᵉ
bat. 8135 ss.; — assiste à la
4ᵉ bat. 11315; — joute contre
Agamemnon : ils se renversent 11353-6.

PANNOINE 3202, 4033, 4176,
Pannonie — Benoit semble
distinguer cette contrée de
Peoine, tandis que dans ces
divers passages il y a dans
Darès *Pœonia*, comme au v.
6747(cf. cependant *Peone* dans
les mss. *AG* au v. 4176). Il est
vrai qu'au moyen âge *Peoine*
et *Pannoine* (*Pannonie*) sont
souvent confondus, et déjà
les Romains appelaient tantôt *Pæonia*, tantôt *Pannonia*
le pays des *Pœonii*, au Nord
de la Macédoine. — Hector y
avait été envoyé par Priam,
pendant qu'il rebâtissait
Troie, pour contracter une
alliance 3201 ss.; — Pâris et
Deïphebus y recrutent des
chevaliers pour l'expédition
de Grèce 4032 ss.

PANTHESILEE 638, 23360, etc.,
Panthésilée, reine des Amazones. — Son affliction en apprenant la mort d'Hector
avant d'arriver à Troie 23383
ss.; — déclare à Priam son intention de le venger sans
tarder 23395 ss.; — son armure 23429 ss.; — enlève le
cheval de Ménélas et l'écu
de Diomède 23621 ss.; — est
renversée par Ajax-Telamon
23648 ss; — chasse les Grecs
jusqu'aux vaisseaux 23675 ss.;
— combat tous les jours jusqu'à l'arrivée de Pyrrhus.
23769 ss.; — à la 22ᵉ bat., abat
Ajax-Télamon et va au se-
cours de Philemenis prisonnier 24016 ss.; — relève fièrement les paroles méprisantes
de Pyrrhus sur ses compagnes
24088-118; — renverse ce
roi : ils sont séparés par la
foule 24120-48; — délivre Philemenis 24169 ss.; — blesse
Pyrrhus, qu'elle a retrouvé
24227 ss.; — à la 23ᵉ bat.,
blesse grièvement Pyrrhus,
qui ensuite lui coupe le bras
et la tue 24272 ss.; — les Grecs
admirent sa beauté 24430 ss.;

père de Jason, qui en est roi, ou comte, ou duc.

Pelops (*del lignage rei*) 25029 (génitif latin), de Pélops.

Penelope[1] 28961, 28977, 28998, Pénélope, épouse d'Ulysse. — Sa fidélité à son époux, malgré les instances des Prétendants 28959 ss.; — instruit de sa constance à son retour, Ulysse redouble d'amour pour elle 29028 ss.

Penelope[2], var. de *Pelopene*.

Penonie, var. de *Peoine*.

Peoine 6747, 7853, 9059 (Darès *Pæonia*), ancien nom de la Pannonie, qui fut conservé par les Romains à une partie de cette contrée située au nord de la Macédoine, d'où la forme *Pannoine* (*Panoine*, *Pen.*) aux vv. 3202, 4033, 4176, où Benoit semble admettre une contrée différente de *Peoine* (*Peone*, dans *AG*, au v. 4176, semble être le fait du scribe). Voy. à PANNOINE. — Pretemesus et Steropeus en amènent à Troie 1000 chevaliers; — *cil de P.* 7853 forment le 5e corps à la 2e bataille 7853 ss.; — leurs rois, conduits par Deïphebus, s'y distinguent 9081 ss.

Peone, Peonie, Perine, var. de *Peoine*.

Persant (s. pl.) 19263, les Perses. — Ils tirent des flèches 19263 ss.

Persant (adj.), Persan; — *le rei P.* 464, *Mennon le r. P.* 21693, voy. MENNON.

Perse 5271, 23287; — *la gent de P.* 11194, *ceus de P.* 7960, 11126, 13921; — *li reis de P.* 5271, Sersès (*cf. Mennon li reis de P.* 14219); 17355, Glaucon[1]. — Portrait du roi de Perse (lequel ?) 5271-4.

Perseis 15956, 21469, 21571, 21533 et *li Perseis* 20486, les Perses; — *li reis P.* 460, Mennon (voy. ce mot); mais au v. 11130, il s'agit de Sersès (voy. ce mot), et aux vers 1724, 17246 et 17274, de *Glaucon*[1] (voy. ce mot).

Persès, var. de *Sersès*.

Persie 9998 (*departie :*), Perse; *li riches reis de P.*, Sersès.

Persicon (*mare*) 23218, mer (golfe) Persique.

Persis 12266 (*Paris :*), les gens de Perse, commandés par Pâris.

Pevonie, var. de *Peoine*.

Pharaon 13820. — La tente merveilleuse de Calchas lui avait appartenu 13818 ss.

Phelipon, Phelis, voy. PHILITOAS.

Phenice 23291, Phénicie.

Phenices (sans article) 28910, les Phéniciens.

Phice 2143, 5659 (Dar. *Phthia*, ms. *L Pthia* (2e main *Pithia*; le ms. de Benoit avait sans doute *Phitia*; cf. *Phytia*, en Acarnanie), Phtie, ville de Thessalie, près de Pharsale, patrie de Pélée et d'Achille. — Hercule y va solliciter l'appui de Pélée contre Laomédon 2143 ss. — *Cez de Ph.* 8401; — *cil de Ph.* 8431, combattent, avec les Crétois, contre les gens de Lice 8431 ss.

Phileïs, voy. PHILEÜS.

Philemenis 6814, 6833, 11129, etc., *Ph. d'outre la mer* 7302, 20956 (Dar. et Dictys *Pylæmenes*, Dar. ms. *G Phillemenis*, *L Philæmenis*), roi de Paflagoine, allié de Priam. — Etait presque un géant 6818 (cf. 15385); — son armure et celle de ses hommes 6837 ss.; — au débarquement, renverse Ulysse, qui le blesse grièvement 7302 ss.; — prend part à la 4e bat. 11129 et 11327; — blessé par Menesteüs, le blesse à la cuisse, le renverse et emmène son cheval 11441 ss.; — l'un des chefs à la 11e bat. 15385; — abat Menesteüs et lui casse quatre dents 15919 ss.; — ses efforts pour repousser les Grecs aux portes de Troie 15985 ss.; — à la 16e bat. prend, avec Polydamas, le roi Thoas, qui est délivré par les Mirmidons 20473 ss. ; — se distingue à la 18ᵉ 20956 ss. ; — après la mort de Troïlus, protège la rentrée des Troyens 21638 ss. ; — à la 20ᵉ bat., lutte contre Diomède 22687 ss. ; — secourt Polydamas 22737 ss.; — à la 21ᵉ, sort le premier et accompagne les Amazones avec ses Paphlagoniens 23485 ss. ; — fait prisonnier Ajax-Télamon, qui est délivré par Diomède 23660 ss.; — à la 22ᵉ bat., secourt Polydamas contre Pyrrhus, est renversé et pris par lui 23922 ss. ; — est délivré par Panthésilée 24169 ss. ; — fait embaumer le corps de Panthésilée, retiré du fleuve, pour l'emmener, à la paix, dans leur patrie commune 25268 ss. ; — funérailles et tombeau de la reine, que Philemenis emmène la veille du jour où la paix est jurée ; récompense de son dévouement 25767 ss.

PHILEMENYS, PHILIMENIS, var. de *Philemenis.*

PHILEÜS 12509 et PHILEÏS 12648 (Dar. XXI *Pylæum* (cf. Dictys III, 14), ms. G *Phileum*, manque à *L*), allié de Priam. — Du royaume de Palatine 12511 (voy. ce mot); — tué par Achille 12512-6 ; — sa mort est rappelée 12648. Cf. *Pileus*, dont Benoit sépare à tort *Phileüs.*

PHILIPON, PHILIPPON, var. de *Phelipon.*

PHILISTEAS, PHILITHOAS, PHILOTH., PHILOT., var. de *Philitoas.*

PHILITOAS (s.) 5641, 8224, 9119, 9429, 11310, 11479, *Phelipon* (r.) 16839 (Dar. *Phidippum* (acc.), ms. *L Philippum*, *G* ajoute *et Merionem*), et *Phelis* (s.) 13953 (: *pris*), 13993 (: *bis*), 14057 (: *entrepris*) (Dar. *Phidippus* (corr. de Mercier), ms. G *Philippus Thoas*, *L P. Toas*, d'où notre *Philitoas*), roi de Calédoine. — En amène à Troie, avec Anti-

pus [1], 30 vaisseaux; — forme le 11ᵉ corps à la 2ᵉ bat. 8223-4; — combat avec Thoas 9117-20; — blessé grièvement et renversé par Hector 9451 ss. ; — assiste à la 4ᵉ bat. 11310; — lutte contre Remus ; renversés, ils continuent le combat à pied 11479 ss. ; — assiste avec Antipus[1] à la 8ᵉ bat. 13953 ss.; — tué par Hector 13993 ss. ; — son neveu Antipus (son frère d'après Dictys II, 5), qui veut le venger, est aussi tué par Hector 14043 ss. ; — rappel de sa mort sous le nom de *Phelipon* 16839.

PHILOTETÈS 5683, 5985, 8288, Philoctète, roi de Mélibée. — Amène à Troie 7 vaisseaux 5681-4; — dirige la flotte, comme ayant assisté à la première expédition contre Troie 5983-90; — forme le 24ᵉ groupe à la 2ᵉ bataille 8288-92.

PHOCIDIS 5618 (*plevis* :), 2804 (*Scelidis* :), 12148 (*dis* :), Phocide, contrée de Grèce, patrie d'Epistrophus et de Scedius.

PHYLIMENIS, var. de *Philemenis.*

PHYON, -OXS, voy. de *Fion.*

PIERRELEE, voy. CARIZ et CARRUT.

PIGREIS 8245, 9499, combattants originaires de Pigris.

PIGRIS 5650 (Dar. *Pheris*, ms. G *Pirgis*, *L Pyrgis*), patrie d'Emelius (Darès *Eumelus*). Il y avait un *Pyrgi*, capitale de la Triphylia, partie de l'Elide : *Pheris* est une correction de Mercier, d'après Homère, *Iliade*, II, 671.

PILACA 5652, et *Pilache* 7125, 8247 (Dar. *Phylaca*, mss. GL *Pylaca*), patrie de Potarcaus et de Proteselaus. — Cil de *Pilache* 8247 forment le 17ᵉ corps sous Potarcaus 8247 ss.

PILACE, PILARCA, -CE, -CHE, -GA, PILLARCHE, var. à *Pilaca*, *Pilache.*

PILE[1] 3698, 3545 (: *vile*), 4224, 5627, 7236, 8231 (: *mile*) *'ceus*

de P. 8231, *cil de P.* 9270), et
Pire 4245 et 9181 (: *sire*),
9270 (*pire :*), Pylos, capitale
de Nestor (trois villes du Péloponèse se disputaient ce
titre), probablement la ville
maritime au sud de *Cyparis-
sia* (Messénie).

Pile² 5693, patrie de Crenos
(*Cernus*), probablement Pylos en Élide, sur le Ladon,
affluent du Pénée.

Pileus 6737 (Dar. XVIII (éd.
Meiser) *Pirus*, éd. Artopœus
Pyrus (où il faudrait peut-
être préférer *Pylœus* et n'admettre qu'un seul et même
personnage avec celui du ch.
XXI, voy. à Phileûs), ms. *L
Pileus, G Phylemus*, d'où il
faut sans doute tirer *Phileüs*
(voy. ce mot), Dictys II, 35
Piros), P. de Thrace, allié de
Priam. — Amène à Troie,
avec Acamus, 2100 chevaliers
6733 ss. Cf. Phileûs.

Pilus, var. de *Pileus*.

Pin merveilleux devant le palais de Priam 6265 ss.

Pire, voy. Pile.

Pirgis, var de *Pigris*.

Pirrus (invar.) 623, 695,
23783, 23807, etc, Pyrrhus
(alterne avec *Neptolemus*,
voy. ce mot). — Fils d'Achille
et de Deïdamia 23785-6. —
Portrait 5239-50 ; — amené
au camp des Grecs par Mé-
nélas 23781 ss. ; — armé
chevalier avec les armes de
son père par Ajax-Télamon
23809 ss. ; — abat et prend
Polydamas, qui est secouru
par Philemenis, lequel est
ensuite abattu et pris par Pyrrhus, puis relâché par lui
23884-24073 ; — désarçonné
par Penthésilée 24120 ss. ;
tue Glaucus, fils d'Anténor
24213 ss. ; — est blessé par
Penthésilée 24227 ss. ; — la
tue à la 23ᵉ bat., après qu'elle
l'a grièvement blessé 24272
ss. ; — conseille de lui accorder les honneurs de la sépulture 24446-50 ; — les Grecs se
réjouissent de sa guérison

certaine 24462 ; — jure les
conditions de paix fixées avec
Anténor 24529 ; — tue Priam
devant l'autel de Jupiter, qui
le punit plus tard (en le faisant assassiner par Oreste)
26141 ss. ; — obtient des Grecs
la vie des deux fils d'Andromaque et les retient auprès
de lui avec leur mère et Hélénus 26353 ss. ; — immole
Polyxène sur le tombeau de
son père, à l'instigation de
Calchas et d'Ulysse 26426
ss. ; — sa douleur à la mort
d'Ajax -Télamon ; tombeau
qu'il lui élève 27129 ss. ; —
fait faire aux Grecs un deuil
de trois jours avant le départ ;
ils déposent leur chevelure
sur la tombe 27277 ss. ; — fait
réparer ses vaisseaux à Molossos 29079 ss. ; — envoie
deux espions, Crispus et Aratus, dans l'intérieur de la
Thessalie pour avoir des
nouvelles d'Acastus, qui avait
dépossédé son aïeul Pélée
29096 ss. ; — retrouve Pélée
29207 ss. ; — tue en trahison
ses oncles Plistenès et Menalipus, puis Cinaras, serviteur d'Acastus 29250 ss. ; —
se fait passer auprès d'Acastus comme un fils de Priam,
captif de Pyrrhus, qui dort,
dit-il, dans une grotte voisine : Acastus y court l'épée
nue 29345 ss. ; — Thetis lui
demande la grâce d'Acastus,
à condition qu'il lui laissera
le trône, et Pyrrhus s'en remet à la décision de Pélée,
qui approuve 29439 ss. ; —
reçoit l'investiture d'Acastus
et lui promet une affectueuse
reconnaissance 29493 ss. ; —
enlève Hermione et l'épouse
29595 ss. ; — va à Delphes
remercier les dieux de leurs
faveurs 29608 ss. ; — est tué
pendant le voyage par Oreste
29693 ss.

Pise¹ 5693, 11320, patrie de
Crenos : probablement Pise,
ancienne capitale de l'Elide,
près d'Olympie. Le ms. *L* du

Darès, qui donne (seul des mss. utilisés par Meiser) cette addition au Catalogue des vaisseaux (v. 5693), écrit *Cernus ex Pilo navibus numero* XXII; elle manque à Homère.

PISE², var. de *Frise*.

PISTROPES, -EX, -PLES, -EX. PITROFELS, -PES, var. de *Epistroz* ².

PISTROPLEUS 6897, 12345 (Dar. et Dictys *Epistrophus*; le ms. de Benoit avait sans doute *Epistropileus*; cf. *Epistropilis* G au v. 6795 et voy. EPISTROT ²), roi d'Alizonie, allié de Priam. — Amène à Troie le Sagittaire 6900 ss. ; — le lance sur les Grecs à la 5ᵉ bat. 12340 ss.

PITAGORAS 7914, 7917, 9213, fils bâtard de Priam. — Fait partie du 6ᵉ corps à la 2ᵉ bat. 7913 ss. ; — délivre Fion avec l'aide d'Edras 9249 ss.

PLAFAGOINE, -OYNE, var. de *Paflagoine*.

[PLINE], s. *Plines* 25795, Pline le naturaliste, cité à propos du tombeau de Panthésilée.

PLISTENÈS 29251, 29405, fils d'Acastus, oncle de Pyrrhus, qui le tue à la chasse en trahison.

PLISTENIDAS 27294, surnom donné à Agamemnon et Ménélas par les Grecs. Benoit explique ce mot, transcrit du latin (Dict. II, 16), par « non nobles » (*c'est neïent nobles en Gre͂eis*), ignorant qu'il si signi fie simplement : « fils de Plisthenès ».

PLUTO 13754, 21716, Pluton.

POËSTEZ (*les devines*) 15313, les Puissances divines, les Dieux.

POLIBETÈS ¹ 5675, 8279, 10035, 11300, 16110, 16155, 16838 (Dar. *Polypœtes* (corr. de Mercier), ms. G *Polibetis*, L *Polibetes*), roi de Larise². — En amène à Troie, avec Leontin, 60 vaisseaux 5673-6; — forme, avec Leontin, le 22ᵉ corps à la 2ᵉ bat. 8277-80; —

y est blessé par Deïphebus 10035 ss. ; — assiste à la 4ᵉ bat. 11300; — duc « d'outre les puis de Caucasus : Ço est vers Inde la Major » 16155-7 (Benoit a sans doute voulu le différencier de Polibetés de Larise²); — tué à la 10ᵉ bat. par Hector, qui cherche à le dépouiller de sa riche armure, mais en est empêché par Achille 16158 ss. ; — sa mort est rappelée 16838.

POLIBETÈS², POLL., var. de *Philotetès*.

POLIBUS, POLL., POLIBES, POLL., var. à *Patroclus*, corr. au v. 26838.

POLIDAMAS (invar.) 304, 4196, 4378, 5481, etc., Polydamas. — Fils d'Anténor 5481 ; — reçoit de Priam l'ordre d'aller en Grèce avec Pàris 4196 ; — est admis au conseil tenu à Cythère 4375-80 ; — son portrait 5481-92 ; — désigné par Hector pour conduire le 4ᵉ corps à la 2ᵉ bat., l'assure de son zèle 7821 ss.; — engage Remus à quitter la mêlée trop épaisse, afin de combattre plus facilement 8710 ss. ; — tue Merel de Biez 8779 ss., puis Celidis 8829 ss. ; — pris par Ménélas, est secouru par Hector 8945 ss. ; — prend part à la 4ᵉ bat. 11128 et 11333 ; — attaque Palamedès, qui le renverse et fait une allusion ironique à son amour malheureux pour Hélène 11393 ss. (cf. 11921 ss. et 14406-8); — le soir, il accompagne Enée et Troïlus dans la chambre des dames 11845 ss. ; — il est fait allusion à son amour pour Hélène 11921 ss.; — il promet de venger son père, pris par les Grecs, à la première rencontre 12675 ss. (cf. 12799-804); — à la 8ᵉ bat., secourt (avec Fion et Doglas) les Troyens pressés par Agamemnon ; abat Diomède et donne son cheval à Troïlus 14385 ss. ; — assiste à la

10° bat. 15376 ; — exhorte Troïlus à secourir Mercerès, qu'on emmène prisonnier :ils réussissent à le délivrer 15669 ss. ; — renversé par Ajax-Télamon et secouru par Troïlus 15713 ss.; — ses exploits aux portes de Troie 15979-84 : — à la 16e bat., prend, avec Philemenis, Thoas, qui est délivré par les Mirmidons 20473 ss.; — sa douleur à la mort de Troïlus, qu'il aimait sincèrement 21773 ss. ; — abattu par Menesteüs, est secouru à temps par Philemenis 22738 ss.; — prend part à la 21e bat. avec mille chevaliers et tue un roi Grec 23541 ss. ; — à la 22e bat., lutte contre Pyrrhus, qui l'abat et le fait prisonnier ; il est délivré par Philimenis 23904 ss.; — avec Enée, Anchisé et son père Anténor, ils conviennent de faire rendre Hélène et ses trésors 24471 ss.

POLIDARIUS 5257, 8264, et *Polidri* (s.) 5655 (: *Escolapi*), Podalire, frère de Machaon, fils d'Esculape. — Son portrait 5257-62; — amène de la contrée de *Tricios* à Troie, avec son frère, 32 vaisseaux ; — forme, avec Machaon, le 18e corps à la 2e bat. 8261 ss.: — assiste à la 4e bat. 11303.

POLIDORUS 26727, Polydore, le plus jeune des fils de Priam, livré à Ajax par Polymestor et lapidé par les Grecs 26723 ss.

POLIDRI, voy. POLIDARIUS.

POLIMENÈS 11377 (s.), Grec tué par Ampon à la 4e bat.

POLIMESTOR 26726 , 26737 , Polymestor, roi de Thrace, qui livra à Ajax Polydore, le plus jeune des fils de Priam 26723 ss.

POLIPHEMUS 28629, 28640. 28682, 28690, Polyphème. fils de Lestrigonain, frère d'Arenain.—Avec son cousin Antiphat, tue cent des compagnons d'Ulysse et emprison-

ne les autres ; puis en a pitié et les remet en liberté 28627 ss. ; — les poursuit dans leur fuite et leur reprend sa sœur Arenain ; Ulysse lui crève un œil 28664 ss.

POLIPORBUS 29075,Ptoliporthus, fils de Telemacus et de Nausica. Cf. Dict. VI, 6, mss. *BG* et éd. princeps (Cologne, 1470 ou 1475) *Ptoliporbum*.

POLISEMART , POLL., var. de *Polixenart'*.

POLITENÈS, var. de *Philotetès*.

POLITHENÈS, POLIUERÈS, var. de *Polibetès*.

POLIXENA (s.) 476, 675, 2955, 10600, 15450, 20809, et *Polixenain*, 17511 (: *l'endemain*), 17599 (: *ain*), 26157 (: *sosterrain*), r. *Polixena* 16491 et *Polixenain* 5541 (: *vain*), 5574 (*certain* :), 15525 (: *vain*), 17540 (*sein* :), 21204, 21988, 22136, 22437, 26191, 27187, 27243, Polyxène. — La plus jeune des filles de Priam et d'Hécube 2955-8; — son portrait 5541-76 ; — assiste avec Hélène à la sortie des Troyens à la 3e bat. 10600 ss.; — cherche, avec sa mère et Hélène, à empêcher Hector d'aller à la bataille 15449 ss.: — sa douleur devant le corps d'Hector 16491 ss. ; — à l'anniversaire, est remarquée par Achille , qui en tombe amoureux 17511 ss. ; — s'afflige du retour d'Achille sur le champ de bataille 21227 ss.; — l'image affligée de Polyxène sur le tombeau d'Achille : elle en veut à sa mère d'avoir causé sa mort 22435 ss.; — sauvée par Enée, lors du sac de Troie, et cachée dans une tour 26190-4; — découverte par Anténor et livrée à Agamemnon et par ce dernier à Pyrrhus 26387 ss.; — ses plaintes quand on la conduit au supplice 26471 ss.

POLIXENAIN, voy. POLIXENA.

POLIXENARS, -ARZ, -AT, var. de *Polixenart* '.

POLIXENART' 5625, 16837, *Poli-*

xenon (invar.) 8218 (*aveit non* :), 9018 r. (*Delon* :) (Dar. *Polyxenum* (acc.), mss. *GL Polix.*),compagnon d'Ajax fils de Télamon. — Combat sous lui à la 2ᵉ bat. 8218; — y est tué par Dolon ² 9017 ss.

POLIXENART¹ 16837, s. *Polixenarɣ* 12665 et *P. de la Gaudine* 12398, parent d'Ajax, fils de Télamon. — De Salamine, comme le précédent 12397; — tué par Hector (cf. Darès, XXI; Dictys, III, 6, le fait seulement blesser) 12397 ss.; — sa mort est rappelée 12665 et 16837. — Le *Polyxenus* de Darès a été dédoublé par Benoit.

POLIXENON, VOY. POLIXENART ¹.

POLIZESTÈS, var. de *Polibetès*.

POLLUS (invar.) 2110, 2303, 2415, 2603, 2623, 2711, 3451, 3463, 4242, 4305, Pollux, frère de Castor et d'Hélène. — Avec son frère, promet à Hercule de l'aider à se venger de Laomédon 2109-25 ; — commande l'une des trois troupes qui attaquent directement les Troyens 2303 ; — secourt son frère et tue Eliachim, neveu de Laomédon 2603-34 ; — réside en Achaie 3447-52 ; — reçoit avec menaces le message d'Anténor 3463-88 ; — était allé conduire Hermiona à Climestra quand arriva Pâris 4239 ss. ; — parti à la recherche d'Hélène, périt avec son frère dans une tempête : le peuple croyait à leur immortalité 5061 ss.; — son portrait, réuni à celui de Castor 5107-18.

POLYCENAUS, var. de *Polixenart*¹.

PORTACUS, -CHUS, PORTARCHUS, AGAUS, var. de *Potarcaus*.

PORTE CEE, voy. LICAON et CEE.

Portes de Troie, voy. 3143 ss.

Porɣ (le pluriel pour le singulier) *de Troie* 981, 2808, 5966, 7095, 7154, 7238, 7330, 7343, 7522 (cf. *les porɣ* 250, *as* ɣ. 26010, *ses* ɣ. 2098 ;

— ɣ. *de Salemine* 3357, ɣ. *de Salenique* 18192. — Cf. *as porɣ* (de Sepiadon) 29322, à côté de *un port* 29196 et de *del port* 29250.

POTARCAUS 5653 (: *Proteselaus*) (Dar. *Podarces*, ms. G *Potarcus*, L *protharcus*), et *Potarcus* 8250, P. de Pilaca. — En amène à Troie, avec Proteselaus, 50 vaisseaux ; — neveu de Proteselaus 8251 ; — forme le 17ᵉ corps à la 2ᵉ bat. 8247 ss.

POTARCUS, voy. POTARCAUS.

PRATIMESUS, -NESUS, PRETEMESIUS, var. de *Pretemesus*.

PRETEMESUS 6574, 7855, 9083, (Dar. *Pyræchmes*, ms. G *Prætemesus*, L *Pretemeseus*). P., roi de Peoine, allié de Priam, cousin de Steropeus. — Amène de Peoine à Troie, avec Steropeus, 1000 chevaliers 6747 ss.; — ils forment le 5ᵉ corps à la 2ᵉ bat. sous la direction de Deïphebus 7853 ss.; Pretemesus s'y distingue 9083.

PRETEMISSUS, -ISUS, -OSUS, PRETIL., PRETERMISSUS, PRETESIMUS, var. de *Pretemesus*.

PRIAMUS (s.) 2878, 3099 (: *benus*), 6661 (: *dus*), 24511 (: *refus*), r. *Priamus* 3943 (*Helenus*), 24618 (*plus* :), 26728 (*Polidorus* :) et PRIANS (s.) 14570 (*chans* :), Priam. Voy. PRIANT.

PRIANS, voy. PRIAMUS.

PRIANT 188 (: *quant*), 262 (*Cassibilant* :), 296 (: *poissant*), 650 (*avant* :), etc., s. *Prianɣ* 169, 301, etc.; 432, 5296, etc. (: *granɣ*), 2865, 2966, etc. (: *enfanɣ*), etc., et *Priant* 414 et 649 (*avant* :), 472 (*grant* :), 21694 (*Persant* :), 10414 et 11953 (*Cassibilant*), 13250, 22962 (*vivant* :), 26504 (*faisant* :), 24826 et 25436 (*itant* :), 25355 (: *serjant*), 26733 (: *veiant*), Priam, roi de Troie (cf. PRIAMUS); — *les fiɣ* P. 18594, les Bâtards. — Père de huit enfants 2866 et 2931-58, et de trente bâtards

2959-62 ; — en expédition lors de la prise de Troie 2867-9 ; — ses regrets pour la perte des siens ; il jure de les venger 2885-922 ; — retourne à Troie, reconstruit la ville plus forte et plus belle et élève la forteresse d'Ylion 2963 ss. ; — fait décider par son Conseil l'envoi d'un messager en Grèce pour réclamer sa sœur Esiona 3187-244 ; — il choisit Anténor, qui accepte 3245-76 ; — demande à son Conseil, qui l'approuve, de venger l'injure que lui ont faite les Grecs en refusant de rendre Esiona 3651-722 ; — demande l'aide de tous ses fils et désigne Hector comme chef de toutes ses forces 3723-70 ; — demande conseil à ses hommes sur l'expédition projetée par Pàris 4039-76 ; — ses exhortations au moment du départ 4181-210 ; — accueil qu'il fait à Hélène 4839 ss. ; — son portrait 5295-312 ; — répond insolemment au discours d'Ulysse réclamant Hélène 6327 ss.; — protège Diomède contre la colère de ses barons 6405 ss. ; — catalogue de ses alliés 6659 ss.; — commande la réserve, devant les lices, à la 2ᵉ bat. 8034 ss.; — bâtards de Priam 7989 ss. et 8097 ss. ; — approuve Hector, qui lui demande 1000 chevaliers pour achever la défaite des Grecs et le prie de l'appuyer avec le reste de ses hommes 9838 ss. ; — s'inquiète des blessures d'Hector, qui le rassure 10257-64 ; — on lui cache la mort de Cassibilant, son fils 10265-70 ; — il le pleure à ses funérailles 10414 ; — consulte Hector, Pàris, Troïlus, Deïphebus, Enée, Anténor et Polydamas sur le sort de Thoas, qu'il voudrait mettre à mort ; il l'épargne, sur l'avis d'Enée et d'Hector 11753 ss.; — reçoit à table, où il

était avec ses fils, les propositions de trève d'Ulysse et de Diomède, puis les soumet au Conseil, qui les accepte, sauf Hector 12923 ss. — consent à regret à rendre sa fille à Calchas 13107 ss. ; — après la 8ᵉ bat., fait demander une trève de six mois 14567 ss. ; — à la prière d'Andromaque, défend à Hector d'aller combattre et y envoie Pàris et Troïlus et les autres chefs 15358 ss. ; — sur les instances d'Andromaque, court après Hector déjà parti et le ramène 15504 ss. ; — sa douleur à la mort d'Hector 16360-8 ; — déclare au Conseil qu'il ira à la bataille et sort avec Pàris, Deïphebus et Troïlus 17043 ss. ; — renverse Palamède et se distingue sous les yeux des Dames 17136 ss. (cf. 17291 ss., 17301 ss. et 17335 ss.); — accepte, non sans répugnance, les propositions d'Achille, qui demande la main de Polyxène 17885 ss. ; — quand Achille a repris les armes, reproche à Hécube le conseil qu'elle lui a donné de lui promettre Polyxène 21190 ss.; — sa douleur après la mort de Troïlus et de Memnon 21691 ss. ; — rejette les propositions de paix d'Anténor et d'Enée et rappelle à Anténor qu'il a approuvé l'expédition de Pàris et à Enée qu'il y a pris part 24618 ss. ; — veut se débarrasser des partisans de la paix en les faisant tuer en trahison par son fils Antimachus, mais, son dessein étant découvert, il les autorise à faire des ouvertures de paix aux Grecs 24669 ss. ; — accepte avec douleur les conditions rapportées par Anténor, déclare abandonner aux Grecs ses trésors et laisse au Conseil le soin de tout régler 25185 ss. ; — jure la paix de bonne foi, ainsi que les chefs (à l'exception d'Anténor et d'Enée), et recommande Hélène, aux Grecs 25831 ss. ; — consent à recevoir le cheval de bois, sur les instances d'Anténor et d'Enée 25864 ss. ; — pendant le sac de Troie, se pâme devant l'autel d'Apollon 26101 ss. ; — est égorgé par Pyrrhus devant l'autel de Jupiter 26141 ss. ; — son plus jeune fils, Polydore, livré par Polymestor à Ajax, avait été lapidé par les Grecs 26723 ss.

PROCHIMESUS, var. de *Pretemesus*.

PROSERPINE 13754.

PROTEMESUS, var. de *Pretemesus*.

Prologue 1-147. — D'autres prologues, plus courts, se rencontrent 1° avant l'expédition des Argonautes 711-4 ; 2° avant la première expédition contre Troie 2061-78 ; 3° après cette expédition 2825-62 ; 4° en tête de la partie du poème où Benoit suit Dictys 24397-424 ; 5° devant les Retours 27548-60.

PROTHENOR (s. et r.) 5608, 7222, 7253, 8196, 10911, 10936, 16833, s. *Prothenors* 8686 (*galos* :), P., roi de Boèce. — En amène à Troie, avec Archelaus, 50 vaisseaux 5607-10 ; — son débarquement 7219 ss. ; — ses exploits 7253-8 ; — forme, avec Archelaus, le 5° corps à la 2° bat. 8193 ss. ; — cousin d'Archelaus 8198 (mais son neveu 10939) ; — ils combattent contre les gens de Larise' 8675 ss. ; — renverse Fanoël, mais est abattu par Brun 9927 ss. ; — tué par Hector à la 3° bat. 10911 ss. ; — rappel de sa mort 16833.

PROTESELAL, -AU, voy. PROTESELAUS.

PROTESELAUS 8249 et 16829 (*vassaus*) rég., *Proteselal* 10401 (: *vassal*) rég., 245, 5236, 5654, 7123, 7170,

T. V.

7371 et 7519 suj., Protésilas, roi de Phylace (voy. à *Pilaca*). — Débarque devant Troie le premier et combat à l'épée 7123 ss. ; — monte à cheval et recommence ses exploits 7371 ss. ; — est tué par Hector 7511 ss. ; — regrets de Benoit 7519-30 ; — funérailles de Proteselaus 10400-4.

PROTEXELAUS, var. de *Proteselaus*.

PROTHESELAUS, -AX, -US, -ILAUS, PROTHISILAUS, var. de *Proteselaus*.

PROTHOÏLUS 5689, 8302 (Dar. *Prothous* (corr. de Mercier), ms. *L Prothoclus, G Prothoclius*), Prothoüs, roi de Magnésie. — Amène à Troie 50 vaisseaux ; — forme le 26° corps à la 2° bat. 8299 ss.

Proverbes du vilain 3807.

PROITOILUS, PROT., PROTROILLUS, -ILUS, var. de *Prothoïlus*.

PUI DE RIR (*le*) (voy. *Tir*) 8484, 10706, patrie de Doldaniët.

PYRIPILUS, var. de *Eüripilus*.

PYTROPLEX, var. de *Epistroz* ².

QARAIDES, QUARANTÈS, QUATONTÈS, var. de *Carantès*.

QUINTELIËNS, QUINTH., var. de *Quintiliëns*.

[QUINTILIËN], s. *Quintiliëns* 8000, 9029, 9090, 9744, 9763, 9783, fils bâtard de Priam. — Combat sous Hector à la 2° bat. 7989 ss. ; — tue (ou blesse grièvement)Bauduin 9029 ss. ; — prend Theseüs avec l'aide de son frère Rodomorus et le relâche sur l'invitation d'Hector 9089 ss. ; — excite ses frères Odenel et Rodomorus à attaquer Thoas, qui est pris, mais est délivré par Menesteüs 9739 ss.

RABUS, var. de *Labius*.

REMODENUS, -ERNUS, var. de *Rodomorus*.

REMUS (invar.) 6713, 7807, 8703, 8775, 8796, 11484, R., roi de Cisonie, allié de Priam. — Va à Troie avec plus de

7000 chevaliers 6713 ss.; — forme le 4ᵉ corps à la 2ᵉ bat. sous la direction de Polydamas 7807 ss.; — sur le conseil de Polydamas, attaque Ménélas et ses gens 8702 ss.; — Ménélas et lui se renversent et se blessent légèrement 8774-8; — blessé ensuite grièvement par Ménélas, Remus est emporté par les siens 8791 ss.; — lutte contre Philitoas à la 4ᵉ bat.; renversés, ils continuent le combat à pied 11479 ss.; — fait partie du corps commandé par Polydamas à la 22ᵉ bat. 24181-2.

Renomee 4315, 24726, 27529 (pris substantivement sans article), la Renommée.

Resa 495, 11498, 18539, roi d'Aresse, allié de Priam : le *Rhesus*, roi de Thrace de Darès (XVIII) (mss. *GL Heseus*) et Dictys (II, 45) a été dédoublé par Benoit en *Resa*, roi d'Aresse et *Heseüs*, roi de Therace. — Lutte contre Theseüs à la 10ᵉ bat : ils se blessent grièvement 11495 ss.; — tué par Deïphebus à la 12ᵉ bat. 18536 ss.

Rir, voy. Pui de rir.

Roaise, Edesse. — *Cheval de R.* 18606.

Rode 5661, 8267, 17195, 23241, Rhodes (l'île de), dont était roi Telopolemus. — *Cil de R.* forment le 19ᵉ corps à la 2ᵉ bat. 8267-9.

Rodeis (invar.) 317 (adj.), 10019, 17201, Rhodiens, habitants de Rhodes (voy. *Rode*). — *Li reis R.* (des mss.) 317 n'est pas Telopolemus, roi de Rhodes, qui figure encore à la 11ᵉ bataille (ici c'est la 5ᵉ). D'après l'ordre des faits, il ne peut s'agir que d'Orcomenis, qui était né « devers Inde », ou d'Almenus (Almenis) roi d'Orcomenie. Faut-il corriger *d'Inde li reis* ? Nous avons préféré *Com fu morz Almenis li reis.* — Les R. combattent à la 2ᵉ bat. avec les

gens d'Elide et d'Ormenie 10019 ss.

Rodes, Rodon, var. de *Rode*.

Rodomenus, -erus, -onis, var. de *Rodomorus.*

Rodomorus 8003, 9035, 9099, 9755, fils bâtard de Priam. — Combat sous Hector à la 2ᵉ bat. 7989 ss.; — tue deux Grecs 9035-6; — prend Theseüs avec l'aide de son frère Quintiliën et le relâche sur l'invitation d'Hector 9099 ss.; — contribue avec Quintiliën et Odenel à la prise de Thoas 9739 ss.

Roge (*mer*) 13821. — Pharaon s'y noya 13818-21.

Romardelus, Romedellus, Romodenus, -derlus, -dernus, Ronnodernus, var. de *Rodomorus.*

Rome 76, 1698. — Patrie d'Oteviën (Auguste).

Rosdon, -un, var. de *Rode*.

Rubron (*mare*) 23223 (n'est pas notre mer Rouge ; c'est l'ancienne *mare Erythræum*, auj. mer d'Oman. Voy. Arabicon (*mare*).

Sades, var. de *Sardes*.

Saietaire (*le*) 6900, 12353, 12405, 12465, 12497, 12639, s. *Saietaires* (*li*) 12421, 12439, 12451, 12473 et *Saietaire* (*le*) 324 (cf. *l'Aversier* 12414, le *Maufé* 12471, le *Diable* 12587), le Sagittaire. — Amené à Troie par Pistropleus, allié de Priam 6900 ss.; — description 12353 ss.; — lancé contre les Grecs à la 5ᵉ bat., il en fait un grand carnage 12404 ss.

Sainas, var. de *Sanias*.

Sainte More 132, Sainte-Maure, au Sud de Tours. Voy. Beneeit.

Saissoigne 21280 (*Heaume e espee de*), pays des Saxons.

Salantree, Salatree, var. de *Satelee.*

Salemine¹ 2126, 2667, 3357, 5622, 8211, 8875, 12397, 18593, 24863, 28122, 28141, Salamine, île en face de l'At tique, patrie de Télamon, d'Ajax et de Teücer ses fils, d'Amphimac, de Dorion, de Polixenart et de Theseüs 5623-6. — Patrie de Dircès 2667 (sans doute pour la rime) ; — Hercule y va solliciter le concours de Télamon 2126 ss. — Cil. de S. (8875) luttent contre les gens d'Hector 8869 ss. ; — les habitants chassent Diomède 28141 ss.

SALEMINE² 28448, Salamine de Chypre, fondée par Teucer exilé.

SALEMON (invar.) : r. 1818, s. 13471, préd. 18046 (Sanson :) — Cité pour sa sagesse 1, 13471-2 ; — cité (avec David et Samson) comme exemple de la faiblesse des plus sages, lorsqu'ils se laissent dominer par l'amour 18044-8 (cf. 18452) ; — éperons de Jason taillés de l'uevre S. 1818.

SALENIQUE (port de) 18192, Salonique. — Les gens d'au-delà de Salenique aident les Troyens 18191 ss.

SALICIÈNS, var. de Siciliëns.

SALUSTE 77, s. Salustes 81, Salluste l'historien. — Donné comme l'oncle de Cornelius [Nepos] 82-3.

SAMAS, -IAS, var. de Sanias.

SANCTIPUS, SANT., SANTH., var. de Antipus.

SANIAS 6782 (Dar. ms. G Sanias, L Sanius, supprimé dans l'éd.), S., comte de Boëce, allié de Priam. — Amène à Troie, avec Asimas et Fortis, 1000 chevaliers 6781 ss. ; — assiste à la 4ᵉ bataille 11318.

SANSON (Fortis) (s.) 18045, Samson-le-Fort, que Dalila livra aux Philistins. — Cité comme exemple de la faiblesse des hommes domptés par l'amour 18044-5.

SAPELLIADON, var. de Sepiadon.

SARAGOCEIS, de Saragosse. — De l'uevre Saragoceise (confanon) 18631.

[SARDE], s. Sardes 8112, 9915, S. de Vertfueil, fils bâtard de Priam. — Reste avec son père à la 2ᵉ bat. 8097 ss.; — tue un « amiraut Grec » 9915-8.

SARDEX, SARDRES, var. de Sardes.

SARPEDON (invar.) 455, 525, 6686, 11325, 17213, 17237, 18784, 18819, Sarpédon, roi de Lice, allié de Priam. — Fils de Glaucon' 6686 ; — parent de Priam, à qui il amène (avec son père) plus de 3000 chevaliers 6687-94 ; — assiste à la 4ᵉ bat. 11325 ; — attaque Ajax-Télamon : tous deux sont renversés et blessés 11523 ss. ; — assiste à la 10ᵉ bat. 15377 ; — à la 11ᵉ. blesse grièvement Telopolus, qui l'a abattu et blessé 17210 ss. ; — tué par Palamède à la 12ᵉ bat. 18784 ss. ; — deuil des Troyens 19141 ss.

SARRAGOCEIS (adj.), de Sarragosse. — Drap S. 1567.

[SARRAZIN], s. Sarrazins 29568, n. m.

SARRAZINOR (adj.), Sarrazin. — Entaille S. 10239.

Satanas 26164, épithète appliquée à Enée par Hécube, pendant le sac de Troie.

SATELEE (var. Salatree, Salantree) 12329, patrie de Dorus ou Dorius, sans doute Satalic, l'ancienne Attalia, en Mysic. Cf. Ambroise, Estoire de la Guerre sainte, 1318, Dreit al gofre de Sartalee. Darès ne mentionne pas cette ville : XIV, ex Buprasione Amphimacum, Diorem, Thalpium, Polyxenum ; Dictys non plus : I, 17, dein Thalpius et Diores cum Amphimaco et Polyxeno Elide aliisque civitatibus regionis ejus.

SAVIAS, var. de Sanias.

SCEÇERIE, SECILE, var. de Sezile.

SCEDIUS (invar.), s. 320, 5615, 12156, 12193, 12225, 12237, 12663, r. 16832, et Scelidis 8203 (: Focidis) (cf. Scelidus) (Dar. Schedius, mss. GL Scedius), Schédius, roi de

Phocide.— En amène à Troie, avec son frère Epistrophus, 5o vaisseaux ; — forme avec lui le 7ᵉ corps à la 2ᵉ bat. 82o3 ss. ; — Maudan Clarueil lui enlève un œil 9907-14; — tué par Hector à la 5ᵉ bat. en voulant venger son frère Epistrot¹ 12193 ss.; — sa mort est rappelée 12663 et 16832.

SCELENUS, var. de *Sthelenus*.

SCELIDIS, voy. SCEDIUS.

SCELIDUS, var. de *Scedius* (5615 G).

SCILLAN 28876 (joint à *Caribdin*), gouffre où Ulysse perd les deux tiers de ses vaisseaux 28872 ss.

SEDLONS, var. de *Delonz*.

SEDRON, var. de *Edron*.

SEE, var. de *Cee*.

SEGURADON (invar.) 2553, 2565, jeune Troyen, cousin de Cedar.— Blessé par Castor 2552-72.

SELEMENIS, var. de *Philemenis*.

SELEPHANTINE 23237, corrigé en ELEPHANTINE.

SEPELIADON, -ALDON, var. de *Sepiadon*.

SÉPIADON 29898 (gén. lat., cf. Dict. VI, 8, *Sepiadum litus*), port de Thessalie (en réalité, promontoire de la presqu'île de Magnésie).

SEPTENTRION (invar.) 23133, 23179, le Nord.

SERCXÈS, var. de *Sersès*.

SEREINES (*les*) *de mer* 28840, les Sirènes. — Ulysse et ses compagnons leur échappent et en tuent plus de mille 28838 ss.

SERSÈS 6854, 6859, 7406, 7473 et *Serse* 7959 (: *Perse*), Xerxès, roi d'Ethiopie, allié de Priam. — Vient à Troie avec son neveu Mennon 6853 ss.; — leurs hommes, qui sont des nègres, ont des flèches empoisonnées 6864 ss.; — ses succès au débarquement 7406 ss.; — suzerain de Sicamor, son neveu 7473; — aide Hector à achever la défaite des Grecs 9997 ss.; — forme, sous la direction de Pâris, le

8ᵉ corps à la 2ᵉ bat.7959 ss.;— prend part à la 4ᵉ bat.11130.

SESILE, -IRE, var. de *Sezile*.

SEZILE¹ 6667 et SEZIRE 8135 (: *empire*) (Dar. *Zelia*), ville de Troade, patrie de Pandarus, d'Ampon et d'Adrastus, alliés de Priam. La confusion de *Zelia* avec *Sicilia* était sans doute déjà dans le ms. de Benoit.

SEZILE ² 28613, Sicile, contrée où règnaient Lestrigonain et Ciclopain.

SEZILLE -IR, var. de *Sezile*.

SEZIRE, voy. SEZILE.

SICAMOR 7471, 7481, neveu de Sersès et frère de Mennon. — Tué par Palamède à la 1ʳᵉ bataille 7465 ss.

SICILIËN 18599 (: *buen*), s. *Siciliëns* 7999, 9025, fils bâtard de Priam. — Combat sous Hector à la 2ᵉ bat. 7989 ss. ; — renverse un « amiraut » 9025 ss. ; — à la 12ᵉ bat., Ajax-Télamon lui coupe un bras 18593 ss.

SIGEON 2209, 25964, 26004, ville maritime de Troade. — Les Grecs y abordent lors de la 1ʳᵉ expédition 2207-10; — à la 2ᵉ expédition, ils feignent de s'y arrêter pour attendre Hélène et en reviennent pour saccager Troie 25963 ss. et 26003 ss.

SIGOTA 23263, fleuve d'Orient(?).

SIGOTON 23262, fleuve d'Orient (?).

SILEFANTINE , SILEPHANTINE , SYL., var. de *Selephantine*.

SIMACUS, var. de *Fimacus*.

SIMOËIS (*de*) 5632 *M²*, var. à *d'Essimiëis*. La bonne leçon est peut-être *de Simiëis* (voy. ESSIMIËIS).

SIMOËNTA (*le havre de*) 983. — C'est l'accusatif grec de *Simoïs* : il y a confusion avec le fleuve de ce nom, qui était un affluent du Scamandre et n'avait pas son embouchure dans la mer.

SINA 23248, Sinaï, montagne.

SINE (? corr.) 23288 (lat. *Sinæ*), Chine méridionale.

Sinnois (de) (5632 J. pour de Simiois), var. à d'Essimiëis.

Sinon 26019, Grec. — Enfermé dans le cheval de bois, allume un feu pour avertir les Grecs que tout est calme à Troie 26017 ss.

Sire ¹ 22293, Syrie.

Sire ², var. de Sine et Assire.

Sisiliëns, Sisyl., var. de Siciliëns.

Sisonie, var. de Cisonie.

Stefeleus, Sterepex, Steropex, -ez, var. de Steropeus.

Stelenus, -inus, Stellenus, var. de Sthelenus.

Steropeus 6755, 7856, 9081, 11324, 15381 (Dar. (corr. Dederich) Asteropœus, ms. G Teropeus, F (= ms. de Florence) Astropeus), St. de Peoine, allié de Priam, cousin de Pretemesus. — Amène de Peoine à Troie, avec son cousin, 1000 chevaliers 6747 ss.; — forme avec lui le 5e corps sous la direction de Deïphebus 7853 ss.; — fils de Menelus 7856; — se distingue à la 2e bat. 9081-2; — assiste à la 4e 11324; — tué par Achille à la 5e bat., d'après la récapitulation des v. 12647-52, où il est appelé Astor (cf. Dar. XXI, Asteropœum (corr. de Dederich), ms. G Astoreum, L Asterium); mais non reconnu sous cette forme, il a été introduit parmi les chefs de la 10e bat. 15381. Cf. Mercerès.

Sthelenus 5677, 8283 (Dar. Euryalus Sthenelus, ms. G Eurialus tenelus, L E. exteleneus = E. et Steleneus), Sthénélus, fils de Capanée et l'un des Epigones. — Amène d'Argos à Troie, avec Diomède et Eürialus, 80 vaisseaux; — forme avec eux le 23e corps à la 2e bat. 8283-7; — assiste à la 4e bat. 11302; — à cette bat., renverse Caras, qui lui tue son cheval et le blesse au visage 11427 ss.

Superior, voy. Inde.

Suse 23267, fleuve probable-ment l'Eulœus, sur lequel était bâtie Susa (Susiane), ancienne résidence des Achéménides.

Syre ¹, var. de Sine, Sire et Assire.

Syre ² 26841, ville de Phrygie prise et pillée par Achille. Cf. Dictys, II, 16, Scyrum (acc.).

Taltibius (invar.) 24954, 24977, 25004, 28082, 28085, Talthybius, prince Grec qu'Anténor emmène à Troie pour affirmer les intentions pacifiques des Grecs et reçoit magnifiquement dans sa maison; — sauve Oreste enfant et l'apporte à Corinthe, où il le confie à Idoménée, 28081 ss.

Taprobane 23235, île au sud de l'Inde, auj.: Ceylan.

Tassandrus (invar.) 27988, 28005, 28026, 28041, fils de Polynice, frère d'Egial, femme de Diomède, tué par Télèphe, lors de l'incursion des Grecs en Mœsie (par erreur, à Eboëan 27997).

Taxius 23270, fleuve d'Orient inconnu.

Tecmissa 26757, 27322, Tecmessa, fille de Teuthras, roi de Phrygie, devenue la concubine d'Ajax-Télamon après qu'il eut tué son père (Benoit attribue ici à Ajax, d'après Dictys, la mort de Teuthras, qu'il a fait frapper à mort par Achille (v. 6550 ss.) d'après Darès, et le roi de Mysie devient roi de Phrygie). — Tecmissa a d'Ajax un fils, Eurisacis (Eurysaces), que les Grecs confient à Teūcer après la mort d'Ajax 27313 ss.

Telamon ¹ (invar.) 2127, 2357, 2797, 3362, 3378, 3384, 3407, Télamon, roi de Salamine. — Promet son appui à Hercule 2126-42; — marche en tête de l'armée avec trois mille chevaliers et s'embusque avec Hercule et Pélée pour surprendre Troie 2291-

2 et 2357 ss.; — reçoit Hésione pour sa part de butin
et en fait sa concubine 2793-
804; — reçoit avec menaces
le message d'Anténor.

TELAMON[2] (invar.) 190, 670,
8876, 8947, 8970, 9012, 9297,
9920, 11306, 11524, 11557,
11582, 13518, 15738, 18593,
18638, 18866, 18967, 20546,
20960, 20966, 23569, 23648,
23967, 24016, 26637, 27081,
27105, 27117, 27280 (donné
comme le surnom d'Ajax
5188), Ajax, fils de Télamon.
Voy. AIAUS[1].

TELAMON AÏAUS (invar.) 264 et
28559 (maus :), 511, 9993,
10131, 12399, 15713, 24179
et 28116 (: vassaus), 26609
(: taus), 18914 (jornaus :),
20579 (: ataus), 24545 et
25828 (Menelaus :), 27062,
(comunaus :). 23813 (intér.),
Ajax, fils de Télamon. Voy.
AIAUS[1].

TELAMONIUS AÏAUS (invar.) 5619
et 8209 (: vassaus) 7341 et
15609 (: Menelaus), Ajax, fils
de Télamon. Voy. AIAUS[1].

TELEGONUS, s. 707, 29981,
29995, 30066, 30085, 30145,
30189, r. 30231 et 30269 (: plus)
30249, 30289, 30297, et Te-
legonon 30241 (: non), fils
d'Ulysse et de Circé. — A
quinze ans, insiste pour savoir qui est son père et part
à sa recherche, portant au
haut de sa lance en signe de
reconnaissance un os de poisson en forme de tour 29982
ss.; — attaque les gardes
d'Ulysse, qui lui refusent
l'entrée du château-fort, et en
tue plus de quinze 30035 ss.;
— blessé par Ulysse, accouru
au bruit, le blesse à mort
d'un coup de lance 30817 ss.;
— son désespoir en appre-
nant qu'Ulysse est son père
30189 ss.

TELEMACUS (invar.) 29002,
29044, 29073, 29911, 30080,
30121, 30237, 30263, Télémaque, fils d'Ulysse. — Son entrevue avec son père 29002

ss.; — épouse Nausica, fille
d'Alcénon 29039 ss.; — en a
un fils, Poliporbus 29071 ss.;
— est emprisonné à Cephalania par son père, effrayé par
un songe 29907 ss.; — à la
prière de son père, pardonne
sa mort à Télégonus; quand
il est guéri de ses blessures,
il le fait chevalier et le
renvoie comblé de présents
avec une escorte 30234 ss.;
— règne quatre-vingts ans
30268.

TELEPHUS 220, 223, 6525, 6528,
6556, 6579, 6615, 6648, 17440,
Télèphe, fils d'Hercule, roi
de Mysie. — Va en Mysie
avec Achille 6525 ss.; — veut
sauver le roi Teütrans, blessé
à mort par Achille, parce
qu'il a été son hôte 6556 ss.;
— Teütrans en mourant lui
laisse son royaume, que lui
a conservé Hercule 6576 ss.;
— chargé de ravitailler
l'armée 6613 ss.; — exprime
ses regrets à Agamemnon,
venu pour ravitailler l'armée,
de ce qu'il a perdu le commandement; celui-ci répond
qu'il s'est démis de son plein
gré 17439 ss. — lors de la
première invasion des Grecs
en Mysie (a Eboëan, par
erreur), avait tué Tassandrus 27995 ss.

TELOPIEX, var. de Telopolus.
TELOPOLEMUS, voy. TELOPOLON.
TELOPOLON 456, 8268, 11301,
17227 (: braon), s. Telopolus
5663, 11301, 11385, 17194,
17212 et Telopolemus 5014
(Dar. Tlepolemus, ms. GL (v.
5014) Telepolemus, L (v.
5663) Theplepomus), roi de
Rhodes. — Assiste à Sparte
au conseil qui décide l'expédition contre Troie 5014 ss.;
— amène de Rhodes à Troie
10 vaisseaux 5661-4; — forme
le 19e corps à la 2e bat.
8267-9; — assiste à la 4e bat.
11301; — y lutte contre Archilogus[2]; ils se renversent
et se blessent légèrement
11385 ss.; — à la 11e bat.,

renverse et blesse Sarpédon, qui le blesse à son tour grièvement 17194 ss.; — *T. d'Argos* (*d'Argei* pour la rime) 17212 (voy. ARGEI).

TEMESE, ville où se donnent rendez-vous les Grecs alliés 5049 ss. — Darès dit *ad Atheniensem portum*. On ne peut guère songer à *Temesa*, port sur la côte occidentale du Brutium : nous avons sans doute affaire à une corruption de *ad Atheniésem*, lu *ad themensem*.

TENEDON (invar.; pas de rime pour le sujet) 217, 4609, 4611, 4630, 6001, etc., Ténédos, port et château-fort près de Troie (n'est point ici une île). — Pris par les Grecs, à leur arrivée, ainsi que Lauriëntel 6001 ss.

TENEDEUS, -IEX, -US, var. de *Crenos*.

TEOPOLUS, TEPOLIUS, var. de *Telopolus*.

TERAIGNE, TERARCHA, -QUA, TERASCHE, -ESCHE, TERRARCHE, -ASQE, TETRAARCHE, var. de *Trace*.

TEREPEX, var. de *Steropeus*.

TEROPOLEX, -POPLEX, var. de *Telopolus*.

TESEÛS, var. de *Heseüs*.

TESIDAS, var. de *Thesidas*.

TESTOR 5821, Thestor, Troyen, père de Calchas.

TEÛCER 5623, 8214, 8885, 8891, 9989, 27327, 28115, Teucer, roi de Salamine. — Compagnon d'Ajax, fils de Telamon 5623; — combat avec lui à la 2ᵉ bat. 8214; — secourt Ajax-Telamon et blesse Hector 8869 ss.; — secourt Menesteüs 9989; — après la prise de Troie, on lui confie les deux fils d'Ajax, Æantidès et Eurysacès 27313 ss.; — frère cadet d'Ajax-Télamon 28115-6; — reproche à Diomède, venu à Salamine, la mort de son frère et l'oblige à se rembarquer hâtivement 28118 ss.

TEÛTRANS 224, 6535, Teuthras,

roi de Mysie.' — Blessé à mort par Achille, laisse son royaume à Telephus, dont le père Hercule a sauvé son trône 6529 ss. Voy. à MESE.

THALAMUS 6770, 7739, 8534, 8575, 8596 (toujours sujet), roi de Frise, allié de Priam. — *Th. de Valadès* 8534. — Conduit à Troie 700 chevaliers et arrive avec Antipus³ et Mercerès 6769 ss.; — ils forment à eux trois le 2ᵉ corps à la 2ᵉ bat., sous la direction de Troïlus 7737 ss.; — Mercerès lui reproche de reculer 8575-6; — il revient à la bataille avec Antipus³ 8595 ss.

THARAS, var. de *Caras*.

[THARÉ], s. *Tharez* 8130, fils bâtard de Priam. — Le plus jeune des bâtards 9988; — reste avec son père à la 2ᵉ bat. 8097 ss.; — secourt Doglas contre Menesteüs 9987 ss.

THEANO 25450 et *Thean* 25617, s. *Theans* 25451, 25655, Theano, femme d'Anténor (d'après Homère), gardienne du Palladium (devenue ici un homme). — Sur les instances et les promesses d'Anténor, lui laisse enlever le Palladion 25612 ss.

THEANS, voy. THEANO.

THEBES 19767, Thèbes de Béotie. — Allusion à la première guerre de Thèbes 19764 ss.

THELAMON, var. de *Telamon*.

THELEFON, var. de *Colophon*.

THELENUS, THENELUS, var. de *Sthelenus*.

THELEPOLDUS, -EUS, THELOPOLUS, THEOPHILUS, -YLUS, var. de *Telopolus*.

THELIDAMAS, var. de *Celidonias*.

THELOPOLEX, -IEX, THEOPOLEX, THEREPOLEX, -EUS, THEROP-, -ELES, etc., var. de *Telopolus*, *Telopolon*.

THERACE (altération de *Thrace*, peut-être sous l'influence de *Terasse*), Thiérache, aujourd'hui nord du département de

l'Aisne) 6875, 7721 (Darès *de
Thracia*, ms. *L de Thraccia*,
Guido *de regno Thereo*), pa-
trie d'Heseüs et de son fils
Archilogus.

THERASCE, -CHE, -ESCHE, var. de
Trace.

THERASIS 28104, femme d'Idoménée, d'après Benoit, qui a
forgé ce mot d'après *Æthera-
sei*, que donnent certains
mss., en particulier *BG*. Cf.
Dict. VI, 2, *cum Æthra* Thesei et Clymena filia ejus.

THEREPREX, var. de *Steropeus*.

THERIOCLÈS 23262, fleuve
d'Orient que nous n'avons pu
identifier.

THEROSE 23240 (pour la rime
et par confusion avec *Thera-
sia*, beaucoup plus petite),
Thera, île.

THESAILLE 8786, 11532, 29121,
29512, 29763 et THESAILE
1558 (*paile* :). Thessalie. —
Enseignes de Th. 8786, 11532.

THESEÜS (invar.) 5625, 8215,
8913, 9085, 9100, 9116,
11310, 11495 (Dar. *Thalpium*
(acc.), ms. *G thesium*, *L te-
sium*), compagnon d'Ajax,
fils de Télamon. — Combat
sous lui à la 2e bat. 8215;
— conseille généreusement
à Hector en danger de se
faire appuyer par d'autres
troupes 8913 ss.; — Hector
l'en remercie (8939 ss.) et le
récompense en le faisant relâcher par les bâtards Quintiliën et Rodomorus, qui l'ont
pris 9085 ss.; — assiste à la
4e bat. 11310; — lutte contre Resa : ils se blessent
grièvement 11495 ss.

THESEÜS, var. de *Heseüs*.

THESIDAS 17431, nom patrony-
mique (fils de Thésée) pris
comme nom de lieu, où les
Grecs trouvent à se ravitailler. Cf. Dar. XXVI, *Palamedes
Agamemnonem legatum mit-
tit ad Thesidas Acamantem
et Demophoontem* (mss. *GL
Demofontem*), dont il faut rapprocher XIX (premier ravitaillement en Mysie).

THESIPHUS, THESYPHUS, var. de
Theseüs.

THESNESE, var. de *Manese*.

THETIS 151 (donnée à tort à ce
passage comme épouse de
Peleüs', qui est mis pour
Pélias, oncle de Jason, censé
père d'Achille), 29147, 29387,
29240, 29426, 29509, 29731,
29763, 29776, Thétis, épouse
de Péléé, mère d'Achille. —
Ses noces, auxquelles assistent les rois de Grèce, qui
prennent, par jeu, des noms
de dieux, tandis que les
dames et jeunes filles sont
appelées *Muses* 29143 ss.; —
fille d'Acastus 29387; — annonce à son père la mort de
ses deux fils et demande sa
grâce à Pyrrhus, à condition
qu'il lui abandonne son trône
29389 ss.

THIEROPOLOS, var. de *Telopolus*.

THOAS (invar.) 299, 357, 479,
5629, 7340, etc., Thoas, roi
de Tolias. — En amène
50 vaisseaux ; — son débarquement 7340 ss.; — forme
le 9e corps à la 2e bat. 8219-
20; — tue Cassibilant 9117
ss.; — pris par les Bâtards,
est délivré par Menesteüs, non
sans recevoir des blessures
graves 9739 ss.; — oncle de
Melon d'Orep 9899; — assiste à la 4e bat. 11304; — y
est blessé et pris par Hector
11541 ss.; — proche parent
d'Achille 11541-2 ; — à Troie,
on décide de le garder en
prévision d'un échange 11753
ss.; — regrets que cause sa
perte 11975 ss.; — pen-
dant la trève qui suit la
7e bat., est échangé contre
Anténor 13065 ss.; — répond
avec indignation à Achille,
qui propose de lever le siège
18256-339; — pris à la
16e bat. par Philemenis et
Polydamas et délivré par les
Mirmidons 20473 ss.; — jure
les conditions de paix fixées
avec Anténor 25826.

THOLIAS, var. à *Tolias*.

2183-824; — rebâtie plus
belle et plus forte par Priam
avec la forteresse d'Ylion
2863, 3098 ; — description
de la salle principale d'Ylion
3099-134; — les six portes de
T. 3139-62 ; — pillée et
incendiée par les Grecs
26028 ss.

TROÏEN (r. sg. et s. pl.) 2710
et 13235 (sen :), 13209
(: suen), 18660 et 23766 (nequeden :), etc. (forme ordinaire), Troiien (r. sg. et s.
pl.) 2423, 2447, 7624, 8888,
10033, 12133, 12335, 18853,
19524, 20683, 21781, 23834 et
25273 (: bien), 19028, 21086 et
25918(rien:),13354 (Indiien:),
13101 (: chien), écrit à l'intérieur du vers Troien (très fréquent) ou Troyen ; Troïens (s.
sg. et r. pl.) 113 et 18767
(: suens), 593, 20481, 20815,
20999, 21124, 23823, 25035
et 27543 (: tens), 12024,
13940, 21331, 22767 (rens :),
forme ordinaire ; Troiiens
7570 (chiens :), 9231 et 18270
(Atheniiens :),19682, 22988 et
25407 (: biens) (très fréquent
à l'intérieur du vers, écrit
Troiens ou Troyens); Troï-
ains 66 (humains :) 2170,
13939, 18764 et 25380 (pre-
merains :); Troïans 2315
(: chans), les Troyens.

TROIIEN, voy. Troïen.

TROÏLUS (s. et r.) 304, 363, 396,
etc., r. 20318 (plus :), 20574
(confus :), (l'amie Troïlus 396,
Briseïda), cinquième fils de
Priam 2943-8; — accuse de lâcheté Hélénus, qui désapprou-
ve le projet de Pâris 3988 ss.;
— son portrait 5393-4; — protège avec Pâris la rentrée des
Troyens dans la ville à la
1re bataille 7573 ss.; — dirige l'armée avec Hector à la
3e bataille 10576-80; — il est
remarqué par les Dames
quand il sort de Troie à la
tête de ses troupes 10608; —
dirige le 2e corps à la 2e bat.
7749 ss.; — Hector lui recommande la prudence 7758

ss.; — pris par Menesteüs, est
délivré par Mercerès, Antipus[3]
et Thalamus, qu'il a ramenés
au combat 8545 ss.;—secourt
Pâris contre Ulysse, blesse
celui-ci et en est blessé 9568
ss.; — lutte à la 3e bat. contre Diomède, qui enlève son
cheval 10725 ss.; — l'un des
chefs à la 4e bat. 11128; —
lutte à pied contre Diomède
11285-90; — ses amours avec
Briseïda 13261 ss.; — cruelle
séparation; il l'accompagne
à son départ de Troie et la
remet aux Grecs 13495 ss.; —
désarçonné à la 8e bat. par
Diomède, qui emmène son
cheval 14286 ss.; — Briseïda
fait son éloge 14325 ss.; —
Polydamas lui fait présent du
cheval de Diomède 14418-21;
— l'un des chefs à la 10e bat.
15375 ; — attaqué par Diomède, ils se blessent légèrement 15638 ss.;— se défend
bien contre les Grecs aux portes de Troie 15975-8; — sa
douleur à la mort d'Hector
16399-400; — à la 12e bat.,
fait mettre le feu aux navires
avec Pâris 18904 ss.; — se
distingue à la 13e bat., qui dura
sept jours 19281 ss., 19366
ss.; — à la 14e 20018 ss.; —
à la 15e, blesse grièvement
Diomède et l'engage à se
défier de Briseïda 20070 ss.;
— blesse à la tête Agamemnon
20119 ss.; — à la 16e bat.,
renverse Menesteüs 20462 ss.;
— les gens de Nestor tuent
son cheval; délivré par Pâris
et les Bâtards, il s'attaque par-
ticulièrement aux Mirmidons
20493 ss.; — cette bataille lui
vaut cent bons chevaux et cent
chevaliers puissants 20597-
600 ; — sa mère prie les
dieux de lui conserver un tel
fils 20630 ss.; — il la rassure
et se plaint de Briseïda
20664 ss.; — seul loué à la
17e bat., qui dure huit jours
20832 ss.; — à la 18e, venge
la mort de Brun le Gemel et
chasse les Mirmidons jus-

Ismaron, laissant le Palladium à Diomède 27158 ss.; — avait voulu faire condamner Palamède comme traître (d'après le récit fait à son père Nauplus), mais devant ses protestations énergiques et son offre, non relevée, de combat judiciaire, avait feint de le défendre 27680 ss.; — ayant ainsi conquis son amitié, il l'avait fait descendre dans un puits sous prétexte d'y prendre un trésor, puis, avec Diomède, l'avait tué à coups de pierres 27827 ss.; — aborde en Crète sur deux vaisseaux marchands, après avoir été dépouillé par les gens d'Ajax et avoir couru de grands dangers de la part de Nauplus 28549-78; — raconte à Idoménée ses malheurs : l'enlèvement « par art » d'Arenain, qu'il livre à son ami Alphenor, et la poursuite de son frère Poliphemus, à qui il crève un œil (28570-700), ses amours avec Circès et Calipso (28701 ss.), l'Oracle qui lui dit le sort des âmes après la mort, les Sirènes, Scylla et Charybde, enfin les pirates Phéniciens qui le rançonnent (28826 ss.) ; — reçoit d'Idoménée deux vaisseaux et va chez Alcenon, qui lui donne des nouvelles de Pénélope et des Prétendants 28941 ss.; — obtient son aide contre ceux-ci 28983 ss.; — se fait connaître à Télémaque son fils 29002 ss.; — met à mort les trente Prétendants 28994 ss.; — fait donner Nausica, fille d'Alcenon, en mariage à son fils 29039 ss.; — se réjouit de la naissance de son petit-fils 29071 ss.; — a un songe menaçant 29815 ss.; — sur le conseil de ses devins, fait enfermer étroitement son fils Télémaque à Cephalania 29899 ss.; — s'enferme dans une forteresse, où il défend de laisser pénétrer personne 29939 ss.; — blesse

Télégonus, qui y pénétrait de force et en est blessé à mort 30117 ss.; — reconnaissance du père et du fils 30157 ss.; — exige que Télémaque, qu'il a fait venir, pardonne à Télégonus 30230 ss.; — meurt trois jours après et son corps est porté en Achaie 30250 ss.

UNERIUS, var. de *Hunerius*.
URIALUS, var. de *Eürialus*.

VALADÈS, voy. THALAMUS.
VALENCIËNS, var. de *Siciliëns*.
VALFRAIT, voy. GLO.
VALJOÏE 8280 (*Léoncins de V.*), imaginé pour la rime.
VENERIS (*le temple*) 10411, génitif latin de Venus.
— On ensevelit près du temple Cassibilant 10411 ss.
VENUS, s. et r. 3875, 3912, 4264.
— Dispute la pomme à Junon et à Minerve et promet à Pâris, s'il la lui accorde, la plus belle femme de Grèce 3873 ss.; — avait un temple à Citherea 4261 ss.
VERTFUEIL, voy. SARDE.
VIËNEIS, de Vienne (Isère). — *Branz V.* 20126, 21172.
VIMEAX, -UEL, var. de *Gemeaus*, *Gemel*.

XAINTIPUS, XANT., XANTIPPUS, var. de *Antipus*.
XIMIOIS, -OS, XUNOIOIS (*de*), var. à *d'Essimiëis*.

YDASPÈS 23267, l'Hydaspès, affluent de gauche de l'Indus.
YDOMENEUS, -EX, -OX, var. de *Idomeneus*.
YFIDUS, var. de *Ifidus*.
YLIA 3149, porte de Troie, nommée la 3e.
YLION (masc. invar.) 162, 658, 3041, 3055, 3089, 3173, 10428, 24412, 25381, 26133, 26223, 27157, Ilion, citadelle de Troie. — Distincte de la ville (162-4 et 657-8), mais confondue avec elle au v. 10428; — description 3041 ss.

YLIUS, var. de *Heseüs*.

YLUS 25379, Ilus (dans la tradition, fondateur de Troie et d'Ilion). — Le Palladion est envoyé du ciel dans le temple qu'il élevait à Minerve 25379 ss.

YMIOIS *(des)* 5632 *G*, var. à *d'Essimiëis*. Voy. ESSIMIËIS.

YPOCRAS 10248, Hippocrate, le dieu de la médecine, à qui est comparé Got.

YPODAMIA (r.) 26899, 26972, et *Ypodamian* (r.) 26925, Hippodamie, fille de Brisès, enlevée par Achille (voy. BRISÈS) et qu'il se réserve dans le partage du butin. — Réclamée par Agamennon, quand on l'oblige à rendre Astinomé à son père 26969 ss.

YSEÜS, var. de *Heseüs*.

YSOR, -ORS, YSDOR, var. de *Isdor*.

ZANTIPUS, var. de *Antipus*.

ABRÉVIATIONS DU GLOSSAIRE

ABRÉVIATIONS. — Adj. = adjectif — card. = cardinal — cd. = conditionnel — cf. = confer *ou* comparez — f. = féminin — ft. = futur — impér. = impératif — impers. = impersonnel — intr. = intransitif — m. = masculin — n. = nom — ord. = ordinal — pl. = pluriel — p. p. = participe passé — p. pr. = participe présent — pr. = indicatif présent — prov. = provençal — r. = régime *et* rime — réfl. = réfléchi — s. = sujet — sbj. = subjonctif — sg. = singulier — tr. = transitif — v. = verbe — v. *ou* voy. = voyez — 1, 2, 3, 4, 5, 6 = 1re, 2e, 3e personnes du singulier, 1re, 2e, 3e personnes du pluriel.

GLOSSAIRE

A, prép. — *Indique le point d'arrivée ou le but : devant un nom de personne,* aler a qqⁿ *2732, 4566, 7561, 8714, 9472, etc., s'élancer sur, attaquer ; devant un infinitif 639, 903, 1380, 2294, 3686, etc. — la durée et le temps :* a toz jorz *1395,* a toz j. mais *3928, 4017, 5508, 13801, etc.,* a trestoz j. m. *14916, :à jamais (cf.* a toz les j. *que jo vivrai 6367,* a t. l. j. de mon vivant *13590,* a t. l. j. de mon aé *1327),* a mon vivant *6346, 13536, m. s. ;* a nul jor *3815, 5208, etc.,* jamais ; ja a n. j. mais *10746, jamais plus ;* a un jor *6995, un jour ;* a un jor que *16881, un jour que ;* al jor *14451, ce jour-là ;* a la vie *10391, 10397,* a sa vie *13499, pendant sa vie ;* a la mort *10592, 18397, au moment de la mort ;* — *l'instrument 452, 1191, 2622, etc. (beaucoup moins fréquent que* o : *pour la distinction entre* a *et* o, *cf. 5965) :* dras a or brosdez *1143, 13333 ;* — *la concomitance 685, 1082, 2898, 2899, 3578, etc. :* a grant joie, a j. ; a g. dolor, a. d., etc., a si g. d., a deshonor, a tel honor, etc. ; a peine, a grant p., a mout g. p. (voy. peine) ; — *le résultat, le produit de l'action :* deboissié a bestes e a oiselez e a serpenteaus petitez, a floretes environees *16534 ;* a lion *7309,* a lions *10697,* a dous l., etc. ; a aluchier *29647, de ce qu'il élève.* — *Notons encore :* a son poëir *4993, 7299, 9623, etc. ;* ja mais a nos ne la guarront *(contre nous) 6193 ;* a cenz *14211, par centaines ;* a que?*15478, dans quel but ?* a mil anz *4983, 29172, d'ici à mille ans ;* a l'esporon *12056, jusqu'à l'éperon ;* trop ot as suens corte duree *16844 (dans l'intérêt des siens) ;* assez granz a chevalier *22568, assez grand*

*pour être armé chevalier ; —
et devant un infinitif* : trop
par i sont les pertes granz a
guerpir les *18311, les pertes y sont trop grandes pour
les laisser (pour qu'on puisse
les laisser*) ; mais ne vos ai
joi coneü a doner vos, *mais
je ne vous connais pas assez
pour vous donner, etc. (voy.
sous* receveir *et* tenir); — al
= a *et* le (*art.*), as = a *et*
les (*art.*) ; al = a *et* le (*pron.
masc.*) *1125, 10848, 11814,
11815, 15451.*

Aage, *âge.*

Aaisier *4009, 7632, mettre à
l'aise, donner du plaisir à; p.
p.-adj.* aaisié *7827, 19314,
qui a du bien être* : bien
aaisié de l'eirre *6238, qui
marche bien; — réfl. 19097.*

Aamer *475, 1261, 2031,
4346, 8443, 10073, etc.,
aimer.*

[Aancrer], *mettre à l'ancre; —
réfl. 26006. — Pf. 6* aan-
crerent *26006; p. p. f. pl.*
aancrees *2211.*

Aatie, *querelle 24386, querelle de mots, défi 13128.*

[Aatir], *exciter, provoquer,
soulever ; réfl., a. sei vers
5723, s'attaquer à, provoquer. — Pr. 3* aatist *5723;
p. p. f. sg.* aatie (uevre),
*entreprise engagée 5039,
combat acharné 24189. —
Pour l'étymologie* = ad- *ap-
tire (cf. prov.* aptir *et* azau-
tir*), voy. A. Thomas,* Romania, XXXVII, *135.*

[Abaissement], *s. -enz 11889,
n. m.*

Abaissier, *abaisser, affaiblir
5326, 5738, 13221, 18264,
etc., déprécier 10297, estimer moins 10994 ; — intr.
4460, 5738, 11889, 19551,
26391, baisser ; — réfl.
27577 s'abaisser ; — subst^t.
19495.*

[Abandoner] *23728, abandonner ; — réfl., s'élancer 8517,
9147, 12559, s'avancer au
milieu des rangs 17147,
20495, 22770, 22780* : s'est

abandonee de li vengier
*24358, s'est dévouée pour la
venger. — Sbj. 3* abandont
9147. — P. p. s. sg. aban-
donez : a. a *13611, qui est
décidé à, plein de zèle pour
(cf.* s'est si a. que *27794).*

[Abastardir], *abâtardir. — P.
p. s.* abastardiz *26508.*

Abateïz *9332, 9403, 21379,
23615, 23878, (propr^t: abat-
tage), renversement de cavaliers.*

Abati, -ierent, *v.* abatre.

Abatre *8412, 16195, 19833,
25117, abattre, renverser ;
a. a la terre 16268, a. jus
10750, 10774, 11254, etc.,
renverser de cheval, a. jus le
heaume 24024. — Pr. 3*
abat *6027, 7491, etc.; 6*
-ent *2752, 7425, 8776, etc.;
pf. 3* abati *1941, 9008,
9928, 10058, etc., 6* -irent
8423, 9751, 20114 et -ierent
9096 (r.), *9948* (r.), *15697*
(r.); *ft.* abatrai, *etc.; cd. 6*
abatreient *25920 ; sbj. ipf.
3* abatist *7681 ; p. p.* abatu
*2590, 2528, etc.; s. -uz 6
5058, 10428, etc. (subst^t),
ses* abatuz *23537), f. -ue
24854.*

Abeivre, *v.* abevrer.

[Abevrer], *v. intr., s'abreuver,
boire. — Pr. 3* abeivre *3869.*

*Abellir (Entrevue d'Achille et
d'Hector, fin, p. 408, v. 9 S),
v. impers., plaire.*

[Abonder], *v. intr. — Pr. 3*
abonde *13465.*

[Abondos], *f.-ose 12150, 17438,
abondant, fertile.*

Abosmé *11979, 21688, 24469,
s. -ez 29129, p. p.-adj., cons-
terné.*

Aboter *24716, v. intr. : a. a
s'approcher de, toucher à.*

Abrivé *8366, 14272, 15724,
20549, s. -ez 8731, 22711,
f. -ee 10799, p. p.-adj., dont
le cheval est lancé, ardent,
impétueux ; venir a. 15726,
arriver à toute bride ; — lancé (en parlant d'un cheval)
22711, (en parlant d'un vaisseau) 7153.*

Acéré *29267*, *s.* -ez *12013*,
17297, *20625*, *f.* -ee *30129*,
pl. -ees *4544*, *7084*, *13925*,
21021, *23993*, *p. p.* -*adj.*,
aigu, tranchant.

Acerin *19928*, *23460*, *24006*,
d'acier.

[Acetable], *s.* -es *5155*, *accueil-
lant, aimable.*

Acetablement *4295*, *convenablement.*

[Achasteler], *munir de châteaux
de bois (un vaisseau).* — *P.
p. f. pl.* achastelees (nes) *2212*,
7037.

[Achater], *acheter.* — *Pr.* 3
achate *11420*; *p. p. s.*
achatez *6246*, *f.* -ee *16076*,
pl. -ees *13402*.

Acheison *48*, *161*, *681*, *2829*,
5480, *10182*, *11193*,
13165, etc. (*invar. au sg.*),
occasion, motif; *prétexte*
19618, *29139*; par m'acheison *22959*, *à cause de moi.*

Achever, *achever, terminer,
finir de lire 28070*; *v. intr.*
22476, *se terminer.* — *Pr.* 3
achieve *22476*; *pf.* 6 ache-
verent *29535*; *p. p.* achevé
1474, *1959*, *5810*, etc., *s.*
-ez *8802*, *28070*.

Achieve, *v.* achever.

Acier *6761*, *6779*, *7868*, etc.

Aclin *2984*, *4094*, *27520*,
f. acline *8212*, *adj.*, *soumis,
assujetti*; esteient a lui aclin
4094, *s'inclinaient devant
lui, reconnaissaient sa supériorité*; — *subst*, Polimestor
fist nostre aclin *26737*, *P.
fit notre volonté.*

Acoilleit *3617*, *27408*, *28127*,
accueil.

Acoillir *21094*, *recueillir, recevoir le choc de*; *attaquer,
6095*, *saisir (une proie)
21094*; *a. de 24756*, *presser
de*; — *Pr.* 3 acueut *16095*,
21415, 6 acueillent *10905*,
15758, *15799*, *22855*; *sbj.*
3 acueille *22034*, *30148*, 6
-ent *28265*, *30069*; *p. p. s.
sg.* acoilliz *20806*, *24756*,
f. -ie *6574*; — *subst. m. r.
pl.* acoilliz *20093*, *amants
acceptés.*

T. V.

Acointier sei *1315*, *6463*, *entrer en relations*; — *récipr.*
13554. — *Ft.* 3 acointera
29257; *p. p.* acointié *13554*,
20701.

[Acoisier] sei, *s'apaiser.* — *Sbj.
ipf.* 3 acoisast *27608*.

Acoler *13720*, *17698*, *19453*,
23726, *29434*, *30074*,
30232, *embrasser*; — *récipr.
10141*, *s'entr'embrasser*; —
subst, *13608*.

[Acompaignier], *accompagner*:
— *v. réfl.*, a. sei o *16090*,
30006, *aller de compagnie
avec.* — *Sbj.* 3 acompaint
6090, 6 -aignent *25114*.

Acomplir *17877*, *18062*,
18133, *19335*, *20742*, etc.,
accomplir, achever. — *Pr.* 2
acomplis *21883*; *p. p.* acom-
pli (*passim*), *s.* -iz *4605*,
13870, etc., *f.* -ie *16877*,
18473, etc., *accompli, achevé, arrivé à terme, complet*
(set jorz acompliz *4605*).

[Acomuner], *communiquer, procurer.* — *P. p. s. sg.* acomu-
nez *17879*.

[Aconduire] : en a., *emmener.*
— *Pf.* 3 aconduist *26900*.

[Aconsivre], *atteindre.* — *Pr.* 3
aconsiut *22870*,

Aconter, *raconter 7598*, *12337*,
13227, *19134*, *25789*, *allé-
guer 8688.* — *P. pr.-géron-
dif*, acontant *26123*.

* Acoragié (mout s'en sont bien)
(*var. de* BI *à* *18521-36*, *v.
9*), *ils se sont bien encoura-
gés à s'y distinguer.*

Acordance *5743*, *28245*,
29490, *30243*, *accord.*

Acordé *6357*, *10534*, *f.*, *accord.*

Acordement *3662*, *28536*, *accord.*

Acorder, *v. intr.* *29164*, *être
d'accord*; — *réfl.* *24653*,
26202, *se mettre d'accord*;
— *récipr.*, *concorder 4008*,
se mettre d'accord 4453,
26202. — *Sbj.* 1 acort *24653*;
p. pr. r. pl. acordanz *29164*
(estrumenz a.).

[Acorer], *v. intr.*, *être navré
(en parlant du cœur.* — *Pr.*

7

3 acore *20633* ; *p. p.* acoré
21623.

[Acorre], *accourir.* — *Pf. 1* aco-
rui *15529*, *29293*; *p. p.*
acoru *7111*, *s.* -uz *29004*.

Acort[1], *n. m.*, *accord* : traire
a un a. *22539*, *se mettre
d'accord*; se tenir a un a.
24805, *être d'un même avis*;
estre d'un a. *29486*, *être
d'accord*.

Acort[2], *v.* acorder.

[Acosiner] sei o, *engager le
combat avec.* — *Pr. 3* acosine
18594.

[Acoster sei], *se placer à côté.*
— *Pf. 3* acosta *29311*;
p. p. -adj. acosté *14461*,
*qui se trouve à côté, tout
près.*

[Acostumer] : ont a. *24704*, *ont
coutume.*

[Acreanter], *assurer, promettre.* — *P. p.* acreanté *24592*,
f. -ee *21804*.

Acreire (faire) *3533*, *3951*,
3996, *13667*, *25296*, *faire
croire.*

[Acreistre], *v. intr.* *s'accroître,
venir en augmentation.* —
Ft. 3 acreistra *2066*;*p. p. f.*
pl. acreües *6372*.

[Acuser], *accuser.* — *P. p.*
s. acusez *26410*, *27783*,
28470.

Adamagier *27545*, *v. tr.*, *causer du dommage à.*

Adeise, *v.* adeser.

[Ademetre sei], *s'élancer.* — *P.
p.* ademîs *20950*.

[Adenter], *renverser la face
contre terre.* — *Pr. 3* adente
24249.

Adès, *adverbe, aussitôt 17138*
(del cheval l'esloigne a.),
aussitôt après 376. — *Dans
tous les autres exemples, presque toujours à la rime et à la
fin du membre de phrase
(exception 5059), adès a le
sens de « passablement, assez
(assez nombreux), beaucoup »*:
2954, *3137*, *3683* (cf. assez
3681), *5059*, *5212*, *5513*
(assez *dans le même vers*),
5647, *8038*, *10273*, *10384*,
10566, *13555* (« assez sou-

vent »,, *15602*, *17434*,
17646, *19852*, *20382*,
24328. Au *v.* 5260, *la leçon
de* kBR (mais adès est tristes), *outre qu'elle est insuf-
fisamment justifiée, doit être
rejetée parce qu'elle offre
le sens de « toujours, sans
cesse », qui ne se trouve pas
ailleurs dans* Troie. *Au v.
1006, il faut noter une construction un peu différente
(adès est placé entre le nom
auquel il se rapporte et un
nom de nombre en apposition)*:
E autre chevalier a. plus
de set cenz.

Adeser *29918*, *v. tr.*, *appliquer 1718, toucher 8769*,
25417, *atteindre 12136*,
*avoir commerce avec (une
femme) 23349*; — *v. intr.*,
*toucher (à) 25537, adhérer (à)
27781, 29918.* — *Pr. 3*
adeise *12136*,*25537*,*27781*;
pf. 3 adesa *11701*; *cd. 3*
adescreit *25417*; *p. p.* adesé
17783, *s.* -ez *8769*, *25402*,
28602. f. -ee *1718*, *pl.* -ees
23349.

[Adober], *revêtir de ses armes,
armer, armer chevalier 2510.*
— *P. f.* adobé *23889*, *r. pl.*
adobez *6390* : a. de lor armes *1740*, *1956*, etc., *armés*; — *subst[1].* le novel a.
24152, *le nouveau chevalier.*

Adonc (*passim*), *adv.,* *alors.*

Adonques *12409*,*22790*,*adv.,*
alors.

*Adont (var. de H à 27869-70,
v. 1), adv., alors.*

Ados *11207*, *appui, soutien.*

Adrecement *3661*, *6301* ,*arrangement.*

Adrecier *6317*, *redresser, corriger.*

[Aduire], *amener, aporter.* —
Pf. 3 aduist *5639*, *27065*, *6*
aduistrent *5657*,*5679*,*6788*,
etc.

Aduré *21146*, *s.* -ez *22077*,
22624, *23520*, *f.* -ee *6735*,
19979, *pl.* -ees *23371*,*p. p.
-adj., endurci aux fatigues de
la guerre, acharné (en parlant d'une bataille).*

Aé *1327,4359,14046,27990,*
29356,29482,s. aez *10616,*
29535,30252, âge ; *jeune*
âge *4359:* auques d'aé
14046, d'un certain âge.
[Aemplir], *accomplir, satisfai-*
re. — Pr. 3 aemplist *1289.*
[Aerdre], *faire adhérer, coller ;*
— réfl. 28867, s'appliquer
étroitement. — Ipf. 6 aer-
deient *28867;* f. f. aers
10230.
[Aeschier], *appâter, attirer par*
un appât. — P. p. s. aeschiez
17601.
Afaire, *n.m. (f. 17998,25931),*
affaire, entreprise ; guerre
19652 ; por quel a. *1045,*
dans quel but.
Afaitement *5568, etc., s. -*enz
3180, 5486, *n. m., arrange-*
ment, divertissement 3180 ;
bon a. *5283, 5568,* bons
afaitemenz *5486, bonnes ma-*
nières.
Afaitier *30313, préparer, ar-*
ranger, réparer (un désordre)
14695; — intr. 30313, s'ap-
pliquer à, se mêler de. —
Pr. 3 afaite *9149 ; p. p. -adj.*
afaitié *13666,14695,15227,*
*27325,29792,s. -*icz *6758,*
*7803, 18785, 21971, f. -*ice
26868,avisé, fin, intelligent,
gentil: bien a. *6758,13666,*
avisé; mout a. *18785, bien*
gentil; come afaitiez *1387,*
21971, comme un homme
avisé *(qu'il était).*
[Afebleier], *v. intr., être affai-*
bli, s'affaiblir. — Pr. 3 afe-
bleient *22113 ; pf. 6* afe-
bleierent *17271;p.p.* afebleié
19143.
[Afeblir], *affaiblir. — P. p.* afe-
bli *17359, 25166, s. -*iz
*24785, f. -*ie *7296.*
[Aferir], convenir. — Pr. 6
afierent *(add. de G après*
22589, v. 8).
Afermer *14625, affirmer ; as-*
surer 24937. — Pr. 6 afer-
ment *24937, 26404.*
Afi, *v.* afiër.
Afichier *9392, 18948, affir-*
mer, soutenir. — Pr. 3 afiche
*6040,14430,19082,6 -*ent

1998;ipf. 6 anchoënt *14557.*
Afier, *v. tr., assurer, affirmer,*
attester 10154. promet-
tre solennellement, garantir
17232, 17352 ; — récipr.
24741, s'assurer mutuelle-
ment. — Pr. 1 afi *10154,*
22031, 3 afie *2141, 11343,*
12912, 13107, 17232,
25444, 6 afient *15818,*
24928,25057,25870;pf. 3
afia *3912;sbj. 3* afit *27812 ;*
p. p. afié *13006, 15223,*
21805, 21906, 24741, f.
afiée *13020, 14583,17352,*
21803.
* Afierent, *v.* aferir.
[Atilé], *s. -*ez *23906,p. p. -adj.,*
agile.
Afiner, *mener à bonne fin,ache-*
ver. — P. p. afiné *1960.*
* Afin *(var. de G à 20711-30,*
v. 18),n. m., parenté par al-
liance.
Afit' *20103, m. s. pl., attaques*
en paroles, brocards.
Afit², *v.* afiër.
Aflicion *(faire)* as deus *1751,*
s'humilier devant les dieux.
Afliz, *v.* atlire.
[Aflire], *frapper, affliger d'un*
mal, d'un malheur. — P. p.
s. afliz *12897,21901,25019,*
25627, 26045, 26762.
Afoler *9158, 11804, blesser.*
Afonder *27906,v.intr., couler*
à fond ; tr. 28857, faire
couler à fond. — Pr. 6 afon-
dent *28854, 28857 ; p. f.*
r. pl. afondez *27912.*
Aforcheüre *5423,enfourchure,*
ouverture des jambes.
Afubler sei, *s'affubler, se revê-*
tir (d'un manteau). — Ipf. 3
afublot *5556; pf. 3* afubla
1578;p.p. s. atublez *6224,*
11708.
[Agenoillier sei], *s'agenouiller.*
—P. p. s. agenoilliez *21972.*
[Agraable],*s.-*es *5156, 28814,*
qui cherche à plaire.
Agraer, *v. intr., plaire ; — im-*
pers. 7643, 8954, 12517,
18116, 24446; — tr.,
agréer, accepter 3931,
17967. — Pr. 1 agré *3931,*
17967, 3 agree *1279, 7643,*

8954, 12517, 12952,
12998, 17872, 18116.
20098, 20366, 24446, 6
agreent 29967; p. p. s.
agraez 23495, f. -ee 5789.
Agré, -ee, -eent, v. agraer.
[Agregier], alourdir. — P. p.
agregié 4553.
Agu 1824, 10841, etc., s. -uz
2351, 6017, 8689, 23102,
23499, 23561, 26563, f.
aguë 17245, pl. -uës 17113,
17317, 19332, aigu, à
pointe; — subst¹, l'agu des
heaumes 17109, la pointe
des heaumes.
Aguait 17450, 24762, 28473,
r. pl. aguaiz 28384, 29183,
29605, guet-apens, embû-
che, fraude; au pl., embuscade 28384, embûches 29905.
[Aguaitier], guetter. — Pr. 3
aguaite 11629, 16209; ipf.
3 aguaitot 10075; p. p. aguai-
tié 1534.
Aguillon 1921, aiguillon.
[Aguisier], rendre aigu. — P.p.
aguisié 21132, s. -iez 23992,
f. -ice 11610, 30140, pl.
-iees 15392, aigu (flèche,
lance).
Ahan 9938, 18181, ahant
(: Priant, refait sur le cas
sujet) 6684, s. ahanz 691,
3751, fatigue, souffrance;
douleur morale 26838.
Aidable 7824, 8292, 21792,
aïdable 9215, 19145,
21792, s. aïdables 28136,
29664, capable d'aider, vaillant, secourable 29664.
Aidant 940, 2130, 10301,
16978, 21594, s. aidanz,
6890,13733,17428,17915,
18422,28597, aïdanz 5458,
f. pl. aidanz 23372, p. pr.
-adj., brave (capable d'aider),
940, 5458, 10301, 23372,
28597; pris subst¹, suj. aïdanz
22000; a. a 2130, 6890, a.
vers 17915, qui donne aide
à (n. de pers.); a. de 13733,
16978, qui donne aide pour
(n. de chose).
Aide¹ 3714, 3848, 6661,
7270, 7784, etc., n. f., aide,
secours.

Aide², v. aidier.
Aïdement 29135, aide.
Aïdeor 24534, n. m., auxiliaire, aide.
Aider, aïdier, v. aidier.
Aidier 544, 2543, 6585,
7382, 8017(?), 8929, 9375,
etc., aïdier 2115, 5460,
(8017? avec le ms. E),18574,
23546, aïdez 29688 (rime),
v. tr. et intr., aider; — v. réfl.,
s'escrimer, faire effort 421,
2537, 5460, 7382, 7493,
8673, etc., se tirer d'embarras 17723. — Pr. 3 aïde
9232, 9586, 27819, aïe
518 (r.) et aiuë 7251 (r.),
8673 (r.), 5 aidiez 13725,
6 aident 2442,7493, 23591,
23643, 24031, aiuënt 9053
(r.), 15827 (r.); ipf. 1 aïdoë
18432; pf. 3 aida 9604,
12322 (p.-ê. aïda), 6 aidie-
rent 2537 (r.), 21037 (r.),
aïdierent 15883 et aïderent
421 (r.) et 8698 (r.) (imprimé à tort aviverent et à
l'Errata aïdierent (t. II) et
aiderent (t. III), par une
double faute d'impression);
ft. 1 aiderai 20392, 3 aïdera 3921; sbj. 3 aït
12408; ipf. 3 aïdast 24789;
p. pr. -adj. s. aidant, aï-
dant (voy. aidant); p. p. aïdé
27829 (r.).
[Aidif], r. pl. aidis 8182,
20368, 28131, n. m., che-
valiers soumis à un chef
(propr¹ : auxiliaire).
Aïe¹ 487, 3232, 3799, 7029,
7168, 7295, 7987, 9929,
11225, 12578, 13226,
15567, 16942, 17264,
19121, 19745, 20802,
21443, 21588, 23487,
24429, 25652, 26286,
29659, pl. aïes 26826, n.
f., aide.
Aïe², v. aidier.
[Aiglantine], pl. -es 29214, n.
f., églantine.
Aigle-s, n. m., aigle 14838,
21969, 25544, 25573, aigle
surmontant le pommeau
d'une tente 7614, 14303,
24910.

Aiglel *14817*, *s.* aigleaus
7828, *14849*, *aiglon*.

[Aignel], *s.* aigneaus *21090*,
agneau.

Aigrement *18080*, *26410*,
durement, *cruellement*.

[Ail], *r. pl.* auz, *n. m.*, *ail* :
ne... dous auz (*dans une
prop. nég.*), *28781*, *très petite quantité*.

Aile *14839*, *n. f.*

Aille, -eiz, -ent, -es, *v.* aler.

Aillors *2764*, *4365*, *8375*,
11203, *13805*, *23044*,
24914, *27983*, *adv.*, *ailleurs*, *à un autre endroit du
poème 24914*; penser a., *penser à autre chose 19736*,
28735.

Aim, *v.* amer.

*Ainqui (*var. de G à 23037-
126, v. 21*), adv., ici.*

Ainsos *577*, *anxieux*.

Aint, *v.* amer.

Ainz *102*, *197*, *2834*, *3142*,
etc., *adv.*, *avant*, *auparavant*;
dès a., *v.* dès; ainz né, *v.*
naistre; a qui a. a. *7107*,
qui a. a. *2313*, *à qui mieux
mieux (en luttant de vitesse)*;
come il a. pot *2964*, *le plus
tôt qu'il put*; c. a. porent
4038; — *prép. 4482*, *5586*,
14337, *19116*, *20945*,
28357, *avant*; — *conj.* (*opposé à une prop. négative*)
7, *496*, *877*, *2168*, etc., *mais
plutôt*, *mais*; — *dans une prop.
affirmative* : assez corui, *ainz
ne pris rien 3864*; — ainz
que *642*, *1936*, etc., *loc.
conj.*, *avant que (les deux
mots sont séparés 9464-5*,
9468-9, *18412-4*, *18416-8*,
29064-5).

Air -s *8327*, *10678*, *12426*,
12431, *12810*, *12847*,
17320, *19086 (suj. avec art.
élidé*, *l'airs 12431*, *12849*,
19086, *25292*, *27575*),
n. m.

Aïr *2527*, *2561*, *12486*,
16140, *n. m.*, *ardeur*, *impétuosité*; d'aïr *11611*, *18835*,
22785, *avec force*; de grant
aïr *7008 (en parlant d'une
personne 27394*, *actif*, *ar-*

dent); de tel aïr *8338*, *9921*,
11487, *24125*, *27587*,
28885, *30141*, *d'une telle
force*; de mout grant aïr
24025.

Aire[1] *1226*, *n. m.*, *air*.

[Aire][2], *pl.* aires, *n. f.*, *espace
découvert*, *grande place* : en
unes aires *25812*.

Aire[3] : de bon aire, *qui est de
bonne race 1325*, *17804*,
17932, *17984*, *22024 (la
de b. a. 18070*), *qui a de
bonnes dispositions morales
5139*, *8468*, *10349*; de
put aire *3507*, *12354*, (li de
p. a. *15343*), *26872*, *28844*,
29188, *29646*.

Aire, *v.* aïrier.

Aïrié, *f.* -iee *17239*, *p. p. adj.*,
de aïrier, *passionné 27039*,
acharné 17239.

[Aïrier sei], *v. réfl.*, *s'irriter.* —
Pr. 3 aïre *9819*, *26637*.

Aïros *5145*, *8611*, *9794*,
12520, *14182*, *20922*, *f.
-ose 14411*, *adj.*, *colère*, *co-
léreux*; *acharné 8611*, *plein
d'ardeur 9794*.

Ais *9950*, *10640*, *11349*,
11530, *14153*, *23560*,
23926, *27907*, *n. m. invar.*,
planches (de l'écu); *pl.* (*d'un
vaisseau*) *27907*.

Aise *3664*, *6982*, *10170*,
11642, *13301*, *13303*,
18605, *19430*, *28467*, *n.
m.*, *aise*, *facilité* (estre a a.
10457, *22525*, *aveir a.
20100, *avoir ses aises*), *loisir
23204.

Aisseles *7211*, *n. f. pl.*, *aisselles*.

Aissuel *7892*, *n. m.*, *essieu. Cf.
l'art.* essieu *du Dict. gén. de
la langue franç. de Hatzfeld*,
Darmesteter et Thomas.

Aït, *v.* aidier.

Aiue[1] *6625*, *11055*, *12820*,
16283, *19048*, *20184*,
20199, *28297*, *pl.* aiuës
6371, *20023*, *20588*,
24102 (toujours à la rime),
n. f., *aide*.

Aiue[2], -ënt, *v.* aidier.

Aiuel *3778*, *29099*, *29221*,
s. aiueus *29441*, *aieul*,
grand-père.

Aiuër *29688, est à corriger en*
aïder.

Ajorner *2276, 17548, v. intr.*
16373, 17548, luire (en par-
lant du jour); impers. 1652,
2276, faire jour. — *Pr. 3*
ajorne *7637; ft. 3* ajornera
1652. — *P. pr. pris subst*
ajornant : a l'aj. *1650,*
11991, 13293, au point du
jour.

[Ajostement], *s.* -enz *22004,*
union, mariage.

Ajoster *(passim), rassembler,*
réunir; rajuster les morceaux
de 21809; — *intr. 28477,*
se réunir; — *réfl., a. sei*
8983, 29274, se réunir à.

Ajutoire *5766, 7014, 19170,*
n. m., aide, secours.

Al' *(dans une prop. nég. ou*
interr.) 3821, 27811, pr.
neutre (toujours à la rime;
voy. el), autre chose : jo n'en
sai al *(formule de transition)*
2613, 23969, 23995,
25730; que fereit al *? pou-*
vait-il faire autrement ? —
l'al *17741 (opposé à l'un),*
l'autre chose, le reste.

Al², *v.* a et le'.

Alaitanz, -astes, *v.* alaitier.

[Alaitier], *téter, sucer.* — *Pf.*
5 alaitastes *21794; p. pr.*
s. sg. alaitanz *15277, f. pl.*
26081.

Alec *22331, n. f., action*
d'aller.

Aleiement, *ralliement ; faire a.*
12291, se rassembler.

Aleier *3204, allier.*

Alegier, *alléger.* — *Impér.* 2
aliege *21872.*

Alein, *v.* alener.

Aleine' *16363, 16464, 19248,*
21753, 23014, 26179,
29288, haleine.

Alcine², *v.* alener.

Alejance *2918, 13285, 16447,*
20771, 25226, 26036,
29238, n. f., allégement, sou-
lagement, répit.

Alemandine *14648, 14725,*
espèce de rubis des environs
d'Alabanda (Carie).

Alener, *sentir (la mort) 29014,*
respirer (la peur de qq. ch.)

20647, pressentir 15545. —
Pr. 1 alein *20647, 3* alcine
15545, 19014.

[Aleor], *r. pl.* -ors *14401, pro-*
menoir (sur les murs d'une
ville).

Aler *(passim), aller* (a tant
n'ala *2834, n'alla si loin);*
s'étendre 717, se passer
30287, disparaitre (en par-
lant du jour) 1545, s'en aller
19929; — a. sor *2162,*
3707, a. a *2732, 4566,*
7561, 8714, 9472, etc.,
s'élancer sur, attaquer — a.
en *(passim), s'en aller 1115,*
etc., aller 791, 29352, dispa-
raitre (en parlant du jour)
1473; — *réfl., a.* s'en, s'en aller *1462, 1525, 2750, 4476,*
6061, 8576, 8805, etc.,
passer, disparaitre (en par-
lant du temps) 2273, 23324,
aller 20805; — *impers. :*
a. malement *19158, 20690,*
21698, 23756; mal lor alot
9179, ils étaient en mauvaise
posture (cf. 21633); mal li
vait *22908, 29280, 30116;*
malement me vait *21874;*
dès or vait *bien 22561;*
si v. d'eür 29810, telle est la
destinée; tant mal me vait
20790; de ço lor vait
auques bien 19313 (cf. 8693,
10260, 25720); come il
vos vait *19738;* s'ensi vos
vait *6387, si telles sont vos*
dispositions; ensi est alé de
ma gent *28927, tel a été le*
sort de mes gens; ensi vait
ore *19167, telle est la situa-*
tion (cf. ensi nos v. *27365,*
comment il v. 29137); tot li
a dit come il li vait *17751,*
il lui dit la véritable situa-
tion; ja fust en autre sen
alé *19924, les choses eus-*
sent tourné autrement (cf.
il alast *or tot autrement*
22255); — aler *avec le*
gérondif (pour indiquer
une action qui se prolonge)
3553, 6195, 8348, 13166,
16854, 22768; — *avec*
l'auxiliaire aveir *: tant ont* alé
4495 (cf. 5857); tant a alé

2739, 8090; — subst¹ 2141,
2145, 5927, 6503, 15370,
26362, 26375, 26436,
27848, 27995, 29711 (al a.
au retour) — Pr. 1 vois
18741, 25237, 2 vas 1385,
3 va (à la rime) 1812, 3579,
et vait (à la rime) 474,
1462, etc. (très fréquent :
nous adoptons exclusivement
vait à l'intérieur du vers),
4 alons 2135, 5 alez 11606,
20436, 6 vont 2364, 2420,
etc ; ipf. 1 aloé 15591, 3 alot
4246, 5103, 5258, 6822,
7283, etc., 6 aloënt 4300,
8313, 24787 ; pf. alai, etc.,
ft. irai, etc., 5 ireiz 1115,
4195, 13014, 15320,
19703; cd. ireic, etc. ; sbj.
aille 5903, 12181 (r.)
12005, 2 ailles 5835,
3 aille 15433 (: vaille),
27251 (: faille), aut 1477,
2289, 3941, 4006, 15362,
17082, 18117 (r.), 21309,
22155 (r.), 25231, 25244
et 28409 (mesure du vers),
et voist 17201, 4 alons
9673, 24760, 5 ailleiz
2685, 15308, 15315,
21293, 6 aillent 10160,
19558, 22545 (r.), 24813,
28165 ; ipf. 1 alasse 16854,
3 alast 1785, 3978, 9923,
13792, 16293, 22255,
26330, 27636, 28012,
30005, 4 alissons 2138, 5
alisseiz 13765 ; impér. 2 va
1720, 1727, etc. (v. di, va),
4 alons 18769, 5 alez
6382, 7849, etc.; p. p. alé
2739, 4495, etc., s. alez
4138, 25716, 29717,
f. alee 24595, 25648.
[Alerion], r. pl. -ons 12379, n.
m., espèce d'aigle.
Aleüre, n. f., allure, vitesse;
grant a. 1053, 1720, à
grande allure, rapidement ;
tele a. come il pot traire del
destrier 10852-3, de toute
la vitesse qu'il put obtenir
de (que put lui donner) son
cheval.
Aliege, v. alegier.
Aloé, -ént, alot. v. aler.

Aloès 16771, n. m.
Aloigne, n. f., allongement;
senz a. 1656, sans retard.
[Aloignier], allonger. — Sbj. ipf.
1 aloignasse (ne sai que aloignasse plus (formule), à quoi
bon allonger 14460, 19401,
20036, 25003, 29510), 4
aloignisson 29010.
[Alongier], allonger. — Pr. 3
alonge 2065 (r.).
Alosé 2363, s. -ez 7340,
16111, p. p. -adj., digne
d'éloges, renommé.
Aluchier 29647, v. tr., élever
(un enfant).
Alumer, allumer 10167,
13035, 14903, 16024,
16801, 25518, 25519,
25601, 26019, (faire a.
25834, 27883, ordonner
d'allumer), incendier 26089,
illuminer au moyen de cierges
22271; — intr. 12426, 14907,
27590, 27635, s'allumer,
s'enflammer, étinceler 29379.
[Amanantir sei], s'enrichir. —
P. p. s. sg. amanantiz 17795.
Amant 1633, 2025, n. m.
Amasser, v. tr., amasser, réunir 4417, 26231, mettre en
tas 353, 13025, 25256. —
Pr. 6 amassent 13025; p. p.
amassé 353, 4417, 25256,
s. -ez 25491, 26235.
Ambedous, s. -dui 985, 2114,
etc., adj. et pr. pl. des deux
genres, les deux, tous deux ;
d'ambedous parz 17106,
17260, 17332, 18756,
19268, 19371, 20829, etc.
(avec un complément déterminatif 15763, 17316).
Ambedui, v. ambedous.
Ambes, adj. f. pl. : d'ambes
parz 10805, 17352, 19336,
et d'ambes parties 24269,
des deux côtés.
[Amblant], s. -anz 6236. p. pr.
-adj., qui bat l'amble (cheval).
Ambleüre 3376, pl. -es 6492,
n. f., amble ; chevauchier l'a.,
3376, aller l'amble.
Ame 6731, 7558, etc., âme.
Ameine, -ent, ameint, v. amener.
Ameiz, v. amer.

[Amembrer sei], *se souvenir.*
— *Pr.* 5 amembrez *26658.*
Amende *27266, amendement,*
réparation.
[Amender], *corriger, rectifier.*
—*Sbj. 3* ament *2341, 22523.*
Amener, *amener, emmener*
27552 ; en a. *2359, 3272,*
3311, 3314, 3418, etc.,
emmener. — *Pr.* 3 ameine
2359, 3965, 4282, 9323,
etc., 6 -ent *9062, 9601* ;
pf. 5 amenastès *3311* ; *sbj.*
3 ameint *26431* ; *ipf.* 3
amenast *24650* ; *impér.* 2
ameine *1541.*
Ament, *v.* amender.
Amenteivre *17920* (*r.*), *18194*
(*r.*), *faire souvenir, faire*
observer, rappeler. — *P. p.*
amenteü *24841* ; — *p. p.*
-*adj. s.* amenteüz *1715, qui*
se souvient : guart bien seies
a., *prends bien garde de te*
souvenir.
Amenteü, -üz, *v.* amenteivre.
[Amenuisier], *v. intr., dimi-*
nuer. — *Pr.* 3 amenuise
21462.
[Ameor], *r. pl.* -ors *18094, n.*
m., amants.
Amer *1284, 13574, 13621,*
etc., aimer, tenir à 2891,
témoigner de l'amour ou de
l'affection à 4825, 4878 ;
—*récipr.29144* ; *subst*, amer
4739, « *l'amour* » ; d'amer
374, 478, 13557, 18068,
por amer *590, 17709.* — *Pr.*
1 aim *818, 1702, 1864,*
2891, 14352, 17696,
18227,20403, 3 aime *4085,*
4827, etc., 4 amons *3475,*
19785, 5 amez *2133, 3210,*
13139, 19570, 19606,
19762, 6 aiment *3637,*
4689, 8132, etc. ; *ipf.* 1
amoë *13643, 22923, 23405,*
29854, 3 amot *3628, 4792,*
etc., 5 amiëz *10355, 16331*
27007, 6 amoënt *2588,*
4251, 5377, 12157, 13555,
21765, 21774, 23087,
25262 ; *pf.* 1 amai *4738,*
29856, 3 ama *5435, 7408,*
etc., 6 amerent *3824, 8175,*
9202, 10226, etc. ; *ft.* ame-

rai, *etc.* ; *cd.* 1 amereie
19862, 3 -eit *19730* ; *sbj.* 1
aim *13675, 3* aint *5429,*
14332, 17786, 27813, 5
ameiz *4689, 15039* ; *ipf.* 3
amast *17685, 20267,*
23389, 5 amisseiz *11746,*
27029, 6 amassent *12696* ;
p. p. amé *18074, 20668,*
etc., s. -ez *5161, 5376, etc.,*
f. -ee *4250, 5285, etc.*
Amerement *29381, amèrement.*
Ametiste *14638, 16704, n. f.,*
améthyste.
Ami -s, *n. m.,* ami *2130,2225,*
etc.,amant 13558, 13580,
13690, 13708.
Amie,*n. f.,*amie *13550,27187,*
amante 560, 1435, 1913,
2019, 2028, 8832, 8861,
13558, 17658, 20673,
20705, 20744, 22992,
27945.
Amiraut *6696* (*r.*), *7929* (*r.*),
8884, 8905(*r.*),*9018,9026,*
9046, 9348, 9916, etc., s.
-auz *9890, 13074, 16109,*
16846, 17333, 17528
19369, chef de corps d'ar-
mée (propr¹: *chef Sarrazin*).
Amisseiz, *v.* amer.
Amistié *16974, 28176, pl.* -iez
20850, amitié.
Amiton *13996, espèce d'étoffe.*
Amoë, -oënt, *v.* amer.
[Amoleier sei], *s'amollir, s'adou-*
cir. — *Pr.* 3 amoleie *15492.*
Amonestement *19951, s.* -enz
18327, avertissement, exhor-
tation.
Amonester, *avertir, exhorter,*
conseiller 306, 15432,
15780,18918,recommander
qq ch. *5892, 18302, 24638,*
25722, 27233, 29683.
Amor, *n. f., amour* ; fine a.,
v. fin ; onc por amor ne s'en
voust taire *111, à aucun prix*
il ne voulut se taire à ce sujet.
— *Au pl. 8443, 13634,*
14802, amour, et souvent
aussi : *l'Amour personnifié*
(*voy.* à la Table anal. des
noms propres).
[Amordre],*v. intr.* ; a. que *1018,*
consentir par faiblesse à ce
que ; — *v. réfl.,* a. sei a

22294, s'attacher, s'appliquer à ; — v. récipr. 14256,
s'attacher l'un à l'autre. —
Ipf. 3 amordeit 1019; p. p.
amors 14256,22294,22668.
Amorni 1900, p. p. -adj., qui
a l'air sombre.
Amoros 5434, 5549, adj.,
amoureux, porté à l'amour.
Amors, v. amordre.
Amot, v. amer.
[Amuï], s. -ïz 19103, p. p.
-adj., qui ne peut pas parler.
An, s. anz 2272,3999, etc., n.
m., an, année; en l'an 12915,
dans l'année; par anz 4277,
tous les ans; — l'an que 2185
à la saison où.
Anceis 2922, 4857, 5760,
5921,9639,14258,15204,
15728, 18738, 22168,
28184, adv., avant, aupa-
ravant; — loc. conj., a.
que 2368, 3929, 3938,
4558, 5775, 6559, etc.,
avant que (sans que 10590,
après une proposition négative); — a l'a. que 2990, le plus
tôt que; — conj. adversative,
mais plutôt (après une prop.
négative) 1084, 5742, 6184,
10296, 11412, 12756,
21175, 24447, 25591,
25606.
[Ancele], pl. -es 15848, servante.
Ancessor (s. sg.) 25033, s. pl.
6, 4974, 5735, 10989,
17384, 18053, 25038,
27134, r. pl. -ors 9459,
24523, 29785, ancêtre, an-
cêtres.
* Ancharaiement (var. de A' à
28719-28, v. 4), n. m.,
ensorcellement.
Anciën 4262, f. pl. anciënes
23427, adj., antique.
Ancor (seulement devant cons.)
et
Ancore (devant voy. et à la fin
d'un membre de phrase), adv.,
encore, de plus.
Ancre 2180, 5978, 14950,
n. f.
Ancui (avec le futur) 7792,
7853, 7977, 8062, 8476,
8571,8925,15514,15592,

17108, 20444, 21546,
23414, 24108, adv., dès aujourd'hui, aujourd'hui même.
Andous 12519,15505,22400,
25171, s. andui 1661, 2111,
4342 (r.), 4735, 5109, etc.,
pron. et adj. des deux genres, tous deux, les deux.
[Anéanté], s. -ez 19595,
25697, p. p. -adj., réduit à
rien, anéanti.
* Ancommensai (var. de G à
23211-4, v. 4), v. tr., pf.
1, commençai.
Ancl 1677, 1687,1701, 2779,
23056, s. aneaus 1931,
29930, anneau; au pl., an-
néaux de chaines, fers.
Anelet 14323, petit anneau.
Anesse(add. de G après 25589,
v 6), pr. 3 de anesser, v. tr.,
exciter, attirer. C'est le anet-
sare que supposent les Gloses
de Reichenau, § 128. Cf. Diez,
Anc. gloss. romans, p. 30,
Zeitschr. für rom. Phil.,
1907, p. 560 et Romania,
1908, p. 296).
Angele 14680, s. -es 13488,
n. m., ange.
[Angeliël], r. pl. f. -icaus
28845, adj., angélique.
[Anglel], r. pl. angleaus 14657,
angle.
* Anherber (var. de G à 20711-
30, v. 17), v. tr., empoisonnai.
Aniversaire 471, 17492,
17520, 17530, bout de l'an,
sacrifices et fêtes qu'on fait à
cette occasion.
Angoisse, n. f., oppression
1945, 8788, angoisse mo-
rale (passim).
Angoissos, adj., angoissé (dit
des personnes) 1942, 4787,
8618, 8807,9578,10200,
10705, 14021, 14114,
14148, etc. (criz a. 26075,
26161); angoissant (dit des
choses), terrible, cruel 631,
2440,4886,10722, 14887,
etc.
Angoissosement 25191, avec
angoisse.
* Anime (var. de G à 21903-
22066, v. intr., pr. 3, s'anime, s'excite.

[Anoncier], *v. tr.*, *annoncer.*
— *Ipf. 3* anonçot *4159*; *pf. 3*
anonça *26390.*

Anoner *17477*, *v. tr.*, *approvisionner*.

*Anorte (add. de G après
22556), v. tr., pr. 3, exhorte.*

*Anpointe (var. de G à 23721-
2, v. 6), n. f., charge.*

Anprant pour emprent *(var.
de G à 21903-22066, v. 11),
v. intr., pr. 3, est en flamme
(cf.* ampris *(ibid., v. 49),
p. p.).*

Ansdous (d') les mains *30139,
des deux mains.*

Antain *rég. 4387,7698 (rime),
18201* (r.), *suj. 18624,
tante.*

Ante *rég. 175* (r.), *prédicat
4309, tante.*

Antiquité (d') *23880, ancien.*

*Antour (par) (var. de G à
23037-126), loc. adverbiale,
tout autour.*

Antrapement pour entr. *(ms.
G add. à 10984, v. 2), n.
m., empêchement, entrave (ait
a., soit arrêté, empêché).*

*Anuionez *22413, var. à* environez.

Anuit, *adv.*, *cette nuit 1592,
12906, aujourd'hui 13194.*

Anuitant, *v.* anuitier.

Anuitier *7788, 22157, v. impers., faire nuit;* n'esteit ancor pas anuitié *21964, il ne
faisait pas encore nuit;* —
subst 1471,4480; — *p. pr.
pris subst,* l'anuitant *3278,
10965, 12090, 19307,
22007, la tombée de la nuit.*

[Anval], *s.* anvaus *17496, n.
m., bout de l'an, anniversaire.*

Anvis pour enviz *(var. de G à
21903-22006, v. 10), adj. s.,
malgré lui, à contre-cœur.*

[Aorer], *v. tr., adorer, s'incli-
ner profondément devant
16940.* — *Pr. 3* aore *5815,
26248; pf. 6* aoroènt *4268.*

Aorné *25149, s. -ez 16648;
p. p. -adj., orné.*

Aornement (l') *25151, n. m.,
l'ornement (sens collectif, ce
qui sert à orner.*

Aoroènt, *v.* aorer.

*Aouvrir (add. de G apres
22556, v. 6), v. tr., laisser
voir.*

Apaier *26985, v. tr., apaiser;
satisfaire 8055;* — *v. réfl..se
calmer 20314, s'apaiser (en
parlant de la tempête) 27574,
se réconcilier, faire la paix
5972, 6786,22013,être sa-
tisfait 21683.* — *Pr. 1* apai
20314, 3 apaie *5972, 5*
apaiez *22013, 6* apaient
21683; ft. 2 apaieras *1711;
sbj. 3* apait *27574; p.p.* apaié
*6786, 26435, f. -ee 8055,
13430.*

[Apaisier sei], *v. réfl., s'apaiser.* — *Cd. 3* apaisereit
26392.

Aparceit, *v.* aparceivre.

Aparceivre *4408* (r.), *18933*
(r.) et aparceveir *4951-17934*
(r.), *20226* (r.) *29872* (r.),
*v. tr., apercevoir; s'aperce-
voir de; apprendre 29709;*
— *v. réfl. (absol), avoir conscience de la réalité 4408,
11601, 27827, 29655;
(avec en), faire attention, remarquer 29637.* — *Pr. 3*
aparceit *2398, 13710,
13711, etc.; ipf. 3* aparce-
veit *14870; pf. 3* aparçut
*2375, 4350, 18144, 27720,
6 -urent 9708; ft. 6* apar-
cevront *23414; p. p.* aparceü
*11601, 16046, f. -eüe
11736, 22044, 26682 : n'esteit pas chose a. que 2058,
on ne remarquait pas que.*

Aparceü, -eüc, *v.* aparceivre.

Aparcevance *17859, n. f., action de remarquer, de s'apercevoir d'une chose.*

Aparceveir, -cit, -cut, *v.* aparceivre.

Apareil *3835, 25328, 29569,
s. -ciz 5046, 7064, 19212,
19236, 22597 (r.), 25513
(r.), n. m., préparatifs, équipement 19236, agencement,
combinaison 29569.*

Apareillier *921, 949, etc., v.
tr., préparer, arranger, apprêter, équiper, garnir; munir 1743, 2181, ranger (des
troupes) 1174, 2714, 20425,*

représenter 3832; — v. intr., se préparer: faites voz genz a. 23408; — v. réfl. 1775, 2353, etc., s'apprêter, s'équiper, s'armer; a. sei a 20834, égaler, atteindre. — Pr. 1 apareil 20773, 25688: ipf. 3 apareillot 24792, 29834; sbj. 3 apareit 4993; p. p. apareillié; p. p. -adj. apareillié de 13613, 17052 (avec l'infin. 18490, 23822, prêt à); sacretise a. 5799, sacrifice fait dans les règles.

Apareir, v. intr., apparaître, se montrer; — v. impers. 14573, 18025, 20624, être visible, être clair. — Pr. 3 apert 18025, 20624; ipf. 3 apareit 14573; pf. 3 aparut 7630.

Apareistre, v. intr., paraître, se montrer (cf. apareir). — Ft. 3 apareistra 11873; p. pr. aparissant, s.-anz 21600, 24130, qui paraît, apparent (est aparissant 2994, 21214, fu a. 11509, 21638, 28575, sera a. 12089); faire a. 17042, faire voir, démontrer.

Aparissant -anz, v. apareistre.

[Aparler], v. tr., adresser la parole à, interpeller. — Sbj. 3 aparout 1319; p. p. s. sg. aparlez 20775.

Aparout, v. aparler.

[Apartenir], appartenir. — Pr. 3 apartient 24097; ft. 6 apartendront 24932; sbj. ipf. 3 apartenist 30134; — p. pr. pris subst¹, r. pl. ses prochains apartenanz 24982, s. pl. si prochain apartenant 28016, ceux qui le touchaient de près, ses proches.

Apel 9821, 24990, n. m., appel, réclamation 26411.

Apeler 16951, appeler; a. de traïson 19016, accuser de traïson. — Pr. 3 apele 10602, 27851: ipf. 3 apelot 3148, 12218, 15263, 28057, 29125; p. p. apelé 25755, s.-ez 28058, 4801,

etc., f. -ee 29642, 29565, pl. -ees 29170.

[Apendre], v. intr.; a. a, dépendre de, être soumis à; — impers. 29500. — Pr. 3 apent 514, 17442, 24918, 27512, 29500; ipf. 3 apendeit 26882.

[Apenser] sei, avoir l'idée (de), songer (à); se méfier 4404, imaginer 16734; a. sei se 26398, se demander si. — Pf. 6 apenserent 16734; sbj. 1 apensasse 20084; p. p. apensé 4404, s. -ez 26398.

Apert¹, ouvert, épanoui (visage) 5395, évident 6004 (faire a. 29722); en a. 15358, 26430 et 29888, tot en a. 14739, 20572, 25386, nettement, clairement, visiblement.

Apert², v. apareir.

Apertement 14688, 14697, 17541, adv., clairement.

[Apeticier], v. tr. 20839; intr. 13508, diminuer. — Ft. 3 apeticera 13508; p. p. apeticié 20839.

[Aplaideïz], f. -ice, adj.: joste a. 17131, combat dont les conditions sont réglées d'avance.

[Aplaneier], v. tr., aplaner, raser. — P. p. aplaneié 26241.

[Aploveir], v. impers., accourir en foule. — Pr. 3 apluet 9585.

[Apoier sei], s'appuyer. — Ipf. 6 apoioënt 16697; sbj. 1 apui 25213.

[Apoindre], piquer des deux; — réfl. 2329, s'élancer. — Ft 4 apoindrons 2329; p. pr. apoignant (vint a.) 18628.

[Apondre sei] a, se joindre à, appuyer, aider, attaquer exclusivement 21405. — Pr. 6 aponent 21405; sbj. 6 apongent 18875; p. p. apost 20524.

Aport¹ 26844, n. m., butin rapporté (propr¹: apport).

Aport², aportot, v. aporter.

Aporter 25717, v. tr., apporter; en a. 20581, 25259, 26778, emporter. — Ipf. 3 aportot

5823,8486 ; — *sbj. 3* aport
866 ; *ipf. 3* aportast *15312*;
p. p. aporté *10070*, *26731*,
s. -ez *5884*.

Apost, *v.* opondre.

Apovri *25639*, *s.* -iz *25020*,
25106, *f.* -ie *28427*, *p. p.* -
adj., *appauvri*, *pauvre*.

Aprendre, *v. tr.*, *instruire*, *éle-*
ver. — *Pr. 3* aprent *20677* ;
pf. 3 aprist *13827*, *6* -istrent
29175, *29789* ; *ft. 6* apren-
dront *10281* ; *p. p.* apris
6801,10280,13355,17358,
27416, *28959*; aveient a
mangier apris *6801*, *étaient a*
habitués à manger ; bien
a. *13666*, *20166*, *24398*,
bien élevé : a. de *1220,1332*,
15561, *17105*, *17186*,
19186, *exercé à, habile à*
(aprise de haut sen *1332,très*
sage ; avec de et l'*inf.18493*).

Après, *adv.*, *après, ensuite*
155, *178*, *185*, *etc.* (la
bataille a. *15249*, *la b. sui-*
vante; le jor a. *24999*, *le len-*
demain), *encore après20637*;
à *la suite 2358, 2361, 2610*;
en a. *24500*, *ensuite*; — *prép.*,
après *169*, *14743*, *29496*,
sur les traces de 29695.

Aprester *927*, *25868*, *v. tr.*,
apprêter, préparer, disposer.
— *P. p.* apresté *26015*, s.
-ez *3940*, *4028*, *13751*,
f. -ec *907*, *5596*, *16720*,
27370, *pl.* -ecs *17473*, *ap-*
prêté, prêt.

Apris, -ist, -istrent, *v.* aprendre.

Aprochier, *v. tr.* *2715*, *s'appro-*
cher de; — *intr.*8072,9196,
15502, *et réfl.* 9546, *s'appro-*
cher.

Aproismier *6987*, *18387*, *v.*
tr., *s'approcher de 6987* (a.
le siege *18387*, *avancer les*
opérations du siège) ; — *réfl.*
4237, *8537*, 9060, *13677*,
23758. — *Pr. 3* apruisme
15976 ; *ft. 6* aproismeront
23502 ; *ipf. 3* aproismot
29847 ; *p. p.* aproismié,
s. -iez *27203* ; *p. p.* -*adj.*
15605, *rapproché, proche.*

Apruisme, *v.* aproismier.

Apui[1] *9809*, *30087* s. apuiz
11026, *n. m.*, *appui.*

Apui[2], *v.* apoier.

Aqueisié *18210*, *p. p.* -*adj.*,
rendu muet (*joint à mort*).

[Aquerre], *acquérir*. — *P. p.*
aquis *18171*.

Aquiter *17833*, *rendre quitte,*
libérer (*un prisonnier*). — *P.*
p. f. sg. aquitee *3326*.

Arain *1352*, *airain.*

Arbaleste *7161*, *8765*,*12082*,
14000,*28889*, *arbalète.*

Arbalestec (Entrevue d'Achille
et d'Hector, 2e réd., v. 44),
n. f., *coup d'arbalète.*

Arbalestier *23498*, *23534*,
arbalétrier.

[Arbre], *r. pl.* -es *12690*,
16684, *n. m.*

* Arbreie (*Entrevue d'Achille*
et d'Hector, 2e réd.,v. 9), *n.*
f., *groupe d'arbres touffus.*

Arc *5460*, *7417*, *etc.*, *s.* ars
6482,6763,7414, etc., *arc,*
arceau; arc volu *14824*, *ar-*
ceau; ars voutiz *6482*,
14402, *chemin voûté* ; arc
Turqueis *6763*, *7414,7967*,
8236, *9494*, *22424*, *arc à*
la façon des Turcs.

Arcel *14818*, *16705*,, *s.* ar-
ceaus *22429*, *n. m.*, *arceau.*

Archeier *8341*, *14005*,*v. intr.*,
se courber en arc, se plier.

Archiee *2432*,*7503*, *22705*,
22872, *portée d'arc.*

Archier *23533*, *s.* -iers *9248*,
n. m., *archer.*

Arçon-s *8466*, *9455*, *9561*,
9906, *11461*, *14036*,
14379, *15700*, *15916*,
16228, *17208*, *17217*,
20952, *20973*, *n. m.*

Ardant, *v.* ardeir.

Ardeir *346*, *6433* (r.), *10169*,
10174 (r.), *12744*, *12987*,
14585, *18282*, *20189*,
21833, *27135* (r.), *27166*,
27771,*v. intr. et tr.*, *brûler.*
— *Pr. 3* art *1922*, *3407*,
13040, *14905*, *16806* ;
25606 ; *6* ardent *13032*,
13033 ; — *ipf. 6* ardeient
1582, *12366* ; *pf. 3* arst
25520, *6* arstrent *18912*,
22469; *ft. 3* ardra *17567*;

6 ardront 25601; *sbj. 3*
arde *1358* ; *p. pr. -adj.* ardant *1355, 1902, 26018,*
27892, r. pl. -anz *27929,*
f. ardant *23293, pl.* -anz
23455; p. p. ars *1011,*
1903, 2967, etc., f. arse
657, 2872, 3310, etc., pl.
arses *10171, 18971, 19041,*
19049.
Areine *7128, 7286, etc., n. f.,*
sable ; *rivage de la mer 10582,*
27649, 29287.
[Areisnier] *4238, 5463, v. tr.,*
adresser la parole à, interpeller. — *Pr. 3* areisone
3294, *15508*, *19563,*
25884, 6 -onent *20372;*
pf. 5 areisnastes *1324;*
sbj. 3 areisont *1319 ; p. f.*
areisnié *12908* et arcisoné
816, 24470, s. -ez *19166.*
Areisone, -oné, -onent, -ont,
v. areisnier.
[Arengier], arranger, disposer.
— *P. p. f. pl.* arengiees *3113.*
Arer *1364, 1725, v. tr.,* labourer *1954,* tracer avec la
charrüe *1735.* — *P. p. f.*
sg. arec *1735, 1954.*
[Aresner], *v. tr.,* attacher a
l'aide des rênes. — *Pr. 3*
aresne *22172.*
Arestace, aresteiz, *v.* arester.
Arester, *v. tr.* *8561, 14393,*
18583, arrêter ; — *intr.*
3341, 6289, 7276, 26679,
et *réfl.* *1521, 9734, 9567,*
9959, 10091, etc., s'arrêter;
sont aresté *23620, se sont*
arrêtés. — *Sbj. 3* arestace
17617, 5 aresteiz *3437; p.*
p. s. arestez *23919.*
Argent *16504, 16808, 19074,*
19406, 23858, 27709,
29552, s. -enz *5344, 5410,*
n. m.
Arguër, *v. tr.,* presser vivement,
exhorter *19223* — *Pr. 3*
arguë *7303, 19223.*
Ariere, *adv.,* arrière, en arrière ; en s'en retournant *1463,*
3604, 3624, 6023, plus
haut *7674, 23176, 29084;*
d'en a., du passé *29029,* auparavant *20323 ;* — estre a.
3941 (cf. restre a. *29322,*

retu a. *23794),* être de retour :
aler a. *26680,* torner a.
1519, 2335, 4142, etc.,
torner s'en a. *4790,* retorner
s'en a. *1786,* venir a. *2143,*
revenir a. *14991, revenir*
sur ses pas, s'en retourner ;
traire sei a. *7371, 10043,*
11603, se retirer de la ligne
de bataille ; faire traire a.
10144, 15768, 23645, reti-
rer de la *l.* de b. ; corre a.
1227, remonter vers sa source
(en parlant des cours d'eau) ;
rendre a., ramener *28695;*
rendre, donner à nouveau
28516.
Arieres *15465, adv., en arrière.*
Ariers (ça en) *4974,* ancien-
nement.
Arivement *29201, n. m.,*
action d'accoster, d'aborder;
a. d'un port *28453.*
Ariver, *v. intr.* *981, 984, etc.,*
aborder, arriver par mer ; —
tr. *2210, 4259, 28614, faire*
aborder (des vaisseaux) ; —
subst[t] *7033, 7138, 7248,*
7260, action de débarquer. —
Pf. 5 arivastes *1047.*
Arme *7903, arme offensive ;*
pl. armes *3750, 5408,*
5492, 6671, etc., armes, le
plus souvent : armes défensives, armure ; armoiries
10830 ; — savoir d'armes
19981, être bon chevalier,
être habile au combat.
Armer, revêtir d'une armure
(ou d'une pièce de l'armure,
en particulier la tête); garnir
d'armes de jet *29958 ;* —
réfl. *4482, 7874, 7970, etc.,*
revêtir son armure ; — armé
d'armes *12857.* — *Ipf.* 6
armoënt *10307; sbj. ipf. 3*
armast *18358.* — *P. p.* pris
subst[t] *r. pl.* armez *2381,*
8324, 20900; r. sg. armé :
n'aveit veü plus bel a. *16162,*
n'avait vu un chevalier revêtu
d'une plus belle armure (cf.
23432, 23890).
Armonie, harmonie, concert
14787, instrument de musique mal connu *14782.*
[Aromatizier], aromatiser, em-

baumer. — *Pf.* aromatiza
17508; *f. p.* aromatizié
16511, *s.* -iez *22401*.
Arondel *8334*, *m.*, *hirondelle.*
Arondele *2468*, *f.*, *hirondelle.*
[Aroser], *arroser*, *mouiller.* —
P. p. f. sg. arosee *16468*.
Arpent *18294*, *s.* -enz *24256*,
arpent.
Arrement *6804*, *encre.*
Ars, *v.* arc et ardeir.
Arson, *n. f.*, *action de brûler,*
incendie 27497, *combustion.*
13042, *chaleur ardente*
1927, *13377*, *17566*,
Arsirent, *v.* ardeir.
Art', *s.* arz, *n. m.* (fém. *12346*).
art, *art magique 28666*,
28861, *habileté 10482*. *arti-*
fice, *moyen habile 13376*,
29919. *fourberie 12990*,
26333; — *au pl.*, *joint à*
conseiz 15233, *conseils habi-*
les; *les arz 1219*, *1223*,
4093,   *5533*,   *28720*,
29824, li art (*s.*) *28775*, *la*
magie; *les set arz 8*, *100*,
6898, *les sept arts (cycle des*
connaissances humaines au
moyen âge).
Art², *v.* ardeir.
[Arteil], *r. pl.* arteiz *8707*,
19275, *24132*, *orteil.*
Artimaire   *6267*,   *14842*,
28688, *n. f.*, *art magique*,
magie.
'Arvir, *var.* de I à *13360.*
Arvol *25367*, *r. pl.* arvous
1186, *n. m.*, *arceaux*, *voûte* ;
salle voûtée 25367.
Asaillir   6010,   *20421*,
22185,   *24717*,   *27116*,
assaillir, attaquer. — *Pr.* 3
asaut *6124*, *10059*, *18080*;
6 asaillent *2712*, *9243*.
12202; *pf.* 6 asaillirent
7159; *ft.* 6 asaudront *7151*;
sbj. 6 asaillent *23834*; *p. p.*
asailli *4833*, *6949*, *26133*,
27465, *s.* -iz *4456*, *22208*,
27445,   *28211*,   *28215*,
28603.
Asaudront, *v.* asaillir.
Asaut' 98,   8620,   *23107*,
23738, *27479*, *28207*, *s.*
asauz *6031*, *14730*, *23767*,
28355, *n. m.*, *attaque*, *assaut.*

Asaut', *v.* asaillir.
Asazer *26846*, *ravitailler lar-*
gement. — *P. p.* -adj. asazé
2822, *12770*, *s.* -ez *17798*,
25105, *25136*, *f.* -ee *29566*,
comblé (de biens), *riche*,
(joint à riche ou à repleni
2822, *12770)*, *fertile 6531*.
[Ascone], *pl.* ascones *6762*, *n.*
f., *arme de jet.*
Asceir *6981*, *7058*, *v. tr.*, *pla-*
cer,   *poser   136*,   *16721*.
17791, *17907*, *23435*, *éta-*
blir, *disposer 14670*, *14683*
(en or asis), *asséner (un*
coup) 10897. *12247*, *placer*
assis 16528, *faire asseoir*
1254, *fixer (un jour) 3197*,
munir (de défenseurs) 17478,
assiéger 238, *253*, *6064*,
6981, *7019*, *7058*, *15342*.
19769,   *24467*,   *26829*,
28354; estre asis, *être placé*,
établi 23277; — *v. réfl.*
1510, *6510*, *22222*, *25368*,
25399. — *Pr.* 3 asiet *23059*;
— *pf.* 3 asist *22222*, *25899*,
5 aseïstes *25219*, 6 asistrent *6510*, *14670*, *24383*;
ft. 1 aserrai *17791*, 3 -a
17907, 5 -eiz *7019*; *p. p.*
asis *2020*, *3055*, etc., *f.* asise
1254, *1510*, etc., *pl.* -ises
28274.
[Asegier], *v. tr.*, *assiéger.* — *P.*
p. asegié *2869.*
Asen, *n. verbal* de asener, *m.*,
indication, *direction* : a l'a.
des estoiles *4218.*
[Asener], *v. tr.*, *frapper (en*
dirigeant bien ses coups). —
Pr. 3 asene *10754*, *10896*,
22994 (cui rien n'asene
à qui tout est indifférent).
Aserra, -ai, -eiz, *v.* aseeir.
Ascürer, *tr.*, *assurer*, *confirmer*;
donner sa parole (que) 24920,
garantir   13173,   *16622*,
17351,   *25321*,   (a. que
18114,   *18126*,   *garantir*
que), *rassurer 11919*; a. de
19835, *donner l'assurance*
de; — *intr.* *7028*, *prendre*
confiance; — *réfl.*, *se rassurer*
1867, *21743*, *29940*, *se*
tenir tranquille 9799, *27832*,
se croire en sûreté 1052; —

por ço vueil estre aseüree
*1628, c'est pourquoi je veux
avoir une garantie ; rest
aseüree 25186, se calme.*
— *Ft. 6* ascürront *18114,
18126 ; p. ʄ. -adj.* aseüré
26023, tranquille.

Aseürront, *v.* aseürer.

[Asignier], *v. tr., assigner.
attribuer (dans un partage).*
— *P. p. s.* asigniez *26365.*

Asis, asist, asistrent, *v.* aseeir.

Asoagier *10258, soulager; intr.,*
faire a. *1629, soulager;* —
impers. 11992, se calmer. —
Pr. asoage *11992; p. p. s.*
asoagiez *10253, 16596.*

[Asoignanter], *prendre pour
concubine.* — *P. p. f. sg.* asoi-
gnantee *3220.*

[Asomer], *v. intr., prendre
fin, se terminer.* — *Pr. 3*
asome *5428.*

[Asopleier sei], *s'assouplir, se
laisser fléchir.* — *Pr. 3* asopleie *15491.*

[Asoudre], *v. tr., absoudre.* — *P.
p.* asoluz *28511.* — *Sbj. 3*
asueille *26517.*

Aspre *(passim), âpre, rude, dur,
terrible.*

Aspreier, *harceler.* — *Pr. 3*
aspreie *18087.*

Asprement *2042, 5002, 7496,
11059, adv., rudement, durement.*

Assemblee, *réunion 29867,
rencontre (combat) 313,
12028, 14584, 20565,
21399, 23556, 24150,
union charnelle 1627, tas
13028.*

Assembleison *18374, 29862,
assemblée.*

Assemblement, *union (par mariage)183, engagement (combat) 11637, 20683.*

Assembler, *rassembler, réunir ;*
— *intr., en venir aux mains,
s'engager (en parlant d'un
combat) 7111, 7952, 8329,
etc., s'assembler 10475 ; faire
a. 29822, réunir ;* — *réfl.,
s'assembler, en venir aux
mains 4277, 24284, 28157;*
— *subst¹ 6398, 8691, 9395,
19961, rencontre (bataille).*

*Assentoient (s'), (var. de B à
22353-500, v. 1), v. réfl. ipf.
6, y consentaient.

Assez, beaucoup ; assez, passablement 2084, 2921, 3433,
3675, 3681, 3864, etc. :
qui puis ne fu nez de cent
anz o de plus assez (= o de
plus d'assez, où d'assez mesure la différence) 1256,
qui ne naquit pas avant cent
ans ou même beaucoup plus
tard; cf. ne chiet pas si espés
d'assez 18895, et voy. Ad.
Tobler, Mélanges de gramm.
fr., 179 ss.

Astele 7363, 11489, 18952,
19991, 24010, f., éclat de
bois de lance.

Astronomie 1221. astrologie.

Atachier 1895, 13880, 15391,
18470, 19215, 19233,
21448, etc., attacher.

Ataigne, -aignent, -aignent,
v. ataindre.

Ataindre 8391, 19782, v. tr.,
atteindre, arriver à; égaler
5149; atteindre 8759 (cui
rien n'ataint, qui n'ont peur
de rien); — v. récipr. 11355,
12049, 16185, 20991,
21541, s'atteindre réciproquement.* — *Pr. 1* ataing
12875, 22268, 24117, 3
ataint *1976, 2734, 7534,
8519, 8759, etc, 6* ataignent
*7247, 9595, 10543, 15685,
18531, 18653, 22665,
23607, 26065, 27919;
ipf. 6* ataigneient *4406,
16779; pf. 6* atainstrent
*11355, 11387, 12049,
16185, 24017; cd. 3* atain-
dreit *23100; sbj. 1* ataigne *13154, 29698, 3* ataigne *16849 (corrigez* taigne),
26070, 4 ataignons *19843;
ipf. 3* atainsist *3059, 12358;
p. p.* ataint *6019, 7308,
11381, etc., s.* atainz *1357,
5149, 11677 (au fig.,
touché, fortement frappé),
26646, f.* ataintes *27591;
pris subst¹, des* atainz *23525.*

Ataing, *v.* ataindre.

Ataïnos *de 25067, adj., violemment désireux de.*

Atainsist, atainstrent, -aint,
-ainz, *v.* ataindre.

[Atal], *s.* ataus, *adj., tel, en
cette occurence; employé en
apposition :* n'en reschapera
mie ataus *27210, n'en ré-
chappera pas ainsi ;* n'en
eschapassent mie ataus *(le
cas régime pour le cas sujet)
20580. Cf.* atel.

[Atalenter], *exhorter.* — *Pr. 3*
atalente *17103.*

Atargier, *tarder ;* — *tr. 23904,
retarder ;* — *réfl. 29, 1799,
etc., s'attarder ;* a. sei de
(inf.) 29, tarder à.

Atel *26494 (imprimé à tort
autel), adj., tel. Cf.* atal.

Atendance, *retard 15412,* at-
tente, espérance *1658,3130,
3742, 11028, 13959,
15146, 15159, 17712,
17894, 18131, 19439,
20289, 20772, 21917,
24987, 25225, 25377,
29793, dévouement 11875 ;*
— quel a.*! 16448, quelle
triste perspective ! (cf.* quel
atente *16425) ;* — faire a. en
*13286, mettre sa confiance
en.*

Atendeiz, -i, -isseiz, *v.* atendre.

Atendement *21747, espérance.*

Atendre *17899, 21059,
21605, 23978, 25358,
attendre, compter sur;(absol*[t])
temporiser 25358, 17721;
— *v. réfl., (absol*[t]*) attendre
12947;* a. sei a *3621, 3747,
6944, 13159, 13455,
13697, 15184, 18718,
21255, s'attendre à, se fier
à.* — *Pr. 1* atent *1507,
13159, 15150, 2* atenz
20743,3 atent *7108,10561,
18718, 18729, 6* atendent
12391 ; ipf. 3 atendeit
23382, 29224; pf. 3 atendi
18103, 18605, 27715 ; ft.
atendrai, *etc., 5* -eiz *19037 :
cd. 6* atendreient *24752 :
sbj. 3* atende *2849, 5* -eiz
2686 ; ipf. 1 atendisse
17679, 5 -isseiz *3621, 6*
-issent *6944; impér. 4* aten-
dons *16601, 5* atendez
20393, 23009; p. pr. aten-

dant (jo te faiseie estre a. a
*20711,je te faisais prétendre
à l'amour de), s.* -anz *20331 ;
p. p.* atendu *4940, s.* -uz
2195,f. -ue *3743,* pl. -ues
13894.

Atent, -enz, *v.* atendre.

Atente, *espérance :* quel a.*!
16425, quel espoir me reste-
t-il ?*

[Aterminer], *déterminer, fixer.*
— *P.p.* aterminé *25756.*

[Atochier], *toucher, avoir commerce avec (une femme)
23331, 26214, 27022.* —
Pr.3 atoche *1945; p. p. s.*
atochiez *25402, f. pl.* ato-
chiees *23331.*

Ator-s, *préparatifs, 13328,
23826,25514,parure, atours
24476 ; au pl., équipement
23368.*

Atorner, *v. tr., tourner, diriger
16135,20227, équiper, mu-
nir de ses agrès (un vaisseau)
28599, préparer, ordonner
(passim); arranger, prendre
ses dispositions 23492, parer
13331, 13410;* a. a bien
*872, 8712, 12625, recon-
naitre comme bon (ou méri-
toire), faire un mérite de* (n'a
mal ne a blasme a. *21853);* —
*réfl. 1230, 3368, 13063;
23319,23827,25986, s'ar-
ranger, se parer;* a. sei a
*24890, se prêter à ; si mal
atoriez 17538, en si mau-
vais état ;* — *subst*[t] *23492.*

Atraient, *v.* atraire.

Atraire *5762, attirer; descendre (du bois) 13029.* — *Pr.
3* atrait *20789, 6* atraient
13029; p. p. f. atraite *3025.*

Atrait[1], -aite, *v.* atraire.

Atrait[2] *25983, n. m. s. pl.
commodités, agréments.*

Aube *2296, 2377, 11102,
etc., point du jour.*

Auberc, -ers, *v.* hauberc.

Aubor *12372, 22809, n. m.,
cytise aubour (bois flexible
dont on faisait des arcs).*

Aubornaz *5498, blond foncé,
châtain.*

[Auborne], *s.* -es *5161, adj.;
blond cendré.*

Aucun-s, *adj. indéf., quelque (dans une proposition conditionnelle 4073, 4692, 14329; — dans une prop. relative de sens conditionnel 14926, 21672; de sens indéterminé 17876);— dans une prop. négative, aucun.*

Audience (en) *(opposé à en conseiz 18156, 27084, publiquement; cf. 10448, en a. de la gent.*

Auferrant 10082, 11621, 18412, 21149, *s.* -anz 19237, *cheval de bataille,*

[Augur], *s.*-urs 13771, *n. m., prophétie.*

Augure, *n. m., réponse d'un oracle* 28321, *signification d'un songe* 29909.

[Augurement], *r. pl.* -enz, *consultation des augures* 5940, *présages* 29821, 30160.

[Augureor], *s.* augurere 360, 548, *qui prend les augures, devin.*

Aumaçor 5007, 13124, *prince, chef militaire (propr¹.: prince Sarrazin).*

Aumaire 87, *n. m., armoire.*

[Aumari], *r. pl.*-is 13988 (r.), *n. m., cheval de guerre.*

Aumosne 3711, 4729, *bonne œuvre.*

Aumosniere 5288, 5518, *adj., qui aime à s'occuper de bonnes œuvres.*

Aune 8498, 8584, 8849, 10086, *etc.* ; *une a.* 8498, 8584, *de la longueur d'une aune ; vendre a chieres aunes* 20630, *vendre cher.*

[Aünee], *pl. n. f.* -ees 3027, *réunions, tas.*

Aüner 2380, 4375, 11314, *etc., rassembler; intr.* 13208 *et réfl.* 24167, *se rassembler.*

Auquant, *v.* auquanz.

Auquanz 4654, 5610, 6664, *pr. indéf. r. pl., quelques-uns, certains ; avec l'art. déterminatif, s. pl.* li auquant 3842, 5131, 29580 *; tuit li plusor e li a.* 16983.

Auques 994, 998, *etc., adv., un peu, quelque peu, assez.*

T.V.

Auqueton 10227, 10856, 11106, 11702, 19339, *vêtement qu'on portait sous le haubert, tunique.*

Aure 959, 13053, *n. f., souffle, léger souffle.*

Ausi, ainsi, *autant* 5128, *aussi* 16602; — a. come 5124, 5126.

[Auster], *s.* austers 15533, *adj., austère, sévère.*

Aut, *v.* aler.

Autant *devant un n. pl.* 10502, *autant de (cf.* autretant*).*

Autel¹ 3117, 4327, 5816, 23046, 25530, 25548, 25585, 26109, 26146, 26148, 27202, *s.* - eus 25516, 26206, *n. m. Cf.* auter.

Autel² 16699, *f.* autel 22573, *adi., semblable.*

Auter 16802, *n. m., autel.*

Autor 3646, 4856, 23310 *;— employé avec l'article pour désigner la source principale du poème :* l'Autor, *s.* li Autors *et* l'Autor *(voy. la Table anal. des noms propres).*

Autorité, *s.* -ez 23168, *n. f. : estre tenu en a.* 74, *faire autorité; garant* 920, *avis, opinion* 4121 *:* n'en est traite autoritez 23168, *aucun texte n'en parle (ne garantit leur existence).*

Autre *(m. s. et r. sg. et s. pl.);* autrui *(r. direct)* 17724, *gén.* 11187, 18227, 30307, *dat.* 13500; *r. pl.* autres; *f.* autre, *pl.* autres, *adj. indéfini;* l'autre gent 27270, *le reste des Grecs (ceux qui n'étaient ni rois ni princes)* ; — *pr. masc. sans art.* 5463, 8688, 9043, 13502 *(s. sg.); avec art.: s. sg. m.* li autre 2937, 5612, 5642, 6214, 8108, 8218, *etc. (avec élision* 8130, 9887, 12520, 12522, 13258, 14164, 14660, 27611*), f.* l'autre *passim (*23218, *la seconde); cf.* 23235, *l'autre après); s. pl. m.* li autre, *forme à peu près constante (par exception,* l'autre 6206, 13134

8

29583), r. pl. m. et f. s. et r. pl. les autres; — neutre invar. 7281, 11163, autre chose.

Autrement 3964, 4724, 5060, etc., autrement; sans cela 25483, 27088; o a. 23755, 26974, ou sinon, ou sans cela; — a. que 26911-4, par d'autres moyens que.

Autresi, aussi, autant (passim); de même 525, 2812, 3370, 6930, 10408, 12289, 15073, 16625, 17710, 29444; — devant un adj. 5033, 14956, aussi, si; — tot a. 16458, 17728, 21089, 21095, 22127, 25582, tout à fait de même; a. come (com) 5033, 7568, 20966, 21089, tot a. com 22121, de m. que; a. tost come 23012, aussitôt que.

Autretal 26083, 28241, pr. neutre, la même chose.

Autretant 1649, 19743, 22033, 23087, 25713, 27253, 29106, 30138, adv., tout autant, de même; estre en a. 24267, être dans la même situation; devant un n. pl. 20115 (cf. autant); — a. com 23087, autant que; — d'autretant 28298, d'autant.

Autretel 11779, 26741, s. -teus 3045, 5381, 29431, f. les 8067, adj. indéf., tel; — pr. neutre, quelque chose de semblable 3615, 13901, 19779, 19919, 27968, 29413, la même chose 11083, 13175, 27182, 27215. Cf. autretal.

Avaler, v. intr. 16039, 16441, 17217, 20563, descendre, être précipité; v. réfl. 22432, m. s.; v. tr. 6482, 27860, descendre, amener en bas.

[Avancier], v. tr., faire avancer, avancer (une œuvre) 16583, accroitre 12595. — P. p. s, avanciez 12595, f. -iec 16583.

[Avancirsei], 15738, s'avancer. — P. p. s. avanciz 15738.

Avant, adv., en avant: aier a. 3872.12890, venir a. 29966, en a. 8042, s'avancer; enveier a. 17102, envoyer en avant; — plus loin (dans un récit) 370, 413, 463, 494, 2946, 6906, 28576; — (en parlant du temps) à l'avenir 22286, 25487, auparavant 27155, tout d'abord, en premier lieu 25818; de cel jor en a. 29674, depuis ce jour; d'ore en a., v. ore; — loc. conjonctive, a. que 28542; — prép. 7465, avant, devant.

Avantage 6121, n. m.

Aveier 1418, diriger, conduire. — P. p. s. aveiez 30041, (cf. raveier).

Aveir¹ 2149, 2817, 3538, 3848, 4417, etc., bien, richesse, fortune, argent; au pl. aveirs, richesses, objets précieux 10142, 11907, 11918, 25625, 26097, 27503, 27565, 27612, 30280, toilettes 13329.

Aveir² 156, 847, etc., avoir; posséder (une femme) 23332, tenir pour: a. chier 6644, 7456, 8735, etc., chérir; a. a (inf.), devoir : ne s'il m'eüssent a oïr 18433, et s'ils cussent dù m'écouter; — imperst : aveir 25034, il a, etc. (passim); sans pron. suj. : n'i ot plus fait 27449, on s'en tint là; en Menelau not que irier 11649, Ménélas avait bien raison d'être irrité; sor ço qu'il a de mei a tei 15565, au nom des liens de parenté qui nous unissent. — Pr. 1 ai, 2 as, 3 a; 4 avons 2136, 3231, 4433, 7048, 13494, 17896, 19177 et avon 6326, 19864, 5 avez 1325, 1331, 1610, 2231, etc., 6 ont; ipf. aveie, etc., 5 aviez 1655, 2592, 4683, 7523, 8859, 13758; pf. 1 oi 3596, 5883, 6450, etc., 3 ot 57, 58, 59, 61, etc., 4 eümes 16956, 19021, 5 eüstes 3310, 6 orent 285, 332, 419, 426, etc.; ft. avrai, etc., 4 avrons, avron 25123, 5 avreiz 1436, 1443, etc.;

cd. avreie, *etc.*, 5 avriéz
6461, 26695, 26697; *sbj.*
1 aie 1613, 3924, 6379,
10351, *etc.*, 2 aies 1707,
1756, 4105, 15472, 3 ait
2606, 3160, 3755, 3888,
etc., 4 aions 4388, 9651,
9872, 16600, 17062,
25638, 28179, 5 aiez 1870,
2172, 4189, 4190, *etc.*, 6
aient 2229, 2985, 3738,
6892, *etc.*; *ipf.* 1 cüsse
2916, 13646, 17759, 20294,
20296, 21722, 3 eûst 777,
1924, *etc.*, 4 cüssons 13,
3781, 16942, 17003, 26788,
26825, 5 cüsseiz 5894,
11745, 13137, 15101, 6
eüssent 1122, 4522, 17292,
18433, 19090, 19091,
19150, 22379, 23905,
24948, 27155, 27305;
impér. 2 aies 15440, 15472,
5 aiez 1342, 2319, 6312;
p. p. eü, *s.* eüz, *f.* cüe, *pl.*
cües.

Avel 2464, *r. pl.* aveaus
21598 (27766, *a.* ses *a.*,
voir ses désirs satisfaits); dès
ore ont il tot lor avel 2464.

Avenant1 11940, 13337, 14694,
27016, *s.* -anz 5174, 5397,
5494, *etc.*, *f.* avenant 4321,
5275, *p. pr. -adj., agréable,
gracieux, charmant.*

Avendra, -eit, -ont, *v.* avenir.

Avengier 3802, *v. tr., venir à
bout de.*

Avenir 5843, 7022, 15050,
22753, 27559, 28669,
30169, *v. intr., advenir, arriver ; convenir (être séant)
5136, 6226, 13340 ; —
substt, a l'avenir 9328, 9702
9879, etc., à l'arrivée, à la rencontre ; ensuite 606 ; — réfl.
8043, 8161 ; — impers.* 212,
2346, 5504, 6226, 12161,
12252, 12608, 12617,
20510. — *Pr.* 3 avient
2346, 11882, 13482,
13355, 15048, 16054,
16679, 20055, 23210,
24847, 24943, 28063,
28097, 6 avienent 23256,
25569; *ipf.* 3 aveneit 5136,
5503, 5535, *etc.*, 6 -eient

20351 ; *pf.* 3 avint 212,
2929, 2523, 2830, 6226,
etc., 6 avindrent 9509,
12143, 18564, 18643,
24420, *ft.* 3 avendra 3853,
10052, 15238, 15253, 6
-ont 12754, 16477 ; *cd.* 3
avendreit 4895, 5873, 6435,
23258, 24561 ; *sbj.* 3 avienge 2346, 8043, 8161,
15351, 25440, 29927 ; *ipf.*
3 avenist 2060, 4096, 11653,
15587 (n'avenist pas! *optatif*), 17471, 17674, 24773,
26600 ; *p. pr.* avenant (*v. ce
mot*) ; *p. p.* avenu 9547,
9694. *etc.*, *s.* -uz 11871,
22143, 29003, *f.* -ue
29594, *pl.* -ues 10814,
19256, 21346, 23997.

Aventure, *n. f., destinée* 30154,
événement imprévu 12445,
12593, 16131, 20240,
21714, 21864, 22972
(males aventures 24485, *événements fâcheux, malheurs :
a.* d'en ariere 29029, *événements passés*), *fait de
guerre* 20351, *hasard (par
a., par hasard* 27621, 28818,
29285, *peut-être* 10719;
par estrange *a.* 28693, *par
un étrange hasard), le fait de
s'aventurer* 22766 (metre,
sei en a. 13223, *s'exposer
au danger*).

Avenue 21028, *arrivée.*

Averail 26788, *troupeau de
bêtes à laine.*

Averer 11929, *v. tr., rendre
réel, réaliser ; déclarer vrai*
30225. — *Ft.* averera 4103;
p. p. r. pl. averez 30162,
30225.

Averos 26861, *qui a du bien.*

[Avers]1, *f.* averse 14220,
28932, *adj., ardent au combat.*

Avers2 6869, 10940, 23599,
23601, 28738, *prép., en
comparaison de.*

Aversaire 16180, *n. m., ad-
saire.*

Aversier-s, *m., ennemi : épithète péjorative appliquée aux
Cenocefali* 13379 *et à Achille* 21138.

Aversiere *29619*, *f.*, *ennemie.*
Aversité *4961*, *28938*, *pl. -cz*
27195, *adversité, malheur.*
Avespree *4591*, *4626*, *22092*,
soir, crépuscule.
Avesprer *10956*, *v. impers.*,
pencher vers le soir; — *subst*ᵗ
2208, *22113*.
Avienge, *v.* avenir.
Avilement *16931*, *s.* -enz
18367, *avilissement, déshonneur.*
[Avillier], *v. intr.*, *s'avilir, se
déshonorer.* — *Pf.* 6 avillie-
rent *10991* (: *laissierent*).
*Avionnees, *var.* de G à environees *16537* (*corrigé en
avronnees*).
Avir, *n. m.*, *opinion 5954, sagesse, habileté 13360,28574.*
Avire *10498*, *n.f.*, *intelligence,
sagesse.*
Avironer *29952*, *v. tr.*, *environ-
ner.* — *Pr.* 3 avirone *23127*;
p. p. f. -ee *1188*, *6676*, *pl.*
-ees *3018*, *16537*.
[Aviron], *r. pl.* -ons *4595*,
29548, *n. m.*
Avis, *corr.* a vis *et voy.* vis².
Aviser, *viser 9072*, *9553*,
11611, *18835*, *remarquer
29876.*
Avison *3873*, *n. f.*, *vision*; ço
m'ert en a. *29846*, *à ce qu'il
me semblait, il me s.*
*Aviverent *421* et *8698*, *fausse
correction : lisez* aiderent.
Voy. aidier *et la note à 2115.*
Avoi *3993*, *4679*, *9355*,
15676, *18256*, *interjection
qui introduit une protestation
ou une vive interpellation.*
Avril *23323*, *n. m.*
Avuec, *adv.* *8885*, *13958*,
20600, *ensemble*; — *prép.*
68, *2357*, *2409*, *2927, etc.*,
avec.
Avuecques *25326*, *adv.*, *ensemble.*
Azur *7715*,*7745*,*7757*,*7878*,
n. m., *couleur d'azur.*

[Baaillier], *v. intr.* : a la mort
baaille *15823*, *21362*, *est
sur le point de rendre le
dernier soupir.*
Bacheler-s *5437*, *14993*,
17524, *n. m.*, *tout jeune
homme.*
[Bacin], *s.* -ins, *bassin 26096*,
*bassin du corps humain
22669.*
Baer, *v. intr.* *être béant* (gole
baee *16116*, *bouche bée, la
bouche ouverte*), *aspirer* (à)
27035. — *Pr.* 1 bé *27035.*
Bai-s *6241*, *7507*, *8892*,
11496, *18629*, *23440*, *de
couleur baie.*
Baignier, *v. tr. et intr.* *2571*,
8405, *8787*, etc., *baigner,
tremper*; — *réfl.* *2016*,
15982, *17300*, *18520*,
19341.
Baille *7683*, *n. m.*, *palisssade.*
Baillie *4703*, *5030*, *6934*,
10504, *10539*, *16929*, *autorité, direction, gouverne-
ment, charge*; *commandement
de l'armée 26965* : aveir en b.,
*avoir sous son commandement
7822*; a. en sa b. *avoir à sa
disposition 13108*, *être maitre de 27966.*
Baillier, *donner 1677*, *1716*,
etc., *livrer 4562*, *23787*,
confier 572, *2584*, *3159*,
9849, *10929*, *11469*,
11478, etc., *présenter 1842*,
20181, *23461*, *recevoir
25079*, *prendre possession de
20007* (b. un escu *20050*,
*prendre un écu pour com-
battre*; b. armes *22611*; b.
son ombre *17697*, *saisir son
ombre*), *faire prisonnier
1057*, *11780.* — *Ft.* 5 bail-
lereiz *9849*; *sbj.* 3 baut
13200,*20007*;*ipf.* 3 baillast
27018; *p. p. s.* bailliez
26686.
[Baillir], *administrer*; *traiter
(*b. malement *21902*); *réfl.*
27227 (mal se b.), *se conduire.* — *Ipf.* 6 baillisseient
27227; *p. p. s.* bailliz : mal
est b. *10657*, *18471*, *28891*,
*il est en mauvaise posture,
mal en point.*
[Baing], *s.* bainz *2015*, *bain.*
Bais, *v.* baisier.
Baisier *1845*, *6643*, *10140*,
etc., *v. tr.*, *baiser, donner un
baiser à*; — *récipr.* *13716*;

— subst¹ 13608. — Pr. 1
bais 13700 ; sbj. 1 bais
13569, 3 baist 13531,
28760 ; ipf. 3 baisast 2007,
23800.

Baisseiz, -oënt, v. baissier.

Baissier, v. tr., abaisser, incli-
ner 2716, 3710, 7157,
10629, 15624, 17929,
18519,19355, avilir 17940,
27744, apaiser 1523, diminuer 19494 ; — lance bais-
siee 11483, lances baissiees
2419, 2657, 7359, 7485,
etc., la lance en arrêt ; as
lances vindrent baissier, ils
attaquèrent (arrivèrent à l'attaque) ; — intr., baisser, s'a-
baisser (en parlant des lances)
19989, diminuer 5741,
17942, 21566, 23674, per-
dre de sa valeur, de sa réputation 19722, 21951. — Ipf.
6 baissoënt 19501; sbj. 5
baisseiz 19494 (r.) ; p. p.
baissié (en parlant du soleil)
4374, bas à l'horizon.

Baist, v. baisier.

[Bal], r. pl. baus 25909, danse.

Balance : en si faite b. 10617,
en tel état, en tel péril.

[Baleier], v. intr., flotter au
vent, ondoyer. — Pr. 3 ba-
leie 11352, 6 -eient 12015,
18097.

[Baler], v. intr., danser. — Pr.
3 bale 14713.

Balsamier 13380, r. pl. -iers
26904, arbre à baume.

Bandon (a), loc. adv., avec ardeur, avec force, avec empressement 970 ; metre a b.
11909, consacrer, dévouer ;
m. son cors a b. 9741, s'é-
lancer avec impétuosité (cf.
m. les peitrines a b. 21341).

Baniere 7651, 18945, n. f.,
bannière.

Banir, convoquer ; b. qqⁿ de ;
charger qqⁿ de. — P. p. bani
12629, f. -ie 5041.

Barat 8453, s. - az 21410,
lutte acharnée, mêlée.

Barate, n. f., dispute 11419,
mêlée 9502.

Barbe 5274, 5470, 22146,
29359, n. f.

[Barbecane], pl. -anes 15971,
n. f., barbacane.

Barbelé, p. p. -adj. : saietes
barbelees 7143, 10041.

[Bargaignier], v. tr., marchan-
der. — Pr. 3 bargaigne
11420.

Barge 27623, pl. -es 5679, n.
f., barque.

Barnage-s 5050, 16912,
17268, 17889, 18296,
21622, 27748, n. m., l'ensemble des barons ; action honorable, exploit 5432.

Baron (passim), s. ber 5439,
r. pl. barons (passim), n. m.,
(propr¹ : seigneur pourvu d'un
fief), seigneur (en général),
homme noble.

[Barré], f. pl. -ees : roës b.
d'or 7896, roues cerclées
d'or.

Barre 30055, pl. -es 7011, n.
f., palissade, clôture extérieure d'une ville ou d'un château-fort.

Bas, f. basse 5349, adj., bas ;
de basse extraction 10491,
29989; vespre fu bas
21966, v. ert b. 25253, la
nuit tombait, était proche ; —
subst¹ 10289, 25223 : tenir
en bas 1250, tenir incliné :
dire en bas 5803, dire tout
bas ; — adv. 9956, 18469.

Basme -s 12936, 13392,
16771, 16775, n. m., baume.

Basset 1312, adj. pris adverb¹, tout bas.

Bastart, s. -arz 3517, 7800,
bâtard. — Les Bastarz, v. à
la Table anal. des noms propres.

Bastir, exécuter, réaliser
13359, 16744, 22434,
25908, combiner, arranger
(une fâcheuse affaire) 15404,
22257, 27789, 28383 (b.
aguaiz), 28777.

[Baston], r. pl. -ons 26564, n.
m., bâton.

[Bastoncel], r. pl. -eaus 16698,
n. m., petit bâton.

Bataille, combat (prendre b.
13211, 24386, convenir de
se battre en combat singulier ; veintre une b. 2231,

*être vainqueur dans un com-
bat*; mout ert sis cuers en
grant b. *18142, il était très
agité*), *guerre* 22553; — *division, corps de troupe* 7668,
7735, 7854, 7975, 7982,
etc. (*chevauchier* par b.
9858, *chevaucher en ordre*);
gros des combattants 8521,
8599, 10654; — *meurtrière*
3085, 7649.

Bataillié 23099, 29958, *crénelé*.

Batel *1849, 1881, 1967,
1982, 22124, s.* -eaus
27623, *petit bateau, barque*.

Batestal 21470, *n. m., bataille
acharnée*.

Batre 2481, *v. tr. et intr.,
battre, frapper*. — *Pr.* 3 bat
12196, 26197, 6 batent
12205, 16748, 27481; *f. pr.*
batant (tot dreit b. 4623, *à
franc étrier*); *p. p.* batu, *s.*
-uz, *f. pl.* -ues : pailes a or
batuz 19970, *pièces de soie
tissue d'or*; *cf.* enseignes a or
batues 20557, dras de soie
a or batuz 23321.

[Baubeer], *v. intr., bégayer*. —
Ipf. 3 baubeot 5244, 5330.

Baucenc *11134, 11443,
22653, tacheté (cheval), pie*.

[Baucent], *s.* enz 7349, 7876,
tacheté (cheval), pie; — *subst*,
uns sors baucenz (*s. sg.*)
2467, *un alezan tacheté*.

Baudor 4695, 18821, 25991,
n. f., allégresse.

Baut[t] 7580, 19712, 20887,
29511, *f. pl.* baudes 29304,
fier.

Baut[2], *v.* baillier.

Bé, *v.* baer.

Beaus, *v.* bel.

Beauté (*invar. au sg.*) 2958,
2996, 3890, *etc., pl.* -ez
5120, 5127, 14629, 17560,
20804, 26551.

Beivre 14179, 19259, 19430,
v. intr. (*tr.* 10251); — *subst*
20770, 21108. — *Pr.* 3
beit 14172, 6 beivent
14035; *pf.* 3 but 21689,
6 burent 17380, 18807,
27578; *p. p.* beü 26039,
27626, *f.* beüe 27644.

Bel 597, 13023, 17399,
29551, *s.* beaus 1167,
1810, 2460, 2938, etc., *f.*
bele 1149, 1163, 1204,
etc., *pl.* beles, *adj., beau, bel*;
— *terme d'affection* : beaus
sire 13135, 15892, etc., b.
fiz 21702, 21894, b. s. amis
23009, b. fiz a. 9864, b.
amis 8940, 15687, 16448,
etc., b. douz amis 10335;
mi bel frere 4901, beau cosin 10148; — *adv.* 23055
23319, bellement, bien; —
neutre (*impers[t]*) : bel m'est,
me fu, etc. (passim), *il* (*cela*)
me plait, il m'est agréable;
cil, cui n'en fu mie bel 6003,
ceux-ci, qui en furent tout
émus; — *pris subst[t], le plus
bel* (*dans un jeu parti, ici* :
dans le combat) : aveir le
plus bel 4574 (*cf. des gieus
n'ert pas lor li p. beaus
15816*), *avoir le dessus*; —
adv. 1230, 3368, 4524, etc.,
bien, gentiment : avenir plus
bel 13340, *être mieux séant,
aller mieux*; aler s'en bel
15806, venir s'en bel 15806,
s'en retourner fièrement.

Belement 1861, 23846,
25293, *tranquillement, doucement*; tot b. 1575, 1713,
4463, 10371, *tout douce-
ment*.

Bende 7919, *bande*.

Bendé, *p. p.* -adj., *bandé* (b.
d'azur 7715, *avec bandes
d'azur*; b. d'or 12244, b. d'orfreis 22710), *qui a la tête
entourée* (bendee d'un treceor) 1243.

Beneïçon 23060, *bénédiction*
(qui me fera b. ? 22960, qui
me bénira ?), *salut* (*de l'âme*)
29562.

Benestance 3461, 3476,
6378, 27027, 27821, *n. f.,
bonnes relations*.

[Beneüré], *s.* -ez 13746, *p. p.-
adj., béni, heureux*.

Benignement 24835, *avec
bienveillance*.

Benus, *n. m., ébène* : de b.
3100, 7889, 11848,
15462, 18674.

Ber, v. baron.

[Beril], s. beriz *14638*, *beryl.*

Berser, *v. intr., tirer de l'arc* *6868*; *tr., frapper à coup de flèches* *22747.* — *Pr. 3* berse *22747.*

Besant *17462, 28786*, s. -anz *6245*, *11519*, *18750*, *22774*, *25470*, *25712*, *26854*, *28552.*

Beslei *4310*, *20086*, *n. m., injustice.*

Besli (*au lieu de* beslif, *pour la rime*). *adj.* : *de b.* *7919*, *obliquement.*

Beslivant, *p. pr. -gérondif de* besliver, *aller de biais* : b. ala li cous *20141.*

Beste, *n. f.*, *bête.*

Betun *7679*, *22421*, *béton, ciment, mortier.*

Beü, beüe, *v.* beivre.

Bien-s, *bien, chose bonne, utile* *23192*, *bonne parole* *570* (*au pl., éloges* *857*), *qualités morales* *13461*, *14329*; — *adv.* (*passim*) : *dire merveilles* b. *de* *29031, dire énormément de bien de*: *avoir* b. (*avec un nom de personne pour rég.*) *27500, se rendre favorable, être en bons termes avec*; — *devant un nom de nombre* *13941, 13949*, *etc.*, *pour le moins.*

Bienvoillance *24988*, *27008*, *29484*, *30244*, *pl.* -es *25271* (*en parlant de plusieurs*), *bienveillance, dispositions amicales.*

Bienvoillant *25347*, *25700*, *28015*, s. -anz *9255*, *14329*, *26271*, *ami*; — *subst* *9255*, *14329*, *26271*, *28015.*

Biere *6024*, *9434*, *10374*, *12646*, *13156*, *etc.*, *n. f.*, *bière*, *cercueil*; remaneir en b. *17176*, *rester mort sur le champ de bataille.*

Bis *428*, *16644*, *19356*, *20968*, *23924*, *26054*, *26073*, *26110*, *29528*, *brun.*

Bise, *n. f.*, *vent du Nord* *3866*, *vent (en général)* *3496.*

Blanc *13996*, *16644*, *18481*, *20916*, *23452*, *29528*, s.

blans *1559*, *5137*, *5410*, *etc.*, *f.* blanche *5148*, *5233*, *5277*, *etc.*, *blanc.*

[Blancheer], *v. intr., être blanc.* — *Pr. 3* blancheie *23446*; *ipf. 3* blancheoit *5559.*

Blançón *10855*, *18657*, *espèce de haubert* (*sans doute blanc*).

Blandir *24607*, *flatter, caresser.* — *P. p.* blandi *28195.*

Blasme *3854*, *5906*, *6630*, *6965*, *etc.*, *blâme.*

Blasmer (*passim*), *blâmer*; — *réfl.* *10334.* — *Sbj. 3* blast *3673*, *25076*; *ipf. 3* blasmast *22460*; *p. p.* blasmez *28120*, *s.* -ez *27075*, *28033.*

Blason, blazon, var. de blançón.

Blast, *v.* blasmer.

Blé¹ *6055*, *6627*, *6651*, *12970*, *24526*, *26893*, *n.m.*

Blé², *v.* blef.

Blecier *12461*, *21320*, *blesser*; — *récipr.* *11294*, *11504.* — *Pr. 3* blece *9552*, *11232*, *15094*, *15703*, 6 blecent *11294.*

Blef *20620*, *27594*, *blé* *22407*, *adj.*, *bleu.*

Bliaut *11481*, *13335*, *14374*, *19993*, s. bliauz *7353*, *8321*, *11107*, *tunique d'homme qu'on endossait sur le haubert*; *tunique de femme* *1233*, *13335.*

Bloi *5547*, *9187*, s. blois *3012*, *5111*, *5255*, *5449*, *5521*, *13048*, *f.* bloie *5277*, *14294*, *blond, bleu* (?) *3012*, *9187* (*en parlant de pierres*; *distinct de jaune*). *Pour l'étymologie, voy.* H. O. Œstberg (Mélanges Chabaneau, *479 ss.*), *qui compare* poi *et* dui.

Blont *5333*, *17558*, *30011*, *s.* blonz *5173*, *5246*, *5397*, *15273*, *30195*, *blond.*

Boche, *bouche, gueule* *1721.*

Bocle *2487*, *11350*, *11516*, *22724*, *23453*, *boucle de l'écu.*

[Boël], s. bocaus *7212*, *22678*, *n. m.*, *boyau.*

Boële, *9032, 14278, pl. -es
*12714, 20927, 23862,
*24008, 26492, n. f., en-
trailles, viscères de la poitrine; boyaux 25531.*
[Bofu], s. -uz *19969, n. m.,
espèce d'étoffe ornée de fran-
ges ou de galons dont on cou-
vrait les chevaux.*
[Boilli], s. -iz *6839, 7897,
16569, f. -ie 12373, p. p.
-adj., bouilli.*
Bois¹, *n. m., bois 2386, 29209,
29252, 29501, bois coupé
13029, chasse au bois 5456.*
Bois², *v. boisier.*
Boisdie *20231, 22027, 26273,
tromperie, trahison.*
[Boisier], *v. intr. 565, 20087,
tricher, tromper; — v. réfl.
17660, 20784. — Pr. 1 bois
17660, 20784; p. p. boisié
565, 20087.*
Boisson *13378, r. pl. -ons
2386, 27342, n. m., buis-
son.*
Bon *-s, ordinairement proclitï-
que et placé avant le verbe,
s'il est prédicat (cf. se bon
li est 4710, se b. vos est
24971). Exceptions assurées
par la rime : bons 3490
(préd. sg. r. pl.), 20600 et
bon (r. sg.) 6453, 4193 (r.
sg. pris subst).*
Bondir *15623, s'ébranler.*
Bonement *881, 1780, etc.,
bonnement, avec bonté, simplement, franchement 16999.*
Bones *809, n. f. pl., bornes.*
Bonté, *n. f. invar. au sg., valeur 26588, courage 640,
2935, 19151, 24114; au pl.
bontez 5319, 13458, bonnes
qualités.*
Bor, *v. bort.*
Borc *22873, n. m., faubourg.*
Bordel *3033, n. m., maison-
nette, bicoque.*
Borgeis (passim), *bourgeois.*
Borgeise *1158, 2766, 8087,
10206, 10294, 21761,
22452, bourgeoise.*
[Borgne], s. -es, adj. : *d'andous
les ieuz b. esteit 5331, il
louchait des deux yeux.*
Bort *912, 27907, 29095, bor

2.3454, r. pl. borz 7081,
bord; bordage d'un navire
912.*
Bosoigne *11006, 11495,
17871, besogne, affaire ; situation critique 11495.*
[Bosoignier], *v. impers., être
nécessaire, falloir. — Pr. 3
bosoigne 1655, 7455, 6-ent
23496; pf. 3 besoigna
16735; sbj. ipf. 3 bosoi-
gnast 14874, 6 - assent
26643; p. pr.-adj. s. bosoi-
gnanz 28456, qui sent le besoin (de), privé (de).*
Bosoignos *4968, etc., f. -ose
18184, besogneux, dépourvu
15096; b. de 15104, 15134,
15706, qui a besoin de.*
Bosoing *1854, 2416, etc., s.
bosoinz 1674, 4555, 5785,
6623, 8298, etc., besoin, nécessité; situation grave 1854,
2416, 8063, 8736, 22073,
24790, bataille 8703, 11328,
12265, 12383 (cf. le grant
b. 5337, es granz bosoinz
12550, 27069).*
Bot *4557, n. verb. de boter,
coup (poussée) ; — de bot
20397, de but en blanc.*
Boter, *v. tr. et intr., pousser
2733, 25902, 27917; b. en
sus 12388, faire reculer. —
Pr. 3 bote 2733, 25902,
6 botent 27917; p. pr. r. pl.
botez, 12388, 30084, 30097
(v. reboter).*
Bracc, *n. f., cercle formé par
les deux bras : entre sa b.
11942.*
Braeient, braeit, braient, *v.
braire.*
[Braidit], s. -is *23985, ardent,
fougueux.*
Braie, *n. f. : senz b. 28394,
sans chausses.*
Braiel *21012, n. m., fourche,
enfourchure.*
Braier, *n. m., bassin, cuisses
26070, cuissart 11463.*
Braire *15424, 16410, 20000,
crier violemment (en parlant
d'une personne); — subst
20068. — Pr. brait 7324,
7454, 8559, etc., 6 braient
16044, 16323, 16749,

21454, 22342 ; ipf. 3 braeit
4929, 27587, 6 - eient
4536 ; pf. 3 braist 12474;
sbj. 3 braie 7370; p. pr.
braiant 25545; p. p. brait
9792, 15840, 16460,
20108, 23074.
Braist, v. braire.
Brait¹, s. braiz 4520, 16482,
18846, 20567, 21649,
21678, 21738, 23062,
23957, cri violent.
Brait², v. braire.
Branche 5278, pl. -es 6266.
[Brander], s'allumer, s'éclairer
(en parlant de l'aube). — Pr.
3 brande 19085.
Brandon 4531, n. m., torche
de paille enflammée.
Branler 7166, v. intr., être
ébranlé, s'ébranler 7166;
estre branlé 23619, être
lancé. — Pr. 6 branlent
9362; pf. 6 branlerent
7166; subj. ipf. 3 branlast
9319.
Branle, élan : prenent lor b.
24363, s'élancent.
Brant 1833, 2504, etc., branz
9098, 9415, 9964, 9983,
etc., n. m., épée, lame de
l'épée 10714 (a trait l'espee
o le cler b.).
Braon 17228, 18810, n. m.,
fesse.
Braz (passim), invar., bras :
se jurent braz a b. 16435,
furent couchés dans les bras
l'un de l'autre.
Brei 20858, n. m., glu (au fig.),
filets.
Bretesche, n. f., parapet en bois
crénelé sur un mur 3016,
7676, 8162, 29957, cré-
neau dans une tour de bois
placée sur un vaisseau 2213.
Bricon 19863, fou.
Brief, s. briés 13618, 13853,
court, bref; jusqu'a b. tens
10433, jusqu'a b. ior 3857,
18060, a b. terme 6321,
desci a b. terme 18725, d.
que a b. t. 20661, avant
peu, d'ici à peu: — ço fu toz
li briés e li lons (formule)
22544, bref, en un mot; —
subst¹ 27730, s. briés 27697,

27715, 27726, 27747
27754, lettre.
Brietment 4301, 4356, brière-
ment, en peu de mots.
Briés, v. brief.
Brieuz, v. brueil.
Brisciz 14029, n. m. invar.,
bris, brisement.
Brisier, briser, mettre en pièces
2565, 4831, 6729, etc.,
forcer les portes de 4831,
détruire 181 ; — intr. 7363,
9307, 12119, se briser,
estre brisé. — Sbj. ipf. 3 brisast
8897, 14414.
Brochier, v. tr., éperonner
7464, 11249, 13988, 14018,
16225, 18802, 21374,
22790; intr. (absol¹) 8764,
9748, 14454, etc., piquer
des deux; b. a 11509, 18673,
b. vers 2482, s'élancer sur.
Broigne 2496, 6803, 9866,
10641, 21179, 21279,
21387, 22682, 23659,
24128, n. f., armure à
mailles (synonyme de hau-
berc).
Brosdé, s.-ez, p. p. -adj., brodé:
b. a or 1143, 13333, b. d'or
7653, 20918, b. d'orfreis
18953, b. de fil d'or 9686.
[Broster], v. intr., brouter. —
Pr. 3 broste 13386.
Brueil 13970, 21342, 22657,
s. brieuz 15791, 18568,
23596, n. m., forêt (de lances).
[Bruire], v. intr., retentir. —
Pr. 3 bruit 29000.
Bruit¹ 4019, 11110, n. m.
Bruit², v. bruire.
Brun-s 5365, 5485, 15272,
20982, 22010, 22162, adj.
Bruni 7815, 13924, etc., s. -iz
8339, 12083, 18999,
19229, 19258, etc., f. bru-
nie 18385 ; heaumes d'acier
bruniz 19258, espees d'acier
brunies 21355, lances d'acier
b. 18385, mais saietes d'a-
cier bruni 13924, lance d'a-
cier bruni 18678.
Bu 2536, 9005, 10322, 10886,
12402, 18940, 21474,
23312, s. bus 14041 (r.),
14118, buste (opposé à la tête).

Buat *29557, n. m.,* (*proprement : cuvier*).

Buef *17413, 26946, s.* bues *1352* (: ues), *1454, 1721* (: ues), *1735, 1883, 1887* (: lues), *1901, 27918* (eus :), *bœuf.*

Buen -s, *adj. placé après le nom ou employé comme prédicat, mais après le verbe* (*cf. 4710, 8632, etc.*), *forme emphatique opposé à la forme proclitique* bon (*v. ce mot*) *3246, 3461, 4590, etc.* (*exception 2518 rime*); — *imperst* : (il) m'est buen de (*inf.*) *997, il me plait de* ; (il) fait buen de (*inf.*) *392, 5781, 10017, 16502, il fait bon, il est avantageux de* ; — *substt* : *au sg. 4126, 4445, 4762, 5032, 5914, etc.*; *au pl. 4637, 4718, 8804, 8869, volonté, gré* ; f. le b. de *29417, obéir à* ; aveir tot son b. de *29730, obtenir tout de* ; faire ses buens de *18454,* faire sa volonté de ; acomplir ses b. *2805, 25979,* a. toz ses b. *17794, 18393,* aveir mout de ses buens *12230, 12527,* a. ses b. *19076, se satisfaire, voir ses vœux accomplis*; a. toz ses b. de *28670, posséder (une femme)* ; faire les b. de *23723, faire la volonté de.*

Bufet *16772, piédestal, base, support.*

Buies *6333, 29914, 29921, 29930, n. f. pl., entraves, fers.*

[Buisine], *pl.* -es *12499, trompette.*

Buisnache *6125, bicoque.*

Ç', *v.* ço.

Ça *1009, 1335, 2313, 3261, etc., ici (dans une phrase de style indirect 1009)*; — ça enz *7944, 12897, 25375, ici dedens*; — de ça *10605, 24599, de ce côté*: ceus (cil) de ça, *v.* cel; — de ça e de la *15196, des deux côtés, dans les deux partis*; cf. qui scient de ça ne de la *17341*; — ça en ariers, *v.* ariers.

Caboce *15709, 21324, 27163,* (*familièrement*) *tête.*

Calcedoine *14640, 23070, n. f., calcédoine (pierre précieuse).*

Calendes (es) de mai *3860, aux calendes de mai, le premier mai.*

Cante, *v.* conte *1 et 3.*

Cause *5466, n. f., procès.*

Cec *22131, adj., aveugle.*

Ceile, *v.* celer.

Ceindre, *entourer, ceindre.* — *Pr.* 6 ceignent *19228* ; *pf.* 3 ceinst *14106, 23812* ; *sbj.* 1 ceigne *19670,* 3 ceigne *18413* ; *ipf.* 3 ceinsist *12599, 13252* ; *p. p.* ceint *1833, 9541, 19694, 23450, 29268* ; f. ceinte *9087, 13910, etc.* ; *pl.* -es *7743.*

Ceinsist, ceinst, ceint, *v.* ceindre.

Ceinture *5417, taille.*

Cel, *adj. et pron. démonstratif,* ce, cet, cette, ces, celui, celle, celui-là, etc.; — *comme pron. ou adj., dans une proposition négative suivie d'une relative négative avec verbe au subj. 769-71, 3060, 10367, 10620, 13369, 14413, 21061, 22709,* un qui, tel qui (*un peu différemment 20672,* quar mout en i a poi de celes qui leiaument seient amies); *avec ellipse de* que *5636* (n'i aveit celi ne fust pleine), *7387* (n'i a cel n'ait cheval corant), *6778, 7797, 10367, 10568, 13914, 14163, 19092, 21277, 21279, 27602-5;* — cil opposé à cist *2719,* cel à cest *1699-1700* ; — cil la *24039, ceux-là* ; — les meschines, celes norrissent *23341* ; — ceus (cil) de la *3591, 7869, 7987, 15474, 20150, les Grecs* (*un Troyen parle*) (*cf. 15397, où l'on vient de parler des Troyens*); *16921 et 19471, les Troyens* (*un Grec parle*) (*cf. 7097, où l'on vient de parler des Grecs*); *opposé à* ceus de ça *3591, les Grecs*; — c. de ça *3592, les Troyens (Anténor*

parle),12978, *les Grecs (Hector parle)*; c. dedenz 293, 356.368,3349,5998,6884, 9463,9521, etc. (celes d. 14188), cil de la d. 18368, *les Troyens* ; c. defors 356, 368, 6016, 6040, 10309, 10824, etc., *les Grecs (mais 6934, les alliés de Priam)*; c. devers lui 17169, *ses compagnons*; c. de l'ost 10471, 10962, 11101, 12694, 15605, 17185, 21287, 21327, 24032, *les Grecs*; c. de la vile 12016, *les Troyens*; c. de Troie 3182, 12004, etc. ; c. de la terre 9808, c. de Perse 13921 ; c. de Grece 18821, 26346, *les Grecs*; c. de Larise 7786, 8675, 8697, 11319, *les gens de Larise*; c. de Logres 22676, *les Locriens (cf. c. de Licoine 7927, 9323, 24184*; cil d'Orcomenie, c. de Phice, c. de Lice, etc.). — *Masc. s. sg.* cil 81, 234,424,etc.,*r. sg.* cel 454, 769,1539,1699, etc. *(pron.* 12401, 12607, 13304, 13914, 27718), celui *(pron.)* 123, 125, 1541, etc., *s. pl.* cil 7, 368, 426, etc., *r. pl. et r. de prép. (seulement pron.)* ceus 356,3548,3638,3687, 3817, 3819, etc. *(dat.* 13515, 25538); — *fém. sg. s. et rég.; adj.* cele 853, 1648, 4019, 9384, 9465 15682, 19319, 19962, 23366, 29706; *pron. s.* cele 1589,3903,4146, etc., *r. direct* celi 3889, 3911, 5636, 8089,11853,15445, 22011, 27635, 26973, 27635, 29628, *dat.* celi 3898, *r. de prép.* 8195, 16134,30210); *pl. (pron. s., r. dir. et r. de prép.)* celes ; — *neutre* cel 5757, 6767 (de cel), 25304 : puet cel estre? 5757, *est-ce possible?*
Celé. *p. p. de* celer; a c. 1579, 11646, *secrètement.*
Celebrer 4278, 17530,28956, *v. tr., célébrer :* — *avec un n. de pers. pour rég.* 4861,

23722, 28283, 29153. — *Pf.* 6 celebrerent 29153 ; *p. p.* celebré 4861,r. pl. -ez 28283,f. -ce 23722.
Celee 1646, 4376, 17752, *action de cacher, dissimulation* ; faire c. de 18109, *dissimuler* ; — a c. 3702, 4463, 21923, *en cachette.*
Celeement 13656, 17807, 21922, 25975, 27718, *en cachette.*
Celereiz, *v.* celer.
Celer 4083, 10267, 28996, *cacher, dissimuler* ; *dire en dissimulant la vérité* 25563 ; — *intr.,* faire c. 28996, *faire cacher*; — *réfl.* se c. de (*n. de chose pour rég.*) 761, 20212, *dissimuler.* — *Pr.* 3 ceile 4086; *ipf.* 3 celot 761, 6 -oènt 25563, 26304; *ft.* 5 celereiz 12190 ; *p. p. f.* celee 26415, 27243.
Celeste 25418, *céleste.*
Celestial 14788, *adj., céleste.*
Celi, celui, *v.* cel.
Celot, *v.* celer.
Cembel, *combat singulier (distinct de* tornei) 18415. *groupe de combattants* 11998.
Cendal 7554, 9560 20074, 21080,24293,*s.* -aus 7077, 7348, 18499, 19969, *n. m., étoffe de soie.*
[Cendail], *r. pl.* -auz 8322 (bliauz :),*n. m., étoffe de soie.* Cf. cendaille, *dans Godefroy.*
[Cendat], *s.* -az 22828, *m. s. que* cendal.
Cendaus, -auz, *v.* cendal, -ail.
Cendé (Entrevue d'Achille et d'Hector, 2° *réd., v.* 17), *n. m., étoffe de soie.*
Cendre 21606, 22469 ; metre en c. 12744, 14589,18282.
Cent 3002, 6379, 7075, 7087, etc., *cent, beaucoup* 16678; — c. e dis 5756, *cent-dix (cf.* nuef cenz e dis 25770); — a cenz 14211, 16149, 17892, *par centaines*; — *multiplié :* cenz 804, 2007, 4089, etc.; mais, *employé comme sujet,* cent 6407, 6639, 7706, 11980, 14871,

20530, 25785; — cent mile
13192, cent mil 12646, cent
cinquante mile (rég.) 11138.
Centisme 29284, adj. num.
ord. f., centième.
Ceptre 23058, sceptre.
Cercel 14700, boucle de cheveux.
Cerchier 22046, 22549,
23137, 27729, 27936, chercher, rechercher; parcourir
en cherchant, fouiller 10324,
10405, 22768, 26094. —
Pr. 3 cerche 10326, 6 -ent
21404; pf. 6 cerchierent
6571; sbj. ipf. 3 cerchast
5261, 27421; p. p. cerchié
10405, 26207, 30039, s.
-iez 10324.
Cercle-s, diadème 14772, cercle du heaume 1827, 9417,
10750, 20504, 22697,
23437, cercle du monde
23134.
[Cerclé], s. -ez, p. p. -adj.: c.
a or 11544, encerclé d'or.
Cerf 3862, 29301, s. cers
7569, 29316.
[Cert], f. certe 15290, 24729,
27457, 30022, adj., certain.
Certain-s 5573, 5927, 11864,
11970, 12157, etc., adj.;
nos fait certains, saveir li
quel 24405 nous apprend
qui sont ceux qui, etc.; quant
il certain saveient 24781,
comme ils savaient de façon
certaine.
Certainement 2306, 3465, etc.,
de façon certaine, assurément.
Certes 1496, assurément; a c.
18339, 22042, 24118,
sérieusement, pour tout de
bon.
Cervel 26299, s. -eaus 27862,
cerveau.
Cervele 14144, 14173, 24324,
pl. -es 10649, 12713, 14035,
19259, 20457, 22672,
23861, 26491, cervelle.
Cès 1181, 2201, 3356 (corr.),
n. m., cesse, repos.
Cesser 25037, v. intr., cesser
28468, se reposer 7531; c.
de 11991, 13058, 25037,
cesser de.

Cest 1412, 1700, 1713, 2063,
2251, etc., adj. démonstratif,
ce, cet, cette, ces, celui, celle,
celui-ci, etc. (opposé à cil
2719, etc.). - 1° Adj.: masc. s.
sg. cist 4245, 4900, etc., r.
cest, s. pl. cist 2643, 4899,
etc. r. pl. cez 1040, 6764,
7087, 7719, 8401, 8600,
etc.; f. sg. s. et r. ceste
1086, 1488, 1695, 1716,
etc., r. cesti 8371, pl. s. et r.
cez 3876, 3879, 4898, 4899,
etc.; — 2° pron.: masc. sg.
s. cist 4438, 18204, 25771,
r. cest 1700, 15119 et cestui 15863, 21487, dat. cestui 4309, 20277, r. de prép.
cestui 7696, 9909, 10939,
11074, 11124, 11822,
20280; pl. s. cist 2113,
2719, etc., r. cez 7822,
7986, 8265, 8281, 13915,
13943, 17257, 22579,
22617, 23051, 23155,
27531; f. sg. s. ceste 29543,
r. ceste 14949, 18204,
26973 et cesti 18247, pl.
cez 29675, 29731; — neu-
tre cest 13457, 19677,
24467; fém. faisant fonction
de neutre ceste 13199.
Cesti, cestui, v. cest.
Ceus, v. cel.
Chaable 27596, r. pl. -es 926,
câble.
[Chaafaut], r. pl. -auz 3016,
29957, charpente (est joint
ici à bretesches; voy. ce mot).
Chace' 2446, 2664, 7564,
9426, 10881, 12711,
14366, 18557, 18830,
24263, n. f., poursuite; chasse 29305.
Chaceör 30015, n. m., cheval
de chasse.
Chacier, v. tr., chasser 2251,
6352, 27307, 27546, 28173
(c. fors de 19950, 28046,
28114), chasser (un cerf)
3863, pousser 28613, poursuivre 2432, 27896, mettre
en fuite 8827, 8871, 8975,
17171, 19531, 20863,
21375, 22705, 22751,
24257; — absolt 7559,
8652, 9339, 10013, 10816,

10874, etc., chasser le gibier 3861,14963,14974,14976 29252, 29309; — subst¹, li chaciers 21393; — v. récipr. 14231.— Ipf. 1 chaçoë3861.
Chaçoë, *v.* chacier.
Chadel 20429, 22579,27401, *s.* -eaus *11026, n. m., guide, chef.*
Chadeler *8265, 18765, conduire.— Pr. 3* chadele *2473, 7298, 8240, 8243, 9063, 13921.*
Chaeient, chacit, *v.* chaeir.
[Chaeine], *pl.* -es *14897, chaines.*
Chaeir *9522, 11742, v. intr., tomber, choir; — impers. 11160, 13307, 14026; — subst¹, s.* chaeirs *15742. — Pr. 3* chiet *2704, 7141, 8851, etc., 5* chacz *8931, 6* chieent *4715, 6020, 7165, 7400, etc.; ipf. 3* chaeit *15751, 28731, 6* -eient *7191, 11185, 19501; pf. 3* chaï *6553, 7322, 8350, 8384, 8409, etc., 6* chairent *9394, 9886,10643, 20938, 21158, 21456, 27467; ft. 3* charra *11163, 14442, 22423, 6*-ont *4898; sbj. 3* chiee *4110, 6* chieent *8746, 20910; ipf. 3* chaïst *9414, 9912, 10090, 17236, 29436; p. p.* chaeit *11388, 11534,11989,19342, s.* -eiz *8789* (corr.), *9890, 18646, 21519.*
Chaeire *16737, 16768, n.f., fauteuil, siège.*
Chaeient, chaeit, chaciz, *v.* chaeir.
Chaeles ! *7047, 23006, interjection servant à encourager.*
Chaelet *29647(litt¹: petit chien), terme injurieux dont se sert Hermione pour désigner le fils d'Hector et d'Andromaque.*
Chaelit *16528, s.* -iz *16531, lit de parade, lit funèbre.*
Chaez, chaï, chairent, chaïssent, chaïst, *v.* chaeir.
Chaille, *v.* chaleir.
[Chaillou], *s.* -ous *6015, 23101, 23500, caillou.*
Chaitif (*passim*) *et* chaiti

16420 (r., s. -is 3525, 3531,4903, 10362, 13104, 18719, 24416, 24497, 26026, f.-ive 16455,18728, 21712, pl. -ives *16348, prisonnier, malheureux, misérable (intention méprisante) 3525, 13104; — subst¹, li* chaitif *29799, 29807.*
Chaitivier, n. m.,captivité 4686, état misérable, vil 19638.*
Chaleir, *v. impers., falloir, importer (avec une négation ou une interrogation, ou avec poi); subst¹ : ne metre mie en non c. 29991, se préoccuper de; — construit avec a et l'infin. 7018; — cui chaut 3611, 3627, 6008, ço que c. 15989, 18985, 26159, à quoi bon? qu'importe?—Pr. 3* chaut *521. 1754, 3611, 3627, etc.; ipf. 3* chaleit *18468;pf. 3* chalut *29761; ft. 3* chaudra *11415,14344; cd. 3* chaudreit *19895; sbj. 3* chaille *8558.*
[Chalemeler], *jouer du chalumeau. — Pr. 6* chalemelent *11099.*
Chalonge, *opposition 15673; metre c. 6375, 17823, mettre opposition, disputer.*
Chalongier *2253, 6120, 10157, 21502, revendiquer, disputer; — intr. 15336, quereller, contester.*
Chalor *13389, 17086, 17404, 20600, 25781, n. f. invar. au sing., chaleur.*
Chalut, *v.* chaleir.
Chamberiere *13280, chambrière, servante.*
[Chamberlenc], *s.* -ens *1527, serviteur chargé des chambres.*
Chambre *13650, 17976, 24675, 26196; au pl. 1211, 1463, 17810, 26424, appartement privé, app. des dames.*
[Chameille], *pl.* -es *26945, chamelle.*
Chamoissié *12933, p. p. -adj. (de chamoissier), meurtri.*
Champ *462, 7334, 7458, etc., s.* chans *7228, 12502, 12988, 13965, 14390,*

130 ROMAN DE TROIE

*15604, 15637, 16154, etc.,
champ, ch. de bataille*; el
champ, *à terre 12403, sur
le champ de bataille 24996*;
en c. *18291, 24187, sur le
c. de b.*; *conquerre en c.
18169, vaincre en combat
singulier*; geter del c., v. geter; *au pl.*, les chans 7228,
*14569, 20874, 20878, la
plaine qui sert de champ de
bataille*; tenir champ *20161,
rester sur le ch. de b., résister*; veintre le champ *18860,
rester maitre du ch. de b.*
Champaigne *15515, 19985,
22608, 24202, n. f.*, champs,
plaine.
[Champal], *s.* -aus, *adj.* : batailles champaus *6745*,
28233, b. rangées (en champ).
[Champion], *s.* -ons *14733.*
[Chancel], *s.* -eaus *22099, n.
m.*, grille.
[Chanceler], *v. intr. — Pr. 3*
chancele *8343*, *8669*,
10701, 11398, 12106.
Chançon-s *2066, 2827, 5307,
20239, n. f.*, poème chanté
ou récité.
[Chandeler], *r. pl.* -ers *16533*,
chandelier.
Changier *22130, 29346, v.
tr. et intr.*; c. le sen *22130,
25188, perdre la tête, le sang-
froid. — Pr. 3* change *9619*,
*17620 , 26474 , 27130 ,
27347*; *ipf. 3* chanjot *5286*;
sbj. ipf. 3 chanjast *20286*,
21373; *p. p. s.* changiez
27571.
Chanjast, -ot, *v.* changier.
Chant¹ *27346*, *s.* chanz
10380, 28846, n. m.
Chant², *v.* chanter.
Chantel *12246, n. m.*, morceau coupé : o le c., avec le
*fragment (de l'écu) adhérent
aux clous.*
Chanteor *5190, chanteur.*
Chanter *16563, 28849, 28859,
chanter; chanter à l'église
16563, 17497, 23034. —
Pr. 6* chantent *4167*; *pf. 3*
chanta *17497*, 6 -erent
29162; *sbj. 3* chant *23034,
26014.*

Chape *18341, n. f.*, *manteau
(à capuchon).*
[Chapel], *s.* -eaus *6227*,
9536, chapeau; c. de fer
9536.
Chaperon, capuchon *18343,
couvre-chef d'étoffe (sous le
heaume ou le chapeau de fer),
9536, 13995.*
Chapitel *3075, chapiteau.*
Chaple -s, *n. m.*, coup vigoureux *11177, bruit qu'il produit 19254, combat acharné
12270, 12393, 13927,
14250, 15696, 18958.*
Chapleison *16148, n. f.*, carnage.
Chapleiz, *n. m.*, combat acharné *7267, 14096, carnage
23616.*
Chapler *1949, 2733, 7365,
7495 , 20015 , 21582 ,
24249, v. intr.*, frapper vigoureusement de l'épée.
Chaplerece *8589, 15955, n. f.*,
combat acharné.
Char, chair *9782, 9954,
11715 , 15469 , 17413 ,
20544, 29557, peau 5147,
5333, viande 6627, 12970,
26754*; *fortifiant la négation* : onques nus hom de c.
ne *16542, jamais personne
ne*; ja h. de c. qui seit vivant
n'eschapera mais *28569*,
por parenté ne por amor
qu'il ait o rien de c. vivant,
ne l'en laissent venir avant
29964-6.
[Charaie], *pi.* - es *28756*,
28780, n. f., charme.
Charbocle *14640, n. m.*, escarboucle.
Charbon *12364, 15557.*
[Charge], *pl.* - es *25474*,
charge (de blé).
Chargier *4471, 4554, 4580,
4811, etc., v. tr.*, charger;
*porter (en parlant d'un arbre)
16685* (pomes chargent). —
intr. *27578, se charger
d'eau (en parlant des nuages)*;
— *réfl. 17436, 26100. —
P. p.* chargié *28620, s.* -iez
26936.
[Charme], *n. m.* : *au pl., ironiquement, 20444, ancui lor*

fera l'om teus c. dont, *au-jourd'hui même on les trai-tera de telle façon que* (cf. 24076, ja lor fera teus c. dont).

Charmin 7878, *carmin.*

[Charnal], *s.* -aus, *adj.*, *de chair* : hom c. 8030, *cf.* hom de char (*v. à* char).

Charnel, *s.* -eus *62, 1789, 3046, 7188, 17395* ; *pres-que toujours employé avec* home *par pléonasme, mais* amis charneus, *17395, signi-fie « amis intimes ».*

Charnelment *27023, charnel-lement.*

Charra, -ont, *v.* chaeir.

Charre (trei) *26854, n. neu-tre, trois chars pleins.*

Charriere *7277, voie, chemin, espace (pour passer).*

[Charoigne], *pl.* -es *12809, n. f., cadavres en putréfaction.*

Chartre *6334, 28641, 28921, n. f., prison.*

Chascun, *pr. indéf.* (*passim*), *chacun;* — *adj. indéf. 743, 4667, 7609, 10147, 16437, 16800, 17487, 18165, 19871, 26381, 27180, 27878, chaque.*

Chassiz *14649, n. m. invar., encadrement des vitres d'une fenêtre.*

Chastaigne *16900, n. f., châ-taigne.*

Chasteé *13479, chasteté.*

Chastel *2869, 3392, 4208,* etc., *s.* -eaus *4611, 6012, 7065, 7216,* etc., *n. m., château-fort ; tour de bois garnie de combattants sur un* vaisseau *7065, 7216; au* fig., *défense, soutien 11025, 16382, 22217.*

Chastelain *6771, n. m., gou-verneur d'un château.*

Chasti *4932, 20223, n. m., reproche.*

Chastiement *1402, conseil.*

Chastiier *19734* (r.), *24607* (r.), *gourmander ; recomman-der vivement 488.* — *Pr. 3* chastie *488* (r.).

Chataine-s *12828, 18148, capitaine, chef.*

Chatal *19750, r. pl.* -aus *27667, bien* (cf. capital).

Chaucier, *v. tr., chausser.* — *Ipf. 3* chauçot *15466 ; p. p. s.* chauciez *11717.*

[Chave], *pl.* -es *29217, n. f., salles souterraines.*

Chenu *24893, s.* -uz *25189, 29356, adj.;* cheveus blans e chenuz *25189.*

Chaudel *16301, chaudeau.*

[Chaut], *s.* chauz *24131, 30132, f.* chaude *12753, 23293, pl.* - es *21009, adj., chaud;* d'irc chauz *30132, bouillant de colère ;* — *subst* chaut *3865, 6233,15013,18909,23184, s.* chauz *7354, chaleur.*

Chauz *3010, 14920, 16708, n. f. invar., chaux.*

Chemin (se metre el) *19326, se mettre en route.*

Chemine (var. de G *à 21903-22066, v. 30), pr. 3 de* che-miner, *v. intr.*

Chemise *1620.*

[Cherir], *v. tr., chérir, priser 22102.* — *Pr. 3* cherist *20609;* ipf. 6 cherisseient *4251, 23082; p. p.* -adj. *s.* cheriz *22102.*

Cherisme *18902, adj. super-latif organique, très cher, très précieux.*

Chesne (var. de G *à 20711-30, v. 2), n. m., chêne.*

Cheval *2485, 2561,* etc., *s.* -aus *2437, 3522,* etc.; de-traire a chevaus *3522, tirer à quatre chevaux, écarteler.*

Chevalerie, chevalerie *25390, ensemble des vertus chevále-resques 2945, 8269, action digne d'un chevalier, prouesse 7557,9833, 10831, 11344, 13127,* etc. (faire c. *18672, 24157*); (*au sens concret*) *chevaliers 3681.*

Chevaleros *8006, 10821, 11418,* etc., *f. -* ose *6670, chevalereux.*

Chevalier-s (*passim*), *n. m.*

Chevauchiee, *chevauchée, ex-pédition 6655, attaque 15007.*

Chevauchier, *v. intr., chevau-*

cher; c. a *8450*, *9825*,
23677, *24121*, *chevaucher
contre*; c. dreit a la mer
18907, c. *droit vers la mer;
— v. tr., monter (un che-
val); subs¹ 4330. — Pf. 6*
chevauchierent *3375*, *6256*,
6261, etc.; *impér. 5 che-*
vauchiez *21307*; p. p. che-
vauchié *6418*, etc.
[Chevel], *s.* -eus *1245*, *1266*,
5111, *5266*, *5274*, *5397*,
etc., *cheveu.*
Chevetaine-s *2748*, *16846*,
19179, *19800*, *25968*, *n.
m., capitaine, chef.*
Chevetaigne *3798*, *5711*,
8159, *20429*, *n. m., capitaine, chef.*
[Cheville], *pl.*-es*16776*,*27907*.
Chevillier *17468*, *cheviller
(un navire). — P. p. f. sg.*
chevilliee *922*.
Chié, *v.* chef.
Chiee, chieent, *v.* chaeir.
Chief (*passim*), chié *22535*,*s.*
chiés *3111*, *3759*, *5521*,
6227, *8510*, etc., *n. m.,
tête, bout;* — venir a c.
de *26661*; traire a c. de
910, *2242*, *3188*, etc., *venir
à bout de (cf. t. a bon c. de
6086); t. a chié 22535,
achever (cf. t. a bon chief
3798, 11005); transit¹: a
quel c. en vueus tu traire
20704, où veux-tu en venir?*
— al c. del tor, *v.* tor.
Chien *3620*, *3863*, *3867*,
13102, *26422*, *29646*, *s.*
chiens *7569*, *12233*,
24454, *28372*, *29772*.
Chier, *cher, précieux;* tenir c.
3421, *4267*, *7801*, *8793*,
13489, aveir c.*4881*, *8025*,
13497, *13678*, etc. *chérir;
— adv., à un prix élevé 12037,
cher, chèrement: s'en repentir
mout c. 1073, le payer cher.
Voy.* comparer.
Chiere, *visage, mine 3492,
3494, 5213, accueil (faire
bele c. 1204, f. joiose c.
6634); faire c. e semblant de
18408, — que (subj.) 19071,
ne f. c. ne s. que 21054.*
Chieremeut, *chèrement, cher,*

*beaucoup (desirer c. 4924,
désirer vivement; se repentir c., 11842).*
Chierté, *cherté (de vivres),
famine 469, 17411, amour
8836, 28506.*
Chiés, *v.* chief.
Chois *17659*, *20783*, *n. m.
invar., choix.*
Choisir *6216*, *11123*, *12368*,
13439, *13946*, *19197*,
29949, *v. tr., regarder; voir,
apercevoir 17613, 18833,
25331,25996, choisir 6216,
13439, 15678, 29949. —
Pr. 3 choisist 30133; pf. 3
choisi 1883, 9251, 12164,
12473; p. p. r. pl. choisiz
8600, 25331; pris subst¹, li
choisiz (dans un jeu parti)
21087, (au pl.) li choisi
28804,la meilleure part.*
Chose, *n. f.: mout est fort c.
d'aventure 17549, c'est chose
grave que la Destinée; se fust
c. qu'a Troie alast 28011,
s'il était advenu qu'il allât à
T.; que de l'aveir seit nule c.
4390, qu'il y ait moyen de
l'avoir.*
Ci, *ici 93,138, 711,1047, etc.,
là 18523, 18524, 18527
(cf. ici 18526), (à côté de la
18521, 18522), en ceci
14326;* — par ci *1397,
par là; jusques ci 16965,
jusqu'à ce jour;* — cin = ci en
14224.
Ciclaton *10288*, *15177*,
16290, *19340*, *s.* -ons
18499, *19230*, *23990*, *espèce d'étoffe de soie.*
Ciel (*sans article) 16712,
27634,s. sg. et r. pl.* cieus
(*toujours avec l'article) 1625*
(rime), *4279* (r.), *8327*,
13010, *13034* (r.), *14744*
(r.), *19272*, *19597*, *20654*,
26056, *27178*, *27476* (r.),
29165 (r.), *n. m., ciel;* soz c.
2466, *26840*, *27089*,
27970, *30111*, *sur la terre,
au monde (avec négation).*
Cierge *1582.*
[Cigne], *s.* -es *6239, cygne.*
[Cillier], *v. intr., remuer les
cils. — Pr. 3 cille 19266.*

Cimaise *16701*, *22430*, *n. f.*,
chapiteau.

Cimbales *14783*, *n. f. pl.*,
cymbales.

Ciment *14920*, *22421*, *23064*.

[Cimier], *s.* -iers *14970*, *morceau de la croupe d'une grosse pièce de gibier.*

Cin, *v.* ci.

Cinc *2931*, *9311*, *15270*,
18178, *18421*, *19578*,
22279, *22704*, *22872*,
28231, cinq ; — c. cenz (*rég.*)
2007, *18900*, *21611*,
23588, *28683*, *28859*,
30002, c. cent (*suj.*) *11989*,
14422 ; c. mile *8021*, *10000*,
14202, c. mil *27590*.

Cinquante *5609*, *5616*, *5621*,
5629, etc. ; — c. sis *23153*,
23159.

Ciparis *3388*, *10238*, cy-
près.

Cisel *3014*, *3078*, *3086*, ci-
seau.

Cist, *v.* cest.

Cit *5712*, *n. f.*, cité.

Cité *639*,*724*,*1171*,*2003*,etc.,
s. sg. cité *657* (*rime*), *2075*
(*r. concluante*), *3174* (*r.*),
6731 (*r.*), *14918*, *24853*,
25412, *et* citez *25108* (*vocatif, où l'on peut d'ailleurs
corriger, en admettant le prédicat au cas rég. au v. précédent, pl.* citez *6858*, *16519*,
26831, *n. f.*

Citeain *5379*, *18885*, *24406*
25157, *28141*, *28193*,
citoyen.

Civoire *16707*, *16715*, *n. m.*,
ciborium.

Claime, *v.* clamer.

Clamer *21304*. *v. tr.*, *appeler* ;
déclarer 19823, *26344*,
proclamer 29522, *réclamer*
26817 ; — *refl. (avec un adj.
au cas sujet) 3570*, *4903*,
se proclamer, se déclarer ;
avec de, se plaindre de 585,
13220, *20719*, *21304*. —
Pr. 3 claime *585*, *3570*,
13220, *13367*, *20069*,
20719, *23068*, *24497*.
29635 ; *ipf. 3* clamot *1148*.

Clamor *26942*. *n. f.*, *plainte*,
réclamation.

T. V.

Claré *1210*, *n. m.*, *vin épicé
différent du piment*).

[Clarcier], *étinceler, reluire.*
— *Pr. 3* clarcie *8383*.

*Clargie (la) (sens concret)
(ms. G, addition après 4018,
v. 11), les clercs.*

Clarté, *s.* clarté *1662* (*rime
concluante*), *4806*, *12687*
(*r. concl.*), *14643* (*r. concl.*),
19210, *19306*, *22272*,
22310, *23030* (*r. concl.*),
23838, *26052*, *27642*,
27925, *mais* clartez *27911*
(*r. concl.*).

Clavel *12245*, *s.* -eaus *15760*,
clou.

Clers-s, *clair, transparent 1556,
au teint clair 16442, 21488,
28090, brillant 1167, 2525,
9965, 12003, 12683,
12163, 14033, 14640, etc.
(ieuz clers 5537, 5549), de
son clair 2650, 5191,
22848, 28845 (voiz clercs),
clairvoyant 13734, espacé
14485 ; — adv¹ 11755,
13011, 14927, 15500,
21675, 21969, 22271,
22470, 23447, 24322,
25616, 29308 ; — au sens
adverbial devant un autre
adjectif avec lequel il s'accorde : cierges clers ardanz
16555, heaumes clercs bruniz 19229 ; — subst¹, li clers
del jor 22040, la clarté du
jour.*

Clerc *80*, *99*, *2993*, *13364*, *s.*
clers *45*, *13830*, *n. m.*,
lettré, savant.

Clergie *4092*, *n. f.*, *science de
clerc, savoir.*

Clergié, *s.* -iez *16557*, *17497*,
clergé.

Clo, *v.* clore.

[Cloër], *clouer.* — P. *p.*
cloé *11514*, *f.* cloee *922*.

Clore *3005*, *17577*, *enclore,
entourer, enfermer* ; — *intr.,
19266, se fermer.* — *Pr. 3*
clot *1519*, *1726*, *19266* ;
pf. 3 clost *28351*, *6* clostrent
3140, *6004*, *21665*, *22881*,
24380 ; *impér. 2* clo *1696*,
1726; *p. p.* clos *4208*, *4613*,
15005, *19123*, *20543*,

30093, f. close 1151,
27489,28449,pl.-es 29954,
29963.
Clos, clost, clostrent, clot, v.
clore.
[Clostre], s. -es 3136, n. m.,
cloitre.
Ço 32, 33, 61, 70, etc., pron.
démonstratif neutre, ce, ceci,
cela. — L'o est assez souvent
élidé devant voyelle ; cf., outre c'est (ic'est 19441), encore
de règle aujourd'hui (mais ço
est 919, 3301, 8296,
16323) : de c'est 576,
25839, por c'est 26721, por
c'i 26828, 29945, por c'en
20282, c'ert 329, 1358,
3125, 4337, 12:38,14105,
14867, 23377, 24459,
24679, 26025, 26959,
27971, 27988, 28105,
28108, 29883, 29887,
de c'ert 25831, c'erent
12650, c'iert 1461, 9261,
12467, 13110, 13155,
17025, ç'a 10288, 12672,
15855, 24524, 27789,
28593, 29759 (mais ço a
7963), ç'avez 28066, ç'ont
15944, 24841, 27111,
c'ot 75, 11296, 25363,
26339, ç'orent 27685,
ç'avient 12915, 13555,
24943, 27919, ç'avint 9830
(mais ço avint 2029, ço
avendreit 23258), ç'aficha
19082 (cf. iç'agrec 14801),
de ç'alot bien 28811, ç'endu-
rez 19027, ç'oï 29126. —
Ço annonçant une proposition
(passim) ; ço que 1479,
1480, ce fait que ; ço qu'il
porent 27924, autant qu'ils
le purent ; o ço que, au moment où 9507, étant donné
que 6021,10748; non pas por
ço 3693, néanmoins. — Çol
(= ço le) 1783, 13865 ; ços
(= ço les) 21686, 25554,
28053 ; ços (= ço vos)
4772, 5599, 6231, 7799,
8515, 9175, 9293, 9529,
9840, 10775, 14313,
15283, 15986, 18543,
20154, 22601, 23999,
24221, 25959.

Coardie 3829, 4000, 6851,
8752,etc.,couardise, lâcheté.
Coart 4001, 7838, 18277,
20553, s. -arz 2652, 9712,
10003, etc., couard, lâche.
Coë 21447, 21465, queue.
[Coignice], pl. -iees 4545,
cognée.
[Coillir], v. tr.. cueillir, recueillir : c. en hé 8859, 21718,
prendre en haine. — P. p.
coilli 8859, 21718, f. -ie
27138, pl. -ies 13843.
Coilvert 2643, 11260, 15343,
15797, 21200, 24629,
29399,s.-erz 10364,12237,
15339, 16589, 19016,
21479, 21595, 25620,
26135, 26164, 26176,
26181, 28353, 29194,
29644, scélérat (propr¹ : ancien esclave).
Coilvertaille 10421,n.f.collec-
tif, race (ou gens) méprisable.
Cointe 1158, 3251, 4348,
5150, 5475, etc., gentil,
aimable, agréable.
Coit, coite, v. coitier.
[Coitier], réfl. 17718, se
presser ; impers. 11731,
être pressant. — Pr. 1 coit
17718, 3 coite 11731.
Coitos 14888, adj., pressant,
importun.
Col, v. ço.
Col 5411,7319, 7848,9087,
10827, etc., s. cous 6242,
6428, n. m., cou.
Colée-s 2404, 2443, 4557,
6542, 6692,7501, 7910,
etc., n. f., coup (propr¹ : coup
sur la nuque), surtout : coup
d'épée (cf. 2443, 11052-3,
19348-50, 22194); prendre
colées 7373, 8473, donner
des coups.
[Coleier], v. tr.,chercher à surprendre. — Pr. 6 coleient
11629.
Coler, intr., glisser, se glisser,
pénétrer ; — réfl. 20014,
21358, m. s. — Pr. 3 cole
8799, 20014, 21358; pf.
3 cola 11267; p. p. f. colee
10042.
Colieres 13898, n. f. pl., harnais du poitrail.

Color, *couleur, teint, couleurs
de la vie* (perdre la c. *7164,
16184, pâlir;* muer colors
4362, changer de couleur);
de colors *6221, 10731,
11156, 11512, 13879,
13918, 27489, de couleurs
variées;* mais de color
*10840, 11492, 15662,
18636, 19232, 19455,
19965, 25992,* m. s. : brant
de color *10840, 11492,
15973, lame coloriée* (cf.
2504, vert b. de c.); escu
peint a color *21078, 22717.*
[Colorer], *v. tr. — P. p. s. -ez
22414, f. -ee 13371,* pl.
-*ees 14677; p. p. -adj., de
couleur, qui a des couleurs:*
chiere coloree *10597,* vis
coloré *15555.*
Com, *v.* come.
Comandement *7866, 9878,
16886, 22292, 27356,
27511, 27521, commande-
ment, ordre;* faire le c. de
20729, obéir à.
[Comandeor], *s.* -dere *534,
chef d'armée.*
Comander, *v. tr., commander;
recommander 1305, 26629,
confier 10707, 15130,
26686;* c. a (*inf.*) *10145*
(sans a *302, 28497*), *ordonner de;* — *réfl. 17980,
se recommander. — Pr. 1*
comant *8041, 18698; ft. 5*
comandereiz *4754, 7774,
15170; sbj. 3* comant *3721,
4125, 10145, 22388;* —
ipf. 3 comandast *6938,
16904, 27691.*
Comant, *v.* comander.
Combatant, -anz, *v.* combatre.
[Combateor], *s. -ere 7708,
16822, 19912, 24551, adj.,
qui aime à combattre.*
Combatre *7240, 7243, 8158,
etc., v. intr. et tr., combattre:*
c. a *12697; — v. réfl. pris
absolt 2602, 9197, 9727,
10133, etc., combattre:* c.
sei de *24527, faire la guerre
au sujet de;* c. sei o *6536,
7346, 8432, 8478, etc.,* c.
sei a *265, 7020, 8920, etc.,
combattre contre, se battre*

avec ; — *subst* *12581,
16196, 19923, 24611; f.
fr.-adj. 5457, 6735, 6774,
7916, etc., s.* -anz *2450,
3752, 5457, 7788, 12325,
23352, f. -ant 23595 (subst*
*26824), qui se bat bien,
brave. — Pf. 3* combatti
6536, 6646, 6 -irent *222,
12226, 15191, 17331* (com-
batierent *11356* r.*); ft. 5*
combatreiz *7020; f. fr.* combatant; *p.p.* combatu *10133,
25486, s. -uz 2602, 12588,
18792, 24178.*
[Comblé], *s. -ez 24926, 25629,
25650, f.* pl. -ees *25134,
28600, p.p. -adj. de* combler,
comblé *de biens, très riche.*
Come *13, 106, 171, etc., et*
com (*devant cons. seulement*)
*159, 173, 179, etc., adv.,
comme, de même que, com-
ment; avec le cas reg. 28006;*
come a home de son aé
*29482, vu qu'il s'agit d'un
homme de cet âge* (voy. la
note); c. a resembler fil de rei
*30010, de telle sorte qu'il
ressemblait à un fils de roi;*
com si fera *9379, comme il
arrivera;* si come (com) *et
si... come 2205, 4731-2,
11229, 16367,
24403, comme, de même que
(au sens restrictif 19013, autant que);* ensi come (com)
141, 198, 710, etc., m. s.;
c. com des testes trenchier
*10683, au point de vouloir
se trancher la tête;* autresi...
com *5033-5, aussi... que;*
com bien *27756, quelle
quantité;* com fait, com faitement, com faitierement, *v.*
fait, etc.; — conj., *comme,
comment 23209, 23255,
etc., afin que (subj.) 13726,
de façon à ce que 21851;*
com que (subj). *25759, de
quelque façon que;* si come,
au moment où 2005, 14272;
ensi c., *tandis que 12450;*
tant c. *3697-8, 9131, etc.,
autant que* (t. c. il dure
*24519, autant qu'il s'étend,
dans toute son étendue;* tant

que, aussi longtemps que
13064, 14023, etc.; avec un
subj. dépendant d'une prop.
principale négative 17613,
20385 (de t. c. 21176),
tant que, aussi longtemps que.
[Comé], s. -ez 7350, p. p.
-adj. : destre c., (cheval) qui
porte la crinière à droite.
Començail 6087, n. m., commencement.
Començaille 9631, n. f., commencement.
Comencement 3805, 17732,
commencement.
Comencier 34, 138, etc., tr. et
intr., commencer, entreprendre; al c. 1125, pour attaquer; subst 148, 1299,
2411, 3801, etc. — Pr. 1
comenz 23213; ipf. 3 comen-
çot 22157, 6 -oënt 8810;
sbj. 4 començons 3797;
ipf. 3 començast 26329.
Comencoënt, -ot, v. comencier.
Coment, adv., comment, de quelle façon; — c. que 2346,
11203, 18058, etc., de quelque façon que.
Comenz, v. comencier.
Compaigne (au pl. 24103),
compagnie (au sens concret)
24754, 27374, 29946, corps
de troupes (passim), armée
5898.
Compaignie, compagnie 22991,
26531, 28986 (au sens concret 28862, 28894, compa-
gnons 29263, 30281), relations charnelles 27023,
29642, compagnonnage 5855,
10345, 16974, corps de troupes 2295, 3729, 12342,
12350, 15668, 18916,
25965, armée 5836.
Compaignon 969, 987, 1778,
1802, etc., s. compainz
10053 (r.), 28647, 29118,
r. pl. compaignons 2173,
2417, etc., compagnon.
Compainz, v. compaignon.
Comparer 8524, 9264, etc.,
payer; payer cher 10074,
10365, 20117, 20720,
23415, 23695, 23696,
24668, 26814, 27929 ; c.
chier 7199, 7272, 9656,

9944, 12560, 12644,
etc., c. trop c. 23966,
26416, c. chierement 8858,
9003, 10156, 29108, c.
laidement 6148, 16092; trop
tu l'escosse comparé 14506
(cf. 9267); sa proëce e sa
bonte comparerent mout li
Grezeis 641, les Grecs con-
nurent à lor détriment sa
prouesse et sa valeur; le (neutre) c. griefment 21476,
le c. laidement 13986, le
c. chierement 9003, le c.
bien 10092, 14346, le c.
9264, 13865, etc.; — com-
parer : n'est a cel tresor comparez 13491, n'est compara-
ble à ce tresor. — Pr. 3
compere 9174; 6 -ent 9599,
13865, 23766; ft. 3 comparra
8901, 19634, 19776, 5-eiz
8372, 12340, 6 -ont 15140,
15819, 15943, 17072,
21129, 23696; cd. 2 com-
parreies 1710, 3-eit 3337,
3435, 9000; sbj. 5 compa-
reiz 22289; ipf. 3 comparast
10365; p. p. comparé, etc.
Comparra, -eies, -eit, -eiz,
-ont, v. comparer.
[Compasser], v. tr., fabriquer
avec des proportions régu-
lières. — P. pr. compassez
25398.
Compás (a) 3151, loc. adv.,
régulièrement.
Compere -ent, v. comparer.
Complaignement 447, plainte.
[Complaindre sei], se plaindre.
— Ipf. 3 complaigneit 4642;
pf. 3 complainst 16883.
Complainst, v. complaindre.
[Comprendre], v. tr., enfermer,
contenir. — P. p. compris
23297.
Comun -s, adj., commun (la gent
comune 28411, le pueple
comun 20610, 25969,
26252, 29665, le menu peuple; les comunes choses
dedenz 25311, les affaires
publiques de Troie), universel,
général 24168, 25327, una-
nime 532, égal 14690;
departi en c. 6071, distribua
à tous; — subst, le c., le vul-

gaire, la foule 11950, 22541, 25717, 26341, 26758; li comuns d'eus 27735, leurs hommes; un c. 10525, un butin mis en commun, une masse.

Comunal, s. -aus 14237, 14690, 17495, f. pl. -aus 24092, adj., commun, commun à tous, général; sociable 25064; — adv¹ 8541, 12448, 14479, 17169, 19967, 23423, en commun, tous ensemble; mainte c., tous avec ensemble (v. mainte).

Comunaument 568, 1984, 4119, 4212, etc., en commun, tous ensemble, généralement; d'un commun accord 19393.

Comune, habitation, séjour en commun avec qq" 13095, 27302, communauté (n'ensemble n'ont nule c. 3480, et il n'y a entre eux rien de commun).

Concile 25002 (r.), s. -es 27039, 27745, assemblée, conseil.

Concire -s 205 (r.), 529 (r.), 5720 (r.), 18151, 19928 (r.) 20343, 24822 (r.), 25335, 25348, 25679 (r.), 25744, 26244 (r.), 26315, 26475 (r.), n. m., assemblée, conseil; résolution 26476.

[Concevoir], v. intr., concevoir 23330, être conçu 22937; — Pr. 6 conceivent 23330; pf. 1 conçui 22937, 3 -ut 29072.

Concordance 6377, accord.

Concorde 12611, 28243.

[Concreire], confier. — Pr. 1 concrei 24697.

Condicion 25820, condition, particularité (jura par si faite c. que ço tiengent, jura qu'ils tiendraient).

Conduire 8266, diriger, faire passer (l'épée) 8347; en conduire 25771. — Pr. 3 conduit 1591, 4848, 8347, etc., 6 conduient 8679; ipf. 5 conduiseit 8312, 6 -eient 8536; pf. 3 conduist 5989, 8211, 8303, 26857, 28296; ft. 5 conduireiz 7926; cd. 6 conduireient 25965; impér. 2 condui 12801; p. p. r. pl. conduiz 26137.

Conduit, s. -uiz 12919, 13847, 17810, n. m., conduite, direction (prendre en c. 349, guider); au sens concret, guide 12919, 13847, 17810, 28949.

Conestable 7658, 7823, 9216, commandant, chef d'un corps de troupes.

Coneü, -ust, -üz, v. conoistre.

Confanon -s 2517, 2571, 2716, 9186, 10628, 10698, 10829, 12043, 15716, 17140, 17207, 18945, 19009, 19988, 20484, 20556, 22604, 23928, banderole de la lance; porte enseigne 16381.

[Confondre], v. tr., ruiner, perdre, écraser, détruire; ravager 1010, 2095, 3704, 12224; avec n. de pers. pour rég., battre complètement, bouleverser, abattre; Damedeus trestoz les confonde! 24460. — Pr. confont 17743: p. p. confondu 2895, 16375, 22330 et confus 19482, 20573, s. confonduz 16390, 18733, 22963, f. -ue 3704, 10152.

Confort 591, 8792, 13524, 13609, 17671, 20294, 21692, 21873, 22262, 23000, 29463, 30290, s.-orz 12176, 15504, 16368, 19434, 19445, 21679, réconfort.

Confortement 16447, 17681, 21869, réconfort.

Conforter 4640, 20302, v. tr., réconforter, consoler; — réfl. 4679, 4713, 20204, se consoler; subst¹ 13297. — Pr. 3 conforte 12656, 21859, 22994; pf. 3 conforta 1948, 20204; impér. 5 confortez 4679, 4713; p. p. conforté 30233, confus.

Confus, v. confondre.

Congeer 3598, v. tr., congédier; c. de 1065, 1083, 3598, 27434, ordonner de sortir de, chasser de — Pr. 3 congiee

1065; pf. 3 congea 2081; p. p. s. congeez 1083, 27434.

Congié, congé; permission 1043, 1096, etc.; prendre c. 1462, 1765, 11933, etc.; querre c. 29701; p. le c. 1844, 4369, 18388; doner c. 4131, congédier; d. c. de 20441, permettre de.

[Conjoir], v. tr., faire bon accueil, caresser. — Pr. 3 conjot 1303.

Conjure, n. m., enchantement, magie 1218, 1223, 1666, 28792; au pl., paroles magiques 1930, sortilèges 28757.

Conjureison, pl. -ons 26940, 28779, n. f., supplications 26940, enchantement 1359, 28779.

Conjurer 24709, v. tr., supplier, inviter avec instance 24709, 27425 (voy. la note aux vers 24709-10). — Pr. 3 conjure 15594; p. p. conjuré 15431, r. pl. -ez 27425.

Conois, -oissiez, -oist, -oistra, v. conoistre.

Conoissance, connaissance 7537, signe de reconnaissance 29881 (par c. 10830), s. de r. peint sur les armes 8530, banderole (distinctive) de la lance 6458, 7858, 8067, 12043, 22694, housse armoriée 7445, 9539; — au pl. 27698, conventions.

Conoistre 6415, 10517, 11200, 11867, 14698, 14739, 14869, 17934, 21205, 25372, 25525, connaitre; reconnaitre 6551, 11867, 12889, 26119, 29231, 29750, s'apercevoir de 11637, comprendre 11424, 29716; faire a c. 14869, faire connaitre; — récipr. 13554. — Pr. 1 conois 7767, 9361, 13282, 15141, 18056, 19569, 19705, 24764, 25214, 2-ois 20710, 3-oist 12991, 15035, 19901, 20788, 24672, 26114, 26119,

29716, 5-oissiez 19654, 6-oissent 24489, 27760; ipf. 1 conoisseie 13643, 3-eit 266, 10389, 6-eient 14693, 25564; pf. 1 conui 3633, 7932, 3-ut 4146, 4349, etc., 6-urent 2821, 10693, 11233, 29789; ft. 1 conoistrai 30060, 3-a 4963; sbj. ipf. 3 coneüst 14876; p. pr.-gérondif conoissant 11201 (se fait c., se fait connaitre); p. p. (le plus souvent p. p.-adj., au sens de « bien connu, renommé ») coneü 18, 941, 7535, 8918, etc. (subst 30177), s. -üz 739, 5820, 8834, 18791, 18995, 29750, f.-ue 3744, 4184, 4982, 13592, 26681.

Conquerement 26901, n. m., conquête.

Conquerre 832, 6110, 6460, 19577, 23366, conquérir; dompter 1723, vaincre, soumettre 4467, 6647, 6694, 7045, 16816, 17736, 23738, 26853, 26885, 27493, faire sa volonté de, séduire 13484; c. que 26787, obtenir ce résultat que. — Pf. 1 conquis 26724, 26747, 26771, 26777, 26787, 3 conquist 7883, 16816, 26851, 26853, 26879, 26998, 30299, 4 conquëimes 26911, 6 conquistrent 4973, 9660; ft. 3 conquerra 18251, 5 -ons 18352; cd. 6 conquerreient 28188; sbj. 1 conquiere 17683; ipf. 1 conqueïsse 17680, 5 -isseiz 8354; p. p. conquis 1379, 1723, 4467, 5997, 16065, etc., f. -ise 834, 2000, pl. -ises 13484.

Conqueste 20067, n. f., conquête.

[Conquester], v. tr., conquérir, s'emparer de. — P. p. f. conquestee 16675.

Conquis, -ist, -istrent, v. conquerre.

Conreer, préparer 992, 7038, arranger, équiper 1172, ranger en bataille 4996, 9999, 13962, traiter (ar-

)anger une personne) *1208,
8745*; — *réfl. 3449.* —
Pr. 3 conreie *17101* ; p. p.
conreé, *s.* -ez *1208, 19841* :
c. de bataille *6532, 9506,
15394, 19218, 23848,* c.
por b. *4996, 6682, 7038,* c.
de la b. *7955, prêt à combattre, en ordre de bataille.*
Conrei, *s.* -eiz *2300, 2433,
2459* (r.), *4810* (r.), *5045*
(r.), *5436* (r.), *7070, 7806,
etc., arrangement, ordre
*(senz nul c. 7107, 16235,
en c. 8037), préparatifs 1550,
équipement 1814, 2350,
12097, bagages 7610,
troupe armée, division 2293,
2300, 2303, etc.*; faire ses
conreiz *10562, 19971, ranger ses troupes en bataille* ;
lor tient c. *22622, prend sa
place au milieu d'eux* ; prendre c. de *19515, 20810,
27350, 28061, prendre soin
de, se préoccuper de*; p. c. de
sci *4512, 8554, prendre
garde à soi* ; p. c. de *(inf.)
2145, avoir soin de*; p. tel
c. que *17726, par que
17745, faire en sorte que* ;
p. c. coment *28123,* p. bon
c. com *(condit.) 1411, s'arranger pour que* ; jo n'en puis
p. autre c. *15171, je ne puis
faire autrement (cf. 18187,*
qui n'en ont pris a. c.).
Consciënce *20325, conscience.*
Conseil, *s.* -eiz *1658, 4027,
6142, 6978* (r.), *10515,
11062, 11256, 12830* (r.),
13077 (r.), *15233, 18536*
(r.), *18154* (r.), *18173,
19174, 19496, 19725* (r.),
19942 (r.), *21229* (r.),
24503, 24625, 24705 (r.),
*24723, 25048, 25202,
26643* (r.), *26964, 27026*
(r.), *27031, 27398, 27443,
conseil, avis, délibération, r é-
solution* (prendre c. *16577,
délibérer* ; prendre c. de, *délibérer sur, réfléchir à 1660,
10474, 11773, etc.* ; ont c.
pris com *2275* ; prenez c.
qu'en devrez faire *3643* (cf.
6285), décider de 27339 :

p. c. que *2978 (cd., 17346
(ft.), 28163 (sbj.), 29111
(sbj., décider que)*; *préoccupation 1658, sagesse 3116,
4693, projet, plan 7114* ;
senz c. *20044, sans hé-
sitation*; a conseil *(opposé à
en oiant) 11915, en con-
seiz (opposé à en audience)
18156, en conseil privé* ; qui
mout esteit de son c. *17748,
qui était son confident* ; ne
set de sei c. *21778, est tout
bouleversé, éperdu (cf.* conseillier[2]).
[Conseillier[1]], *s.* -iers, *n. m.* :
en causes dreiz conseilliers
*5466, bon conseiller dans les
procès.*
Conseillier[2], *v. tr., examiner
en conseil 19884, conseiller,
suggérer 19420* (Agamen-
non lor conseille que ço sera
que il diront), — *intr., délibérer 24912, causer 4735,
14791, 14802 (cf. c. a 3907)*;
secourir *29800*;— *réfl., prendre conseil 6325, délibérer
4735, 24499*; c. sei o *3208,
4057, 19222* et c. sei a
*5781, 15300, 17608,
22072, consulter*; ne saveir
se c. *14377, 17575, 21350,
26131, être éperdu, ne savoir
quel parti prendre (cf.* ne se
sevent ou c. *19161, et voy.*
vif).
Conseiz, *v.* conseil.
Consence *415, consentement,
permission*: par c. *29596,
d'un commun accord.*
Consenteor, *adj., qui consent*;
c. de *28362, complice de.*
Consentir, *v. intr. 27725*; —
*tr., permettre, concéder 369,
1307, 4506, 4761, 15031,
16896, 18259, 22984,
25235, 25662, approuver
24686* (c. la parole de *18434,
suivre le conseil de*); *laisser
séjourner 1013, 1017, 2083*;
— *récipr. 29622, s'accorder.*
— *Ipf. 3* consenteit *1017,
25662* ; p. p. consentu (r.)
26249, 27725, 29127.
Conseü -üz, *v.* consivre.
Consirer *17534, 20291, v.*

intr., *réfléchir, réfléchir
avant de faire une chose,
s'abstenir de la faire 17534.
— Pf. 3 consira 18103.*
Consiut, v. consivre.
[Consivre], v. tr., *atteindre.* —
  Pr. 3 consiut 9287, 11211
  p. p. conseü, s. conseüz 1357
  (cf. *consuïs, var. de G ïa
  29853-6, v. 47).
Cont, v. conter¹.
Conte¹ et cante 176 (r.),
  13522 (r.), s. cuens 1035
  (r.), 3732 (r.), etc., s. pl.
  conte, r. pl. contes, comte.
Conte², *récit, conversation* (lor
  contes en meinent e font
  19514, n'en ot tenir c. ne
  plait 1486); *discours* 6445 :
  ne vos en quier lonc c. faire
  5888, ne vos i ferai plus
  lonc c. 8762 *(formules), pour
  abréger, en un mot* ; li c. furent conté por que 28494,
  *on raconta, on exposa pour-
  quoi.*
Conte³ et cante *(toujours à la
  rime)* 5628, 5646, 11678,
  18720, *compte* ; dire le c. de
  21049, *compter* ; tenir grant
  c. de 2085 ; ne tenir c. de
  rien 22128; a qu'en tendreie
  jo mais cante que biens me
  vienge ? 18720, *pourquoi
  compterais-je que bien me
  vienne ?*
Contenance 201, 14708,
  22571, n. f., *maintien, attitude.*
Contençon 17235, 18958,
  24028, 24150, 24236, n. f.
  invar. au sg., *lutte.*
Contende, -eient, -endent, v.
  contendre.
Contendreient, -ont, v. contenir.
[Contendre], v. intr., *combattre* 8300, 8597, 9445, etc., *
  discuter* 26690 ; — tr., *contester, disputer la possession
  de* 3240, 20183, 28359,
  29685. — Pr. 3 content
  27092, 6 contendent 3240,
  8300, 9445, 24318; ipf. 6
  contendeient 8597 ; sbj. 3
  contende 24531, 26690,
  29685; p. p. contendue
  20183, 28359.

Contenement, *maintien, tenue*
  5284, *appareil* 6860.
Contenir 15640, 21536,
  23943, v. intr., *être contenu* 23133, *se comporter*
  15640, 21536, 23943 ;
  — réfl. 5826, 6943, 7575,
  8168, 11096, 15983,
  20065, 22504, 28006,
  28133, *se comporter, agir.*
  — Pr. 3 contient 15983,
  23133; pf. 3 contint 7575,
  11096, 15972; ft. 6 conten-
  dront 8168 ; cd. 6 contendreient 5826, 22504; sbj.
  ipf. 6 contenissent 6943 ;
  p. p. contenu 20065, s. -uz
  28133.
Content 580 (r.), 2325 (r.),
  3886 (r.), 8433 (r.), 9736
  (r.), 18536 (r.), 26652 (r.),
  28484 (r.), 28508 (r.), s.
  -enz 7579, 9242, 9464,
  10801, 12072, 12432,
  14516, 15212, 18904,
  23565, 26290 , *lutte,
  bataille; résistance* 2352,
  opposition 27064, 28484,
  28508.
Contenz (rég.) 17210 (r.),
  18526 (r.), 21612 (r.), n.
  verbal de contencier, *lutte,
  bataille.*
Conter¹ 491, 643, 691, etc., *
  conter, raconter: — intr., c.
  de* 29155. — Sbj. 3 cont
  25013.
Conter³, *compter* 5715, *énumé-
  rer* 23171, 23176, 23285.
Continuër 27557, v. tr., *raconter à la suite.*
Contor, s. pl. 13066, 13123,
  13255, 14614, 16325,
  16365, 25864, r. pl. 20616,
  n. m. (*employé dans un sens
  vague, après d'autres titres
  de noblesse), noble de haut
  rang, seigneur.*
Contraire, *défavorable* 29187,
  opposé à la volonté de qqⁿ
  13798, *fâcheux* 15046 ;
  estre c. a 30054, *s'opposer
  à. ; — subst¹, difficulté, opposition* 25230 (senz c. 16664,
  25886), *accident fâcheux*
  880, 990, 1756, etc., *dommage* 4396, 5761, etc., *con-*

traviété, peine *1046*, *3484*,
17026, *19139*, blâme
15088.

[Contralcier], *v. tr.*, *taquiner* ;
— *récipr.*, *se contrarier*, *se
taquiner.* — *Pr. 3* contralie
15092, *6* -ient *13133*.

Contràlios *28611* (orage c.),
adj., *(temps)* qui contrarie *(la
navigation)*, *défavorable.*

Contre, *prép.*, *contre*, *en face
de* ; *vers* (*en parlant du temps*)
953, *2371*, *23318*, à *la
rencontre de 4820*, *13517*,
19452, *29352*, *en opposition
à 24400* ; — contrel = contre le *7356*, *20906* ; contres
(= contre les) *18556*.

Contredi, -istrent, -iz, *v.* contredire.

Contredire *18276*, *v. tr.*, *contredire* ; *avec un n. de chose
pour régime 4121*. — *Pr. 1*
contredi *13692*, *26806*, *2*
-diz *15439*, *pf. 3* contredist
28250 *6* -distrent *4121* ;
sbj. 3 contredie *28485* ; *ipf.
3* contredeist *28500*.

Contredit, *contradiction 3934*,
7059, *opposition 2760*,
7033, *14581*, *17014*,
17443, *19199*, *26607*.

Contree *2203*, *2871*, *2909*,
etc., *contrée, région.*

Contrel, contres, *v.* contre.

Contremur *17482*, *mur destiné à en renforcer un autre.*

Contrester *11042*, *20160*,
25210, *v. intr.*, *résister
11042*, *15896*, *20160*,
26767 ; c. de *18052*, *discuter au sujet de, contester.* —
Pr. 6 contrestont *15896*.

[Contretenir], *v. intr.*, *résister.*
— *Pf.* contretint *11146*.

Contrévaleir *1700*, *v. tr.*, *équi-
valoir à, égaler en valeur.*

[Controver], *trouver, imaginer.*
— *P. p.* contrové *133*.

Conui, -urent, -ut, *v.* conoistre.

[Conveer], *escorter, poursuivre
21042.* — *Pr. 3* conveie
10010, *17388*, *21042*,
22164, *6* -eient *6803* ; *pf. 6*
conveierent *20021*.

[Convei], *s.* -eiz *13423*,
13513, *17393* (*r.*), *21043*

(*r.*), *convoi, escorte, cortège
17393*, *marche en cortège
13513*.

Convers *13036*, *n. m. pl.*,
terres labourées. *Cf.* con-
versain, *dans Godefroy.*

Conversement *29044*, *action
d'habiter, séjour.*

[Converser], *v. intr.*, *habiter,
vivre.* — *Pr. 6* conversent
6229, *12381*, *13399*,
23232.

[Conviër], *convier.* — *Pf. 3*
convia *27235*.

Convive *10463*, *29173*, *n. m.*,
festin, banquet.

[Cope], *pl.* -es *26096*, *coupe.*

Cor¹, *s.* corz *12499* (*r.*), *29270*,
29292, *m.*, *cor.*

Cor² *18745*, *m.*, *corne* (même
origine que le précédent, le
lat. cornu).

Corage. *cœur, âme 3654*,
4794, *15165*, *17761*,
18040, *22177*, *dispositions
de l'âme 1500*, *2858*, *4351*,
5286, *5516*, *7122*, etc.,
avis 1428, *29473*, *courage
7766*, *intention, désir 995*,
1289, *2470*, *11930*, *21395*,
24791 ; aveir en c. de (*inf.*)
20842, *avoir envie de*;
acomplir son c. de *28678*,
*faire sa volonté de, posséder
(une femme).*

Coraille *9513*, *14144*, *16113*,
16513, *21740*, *pl.* -es
21109, *21345*, *n. f.*, *viscères de la poitrine.*

Corajos *2228*, *5169*, *5264*,
etc., *courageux.*

Corant, *v.* corre.

Corbe *5227*, *f. pl.* *5558*,
adj., *recourbé, voûté (des
épaules) 5558*.

[Corbel], *s.* -eaus *22352*, *cor-
beau.*

Cordé *27859*, *s.* -ez *16545*,
p. p. - *adj.*, *tressé* ; — c.
de seie, *tendu avec des cordes
de soie.*

Coree *7190*, *n. f.*, *viscères de
la poitrine.*

Coreor, *adj.*, *courant, qui court
vite 30016* : *cerf c. 3862*;
— *subst* *6053*, *coureur,
éclaireur à cheval.*

Corneiz, *n. m.*, *invar.* : granz
c. d'olifanz *23514*, *grands
sons de cor.*
Corner *11100*, *16150*, *v. intr.*,
sonner du cor; — *tr.*, c. la retraite *19089 et c.* la recreüe
15686, *18364*, *sonner la
retraite*; c. r. *18335-6*, *m. s.*
Cornu *14823*, *s.* -uz *14734*,
23101, *23500*, *adj.*, *pointu.*
Coron (*de l'accusatif grec*
χορόν), *n. m.*, *chœur 14788*,
*instrument de musique in-
connu 14784.*
Corone   *11861* ,   *17907* ,
23059, *29809*, *n. f.*, *couronne.*
Coroner *28521*, *v. tr.*, *cou-
ronner.* — *Pf. 6* coronerent
26905; *p. p.* coroné *14771*,
s. -ez *28095* , *29521* ,
30265.
Corre   *1227*, *4214*,   *7115*,
9256, *10082*, etc., *v. intr.*,
courir, *aller*, *voguer rapidement 4214*; c. sore a, *v.
sore* ; c. a *10921*, *s'élancer
sur*; laissier c. *19285*, *lâcher les rênes*; l. c. a *20012*,
s'élancer contre; — *récipr.*
1957(se corent sore).—*Pr. 3*
cort *10709*, *21601*, *22638*,
23253,   *24670*,   *26104*,
27483, *29384*,   *29396*,
6 corent *1957*, *2717*, etc.
(*en rime avec* plorent) *11966
et 16043*; *pf. 1* corui *3864*,
3 -ut *917*, *973*, *2552*, *9078*,
17221, *18545*, *29345*, *6*
-urent *5980*, *27902*; *ft.*,
6 corront *27885*; *p. pr.* corant *11486* (aler c. *12492*);
p. pr. -*adj.* corant *7387*,
7906, *8893*, etc., *s.* -anz
7755, *8031*, *9022*, etc., *qui
court vite*, *agile*; *p. p.* coru
4528 (sont coru), *s.* -uz
10921 (li est coruz).
Corrocier *2255*, *v. intr.*, *se
courroucer*, *s'irriter*; — *réfl.*
2041, *5947*, *13224*, *m. s.* :
n'avra en eus que c. *2255*,
*ils seront nécessairement ir-
rités.* — *P. p.* -*adj.* corrocié,
f. -iee *5947.*
Corroços *11022* ,   *12006* ,
29210, *courroucé*, *en colère.*

Cors[1] (= cursum) *5990* ,
28090, *course*, *voyage.*
Cors[2] (= corpus), *corps* : le c.
de (*périphrase pour « la personne même de »*) *10586*,
12098 , *13222* , *14025* ,
17077, *17328*, *19909* (li
c. Troïlus), *27068* (le c.
Achillès), *29613* (del c.
Paris) ; c. d'ome (*prop. négative*) *5362*, *21420* (*prop. de
sens indéterminé*) *19318*; c.
de chevaliers *15628*, *des chevaliers*; mon c. *13606*, *13648*,
moi; ton c. *15444*, *toi*; vostre c. *12293*, *13610*, *29410*,
vous; li suens c. *17339*, *il* ;
son c. *604*, *10666*, *11020*,
11035,   *11074*,   *19176* ,
19873 ,   *20055* ,   *26152*,
sis c. *7175*, *20126*, *27421*;
lor c., *eux 8732*, *13043.*
elles *13978*, *22304*; noz c.
2258, *13193*, *19885*; il
sis c. (*pléon.*) *23703*, *lui-
même* : qui de son c. par valeit tant *24112* ; — *sens rapproché de celui de* cuer ; que
les c. ont vains e legiers
24093, *qui sont volages et
légères*; a mainz en mist el c.
esfrei *27221.*
Corsier *21145*, *adj.*, *qui court
bien* (cheval).
Cort[1] *6417*, *s.* cort (*passim*),
corz *813* (*v.*), *n. f.*, *cour*,
*assemblée des seigneurs con-
voquée par un roi 801* : aler
a c. *24787.*
Cort[2] *12914*, *30007*, *f.* corte
16844, *20085*, *21696*, *f.
pl.* cortes *20872* , *25146*,
adj., *court.*
Cort[3], *v.* corre.
*Coruscations *F* (-quations *N*),
var. au v. 26940, *n. f. pl.*,
productions d'éclairs.
Corteis, *f.* -eise, *courtois.*
Corteisement, *courtoisement.*
Corteisie *5353*, *5446*, etc.,
courtoisie; *au sens concret* :
distractions courtoises 3180.
Coru, -ui, -urent, -ut, *v.* corre.
Cos, *v.* ço.
[Cosdre], *coudre.* — *Pr. 3* cost
18609; *p. p. f.* cosue *16525.*
Cosin -s *2557*, *2573*, *2591*,

etc., *cousin*; cosin germain
21671, *s*. cosins germains
8198, 9557, 12314, 14317,
g. c. 5676.

Cost, *v*. cosdre *et* coster.

Costal 8542, 23996, *côteau*.

Costé 9782, 11253, *etc*., *s*. -ez
5180, 6242, 7449, 8518,
etc., *côté, flanc*.

[Costeier], *côtoyer*. — *Pf*. 6
costeierent 28606.

[Coster], *v. impers*., *coûter,
être pénible*. — *Pr*. 3 coste
29273; *sbj*. 3 cost 8440.

Costume   7588,   11580,
14840, 18095, 18106, *coutume*.

Costure 13363, *couture*.

[Cotee], *pl*. -ees 24133, *cou-
dée*.

Cotele 30007, *cotte, tunique*.

Couchier 1547, 8026, *v. tr*.,
étendre 25266; c. o sei
8026, 28759, *admettre dans
son lit*; — *v. intr*. 1547,
28743, *se coucher, avoir des
relations intimes avec*; —
réfl. 1448, 1480, *etc*., *se
coucher*. — *Ipf*. 6 couchoënt
28743; *pf*. 6 couchierent
1480, 25266; *impér*. 5 cou-
chiez 1544; *p. p*. couchié
29011, *s*. -iez 1448, 29825.

Coup 7112, 7218, 7255, *etc*.,
s. cous 1937, 2486, 2505,
etc., *n. m*., a dreit c. 7518,
20996, *en face*; a un tot sol c.
29314, *d'un seul coup*.

[Coudrei], *r. pl*. -eiz 29213,
n. m., *touffe de coudriers*.

Coupe, *faute, culpabilité* : n'i
aveir coupes 9174, n'i a.
nules c. 8902, *n'être pas
coupable*.

[Couper], *v. tr*. — *P. p*. coupé
10069, *f. pl*. -ees 9402.

Coute 1557, 15853, *n. f*.,
couette.

Coutel, *s*. -eaus 14717, 26563,
couteau ; c. de la lance
21498, *tranchants de la l*.

Coveit, *v*. coveitier.

Coveitié 17008, *f*., *désir, envie*.

[Coveitier], *v. tr*., *convoiter,
désirer*. — *Pr*. 1 coveit 3789
(r.),15151,17881(r.),18735,
3 coveite 24609; *ipf*. 3

coveitot 22022; *sbj*. 3 coveit
3736, 5432; *p. p*. coveitié
16876, *f*. -iee 13481.

Coveitos 5170, 5452, 7689,
10364,   10937,   16178,
16992, 26638, 29385, *dé-
sireux, avide*.

Coveitot, *v*. coveitier.

Covenable 2298, *convenable*.

Covenance   18132,   25468,
25840, *convention*, *chose
convenue*.

Covenant, *s*.   -anz   18111,
26255 , *convention* 1637 ,
17994,   20747,   20751,
21938,   25817,   27713,
27751, *fidélité aux conventions* 21933, *chose convenue*
26272; — aveir en c. 25699,
promettre; par c. que 13535,
23814, *à condition que*.

Covendra -eit, *v*. covenir.

Covenir, *v. intr*. 5425, 23197,
convenir, aller bien ; *impers[t]*.
convenir, falloir; c. a (*inf*.)
1397,   1805,   2662,   3796,
3905,   4725,   4921,   5955,
5959,   6106,   6658,   6941,
etc.; *sans* a   2274,   3236,
4393, 4407, 4447, 5902,
etc. (*environ deux fois moins
fréquent*) ; *les deux construc-
tions rapprochées* 9855-6 ;
avec une prop. inf. 2336,
6924,7210,12832; — *subst[t]*
27045 (el c. les en a mis, *il
les laisse décider seuls*). —
Pr. 3 covient 1397, 2274,
3236,   3796,   *etc*.; *ipf*.   3
coveneit 5412,5426,14643;
pf. 3 covint 1805, 2662,
5396,9264,14594,14914,
15630,   19990,   21877,
23071,   27477,   27906,
28858, 29873; *ft*. 3 covendra 2336, 4921, 5959, *etc*.;
cd. 3   covendreit   4393,
11010,   17719,   23197,
23202; *sbj*.   3   coviengge
14753,26814; *ipf*.3 covenist
6986,20140,26629,26649.

Covent 16559, 16851, *n. m*.,
couvent ; *assemblée de reli-
gieux* 23035.

Coverçon 25963, *n. f*., *dissimulation, mensonge*.

Covert, -erte, -erz, *v*. covrir.

Covertor *1563*, *1588*, *15027*, *n. m.*, *couverture*.

Coverture, *plafond ou voûte d'une salle 3102*, *housse (de cheval) 2366*, *2479*, *13918*, *22655*.

Covienge, covient, *v.* covenir.

[Covine], *r. pl. m.* -es *29115 (genre douteux 29183)*, *projet.*

Covri, *v.* covrir.

Covrir *20205*, *24957*, *25459*, *couvrir*, *couvrir d'une housse (un cheval) 13897*, *19214*, *protéger 6558*, *dissimuler 20205*, *couvrir les apparences*, *faire oublier 5324*; — *réfl. dégager sa responsabilité*, *se garantir 24957*, *25459*, *27823. — Pr. 6 cuevrent 7246*, *13381*, *18891*; *pf. 3 covri 6558*, *19087*; *p. p. covert 1235*, *7554*, *14555*, *etc.*, *s.* -erz *7348*, *7445*, *7817*, *etc.*, *f.* -erte *15734*, *21122*.

Craventer, *abattre*, *renverser (c. jus 11465*, *c. a la terre 12110)* ; *détruire 162*, *658*, *5004. — Sbj. 3 cravent 26598*, *25998.*

Creance, *croyance 18455*, *confiance 6310.*

[Creant], *r. pl. creanz 25670*, *p. pr.-adj. (au sens du gérondif passif)*, *qui mérite confiance.*

Creanter *22530*, *approuver. — P. p. creanté 12852*, *13005*, *26269.*

Creature : *tote c. 5358*, *tout homme*, *tout être humain.*

Creeient, creeies, crei, creïez *v.* creire.

Creime *18105* (: aime), *n. f.*, *crainte. Cf.* crieme.

Creire *123*, *4160*, *etc.*, *v. tr.*, *croire*, *croire en (n. de pers. pour rég.) 3123*, *ajouter foi a 15448*, *21207*, *28230*; — *réfl. 13455*, *18718*, *28934*, *se fier à. — Pr. 1 crei 3935*, *12314*, *12660*, *13404*, *16432*, *21827*, *22583*, *22896*, *24104*, *29343*, *3 creit 6103*, *29715*, *4 creon 25416*, *5 creez 15321*, *6 creient 5075* : *ipf. 2 creeies 1783*, *5 creïez 21200*, *6 creeient 3123*: *ft. 3 creira 29714* : *cd. 1 creireie 9851* ; *sbj. 3 creie 4076*, *24483* ; *ipf. 1 creüsse 21207 et creïsse 21210 (r.*) ; *impér. 5 creez 11911*, *15448* ; *p. p. creü 2729*, *11062*, *25048*, *creeit 16421* (:meschaeit), *s.* -üz *5019*, *6322*, *10434*, *17476*, *18214*, *19184*, *19496*, *26437*.

Creisse, *v.* creire.

Creisse, creisseit, creist, *v.* creistre.

Creistre *23660*, *croître*, *augmenter*, *s'élever*, *s'enfler 22669*, *se produire 23660* ; — *tr. 21062*, *accroître. — Pr. 3 creist 2572*, *8142*, *8622*, *9378*, *10282*, *19359*, *22669*, *23239*, *23883* ; *ipf. 3 creisseit 23553* ; *pf. 3 crut 2832*, *6 crurent 2426* ; *ft. 3 creistra 12236*, *12579* ; *sbj. 3 creisse 4971*, *21062* ; *ipf. 3 creüst 745*, *19552* ; *p. p. s. creüz 26696*, *27544*, *f. creüe 5068*, *16284*, *28298*.

Crembra, -eie, -ont, cremeient, -eit, -ez, -ons, *v.* criembre.

Crenel *3085*, *7649*, *24660*, *s.* -eaus *23104*, *n. m.*, *créneau.*

Crenelé, *s.* -ez, *p. p.-adj.*, *crénelé.*

Crensisseiz, crensist, *v.* criembre.

Cresp *5333*, *5498*, *adj.*, *crespelé*, *frisé.*

[Crespe], *s.* -es *5161*, *adj.*, *crespelé*, *frisé.*

Creü, creüsse, creüz, *v.* creire.

Creüe, creüst, *v.* creistre.

[Crever], *v. intr.*, *éclater*, *paraître (en parlant du jour) 2377. — Pr. 3 crieve 2377* ; *pf. 1 crevai 28692.*

Cri *2309*, *2441*, *5326*, *12082*, *12215*, *etc.*, *s.* criz *2383*, *2387*, *4520*, *etc.*, *cri* ; *nouvelle 2309*, *2383*, *2387*, *reproche*, *défaut 5326*; *faire criz 27279*, *pousser des cris.*

Criëe *2723*, *4464*, *4530*, *9589*, *15773*, *18846*,

21644, 24331, 27066, pl.
criées 9713. n. collectif f.,
cris, cris confus; lever une c.
15574, pousser des cris.
Criem, v. criembre.
Criembre 19905, 26792,
29972, v. intr. et tr., craindre; -- réfl. 15027, 20138,
20218, 20643, 21931,
22081, 23744, 24507,
25460; c. que (avec le fut.)
748; c. son cors pour c. sei
29904. — Pr. 1 criem 1268,
8469, 13457, 13546,
21087, 21223, 21320,
21931, 21951, 22081;
3 crient 747, 1477, 3093,
3849, 4 cremons 24719,
etc., 6 criement 2348, 7544,
8981, etc.; ipf. 3 cremeit
5503, 30289, 6 -eient 6984,
6992, 17525, 26040; pf.
3 crienst 1016, 15363,
27222, 29939; ft. 2 crem-
bras 1670, 3 -a 9643,
29923, 6 -ont 19870; cd. 1
crembreie 12961; sbj. 1
crienge 12903, 15352, 3
crienge 1683, 23744 (r.),
24959 (r.), 29240, 29928,
4 cremons 19844, 6 crien-
gent 2982; ipf. 3 crensist
9320, 10138, 15088,
29904, 5 -isseiz 10343;
impér. 5 cremez 13196; p.
p. cremu 20837, s. -uz
18158 et crienz 24535, f.
criente 26539.
Crieme¹ 1709, 3665, 4197,
6005, etc., n. f., crainte,
crainte respectueuse 5797,
préoccupation mêlée de crainte 18014: c. sereit que chierement la comparreies 1709-
10, il y aurait à craindre que
tu ne le payasses cher.
Crieme², -ent, v. criembre.
[Criëment], s. -enz, n. m.: uns
c. 25350, des cris.
Crienge, ent, v. criembre.
Crienst, crienz, v. criembre.
Criër 2633, 5824, 7868,
8562, 15056, 20000,
25294, 25300, v. intr., crier:
— tr., demander à grands cris
(c. merci; c. hauz criz 7868,
21649, 26075, 26161,

29663; lor enseigne crient
en haut 13989, v. enseigne).
publier 25937. -- Pr. 1 cri
19905, 3 crie 4714, 7324,
etc., 6 crient 7327, 9549,
etc.; ipf. 3 criot 14929,
27587, 6 -oent 4536; p. f.
criant 25545; p. f. crie
9792, 13707, 15840, etc.
Crierece 10571, n. f., cla-
meurs.
Crieve, v. crever.
Crime 28512, n. m.
[Crin], v. pl. crins 23469, n.
m., cheveux.
Crine 5147, n. f., chevelure.
Crisolite 14637, 16703, n. f.,
chrysolithe.
Cristal 11754, 14323, cristal
naturel.
Crois 7398, n. m. invar., bruit
que fait un objet qui se brise,
craquement.
Croisserece 7422, 12122,
14029, bruit que fait un
objet qui se brise, craquement;
c. de cordes 7422, bruit produit par la corde des arcs
qu'on détend.
Croissir 4542, 6033, 9413,
9704, 11488, v. intr., se briser avec un bruit sec. — Pr.
6 croissent 13037; pf. 6
croissirent 20113, 20914,
21052; sbj. ipf. 3 croissist
9413.
Croller 18942, v. intr., être
ébranlé, s'ébranler. — Pr. 3
crolle 8076, 8326, 9488,
18536, 18508; pf. 3 crolla
12473.
Crope 6242, 11368, 12034,
13098, croupe.
Cropière 13898, n. f., longe
de cuir qui passe sous la queue
du cheval.
Crote 22099, n. f., salle voûtée.
[Crual], s. -aus 24620 (r.),
cruel.
Cruciier 20769, v. a., tourmenter. — P. p. s. cruciiez
20776.
Cruci (passim), vocatif 15477,
s. crucus 8430, 8663, 8878,
9734, 12026, 18540,
21477, 22385, 22901,
25066, 26138, 26528,

28174, 29442, f. cruël 335, 12757, 20879, 29401, f. pl. cruëus 2071, cruel, sanglant (en parlant d'une bataille) 335, 9952.

Cruëlment 26496, terriblement.

Cruëuté 21444, 21478, 29481, pl. -ez 29133, cruauté.

Cuens, v. conte'.

Cuer -s (passim), cœur, âme, esprit 391, 14627, dispositions d'âme 13586, 18401, 20405 (estre de divers cuers 22537), courage 17873, 22202, intention, désir 867, 4046, 11925, 30137, avis, opinion 1427.

Cuevrent, v. covrir.

Cui', v. que'.

Cui², v. cuider.

Cuider 1383, 19444, 27739 (r.), v. tr., penser, croire; avec l'inf., s'imaginer, croire 2574, 3298, 3533, 3571, 24015, songer à, avoir l'intention de 546, 779, 2084, 3529, 6463, 9758, 10917, 11266, 17735. espérer 1072, 7146, 11594, 11595, etc.; — subst¹ 16742. — Pr. 1 cuit 1072, 1088, etc. (fréquent à l'intérieur), 14664 (r.) et cui (à la rime) 5782, 6961, 12436, 24146, 29326, 2 cuides 24091, 3 cuide 3997, 4185, 4840, etc., 4 -ons 21589, 5 -ez 4674, 6329, 11794, 26707, 6 -ent 3706, 5076, 6126, 8805, etc.; ipf. 3 cuidot 877, 5058, 3298, 13857, 15085, 21206, 21237, 22348, 28121, 29623, 5 -iëz 1343; 6 -oënt 7329, 8824; pf. 3 cuida 2084, 2574, 3571, 8921, 9758, 10917, 14150, 23790, 24308, 6 -crent 546, 779, 16293, 25354; cd. 3 cuidereit 3529, 3533, 5 -iëz 1343, 7017, 17952; sbj. 3 cuit 9333; ipf. 3 cuidast 11235, 21759; p. p. cuidé 919 (r.), 5077 (r.), 25633, 28737 (r.).

Cuir 6839, 7897, 12373, n. m.; peau préparée; li cuirs des mains lor est failliz 12747, ils ont perdu la peau des mains. Cf. Tristan ménestrel (Romania, XXXV, 497 ss.), 711 (le c. des jenols, des bras et des costes).

Cuiriee 23523, n. f., casaque de cuir (joint à haubers).

[Cuire], v. tr., cuire, brûler 17554. — P. p. cuit 17554; or. c. 21822, 25138.

Cuisse 8461, 9446, 9939, etc.

Cuit, v. cuider.

Cuivre 7867, 7965, 12378, n. m., carquois.

Curaille 13104, rebut.

Cure, soin, souci; metre sa c. en 27504; prendre c. come 756, 4958, s'arranger de façon que; aveir la c. sor 5708, être chargé de veiller sur; n'ai c. de (inf.) 25115, je ne tiens pas à; n'aveit c. que 22349, 28373, il se souciait peu que; — souci amoureux : en la femme Hector est sa cure 29627.

[Curer], nettoyer / des ossements, en enlever la chair 29555; soigner, travailler (des mots) 135. — P. p. r. pl. curez 135, 29555.

Curios de 6080, 6107, 22064, 24510, adj., qui prend bien soin de, soucieux de.

•Cusanson (ms. G. var. à 11093-4), n. f., souci.

Curre -s 7885, 7907, 9207, 9228, 9238, 17399, 25777, char.

Dahé, n. m., malédiction; dahé ait 3535, 3549, 3671, 4004, maudit soit! l'ore ait d. 19633, maudite soit l'heure! cent dahez ait la vostre ovraigne 26722 (cf. 26743). Voy. Rom. XVIII, 469.

Damage 574, 1966, 2060, 2075, etc., dommage, mal.

Damagier 2254, 2453, 2538, etc., v. tr., causer du dom-

mage à, faire du mal à ; —
réfl. 20758, se faire du tort,
du mal ; — subst. 2551. — Irf.
3 damajot 22767 ; pf. 3 da-
maja 10784, 12334, 14081 ;
p. p. damagié, s. -iez 18842,
19370, 25020, 27879,
29186, f. -iee 17817.
Damajos, qui cause du dommage 12394, 18756, 19366,
qui éprouve du dommage
(faire d. 8732).
Dame 151, 2013, 4650, 4661,
etc., dame ; maitresse (qui a
autorité sur) 27950.
Damedé (li) 25610, n. m. pl.,
les dieux.
[Damedeu], s. Damedeus 24460,
n. m., Dieu ; les damedeus
(r. pl.) 61, 25579, 29165,
29610, les dieux.
Dameisel 9106, 14290,
14728, 28090, 29255,
29979, 30133, s. -caus
4805, 15274, 16021,
21081, 23795, 30014, da-
moiseau, jeune noble non
armé chevalier ; enfant noble 28090.
Dameisele 10206, 13523,
14450, 17516, 17619,
28543, 28667, pl. -es
7991, 14612, 20259,
20678, 21762, 23371,
23771, 23984, 24043,
29168, demoiselle.
Dampnacion 24450, condam-
nation.
Dampner 60, 3959, condam-
ner, c. à mort 25957, 26497,
28530, 25957. — P. p. s.
dampnez 26497, 28409,
28530.
Dangier 15043, 18091, s. -iers
3856, refus dédaigneux ;
faire d. a 3756, opposer un
refus dédaigneux à.
Dant, s. danz, seigneur, sire ;
en parlant d'une divinité,
dant Apollon 13768.
Danter 1363, 1455, dompter.
Danzel 16488, s. -eaus
14759, m. s. que damoisel.
Danzele, demoiselle.
Dart 6872, 7144, 10888, etc.,
s. darz 2214, 6761, 7082,
etc., dard.

De, prép. : marque essentiellement le point de départ ou
l'éloignement, d'où résultent
des emplois très variés, parmi
lesquels nous relèverons seulement les suivants : de au
sens de « depuis » 23634 (de
cel jor) ; qui puis ne fu nez
de cent anz o de plus assez
125, qui naquit cent ans
après ou même beaucoup plus
(v. assez) ; que ne fu puis
d'un meis durant que ne
14471, qu'il ne s'écoula pas
un mois qu'il ne ; de « par
rapport à » 3501, 5227,
5305, 5306, etc. ; de « de la
part de » 17812 ; de « avant »
(point d'aboutissement dans
le temps) dans une prop.
négative 53, 126, 254,
14471, 16953 ; de « en ce
qui concerne, au sujet de »
379, 694, 1845, 1848, etc.
(en particulier de sei, pour
sa part, par lui-même 3748,
12218, 12670, 15127,
16159, 16813, 17146). —
De indique la concomitance :
de joie 357, de mout grant
ire 24123, etc. ; — le temps
(de nuit, de joie, de cler jor
25399) ; — la cause 3786,
8836, 10694, 10713,
12620, etc. ; — sert à définir :
laide chose est de manacier
1109 ; cf. 11978, 23142,
etc. ; — est employé parfois
hardiment au sens partitif :
que de la levre e del menton
peut on veeir sor le sablon
2529, un peu de la lèvre,
etc. ; de lor amis 17432,
un certain nombre de leurs
amis ; des plus preisiez de
l'ost Grezeis... i veneient,
17527 ; des plus vassaus, des
plus esliz i chiet sovent
24195 ; — de devant le second
terme d'une comparaison
3634, 5125, 6062, 7254,
7475, 7750, 7826, 7847,
8893, 11331, 11417, 11755,
13289, 13340, 13678,
13701, 14113, 14826,
17400, 17951, 19176,
19730, 19909, 19911,

22807, 22815, 24698, 26999; — del = de et le (article), des = de et les (art.), passim; — del = de et le (pron. neutre) devant inf. 2116, 4449,4506,19507, 19663, 20516, 24797, 24968, 25205, 28181; dels = de et les (pron.) devant inf. 2551, (corr.), 8435-6 (?), 19081, 27115, 27116.

Dé¹ 29832, dieu. — désignant un dieu unique 7933.

[Dé]², r. pl. dez 1191, 3183, dé à jouer.

Deable 12587, diable.

Deableis 19675, n. m., diablerie, combat terrible.

[Debatre], v. tr., battre. — Sbj. 3 debate 6428; p. p. debatu 10105.

Deboisseüre 22415, sculpture.

[Deboissier], v. tr., sculpter, ciseler habilement. — P. p. deboissié 3077, 7894, 16534.

[Deboter], v. tr., repousser. — Pf. 6 deboterent 6352; p. p. deboté 27307, 28153.

[Debrisier], 10861, briser; — intr. 14246, se briser. — Pf. 3 debrisa 14246; p. p. f. debrisiee 10861, f. pl. -iees 23611.

Deceif, -eit, -eivent, -eivre, v. deceveir.

Decepline, tourment 17570, châtiment terrible, massacre 7532.

Decevance 28745, tromperie.

Deceveir 1427 (r.), 5780 (r.), 14688, 14697, 21206, 29898 et deceivre 4407 (r.), tromper, décevoir. — Pr. 1 deceif 17661, 3 deceit 13456, 20787; 6 -eivent 13632; sbj. 3 deceive 14910; p. p. deceü 22132, 25925, s. -uz 17711, 17948, 22256, 28048, 28734.

Decevement 878, 12999, 26912, s. -enz 24394, 26996, tromperie, art de tromper 12999.

[Deceveor], s. -ere, n. m., trompeur.

[Dechacier], poursuivre. — Pr. 3 dechace 22195; p. p. dechacié 28558, 29222.

[Dechaeir], v. intr., déchoir, baisser. — Pf. 3 dechaï 28398; ft. 5 decharreiz 10430; p. pr. dechaant 18296.

[Decliner], v. intr., décliner, baisser. — Pr. 3 decline 17888, 19638, 26183.

*Declive (se) (var. de G a 21903-22066, v. 20), v. réfl., [1 *decline, var. de G à 21853-6, v. 56], sbj. 3, descend, se dirige (vers) (?), peut-être faut-il lire decline malgré la rime.

*Declin (au ala a) (add. de G après 26590, fin du poème dans ce ms.), en alla déclinant.

[Decoler], couper le cou à. — P. p. r. pl. decolez 29013, f. -ee 677.

[Décorre], v. intr., dégoutter. — Pr. 6 decorent 26067; sbj. 3 decore 24361.

Decouper 516, 2406, 7434, etc., taillader, mettre en pièces.

Dedenz, adv., dedans, au-dedans, dans la ville (en parlant d'une place assiégée) 95, 6909, 17480, 22888, 23103 (la d.13806, 20744), à l'intérieur (au revers d'un vêtement) 1566; le cors d. 16515, l'intérieur du corps; ceus (cil, celes) d., v. cel. — prép. 582, 961, 1696, 4581, etc., dans, au milieu de 17265, pendant 19412, 27158.

Dedesus 24023, 25535, adv., par-dessus; — prép. 29877.

Dedevant, adv. 10101, 17985, devant; — prép. 12471, 16649 (tres d.), 17749, 20424, devant; par d. 12456, par-devant.

[Dediement], r. pl. -enz 25913, formule de dédicace, de consécration.

[Dediier], consacrer. — P. p. r. pl. dediiez 25923.

Deduios 8005, qui aime à s'amuser.

Deduire sei *39, v. réfl., se dis-
traire, trouver du plaisir. —
Pf. 6* deduistrent *29162*.
Deduit, *n. m., plaisir, amuse-
ment* 5429, *joie bruyante*
28999; torner a d. *1478, faire plaisir*.
Defaillir, *v. intr., manquer, faire défaut; — impers.* 13199,
13250. — *Pr. 3* defaut
13199; *ipf. 3* defailleit *966;
sbj. ipf. 3* defaillist *13250*.
Defaut¹ *27352, n. m., manque*.
Defaut², *v.* defaillir.
Defaute, *défaillance, faute*
7751, *insuffisance* 3740.
Defeis, *n. m.; metre en d., interdire* 10833, *empêcher*
20550.
[Defendable], *s.* -es *17428,
adj., capable de se défendre
(sens actif)*.
Defendi, -ist, *v.* defendre.
Defendre, *défendre, protéger,
interdire l'accès de* 250,
5932, *interdire* 28622, *disputer (un prisonnier)* 8619;
se défendre contre 25485;
d. de (inf.) 20590, *empêcher
de; d. que... ne (sbj.)* 6836,
s'opposer à ce que; (indic.)
27795, *soutenir par les armes que... ne; — v. réfl.*
4763, 5874, 6011, 6015,
6062, *etc.; d. sei de* 26887,
28260, 28848, *se d. contre;
—subst* 9346. — *Pr. 3* defent
7299, 9981, 10059, *etc., 4*
defendons 24098, *6* -ent,
9598, 18874, 19473; *ipf.*,
defendeie, *etc., 5* defendiez
16334, *6* -cient 7195, 7345,
etc.; pf. 3 defendi 11288, *6*
-irent 6011, 7160, 23764,
30046; *sbj. 3* defende 8659,
10215, *etc., 4* -ons 17895;
ipf. 3 defendist 11673,
16475, 26630, 27753, *6*
-issent 23483, 23973; *p. p.*
defendu 2374, 19302,
22755, 28622, *s.* -uz 6965,
9244, 9990, *etc., f.* -ue
20590, 25411, 28360,
29671, *pl.* -ues 19050.
Defens *17040, interdiction*.
Defensable 2981, 3157, *etc.,
adj., facile à défendre; (au*
T. V.

sens actif) *capable de se défendre, redoutable* 4178,
5487. 7983, 8291, 20923,
21792, 22077.
Defense, *défense, résistance;
n'aveir d. vers* 1295, *ne pouvoir se défendre contre; rendre
grant d. a* 21438, *se défendre vivement contre*.
Detension, *s. sg.* -ons 23740,
r. pl. -ons 17485, *n. f.,
défense* 10018, 26134, *protection* 25378, *fortification*
30055, *moyens de défense*
7149, 7451, 11236, 12455,
16429, 16819, 22301,
23110, 25124 *(n'ont mais
d.* 7451, *ne peuvent plus résister), opposition* 13309.
Defent, *v.* defendre.
Definail 6088, *m., et* definaille
9632, *f., fin, achèvement*.
Definement *579, 28769, fin*.
Definer, *v. intr., finir* 15262,
15281 *(fu* definee), 18380,
21862, *périr* 645, *mourir*
22956; *— subst, al* definer
26440, *à la fin*.
Definicion 25707, *propositions
définitives*.
Defoir 24350, *v. intr., s'enfuir*.
[Defoler], *fouler aux pieds. —
P. p.* defolé 19343, *s.* -ez
8822.
[Deforain], *du dehors; lice de-
foraine* 10581, *(palissade)
lice extérieure (par rapport à
Troie)*.
Defors, *adv., dehors, au dehors,
à l'extérieur* 22491, *hors de
Troie, dans le camp des Grecs*
298, 13901; *ceus d. (v.* cel),
l'ost d. 375, 16875, *l'armée
des Grecs; gent d.* 26786,
étrangers; metre d., v. metre;
— prép. 1691, 7571, 25745,
25812.
[Degeter sei], *faire des contor-
sions. — Pr. 3* degete 26121
(: regrete).
[Degré], *s.* -ez 6280, *n. m.*
Deguaster 12971, *v. tr., ruiner*
3001, *gaspiller* 12971. —
P. p. f. deguastee 3001.
Deguerpir 27372, *abandonner,
quitter*.

10

Dei, deic. deis, deit, deivent, v. deveir.

Dei *1682*, *6320* (r.), *8571* (r.), *8646* (r.), *9744* (r.), *10089*, *10599* (r.), *10603*, *14425*. *16938* (r.), *23057*, *26316*, s. deiz *5256*, *5562*, *14155*, *21163*, n. m., doigt; travers dei *10089*, la valeur d'un travers de doigt.

Deic, n. à forme neutre : a dou deie *20237*, à deux doigts.

Deignier *3221*, v. tr., daigner. — Ipf. 3 deignot *15527*; sbj. 3 deint *15045*.

Deint, v. deignier.

[Deintié], s. -iez *14969*, morceau délicat (de dignitatem); voy. G. Paris, Mélanges linguistiques, *306*).

Deis *3111*, *12941*, n. m., table d'honneur (surélevée).

Deissent, deïst, v. dire.

[Deïté], pl. -ez *19836*, n. f., divinité.

Dejoste *15807*, *22263*, prép., à côté de.

Dejus, adv. pris subst¹ : al. d. *6336*, dans une situation inférieure.

Del, v. de, le' et lui.

Delai *28225*, délai.

Delaiement *28348*, *29899*, délai, retard.

[Delaier sei], se retarder, faire du retard. — P. p. delaié *25603*.

Delez *3379*, *3383*, *6423*, *7806*, *10841*, etc., prép., à côté de, près de.

[Delit¹], f.-ite, p. p. -adj. : semblance delite *18081*, forme (beauté) exquise.

Delit² *3181*, *14780*, *15078*, s. -iz *5403*, *13747*, *16427*, plaisir, charme, félicité dans une autre vie *13747*.

Delitable *3186*, *14789*, s. -es *28813*, délectable, agréable.

[Delitier sei], se délecter, prendre du plaisir. — Ipf. 3 delitot *21742*, *5309*.

Delitos *23317*, *26698*, f. -ose *12149*, délicieux.

Delivrance *9774*, *10183*, *26342*, délivrance.

Delivre-s, libre *4690*, *4693*,

9022, *12839*, *22030*, débarrassés, vidés (en parlant des arçons) *20459*; tot a d. *2324*, librement, facilement; alerte, agile *9022*.

Delivreison *25162*, n. f., délivrance.

Delivrement *1905*, *2683*, *3857*, *4796*, etc., promptement.

Delivrer *2642*, *9263*, etc., délivrer, lâcher (les étriers) *17218*, lâcher *6588*, débarrasser *12845*, *12988*, *20874*, mettre à la disposition *26764*, évacuer *10256*, rendre libre (une selle), vider (les arçons) *21022*, *24224* (la rot tant (mout) seles delivrees); — réfl. *9767*, se débarrasser. — Sbj. ipf. 3 delivrast *9767*; p. p. s. delivrez *26343*, *28529*.

Demain *3545*, *5919*, *10261*, etc., adv.

Demander *16952*, *21338*, *21388*, *25930*, demander, réclamer *18203*, *23816*, *25635*, *26818*, demander en mariage *17905*, *28964*; — réfl. *23816*. — Pr.1 demant *3267*, *13294*, *16973*; ipf. 3 demandot *1229*, 6 -oënt *4297*; cd. 3 demandereit *18089*, 6 -eient *24820*; sbj.3 demant *1973*, *2879*, *18407*, *20697*, *26117*, *27867*.

Demandoënt, -ot, demant, v. demander.

Demeigne, v. demeine².

Demeine¹, n.m., possession; aveir en d. *29757*, et a. en son d. *20598*, avoir en sa possession; doner en d. *14952*, donner en pleine propriété; ont en lor demeines *15970*, ont en leur possession, occupent; acoillir en son d. *27508*, laisser pénétrer dans ses domaines, admettre à sa cour, aveir en d. *19180*, être chef de, gouverner (une troupe, une armée).

Demeine² *3287*, *5635*, *6744*, *8172*, *12113*, *14322*, *22833*, *28145*, *29086*, demeigne *25157*, adj., qui appartient en propre (fortifie le possessif); — subst¹, au pl.

12827, 13850, 16326,
16845, 18147, 23491,
24949, 25748, 28717,
seigneurs pourvus de fief.
Demeine³, *v.* demener¹, *et* de-
mener³.
Demeinement, *adv.*, *puissam-*
ment, *fortement* (propr¹ : *de*
maîtresse façon).
[Demener]¹,*v. tr., être maître de,*
dominer. — Pr. *3* demeine
19167.
Demener¹ 4858, *v. tr., ballotter*
28702, *mener*(*une vie*) 2027,
4930, 28466 (d. grant ri-
chece), *traiter* 9772, 28412,
28929, *manifester* (*un senti-*
ment 1847, 4821, 10370,
10414, *etc.* (cf. que mout
grant noise demena 4884,
cil qui en demeinent tel plait
19737, fiere parole en de-
menerent 2051, ils en parlè-
rent avec orgueil). — Pr.
3 demeine 10943, 15458,
15489, 17399, 6 -eint
1847, 2027, 7201, *etc.*;
ipf. 3 demenot 4930, 28412,
6 -oent 9772, 16078; *sbj. ipf.*
3 demenast 11538.
[Dementer sei], *se désoler.* —
Pr. *3* demente 3565, 29207.
Dementres que 1712, 25931,
et en d. que 4937, 8595,
29082, *loc. conj., tandis que ;*
tant d. come 6904 (*indic.*),
15064 (*subj. dépendant d'une*
prop. négative), tant que, tout
le temps que.
[Demetre sei] de, *donner sa dé-*
mission de. — P. p. demis
17457.
Demi, *f.* -ie 1808, *adj.*; en demi
jor 26456, *en une demi-jour-*
née ; — demi dor 28314 (v.
dor) ; demi l'avoir 3122, *la*
moitié des richesse; demi le
regne 24933, *la moitié du*
royaume ; td. an 14602,
20164, *une demie année ; —*
adverb¹, demi mort 21691,
demi morz 24315, *à demi*
mort.
Demis, *v.* demetre.
Demorance, *temporisation, re-*
tard 25575, 29054; senz d.
21072, 25153, 27822; quos

fereie autre d.? 27977, n'i ot
puis autre d. 1879, 17288,
19226, senz nule a. d. 12044,
12418, 13060 (*formules*).
Deniore 13982, 22106, retard ;
senz d. 2551, 4035, 22603,
24362 ; faire d. 3345, s'at-
tarder.
Demoree, *séjour* 27432, *retard;*
senz d. 8387, 21983, 27853,
s. autre d. 30236, s. nule
autre d. 1196; faire d.
25894, s'attarder ; n'i ot
puis autre d. 16234, 18488,
25322; a que fereie d.?
17111, pourquoi retarder
(*formules*) (cf. nos en quier
faire d. 13114).
Demoreiz, *v.* demorer.
Demorer 3276, 7597, 13202,
25283, 25307, 25929,
27304, *v. intr., demeurer,*
s'attarder, attendre; sembler
long (*du temps*) 22113;
senz d. 7263, 21274,
21519, 22521, 22550,
23463, 24423, 27847,
29248, *sans retard;* s. nul
autre d. 15692; — *tr., faire*
demeurer 28807, *retarder,*
différer 21956; — *réfl.*
7597, 13838, s'attarder ;
avec de et l'inf. 21249, s'abstenir : — *imperst.* tarder 799,
5928, 8930, 20369, *sembler*
long (*du temps*) 17802. —
Pr. 3 demore 8930, 14738,
20369, 22113; *pf.3* demora
799, 5928; *ft. 5* demorreiz
21956, 6 -orront 16478;
sbj. 3 demoreiz 1049; *ipf. 1*
demorasse 13838; *impér. 5*
demorez 7956; *p. p.* demoré
25989.
Demorreiz, *retard :* senz nul autre d. 12853; s. demoriers
23515.
Demorreiz, -ont, *v.* demorer.
Demostrance 6094, 12585,
15310, 25839, 26151,
29888, *démonstration, indi-*
cation, signification; faire d.
24832, *faire entendre par*
signes.
Demostrer 4, 5095, 5951,
14738, 18926, 30022, *mon-*
trer, faire connaître. — *Ipf. 3*

demostrot *14707*, *14866*,
27726, *27754*, *29884*; *sbj.*
ipf. 3 demostrast *14873*.
[Deneier], *v. tr.* (*n. de pers.*
pour rég.), *refuser d'admettre*
ce que dit quelqu'un. — *Pr. 1*
denei *13692*, *26806*.
Denier *16309*, *25234*, *25641*,
25936, *27763*, *28919*; *au*
pl. 25138, argent monnayé.
[Denoter], *noter, remarquer.*
— *Pr. 3* denote *17560*.
Dent, *s.* denz *1733*, *1739*, *etc.*,
n. m.; a denz *3569*, *6553*,
7165, *9522*, *10090*, *15486*,
17209, *17219*, *18525*,
18655, *20460*, *27629*,
30217, la face contre terre.
[Depané], *r. pl.* -ez *29261* (dras
d.), *p. p. -adj., râpé, usé.*
Deparlance *20214*, *n. f. mau-*
vais bruits, blâme public.
[Deparler], *v. tr., blâmer.* —
P. p. s. deparlez *28469*, *blâ-*
mé par l'opinion publique.
Departie *9272*, *12731*, *sépa-*
ration.
Departir *9608*, *10145*, *11033*,
13314, *etc.*, *répartir, dis-*
tribuer 2817, 6071, 10197,
10525, *26277*, *26371*,
26755, *29062*, *séparer (très*
fréquent), trier (des cheva-
liers) pour former des groupes
17091, *23518*, *disperser*
11033, *15825*, *éloigner*
11246, *échanger (des paro-*
les) 14202, distribuer (des
coups) 13892; — intr., se sé-
parer (en parlant d'une as-
semblée ou de combattants)
1524, 2462, 5893, 12551,
12730, etc., se retirer (de),
quitter 22822, quitter le
champ de bataille 14386,
17777, 17945, etc.; faire d.
9234, 12563, faire séparer,
disperser; departi de seles
21023, désarçonné; — réfl.,
se séparer 1524, 24771,
24825, 27093, cesser de
combattre 4358, 4576,
10966, 11087, 13207,
13512, etc.; avec de, se sé-
parer de, s'éloigner de, aban-
donner 9672, 13957,
16449, 17953, 17956, etc.;

— *subst*, *séparation, départ*
9371, *10717*, *13325*,
17389, *23789*, *23806*,
27824, *28796*, *29885*,
30280, *séparation de com-*
battants 9803, 10717, sépa-
ration de deux cavaliers pour
reprendre du champ au mo-
ment où ils viennent de se
frapper de leur lance 2443,
9371.—*Pr.* 1 depart *10344*,
5 -ez *16449*, *6* -ent *11087*,
24971; *6* departissent
20032; *ipf. 3* departeit *1524*;
pf. 1 departis *26530* (r.), *3* departi, *6071*, *10768*, *21545*,
26895, *26924*, *28838*,
29335,6 -irent *6542*, *10966*,
13260, *17971*; *cd. 6* departi-
reient *17956*; *sbj. 6* depar-
tent *19345*; *ipf. 3* departist
14252, *24147*, *5* -isseiz
5893, *6* -issent *15086*,
17953; *p. p.* departi, *s.* -iz,
f. -ie (*passim*).
Depecier, *mettre en pièces*
8845, *9239*, *déchirer 16470.*
— *P. p.* depecié *9239*, *s.*
-iez *8845*, *f.* -iee *16470.*
[Dependre], *v. intr., pendre,*
être suspendu. — *Pr. 3* de-
pent *14061*; *ipf. 3* dependeit.
[Depercier]. — *Pr. 6* depercent
20487; *pf. 6* depercierent
17298.
[Depointurer], *piquer.* — *P. p.*
s. depointurez *20626.*
Deport *19433*, *19438*, *délas-*
sement, divertissement.
Deportable *1192*, *3185*, *diver-*
tissant, récréatif.
[Deporter sei], *se divertir.* —
Pf. 6 deporterent *3178.*
Depreiant, *v.* depreier.
Depreier *20740*, *v. tr. et*
intr., prier instamment; sol-
liciter une dame 15051. —
Pr. 3 deprie *15051*; *ipf. 1*
depreioë *29857*; — *p. pr. -adj.*
r. pl. depreianz *14330, qui*
demande merci (à une dame),
soupirant; p. p. depreié
15431.
Dequasser, *casser, briser.* —
Pf. 6 dequasserent *22663*;
p. p. f. dequassee *2495*,
10861, pl. -ecs *7130.*

Dererain *8104*, *20836*, *24283*, s. -ains *22260*, f. -aine *7717*, *13596*, f. pl. -aines *7074*, dernier.

Derier¹ *3084*, *23273*, *23506*, *26209*, s. -iers *8309*, *10210*, *14529*, f. -iere *24387*, dernier ; placé derrière *29310*.

Derier² *2721*, adv., derrière.

Deriere *2332*, *9347*, *9729*, etc., adv. et prép., derrière ; par d. *14440*, par derrière.

[Derompre], rompre, mettre en pièces, arracher (les cheveux) *2634*, chasser violemment *14365*, *15753*, *23773*; absol¹ *9305*, rompre la presse, se faire place. — *Pr. 3* deront *8847*, *9571*, *11462*; p. p. derompu (passim), r. pl. -uz *25190* et deroz (s.) *11705*.

Deroz, v. derompre.

Derrain *16818*, *16856*, dernier.

Des, v. de, le¹ et lui.

Dès, prép., dès, depuis *738*, *1222*, *16818*, *25876*, à partir de *3083*; dès ainz *10054*, *25586*, naguère; dès ore *1976*, *4602*, *9513*, *9514*, *9517*, *9519*, *9520*, *9521*, *13613*, *16502*, *17073*, *17110*, *17628*, *20216*, *20255*, *22397*, *24424*, *24585* (: ancore). dès or (seulement devant cons.) *928*, *1114*, *1760*, etc., loc. adv., dès maintenant, maintenant, dorénavant, désormais; d. ore mais *15253*, *26640*, d. or m. *30060*, m. s.; —dès que, loc. conj., depuis que *19904*, *23323*, dès que *2307*, *2314*, etc., du moment que, puisque *864*, *10537*, *10779*, *13788*, *18247*, *20098*, *24761*, *24765*, *25126*, *30169*, *30214*; d. puis que *14540*, depuis que, du jour où.

[Desaancrer sei], lever l'ancre, s'éloigner (du port). — P. p. desaancré *25990*, *27308*.

Desacordance *27043*, désaccord.

Desacort *17425*, désaccord.

[Desagraer], v. intr. *23648*, déplaire; — impers¹ *16949*, *25588*. — Pr. 3 desagree *16949*, *23648*, *25588*.

[Desamonester], conseiller, détourner. — P. p. desamonesté *24876*.

Desarmer *16291*, *16567*, *20619*, ôter son armure à; — réfl. *11655*, *15598*; p. p. -adj. desarmé *6763*, *11669*, s. -ez *17532*, *27162*, qui n'a pas d'armes défensives.

[Desavancier], v. tr. — P. f. -adj. s. desavanciez *20791*, empiré, en mauvaise posture.

Desavancir *8356*, *14150*, *16129*, v. tr., devancer, prévenir ; prendre le dessus sur, vaincre *9363*, *12142*, *14150*; se ne li fust desavancie (chevalerie :) *10832*, si on ne l'avait mis dans l'impossibilité de se distinguer. — Sbj. ipf 3 desavancist *12142*; p. p. desavanci *9363*, s. -iz *11024*, f. -ie *10832*.

Desbareteison *15800*, déroute.

Desbareteïz *9477*, déroute.

Desbaretement *7213*, déroute.

[Desbareter], battre complètement, mettre en déroute, ruiner. — P. p. s. desbaretez *21423*, *28414* (p. p. -adj., dépourvu de ressources), f. -ee *9382*.

[Desbocler], v. tr., briser la bocle de l'écu. — P. p. desboclé (escu) *17165*, *22716*, *23859*, *24591*.

Descendre *11695*, *15577*, *21600*, v. intr., descendre, descendre de cheval *3381*, *10218*, *11285*, etc., être désarçonné *18887* ; — tr., jeter à bas *9238*, aider (une dame) à descendre de cheval *13847*. — Pr. 4 descendons *25031*, 6 -ent *18887*; ipf. 2 descendeies *8377*; pf. 3 descendi *10218*, *10363*, *11285*, *13819* ; p. pr. -adj. f. pl. espaules descendanz *5414*, épaules tombantes.

[Descercler], v. tr., enlever le cercle à (un heaume). — P. f. descerclé *12541*, s. -ez *20559*.

[Deschaucier], *déchausser.* —
P. p. deschaucié *27383.*

Deschevauchier, *renverser de
cheval.* — *P. p.* deschevau-
chié *15822, 23532.*

Desci que, *loc. prépositive (ordin*suivie de a)* 1495, 1584,
1652, etc., jusque* : desci a
18725, jusqu'à; d. qu'a poi
*1652, 10443, 12236,
29258, d'ici à peu, avant
peu*; d. qu'a uit jorz o a
meins *25649, avant huit
joursou moins*; —d. que, *conj.,
96, 1124, 1182, 1240,
1707, etc., jusqu'à ce que.*

[Descirer], *déchirer.* — *P. p.*
desciré *11988.*

[Descloër], *déclouer;* — *intr.*
27907, se déclouer. — *Pr.* 6
descloënt *15761, 27907.*

[Desclore], *dégager, délivrer.*
— *P. p.* desclos *8583.*

Descoloré *26451, p. p. -adj.,
sans couleur, pâle.*

Descompaignier *14193, v.
intr., se séparer* : que vos
fera d. entre vos e le brant
d'acier, *qui vous forcera
d'abandonner votre épée.*

Desconfire *9345, 9441, 9602,
etc., v. tr., battre complètement, mettre en déroute;* —
*subst*13129. — *Pr.* 3 des-
confist *12439, 26863,6* des-
confissent *4552; pf.* 6 -is-
trent *28387; p. p.* des-
confit *15961, 18861, s. -iz
15737, 17279, 20889,
21380, 23689.*

Desconfiture *2216, 3212,
4579, 21051, déconfiture,
déroute.*

Desconfort *8252, 9664,
10980, etc., s. -orz 8417,
10844, 12070, 14526,
15885, 16336, 18732,
30136, n. m., décourage-
ment, désespoir, vif chagrin.*

Desconforter sei *20292,
22510, se décourager.* —
Pr. 3 desconforte *24356;
p. p.-adj.* desconforté *5936,
22844, s. -ez 8148, 11964,
f. -ee 8806.*

[Desconseillier], *v. tr.* — *P. p.-
adj.* desconseillié *5938,*

*16342, s. -iez 6470, 10536,
18004, 20792, 25224, f.
-iee 21786,f.pl.-iees 18220,
qui ne sait plus que faire, découragé; d. de joie 20792,
qui a perdu la joie.*

[Descopler], *découpler.* — *P. p.
f. pl.* descoplees *29303.*

[Descoragier], *décourager.* —
P. p.-adj. descoragié *16241,
22843.*

Descordance *441, 483, 13309,
19195, 26373, n. f., désaccord, discorde.*

Descorde *10533, n. f., désaccord, discorde.*

Descovrir *10803, 17323,
19373, 25374, 26420, dé-
couvrir, dévoiler; estre descovert de son escu 16221,
n'être plus protégé par son
écu; — récipr. 5849, se dévoiler mutuellement (des se-
crets).* — *Pr. 1* descuevre
25622, 3 descuevre *2078,
9630, 17750; pf. 3* desco-
vri *29993, 6* -irent *5849;
p. p.* descovert *15406, s.
-erz 16221, 27418, f. -erte
24730, 26682, 29721.*

Descreistre *14905, v. intr.,
décroître.* — *Sbj. 3* des-
creisse *13506.*

Descripcion *23169, r. pl. -ons
23251, description.*

Descrire *7598, décrire, expliquer.* — *P. p. f.* descrite
5543.

Descuevre, *v.* descovrir.

Desdeignos *23798, 25654,
dédaigneux.*

Desdeing, *n. m.*; prendre en d.
de ço que *2089, s'indigner
de ce que.*

Desdi, -ie, *v.* desdire.

[Desdire], *v. tr., contredire,
s'opposer à.* — *Pr. 1* desdi
4758; subj. 1 desdie *21890,
3* desdie *3717; p. p. f.* des-
dite *27704.*

Desdit, *s. -iz 26606, contradiction; senz d. 10299,
14779, 17587, 23713,
26739, s. nul d. 17342,
27064, sans contradiction,
sans opposition.*

Desegual *(f.) 19986, inégal.*

[Desenseler], *v. tr.*, *faire
quitter la selle à, désarçonner.*
— *Pr. 3* desensele *9031*.

[Desert], s. -erz *23185*, *n. m.*,
désert.

Deserte *6430*, *récompense
donnée selon le mérite.*

[Deserter], *rendre désert, ravager.* — *P. p.* deserté
24882, f. ·ee *49*, *4889*.

[Deservir], *mériter.* — *Pr. 3*
desert *4115*, *28506*; *pf.
3* deservi *20244*, *26335*,
26368, *26657*, *28200*; *p.
p.* deservi *18924*, *27437*,
f. -ie *26285*, *26466*, *26481*.

Desespeir *20794*, *désespoir.*

Desesperance *17743*, *n. f.*,
désespoir.

Desesperer, *v. intr.*, *désespérer;*
— *réfl. 19169, m. s.* — *Pr.
1* desespeir *24623*; *p. p.-
adj.* desesperé *21624*.

Deseurance *6730* , *8898* ,
8982, *10618*, *12340*, etc.,
séparation; la ot fait d'ames
deseurances *10736*, *il y eut
là des morts*; *cf. 6730*,
feront mainte deseurance
d'ames de cors.

Deseureison *13182*, *séparation.*

Deseurer *16*, *1719*, *12488*,
etc., *séparer; séparer les combattants confondus dans la
mêlée 12567, 24206* (d. la
bataille *10969*, *20594*), *répartir en groupes 20895*
(d. ses batailles *17095*, *former ses divisions*; d. sa gent
2354); d. les presses *21107*,
fendre les groupes; — *intr.
14518, 15656, 22810*; —
réfl. 20398, 26048; —
subst *373, 13706, 30003.*
— *Pr. 3* deseivre *21107* ,
22810.

Desface, *v.* desfaire.

Desfaé, s. -ez *26128*, *29755*,
adj., *fou criminel 29755*,
furieux 26128, (en parlant
d'un combat) *21201*: *misérable, maudit (injure) 15259*,
29399.

Desfaire *3334, 3521, 13240*,
27771, *28825*, *défaire*;
déchirer, mutiler 3334 ,

11787 (d. des ieuz *3518*,
3521, *faire arracher les
yeux à*), *écarteler 27771*,
30028 (d. membre a membre
11755, *arracher les quatre
membres un à un à*): *détruire
(une convention) 13240.* —
Pr. 1 desfaz *3518*, *3* desfait
8625, *30196*; *sbj. 1* desface
12993; *p. p. s.* desfaiz
11787, *30028.*

Destaiz, -az, *v.* desfaire.

[Destermer], *ouvrir.* — *Pf. 3*
desferma *1664.*

Desfiance, *défi 1061*, *défense
accompagnée de menaces
15309, 15316, 15516*;
faire d. de *21918*, *signifier
formellement.*

[Desfiër], *menacer*; d. de mort
21040, *24116*, *menacer de
mort.* — *Pr. 3* desfie *3567*,
12774, *21040*, *24116*; *6*
-iënt *29906.*

Desgeüner *10255*, *rompre le
jeune (en parlant d'un malade).*

Desguaigier *14341*, *saisir en
paiement d'une dette.*

Desguarni (d'armes) *4510*, s.
-iz (d'armes) *22305*, *p. p.
-adj.*, *qui n'a pas son armure,
désarmé.*

Deshabitees (terres) *12380*, p.
p.-adj. f. pl., *désertes (terres).*

Deshait¹ *10196*, *12760*, *13814*,
19157, *20689*, *21873*,
24381, *25009*, *25577*, s.
-aiz *617*, *chagrin, tristesse.*

Deshait², *v.* deshaitier.

Deshaitement *19163*, *22501*,
25553, *chagrin, tristesse.*

Deshaitier sei, *s'affliger; impers.*
(mout me deshaite que)
23402. — *Pr. 1* deshait
13649, *17737*, *3* deshaite
9150, *9178*, *11278*, etc.; *6*
-ent *12778*, *19544*; *sbj. 3*
deshait *4946*, *11014*, *11952*
19860; *p. p. -adj.* deshaitié
4942, *8807*, *12633*, *16605*,
28161, s. -iez *10269*, *17625*,
19794, *21363*, *21976*,
25103, f. -ice *13539*, *affligé,
triste, mécontent.*

Desheriteison *29140*, *action de
déshériter.*

Desheritement *28507. 29107.
action de déshériter.
Desheriter   6854,   11769,
    11884, etc., déshériter. —
    Pr. 3 desherite *4116, 5* -ez
    21730 ; p. p. s. desheritez
    4087, 27417, 29130.
Deshonor *3312, 4062, 4696,
    etc., n. f., déshonneur, honte,
    outrage ;* faire d. a *28263,*
    outrage.
Deshonorer *3597. mutiler hon-*
    teusement. Cf. le latin detur-
    pare.
Desir[1], *n. m., désir.*
Desir[2], *v.* desirer.
Desirer, *v. tr., désirer.* — *Pr.*
    1 desir *2013, 3840, 7775,*
    15151, 17878, 18735; ipf.
    1 desiroë *29455, 29858, 3-ot*
    5453, 19102, 22021, 26303
    28673, 28972, 29224 ; —
    p. pr. -adj. desirant *de 4604,*
    6709, 12018, 28685; absol[t]
    20479, avide de combattre ;
    p. p. -adj. f. pl. desirees
    (victoires) 30180, désirables
    (victoires), importantes.
Desirier *7243, 7963, 13151,*
    14178,   18062,   21930,
    23005, 26499, 29850, dé-
    sir, objet du désir.
Desiros *4192,   7292,   7642,*
    7690, etc., désireux, avide.
Desjoindre *24051, v. tr., dis-*
    joindre,   séparer,   écarter,
    fendre ; — intr.,   11349,
    14375, 22697, se disjoindre,
    se disloquer. — *Pr. 3* desjoint
    12109, 22788, 30094, 6
    desjoignent *11349, 14375,*
    15761, 22697, 23495 ; pf.
    6 desjoinstrent *10640.*
[Deslacier], *délacer.* — *Pr. 3*
    deslace *6554; ipf. 6* desla-
    çoent *9771, 15707.*
Deslei (a) *25351, excessive-*
    ment.
[Desleial], *r. pl.* -aus *26714,*
    27290, déloyal.
Desleiauter *28502, accuser de*
    déloyauté.
[Desleïé], *s. -iez 24621, 26166,*
    p. p. -adj., déloyal.
[Desloër], *déconseiller, refuser.*
    — *P. p.* desloé *19923, f.* des-
    loëe *13251.*

Desmaillier *8411, 8785, 9138,*
    9280, 9707, 10085, 11363,
    12108, etc., briser les mailles
    à(un haubert) ; v. intr. 14154,
    réfl. 10734, 11276, perdre
    des mailles.
[Desmander], *v. tr., dénoncer*
    (une trêve). — *P. p. f.* desman-
    dee *20417.*
Desmembrer *11816, 22966,*
    25299, v. tr., arracher les
    membres. — *P. p. s.* desmem-
    brez *8750, 18360, f.* -ee
    13113.
[Desmentir], *v. intr., défaillir,*
    se fausser, fléchir (en parlant
    d'un haubert) 23866. — *Pr.*
    3 desment *15305, 21604;*
    sbj.   3   desmente   12818,
    23866.
[Desmesler], *v. tr., démêler (les*
    combattants). — *P. p.* des-
    meslé *9277.*
Desmesure, *n. f. : à d. 2556,*
    6092, 25148, 29628, déme-
    surément, excessivement.
Desmesuré *23184,   23558,*
    25787, 30257, s. -ez 5502,
    19106, 21503, 21544, f.
    -ee 20072, 27661, f. pl.
    -ees 11054, p. p. -adj., deme-
    suré, considérable, excessif ;
    bataílles d. *18586, groupes*
    de combattants très nom-
    breux ; d. as armes *5502,*
    redoutable au combat.
Desniëe (ms. G, t. IV, 409,
    l. 8), p. p. f., refusée.
Desor, *sur, au-dessus de 5037,*
    9005, 21658, 22392, 29574,
    vers 8988, contre (d. mon
    cuer *20405; v. vié); par d.*
    11352, prép., par dessus.
Desoz, *adv.   3039,   3380,*
    7816, 16545, 16800, des-
    sous, au-dessous (sous la voûte,
    sur le sol 30739); — subst[t],
    le d. *24084;* aler al d.
    19558, finir par avoir le des-
    sous ; — prép. 5029, 14416,
    16208, 25223, 29218, sous.
Despartir *8614, v. intr.,   se*
    séparer, se disperser.
Despeire, *v.* desperer.
[Despendre], *dépenser.* — *Pr. 3*
    despent *14933; pf. 3* des-
    pendi *17499; ft. 6* despen-

dront *6891* ; *p. p. s.* despen-
duz *10462*.
Despense, *n. f.*, *dépense 14980,
20102, moyens, faculté de
dépenser 3538.*
[Despensier], *s.* -iers *5165, dé-
pensier.*
Desperance *25554, désespoir.*
[Desperer sei], *se désespérer. —
Pr.* 3 despeire *19443.*
Despers *29357, f.* -erse
26557, agité.
*Despiece (add. de G après
22589, v. 30), v. tr., sbj.* 3
de despecier, mettre en pièces.
[Despire], *v. tr., ne pas faire
cas de, outrager. — P. p.*
despit *3653, 24582.*
Despit¹, *v.* despire.
Despit², *mépris 4105, humilia-
tion, outrage 2086, paroles
méprisantes 17988.*
Desplace, *v.* desplaire.
[Desplaire], *v. intr., déplaire ;
— impers. 16949, 17032,
21068, 24474, 27080. —
Pr.* 3 desplaist *4073, 8616,
10483, 16949, 17032,
17286, 21068, 25588,
25958, 27080, 27782,
30086 ; ipf.* 3 desplaiseit
13242 ; pf. 3 desplot *4634,
17452 ; sbj.* 3 desplace
1098 (r.), *1608* (r.), *5906*
(r.), *10014* (r.), *13603,
24474, 26172* (r.), *26446*
(r.), *28324* (r.), *et* desplaise
10453 (r.), *22526* (r.).
Desplaise, -aist, *v.* desplaire.
Desplei *19988, r. pl.* despleiz
10628 (esfreiz:), *22604* (conreiz :), *adj., déployées (en parlant des banderoles des lances).*
[Despleier], *déployer. — Pr.* 3
despleie *18946 ; p. p.* des-
pleié *9683, f.* -iee *8319,
pl.* -iees, *17080, 19234,
20453.*
Desplot, *v.* desplaire.
Despoillier, *dépouiller, piller.
— Pr.* 3 despueille *27342 ;
pf.* 1 despoillai *26777 :* sbj.
3 despout *8430 ; p. p.* des-
poillié *26091, 27284, s.* -iez
4832, f. -iee *4812.*
[Desposer], *déposséder du com-*

mandement de l'armée. — Pf.
3 desposa *444.*
Despout, *v.* despoillier.
[Despreisier], *mépriser. — P.
p. f.* despreisiee *20274.*
[Despuceler], *dépuceler, déflo-
rer. — Pf.* 3 despucela *1648 ;
p. p. f.* despucelee *28697,
pl.* -ees *23350.*
Despueille¹ *9260, pl.* -es
*26237, n. f., dépouille, ar-
mure enlevée à un ennemi
9260.*
Despueille², *v.* despoillier.
[Desreer sei], *se déranger,
quitter son rang. — P.* 3
desreie *9128, 11249, 6*
-cient *13936 ; ipf.* 3 desreoënt
2455 ; pf. 6 desreerent
13985.
Desréi *9436, 9860, 10892,
n. m., sortie des rangs, désordre, confusion dans le
combat, déroute ;* movront un
grant d. *2174, provoqueront
une grande déroute ;* a d.,
*en désordre 24257, étrange-
ment 20061.*
[Desrober], *v. tr., voler, dépouiller de son bien. — P. p.*
desrobé *28561.*
[Desrubier], *r. pl.* -iers *17483,
n. m., précipice.*
Dessaisir *10782 ;* (d. qq^n de
qq^ch, enlever qq^ch a qq^n).
— Ft. 3 dessaisira *26692 :
p. p. s.* dessaisiz *446, 26655.*
[Desseler], *jeter à bas de la
selle, renverser. — Pr.* 6 des-
selent *15628.*
Dessemblance *22572, dissem-
blance, différence.*
[Dessembler], *séparer. — P. p.*
dessemblé *2534.*
[Desserrer], *écarter, éloigner
(du rivage). — Pr.* 3 desserre
974.
[Dessevelir], *laisser sans sépulture. — P. p. r. pl.* dessevc-
liz *12898.*
Dessomons, *p. p.* -adj. *:* toz d.
*6823, n'étant nullement in-
vité.*
[Destachier], *détacher. — P. p.*
destachié *1969.*
[Destemprer], *détremper, préparer (de la glu) 1717. —*

P. p. destempré *23065, f.*
-ee *1717, 23647.*
[Destendre], *détendre (un arc)*
12376; intr. 9813, 28889.
— *Pr. 3* destent *9813; sbj.*
ipf. 3 destendist *12376; p.*
pr. -adj. destendant (plus d.
que 28889, *avec plus de vi-*
tesse que).
[Desterrer], *déterrer (ou plutôt*
sortir du tombeau les restes
de). — *P. p.* desterré *29554.*
Destin : senz nule autre hore
de d. *13896, sans aucun*
retard voulu.
Destine, *n. f.,* destinée *7336,*
12512,   13780,   18072,
23400,   26113,   27360,
27648, situation critique
8876.
Destinee *3134,10337,10431,*
10440, etc., pl. -ees *12754,*
16416, 26597, *destinée,*
sort; *personnifié (sans arti-*
cle) 10123, 18717, 28615
(Male Destinee); *(avec article,*
transition entre les deux em-
plois du mot) 22555 (ensi est
en la destinee que), *26539.*
Destinement *17545, destinée.*
[Destiner], *v. tr., annoncer*
comme fatal 27196. — *P. p.*
r. pl., destinez *27196; p. p.*
-adj. f. destinee : chose d.
1736, chose fixée par le
destin.
Destolir *10186,* 10666, *en-*
lever, supprimer, empêcher.
— *Pf. 3* destoli *23703.*
[Destorber], *empêcher, détour-*
ner 24875. — *Ipf. 3* destor-
bot *5942; p. p.* destorbé
24875.
Destorbier-s   6097,   7935,
9107, etc., dérangement,
empêchement, dommage.
[Destordre], *dérouler, déployer*
(une banderolle). — *P. p. f.*
destorse *9326.*
Destre¹, *adj., de droite, placé à*
droite; main d. *7529, 8054,*
etc.; braz d. *12258, 16663;*
d. come, *v.* comé.
Destre² *8714,* 9547, *n. f.,*
droite, côté droit.
Destrece   4209 ,   14030 ,
19135, 22917, *27474,*

détresse, *situation critique ;*
malheur 22483,   affliction
profonde 19135.
[Destrecier], *dénouer;* crins
destreciez *23469, cheveux*
épars.
[Destreindre], *accabler, angois-*
ser. — *Pr. 3* destreint
20779, 6 -cignent *21659;*
sbj. 3 destreigne *20774; p.*
p. destreit *17624, s.* -eiz
18292.
Destreit¹, *s.* -eiz *1942, 4789,*
8586, etc., p. p. -adj., abattu,
serré de près 14098, gêne,
embarrassé 10502, 15134,
angoissé 1298, 1942, 4789,
etc.; dans un état pénible
18650; a mort d. *15194,*
21044, a la m. d. *24196,*
frappé mortellement; a m. d.
28732, qui souffre des an-
goisses mortelles.
Destreit², *s.* -eiz *12297, 12698,*
13013,   18775,   19270, n.
m., passage étroit, lieu resser-
ré; nécessité 12698, 30112,
situation pénible 17882.
Destreitement   *18016,   avec*
angoisse.
Destrier-s *1852,   2583, etc.,*
cheval de guerre.
Destrucion   47,   662,   2830,
18190,   19655,   21850,
24856, 25025, *destruction.*
Destrui, -ent, -ons, *v.* destruire.
Destruiement ,   *destruction*
26593, ravage 6600, *car-*
nage 14267,14544,15957,
16476,   24390,   25050,
25558.
Destruire   2392,   2643   (r.),
7292, 9637 (r.), etc., v. tr.,
détruire, ruiner, amener la
perte de; avec un n. de pers.
pour rég. à l'actif ou pour
sujet au passif 2392, 2754,
6192, 10437,etc., causer la
perte de; — *intr., faire d.*
24808, m. s. — *Pr. 1* destrui
19586,3 -uit *20787,24273,*
4 -uions *18198; pf. 3* destruist *24851,26849,4* -uisi-
mes *3532,6* -uistrent *5752,*
6047, 6340 : cd. 3 destrui-
reit *27969, 6* -eient *25419;*
sbj. 5 destruiciez *28204, 6*

destruient *13726*; impér. *4*
destruions *2641*: *p. p.* des-
truit *2754*, *10437*, etc., s.
-iz *6174*, *13804*, *26002*,
26950,*27785*,*f.* -uite *2075*,
2872, *2900*, etc., *f. pl.*
-uites *19644*, *28168*.
Destruist, -uistrent,*v.* destruire.
Desus *3000*, *3040*, *6271*,
7817, etc., *adv.*, dessus, au-
dessus, par dessus (à la voûte
3040); par d. *6274*,*7890*,
m. s.: de d. *3053*, *16273*,
16766, à la partie supérieure ; — *subst*, al d. : venir al
d. *10097*, arriver à l'emporter; estre al d. *9338*,
16254,*25069*, avoir le dessus ; de lui fust sempres al
d. *22736*, il l'aurait vaincu
aussitôt (cf. *28776*); —
prép. *28027*, sur.
[Desveier], *v. intr. et v. réfl.*
(*13628*), s'égarer *28853*, se
dévoyer, s'égarer (dans sa
conduite). — *Pr. 1* desvei
18049; *6* -eient *13628*,
28853. •
Desvengiees *18311*, *p. p.* -adj.
f. pl., non vengées.
Desver *2574*, *v. intr.* (d. del
sens) *2574* et *réfl.* *15942*,
24290, devenir fou ou furieux. — *Pr. 3* desve *24290*;
pf. 3 desva *15942*;*p. p.* -adj.
desvé *16689*, *s.* -ez *2607*,
8603, etc., *f.* -ee *8373*,
15459, *15584*,*26557*,fou,
égaré.
Desverie, folie, fureur.
[Desvestir sei], se déshabiller.
— *Pf. 3* desvesti *21690*; *p.*
p. desvestu *27284*.
Desvoleir *3981*, *13785*,
15372, *21652*,*v. tr.*, ne pas
vouloir, renoncer à;s'opposer
à *24451*, *26324*, *26349*. —
Pr. 1 desvueil *26517*,*3* desvueut *24451*, *26349*; *ipf.*
1 desvoleie *12997*;*pf. 3* des-
voust *28250*, *6* desvoustreut
26324; *ft. 6* desvoudront
12896; *sbj. 3* desvueille
13245, *21156*, *5* desvolez
16945.
Desvueil, -ueille, desvueut, *v.*
desvoleir.

·Detaille (*ms.* G, *var.* aux *v.*
10955-78), *pr. 3* de detail-
lier, *v. tr.*, tailler en pièces.
Detenir, retenir; — *réfl.* *23276*,
se trouver, être: *subst*
15451. — *Pr. 6* detienent
23276;*pf. 3* detint *9200*,
15876;*sbj.* detienge *14754*.
[Determiner], *v. tr.*, fixer, assigner. — *P. p.* determiné
4326,*f.* -ee *22642*, *29974*.
Detienent, -ienge, *v.* detenir.
[Detirer], tirailler. — *Pr. 3* de-
tire *26197*.
[Detordre], tordre. — *Pr. 3* detuert *12196*; *p. pr.-gér.* de-
tordant *15505*.
Detraire, tirer, arracher; d. a
chevaus *302*, *3522*, *3630*,
11776, *13110*, d. a coës de
ch. *21464*, ou *absol*, de-
traire *21464*, tirer à quatre
chevaux, écarteler. — *Pr. 3*
detrait *30195*; *p. p. s.* de-
traiz *11776*.
Detrenchier, *v. tr.*, découper,
mettre en pièces, cribler de
blessures; couvertures detren-
chiees de dras de seie *13919*,
housses ornées de crevés de
soie; *subst* *23949*. — *Sbj.*
ipf. 3 detrenchast *26080*;
p. p. s. detrenchiez (passim).
Detrès *15836*, *adv.*, derrière.
Detrie (plus n'i) (*var.* de G à
21903-22066,*v. 63*),*v.intr.*,
impér. 2, ne fais plus du
retard.
Detuert, *v.* detordre.
Deu (*passim*), *s.* deus, *29153*,
29154,*29173*,*29834*,dieu;
li deu de la mer *22985* ;—
pour désigner un Dieu unique *890*,*2919*,*3060*,*3228*,
4492, etc.
Deuesse *67*, *3876*, *3879*,
3920,*4264*, *4279*, *4292*,
5970, *23047*, *25390*,
29582, déesse.
Deugié, *s.* -iez *1550*, *5134*,
5447, etc., *f.* -iee *5147*,
5546, *13395*, délié, fin,
mince.
Deus, *v.* dous.
Deüsse, -ent, -es, -iez, -ons,
deüst, *v.* deveir.
Devaler *12131*,*25222*,*26795*,

v. intr., descendre. — *Pr. 3*
devale *23563.*

Devancir *5763, 23845, v. tr.,*
devancer. — *Impér. 1* devan-
cissons *5760* ; *p. p.* devanci
24687.

Devant, *adv., devant ; en avant*
7075, 9727, auparavant
13317 : par d. *21053, de-*
vant ; la d. *29373* ; — *prép.,*
devant 14397,14613,14721,
21706, 29266 (en parlant
du temps), avant 18425 ; —
d. que *5841, 5895, 11619,*
15000, 18124 et d. ço que,
loc. conj., avant que.

Deveer *15336, 30050, v. tr.,*
défendre ; interdire l'entrée de
2082, 2098 ; d. que... ne
30051, défendre de. — *Pr.*
3 devie *1066* ; *ipf. 3* deveot
15400 : *pf. 3* devea *2082,*
2098 ; *sbj. ipf. 3* deveast
30072.

Deveir, *v. tr., devoir, être sur*
le point de 29696 ; vouloir
dire, signifier : iço que deit ?
18199, mout se merveille
que ço deit *1468,* demanda li
que ço deveit *28583* ; — *avec*
un infinitif, marque que le fait
exprimé par cet infinitif est
dans la nature des choses et
doit nécessairement se pro-
duire, ou plutôt qu'il se pro-
duit réellement, parce qu'il ne
peut en être autrement : Castor dut bien estre entrepris
2586 ; la nuit fut neire, come
il dut *27899* ; li clers matins
qui venir dut *2376* ; *cf.*
1102-3,6832, 7272, 7377,
9491, 9764, 9941, 11216,
11504, 15282, 22878,
23436, 23056, 23660,
26952, 26955, 26993,
28028, 29669, 29852,
30056, et voy. A. Tobler,
Vermischte Beiträge zur
franz. Gramm., II, 32 sqq. —
Pr. 1 dei *3421, 3660, 3746,*
etc., 2 deis *3402, 15568,*
15569 ; deit *3, 4, 32, etc.. 4*
devons *3227, 3230, 3684,*
etc., 5 devez *13737, 16924,*
19526, 26716, 6 deivent
4685, 4960, 5317, 6136,

etc. ; *ipf.* deveie, *etc.,* 5 de-
viëz *5876* ; *pf. 1* dui *20245,*
3 dut *2376, 2586, etc.,* 6
durent *6832, 13515, 20876,*
21625 ; *ft.* devrai, *etc.,* 5
devreiz *6403* ; *cd. 1* devreie
2894, 3-eit *22966, 30054,*
4 -ions *25086,* 5 -iëz
19017, 19657 ; *sbj. 1* deie
16936, 3 deie *10494,*
10619, 13452, 18348,
22507, 24596, 25970,
26708, 29972, 4 deions
4448 ; *ipf. 1* deüsse
18722, 20267, 2-es 20716,
3 deüst *2038, 13672,*
14882, 19024, 20246,
21674, 22488, 22986,
25034, 25660, 26487,
26792, 26875, 26922,
27063, 28135, 29852,
30184, 4 -deüssons *1068,*
*6158,25080,*deüsson*26717,*
5 -eiz *18276, 26493,* 6
-ent *15242, 22984.*

Devenir, *v. intr.* ; — *imperst, se*
devient (*var.* s'esdevient) *906,*
16037, 24090, peut-être. —
Pr. 1 devieng *18084, 3* -ient
906, 16037, 24090, 6-ie-
nent *14743, 14845* ; *ipf.*
6 deveneient *28835* ; *pf. 3*
devint *4592, 29081,*
29577 ; *sbj. 3* devienge
29239 ; *p. p* devenu *5086,*
s. -uz *13735, 29709.*

Devers, *prép., vers, du côté de*
973, 3094, etc., du pays de
13548, du parti de 296,
10549, 17169, 19031 (de
devers), en ce qui concerne
(d. nos *24615,* d. vos *13177,*
d. sei *13702,* d. li *15185).*

Devié *405, 1056, etc., s.* deviez
16472 ; *r. pl.* deviez *13614*
(faire d., *le pl. pour le sing.*),
défense, interdiction.

Devient (se), *v.* devenir.

Devin -s¹ *3962, 4093, 4144,*
4272, 9211, etc., f. -ine
26954, 29837, adj., devin ;
qui vient des dieux 26954.

Devin -s² *2941, 3963, 5391,*
etc., n. m., devin ; enchanteur
16729, 22898 et 29160,
(joint ici à poëte) ; estre d. de
17733, deviner.

Devinailles 22850, n. f. pl., prophéties, événements prédits.

Devine, n. f., déesse 23046, prophétesse 4883, 26114.

Devinement 273, 4013, 24494 r. pl. -enz 24707, 30159, prophéties, consultation des dieux 24707.

[Devineor], s. -ere 359, 547, devin.

Deviner 2941, 3947, v. intr., prédire l'avenir; tr., prédire, annoncer 9676, 25558, raconter 4220. — Ipf. 6 devinoënt 25557.

Devis¹, v. deviser.

Devis² 23298, 24922, 26276, 29889 (= lat. divisum), f. pl. devises 23149, p. p. d'un verbe inusité pris comme adj., divisé, séparé, distinct.

Devise, f., n. verbal de deviser dont il a la plupart des sens : e de lor gent fait lor devises 11140, formé leurs corps de troupe; senz d. 3027, 7262, 10032, 10966, sans restriction, assurément; n'i ot autre d. 2556, 15660, 21958, 28366, n'i ot puis fait autres devises 15910, (formules d'affirmation annonçant des détails); a ta d. 4112, à ton idée; tot a d.1315, successivement; par tel d. 12045, dans ces conditions (ainsi armé): par t. d. que 18608, de telle sorte que; par teus devises que 19380 (indic.), 15220 (subj.), à condition que; — au pl., devises 15604, barrière, palissade (cf. lices).

Deviser, diviser, séparer 5540, distribuer, répartir 2278, 7608, 23286, 26371, 26796, 26895, 26924, 29062, répartir en groupes (les combattants) 15387, 21286, 23114, 23425, former (des groupes) 11114, 23749, expliquer, indiquer, décrire en détail 3902, 12804, 14626, 14628, 17994, 18127, 21321, 23194, 23852, raconter 12284, 12780, 21852,

24048, 28208, décider, fixer, régler 25694, 27706, 27854, 27858, 29158; — intr. 2183, finir (en parlant de l'hiver), faire place au printemps; d. de. ne sai que plus vos en devis (formule, en un mot) 11345, etc.; — réfl. 22103, se diviser. — Ipf. 3 devisot 25507; ft. 5 deviscreiz 18127; sbj. 1 devis 11345, 11934, 12284, 21019, 21076, 22066, 29732.

[Devision], pl. -ons 26303, partage.

Devocion 5797, 29020, dévotion.

*Devore (fait grant d.) (ms. G, var. à 15738-16382, v. 5), n. verbal de devorer, massacre.

Devorer, attirer à soi, engloutir (des biens) 28739; tuer 8374, 21102; — réfl. 18691, 25192, être en proie à un violent chagrin (se ronger). — Pr. 3 devore 18691, 21102, 25192; ipf. 6 devoroënt 28739; p. p. f. devoree 8374.

[Di¹], r. pl. dis; les dis (ne truis lesid.) 20148, le chiffre exact des jours; quinze dis (par approximation) 12986, 14534, 16630; toz dis 6813, 9301, 12147, 20935, 25808, toujours; tant dis, cependant, pendant ce temps 17463, 22745; entre tant dis 7339, 8045, 11296, 16631, 17381, 19959, 27410, 20693, m. s.; e. t. d. que 7379, 11296 (loc. conj.), tandis que; t. d. com (come), tant que 18904, tandis que 29096.

Di², v. dire.

Die], 21793, pl. dies 25764, n. f., jour.

Digne 2932, s. -es 28407, 28500, adj.

Digneté 10992, 27253, n. f., dignité, haute situation.

Dindialos 13367, n. m., animal fabuleux de l'Inde.

Dire 624, 852, etc., v. tr.;

que sereit ço que jo direie?
3163, jo qu'en direie? *2618*,
qu'en direie? *3226*, *29487*
(*formules de transition*); estre a d. *908*, *5672*, *12877*,
21811, *manquer*, *faire défaut*; faire a d. *26234*, *retenir* (*provoquer le manque
de*); — subst¹ *128*. — *Pr. 1*
di *142*, *1038*, *1783*, *3381*
(r.), *3435*, *4101*, *12630* (r.),
13579 (r.), *15587*, *17436*,
19861, *19936*, *20505*,
20645, *20832*, *20581*,
22628, *22714*, *23079*,
23496, *24060*, *25092*,
25681, *25959*, *26815*,
27723, *28887* (r.), *30107*,
dis *2261* (r.), *6529* (r.),
29525 (r.), 2 diz *8940* (r.),
9870 (r.), 3 dit *1*, *726*, etc.,
5 dites *13180*, *19853*, 6
diënt *2116*, *3646*, etc.;
ipf. diseie, etc.; *pf. 1* dis
3607, 3 dist *2102*, *3589*,
3600, etc., 6 distrent *4031*,
4064, *4367*, etc.; *ft.* dirai,
etc., *4* dirons *10559*,
28769, *28771*, diron *5984*
(r.), *24916* (r.), *25804* (r.),
5 direiz *440*, *17805*, *26599*;
cd. direie, etc., 5 diriëz
19855, *sbj. 1* die *2953*,
13571, *15307*, *21767*,
3 die *2284*, *2825*, *3512*,
3691, *3721*, etc., *4* dion
26320, 5 diëz *16928*; *ipf.
1* deïsse *16677*, *29043*,
3 deïst *5368*, *5472*, *10449*,
13703, *18275*, *19757*,
26388, 6 deïssent *19789*;
impér. 2 di *14294*, *14325*,
14349, *17758*, *21886*,
22048 (*v.* di, va), 5 dites
3261, *3712*, *13721*; *p. p.*
dit, *s.* diz, *f.* dite.
Dis¹ *et* diz *20889* (: descon-
fiz), *21183* (: piz), *adj. num.
card.*, *dix*; — dis mile *5206*,
5947, *8378*, etc.; dis e set
8254; les dis e uit *8100*, *les
dix-huit autres*; — dis e se-
taine *20819*, *adj. num. ord.
f.*, *dix-septième*; dis e uitaine (*f.*) *8261*, *dix-huitième*;
dis e novain *607*, *adj. num.
ord. m.*, *dix-neuvième*.

Dis², *v.* dire.
[Disain], *f.* -aine *8221*, *adj.
num. ord.*, *dixième*.
Discrecion *17022*, *25161*,
28201, *29986*, *discerne-
ment*, *jugement*, *sagesse*.
[Discret], *s.* -ez *23136*, *27509*,
sensé, *habile* (*cf.* discrecion).
Disme -s *3166*, *5805*, *5808*,
8010, *8118*, *adj. num. ord.*,
dixième; — subst¹, le d.
23577, *la dixième partie*.
Disner¹ *27657*, *repas*.
Disner² sei *11409*, *se juger digne*.
Dist, distrent, *v.* dire.
Dit¹, *v.* dire.
Dit² (*passim*), *s.* diz *669*,
3657, etc., *parole*, *propos*;
conter par diz *669*, *raconter
en donnant les discours pro-
noncés*.
[Diter], *dicter*. — *Pr. 3* dite
19207.
Di, va *12864*, *15509*, *formule
d'exhortation formée des im-
pératifs de* dire *et d'*aler.
Divers, *divers*, *varié* *3069*,
14732, *extraordinaire* *5770*.
Diversement *4451*, *22537*.
Diversité *23183*, *variété*, *distinction* (*des peuples*).
Diz, *v.* dis¹ *et* dit.
Doble *6123*, *6180*, *16706*,
double.
[Doblentin], *s.* -ins *11502*,
19227, *adj.* : haubers d., *hau-
berts à mailles redoublées.
Cf.* doblier.
[Dobler], *doubler*. — *Pr. 3* doble *8622*; *p. p. s.* doblez
19493.
Doblier (hauberc) *10733*,
16226, *18897*, *19246*,
21343, *22165*, *22700*,
23865 (n'i a h. tant fort d.),
s. dobliers (haubers) *12554*,
23468, *adj.*, *à mailles redoublées* (*haubert*).
Doing, doint, *v.* doner.
Dolant, *v.* dolent.
Dolent *10194* (r.), *11567* (r.),
11979, *14554*, *18730* (r.),
27190, *28680* (r.), dolant
(*nous n'admettans cette forme
qu'à la rime*) *4584*, *14472*,
s. -enz *2701*, *3525*, *3570*,

4442, etc., *f.* -ente 22444,
etc., *affligé, malheureux.*
Doleir *11070, 18348, v. intr.,
faire mal; — v. réfl., être affligé 15302, 18238, 24540,
25021, se plaindre 18348.
— Pr. 1* dueil *15302, 3*
dueut *20308, 6* duelent
10278; pf. 6 dolurent *16190;
ft 6* doudront *8062, sbj. 3*
dueille *18238, 21155,
24540, 25021.*
Dolor, *n. f. invar. au sing. (par
(exception* s. dolors *4897 r.),
douleur, chagrin, événement
douloureux 255, 2625; aler
a d. 685, souffrir; morir a
d. 19297, souffrir une mort
cruelle; metre a d. 6049,
ravager (une contrée).*
Doloros, *douloureux, affligeant,
terrible, (appliqué aux personnes) qui souffre 18464.
(le cors d. 21750), affligé
22372, 22633, 25108,
27122 (le cuer d. 27189).*
Dolorosement *17129, 23857,
25793, douloureusement.*
Dolurent, *v. doleir.*
Don -s *4271, 4327, 5823,
5829, etc.*
Donc *977, 1959, 4232, 4566,
etc., alors; dans ce cas 2802,
6387; — dans une interro-
gation négative 20744* (c d.
26670, 26673).
Doneier *18998, v. intr., faire
la cour aux dames.*
[Doneor], *s.* -ere *5177, n. m.,
donneur, qui donne volontiers.*
Doner, *donner; avec ellipse
d'un mot exprimant l'idée de
coup, donner des coups* (si lor
done *8881,* sovent lor d.
7489, tel li dona *2515,
7513; cf. 21406); accorder
24950; (avec l'inf.) permettre, faire la gráce de 14949,
17744, 17792; — réfl.
17669, 17980, 18033,
27947, se donner, se livrer;
— récipr. 21406, se donner
les uns aux autres* (s. -ent.
des coups). — Pr. 1 doing
17669; ipf. 1 donoë *18431,
3* -ot *5229, 26370, 6* -oënt
16081, 28831; pf. 5 donas-

tes *11264; ft. 3* dorra *3733,
22614, 4* -ons *4473, 5* -eiz
16097. 6 -ont *25248.
25437; cd. 2* dorreies
3898, 3 -eit *3915, 5* -iez
29465, 6 -eient *10285; sbj.
1* donge *13621, 18622, 3*
doint *3343, 3755, 13614,
13680, 14949, 17769,
17801, 18099, 20266,
20340, 20971, 22038,
25712, 26205, 26515,*
donge *16611 et 20318 (mesure du vers), 25184* (repon-
ge :), dont *1320 (r.), 17744
(r.), 21800 (r.), 6* dongent
*9871, 18876 (r.), 25237,
27300; ipf. 3* donast *2918,
5343, 17671, 17681,
26506.*
Donge, -ent, *v. doner.*
Donjon -s *3042, 3168, 6900,
18890, 19834, 23109,
26224, tour principale; mais
7675 et 8162, il semble
signifier une tour ordinaire.*
Dont[1], *v. doner.*
Dont[2], *pr. et adv. relatifs, d'ou
4300, 4344, 20457, 29332,
29364, 29843, 30023,
30173, 30175, 30215, dont,
de qui; — de quoi, à cause
de quoi 3230, 25878 (avec
ellipse de l'antécédent* ço, *332,
336, 1047, 23230, 24115,
25855, 27926), de ceci que
1047, 1323, 26706,
26707.*
•Donte *(var de G à 21853-6,
v. 7), v. tr., pr. 3, dompte;
cf. •donté G, Épilogue, v. 20,
p. p.*
Dor, *n. m., propr[t]: mesure de
la largeur de quatre doigts;
dans une prop. négat., petite
quantité: ne del reiaume
demi dor 28314.*
[Doré], *f. doree 24140, f. pl.
dorees 16538, p. p. -adj.,
doré.*
Dormir *3871, 7633, etc., v.
intr.; subst[t] 15059. — Ipf. 3*
dormeit *27161; pf. 6* dormi-
rent *7621.*
Dorra, -eient, -eies, -cit, -eiz,
-ons, -ont, *v. doner.*
Dos *7182, 7200, 8587, 9385,*

10278, etc.; doner les dos a *18876, tourner le dos à, fuir devant.*

Dot, dotent, -oënt, -ot, *v.* doter.

Dotance, *doute, crainte*; aveir d. vers *1452, 1618,* craindre pour ; aveir d. de *795, 1675, etc.,* craindre (mais *8981,* craindre pour); estre en d. de *25392, craindre de*; senz d., *certainement 2490, 3152, 13566, 19196, 27978, 29794, sans crainte 29328.*

Dotant, -anz, *v.* doter.

Doté, *n. f., doute 2287, crainte 11781, 24678.*

Doté, *v.* doter.

Doter *794, 10619, 13741, 13741, 18382, 23580, etc., v. tr., craindre, redouter*; se *méfier de 27828*; ne d. pas que (sbj.) *27175, ne pas craindre que*; — *intr.,* d. de, *douter de 5783, 5864, 10181, 10619, craindre, avoir peur de 794, hésiter au sujet de 6993*; absol¹ *27222*; senz d. *25561, sans le moindre doute*; —réfl., d. sei de, *craindre au sujet de 20643,* se *méfier de 25460*; d. sei que (sbj.) *21651, craindre que.* — *Pr.* 1 dot *883, 3921, 8469, 9366, 13546, 15330, 17741, 21223, 27029.4* doton *10181*; ipf. 3 dotot *785, 5503, 27175,* 6 -oënt *6251, 14704*; pf. 5 dotastes *3488*; ft. 5 dotereiz *25696*; sbj. 1 dot *15352,* 3 dot *29240*; ipf. 3 dotast *7121, 7439, 9320*; p. pr. -adj. dotant *7810, s. m.* -anz *744, 7156, s. f.* -anz *8089, f. pl.* -anz *7203, 10022, 13975, qui craint, effrayé,* (au sens passif) redoutable *7203, 7810, 10022*; p. p. doté, s. -ez *5218, 21111, 24535, f.* -ee *17243, 23580, 24663.*

Dotor *16764, 22406, s.* -ors *14668, 14842, n. m., docteur, savant.*

Dotos, qui doute *6132, 29592, qui craint 8046, 8086, 9374, 19594, 13540, 23882,*

29820, 29908; (au sens passif) redoutable, terrible *2839, 9691, 11188.*

Dotrine, *enseignement*; de bone d. *5512, sage, raisonnable.*

Dotriner *5900, instruire, conseiller.* — Ft. 2 dotrineras *5838.*

Dou, *v.* dous.

Douce, *v.* douz.

Doucement, *adv., doucement* (passim), *humblement 3580.*

Douçor *18096, n. f., douceur.*

Doudront, *v.* doleir.

Dous *1352, 3629, 5848, 6212, 6248, etc., (par exception deus (:eus) 12422), s.* dui *1582, 2025, 5063, 6287, 6497* (dui cent), *7752* (r.), *9061, etc., neutre devant* mile, dou (invar.) *2356, 6741, 6824, 7731, 8183, 8677, 10567, 10646, 12437, 20068, 20458, 20900, 21385, 26735, 27440, 28299* (cf. trei mile), *et devant* deie, a dou deie *20737, à deux doigts, adj. num. card. des 2 genres, deux*; — les dous, *deux sur quatre 16658, 16703, deux sur trois 17284*; les dous parz *28902,* les d. parties *28904, les deux tiers.*

Douz *3629, 4260, 5254, 5366, etc., f.* douce *5300, 13570, 27347, pl.* -es *29163, adj., doux*; beaus d. amis *7841, terme d'amitié.*

[Dove], pl. -es *14397, n. f., fossés*; d. des fossez *6020, 15965, 18831, 30098* (la douve est proprement la paroi externe du fossé).

Doze *3099, 14633, 14785, 15191, douze*: seisante d. *23161, soixante-douze.*

Dozine -s *493, 8120, 8225, adj. num. ord., douzième.*

Dragon, s. -ons *16382, dragon 23064, enseigne portant l'image d'un dragon 8044, 11030, 23064, celui qui porte cette enseigne 16382.*

Drap *1235, 4516, 10242, 11448, 11709, etc., s.* dras

2018, 5138, 5346, 11135, 23321, 25994, *étoffe* (drap de seie 19334, 22656, cf. dras de s. 25994); au pl., *étoffes* 6000, 26095, 26238, *vêtements* 6221, 12361, 13330, 17378, 29261, 29346, 29351.

Drecier, *dresser* 7065, 25896, *déployer (les voiles)* 975 (d. la veile), 4217, 7076, 7088, 25993, *tenir droit (une lance)* 7079, etc. ; lances dreciees 7733, les tuz dreciez 1214, *en tenant la lance droite (verticale)*; — *réfl.* 27630, 27646, *se dresser.*

Dreit', *adj., s.* dreiz 2976, 5255, etc., *adj., droit, direct; à pic* 27480 ; *vrai, sincère; légitime, juste* 28484 ; *a d. port* 14950, *à bon port ; vent* d. 3445, 4213, *vent favorable (cf.* venta d. 4171 *et bise* dreite 3496) ; *par* dreite force 4488, 8620, 17289, *tout à fait par force; par* d. fei 3210, *en* d. fei 11786; — *adv¹* 942, 1539, etc., *droit, directement, exactement* 23129 ; tot d. 1032, 1720, etc., *directement;* — dreit *suivi d'un adj. :* dreit vilain 5355, *fieffé vilain.*

Dreit² 3614, 14351, etc., *s.* dreiz 1317, 3301, 3773, 3888, 4057, etc., *n. m., droit, justice, convenance, chose juste, satisfaction;* a d., droit 11274, 12251, 14438, 24124, 24311, *exactement* 3153, 23220, *a bon droit* 13532, 27955; par d. 15752, *à bon droit;* querre d. 6339, *demander satisfaction;* faire d. de 6189, 6194, 6306, 17767, 17819, *donner* s. pour; prendre d., *accepter la* s. *donnée* 6307, *exiger* s. 3458, 4985, 28264; aveir d., *obtenir* s. 4843, 20721, *avoir raison* 27960.

Dreitement 3877, *directement* (par mon nom); tot d. 7332, 15506, *tout droit.*

Dreiture, *droit* (faire d. 6804, *donner satisfaction, justice*

T. V.

18446, faire d. 28322), *exactitude, ce qui est dû* 6598, 21808, 24448, 26394; a d., *étroitement* 28855, *exactement, comme il convient* 565, 4580, 8050, 8608, 9609, 10720, 28275.

Dreiturier-s, *droit, juste* (conseil d. 2286, 19560, *légitime, naturel* (son cors d. 28865, *son c. normal,* vent d. 976, *vent favorable*), *honnête* 5517, 13588, 27377; home d. 23903, *homme lige.*

Drenc 27596, *s.* drens 926, *n. m., drosse de vergue. Du norois* throngua, *presser; cf. Delboulle,* Romania, XXXIII, 346 *et* La Roncière, *Histoire de la marine française,* I, 118.

Dromadaire 7905.

Dromont 27566, *n. m., vaisseau de charge.*

[Dru¹], *f.* drue (l'erbe) 20966, *adj., serré, épais.*

[Dru²], *s.* druz 22144, 27836, 29896, 30001, *n. m., ami intime, ami* 27836, *amant* 30001.

Drue 22048, *n. f., bonne amie.*

Druerie, *n. f., galanterie;* par d. 14311, *comme preuve d'amour;* — *au pl.* 22289, *relations intimes.*

Duc, *s.* dus, *chef d'un corps de troupes; duc (titre de noblesse).*

Dueil, ducille, *v.* doleir.

Duel 427, 583, 647, etc., *s.* dueus 431, 629, 2572, 2633, etc., *n. m., dueil, chagrin, coup mortel (cause du deuil)* 8592, *mort* 9173; a d. 647, *misérablement;* metre a d. 427, 2644, *plonger dans le deuil;* faire d. 583, 2632, 2881, etc., *se lamenter* (cf. rendre un grant d. 22321-2).

Duelent, dueut, *v.* doleir.

Dui, *v.* dous.

[Duire], *v. tr., conduire.* — *Pr.* 3 duit 21290.

Duit¹ 3814, 18908, 18476, *s.* duiz 17809, *instruit, habile.*

Duit², *v.* duire.

11

Duitor *5983*, s. duitre *5142*,
n. m., *conducteur, chef, pilote*.
Dur-s, *dur; rude 10743, cruel
6548, résistant 5183, 5339,
6533, etc., fâcheux 10339 :
— adv^t devant un adj. : dur
serree 22682*.
Durable *6064, 14915, qui
dure, long*.
Duree, *durée ; avoir d., durer
19083, 20385, résister longtemps 24015; a. corte d.
16844, durer peu*.
Durement *7457, 8722, 9473,
9511, etc., fortement, avec
ardeur, rudement, considéra-
blement, très 28526* (d. bele).
Durer, *v. intr., durer ; rester
21863, s'étendre 1808,
3800, 13824, 20865,
23308, 24509, 30302, résister 11041, 15245, 19851 ;
— impers. 26949 ; mout lor
a petit duré 13324, le temps
ne leur a pas paru long. — Ipf.
3 durot 5344, 9427, 28268;
ft. 3 durra 6366, 6404,
10998, 14986, 16824,
18038, 21636, 22383,
23476, 27368, 29318 ; cd.
1 durreie 17656, 3 -eit
4896, 16498; sbj. 3 durt
21176 ; ipf. 3 durast 7254,
12432, 18830, 19322,
26949 ; p. pr. durant
14471. f. pl. -anz 22418*.
Durot, durra, -eie, -eit, *v.* durer.

E', *conj., et ; e, devant un second sujet placé après le verbe,
qui s'accorde avec le premier
sujet, 6166, 6167, 11645,
etc., aussi (cf. 27666, où le
verbe est répété); qui dit que
fous e que fous prent 6426,
est traité (reçoit) comme fou ;
— pour par, marquant la
distribution : treis e treis
22747, s. trei e trei 4512
(r.), trois par trois ; — dans
une interrogation oratoire, e
donc si cuideriéz vos? 17952,
croiriez-vous donc ? Voy.
donc*.
E² *interjection, ah ! — e! Deus
17666, e! Deu merci 17655*.
Eaume, *v.* heaume.

Egetaine *16673, 23068* (var.
getaine, -ainne, etc.), *n. f.,
espèce de pierre précieuse
(littér^t : égyptienne ; cf. alemandine, de Alabanda)*.
Egual *1553, 10752, 26228,
s. eguaus 16654, 23316, f.
egual 21114, égal; — par
egual (avec le v. estre) 10752,
16119, 21160, dans la même
situation, dans les mêmes
conditions ; tot par e., également*.
Eguance, *n. f., égalité 26277,
valeur égale 28014* (petit i
cüst de s'eguance).
Eirre¹, *n. m., marche 6238,
voyage 4329, 17800, 29615,
expédition 219 ; en e. 29275,
en hâte; grant e. 18754, rapidement*.
Eirre², *v.* errer.
Eissi, -iez, -irent, -ist, *v.* eissir.
Eissil, *exil; ruine, ravage,
25179; faire e. de 7528, détruire, massacrer; livrer a e.
10442, 27218, ruiner ; estre
a e. 4026, périr*.
Eissillier, *exiler 682, 27249,
27358, 28045, 28530,
29098, détruire 2899,
2965, etc., ravager, dévaster
2151, 2908, 5754, 6048,
etc.; avec un n. de pers. pour
rég. 3195, 3631, 24631,
25002, 27665, détruire, causer la perte de ; fist maint riche regne e. 19773, dépeupla
maint royaume puissant. —
P. p. pris subst^t, cissillié
29800, exilés*.
Eissir *603, 6456, etc., v. intr.,
sortir, sortir de la ville ; e.
fors 11036, 15349, 23092,
26011; en e. 7941, faire une
sortie; e. del sen 23790, perdre l'esprit; e. del con-
seil de 18418, ne pas suivre le
c. de ; — v. réfl., e. s'en 1053,
1800, etc., e. s'en fors 1553,
23748, sortir, sortir de la
ville; sortir de sa tente 13714;
— subt^t 7241, 7939. — Pr.
3 ist 1860, 7779, 7863, etc.;
5 eissiez 13158, 15317, 6
issent 4619, 7736, etc.; ipf.
3 eisseit 5209, 10452, 6*

-cient 7133, 14890, 23355, 28836; pf. 3 cissi 95, 372, etc., 6 cissirent 985, 7106, 7416, 7705, etc.; ft. 1 istrai 8036, 17069, 2 -as 15572, 3 -a 1724, 2309, 15897, 18688, 26507, 4 -ons 7941, 5 -ciz 7925, 15564, 6 -ont 7670,18390,22974,24377; 24463; cd. 3 istreit 3216, 6 -cient 11036, 23505; sbj. 3 isse 8041, 10207, 13098, 15337, 15433, 23117, 24833, 29917, 5 cissiez 1041, 6 issent 15396, 26000; ipf. 3 cissist 407, 6939, 7687, 26079, 30027, 6 -issent 1123, 16607, 20207, 27444; impér. 5 cissiez 1053, 3546; p.p. cissu 7263, 7334, etc., s. -uz 1138, 1881, etc., f. -ue 1238, 1573, etc., f. pl. -ues 7611.

Cissu, -ue, -ues, -uz, v. cissir.

Cissue 6701, 6791, 7160, 29216, pl. -ues 29962, sortie.

El' 1335, 1367, 1641, 3321, 3603, 3815, 6578, 8074, etc., pron. neutre, autre chose; tot el 14989, tout autre chose; il n'i a el, mais (formule) 12958, il en est ainsi; il n'i a el mais dels saisir 27115, il n'y a plus qu'à (ils sont sur le point de) les saisir (cf. el n'i aveit m. de la mort 27897).

El², ele, elel, eles, v. lui.

Element (li) 23211, s. pl., les éléments.

[Embarrer], v. tr., enfoncer dans la chair (des mailles de haubert). — Pr. 6 embarrent 10765; p.p.f. pl. embarrees 9573, 17284.

Embasmer 436, embaumer. — P. p. embasmé 16515, 23053,30258,s. -ez 17403, 25780,f. -ee 25274.

Embatierent, v. embatre.

Embatre 7944, pousser, jeter, chasser, rejeter; — réfl. 2732, 4118, 7244, 7257, 7770, etc., se jeter, s'élancer, tomber par mégarde dans un piege 22109. — Pr. 3 embat 2732, 7257, 8509, 8604,9161,12405,21358, 22109, 6 -atent 27905; pf. 6 embatirent 4575 (r.),9315 r.), 12441 (r.), embatierent (r.) 29203; p. p. embatu 18882,s. -uz 9163, 22763.

[Embeivre], imbiber. — P. p. s. embeüz de 28733, féru d'amour pour.

[Embler], v. tr., enlever, dérober. — Pf. 3 embla 456, 28667; p. pr. emblant 1499; f. p. s. emblez 24409, 25630, 25715, 25726, 25734, 26671,f. -ee 29589.

Emboclé d'or (escu) 14446, 14501, 17184, 20904, qui a une bocle d'or (v. bocle).

Embraça, -çast, v. embracier.

Embracier 2009, 17698, 23205, 29851, 30074, entourer de ses bras, embrasser; se charger (d'un fardeau), entreprendre 5722, 23205;— récipr. 25852. — Pr. 3 embrace 5722, 11737, 14065, 19453, 26812, 29426; pf. 3 embraça 1254; sbj. ipf. 3 embraçast 29858; p. p. embracié, s. -iez 25852.

[Embraser], v. tr., incendier; — intr. 1890 s'embraser. — Ipf. 3 embrasot 1890; f. p. s. embrasez 27583, f. -ee 26221.

Embronc 16208, s. -ons 12685, 15542, 19561, qui tient la tête basse; sombre, brumeux 12685.

Embuier 30123, v. tr., mettre aux fers.

Embuschement 2323, embuscade.

[Embuschier] sci, s'embusquer. — Ft. 4 embuscherons 2297; f. p. embuschie 22181,f. -iee 2321.

[Empaluer], v. tr., (littl: transformer en marais), mouiller fortement; — v. intr., être baigné, imprégné. — Pr. 3 empalue 16278, 27344.

Emparenté (bien) 24683, s. -ez (bien) 16112, f. p. -adj., bien apparenté.

Emparlé 29120, s. -ez 5477, 5501, p. p. -adj., qui a de la facilité à parler.

Empeignent, v. empeindre.

[Empeindre], pousser, frapper: pousser violemment avec la lance 2499, 2733, 8851, 11382, 12169, 18654, repousser 16107, 30084: c. jus de la sele 14011, renverser; — réfl. 1969, 2197, s'élancer en mer (avec un vaisseau 2197; absol* 1969); — v. récipr., s'entrefrapper 2615, 8774, 19244: c. sei des chevaus 18532, 20992 de lor c. jus s'empeinstrent 24018. s'abattre réciproquement; — subst* 11365. choc, rencontre de deux combattants. — Pr. 3 empeint 1969, 2733, 11465, 12169, 25902, 6 -eignent 2197, 2615, 18532, 18654, 22666, 23608, 29193: pf. 6 empeinstrent 24018: p. p. empeint 2499, 8774, 8851, 9894, 11382, 14011, 14159, 19244, 20992, s. -einz 16107, f. pl. -cintes 27592, 30084.

Empeinstrent, -eint, -cintes, einz, v. empeindre.

Empeirier 30314, v. intr., devenir pire, se détériorer, éprouver du dommage; — tr. 990, 21299, gâter, faire du mal à; — impers. 9442 (or lor empire); — réfl. 16469, se faire du mal. — Pr. 3 empire 9442, 10036; pf. 3 empeira 17507; cd. 3 empeirereit 4099; p. p. empeirié 19006, 20692, f. -iee 990, 16469, 20692.

Empené], s. -ez 7908, 9226, 18896, 20488, 23868, f. -eé 17244, f. pl. -ees 7144, 12379, adj., empenné.

Empereor 5026, 23888, s. -ere 533, 5440, 16741, 27051 (I'e.), 27676, n. m., chef d'armée; empereur 16741, 23888.

Emperial 16547, 25777, s. -aus 7078, 17378, 18599. impérial.

[Empeschier], v. tr., faire des objections à. — P. p. f. empeschiee 26408.

Empire¹, autorité 5452, 5690, pouvoir suprême 30263, 30298, commandement de l'armée 206, 234, 16922, 17008, 17024, 17044, 19194; (au sens concret) forces militaires, armée 530, 3022, 4098, 8136, 13968, 16906, 17196, 26233, ensemble des chefs 27748, royaume 28330, pouvoir royal 28500.

Empire², v. empeirier.

Emplastre 14607. emplâtre.

[Empleier], employer. — Pr. 3 empleie 14932; p. p. f. empleiee 8502.

[Emplir], remplir, accomplir 25686. — Pr. 6 emplissent 2182; pf. 3 empli 26864; f. p. s. empliz 14901, f. pl. -ies 5868.

[Empoisoner], empoisonner. - Pf. 3 empoisona 7884.

Empor 4697, 8027, 14567, 19163, 26901, prép., pour, à cause de'.

[Emposer], v. tr., mettre (un nom). — Pf. 3 emposa 25382; p. p. emposé: del lieu li esteit c. 29190, on lui avait donné ce nom à cause du lieu.

[Empreignier], v. tr., féconder; — intr., recevoir la semence virile. — Pr. 6 empreignent 23330; p. p. f. empreigniee 28697.

Empreistes, v. emprendre.

Emprendre, entreprendre, combiner avec (qq*). — Pf. 5 empreistes 1336; sbj. 3 emprenge 13652; p. p. empris 1384, 5916, 18332, 22058, 24750, 26025, 29689, f. -ise 10095, 21957.

Emprenge, v. emprendre.

Emprès 10285, 12603, prép., après.

[Empresser], serrer de près. — Ipf. 3 empressot 14435.

Emprisoner 30124, emprisonner. — P. p. s. emprisonez 29913.

En', adv. et pron. qui a à peu

près tous les *emplois de la
prép.* de *et est parfois presque
redondant* en *particulier avec
les verbes de mouvement, ou il
indique vaguement le point de
départ), en* (de là, de celà,; à
cause de celà *2004, à ce sujet*
3144.

En², *prép., en, dans ; avec l'enclise de l'article, v. le* ': —
enz en, *v.* enz.

[Enarbrer sci], *se cabrer.* —
Pf. 3 enarbra *2.36.35.*

Enarme *9701, pl. -es 7704,
9701,11446,20949,21133,
24075, n. f., courroie servant
à suspendre le bouclier au cou
ou à le fixer au bras.*

Enartos *4348, ingénieux ; e.* de
27936, habile à.

Enasteler *17119, v. tr., faire
voler en éclats, briser* : — *intr.
11397, 12105, 22733, vo-
ler en éclats.—Pr. 3* enastele
*9896, 11397, 12105,
22733, 6* -clent *15627 ; pf.
6* enastelerent *23631 ; p.
f. pl.* enastelees *10642.*

[Enavancir], *v. tr., approvisionner.* — *P. p. f.* enavancie
17461.

*Enbasumé (var de B à 23031-
70, v. 3), p. p., embaumé.*

Enceinte *29765, p. p. -adj.
fém., grosse.*

Encens *12936, 13392.*

Encensier *14896, s.* -iers
14901, encensoir.

[Encerchier], *rechercher avec
soin.*—*Pf.1* encerchai *27009.*

[Encercler], *entourer.* — *P. p.
-adj.* encerclé *12039.*

[Enchaeir], *v. intr., commettre
une faute ; e. en 30165, tomber sur, échoir à.* — *Pr. 2*
enchiez *15437, 5* enchaez
12885 ; sbj. ipf. 3 enchaist
30165.

[Enchantement], *s.* -enz *389,
28860, œuvre enchantée.*

Enchanteor (draps *13342, adj.,
enchantée (etoffe), magique* :
— *subst*¹ (sage e.) *16606.*

[Enchareer], *v. tr., charmer,
enchanter.* — *Ipf. 6* encha-
reoènt *28722.*

[Enchargier], *tr., confier (un

message), charger de dire* (une
chose, de *remplir* (un message). — *Pr. 3* encharge
1027, 17753, 21962; pf. 3
encharja *3513; p. p.* enchar-
gié *19890, s. -iez 6211.*

[Enchaucier], *poursuivre.* —
Pr. 6 enchaucent *21659.* —
*P. pr. pris subst*¹, les enchau-
çanz *18567, les poursuivants.*

Enchauz *14393, n. m., invar.,
poursuite.*

Enchiez, *v.* enchacir.

[Enclin], *s.* -ins *4743, adj. : e.
a, naturellement porté vers.*

[Encliner], *v. tr., saluer (par
une inclinaison de tète).* —
Pr. encline *2125, 4720.*

[Enclore], *enfermer, cerner
2333.* — *P. p.* enclos *2353,
2720, 7199, 9241, etc., f.
-ose 4389, 10450.*

[Encochier], *v. tr., placer (une
flèche) sur la coche de l'arc.*
— *P. p. f.* encochiee *11609,
18751, 22783.*

Encombre *13385, 17696, n.
m., dommage.*

Encombrer *11020, 11180,
embarrasser; créer des ennuis à 20089.* — *P. p.*
encombré *20089, 29290, s.
-ez 4088, 9960.*

Encombrier *1424,1456, 2846,
6084,10215,11068,22129
25024, 26595, 27904,
28850, s. -iers 27816,
29605, embarras, difficulté,
obstacle ; accident fâcheux
28451, embarras que l'on
crée, dommage 29605.*

Encombros *8549, 8612, pénible, dangereux.*

Encontre¹ *16130, 18531, n.
f. (?), rencontre.*

Encontre², *adv., à la rencontre ;
aler e. a 23799,25915; venir
e. a, aller à la rencontre de
2006, rencontrer au combat,
attaquer 8332, 11499 ; —
prép. 2420, 2702, 7392,
8401, etc., à la rencontre de,
en face de ; à l'égard de 5195,
13784, contre 27796.*

Encontrer *2410, 4533, 6250,
7457, 8523, 8582, 8687,
8722, etc., rencontrer (dans

un combat); — *récipr.* 7476, 11429. *se rencontrer.*

[Enconveier], *convoyer, accompagner: serrer de près* 11681. — *Pr. 3* enconveie 7567, 11681, 19290.

[Encoragier], *encourager.* — *P. p.* encoragié 10467.

[Encorder], *v. tr. :* e. *de funains une nef* 923, *munir un vaisseau de cordages.* — *P. p. f.* encordee 923.

[Encroé], *f. pl.* -ées, *p. p. -adj.:* espaules e. 5557, *épaules voûtées.*

Encuseor 7838, 30306, *n. m., qui a l'habitude de blâmer, de critiquer.*

[Encuser], *accuser.* — *P. p. r. pl.* encusez 27076, 27418.

Endamagier 19539, *tr., endommager, causer du dommage à;* — *récipr.* 14226, *se causer des pertes.* — *Pr. 3* endamage 20540 : *pf.* 6 endamagierent 26944, *p. p.* endamagie 14226, 20685, *s.* -iez 578, 28582, 28604.

Endemain, *n. m.:* l'e 1334, 4805, 4863, 5928, *etc., le lendemain;* en l'e. 27865, a l'e., *le lendemain* 16985, 25810, *pour le l.* 15257, 23827, 24776, 25745, 27847.

[Endormir sei], *v. réfl. :* — *subst¹,* a l'endormir 14792. — *Ipf. 3* endormeit 5270, 6-eient 4488; *sbj. ipf. 3* endormist 10257: *p. p.* endormi 26041, *s.* -iz 29376.

[Endosser], *v. tr.* — *P. p. r. pl.* endossez 27793.

[Endotriner], *v. tr., faire des recommandations à.* — *Pr. 3* endotrine 21291, 6 -ent 23901.

Endreit¹, *adv., précisément :* ici e. 5095, ci e. 24887, ici *même;* ore e. 17800, *en ce moment même :* — *prép., vers* 3502, 4219; *en ce qui concerne :* e. mei 5774, 9071, 11258, 11408, 11785, *pour ma part;* e. sei 2112, 11853, 12339, 15608, 21604, *pour sa part :* e. eus

5879, *en leur nom* (*étant de leur parti*); e. de sei 30009, *loc. prépositive, quant à lui, personnellement (à peu près explétif).*

Endreit², *s.* -eiz 18153, *adv. pris subst¹, endroit, lieu, place* 5135, 16773, 18153, *occasion* 10501, *origine* 10375 ; en son e. 3991, 10400, *pour sa part, de son côté :* par tel e. que 25661, *en ce sens que* (*sens explicatif*).

Endurer, *supporter* 3749, 4665, 4933, 5436, *etc.* (e. fort estor 10519), *souffrir, permettre* 8928, 25209, 26168.

Enemi, *s.* -is 2641, 3460, *etc.: f.-* ie 4166, 6292, 17657, *n. m., ennemi, ennemie ;* — *adj.* 4166, 6292, *hostile.*

[Enermi], *f.* -ie 29215, *sauvage, broussailleux.*

Eneveis, *adv., à l'instant :* jusqu'e. que 1447, *jusqu'au moment où.*

Enfance 4359, *jeune âge:* dès e. 738, 1222, *dès son jeune âge.*

Enfant 1215, 15468, 15472, *etc., s.* enfes 15277, 24217, 29777, *s. pl.* enfant 2270, 3783, *etc., r. pl.* enfanz 2761, 2769, 2866, 2930, 2959, *etc., enfant :* — *au pl., fils, héritiers* 2270, 3783, 26782.

[Enfanter], *v. tr.* — *Pf. 3* enfanta 29072.

Enfer 21716, 22807, *s.* -ers 13750, *n. m.*

Enfermer 4934, *v. tr.*

Enfernal 13755, *f. pl.* -aus 26393, *infernal.*

Enflé 15556, 20627, 21269, *s.* -ez 26752, 27627, 27651, *f. pl.* -ees 5248, 11713, 24665, *p. p. -adj., enflé, gonflé de colère* 21269 (*cf.* paroles enflees 24665).

Enfoïr 16633, *mettre en terre.*

Enforcier 5765, 7013, 7029, 13059, 20192, *renforcer ;* — *intr.* 9489, *recevoir des*

renforts : — *réfl.* 7029,
13059, 20192, *m. s.* — *Pf.*
3 enforcierent 9489.
Enfraindre 15579, 18993,
v. tr., enfreindre, violer. —
Cd. 1 entraindreie 20394,
3 -eit 18439; *p. p.* enfrait
27245, *f.* -aite 26266.
[Enfrener], *munir d'un frein.* —
P. p. -*adj.* enfrené (richement) 6244, *qui a un beau
frein.*
Engeigne 9066 (r.), *pl.* -es
8144, 17317, *f., flèche d'arbalète.*
Engeigneor 16650, *s.* -iere
895, *s. pl.* -eor 22405, *r. pl.*
-eors 21819, *architecte, ar-
tiste habile.*
Engeignier 760, 771, 1339,
etc., *tromper habilement ou
par ruse, décevoir, duper;
(avec un nom de chose pour
rég.) imaginer, inventer*
1339, 6979, 21849,
etc. (engeignier séduciôns
26873), *chercher à savoir
habilement* 24817 : — *intr.*,
c. que 26583, *c.* com 4393,
18145, 26660. *c.* coment
771, *trouver le moyen de :*
— *réfl.* 25924. — *Pr. 3* en-
gigne 21849, 6-ent 25976;
p. p. engeignié 20442,
21248, 27721, 30192,
s. -iez 24827, 27889,
30161, *f.* -iee 27963.
Engeigniere, *v.* engeigneor.
Engeignos 6279, 6963, *etc.*,
ingénieux; rusé 24674,
27935 (Ulixès l'engeignos
24546, U. li e 26293 ; —
c. de 5216, 5242, *etc.*, *habile en ou à ; c.* a 27694, *qui
tend des pièges à.*
[Engeing], *s.* engenz (comenz :)
23214, *talent.* Cf. engin.
Engendreor 19646, *n. m., qui
engendre.*
[Engendrer], *v. tr.* — *Pf. 3* en-
gendra 23786, 29644,
29988, 5 -astes 30208; *p.
p. s.* engendrez 12510,
12598, 28767, 29778.
Engin, *talent, finesse, habileté:
moyen habile, ruse* 157, 614,
756, 782, *etc..piège* 28473,

stratagème 9692, *art magique* 1217, *machine ingénieuse
8060.*
[Engraer], *agréer, accepter.*
— *Pr. 1* engré 12995.
Engraigne, *v.* engreignier.
[Engraissier], *v. tr., engraisser.*
— *P. p. f. pl.* engraissiees
26763.
Engré, *v.* engraer.
[Engreignier], *v. intr., grandir.
s'accroître.* — *Pr. 3* engraigne 2572, 8700, 9584,
9820, 24072.
Engrès 696, 2653, 3507,
5684, 12017, 12281,
18597, 19756, 24452,
27386, invar. (usité seulement au masc.), adj., farouche, violent ; estor c. 24054.
— *Nom de lieu* (voy. la Table
anal. des noms propres).
Engroisse, -ent, *v.* engrossier.
[Engrossier], *v. tr., grossir,
accroître:* — *intr.* 4602,
6479, 9514, s'accroître, prendre de l'importance. — *Pr. 3*
engroisse 4602, 9152,
23606, 6 -ent 9514; *ipf. 6*
engrossoènt 6479 ; *pf. 3* en-
grossa 17252, 6 -ierent
6492; *p. p.* engrossié 1605.
[Engroter], *intr., être malade.*
— *Pr. 3* engrote 12815;
p. p. r. pl. engrotez 26751,
26762.
[Enhaitier], *réjouir.* — *Pr. 3*
enhaite 12656.
[Enhardeir], *presser vivement.*
— *Pr. 3* enhardeie 11589.
Enivré 29012, *p. p.* -*adj. s.
pl., ivrès.*
Enjan 27967, *ruse, piège.*
[Enjoindre], *prescrire, ordonner.* — *P. p.* enjoint 18739.
Enjusque, *adv.* : enjusqu'a val
12355, jusqu'au bas.
[Enlaidir], *v. intr.* — *Pf. 3* en-
laidi 17507.
Enluminee 18077, *p. p.* -*adj.
f.. éclatante* (de beauté).
Enmaillié 12933, *p. p.* -*adj..qui
porte la marque des mailles
du haubert.*
Enmaler 13329, *mettre dans
des coffres, emballer.*
[Enmanantir], *mettre dans l'a-*

bondance, ravitailler; enrichir
25628, 25640 (c. d'avoir
28595). — *P. p.* enmanenti
25640, *s.* -iz 24925, 25628,
28595, *f.* -ie 6635.
Enoier *1100, 1316, 3222, etc.,*
v. tr. 16409, ennuyer; —
impers. 1100, 1316, 3222,
etc. (avec de 1100, 13868):
— *réfl. 4972.* — *Pr.* 3 enuie
1466, 13868; *sbj.* 3 enuit
4128, 4674, 4972, 5430,
9283, 11801; *ipf.* 3 enoiast
17043; *p. p.* enoié 13003,
13867, 25051.
[Enoindre], *oindre, embaumer.*
— *P. p.* enoint 30258, *s.*
enoinz 22401.
Enoios, *ennuyeux, importun,*
14887, 18139, *terrible*
29142.
*Enorte (*var. de* BI *à* 19983-
20042, *v.* 4), *v. tr. pr.* 3,
exhorte.
Enquerre *1179, v. tr., de-*
mander, s'enquérir de, faire
une enquête sur — *Pr.* 6
enquierent 29136; *ipf.* 3
enquereie 29882; *pf.* 1 enquis
27009, 3 -ist 28837, 29987,
30037, 6 -istrent 25363; *sbj.*
3 enquiere 25245; *ipf.* 3
enqueist 26387; *p. p.* enquis
1255, 3361, 4343, 10283,
18107, 26402, 27415,
29245, 29278, *f.* -ise 19486,
29747.
Enragié 15477, *s.* -iez 8369,
15402, 27081, 27895, *f.*
-iee 15460, 26556, *p. p.* -adj.,
qui enrage, furieux.
Enragier, *v. intr., enrager, être*
furieux; — *réfl.* 20841. —
Pr. 3 -enrage 2706, 7437,
11272, 12321, 12557,
17372, 20841, 24246.
[Enreisnié], *s.* -iez 24516,
p. p. -adj., habile à parler.
[Enrichir sei], *s'enrichir.* — *P.*
p. s. enrichiz 17796.
Enrievre 3594, *farouche, in-*
solent.
Ensanglenter, *ensanglanter;* —
intr. 21340, 26148, *devenir*
sanglant. — *P. p.* ensanglenté
26496, *s.* -ez 25596, 26552,
30142, 30156.

Enseigne, *indication* 24702, *si-*
gnal 27928, *étendard* 7650,
11030, 18945, *flamme ou*
banderolle de la lance 2480,
7090, 7352, *etc.* (voy.
surtout 8068, 13879, 22710:
dans n'i a celui qui n'ait e.
6391, n'i a cel n'ait e. 6788,
etc., il semble signifier « *lan-*
ce munie d'une enseigne,
lance »; cf. 7079, 9684, *où il*
est rapproché de confanon
et de penon); *cri de guerre:*
criër *s'enseigne* 13989,
18540, 22713, escriër s'e.,
8585, 8813, 16046 (tante
e. escrice), 18424, 21492,
23548.
Enseignié, *s.* -iez 5484, 6757,
8546, 21766, *f.* -iee 5575,
13088, 28106, *p. p. -adj.,*
instruit, savant, (bien)
élevé.
Enseignier 5898, 16925,
24608, *enseigner, instruire;*
renseigner, conseiller 10535,
19223, 26543, *indiquer où*
se trouve qqn 3384, 30040,
faire connaitre, indiquer
15373, 21962, 24608,
25593, 25604, 25738,
27682, 27840; e. a saveir
29871, *faire connaitre.* —
Sbj. ipf. 3 enseignast 29871;
P. p. enseignié (*v. ce mot*).
[Enseler], *seller.* — *P. p.* en-
selé gentement 6243, *pourvu*
d'une belle selle.
Ensemble, *adv.*; venir e. 8328,
se rencontrer dans le combat,
en venir aux mains; e. o 971,
1246, 9091, 9749, 17514,
25065, 29599, 29771,
30091, 30270, *avec;* lui e.
c le cheval 9047, *lui et le*
cheval en même temps.
Ensemblement, *également, de*
même.
Ensement 6846, 13022,
24163, 28282, 28928, *de*
même; tot e. 9163, 25472,
tout à fait ainsi.
[Enserrer], *v. tr., angoisser.* —
Pr. 3 enserre 27659.
Ensevelir 7634, 10372, *etc.* —
Pf. 6 ensevelirent 17377;
P. p. enseveli 16510, 22946,

25260, s. -iz 11994, f. -ie
2444.

Ensi 6, 105, 135, 136, 152,
etc., ainsi, aussi; tellement,
si 6225, 6273, 7618,
17067, 17797, 24354; e.
come (com), v. come; e. que,
si... que 6225, 9155, de
telle sorte que 12138,
21558, 23877, 26944.
28487, en même temps que
16664; — ensi rapproche de
si 6225, 14098-9; — tot e.
come 23852-3, tout-à-fait
comme; — ensil (= ensi le)
29067.

Ensil, v. ensi.

Ensiut, v. ensivre.

[Ensivre], suivre 144, poursuivre 22869. — Pr. 3 en-
siut 22869; ft. 1 ensivrai 144.

Ensorquetot 3830, 13803,
15309, 19524, 21952,
29903, surtout, ce qui est
plus grave que tout le reste.

Entableüre 3101, entablement,
corniche.

Entaille, coupure (banieres o
entailles 7651-2, bannières
découpées), ciselure 7895,
10239, 14651, 16646; en-
tailles des fenestres 10592,
embrasures des fenêtres.

[Entaillier], tailler, sculpter,
taillader (en parlant d'une
étoffe) : de porpre ert coverz
desus e entailliez par granz
pertus 7817-8, (l'écu) était
couvert de pourpre largement
tailladée. — P. p. entaillié
3014, 3035, etc., s. -iez
7818, 25398.

[Entalenté], f. pl. -ees 29304,
p. pr. -adj., ardent.

Entasser, tasser, presser (une
foule) ; — subst¹, a l'entasser
del pas saisir 24365, (litt¹ :
au tassement) pendant qu'ils
s'entassent pour franchir la
porte. — Pr. 3 entasse 8872,
6 -ent 13026.

Ente 5520, n. f., arbre greffé.

[Enteindre], teindre, imprég-
ner. — P. p. s. enteinz
23864.

Entencif 19756, adj., querelleur.

Entencion, intention, désir
28851, visée (or ai en tei
m'entencion 20640, je compte
sur toi).

Entendeit, -i, -irent, v. entendre

Entendement 24985, application.

Entendre 14753, 15168,
18057, 28847, écouter
3209, entendre dire 9728,
12544, comprendre, voir
(par la pensée) 880, 17682 ;
faire e. 28978, faire comprendre, persuader de; sot e.
reison 29985, eut l'âge de
raison ; — v. intr., e. a, écouter
1037, 23281, 28847, faire
attention à 14753, 19073,
songer sérieusement à
27460, penser (amoureuse-
ment) à 13267, 15168,
s'appliquer à, s'efforcer de
1283, 1437, 2239, 9237,
11181, 11643, 16128, etc.;
(avec négation) ne rien sentir
21697, 22381, n'être plus
maître de soi 21460. — Pr.
1 entent 1401, 3327, 3489,
etc., 3 entent 21193, 21460,
21697, 22381, 28324,
30119, 4 entendons 6445,
6 -ent 9728, 17486; pf. 1
entendi 20250, 3 entendi
1283, 13682, 21758, 6
-irent 7629; ft. 1 entendrai
17007; cd. 6 entendreient
23281; sbj. 1 entende
11082; impér. 2 entent 1037,
3878, 21894, 5 entendez
3209, 3946, 26253; p. p.
entendu 12544, 13625, s.
-uz 22522, f. -ue 2878.

Entent, v. entendre.

Entente, n. f., application
(metre s'e. a 1219, 3004,
4667, 10066, 11591, m.
s'e. en 27504, etc., avoir e.
en 18019 s'adonner à), espérance 15366, 16426.

Ententif 19181, s. -is 15036,
18011, 18102, f. -ive 14856,
attentif, appliqué, soumis
19181.

Enterin 27519, f. -ine 13362,
entier, tout d'une pièce 13362.

Enterrement 10404, 22482,
sépulture.

Enterrer, *enterrer 10425*,
12846, *12987*, *13050*,
19399, *20873*, *20877*,
21833, *22398*, *24942*, *ensevelir (dans un cercueil de
marbre) 10413*, ensevelir
*(sans indication précise)
27281*, *23072*, *25600; seve-
liz e enterrez e mis en sarquieuz e en rez 19399-400*,
enterré e ars es rez e seveli
15224-5; — subst *23072*,
25790.
[Enterver], *interroger. — Pr.
3* enterve *26119*.
Enteser, *v. intr. 12430*, *22785*;
— tr. (c. l'arc) *9780*, *9812*,
*encocher la flèche sur l'arc.
— Pr. 3* enteise *9780*, *12430*,
22785; p. p. entesé *9812*;
p. p. -adj. 9069, *10001, s.
-ez 18832, qui a encoché la
flèche, prêt à tirer.*
[Enticier], *exciter, exhorter. —
Pr. 3* entice *17178*.
Entier -s, *f.* entiere *(par exception* entere *9040 (frere :),
entier; complet, achevé 3189,
d'un seul bloc (en parlant
d'un tombeau) 10387, intact
28599, (non brisé) 10676,
13904, (non ruinée, en parlant d'une ville) 24660,
26666, (non blessé) 10304,
11242, 20652, massif
10387, 16716 (images de
fin or entieres 3087), solide
(armure)10676;— toz entiers
(s.) 27157, intact (en parlant
d'Ilion); semaine tote entiere
22399.*
Entierement *27710, adv.*, entièrement.
*Entirains (var. de B à 23357-
92, v. 1), adj. r. pl.*, entiers.
Entor *8326, 10240, 23326,
28212, 29000, adv., à l'entour; d'e., tout autour; —
prép. 8953, 10236, 10595,
11123, 11466, etc., au-
tour de.*
[Entordre], *entortiller. — P. p.*
entors *14448, 22190*.
[Entoschier], *empoisonner (une
flèche). — Pr. 3* entosche
12429; p. p. f. entoschiee
17245, 22784, 22838.

[Entraatir sei] cors a cors, *v.
récipr., se provoquer en combat singulier. — Pf. 6* en-
traatirent *367*.
[Entrabatre sei], *v. récipr.,
s'abattre mutuellement. —
Pr. 6* entrabatent *8912; pf.
6* -atirent *24235; sbj. ipf. 6*
-atissent *17130; p. p.* entra-
batu *10818*, *12793*, *18524*.
Entraille *21739, pl. -es 12714,
25531, n. f., poitrine (viscères qui y sont contenus); —
rapproché de boële 12714;
— c l'autre c. 16514, et le
reste des viscères.*
Entraite' *(scie bien) 16544,
tressée (soie bien), p. p. f. de*
entraire.
Entraite" *15010, n. f., traitement (en mauvaise part).*
[Entraler sei], *v. récipr. — Pr.
6* s'entrevont *11152, s'élancent les uns sur les autres;*
s'entralerent ferir *22659,
allèrent se frapper mutuellement.*
[Entramer sei], *v. récipr., s'entr'aimer. — Ipf. 6* entra-
moënt *28654; pf. 6* entra-
merent *14410; p. p.* entramé
20396.
[Entrapeler sei], *v. récipr.,
s'entr'appeler. — Pf. 6* entra-
pelerent *29166.*
[Entraprochier sei], *v. récipr.,
se rapprocher. — P. p. r. pl.*
entraprochiez (sont) *17123,
sont rapprochés (se sont rapprochés).*
[Entraproismier sei], *v. récipr.,
se rapprocher. — Pf. 6* en-
traproismierent *10625,
29911.*
[Entrassembler sei], *v. récipr.,
s'attaquer, en venir aux
mains. — Pf. 6* entrassem-
blerent *2658.*
Entrataindre sei, *v. récipr.,
s'atteindre.*
Entravement *25899, n. m.,
(litt : entraves), câbles à
l'aide desquels on hisse sur
des roues le cheval de bois.*
Entre, *prép.; c. tant dis, v. dis;
— marque la collaboration:*
entre eus *28354*, *29667*,

tous ensemble; c. Calcas e
Achillès... se sont el temple
entrecontré 5845-6, *à eux
deux, C. et A. se sont rencon-
trés au temple; cf.* 7725,
8775, 9806, 11293, 11369,
11341, 14194, 22689,
22863, 23771, 24471 (où
il y a quatre personnes réunies), 28924 (c. mei e
mes compaignons), 29145,
29529; — *avec des noms
de choses* 26738 (entre blé e
vin); — entrel = entre le
24311; entres = e. les 8649.
[Entrebaisier sei], *v. récipr.,
s'entrebaiser.* — *P. p.* entre-
baisié.
[Entrechoisir sei], *v. récipr.,
s'entrapercevoir.* — *Pf.* 6 en-
trechoisirent 4233.
[Entreconoistre sei], *v. récipr.,
se reconnaitre.* — *Ft.* 5 en-
treconoistreiz 20433 : *sbj.
ipf.* 6 -coneüssent 6725 : *p.
p.* -coneü 10134.
[Entrecontrer sei], *v. récipr.,
se rencontrer (dans le combat).* — *Pf.* 6 entrecontre-
rent 2559, 4822, 12703,
17211, 19987; *f. p.* entrecontré 5847.
[Entrecorre sei], *v. récipr., se
courir sus.* — *P. f.* 6 entre-
corurent 10694.
[Entrecorrocier sei], *v. récipr.,
s'irriter mutuellement.* — *Pf.*
4 entrecorroçames 26977.
[Entredoner sei] 2486, 10730,
*v. récipr., s'entredonner.
s'entredonner des coups*
2615, 10730. — *Pr.* 6 en-
tredonent 2615, 11293; *ipf.*
6 -donoënt 10478; *pf.* 6
-erent 268; *ft.* 6 -dorront
22797; *p. p.* doné 26051.
Entredous 6409, 7291, 10721,
11654, *adv., au milieu, entre
les deux*; par e. 25838, *m. s.*
Entree 7573, 9381, 12301,
22489, 30072. *pl.* -ees
29960, *entrée.*
[Entrefaire sei] *voler les chiés,
v. récipr., se faire voler (sauter) la tête les uns aux autres.*
— *Pr.* 6 entrefont 19999:
pf. 6 -firent 5850.

Entreferir sei 12076, 19349,
23874, 24280, *v. récipr.,
s'entre-frapper ; avec un r.
dir.*(desmesurez cous)21544;
— *sans pr. réfl.*: qui les oïst lor
paumes entreferir 16411, *se
frapper les mains.* — *Pr.* 6
entreferierent 12519, 21544;
ipf. 6 -ferient 24345; *pf.* 6
-terirent 6541, 12076; *p. p.*
-feru 11168.
[Entrehair sei], *v. récipr.,
s'entrehair.* — *Ft.* 6 entre-
harront 28538.
Entrel, *v. entre.*
[Entrembatre sei], *v. récipr.,
s'enfoncer l'un à l'autre (des
mailles dans la chair).* — *Pf.*
6 entrembatirent 9418 (r.:.
[Entrembracier sei], *v. récipr.,
s'embrasser l'un l'autre.*
[Entrelaissier], *v. tr., laisser
inachevé.* — *P. p. f. pl.* entre-
laissiees 14948.
Entremesler 11741, *v. intr.
avec sens réciproque, se mêler, combattre ensemble.*
Entremetre 751, 23142; e. sei
de, *v. réfl.,* entrem.; *intr. pris
subst* au sens réfl., 23142,
se mêler de, entreprendre. —
Pr. 3 entremet 15110.
29266, 5 -metez 15386;
ipf. 6 -meteient 5016; *pf.* 1
-mis 3608, 13557, 3 -mist
26287; *ft.* 1 -metrai 3775,
19716, 3 -a 864; *cd.* -eit
19729; *sbj.* 3 mete 17824,
19708; *p. p.* -mis 8924, *f.*
-mise 1497, 23851.
[Entrenfondrer sei], *v. récipr.,
se briser l'un à l'autre (l'écu).*
— *Pf.* 6 entrenfondrerent
8641.
Entrenvaïr sei 11492, *v. récipr., s'attaquer.* — *Pr.* 6
entrenvaïssent 18516; *pf.* 6
-irent 20913.
[Entrepasser sei], *v. réfl., traverser, passer.* — *Ipf.* 6 entre-
passoënt 25838.
[Entreplevir sei], *v. récipr.,
s'assurer mutuellement (de).*
— *P. p.* entreplevi 13511,
r. pl. -iz 24936.
[Entrepoindre sei], *v. récipr.,
se piquer, se blesser mutuel-

lement. — *Pr. 6* entrepoi-
gnent *11350*.

Entreprendre *11644. v. tr.,
entreprendre 18174; avec n.
de pers. pour rég. 14058,
16172. 21557, attaquer,
serrer de près ; e. de trahison
24793, préparer un guet-
apens contre.* — Cd. *6* entre-
prendreient *11630 : p. p.*
entrepris *14058, 16172,
16589, 18174. 18577,
21557, 24793; p. p. -adj.
2586, 2701, 8997, 11207,
11271. 12466. 14240,
15578. 17664, 20045,
20493, 22802, 25938.
26103, 27767, 29819, em-
barrassé, angoissé.*

[Entrepretacion], *pl.* -ons
*15286, 29942, 30223, indi-
cation de l'avenir par un
songe 15286, 30225, réali-
sation d'un songe 29942.*

Entrepreter *29897, expliquer
(un songe).*

Entrer, *v. intr., entrer (passim),
pénétrer 7903, 9956, 10858,
15786, 18866, s'enfoncer
16776, 28883, commencer
23323 : construit avec avoir
15846; — réfl., s'en e. 1463,
1580, 1849, etc., entrer ;
— subst¹ 30047.* — Ipf. *3*
entrot *16776, 6* -oënt
*14691, 14890, 16783 ; ft.
3* enterra *23309, 27855, 4*
-ons *2324; sbj. ipf. 3* entrast *7903, 10089, 26383 ;
p. pr. pris subst¹. r. pl.* en-
tranz *16056 : p. p.* entré, *s.*
-ez *7581, 14303, 17368.
23323, 25615, 26947.*

[Entrerequerre sei], *v. récipr.,
s'attaquer.* — Pf. *6* entrere-
quistrent.

Entres, *v.* entre.

Entresait *10710, adv., aussitôt.*

Entreseigne *2479 (r., n. f.,
housse armoriée.*

Entreseignier *20427, v. tr., distinguer ; —P. p. f.* entrese-
igniee : *arme e. 8320, armure
armoriée ; voiles* entresei-
gniees *de dras de soie 25994,
voiles avec armoiries de soie.*

Entreseing *12876, s.* -cinz

*22104, 30216, n. m., mar-
que 12876, mot d'ordre
22104. signe de reconnaissance 30216.*

[Entresguarder sei], *v. récipr.,
s'entreregarder.* — Pf. *6* en-
tresguarderent *4342.*

[Entresparnier sei], *v. récipr.,
s'épargner mutuellement.* —
Pr. 6 entresparnent *12234.*

[Entressaier sei], *v. récipr., se
tâter, s'attaquer.* — P. *v.*
entressaié *24281.*

Entretant que *22590, loc. conj.,
pendant que, dans le temps
que.*

[Entretrover sei] *14232, v.
récipr., se rencontrer, s'attaquer.* — Pr. *6* entretruevent
14232.

[Entreveeir sei], *v. récipr.,
s'apercevoir les uns les autres.*
— Ft. *6* entreverront *1746.*

[Entrevenir sei], *v. récipr., se
rencontrer, aller à la rencontre les uns des autres.* —
Pr. 6 entrevienent *2614 ;
pf. 6* -vindrent *11370,
11428, 11529, 15619,
21142.*

[Entrevoleir sei] mal de, *v.
récipr., se vouloir du mal (se
fâcher) à cause de.* — Sbj.
ipf. 6 entrevousissent *19790.*

Entrevont, *v.* entraler.

[Entrobliër] oublier *30293,
oublier tant soit peu (dans
une prop. nég.) 28864 ; —
réfl., oublier 22 ; avec de
14751.* — Pf. *3* entroblia
28864, 30293; sbj. 3 entro-
blit *22, 14751.*

Entrocire sei *2606, v. récipr.,
s'entretuer.* — Pr. *6* entro-
cient *16149; ipf. 6* -iëient
*2408, 4569, 9098, 24346,
27448; ft. 6* -iront *1745 ;
sbj. ipf. 4* entroceïssons
26980, 6 -eïssent *11172.*

[Entrofrir sei], *v. récipr., s'offrir mutuellement.* — Pf. *6*
entrofrirent *10142.*

Enui *2648, 4405, etc., s.*
enuiz *1517, 3169, 3844,
12338, 14056, n. m., en-
nui, désagrément; insistance
13483, mal, dommage, dé-

plaisir 2648, 8889, 8926,
29449, 30088.
Enüie, enuit, v. enoier.
Envaïe 2429, 7178, 7577,
etc., pl. -ïes 8655, 21533,
attaque ; faire mainte e. a
23770; prendre une e. sor
9871, attaquer.
Envaïment 8972, 10008,
23571, attaque.
Envaïr 3647, 15739, 20123,
23206, 23545, 24279,
27791, 29249, 29654,
30183, v. tr., attaquer 9729,
10815, 15739, 15901,
20123, 23545, 24279,
26055, 29691, 30183, en-
vahir 4455, entreprendre
3647, 18216, 23206, 25740;
envaïr de (inf.) 24680, presser vivement de. — Pr. 3
envaïst 11598, 6 -issent
18761, 24680; pf. 5 envaïs-
tes 14662 ; cd. 1 envaïreie
25800 ; sbj. ipf. 6 envaïssent
27175 ; p. p. envaï 17259,
22186, 26055, s. -iz 15901,
f. envaïe 7055, 18216.
Envaïst, -istes, v. envaïr.
Envei¹ 24635, envoi, ordre
d'aller.
Envei², -eiast, -eioent, -eiot,
eïssons, -eit, v. enveier.
Enveier 3259, 4066, 4796,
etc., v. tr., envoyer ; en e.,
renvoyer 13291, chasser
21041 ; e. por 1458, 27400,
envoyer prendre, mander ;
e. de (n. ne chose pour rég.)
3336, envoyer réclamer ;
— subst¹ 4988, 6205. — Pr.
1 envei 14295, 3 -eie
14311; ipf. 3 enveiot 3336,
6 -oënt 5869; pf. 3 enveia
25391, 5 enveiastes 26687,
6 -ièrent 28221; ft. 6 en-
veieront 17382; cd. 6 -eient
17416; sbj. 1 envei 1505,
4187, 3 -eit 3432, 29112,
6 -eient 22543 ; ipf. 3
enveiast 17441, 24861, 5
enveïssons 5776; impér. 4
enveions 3701, 5 enveiez
1458 ; p. p. enveié 4622,
19413, 26739, 28950,
29694, s. -iez 23742,
26088, f. -iee 3856.

[Enveillir], v. intr., vieillir, se
faner. — P. p. f. pl. enveil-
lies flors, 14843.
Enveïseure 11981, propos gais.
[Enveisié], s. -iez 5501, 8005,
f. p. -adj., gai.
Enveisier, v. intr., se divertir,
plaisanter. — Pr. 3 enveise
14712, 14988.
Envers, adj., 7400, 8350,
9716, 10702, 12814,
14319, 16229, 17116,
18525, 19252, 20462,
20564, 25266, renverse, a
l'envers, à la renverse; chaeir
e. 23626, 24234; jut toz
e. 30153 ; porter e. del cheval 10916, metre e. jus de la
sele 23626, jeter a bas de
son cheval; — prép., vers,
envers, à l'égard de ; en comparaison de 831, 5355,
26451, 28774, 28790.
Enverser, v. tr. 582, 17166,
22110 ; — intr. 5630, se
renverser; faire e. 2520,
7314, 15934, renverser ; —
récipr. 11506, se renverser.
Enviaill, n. m., enchère dans un
jeu : ne sont pas suen li e.
20782, il n'a pas le bon bout
(cf. le vers suivant).
Envie, n. f., désir 6450,
16941, jalousie 9606,
14423, 27683, jalousie en
amour 29621.
[Envïer], v. intr., porter envie.
— P. pr. -adj. enviant 30308.
*Envionees 16537, -ez 22413,
var. à environees, -ez.
Environ 1922, 3023, 8066,
etc., adv., à l'entour, aux
environs ; de ci e. 26765,
des alentours ; tot e. 3609,
tout autour : subst¹ s. l'environs 4532 : — prép. 2695,
9153, 20015.
[Environer], v. tr., disposer en
cercle (des ornements). — P.
p. -adj. s. environez 22413,
f. pl. -ees 16537.
Enviz (a) 5270, 28808 (rapporté au régime 11421,
17192), malgré lui (eux,
etc.), contre son (leur) gré ;
a tel e. 13789, si à contre-
cœur.

[Envoloper], *envelopper.* — P. p. envolopé *25668.*

[Envoudre], *v. a., entourer.* — P. p. s. pl. envous d'argent *23858,* *bordés d'argent* (écus).

Enz *1968, 3350, 8048, 12481, 14903, 22864, 25940, 27855, adv., dedans,* au-dedans; entrer plus enz *10089, pénétrer plus avant;* metre e. *14546, 15890, 21661, repousser dans la ville;* — *servant à fortifier* en *1261, 2560, 5133, 14330, 16766, 17049, 19010, 19325, 19799, 23521, 23566, 23918, 25503, 26120;* enz en mi *28025,* enz es *30098;* — ça enz, *v.* ça.

Erbei, *v.* herbei.

Erent, ert, *v.* estre².

Ermine, *v.* hermine.

Errance *10453, 22149, 25576, inquiétude.*

Errant *1967, adv., aussitôt.*

Erraument *17858, 24759, aussitôt, sur le champ.*

Errer *13797, 30558, v. intr., marcher, voyager; agir 13797, 29081 (cf. le moderne* errement). — Pr. 3 cirre *29276, 30435; pf. 6* errerent *17308, 23375, 29122;* f. p. erré *6493, 22167:* — *p. pr. pris subst¹ r. pl.* erranz *28715, voyageurs.*

Error, *égarement, agitation 20309, inquiétude 1863, 16436, 17862, 18014, 19357, 29327.*

Es¹, *v.* le.

Es², *adj. indéfini, même;* en es le pas, *v.* pas.

Es³, *interj. exclamative:* es vos Agamennon venu *4939, voilà qu'Agamemnon est arrivé;* es le vos *2604, le voilà;* es les vos *7581, les voila.*

[Esbaïr], *intr. 10759:* — *réfl. 24989, être ébahi, stupéfait.* — Pr. 3 esbaïst *10759;* f. p. s. esbaïz *24989;* — *f. p. -adj.* esbaï *4509, etc., s. -iz 14473, 15124, 25524, 26103, f. -ie 2283, 5674.*

stupéfait, hébété: — subst¹ *18870, r. pl. 14376.*

[Esbaudir], *réjouir.* — P. p. -adj. esbaudi *21115, s. -iz 5924, 7843, 19690, regaillardi, plein d'ardeur.*

[Esboillier], *v. tr., faire sortir les boyaux à, étriper.* — Pr. 6 esbueillent *22856; sbj. 6* esbueillent *28266.*

Escarlate *20628, n. m., drap fin (dont la couleur n'est pas forcément « écarlate »).*

[Eschac], *r. pl.* eschas *1191, 3183, 8124 (r.), n. m., échecs (jeu).*

[Eschaeir], *v. impers., échoir, être destiné, arriver.* — Pr. 3 eschiet *28097;* f. p. eschacit: *mout nos sera bien e. 6177, ce sera excellent pour nous.*

[Eschamel], *s. -eaus 16655, piédestal.*

Eschange, *échange 8353, compensation 10778.*

Eschale, *n. f.:* vis faite a c. *22431 (r.), escalier à vis.*

Eschaper *3967, 7301, 8692, 14059, 17651, 20179, 24350, 28214, v. intr., échapper, se sauver.* — Sbj. 3 eschat *15675, 21938, 26000; ipf. 3* eschapast *1347, 7215, 8638, 8976, 21634, 22209, 23692, 23700, 25766, 26079, 26827; p. p. s.* eschapez *15750, 27628, 28870, 29014, 29083.*

Eschar -s *5334, 5795, 6628, 8908, 10237, 11981, 15470, 18270, 18682, 23956, 25529, n. m., moquerie, plaisanterie.*

[Escharboncle], *s. -es 11756, 29570, escarboucle.*

Escharguaite *11087, n. f., veillée, garde de nuit.*

Escharguaitier, *v. intr. 20095, être vigilant;* — *tr. 10521, 12627, 22891, garder la nuit;* — *réfl. 19562, 27096, se garder la nuit.* — P. p. escharguaitié *22891.*

[Escharir], *f. -ie 29946, p. p.*

-adj., peu considérable, peu
nombreux.

Escharnir, v. tr. 13629, tromper (une femme); — réfl., se
moquer 3784, se plaindre
amèrement 20666. — P. pr.
escharnissant 3784; p. p. s.
escharniz 20666, f. -ie
13629.

Eschars, adj.; al plus c. 3161,
9504, 16667, 26855, pour
le moins; — advt, c. de 6888,
peu de.

Eschat, v. eschaper.

Eschec 4579, butin.

[Eschelete], pl. -es 23447, n.
f., clochette.

[Escherde], pl. -es 1919, n. f.,
écaille.

[Eschevelé], f. -ee 15460, p. p.
-adj., échevelé.

Eschiele 2278, 7730, 7808,
7926, etc., corps de troupe,
division.

Eschif, s. -is 2167, 17450,
18030, 19562, 22990,
24866, mal disposé, hostile
25200, qui refuse de faire ce
qu'on lui demande : se faire c.
de 17420, 17870, faire des
difficultés au sujet de, hésiter
à faire; e. de tote rien 18030,
dénué de tout bien (au fig.),
malheureux; c. vers 19562,
hostile à.

Eschine 22788, échine.

[Eschiper], équiper; nes eschi-
pees 7237, vaisseaux bien
armés.

Eschive 24829 (et'eschives, pl.,
var. à 7648), n. f., tour de
guette. Cf. Godefroy, s. v.
eschief et eschite.

Eschiver 6985, 8713, 8726,
8761, etc., v. tr., éviter en se
detournant 9691, refuser
19687.

Esciènce 27193, connaissance
(de l'avenir).

Esciènt, n. m., connaissance,
science 5172, 14914, sagesse
15331, habileté 26297, intelligence 19916, 27688, bon
sens 16689; mien c. 6330,
7032, 7917, 10514, 17661,
25786, 29959, par le m. c.
12989, selone le m. c. 2342,

à mon avis; al suen c. 3725,
sciemment; a c. 26579, volontairement.

Esciéntos 46, 5532, savant: c.
des set arz 100, qui connait
les sept arts.

'Escite (var. de G à 21903-
22066, v. 51), v. tr. pr. 3,
excite.

Esclarcir, v. impers. 22311,
faire jour; — intr., devenir
clair 2296, 4586, s'éclaircir
(en parlant des rangs des
combattants) 9722. — P. p.
esclarci 2296, 4586.

Esclairier 7383, 26132,
27104, v. tr., éclairer 14774;
c. son duel 7383, adoucir son
deuil; — intr., être clair,
briller 12684, 27104. —
Pr. 3 esclaire 12684, 6 -ent
14774.

Esclat 8454, 11433, 14006,
23915, 24138, s.-az 14234,
éclat (de bois de lance ou
d'épée); jet de sanc 14234,
morceau de cervelle 14173.

[Esclicier], v. intr., voler en
éclats. — Pr. 3 esclice 12105.

Escliz 2516, 7398, 8342,
15871, éclat de bois de lance.

Escole 86, école.

[Escombatre], délivrer en combattant 11902, conquérir
2232. — P. p. escombatu
11902, f. -ue 2232.

[Escomenié], f. -iee (chose)
29806, p. p. -adj., (littt : ex-
communié, sacrilège (acte).

[Escondire], v. tr.: c. qqn de
qqch 1282, 20404, refuser
qqch à qqn; — réfl., s'excuser, se refuser à faire (qqch)
4764, se refuser à avouer
(qqch) 29751. — Cd. 1 es-
condireie 4764; sbj. 1 escon-
die 20404; ipf. 3 escondeist
1282; p. p. s. escondiz
29751.

Escondit 5640, n. m., refus
fait en s'excusant.

[Esconser], v. intr., se coucher
(en parlant du soleil). — P.
p. esconsé 1470, 29268, s.
-ez 17080.

'Escorche (var. de l. t. IV, 418,
v. 32), peau.

[Escorre], *délivrer (par les armes un prisonnier).* — *Pf.* 5 escossistes *10055,* 6 escostrent *20506.*

Escosse *11297,14506,24067, rescousse. aide dans un combat ; délivrance d'un prisonnier 9267.*

Escouter *392, 2862, 3169, etc., v. tr., écouter ;* — *subst*[t] *6438.* — *Sbj. 3* escout *11093 ; ipf. 5* escoutisseiz *26653 ; p. p. s.* escoutez *20248, 25341, 30083.*

[Escreistre sei], *grandir en puissance, agrandir son royaume.* — *Pf. 3* escrut *30300.*

Escremie *8640, 9466, 11289, 14481, 16276, 21587, 22691, lutte, combat ;* rendre sei dure e. *22691, lutter furieusement.*

[Escrever], *v. intr., éclater, se crever (en parlant de la peau du visage).* — *Pr. 3* escrieve *9583, 14126.*

Escri *7922, exclamation, cri.*

Escriër, *v. intr., crier ;* — *tr., crier (un discours) 29398 ;* e. s'enseigne, *v.* enseigne ; — *crier après qq*[n] *2332, 17172, 22185 ;* — *réfl., pousser des cris 7419, 9702, 10209, 18671, 21057, 21539, 22907, 23597, pousser des exclamations 23998.*

Escrieve, *v.* escrever.

Escrin *1663, écrin.*

Escrire *12160, 13833, écrire, marquer d'une empreinte (la chair) 12935 ; ne fust pas en tel mal escrit 18369, cela n'aurait pas été si sévèrement jugé.* — *Ipf. 3* escriveit *109 ; pf. 3* escrist *116, 27697,* 6-istrent *23148 : p.p.* escrit *134, 27701, v. pl. -iz 12935, f. -ite 27703.*

Escrist, -istrent, *v.* escrire.

Escrit *2, 1713, 1900, 5814, etc., n. m., écrit, livre, ouvrage ;* metre en e. *24404 ;* — l'Escrit *5290, 18744, 18969, 20009, 27070, s. ii* Escriz *312,551, 2106, 5495, 7101,* l'Escriz

2959,5296, 12423, 16258, 24364 la source de Benoit.

Escriture, *n. f.,* trover en e. *636, 13364, trouver dans les livres.*

Escu *1837, 2579, etc., s.-uz 1742, 6018, 6457, etc., écu, bouclier ; au pl. 15658, hommes armés ;* — les escuz pris *4567, 11113, 19239, 19284, (prop. participiale absolue), le bouclier au bras.*

Escuier *2584, s. -iers 11700, écuyer.*

Escume *12425, écume.*

[Escumer], *v. intr.. écumer.* — *Pr. 6* escument *27589.*

Escurder *18051, v. intr. pris subst*[t]*, résistance.*

Escurdos *13783, qui hésite à obéir, qui rechigne ; e. de, revêche envers 27500, qui refuse de faire (ce qu'on lui demande) 25653.*

'Esdevient, *var. de K ou de AK* à se devient. *Voy.* devenir.

[Esduire], *v. tr. 19751, écarter ;* — *réfl., re retirer, s'échapper.* — *Pr. 6* esduient *18160 ; ft. 5* esduireiz *19751.*

Esfondrer *25481, défoncer, trouer (la peau,* ;— *intr. 18523 être défoncé.* — *Pr. 6* esfondrent *24193 ; pf. 6* esfondrerent *14024, 18523, 22664 23632 : sbj. ipf. 3* esfondrast *11403 ; p.p.* esfondré *15648, s. -ez 9224.*

Esforcement, *n. m., effort, attaque de force 20589, 27477.*

Esforcieement *23849, adv., avec ardeur.*

Esforcier, *v. intr., faire des efforts, s'efforcer ;* — *tr. 15228, 20455, renforcer ; e. de 25053, pousser fortement à ;* — *réfl. 1948, 18660, 27645 (se resont esforciez) ;* — *subst*[t] *19741,*

[Estorcir], *s. -is 12331, vigoureux, violent.*

Esforz *(invar.), n. verbal de* esforcier, *force ; forces militaires, troupe de combatants 9422, 11553, 12285, 18643, 20122, 21620,*

24253, 24441 26625, (*forces suffisantes* 9566, 23119); *effort* 2199, 2618, 8960, 20574, 23681, 25165; — *par* e. 2618, 5994, 12500, *par vive force.*

Esfreance 12417, *effroi.*

Esfreer, *émouvoir, troubler, effrayer;* — *intr.* 22830, *s'émouvoir;* — *réfl.* 25565, 28240. — *Pr.* 6 esfreient 25565, 28240; *sbj.* 3 esfreit 22830; *p. p.* esfreé 3372, *s.* -ez 2382, 8610, 11830, 29339; — *p. p. -adj.* esfreé : *estor* e. 8610, *combat terrible*; *chace* esfreée 18557, *poursuite acharnée.*

Esfrei, *vive émotion, émoi* 29325, 30145 (*estre en* e. 1503, 4102, 6005, 6057, *etc.*; *moveir* e. 24636, *causer de l'émoi, inquiéter*), *bruit* (*qui émeut?*) 1542, 1918, 10418, 12632, 15621, 15701 (*faire* e. 1918, *mener grant* e. 15621).

[Esfreïr], *émouvoir, troubler, effrayer;* — *réfl.* 29842. — *Pf.* 1 esfreï 29842; *p. p. s.* esfreïz 2388, 19697, 23582, 30118, *f.* -ie 10112, 28528, *pl.* -ies 27958 : *noveles* e. (*sans factitif*), *nouvelles effrayantes.*

Esfreiz 10627 (r.), *s.* esfreiz 25362, *n. m., bruit confus, tumulte.*

Esfremissement 12435, *s.* -enz 25349, *effroi, émotion.*

Esguardement 16635, 26359, *avis.*

Esguarder, *regarder, examiner* 4426, 7085, *etc., distinguer* 15, *réfléchir à* 2452, 4409, 4426, *décider* 17381, 22541 23739, 25243, 28163, 28475. — *Ipf.* 3 esguardot 1889, 3057, 5402, 7085, 9212, 11368, 14865, 6 -oënt 4656, 10477, 14692; *sbj.* 3 esguart 10481; *ipf.* 3 esguardast 22471, 5 -isceiz 24562.

Esguaré 26603, *s.* -ez 14892, *f.* -ee 13438, *p. p. -adj., égaré, éperdu, anxieux* 26603; — *subst* 14892.

T. V.

Esguart¹, *s.* -arz 17476, 17928, 18214, 22519, 24908, *n. m., examen* 17928, *délibération, décision* 15155, 17385, 24908, 25129, 25140, 25327, 26199 (*prendre* e.), 26621 (*faire* e.), 28515, *avis* 532, 5791, 17476, 18214, 20357, 23832, *volonté* 19935, *issue possible d'une situation* 17708, *décision* 24898; *par grant* e., *très sagement* 5036, *très habilement* 11115, 14760. 14822, *avec grand soin* 25497; *senz autre* e. 23759, *sans hésitation.*

Esguart², *v.* esguarder.

Esjoïr, *intr.* (*faire* e.) 6184, 24933, *réjouir;* — *réfl., se réjouir.*—*Pr.* 3 esjoïst 20603, 6 -issent 5977, 13057, 25995; *ipf.* 6 esjoëient 16574; *pf.* 3 esjoï 4826, 6 -irent 3349, 17343; *sbj.* 3 esjoie 4850; *p. p. s.* esjoïz 3723.

Eslais, *élan*: a e. 2347, 7239, 8764, 11219, *rapidement, vite*; *de plain* e. 558, 2484, 2717, 7477, 8450, etc., *tot a* e. 12030 (*où il faut p.-ê. lire* toz *avec* E; *cf.* 11219), *de tout son élan, de toute sa force, à toute bride.*

Eslaissier, *v. intr.* 496, *réfl.* 8381, 8779, 9977, 12127, *lancer son cheval, s'élancer.* — *P. p. s.* eslaissiez 2549, 8955, 11442, 11497, *etc., le cheval lancé* (*joste* eslaissice 24287, *jostes* eslaissiees 19437); *à toute vitesse* (*en parlant de vaisseaux*) 7120.

[Eslancier sei], *s'élancer* : *tot droit a lui s'a eslancié* 12257.

Eslection, *élection* 17013, 17021, *pouvoir conféré par élection* 27678.

Esleecement 29021, *manifestation de joie.*

Esleecier 13607, 14998, *réjouir, faire passer du chagrin à la joie* 13607; — *v. intr., faire* e. 16998, *m. s.*

Esleü, -uz, *v.* eslire.

***Eslieve**, *var de* l, *t. IV,* 418,

r. intr. pr. 3 de eslever, *se gonfle* (en parlant du cœur).
[Esligier], *se procurer, acheter.* — *Sbj. ipf. 3* eslijast *14667.*
Eslire *17023, 19193, 24691, 27030, choisir, élire.* — *Pf. 3* eslut *7723* (r.) *et* eslist *14634* (que Dieus en e. *as plus beles, que Dieu déclara les plus belles), 6* -eslurent *5877; sbj. 6* eslisent *16977; impér. 4* eslisons ; *p. p.* esleü *17027, 24894 et* eslit *24904, s.* -uz *17017, 19183* (r.), *22545; — p. p. -adj.* eslit *10300* (r.), *29416. s.* -iz *11008, de choix, brave entre tous;* — *subst¹ 329, 16850, 17522.*
Eslist, -it, -iz, *v.* eslire.
Esloignier, *éloigner, mener loin, s'éloigner de 4216, éviter 14052;* e. del cheval *17138, désarçonner;* — *intr., e. a 28686, échapper à;* — *réfl. 1130, 3444, 3557, etc., s'éloigner.* — *Sbj. ipf. 3* esloignast *14052; p. p. r. pl.* esloigniez *25083; — p. p. -adj.* esloignié *3352, 4472, s.* -iez *8904, 30018, f.* -iee *29865, éloigné, loin.*
Esmai *19411, 19447, 20831, 24426, s.* esmais *617, r. pl.* esmais *21645, 22212, n. m., émoi.*
Esmaiance *13231, 13637, 15298, 25553, 26035, 29327, émoi.*
Esmaier *1388, 2670, etc., émouvoir, troubler, effrayer;* — *intr.* (faire e.) *15061;* estre esmaié *402, 12574, 22844, être ému, effrayé;* — *réfl. 2090, 3994, 4685, etc., m. s.* (li mire pas ne s'esmaient qu'Achillès ne guarisse bien, *les médecins ne doutent pas, etc.).* — *Pr. 1* esmai *2259, 17737; sbj. 3* esmait *19859.*
[Esmail], *r. pl.* -auz *11500* (r.), *n. m., émaux.*
Esmal *1554, 25778, émail.*
Esme, *apparence:* de parler fait semblant e e. *29432.*
Esmee *12717, 16261, 18859, estimation, compte.*
[Esmer], *calculer, estimer:* esme

a geter *14827, vise* (pour lancer une balle). — *Ipf. 6* esmoënt *14558.*
Esmeraude *1555, 14773, 16725, 16770, 23456, émeraude.*
Esmeré *7829, 16656, 21968, 25470, 25472, s. ez 17759, 23471, 26128, épuré, pur; affiné, délicat* (en parlant d'un enfant) *29779.* — *Est rapporté parfois grammaticalement, non à la matière présentée comme pure, mais à l'objet:* li cercles est d'or esmerez *1827* (cf. *16520, 21968, 23049*).
Esmerillon *7826, 8334, s.* -ons *23906, émerillon.*
Esmeü, -üz, *v.* esmoveir.
Esmolu *8855, s.* -uz *14373, 18581, 23544, f. pl.* -ues *17318, 19331, 21471, 23875, p. p. -adj.* (de esmoudre), *émoulu, tranchant.*
Esmoveir, *soulever 2103, mettre en mouvement 15795, émouvoir; — réfl. se mettre en marche, partir 5065, 6831, 15903, 23367.* — *Pr. 3* esmuet *15602, 6* esmuevent *15903; pf. 3* esmut *23367, 6-*urent *5065, 6831; p. p.* esmeü *15795, s.* -uz *2103, f.* -ue *16011.*
Esmuet, - uevent, -urent, -ut, *v.* esmoveir.
Espace, *n. m., étendue 5523, espace de temps 5101, 13001, 20341, délai suffisant 27261.*
Espandre *26491, répandre, expliquer 24843; — intr. 27862, se répandre, sortir; — réfl. 2378, 4773, 5981, 10582, 17086, 22040, 25690, se répandre, répandre sa lumière.* — *Pr. 3* espant *2378, 4773, 14145, 24324, 27862, 6* -andent *5981, 23644; ft. 3* espandra *27087; sbj. 3* espande *16228, 17086, 22040, 24843, 25690, 6* -andent *12713; impér. 2* espant *1722; p. p.* espandu *22959, 29718, f.* -ue *22318, 29514.*

Espant, *v.* espandre.
Espargne *12087*, *action d'épargner, grâce, merci*.
[Esparnier], *v. tr., épargner:*
— *intr., 26057.* — *Pr. 3* esparne *9292, 24060 et* esperne (resne :) *14476, 6*-arnent *26057;* ipf. *6* esparnoënt *2698;* p. p. esparnié *20826.*
[Esparpeillier], *éparpiller.* —
P. p. esparpeillié *27609.*
[Espasmer], *v. intr. 22221 et*
réfl. *16760, 23013, se pâmer.* — *Pr. 3* espasmist *22221;* pf. *3* espasmi *23013,*
6-irent *16760;* p. p. espasmi *21507,* s. -iz *20296, 23670.*
[Espaule], *pl.* -es *5112, 5413,*
5496, 5557, 20629, épaule.
[Espaulu], *s.* - uz *5181, fort*
d'épaules.
[Espeaudre], *expliquer, exposer.* — *Pr. 3* espeaut *26397.*
Espeaut, *v.* espeaudre.
Espece *8142, pl.* -es *6799,*
6895, 16509, 23238, épice.
Espee, *épée.*
Espeir¹ *13563, 13686, 22325,*
25225, 26108, espoir; al
mien e. *6434, comme je l'espère;* — *adv. 1638, 12915,*
20242, peut-être (litt.: « je
l'espère »; senz nul e. *52,*
sans nul doute).
Espeir², *v.* esperer.
Espeisse, *v.* espessier.
Espeneïr *13313, 20722, v.*
tr., expier (une faute). — *Pf.*
6 espeneïrent *13316; ft. 3*
espeneïra *27208,* 5 - ciz
12172, 6 -ont *26438.*
Esperance *3741, 6947, 15026,*
17893, 25407, espérance;
n'a e. de sa vie *3568, désespère de sa vie.*
Esperdu, *s.* -uz *1390, 1904,*
f. -ue *13974, p. p. - adj.,*
éperdu, bouleversé.
[Esperer], *v. tr., espérer.* —
Pr. 1 espeir *3745, 13150*
(cf. espeir¹*); 3* espeire *25395;*
ipf. *6* esperoënt *25912.*
[Esperiment], *r. pl.* -enz *5939,*
n. m., expériences, opérations magiques.
Esperit *13472, 19253,*
30171, s. -iz *14300,*

20805, 21879, 22990, r. pl.
22686, souffle, vie, âme; au
pl. 22686, vie.
Esperitable *14790, spirituel.*
Esperital *14787 et 18077*
(f.). r. pl. m. -aus *13488,*
f. -aus *14899, 20799,*
24002, céleste 13488,
14787, de beauté idéale
18077, 20799. exquise
(odeur) 14911, d'odeur exquise 14899.
Esperne, *v.* esparnier.
Espervier *14727, épervier.*
Espés *3006, 5158, 23108,*
f. -esse *3157, épais;* — *adv.,*
épaissement 6271, 11149,
16250, 18895, 19265, en
grand nombre 6034.
Espesse *17301, 22715, n. f.,*
entassement, presse, foule;
a l'e. *7163, au plus épais*
(des combattants).
Espessement *2408, 7191,*
14235, 19260, 24369, en
rangs serrés, en foule.
[Espessier], *v. intr., devenir*
plus épais, plus nombreux,
croître. — *Pr. 3* espeisse
10800; pf. 3 espessa *27575,*
6 -ierent *2426; ft. 3* espessera *17110.*
[Espie], *r. pl.* -ies *29337, n.*
m., espions.
Espié *6803, 7306, 7316, etc.,*
s. -iez *7066, 7082, 7857,*
etc., n. m., synonyme de
lance *(cf. 1841 et 1880,*
1933 et 1937); cependant
les deux mots se trouvent
rapprochés (donc distincts
pour le sens) 1066 et 17188.
Espiier *3292* (r.)*, 29113* (r.)*,
29695 (r.)*, épier, espionner;*
examiner 27839, 28994,
29113. — *P. p.* espiié *27839,*
28994.
Espine *2189, 5560, 29213,*
aubépine.
[Espir], *s.* -irs *21746, n. m.,*
esprit, intelligence.
Espirement *20650, 26194,*
s. -enz *30218, respiration,*
soupir.
Espleit, *élan, ardeur;* a e. *1031,*
1855, etc., en hâte; a grant e.
934, 2397, etc., en grande

hâte; a greignor c. *934, plus
vite.*

Espleitier, *v. intr., faire effort; se comporter, agir, pro-
céder 179, 693, 4629, etc.;
bien* c. *4522, 19091, réus-
sir*; ses tu com tu as es-
pleitié? *20757*; n'e. rien
*3332, 12762, 19804, n'ar-
river à rien (cf.* meins c.
8717 et poi c. *18471); se
hâter 3260, 4330, 5857,
etc.; — réfl. 23002, se hâter
(de), s'occuper (de); — tr., accomplir, réaliser 16584,
22052. — Sbj. 3* espleit
23002.

[Espoënter], *épouvanter. — Pr.
3* espoënte *11971; p. p. s.*
espoëntez *2687, 11829.*

Espoint, *v.* espondre.

[Esponde], *pl.* -es *16539, n.
f., tête et fond d'un lit (joint
à limons).*

[Espondre], *abandonner, concéder. — Sbj. 3* espoint
29454. Cf. espondre *(Add.
de BCDJPky après 17930),
« exposer ».*

Esporon *1817, 9748, 11451,
12056, 18957, r. pl.* -ons
21493, éperon.

Esporoné *6234, p. p.* -adj.,
éperonné.

Espose, *n. f.: femme* c. *1409,
29388, femme légitime.*

Esposer *28905, épouser;* e. a
femme *1433. — Ft. 1* espo-
serai *1433; p. p. f.* esposee
4865, 29600.

Esprendre, *v. intr., s'enflammer, être enflammé; — tr.
1465, 4742, 11032, 12354,
etc. — Pr. 3* esprent *1268,
1308, 3407, 11032, 12254,
13561; p. p.* espris *4742,
7391, 8399, 8602, 21910,
22116, 26305, 27954,
28658, 28724, f.* -ise *1465.*

Esprover *10687, éprouver;
reconnaître vrai 28024;* e.
a *10687, expérimenter par
rapport à, opposer dans une
lutte à; —* fu seü e esprové e
coneü *28024.*

[Espurgier sei], *se justifier. —
Cd. 3* espurgereit *28480.*

[Esquachier], *écraser. — Pr.
6* esquachent *27863; p. p.*
esquachié *19343.*

[Esquarteler], *mettre en pièces;
— intr. 17128, être mis en
pièces. — Sbj. ipf. 6* esquar-
telassent *17128; p. p.* es-
quartelé *2405, 9278, s.* -ez
10648, 20456.

[Esquiper sei]. *— P. p.* esquipez *1850 (de la terre s'est
esquipez, il quitta le rivage).*

[Esrachier sei]. *s'arracher. —
P. p. r. pl.* esrachiez *(toz les
cheveus s'a e.) 16471.*

Essai[1] : *aler a l'essai 22087,
venir a l'e. 11409, essayer,
faire l'expérience.*

Essai[2], *v.* essaier.

[Essaie], *pl.* -es *28755, n. f.,
expérience.*

Essaier *16933, essayer, éprouver 3950, tâter (un adver-
saire) 9888, 10684, 19917,
entreprendre 16933; — réfl.,
e.* sei a *779, 1345, 3792,
21239, e.* sei de *(inf.) 3787,
essayer de; — subst*[t] *18135.
— Sbj. 1* essai *1391.*

Essaivié *1878, 7343, f.* -iee
3280, f. pl. -iees *7158,
18910, p. p.* -adj., *mis à sec
sur le rivage (en parlant
d'un navire) 7158, 18910,
(en parlant d'une personne)
débarqué (litt*[t] *: mis à sec)
1878, 7343; — qui a quitté le
rivage (en parlant d'un navire),
mis à la mer 3280.*

[Essampler], *agrandir* : adonc
essamplerent lor pas *8727,
alors ils allongèrent le pas.*

Essart, *abatis, destruction;
faire* e. *de 6871, 9172,
14484, abattre, faire un massacre de.*

Essaucement *4873, exaltation,
accroissement.*

Essaucier *5742, 10993,
11861, élever, exalter, célébrer; — intr. 25878, 30316
et réfl. 743, 30300, s'élever,
grandir en renommée. — Ipf.
3* essauçot *743; sbj. ipf. 3*
essauçast *873, 25878; p. p.*
essauciez *28958, 30278, s.*
-iez *17498, 24976, 28284,*

29034 ; — *p. p. -adj. s.* essauciez *8833, 18159. f.*
-*ice* 25032, 29798, *renommé, honoré.*

Essoigne *6804, 9865, 21179,
21388, 23552,* 23660 (toujours *en rime avec* broigne)
*et 11056, 22228 (intérieur),
n. f., excuse, raison de s'abstenir 21179, dure besogne
9865, 11056. Cf* essoine.

Essoine *8145,* 15919, *toujours
en rime avec un nom propre
et dans l'expression* senz e.,
*qui n'est qu'une formule ame-
née par la rime.*

[Est¹], *f.* este 2593 *(var.* esta,
iste), 12600 *(var.* iste),
15345 *(var.* iste), *adj.
démonstratif, cette.*

Est², *v.* estre¹.

*Esta, *var. à* estait 10259,
22250 *et à* este 2593.

Estable *13863, 14916, fixe,
stable.*

Establie *15928, pl.* -ies *7069,
8093, arrangement 7069,
indication des positions à
prendre 8093, troupe de
combattants 15928.*

Establir *29158, v. tr., établir,
régler; fixer 25757; construire 200, 243, 388,
25383, créer (le monde)
7102, 16146, 24188,
25275, organiser 3730,
16849, 17521, 25836,
ranger (des troupes) 8274,
10575, 15387, décider
22542, 25410 ; — impers¹
6950. — Ipf. 3* establisseit
25383, 6 -cient *25504 ; pf.
3* establi *24188; — p. p.-adj.:*
prince establi *27384, 27412,
chef reconnu.*

Estace, *v.* ester.

Estache *14305, n. f., poteau
qui soutient un pavillon.*

Estage, *étage* 3081, *espace de
temps pendant lequel on
séjourne 28605, on s'attarde
28063.*

Estait, *v.* ester.

Estal *2562, r. pl.* -aus *18888,
23641, place, position; moveir de son e. 2562, se dépla-
cer ; livrer e. 12232, 17170,*

24056, l. estaus *18888, résister, attaquer vigoureusement;* faire müer estaus
23641, mettre en fuite.

*Estancelle (var. de G à 21903-
22066, v. 50), n. f., étincelle.*

Estanchier *9797, 10044,
10095, etc., étancher; si tost
come il fu estanchiez 11620,
dès que le sanc de sa plaie fut
étanché.*

Estant, *v.* ester *et* estre².

Estature *5424, stature, taille.*

Este, *v.* est¹.

Esté¹ *2371, 6233, 14644,
20866, 25781, 25788, s.
-ez 5583, 14812, 15207,
17404, n. m., été;* en estez
14812, les étés, en été.

Esté², *v.* ester *et* estre².

Estee *28066, n. f., action de
rester (absent), absence.*

Esteie, esteient, *v.* estre².

[Esteile], *pl.* -es 28940 (: merveilles) ; *étoile; as* esteiles
*930, 1136, 5980, 28460
(toujours en rime avec* veiles
*dans cette locution), à la clar-
té des étoiles.*

[Esteindre], *eteindre 17555,
anéantir, faire mourir 1944,
12821, 13389, annuler
13464; — intr. 25537,
s'éteindre. — Pr. 3* esteint
1944, 12821, 25537; p. p.
esteint *13464, 25605, s.*
-einz *13389, 25585; f.*
-einte *17555.*

Esteint, -einz, *v.* esteindre.

Estelé *10243, 16712, 21675,
s. -ez 6223, 25616, p. p.
-adj., constellé.*

Estencele *17554, étincelle.*

[Estendart], *s.* -arz *16382, n.
m., porte-étendard.*

Estendre, *v. tr., étendre; —
intr. 16803 et réfl. 3000,
9968, 11615, 21429, s'é-
tendre. — Pr. 3* estent
*3000, 11615, 12186,
22138, 22223; ipf. 6* esten-
deient *16663; pf. 3* estendi
21429; sbj. 3 estende
10924, 20468; p. p. s. esten-
duz *6272.*

Estendue *14854, matière étendue sur le sol, jonchée.*

Ester *16280, 16409, 19787,
21364, 21428, 22328,
22860, 25115, 25358,
26957, 27340, 27614,
29232, v. intr., se tenir,
se tenir debout* (e. sor piez
*16280, 16321, 16409,
20929, 21364, 21428,
29232*), *être du parti de* 296,
temporiser, attendre (senz
plus e.) *24362, 25358,
rester, séjourner 1653,
2776, 4107, 8314, 9484,
11913, 13274, 13323,
17460, 20092, 25115,
26650, 27169, 27340,
28397, résister 22860 (cf.* e.
contre *5220), rester dans une
situation* (e. senz seignor)
27388; — impers avec adv.:*
638 (trop vos esteüst malement) (cf. 9976, 13813,
14368, 15157, 16579,
19305, 20993, 28799);
dont mal estait 8796, ce qui
a de fâcheuses conséquences;
com li estait 10259, comment
il va (cf. 25759); — réfl., se
tenir; se tenir debout 1502,
14758, 22250, se comporter
14703, rester 8152, 14881,
19427, s'arrêter, tenir ferme
18760; — subst*t*, l'ester
19881, le séjour; n'i a mais
rien del plus e. 22328, il
n'y a pas moyen de rester
plus longtemps*; laissier ester,
*laisser tranquille 1753,
19700, 19727, 24067, laisser se calmer 27833, renoncer à 25128, 28205. — Pr.
1 estois 1502; 3 estait 1485*
(r.)*, 8796* (r.)*, 10259* (r.)*,
13813* (r.)*, 14758* (r.)*,
15157* (r.)*, 16579* (r.)*,
20993, 26916, 6 estont
16686* (r.)*, 18760* (r.)*,
25113; ipf. 1 estoë 13644,
3 -ot 17275, 19305, 29846,
5 -iëz 27388, 6 -oënt
296, 1000, 1002, 8314,
14703; pf. 3 estut 3945,
9976, 13787, 19427,
20684, 28397, 6 -urent
2776, 8152, 17460; ft. 5
estereiz 14064; subj. 1 esta-
tace 25305, 3 estace 5524,*

25305, 25759, 29298;
ipf. 3 estast 16321 (r.)*,
23691* (r.) *et esteüst 6381* (r.)*,
12208* (r.)*, 14368* (r.)*,
14881* (r.)*, 6 estassent
21029; p. pr. f. pl. estanz*
(images) *16653 (debout); tot
en e. 1522, tout debout; —
p. pr. -adj.* estant(bien)*5298,
13338, r. pl.* b. estanz
*30013, qui va bien, qui sied;
— p. p. esté 9484, 11913,
20092.*

Esteüst, v. ester *et* estoveir[2].

[Estive], *pl.* -es *7647, n. f.,
pipeaux.*

Estoë, estoënt, v. ester.

[Estoier], *v. tr., serrer, cacher;
mettre de côté 23043. — Ipf.
3 estoiot 23043; pf. 3
estoia 25674; p. p. f. pl.
estoiees 15414.*

Estoire[1] *30, 40, 91, etc.. n. f.,
histoire, récit; — l'Estoire
198, 5118, 6040, 23126,
la source de Benoit.*

Estoire[2] *144, n. f., flotte.*

Estois, v. ester.

[Estoner], *étourdir, assommer.
— Pr. 3 estone 7490, 8882,
9784, 6 -onent 11294.*

Estont, v. ester.

[Estoper], *bourrer, obstruer. —
P. p. f.* estopee *23576.*

Estopeüre *22489, traces de
scellement, soudure.*

Estor -s, *n. m., combat, bataille;
attaque 5505;* tenir e.
22846, soutenir le choc; rendre dur e.*7174, livrer un combat terrible (cf. 9699, 9766);
r.* estrange e. *20125, m. s.*

Estorce, -ent, v. estordre.

[Estordir], *étourdir. — P. p. s.*
estordiz *29375.*

[Estordre], *v. intr., se tirer péni-
blement, échapper. — Pr. 3*
estort *9302, 20936, 29668;
pf. 3* estorst *418, 27641,
28146, 6* estorstrent *666;
sbj. 3* estorce *21558. 21576,
21927, 27875, 6-ent 24713;
p. p.* estors *2049, 9718,
11212, 18610, 20970,
30152.*

[Estorer], *établir, créer (le
monde). — P. p. s.* estorez

8609, 10679, 11335,
21528.

[Estormir sei], *se mettre en
mouvement.* — *Pr.* 3 estormist
23422.

Estornel 2188, *sansonnet.*

Estors, -orst -orstrent, -ort, *v.*
estordre.

Estot, *v.* ester.

[Estout], *s.* estouz 5217, 12867
15535, 30182, sot 15535,
arrogant, violent (en paroles)
5217, 12867.

Estouteier 24080, *maltraiter.*
— *P. p.* estouteié 10963,
23683, *s.* -eiez 4599.

Estoutie 1336, 12170, 22610,
sottise, folie.

Estoveir¹, *inf. pris subst*ᵗ, *nécessité* (par e. 1362, 7057,
7209, 8826, 9176, 13272,
19077, 21661, 23954,
26647, 27371, 28565, *par
force, par nécessité* (par vif
e. 18828, 18878), *besoin ex-
trême* 15105, 26894, *situation critique* 5488, *peine
(effort à faire)* 7946, 22627.

Estoveir², *v. impers., falloir,
être indispensable ; avec l'infin.* précédé de a 3640, 4760,
5843, 6577, 10946, 10954,
18248, 28320, *plus souvent
avec l'infin. sans prép.* ; —
faire l'estuet 29651, *il y a
nécessité absolue (pris subst*.
15052, *fort chose a en f.
l'estuet) ; cf. a f. l'estuet
18248 ; — estuet avec un
nom au cas régime :* bon mire
li e. 9788, *il lui faut un bon
médecin.* — *Pr.* 3 estuet
1503, 3640, 5843, 5899,
5960, *etc.* ; *ipf.* 3 estoveit
3255, 6577, 7474, 21719,
26969, 27427, 28219 ; *pf.*
3 estut 603, 3871, 4566,
8880, 10946, 10954,
11488, *etc.* ; *ft.* 3 estovra
4760, 5059, 11867, 15294,
17576, 20725 ; *sbj.* 3 estuisse 1654 ; *ipf.* 3 esteüst 9250,
10718, 11720.

Estoveit, -vra, *v.* estoveir¹.

[Estraing], *f.* -aigne 13172
(r.), *étranger.*

Estrait 9898, 19641, 25029,

25132, 26463, 28191, *s.*
-aiz 1117, 9621, 12597, *f.*
-aite 16175, *p. p.* -adj. (de
estraire), *issu, originaire.*

Estrange, *étranger* 868, 9620,
18225, 28380 (subst¹ 22911) :
se faire e. de 25654, *se déclarer hostile à ; étrange (dit
d'une personne)* 24621,
26558, *étrange (dit d'une
chose), extraordinaire* 3077,
15110, 25351, 25543,
25550, 25559, 25950,
27129, 27141, 27967,
29620, 30247, *considérable,
nombreux* 17388, *terrible
(combat)* 8985, 9631,
10018, etc.

Estrangement, *étrangement*
2333, 6117, *etc., d'une terrible façon* 27864, *considéra-
blement, beaucoup* 2424,
12725, 13213, 18595,
21615 ; le comparer e. 3337,
le payer cher.

[Estrangier], *v. tr.* : e. de *empêcher de.* — *Pr.* 3 estrange
27348.

[Estrangler sei], *s'étrangler.*
— *Pf.* 3 estrangla.

Estre¹, *pl.* estres, *n. m.*, état 4130,
9126, 29278, *attitude* 5539,
17629 ; *au pl., place taillée
dans l'épaisseur du mur au-
dessous ou sur les côtés d'une
ouverture et où l'on pouvait
s'asseoir* 1972, 10591, êtres
28995, 29216.

Estre² 1513, 1737, etc., *v. substantif, être, se trouver ; au pf.,
au sens de « aller »* 29707,
de « venir » 3261 ; *avec a et
l'infin.,* 24647, *que fustes a
Heleine prendre ; — impers¹,
être fait, arriver* 4313,
4724, etc. ; *avec ellipse de
que :* onc puis ne fu ne l'en
pesast 22459 ; com fu del
cors enseveli 435, *comment
on ensevelit le corps* (cf.
506) ; n'eüst pas ensi esté
20283 (cf. 20333) ; del cors
ço qu'il en ot esté 25791, *ce
qui se passa au sujet du corps* ;
de mieuz l'en est, *il s'en trouve mieux* ; ne fait semblant
qu'il l'en seit rien 21085 (cf.

bel m'est, *etc.*); estre vos en
porreit de pis 27389, *celà
pourrait vous être funeste;*
ne puet estre que jo 1400,
il n'est pas possible que je;
— ia scit çо que, *voy.* ja.
— *Pr.* 1 sui 1389, 1497,
1863, 4743, 6322, etc., 2
iés 822, 824, 828, etc., 3
est (*passim*), 4 somes 2237,
3394, 3847, 5743, etc., 5
estes 1044, 1332, 10340,
12864, 19029, 25432, 6
sont 1171, 3810 (r.), 4411
(r.), 5316 (r.), 6895 (r.),
etc.; *ipf.* 1 ere 1594, 10356,
29848, 29869, 30181, 3
ert 83, 113, 502, etc. (*plus
fréquent que* esteit) *et* ere 4941
(r.), 21232 (r.), 29391 (r.), 5
eriëz 12192, 6 erent 298,
940, 6865 (r.), 15205 (r.),
15736 (r.), etc.; 2° *forme* 1 esteie 5879, 5882, etc., 26093
(r.), 29784 (r.), 2 -eies 837,
3 -eit 164, 728, 733, 769,
773, etc., 3286 (r.), 3992
(r.), 4284 (r.), 8507 (r.), 4
-ions 6157, 5 -ïëz 10348,
16048, 16333, 16927
(r.), 26696, 30219 (r.), 6
-eient 322, 994, 1000, 1002,
1201, etc.; *pf.* 1 fui 10362,
15682, 16901, 16992,
19585, 20092, 3 fu 43, 45,
49, 50, 53, etc., 231 (r.),
469 (r.), 1820 (r.), 8733
(r.), etc., 5 fustes 2234,
13761, 24647, 6 furent
173, 197, 237, etc., 2822
(r.), 5066 (r.), 20875 (r.),
29797 (r.), etc.; *ft.* 1 ier
19615, 25042, 3 iert 146,
439, 493, 629, 797, 892,
907, 908, etc. 4075 (r),
15455 (r.), 19601 (r.), 6
ierent 4868, 8841, 9364,
15785, 23350, 24914;
2ᵉ *forme* 1 serai 3271,
3428, 3430, etc.; 2 -as 85,
1673, 3758, 3759, etc.; 3
sera 610, 611, 619, 865,
etc., 25247 (iert *au v.* suivant), 4 -ons 2269, 2272,
3689, 4474, 5964, etc.,
5 -eiz 1435, 1440, 2235,
3728, 4687, 4688, 6387,

7526, 10443, 11886, etc.,
6 -ont 17, 812, 1741, 1743,
1744, etc.; cd. 1 sereie 1794,
17798, etc., 3 -eit 410,
1020, 1059, 1069, etc.; sbj.
1 seie 3242, 7953, etc., 2
seies 1634, 1715, 6601,
20731, 21926, 24711, 3
seit 1719 (r.), 3735 (r.),
3767 (r.), 3790 (r.), 3856,
etc., 4 seions 1067, 2283,
25627, 5 seiez 3342,
3544, etc., 6 seient 1708,
1875, etc.; *ipf.* 1 fusse
1407, 10341, 20284,
20295, 20639, 23691, 3
fust 14, 131, 264, 290, 440,
774, 844, 896, etc., 4 fus-
sons 6198, 12589, 16593,
5 fusseiz 1547, 6380,
10435, 15096, 15104,
16917, 16957, 19764,
25111, 6 fussent 11, 1481,
2932, etc.; *impér.* 4 seions
13206, 25494, 28174, 5
seiez 2156, 12886, 17814,
19944, 25696: *p. p.* esté
75, 20283, 26325, 26327.
Estre³, *prép.*, *en dehors de*; e.
son gré 24757, *contre son
gré*; e. lor gré 461, 16243,
17234, *contre leur gré,
malgré eux*.
Estree, *n. f.*, *route*: se metre a
l'e. 4625, *se mettre en route*;
tote l'e., 6255, *tout le long de
la route*.
[**Estreindre**], *v. tr.*, *serrer*
17688, 26648, *tenir serrés
(à leur rang)* 2473; — *intr.*,
être serré, se serrer 15851,
17611; — *réfl.*, *se serrer*
24369, *aller en se rétrécis-
sant* 3052. — *Pr.* 3 estreint
2473, 15851, 17611,
17688, 26648; *ipf.* 3 es-
treigneit 3052; *sbj.* 6 estrei-
gnent 24369.
Estreine 5089 (r.), *étrenne*.
Estreit, *s.* estreiz 1807, 3053,
f. -eite 5546, 23594, *f. pl.*
-es, 12361, *étroit, restreint;
privé, intime* 15230, 24705;
— *adv¹* 4483, 7266, 7415,
etc., *étroitement*; serré estreit 23555, serrez estreiz
(*efface* la virg.) 23710,

étroitement serré. *Cf.* estreit
serré, *s. v.* serrer.

Estreitement *10096*, étroitement, de façon serrée.

[Estrener sei] de, *v. réfl.*, s'é-
trenner de qqn (en le tuant
en premier lieu). — *P. p. s.*
estrenez *7257*.

[Estrier], *r. pl.* -iers *9933*,
17218, étriers.

Estrif¹ *12126*, *19182*, *24348*,
s. -is *24068*, *25130*, *27223*,
lutte, combat; querelle *19182*.

Estrif², *v.* estriver.

[Estriver], *v. intr.*, lutter. — *Pr.*
1 estrif *20636* ; *pf. 6* estri-
verent *27580*.

Estroër *9706*, *11347*, *11513*,
15912, *19990*, *v. tr.*, trouer,
percer; — *intr.* *19990*,
être troué. — *Sbj. 6* estroas-
sent *17127*; *p. p.* estroé
12542, *19245*, *s.* -ēz *2564*,
8845.

Estros (tot a) *2137*, *5767*,
8921, *11521*, loc. adverbiale, sans doute, certainement.

Estrument *14785*, *r. pl.* -enz
5308, *14775*, *14806*,
25909, *29164*. *n. m.*, instrument de musique.

Estuet, estuisse, *v.* estoveir².

Estuide *23197*, *n. f.*, travail
(intellectuel).

Esturent, *v.* ester.

Estut, *v.* ester et estoveir².

Esveil, insomnie *15003*, préoccupation, souci *4197*, *24736*.

Esvertuer sei *18771*, s'éver-
tuer, faire tous ses efforts. —
Pr. 3 esvertue *1948*, *24197*;
6 -uēnt *10046*; *pf. 3* esver-
tua *19109*, *24309*, *6* -uērent
21581.

Esvevee *7639*, *p. p.* -adj. *f.*
devenue veuve.

Esvoudre sei de *22818*, s'échapper des mains de, échapper à.

Eür *29810*, *s.* eürs *13772*, *n.
m.*, heureuse chance.

Eve , eau; larmes *2704*,
16370, *18713*, *21648*,
24670, *26104*, fleuve *7974*,
24459 (eve grant e par-
fonde), cours d'eau de petite
importance *23157*.

[Eveschié], *s.* -iez *16558*, *n.
f.*, évêché.

Evesque (*s. pl.*) *25869*, grands-
prêtres (chez les païens).

Face¹ *5115*, *5394*, *11738*,
11941, etc., face, visage.

Face², -eiz, -ent, -es, *v.* faire.

Façon, *n. f.*, forme, aspect général *201*, *3090*, *4286*, *5364*,
etc., figure *13374*, ornement
3167, *13837*, maintien
1242, *2554*, *2944*, attitude
envers quelqu'un *1264*); mout
li ert de gente f., elle lui faisait bon visage); gente f.
26918, *27824*, gentillesse,
aspect agréable ; raconter la
façon de *5580*, faire le portrait de ; — (au sens concret et
au vocatif) belle personne
15167 (voy. la note).

Façons, *v.* faire.

Faé *2002*, *p. p.* -adj., doué d'un
pouvoir magique ; chose faee
1994, chose merveilleuse
(produite par un enchantement).

Faillance, faute, manque : a ço
ne puet aveir f. *29053*, cela ne
peut manquer d'arriver.

Faille¹, manque, manquement ;
faute *5361* ; senz t. *408*,
1366, etc., s. nule f. *5805*,
sans faute, infailliblement,
certainement ; n'i aveir f.
(impers¹) *1088*, *9857*,
10559, *11795*, *15361*,
16053, ne pas manquer, arriver certainement ; ço n'est
pas f. que il ne seit *15126*,
on ne peut contester qu'il ne
soit ; faire f., faire défaut
12564, manquer à un engagement pris *23116*, faiblir
dans le combat, reculer *6881*,
20431, *21570*, *24186*, fléchir (en parlant d'une arme)
1826, *2580*.

[Faille²], *pl.* -es *4531*, torche.

Failli, -it, -iz, *v.* faillir.

Faillir *8393*, *13888*, etc.
(senz f., *22786* assurément),
v. intr., manquer *19038*,
19122, *19510*, *24718*,
28267, défaillir *18710*,
22221, se terminer *10558*,

13873, *échoir* *16878*, *18474*, *se tromper* 55, *2844*, *3145*, *3953*, *5780*, etc., *se détacher (en parlant de la peau)* *12747*, *faiblir* *3804*, *manquer de courage* *22714*, *faire défaut (être endommagé)* *11238*, *faire défaut (manquer à un engagement pris ou à son devoir envers qq⁰)* *15437*, *19029*, *21063*, *22156*, *23944*, *manquer son coup* *8336*, *14007*, *14833*, *échouer auprès d'une femme* *13597*, *se tromper* *7761* ; f. a *19869* : se nos avons a lui failli, *si nous sommes privés de son appui* ; — impers¹, n'i faudra mie *29299* ; poi (petit) en faut (failleit) *1943*, *3595*, *12057*, *26111*, *28417*, *28589*, poi s'en faut *18709* (v. réfl.), peu s'en faut (fallait) ; — v. tr. *8847*, *rompre les mailles (du haubert).— Pr.* 1 fail *11165*, *13597*, *22229*, 2 fauz *15437*, 3 faut *2178*, *3145*, *3804*, *4673*, *12756*, *14007*, *15305*, *18709*, *18710*, *21604*, *22156*, *22476*, *24718*, *26474*, *28589* ; ipf. 3 failleit *1943*, *16791* ; pf. 3 failli *3595*, *10217*, *10967*, *12735*, *20951*, *23549*, *23779* (: reverti), par exception, à la rime, faillit 55 (: vit), *2844* (petit :), 6 -irent *8336* ; ft. 1 faudrai *3953*, *18737*, *27375*, 3 -a *13427*, *16804*, *29299*, 5 -eiz *27965*, 6 -ont *10470*, *15944* ; cd. 6 faudreient *28267* ; sbj. 1 faille *7761*, 3 faille *8304*, *18753*, *24105*, *25936*, *27252* ; p. p. failli, s. failliz, *4606*, *12747*, *13873*, *19029*, f. -ie, pl. -ies ; p. p. -adj. failli, s. -iz *19518*, *19593*, *19689*, qui a manqué à son devoir, avili, lâche.

Faim *26752*, *faim, grand désir* (f. de ma mort *26499*).

*Faintise (var. de G à *23211-4*, v. 6), n. f., feinte.*

Faire (passim), v. tr. ; f. que (sbj.) *26583*, *arriver à ce résultat*

que ; la (neutre) f. ensemble o *30091*, *engager la lutte avec* ; le (neutre) f. (avec un adv.), *se comporter, agir* : le f. bien *2424*, *6544*, *9808*, *10287*, *10295*, *10298*, *15929*, *15987*, *16143*, *17330*, *20127*, *21532* (le f. b. a *20440*), — mout b. *20739*, *23536*, — mieuz *2546*, *10292*, *17339*, — prooesement *9295*, *15781*, *18931*, — mout sagement *17294*, — come vassaus *15766* ; — com tu l'as fait *17865* ; — f. si que, *se comporter de telle sorte que* *23493* ; f. que, *agir en, se comporter comme* *1325*, *6426*, *6427*, *8468*, *11435*, *22455*, *24461* ; — n'aveir que f. de *26642* ; — f. a (inf.), *devoir être, mériter d'être (avec le part. passé du verbe)* *1368*, *2246*, *4003*, *5887*, *10529*, *15717*, *16613*, *17469*, *18161*, *19882*, *27800*, *28442*, *28898* ; avec un nom de personne pour sujet *20739* ; impers¹ *3836*, sin fait a prendre tel conseil, *il convient donc de prendre à ce sujet une résolution telle* ; — f. a creire *28230*, *assurer* ; f. a saveir, v. saveir ; — f. de sei : tant fist de sei *2935*, *il fit de si grandes choses (de sa personne)* ; la merveille qu'il fist de sei *2947* ; — faire *remplaçant un verbe déjà exprimé* *704*, *819*, *2246*, *3217*, *4025*, etc. — remplaçant dire ou un autre verbe indiquant la parole dans une proposition incidente (fait il, etc.) *1037*, *1063*, *1074*, etc. : fait lor il *18919*, leur dit-il, font lor il il *11895* ; *dans une prop. principale*, fait Achilles *12614*, *19700* ; — faire, *devant un inf., transforme en v. intr. ou réfléchi (pour le sens) le v. tr. qui suit, verbe dont le régime devient le sujet d'une espèce de proposition infinitive semblable à celles du latin, et parfois même constitue avec l'infinitif presque une simple*

périphrase du verbe: tirent
fauser e desmaillier 11503;
faire destruire 24808; l'a fait
a la terre enverser 2520,
7314, l'a renversé (cf. 7486
etc.); la prop. infinitive se
trouve 9330, qu'Ector ot
fait le champ guerpir, qu'Hector avait mis en fuite. — Imperst, de nos fust fait 12592,
c'en fût fait de nous; de lui
est f. 21418, c'en est fait de
lui; faire buen 714, 6196
(cf. f. bien 17900, 17919),
et d'autre part : mal fier se
fait en cies 20671; n'ou
faiseit plus mal a venir
29950, et où il était le plus
difficile d'arriver ; en autre
sen fait a mener 28206, l'affaire doit être menée autrement (cf. 28230). — V. réfléchi, indiquant le passage à
un état marqué par le prédicat,
lequel est mis au cas sujet : se
fait liez 1769, 2123, 2167,
3584, etc., se réjouit (cf. s'en
fist joiose e liee 4332, se
firent lié 25330, mout se
firent joiant e lié 27309);
cil ne s'en fait de rien es-
chis 2167 (cf. 6524) ; —
faire sei (avec un adjectif ou
un nom attributif), se prétendre : de ço me faz devins
e maistre 3963; chascune
plus bele se fait 3887, cha-
cune se prétend plus belle; f.
sei fole 26579, faire la fole;
— f. sei bien de 14297,
14314, 14327, chercher à se
faire bien venir de, à plaire
à; — fait sei 11825, 13556,
dit (dans une propos. incidente; cf. fait); — faire sei au
sens de faire 17687: jo ne
sai que jo me faz, je ne sais
ce que je fais; — faire pris
subst: par le bien faire
5324, par ses actions d'éclat;
— fait servant à fortifier si,
ensi, com ; v. fait'; — fairel
= le (pr. neutre) faire 8357,
10359, 15863, 19997.
22267, 25449, 29412. —
Pr. 1 faz 819, 846, 1092,
etc., 1246 (r.), 15146 (r.),

17687 (r.), 26712 (r.),
25688 (r.), 28712 (r.), 2
fais 2671 (r.), 4113 (r.),
26041 (r.), 3 fait (passim),
4 faisons 18165, 5 faites
13580, 15900, 16434,
19763, 6 font 4537, 6300,
etc.; ipf. faiseie, etc., 4 fai-
sion 6137 (r.), 5 faisiëz
14185; pf. 1 fis 3951,
6739, 10335, 13593,
13789, 24626 (r.), 24639,
24867, 26482, 26749,
26755, 26768, 26795,
26796, 27015, 27027, 3
fist 325, 800, 807, 856,
960, etc., 4 feïmes 3531,
5 feïstes 3307, 10056,
24651, 6 firent 6, 2424,
2632, etc.; ft. ferai, etc., 4
ferons 4426 (r.), feron
11910 (r.), 5 fereiz 1451,
2260, etc.; cd. fereie, etc,, 5
feriëz 4676, 6432 ; sbj. 1
face 853, 6361, 7777, etc.,
2 faces 3317, 6306, 24720,
3 face 1054, 1607, 2546,
etc., 4 façons 22562, 5 faceiz
3457, 13614, 19541,
20431, 25091, 25863,
28203 (r.), 6 facent 3770,
3972, 9367, 9388, etc.;
ipf. 1 feïsse 20409, 3 feïst
1058, 1224, 1914, etc., 4
feïssons 18298, 5 feïsseiz
2161, 29411 (r.), 6 feïssent
1124, 26744, 27279,
27689, 28144; impér. 2
fai 1751, 1795, 6301,
9870, 21930. 4 faisons
2288, 6171, 8711, 11058,
18394, 18775, 5 faites
4201, 6411, 20377 ; p. pr.
faisant 23503 ; p. p. fait, s.
faiz 3082, 3111, etc., f. faite,
f. pl. faites.

Fairel, v. faire.
Fais', faix, fardeau, charge ;
fatigue 7782, 9290, 12514.
etc., souffrance 20534, ennui 5430, 21256, entreprise
pénible 19899, 27856 : fais
d'armes 23666, 23704,
rude attaque ; chargier grant
f. a 7978, c. pesant f. a
14084, presser vivement,
accabler (cf. 17630) ; a f.

19063, 22211, 22864, 24346, en quantité, en masse; si a f. 24255, *si complétement ;* a grant f. *9016,* tot a f. *14416 tout à coup, comme une masse (tombe);* metre sei a (en) f. (a grant f.) de *ou que, v.* metre.

Fais², *v.* faire.

Fait¹, *p. p. de* faire *servant à renforcer* com : par com faite mesure *755, par quel moyen (cf. 15279),* com faite destinee ! *15485 (cf. 17391);* — ou si *4672, 7085, 7421, 8589, 8591, 9332, 13359, 13968, 15957, 17187, 17302, 17925, 18383, 19295* (2 *fois), 20529, 21399, 21814, 22368, 22386, 23672, 23776, 24304, 25140, 25569, 25592, 25820, 25908, 26062, 26503, 26984, 27043, 28434;* — ou ensi *6915, 13753.*

Fait², *s.* faiz *5462, 7421, 19502, 25891, fait, action remarquable (en bonne part 41, 811, 9281, 19502, en mauvaise part 26711);* de son f. *2061, de ses actes;* par mon f., *grâce à moi 27012, par ma faute 30205.*

Faitement, *adv.* qui *sert à renforcer* com *235, 276, 295, 464, 513, 563, 638, 1453, 1999, 2851, 3588, 3833, 5817, 5873, 6520, 6645, 6811, 7561, 13980, 14814, 15248, 16696, 17546, 20330, 20344, 22057, 23258, 24428, 24737, 25397, 26594, 28119, 28595, 28662, 28701, 28770, 28772, 29816, 30287;* — ou si *5041, 7941, 12382, 12630* (si f. com) *13568, 16661, 16797,* (si f. com), *17061, 22895, 24680, 25343, 29917;* — ou ensi *10740, 20761, 20775.*

Faitierement, *adv. servant à renforcer* com *167, 341, 2387, 29143;* — ou ensi *15517, 21779, 25714, 26573, 27868;* — ou si *26948.*

Faitiz *16532, 18745, 21773, adj. invar., façonné, sculpté.*

Faiture, *n. f., façon 5408, travail d'art 16645, 25898; au pl., machines.*

[Faleise], *pl.* -es *27913, 29227, falaise.*

Falue *15327, illusion grossière.*

Fameillos *9160, 21090, affamé.*

Farine *7140, 18894.*

Faucon *14726.*

Faudestuel *14762, fauteuil.*

Faus *13631, 14689, 26713,* f. fause *20249, adj., faux, trompeur, trompeuse.*

Fauser, *fausser, déformer 2496, 7311, 7399, 7904, 8896, 14374, détruire l'effet de* (qu'il li poüst ses arz f.) *28824, tromper 29898;* f. d'amor *20090, tromper en amour 25848;* — pris *absol* 566, 25848; — intr. *9715, 9951, 10699, 10855, 11155, 11503, 17215, se fausser.*

Fauseté *1616, 26274, fausseté, tromperie.*

Faut, *v.* faillir.

Fauz *20966, n. f., faux.*

[Feblor], *pl.* -ors *13475, n. f., faiblesse.*

Fee *8024, 29582, fée.*

Feeil *11264* (r.), *11844* (r.), *17164* (r.), *17747* (r.), *19560, 21777, s.* feeiz *27032* (r.), *30061* (r.), *fidèle, loyal;* — *subst*. 3245 (r.), *5230* (r.), r7747 (r.), *ami fidèle.*

[Feel] (= *lat.* fidale), *s.* feeus *17914* (r.), *24712, 25669, fidèle, loyal.*

Feeuté, *n. m., fidélité :* faire f. *29519, jurer fidélité.*

Fei *1413, 1432, 1631, etc., r. pl.* feiz *26256, n. f., foi, confiance, fidélité;* aimer de fei *17158;* par fei *2153, 4082, par ma foi;* prendre par fei *12555, faire prisonnier sur parole;* par bone fei *20435, je le dis en toute franchise;* par dreite fei *3210, 8132, sincèrement;* porter fei, tenir fei, *v.* porter, tenir.

Feible *6125, 12620, 19484,*
faible.
Feie *12130, 18699, 16227,*
16514, 19004, n. m., foie.
Feiee, *pl.* feiees *1714, 1900,*
2007, etc., fois ; mainte feiee
13482 (r.), 18021 (r.), et
maintes feiees *23354 (r.);*
par mil feiees *26100, mille*
fois ; par set f. o par diz
20890, 23958, sept fois ou
dix, à plusieurs reprises ;
une feiee *401, un jour ;*
cele f. *3389, 20186, cette*
fois ; ceste f. *18246, une*
bonne fois, définitivement ; a
la f..., a la f. *4969-70, par-*
fois... parfois, tantôt... tantôt.
Feindre, *v. tr., feindre, dissi-*
muler ; — réfl., faire semblant ;
(absol¹) hésiter 7492 (dépen-
dant d'une prop. négative),
24118 (prop. conditionnelle ;
ordin¹ dans une prop. néga-
tive : ne f. pas sei (ne f. sei)
de *1970, 2474, 2616, 5976,*
6252, etc., ne pas hésiter à,
s'empresser de ; absol¹(ne f.
sei) *14254, 16479, 19224,*
24370 ; ne f. sei de neient
21542. — Pr. 1 feing
24118, 3 feint *1970, 2474,*
etc., 6 feignent *2616, 7248,*
23902, 24370 ; pf. 6 feinstrent *16186 (r.), 16562 ;*
sbj. 3 feigne *5976, 7492,*
18550, 19224; ipf. 6 fein-
sissent *6252 ; p. p.* feint(*pas-*
sim), f. teinte *16479 ; p. p.*
-adj. s. feinz *5491, dissimulé.*
Feinstrent, feinz, *v.* feindre.
Feire¹, multitude *13659, mêlée*
2281, 14510 (cf. Thèbes,
6284).
Feire² *20163, dyssenterie (ty-*
phus ?)
Feiz *3877, 21769, 26105,*
26613, 27124, 27764,
29234, 30232, fois ; mainte
f. *1941 (r.), 3178, 4097,*
5223 (r.), 6093. etc., maintes f. *19269,* par m. f. *14546,*
14547, 17394, 19276,
20842, 21848, 23017,
23018, 23019, 24443.
25518, 26627, 26963,
27127, 29870, 30068, par

plusors f. *6620, plusieurs fois;*
cele f. *23116,* a cele f. *4031,*
7439, 9179, 10874, 11212,
etc., a ceste f. *13619, 13835,*
19581, 24237, cette fois,
pour cette fois, alors ; autre f.,
une autre fois 3432, 11206,
11730, 14097, autre fois
26644 ; une f... autre f.
19445-6, parfois... parfois,
tantôt... tantôt.
Fel, *v.* felon.
Felenesse *5213, 11184, pl.*
16417, adj.f. de felon, *trom-*
peuse, traîtresse, cruelle.
Felenessement *8372, 22800,*
avec félonie, traîtreusement.
Felenie *17450, 21444, 24682,*
29401, 30070, n. f., félo-
nie ; dampnez de f. *28409,*
condamné pour félonie.
Felon *753 (r.), 808, 10645,*
18597, 20786 (r.) et fel
18959, 20264 (r.), s. sg. fel
696, 2550, 3500, 5268,
5684, 12354, 14182,
21097, 24452, 24580,
29380, 29666, feus (tou-
jours à la rime avec eus,
sauf au v. 30182) 8430,
8603, 8878, 15888, 18540,
19032, 22791, 24550,
24642, 27686, 27736,
28353, 29318, 29442,
29772, 30182 (osteus :) et
felons *12281 (r.), 27341*
(r.), s. pl. felon *12017 et* fel
4500, r. pl. felons *13492*
(r.), et feus *2653, 6870*
(r.), 7274 (r.), 9734
(r.), 12026 (r.), 12200,
18507, 18857, 21288 (r.),
23522 (r.), 24674 (r.),
25066, 26528 (r.), 28174
(r.), adj., félon, traître 753,
furieux 2550, 8430, 8603,
8878, 9734, etc., terrible,
cruel 699, 808, etc.
[Femele], *pl.* -es *25532, n.f.,*
pris adjectivement, femelle.
Femenin *5515, f. pl.* -ines
24001, féminin.
Femme(*passim*); f. espose *1409*
29388, femme légitime.
Fendi, *v.* fendre.
[Fendre], *fendre, couper en*
deux ; — intr. 9715, 9950,

19338, se fendre. — *Pr. 3*
fent *8785, 9571, 9818, etc.,*
6 fendent *9466, 9985,*
19338, 19353; pf. 3 fendi
10757, 16175, 6 -irent
22663; sbj. 3 fende *20467;*
p. pr. fendant *8348, 9715;*
p. p. fendu *11513, 14004,*
18547, s. -uz *2564, f.* -ue
2495, 8521, etc., f. pl.
-ues *21408.*

Fenestral *3074, fenêtre.*

[Fenestre], *pl.* -es *13973,*
fenêtre.

Fenir, *v. tr., finir, achever ;* —
intr., venir à terme 17046,
cesser, disparaître 17739,
mourir 2737, 6602, 8630,
9404, etc. — *Pr. 1* fenis
26529, 3 fenist *22840,* 6
-issent *8630, 10934, 14356,*
18762, 18899 ; cd. 3 fenireit
29892 ; p. p. feni, *s.* -iz
6607, 10658, 11244,
15162, 15872, 16428,
17739, 18687, 18819,
19070, 19171, 19895,
20094, 21024, 28037,
28892, 30144.

Fentiz *23102, adj. invar. au*
masc., fendu.

Fer-s, *fer (d'épée) 9714, fer (de*
flèche) 12431, fer (de lance)
2488, 2578, 8689, 9094,
10858, 11348, etc.; ter
d'acier *11401, 14470,*
21244, 23479, fer de lance
en acier (cf. fer acerin *23460).*

Fereïz, *(passim), m. invar., coups,*
bataille (échange de coups).

[Fereor], *r. pl.* fereors *7701,*
17702, 19973, combattants.

Feri, *v.* ferir.

Ferir *2399, 2471, 2708,*
4541, etc., frapper ; — *intr.;*
des dous paumes le fist ferir
a la terre 24026, il lui fit
battre le sol des deux mains ;
— *réfl., se donner (des*
coups) 15456, s'élancer
10606, 22792, lancer ses
rayons (en parlant du soleil)
22606 ; — *récipr., se frap-*
per l'un l'autre 7477,
10639, 11487, etc., s'élan-
cer, se jeter 7431, 8821,
10606, 22792 ; — *subst*

15629, 15646. — *Pr. 3* fiert
2733, 2736, etc., 6 fierent
2721, 7495, etc.; pf. 3 feri
2521, 9935, 9943, 10040,
etc., 6 -irent *9750, 10639,*
11487, etc.; ft. 3 ferra
7910, 16605, 23451. 23622,
6 -ont *6691; sbj. 1* fiere
11604, 12874, 14580, 3
fiere *4466, 10571, 16938,*
17233; ipf. 3 ferist *20139;*
p. pr. ferant *7502, 18388 ;*
p. p. feru *7112, 7550, 8451,*
etc., s. -uz *3350, 8964,*
9473, etc., f. -ue *22194, f.*
pl. -ues *20116.*

Ferleier *30124, lier avec des*
chaines.

[Ferm], *f.* ferme *6310, 6378,*
17526, 25747, 30245,
ferme, solide.

Fermal *14701, fermoir, agrafe,*
broche.

Fermer *29951, 30064, forti-*
fier (f. une forterece 27473,
bâtir une forteresse), assujet-
tir, fixer 29931, affermir
20247. — *Pf.* 6 fermerent
27473; p. p. s. fermez *6012,*
20247, 29931,

Fermeté *4208, 4998, 13070,*
s. sg. -ez *8624 (rime non*
concluante), r. pl. -ez *26832,*
forteresse, défense solide.

Ferrant *9689, 11485, s.* -anz
6240, 7350, 7876, etc., adj.,
gris de fer; ferranz oscurs
7350, gris foncé.

[Fervestir], *revêtir de fer; p.*
p. fervestu *12022, 18496,*
-i *13958 (r.), s.* -uz *7954,*
8426, 9164, 12352, -iz
21526 (r.); pris subst
8426, 12352, 13958,
21526, hommes d'armes
(vêtus de fer).

Feste *4274, 4278, 4323, etc.,*
fête.

Festiver *29151, v. intr., faire*
fête ; — *tr. 17496, fêter.* —
Pf. 6 festiverent *4869,*
23817, 29154; sbj. ipf. 3
festivast *17501 ; p. p.* festivé
25721, s. -ez *17496.*

Festoie *(var. de G à 23721-2,*
v. 10), v. intr. pr. 3, fait
fête.

Feu, s. feus *1355*, *1375*, *1675*, etc.

Feus, *v.* feu et felon.

Feutre, *tapis 3387, 4734, 16290, couverture de lit 10241, 16547.*

Février *5586, n. m., février.*

Fi' *5964,23828,s.* fiz *2156 (r.), 4840 (r.), etc.,* et fis *11778* (r.), *13150* (r.), *15513* (r.), *30125* (r.),*f.* fie *4746, sûr, certain;* — de fi *3852, 6188, 6356, 6369, 8351* (r.), *etc., pour sûr, certainement.*

Fi', *v.* fiër.

Fiance *796, 3124, 3129, etc., pl.* -es *26264, confiance, personne en qui l'on a confiance 11027 ;* estre a t. que *796, être persuadé que.*

[Fichier], *enfoncer, planter (des bornes).* — *Pf. 3* ficha *809.*

Fier-s, *f.* fiere, *fier, cruel ; redoutable 195, 5071, etc., menaçant (en parlant des yeux) 5160 (cf. 15596), menaçant (en parlant d'une chose) 25509, 25522, 25542, terrible (en parlant de la destinée, d'un dommage, d'un combat, d'un coup, etc.) 2072, 2505, 8459, 16277, 20379, 22592, 23400, 23613, 23767, 26060, 27584, 27881, 28232,* considérable *26789,27745, 27895, 28002, 28237, 28355, 28555, 28619, 28681, 28767, 28768, 29266, 29620, admirable 22427, 23123, 26951, 28785 :* fiere parole en ont tenue *22480, 29937,* on en a parlé avec admiration.

Fiër sei *3660* (r.), *13634, 20671, 27459, se fier, se* confier. — *Pr. 1* fi *8054, 3* fie *7002, 10670, 13248, 27831,29916,5* fiëz *13167, 6* fiënt *8228;ipf.3* fiot *1538; ft. 1* fierai *28935.*

Fiere, -ent, fiert, *v.* ferir.

Fierement, *adv., fièrement 8428, violemment 16276, 30103.*

Fierté *5114, 15043, 26858, 29361.*

Fieu *16972, s.* fieus *6129* (r.), *18006* (r.), *28197, terre (propr^t : fief).*

Figure, *représentation 13350, image, sculpture, statue 1605, 1893, 19029, 14651, etc. Cf. l'anc. prov.* vout (volt) : ici, *vv. 4294, 5243, et dans le* Roman de Thèbes, vout *n'a que le sens de « visage ».*

Fil' *14898, 16525, fil, filet (de jour, de liquide);* par ont li sans ne rait a fil *22683 ;* el fil del jor *19213, au point du jour.*

Fil² *2624, 2640, 2863, etc.,* fiz *28568, s.* fiz *687* (r.), *2626, 2818, 2933, 3585* (r.), *17053* (r.), *24935* (r.), *etc., fils.*

Filer, *v. intr., couler (comme un fil).* — *Pr. 3* file *18713, 21505, 24132.*

Fille *361,1213,2949,30079, etc., n. f.*

Fin', *fin, pur, véritable, parfait ;* beauté fine *18071, b.parfaite (cf.* nature f. *29838);* fine amor *1278, 8830, 15020, 19432 (suj.), 20273, 28744 (suj.), 29625, amour sincère ;* de fin cuer *29037, d'un cœur sincère ;* — *subst^t* fine (f.) *18076 (cf. 18071);* —•de fin. *var. à* de fi *dans* M^cCFR *(ou partie de ces mss.) pour la plupart des exemples (v.* de fi).

Fin², *n. f. invar. au sing. (cf. 10147, 15475, 17734, 18783, 25333, rimes qui, il est vrai, ne sont pas décisives), fin, mort 1376, 1926, 9169, etc., fin du monde 22490, 22897;* en fin *8949, 17731, enfin;* prendre fin *(avec un n. de pers. pour sujet) 2201, 3356,* faire fin *30301,finir ;* traire male fin *13109, finir mal;* — *au pl. 5392, 5564, essence (des choses), nature intime.*

Finement *19397, 19660, 19822, 22423, 24883, 27231, 27478, 28189, fin du monde.*

Finer, *finir, achever ;* — *intr.,*

finir, cesser *4870, 7531, 13498, 14586, 15152, 21842, 29320, 30058,* mourir *628, 5088, 29536,* périr *4913*; de lui fust ja finé *23922*, c'en aurait été fait de lui. — *Ipf. 1* finoë *13810*.

Firmament *11850, 19306, 23154*, firmament.

Fiz, *v.* fil².

*Flabes *(ms. G, var. à 15733-16382, v. 36), n. f. pl., contes, récits.*

*Flaboiant *(ms. G, var. à 13199-256), racontant.*

[Flagel], *s.*-eus *7647*, flageolet.

[Flairier], *v. intr., sentir (fort),* — *Pr. 3* flaire *13039*.

Flairor *12809, odeur forte.*

[Flaistre], *f. pl.* flaistres, *flétri.*

[Flaistri], *f. pl.* -ies *14844, p. p. -adj., flétri.*

Flambe *1888, 1906, etc., flamme.*

[Flambeier], *v. intr., flamboyer, resplendir. — Pr. 3* flambie *12102 (r.).*

[Flamber], *v. intr., s'enflammer. — Pr. 3* flambe *12431.*

Flambie, *v.* flambeier.

Flanc *12055, 15645, s.* flans *2009, 5253, 5546, 6240, 12034.*

*Flatent *(ms. G, var. à 15733-16382), v. tr., abattent.*

Flor, *ordint invar. au sg. (cf. 9635, 10210, 13125, 20798, 20885, 26878, rimes), par exception* flors *29786 (r.), pl. s. et r.* flors *13348, 26904, fleur (au propre et au figuré);* heaume a flors *10732,* targes a flor *12662, heaume, écu ornés de fleurs peintes;* targe peinte a flor *2494, 17136, 17885;* chambre p. a flor *16366, 24675.*

[Florete], *pl.* -es *16537, fleurettes.*

[Florir], *fleurir, prospérer.* — *Pr. 3* florist *24, 6* -issent *2185; p.p.* flori *957 (2372.*

Florissent, -ist, *v.* florir.

Flote *27619, flotte.*

Flueve *12807, s.* -es *23253, 23260, 24455, fleuve.*

Flun *12140, 13398, 16683, 23139, 23150, 25269, r. pl.* fluns *27484, fleuve.*

Foillu *2373, 29501, feuillu.*

Foïr *(forme assurée par l'accord de 6 mss. (sur 7) 2767, 7183, 7428, de 5 mss. 8810, 13742, 16173, de 4 mss. 19039, 26750), v. tr. 28082, amener (pour mettre en sûreté); — intr., fuir, s'enfuir;* f. a *11682, 16173, 26159, fuir devant; — réfl.,* f. s'en *2763, 4919, 11291, 13172, 14829, 29657.* — *Pr. 3* fuit *10438, 14838, 29657, 5* fuiez *22197, 6* fuient *2386, 4512, 6061, 7568, etc.; ipf. 6* fuieient *2763; pf. 3* foï *11291 (5 mss.), 6* foïrent *9123, 10816, 26158 (3 mss.); ft. 5* fuireiz *12887; sbj. 3* fuie *9339, 10013, 13172, 21381; ipf. 3* foïst *14052 (6 mss.); impér. 5* fuiez *4919; p. pr. - gérondif* fuiant *2750, 12458, 16235, 26118, 29330; p. p.* foï *26093 (3 mss.), 26489 (4 mss.), 28082 (5 mss.), s.* foïz *14829* et *26107 (5 mss.), 27170 (4 mss.).*

Foison, *pl.* -ons *1162, abondance 17319, 22275 (a tel* f. *27602;* a grant f. *14972;* granz foisons *1162), moyens de résister 15729, 16587.*

Fol *3542, 5527, 7847, etc., s.* tous *3997, 6426, 8938, etc., f.* fole *5074, 5563, etc., fou; — substt,* fole *15584.*

[Folage], *s.* -es *18195, folie, entreprise folle.*

Fole, *foule 8800, 13659, 20013, cohue qui se presse 21357.*

[Foleier], *v. tr., injurier follement; —intr. 18032, 18050, être insensé. — Pr. 1* folei *18032 (r.), 18050 (r.), 3* folie *517 (r.); pf. 3* foleia *3611.*

Foleïz, *n. m., presse 7583, mêlée confuse 14489.*

Folement *12, 2455, 7770, 18039, 18216, follement.*

Folet *15109, fou ; — subst¹,*
s. folez *5751, follet, lutin.*
Foleté *18232, folie, action*
folle.
Folie¹, *n. f., folie (opposé à*
« sagesse ») ; ignorance 14 ;
au sens concret : chose folle
15334, action folle, folle en-
treprise 1832, 1914, 2030,
etc., paroles folles 3622,
6429, 11101, 17424.
Folie², *v.* foleier.
Folison (ms. G, addition à
4018, v. 44), n.f., folie.
Folor *1496, 19298, 20297,*
n. f., folie.
Fondement *2299, fondements,*
fondations.
[Fonder], *v. tr., bâtir (une*
ville). — Pf.3 fonda *25331 ;*
p. p.f. fondee *1159, 25876,*
28447 ; — p. p.-adj. s. fondez de letres *84, 4078, lettré,*
savant *; f.* de totes arz *12346,*
qui a la science universelle.
Fondez, *v.* fonder.
Fondre *18282, 25117, ruiner,*
détruire (une ville), faire fondre *16727 ; — intr., se*
fondre, couler 16484, s'ef-
fondrer 16513. — Pr. 3
font *16513,* 6 fondent
16484; p. p. fondu *2967,*
s. -uz *26043, 26830,* -ue
3958, 5003, 5895, 24853,
25078, 25953, 26222,
28433, f. pl. -ues *16727.*
Fontaine, *pl.*-es *3137, 17693,*
n. f., source ; —la fontaine ou
rien n'abeivre *3869* désigne la source sur le bord de
laquelle s'endort Páris.
Fonz *16685, 27636, 28857,*
29217, fond.
[Forain], *f.* -aine *8091, exté-*
rieur.
Forbi *7316, 9014, etc., s.* -iz
8422, 17188, f. -ie *8958,*
15988, 22278, 30129, f.
pl. -ies *18386, p. p.-adj.,*
fourbi.
Force, *force; supériorité15710,*
23960, 29488, forces mili-
taires 21370, 27164; a f.,
à la force des bras 25732,
par force 3708, 22284, pé-
niblement 17484, forcément
T. V.

(sans qu'on puisse s'en défen-
dre) 340; faire f. *27496,*
user de violence; faire f. a
1793, contraindre; sens f.
f. *10572, sans contrainte.*
Forceier *3539, 4432, v. intr.,*
user de violence, guerroyer.
Forcel *20996, n. m., même*
sens que forcele.
Forcele *15835, 18679, pl.* -es
19995, 24007, n.f., fourche
du sternum, creux de l'esto-
mac.
[Forche], *pl.* -es, *fourches pati-*
bulaires; pendre a forches
26332, 28563, lever as f.
2839, pendre; presenter haut
a f. *28364, pendre haut et*
court.
Forcheüre *1271, enfourchure,*
largeur des hanches.
[Forchié], *r. pl.* -iez *14970,*
n. m., cuisse d'une grosse
pièce de gibier.
Forest *1410, 14964, 29308,*
29407, pl. forez *6749, fo-*
rêt.
Forface, *v.* forfaire.
Forfaire *2920, 3925, 4067,*
9235, v. intr., faire du mal;
f. a *2920, 9235 (sans a*
23494), faire du mal (ou du
tort) à; f. vers, *manquer gra-*
vement à son devoir envers
3467, 27247. — Ipf. 6 for-
faiseient *3528; pf. 3* forfist
3467; cd. 6 forfercient
3097; sbj. 3 forface *12407;*
ipf. 3 forfeïst *26774; p. p.*
forfait *27247.*
Forfait *19298, 24855, s.*-aiz
9625, 15181, 27426,
28170, n. m., tort, injure;
trahison 15181, 27426.
Forfeïst, *v.* forfaire.
[Forgier], *v. tr., forger. — P.*
p. s. forgiez *1820.*
Forme, *n. f., aspect extérieur*
5097, 5385, 12356, 22571,
25904 (au sens concret
29829, 29836), beauté
20724.
[Former], *v. tr., façonner, re-*
présenter en peinture 22412.
— Sbj. 6 forment *22417; ipf.*
3 formast *22412; p. p. f.* for-
mee *22443, f. pl.* -ees *14678;*
13

— *p. p. -adj.*, piz formé
5415, poitrine développée.
[Fornel], *r. pl.* -eaus *3137,
voûte, arceau.*
Forni, *p. p. -adj., musclé, râ-
blé 5496;* membres forniz
5335; chevaliers f. *822,
2464.*
Fornir *6215, 13887, fournir,
former 8187, s'acquitter de
(un message) 6215, 19416,
20167;* f. dures batailles
*13887, livrer de durs com-
bats.* — *Pf. 6* fornirent
20167; p. p. forni *19416,
f. -ie 7808.*
Forré *1233, 13335, p. p.-adj.,
fourré (doublé ou garni de
fourrure).*
Forrier *6053, s. pl., fourra-
geurs, cavaliers éclaireurs.*
Fors, *adv., hors, dehors, au dehors;* traire f., *extraire
1733, enlever (une armure)
8364, 8442, etc., tirer de
l'écurie (un cheval) 13420;*
sachier f. *26213, arracher,
faire sortir par force;* geter
f. *11770, 15117, 22309,
chasser, jeter dehors;* metre f.
*752, 13647, 22879, m. s.
(délivrer 28923);* metre sei
f. al chemin vers *17050,
sortir de la ville et se diriger vers;* excepté : fors il
14877, f. de *5385, 5386,* f.
a *13243,* f. tant come
14882; — *prép., hors de
7852, excepté 1417, 3199,
7780, 14786, 15604,
17132, 23155, 25366,
26757, 26925, 27068,
27470, 27842, 27953;* f.
solement *29948,* f. sol
*28764, 29984, excepté seu-
lement;* — f. de *1238,1881,
1982, 3552, etc., loc. prépositive, hors de;* — f. que
*5074, 5321, 16948, loc.
conjonctive, excepté que, si
ce n'est que;* — *suivi du cas
sujet, fors que sis frere 5439
(= fors son frere), il doit sans
doute s'expliquer par l'ellipse
d'un verbe.*
[Forsclore], *empêcher de rentrer.* — *Ft. 4* forsclo-

rons *2330;* p. p. forsclos
22865.
Forsene *22779, s.* -ez *15510,
17686, 21411, f. -ee 26558,
30150, p. p.-adj., de forsener (intr.), furieux;* f. de son
sen *15510, 17686 (subst^t
22779).*
Forsenement *29583, n. m.,
égarement, folie.*
[Forsener sei] *10895, 22993,
24290, devenir furieux.*
Forslignié *29791, p. p. -adj.,
dégénéré.*
Fort, *s.* forz *2120, 3991,
5238, 5487, etc., f. sg.s. et
r.* fort *1149, 1940, 2422,
2981, 3020, 3189, 3231,
3679, 4207, 4525, etc., f.
pl.* forz *6393, 14028,
18528, 20352, 23372,
25897, 26087, fort, dur, solide; terrible 404, dangereux
2337, difficile 9263, 28669,
pénible 3572, 4907, etc.;*
f. a *(inf.) 5054, 9263,
10705, difficile à;* — *adv.,*
fort *5069, 6015, beaucoup
13523, sûrement 29913,
courageusement 18891,
22193.*
Forterece, *forteresse 4260,
6611, 14551, ouvrage forti-
fié dans une enceinte continue 2785, 3015, refuge
3217.*
Fortment *(passim), fortement,
beaucoup, très.*
Fosse *29211, 29373, creux,
grotte.*
Fossé *7684, 7948, etc., s.* -ez
*3018, 6126, 13060, 15877,
17483, 18670, 23589,
29953, 30098.*
Foudre *(sans article) 27634,
n. f. (?), foudre.*
[Fraindre], *briser; démolir
26222;* — *intr., se briser
11397, s'interrompre brusquement 24615.* — *Pr. 3*
fraint *11397; sbj. 6* frai-
gnent *25822, 27920; p. p.*
frait *14379, 14560, 23908,
24591, 29095, s.* fraiz
*19998, 22726, 24011,
f.* fraite *9615, 17164,
24615, 26222, 29087, f.*

pl. -es *5055, 10456,
20452; — p. p. -adj. s.*
fraiz *7930, cassé par l'âge.*
Fraisne *12040, frêne.*
Fraisnin *8849, 10860, 23459,
s.* -ins *11501, f. pl.* -ines
21342, de frêne.
Franc, *s.* frans *5254, 5490,
etc., f.* franche *10429,
13112, 23399, 26760,
29784, franc, libre, noble
d'origine.*
Franchise, *franchise, liberté
4111, 4114, 26342, no-
blesse de caractère 1331,
19153.*
Frarie, *n. f., compagnie :* cil
l'en tint mout bien f. *5444,
il fut bien en cela digne de
lui (de son frère).*
[Frarin], *f.* -ine *19637, vil,
abject.*
[Freidir], *v. intr., se refroidir,
avoir froid. — Pr. 3* freidist
17610.
Freidor *15539, 17564, sensa-
tion de froid (au cœur).*
Frein *15947.*
Freis *1568, 2436, 2719,
6514, 7269, 7560, 8157,
17505, etc., f.* fresche *956,
1251, 10597, 12689,
15177, 20798, 23462, f.
pl.* -es *5610, 6721, 14808,
14847, 26904, adj., frais,
nouveau;* reposé *18965,
20479, 20549, 21120; —
subst¹,* aveir freis *20161,
avoir du répit.*
Freit¹ *7165, 8626, 20069,
20461, 22699, 23564,
27336, s.* freiz *7401, 9312,
etc., f.* freide *2902, 8863,
18680, 21703, f. pl.* freides
*2902, 19996, 21703,
22598, 23772, 24210, froid,
glacé par la mort; triste*
(freide novele *2902, 8863,
etc.,* com f. porteüre! *21713).*
Freit² *27336, n. m., froid.*
Fremir *2651, 9882, v. intr.,
frémir d'impatience, s'agiter;
s'ébranler 9882. — Pr. 3*
fremist *8327, 14134, 6* -is-
sent *21453.*
Freor, *n. f., frayeur 12371,
bruit effrayant 8325.*

Frere *(s. et r. sg. et s. pl.), r.
pl.* freres, *frère; f. germain
28618, frère de père et de
mère.*
Fresche, -es, *r.* freis.
Fresceler, *v. intr., miroiter (?).
— Pr. 6* freselent *21336.*
[Frestel], *s.* -eaus *7646,
22797, espèce de flûte 7646;*
de granz f. *22797, de grands
coups.*
[Fresteler], *v. intr., jouer du
« frestel ». — Pr. 6* freste-
lent *11100.*
Friente *18509, n. f., trépidation.*
Froissier, *briser; — intr.
15837, 22733, se briser. —
Pr. 3* froisse *22733, 6* -ent
7399, 15627, 15951; pf. 3
froissa *15837.*
Froment *17441, 26753,
27065.*
Front, *s.* fronz *12935, front
5266, 5395, etc., front de
bataille 7075, 7152, 11151;*
tot d'un f. *17118.*
Fruit *22936, 24526, 27230,
s.* fruiz *1161, 6800, n. m.,
fruit; fruits (au sens collectif), récoltes 24526, 27230,
produit de la génération
22936.*
[Frutefier], *v. intr., porter fruit.
— Pr.* frutefie *24.*
Fu, *v.* estre².
Fueille *13384, 27343, n. f.
au sens collectif, feuillage.*
Fuer : a nul f. *16413, par
nul f. 3215, a nes un f.
1262, 1286, 5368, 13236,
13778, 17612, 20207,
22924, en aucune façon (litt¹ :
à aucun prix).*
Fuerre¹ *9980, 18801, n. m.,
fourreau.*
Fuerre² *10523, 26763, n. m.,
fourrage, expédition pour
s'approvisionner.*
Fuiant, fuicient, fuient, fuit,
v. foïr.
*Fuisiax (add. de G à 22589,
v. 2) et* fusiax *(ibid., v. 5),
n. m. pl., fuseaux.*
[Fuitif], *s.* -is *672, 18309,
fugitif, fuyant.*
[Fum], *s.* funs *16363, 16464.*

19248, 21753, 23014, 29288, vapeur qu'on émet en respirant (n'en ist funs ne aleine).

Fumee *14904, pl. -ees 25982, fumée.*

[Fumer], *v. intr.* — *Pr. 6* fument *13036, 14908.*

Funain *27593, 27859, 29094, r. pl. -ains 923, cordage, corde.*

Fus, fusse, *etc., v.* estre².

Fust *8849, 10860, 18571, 23421, 23450, 24138, 25395, s.* fuz *1358, 2488, 9041, 9094, 9217, 9410, etc., n. m., bois de lance; bois quelconque 1358.*

Fuz, *v.* fust.

[Gai], *s.* gais *5434, adj.*

Gaieté *5399, n. f.*

[Galop], *s.* -os *3685, n. m.*

Gargatès *14662, 16772, n. m., jaïet, jais.*

Gaudine *2190, n. f., bocage.*

Gehir *25373, dévoiler 1537, indiquer 4732, communiquer (un secret) 22153, 25373.* — *P. p.* gehi *1537, 4732, f.* -ie *22153.*

Gelec *23430, terre glacée, glace.*

[Gemé], *r. pl. -ez, p. p. -adj.* : heaumes verz gemez *10647, heaumes ornés de gemmes vertes.*

Gemel *12145, 16706, f. -eles 14633, adj., jumeau. Voy. à la* Table anal. des noms propres.

Gençor, *comparatif analogique de gent formé d'après* torçor : la g. *5122, la plus gentille;* des gençors *26897, des plus gentilles.*

Geneivre *3870, génévrier.*

[Genoilliere], *pl. -es 1815, 10225, 15466, genouillère.*

Genoillons (a) *22285, à genoux.*

Gent¹, *s.* gent (*à la rime*) *184, 2326, 11568, 12907, 23212, 23232, 24860, 24942, et* genz (*à la rime*) *10046, 15790, 21032, 22882, 23592* (*nous écri-*

vons gent *à l'intérieur du vers*), *s. et r. pl.* genz *3526(r.), 8662 (r.), etc., n. f. :* 1° *au sing., peuple, nation 23180, population 3023; au sens général,* la gent *68, 448, 4296, 19297, 20303, 23212, etc., le peuple, les gens, le vulgaire;* tote la g. *25900;* t. g. *25077,* loinz de g. *4935;* ceste g. *1488;* l'autre g. *5571, 19398, les autres personnes;* loinz d'autre g. *25368;* hommes, vassaux, combattants soumis à un même chef : sa g. *2695, 3198, 4375, etc.,* la lor g. *9637,* lor g. *23392, 25648, 28165,* ma g. *6360,* nostre g. *3697, 4068, 4400, 9357, etc.,* tote la g. *29515* (*tout le monde*), vers g. *3794* (*vers des gens*), tel g. *4206* (*tant d'hommes*), mout ont fort g. *3799,* n'a si tres fort g. come il sont *3810;* tant de g. com *28228, autant d'hommes que;* tant aie g. que (*sbj.*) *3924, pourvu j'aie assez d'hommes pour;* — 2° *au pl.* (*beaucoup moins fréquent*), *hommes, combattants soumis à un même chef :* les g. Telamon Aïaus *28559,* voz g. *23408,* noz g. *3526,* o lor granz g. *23554,* totes lor g. *25966,* totes ses g. *23419,* granz plantez de genz a pié *3682; au sens général,* a bones g. *5343, à de braves gens.* — Gent (ou genz) *au sing. construit par syllepse avec un verbe au pl. 184, 2326, 3097, 10046, 12907, 23775, 25512, 27893, 28187;* — *dans une prop. relative dépendant de* gent *3096* (*où le verbe dont* gent *est sujet est aussi au plur.*), *4859, 5748, 5761, 10152* (*où le verbe dont* gent *est sujet est mis au sing.*); — *avec un adj. et un participe au pluriel, 5577-8,* autre gent ot a Troie assez riches, sages e renomez.

Gent², *s.* genz *1862, 3108, etc., f.* gente *15265, 26839,*

26918, 28079, 28335,
adj., de bonne race, agréable
à voir, beau, aimable, gentil;
— adv¹ 956, 2714, 3367,
4771, 5556, etc., genti-
ment.

Gent, adv., agréablement, bien.

Gentement, gentiment, agréablement, élégamment, habilement 14609, convenable-
ment 14696.

Gentil 7183 (: fil), 6879 (: mil),
24213, 24588, s. -is 26074
(r), 26816 (r), f. -il 4117,
f.pl. is 7992, 23481, 26309,
26357, 27315, de bonne race;
qui convient à un grand seigneur 4117, aimable 24588.

Germain, issu de même père et
de même mère (voy. frere et
cosin); subst¹, r. pl. germains
18886, cousins germains, f.
germaine 28545, cousine
germaine.

Germe 22551, rejeton, fils.

[Germer], v. intr. — Pr. 3
germe 22551.

[Gesir], v. intr., être gisant;
— impers¹ 20004 (mil en i
gist des abatuz); — réfl. 1643,
14937, 16361, 16529,
27629. — Pr. 3 gist 7150,
8147, 8694, etc., pl. 3 gisent 2597, 3569, 12814,
17209, 17384, 20069,
20460, 22684, 23540,
29407; ipf. 3 giseit 16812,
21550; pf. 3 jut 3388, 8821
9458, 14534, 14567, 14937
14960, 16529, 16857,
21756, 22497, 23055,
27022, 29574, 30155,
30261, 6 jurent 1643, 4638,
20030, 20198, 22594,
23734, 24225; ft. 3 gerra
23044, 27952, 6 gerront
17383; sbj. 3 gise 13531,
15028; ipf. 6 geüssent
21829; p. pr. gisant 22285;
p. p. geü 6968, 16867,
29287.

Geste, f., fait important: ço dit
l'estoire de la g. 4274, c'est
ce que raconte l'histoire.

'Getaine, -ainne, -eine, var. à
egetaine.

Getast, v. geter.

Geteïz, adj. invar. au mas.,
moulé; or g. 16777, or
moulé (avec reliefs ?). Cf.
tresgeteïz.

Geter 5054, 9344, 18648,
19832, etc., jeter; chasser
746, 5054, 15794, 25342;
g. fors de, chasser de 19832,
tirer hors de 18648, 22309;
g. de vie 17543, 27684,
ôter la vie à (cors getez de
vies 21356); g. mout ames
de cors 16100; g. mort 598,
7312, 8503, 16210, 17322,
20496, abattre de son cheval
un ennemi qui tombe mort;
g. del champ 9344, 14130,
16247, 22629, mettre en
fuite. — Pr. 3 gete 1375,
1920, 14809, 15987, 16100,
16482, 21073, 6 getent
1355, 16239, 27861; (à
cause de la rime degete: regrete 26121, il faut corriger
partout giete, gietent en gete,
getent); ipf. 3 getot 4145;
pf. 3 geta 24310, 26389,
29286; 6 -erent 24458; ft.
6 geteront 23501; sbj. ipf. 3
getast 746; p. p. geté 16247,
22309, etc., s. -ez 14130,
15794, 17543, etc., f. -ee
24455, 25269.

Getot, v. geter.

Geude 17315, pl. -es 8045,
n. f. collectif, gens de
pied.

Geüner 18009, v. intr., jeûner.

Giete, -ent, v. à geter.

Gieu -s, n. m., jeu, plaisanterie;
lutte, combat, péril 11244,
15086, 15750, 18588,
22668, 30096, victoire dans
un jeu-parti 7840; au pl.,
jeu-parti 15816, jeux funèbres 17521; a gieus 1626,
4280, 22042, par jeu, non
sérieusement; — g. parti, v.
parti, s. v. partir.

Gigue 14781, n. f., instrument
de musique à trois cordes.

Giron 11462, n. m.

Gisarme 2214, 4544, 7084,
n. f., guisarme (arme de jet,
espèce de hache à deux tranchants).

Giseit, gisent, gist, v. gesir.

Glace *17564, n. f.; surface plane glacée 23096.*

Glaccier, *v. intr., glisser.* — *Pf. 3* glaceia *9815.*

Glacié *11706, s. -iez 10229, p. p. -adj., caillé (sang).*

Glacier *11364, v. intr., glisser.*

Glai *20618, n. m., glaïeul.*

[Glaiuel], *s.* glaiueus *14853, glaïeul. Cf.* jaglel.

Glaive, *lance 12162, 29267, 29658;* — *revertir a g., v.* revertir; — *douleur vive, chagrin cuisant 21737, 26520.*

Glas *17302, grand bruit.*

Glise *23094, glaise.*

Gloire : rendre g. a. *1750, glorifier.*

Glorios *5151, vaniteux.*

Gluz (*rég.*)*1716* (*r.*), *1905* (*r.*), *12373, n. f. invar., glu.*

Gofre *27461, 28881, n. m., gouffre.*

Gole, *n. f.: g.* bace *16116, la bouche ouverte.*

Goles, *n. f. pl., bordures de devant d'une pelisse 15544, gueules (la couleur rouge dans le blason) 7469.*

[Gome], *pl. -es 14899, 14907, n. f., gomme, aromate.*

Gort *27461, n. m., gouffre, tourbillon marin (?).*

[Goster], *v. tr., goûter.* — *Pf. 6* gosterent *2972.*

Gote, *pl. -es 14234, n. f., goutte (de sang);* n'oïr gote *4538, 20508, ne rien entendre.*

Goté, f. -ee *1231, f. pl. -ees 13401, p. p. -adj., tacheté, marqueté;* porpre a or gotee *1231, étoffe de pourpre rehaussée d'or;* jaspe vert goté *23039, jaspe tacheté de vert;* — menu goté, *v.* menu.

[Gover], *r. pl. -erz 27640, n. m., gouvernail.*

Governail *27597, s. -auz 924, 29092, n. m., gouvernail.*

[Governeor], *s. -ere 7865, n. m., commandant, chef.*

Governer *16925, 19173, 19627, 28561, v. tr., gouverner, commander.*

Graantement *6302, adv., de bon gré, volontiers.*

[Graer], *v. tr., agréer, accepter.* — *P. p.* graé *3901, 4027, f.* grae *24901.*

Graile -s *5253, 5473, 5545, 6273, 8830, adj., grêle, mince;* — subst¹ *2694, 4497, 9821, 10002, clairon.*

Graindre, *v.* greignor.

Graine, *n. f.:* color de g. *5124, couleur écarlate;* drap en g. *18341, drap écarlate.*

Graisle *7142, n. f., grêle.*

Gramaire *88, 6268, n. f., grimoire.*

Grandet *22566, adj., assez grand.*

Grandisme *26018, 30015, superlatif organique de* grant, *très grand.*

Grandor *2997, 5529, n. f., grandeur (au sens propre), taille.*

Grant, *s. sg. et r. pl. masc.* granz, *f. r.* grant (*passim*), *s.* grant *764* (*r.*), *5729* (: Priant), *etc., et exceptionnellement* granz (à la rime) *40, 164, 7279, 12924, 16055, 18511, 20518, 24754, 24802, f. pl.* granz *3114, 3682, etc., adj., grant, fort;* — subst¹ *23714;* d'un g. *5109, 16666, 16672, 23048, d'une même grandeur;* ne de g. ne de petit ne l'en pesa *17454, il n'en fut fâché ni peu ni prou;* mout par sont en g. d'enquerre *1179, ils se préoccupent beaucoup de s'informer;* se metre en grant come (*sbj.*) *27820, se donner grand mal pour que;* — avec ellipse de coup *22742* (si grant), jaspe *13913;* au pl. granz *10761 :* de g. *9097, 11389, 16081,* de mout g. *10738,* de si g. *9416.*

Grantment *2977, 6073, 9235, 22359, 28457, 29761, adv., grandement, beaucoup, longtemps 29353.*

Gras *4007, 5137, 5250, 5257, etc., adj.*

Gravei *7741, 7780, 20450, n. m., grève, plaine caillouteuse.*

Gravier -s *991, 2521, 7805, 13933, 17093, 18972,*

21285, *n. m., même sens
que gravei.*
Gré, *s.* grez 25441, *r. pl.* grez
3939, 15324, 17029,
18359, 20174, 23076,
25371, 26672, 26929,
26993, 27784, 27826,
n. m., gré(venir a gré 27995,
28164, *plaire*), *agrément,
permission* 1043, *volonté*
15324, 17402, *reconnais-
sance* 26993 (rendre granz
grez 886, *remercier vivement*); aveir mal gré
27436, *être fâché, mécontent*;
par gré 5591, de gré 28800,
de bon gré; plus a gré
24994, *plus à son gré*; par
le suen gré 26470, *avec son
agrément*; son gré 3559,
volontairement (*cf.* mon gré
10546 et de m. g. 17457);
mout par en set a ceus mal
gré 17038, *il en sait très
mauvais gré à ceux*; grant
gré l'en sot 24173(*cf.*26922,
28674); que ne vos en sevent
nul gré 14189; — *mal gré
suivi d'un nom au cas rég.
avec ellipse de* de : mal g.
Hector 352.
Gregier 759, *v. tr., faire du
mal à, causer des ennuis à*
759, 11893, 26001;—*intr.*
10889, 24541; — estre gre-
gié 7229, 9842, 10254,
12733, 16279, 18985, *avoir
éprouvé du dommage, être
mal en point. — Pr. 3* griege
24541.
Greignor 1467, 1974, 2100,
2294,*etc.,f.* 17799, 19083
(*mais* graindre 29171), *s.*
(*m. et f.*) graindre 1674,
3170, 8298, 15270, 15380,
18195, 18196 (2 *fois*),
18537, 20958, 22578,
23236, 27926, 29171,
29924, *r. pl.* (*m. et f.*) grei-
gnors 7245, 9233, 21103,
23640, 24248, *comparatif
organique de* grant, *plus
grand, plus fort, etc.*
Grenat 16669, 29558, *de la
couleur de la grenade. Voy.*
jagonce.
Grenon 2508, 22146, *r. pl.*

-ons 29359 (*où il faut sans
doute lire* grenon, *à cause de
la rime* lion),*n. m.,moustache.*
Greque, *v.* greu.
Gresille 19265, *grêle.*
Greu, *r. f.* greque 92 (langue
g.), *adj., grec*; — *subst*t greu
121, 16810, *grec, langue
grecque.*
Grever 10473, 18494, *gêner,
faire souffrir, accabler, faire
du tort*; — *intr.* 21068, *être
pénible*; — *impers*t 16620,
20435, 29273. — *Pr. 3*
grieve 12956, 16620,
20163, 20435, 21068,
24272, 25644, 27659,
29273; *sbj. 3* griet 608,
17153; *p. p.* grevé 17311,
s. -ez 14099, 23668.
[Grevos],*f.-ose*1.3801, 18451,
pénible, fâcheux.
Grezeis 104, 3883, *adj. pris
subst*t, *grec, langue grecque.*
Grief 1423, 11596, 17732,
23892, 24690 (*neutre*), *s.*
griés 10766, 13325, 17631,
25448, 28730,*f.*grief 2118,
12731, 13480, 13633,
14093, 15164, 17837,
18133, 25506, 28746;
29744,*f. pl.* griés 15017,
*lourd, grave, pénible, fâ-
cheux*; *périlleux* 10766.
Griefment 2842, 4361, 12172,
13316, 15157, 16199,
17624, 20070, 20135,
20719, 25171, 26438,
28582, *adv., gravement, durement, sérieusement*; vendre
g. 28736, *vendre cher.*
Griege, *v.* gregier.
Griet, grieve, *v.* grever.
Grifaigne 6834, 6886, 7412,
10632, 13930, 23370, *re-
doutable, d'aspect terrible.*
Grip 14725, *griffon.*
Gris¹, *f.* grise 1619, *adj., gris
20628, de petit gris 1619
(*pelice grise*).
Gris² 1144, 11708, 26892, *n.
m., petit-gris* (*espèce de fourrure*).
Grisle 9689, *gris.*
Groisse 5110, 16654, *grosseur.*
Gros 4007, 5158, 5179, *etc.,
f.* grosse 702, 9325, 11454,

*14151, 17164, 20073,
27585, 27601, 28763, f.
pl.* grosses *5247, 7880, etc.,
gros; au f., enceinte 702,
28763;* grosses paroles
*24665, paroles graves, pé-
nibles; subst¹:* le gros *del
cors 8778, 14985,* le tronc
(*cf.* le *g. del* piz *9139,
14009, 14242, 22728,
23910,*elg.del*braz 21163*);
d'un *g. 16666, 16672,
d'une même grosseur;* prendre en *g. 2089, considérer
comme une offense;* aveir le
cuer *g.* e irié, *8061, 22636,
être ému et irrité.*

Grossement *10489, énergique-
ment.*

[Guaaignage],*r. pl.* -es *12973,
19476, n. m., revenu.*

Guaaigne *20307, n. f., gain.*

[Guaaignier], *gagner, s'emparer de, enlever de force (un
cheval, etc.);* — *intr. 2852,
10819, 12505, avoir l'avantage dans un combat. — Sbj.
3* guaaint *8440, 8773.*

Guaaing *2593, 4597, 6068,
19622, 19746, 25763,
28237, s.* guaainz *4437,
4519,16108,gain, avantage,
supériorité (dans le combat).*

Guaaint, *v.* guaaignier.

Guab *10237, r. pl.* guas *480,
10904, etc., n. m., vantardise, plaisanterie;* faire guas
29169,dire des plaisanteries;
a guas *13264, 21774,
22042, par jeu;* ne tenir mie
a *g. 480, 10904, prendre
au sérieux.— M. A. Stimming*
(*Zeitschrift für rom.* Phil.
XXX, *584) distingue* guap
(guab)*, de* guas *: ses argu-
ment n'emportent pas,croyons-
nous, la conviction.*

Guabeis *5209, 12739, 23956,
n. m., vantardise, plaisanterie.*

[Guaber], *v. intr., se livrer au
jeu des « guas », des vantar-
dises. — P. p.* guabé *11980.*

[Guadel], *r. pl.* -eaus *22351,
pourceau.*

Guage *2595, 9004, 15865,
gage;* guage i metreit de la

caboce *21234, il y engage-
rait, il y risquerait sa tête;*
tendre son*g. que 28504, présenter son gage (ordinairement son gant, dans le défi
du combat judiciaire) pour
soutenir que.*

Guaire *1067* (*r.*)*, 8944* (*r.*)*,
9042* (*r.*)*, 14815* (*r.*)*, 22347*
(*r.*)*, guères (nous n'avons admis que* guaires *à l'intérieur
du vers);* — n'a ancor *g.
14185; jusqu'a ne g. 8944.*

Guaires *1808, 1810, 2377,
4556, etc.*(*intérieur*)*, 17460,*
(*r.*)*, adv., guères;* — ainz ne
g. 11969, avant peu.

[Guaite], *pl.* -es *11099, n. f.,
guette, veilleur de nuit.*

Guaitier *11593, 29103, v. tr.,
guetter.*

[Guant], *r. pl.* guanz *13709,
gant.*

Guarait *8694, champ, sol.*

Guarant *1356, 7146, 11556,
14498, 25831,s. -anz 5442,
garant, garantie, sûreté
1356, 7146, 14498.*

[Guarantir]. — *Pf. 3* guaranti
26206.

Guarde *1787, 8058, 12406,
etc., n. f., garde;* prendre
sei *g. de, se préoccuper de,
surveiller 6932,* prendre
garde à *15236; au pl. (sens
concret) 17157,guardes.*

[Guardeor], *r. pl.* -ors *26088,
garde.*

Guarder, *garder, protéger
2374,25376,25702,27069,
27397,* empêcher *7636,* préserver *2035, 17509, 24929,
tenir (une promesse) 25057,
regarder, observer,examiner
1384, 3827, etc., tenir
compte de 28175;* — *intr.
faire attention 521, 19721;
avoir soin, prendre garde :
g. que (sbj.) 3797, 21557,
21928,21937,24044, (avec
l'impér. 8057,* guart *que
sovent revien a mei),g. que
ne (sbj.) 3436, 3544,19494;
— avec ellipse de* que *: g. (sbj.)
1715, 4007,8744, 27902,
g.* ne *(sbj.) 3340, 3342,
9370,18436,19494,20431,*

29927; — *réfl.*, *se garder*,
20251, 20976, 22613,
prendre garde 28382; g. *sei*
de (*n. de chose*), *prendre*
garde à, *éviter* 3542,
7759, 13153, 13654,
23416, *se garder de* (*n. de*
pers.) 3640, 13153, 13321;
g. *sei que* (*sbj.*) 27702, *pren-*
dre garde que, avoir soin que;
g. *sei que ne* (*sbj.*) 3436, *se*
garder de; — *subst*ᵗ 19498,
conservation. — *Pr. 1* guart
11075, 20634; *ipf. 3* gardot
776, 3232, 14894, 17276,
5 gardiëz 19721, 16382;
sbj. 2 guarz 20730, *3* guart
3735, 4007, 4727, 8659,
11730, 15361, 18326,
21225, 25479, 27813,
29928, 30315; 5 guardeiz
3436, 19537, 25691, 26337;
ipf. 3 guardast 17509,
28019, 6 -assent 20652,
21086; *impér. 2* guarde
1542, 1701, 3767, 5834,
6599, et guart 1384, 1715,
1748, 8057. 15559, 24700,
5 guardez 3544, 3827, *etc.*
Guarir 2747, 2764, *etc.*, *ga-*
rantir, protéger; sauver 893,
2747, 4839, *guérir* 11694;
— *intr.*, *se sauver* 2764,
11906, 13805, 15484,
26093, 27363, 27663,
28799, 29284, *se garantir*
15058, 29422, *guérir* 9460,
9787, 30271, *réparer ses*
pertes 28122, *guérir d'un*
mal moral 29535; — la
(*neutre*) g., *se sauver* 6193,
27930, *guérir* 11694;
— *réfl.*, g. *sei de* 25653,
se préserver de, éviter. —
Pr. 3 guarist 26155; *pf.*
3 guari 12061, 26216; *ft.*
3 guarra 4699, 6873,
16392, 16597, 20049,
28503, 6 guarront 3715,
6193, 27930; *cd. 3* guar-
reit 24463, 27970, 6 -eient
27297; *p. p.* guari 893,
9013, 20201, *etc.*, *s.* -iz
4839, 5923, 7831, 9077,
etc., *f.* -ie 17789, 29035; —
p. p. -*adj.* 7831, 26307,
27915, *satisfait.*

Guarison, *n. f.*, *guérison*,
10252, 21351 (*torner a* g.
16303, *donner des signes de*
guérison), *garantie*, *sauve-*
garde, *salut* 2652, 26209,
27902, *approvisionnement*
12969; *au pl.*, *guarisons*
10116, *mobiliers, objets gar-*
nissant les tentes.
Guarissement 6059, *n. m.*, *ga-*
rantie, sûreté.
Guarnement 1142, 1195, *etc.*,
s. -enz 4288, 11660, 13332,
28947, *n. m.*, *vêtement, équi-*
pement; *armure* 11660,
16165, 16176, *objets de toi-*
lette, costumes 13332.
Guarnir, *v. tr.*, *garnir*, *occu-*
per (*un poste*) 22107, *munir*
2181, 5570, *contribuer par*
son aide à la défense d'une
ville 6665, 6787, 12343,
18787, 28360, *munir de ce*
qu'il faut pour défendre (*une*
ville) 2681, 3231, 5765,
5768, 6611, *etc.*, *armer*
1925, 7117, 8273, 12027
(*guarni de bataille adu-*
ree), *approvisionner* 17475,
25133, *équiper* (*un vaisseau*)
4135, 5603, 6517, *etc.*,
(*Elide la guarnie* 10020,
Elide aux guerriers nom-
breux, ou la guerrière); *as-*
surer de 27961 (*affirmer*
quelque chose à quelqu'un) —
réfl. 19959, 23745, 24762,
se tenir sur ses gardes;
— *guarni de, garanti contre,*
en garde contre 24761 (*cf.*
24792), *prêt à* 12027 ; (*avec*
l'inf.) 20728, 22618, *prêt à*;
— *joint à prest: compaigne*
preste e garnie 22651 (*cf.*
5048); *avec de* 24972;
joint à apresté 26015. —
Pf. 3 guarni 17475.
Guarra, -eit, *etc.*, *v.* guarir.
Guart, guarz, *v.* guarder.
Guas, *v.* guab.
Guast 2967, *adj.*, *gâté, dé-*
truit.
Guaster 19465, *ravager, dé-*
truire (*une ville*) 2784,
19465, 19767, *diminuer la*
valeur de qqn 15094. — *Pr.*
3 guaste 15094; *p. p. f.*

guastee *2784*, *25953*, *f. pl.*
-ees *19767*.

Guenchir, *v. intr.*, *se détourner,*
obliquer *30143*, *éviter*
22246, *manquer* (s'ensi lor
esteie guenchiz *15868*, si je
leur faisais ainsi défaut), *at-*
taquer, changer de direction
pour attaquer (g. contre
7293, *16263*, g. a *10051*,
14241, *17296*, *21525*,
sans prép. *15748*, *15808*,
17308); estre guenchi contre *17076*, *se détacher de*
(en parlant d'un écu); — *réfl.*
27924; — *p. p. -adj.* guenchi
17066, s. -iz *6200*, *26646*,
qui recule, lâche; découragé
26646 (de ceste uevre si
guenchiz *18320*, si disposés
à renoncer à cette entreprise).

Guerpir *1632*, *2038*, *etc.*,
laisser, abandonner, quitter
(un lieu) *1091*, *2662*, *6051*,
etc. — *Pf. 3* guerpi *8385*,
8980, *10712*, *22734*,
27274; *sbj. 5* guerpisseiz
6394.

Guerre, *n. f.*, *guerre; attaque*
(dans le combat) *20132* (li
mut tel g. que).

Guerredon -s *3423*, *8740*,
11607, *12913*, *13695*,
18809, *19770*, *22669*,
22484, *25803*, *récompense.*

[Guerredoner], *v. tr.* : tel guer-
redorreie *8942*, je t'en serais
reconnaissant.

Guerreier *3233*, *3540*, *3814*,
etc., *intr.*, *faire la guerre;*
— *tr.*, *faire la guerre à*
20735, *20749*, *26836*,
28604, être hostile à *10124*;
— *récipr.* *6785*, *se faire la*
guerre. — *Ipf. 3* guerreiot
6583; *p. p.* guerreiez *28603*;
— *p. pr. pris subst* r. pl.
guerreianz *26850*, *28909*.

Guerrier -s, *adj.*, *11768*, *brave*
à la guerre; — *subst*, *homme*
de guerre *7520*, *15720*,
16329.

Guichet *3385*, *petite porte.*

[Guiër], *v. tr.*, *guider, conduire.*
— *Pr. 3* guie *8169*, *8279*,
9495, *9533*, *etc.*, *6* guient
8227; *ipf. 6* guioënt *4823*.

Guige *1840*, *23457*, *n. f.*, *bre-*
telle servant à suspendre
l'écu au cou.

Guimple *14701*, *guimpe, coif-*
fure entourant le visage.

Guioënt, *v.* guiër.

Guion *1595*, *5983*, *guide.*

Guise, *façon, manière* : a la g.
11790, en itel g. *1509*, ainsi;
en tel g. que *16662*, *17064*,
de telle sorte que; en mainte
g. *13212*, *13574*, *19154*,
20371, *28402*, *de diverses*
façons; en maintes guises
23820 (r.), *m. s.;* en quel g.
1999, *de quelle façon;* en
nule g. *1788*, *1866*, *3706*,
4436, *etc.*, *nullement;* d'estrange g. *3865*, *13426*,
15195, *27141*.

Ha! *4922*, interj.; ha! las, *v.*
las.

Habitement *28190*, *n. m.*,
action d'habiter, séjour.

[Habiter], *v. tr.* — *P. p. f.*
habitee *5682*, *23307*.

[Hache], *pl.* -es *2214*, *7083*,
7189, *7909*, *n. f.*

Haï *2892*, *2897*, *3709*, *4912*,
18076, *21715*, *21716*,
24584, *25215*, *26175*, interj., ha! hélas!

Hain *17600*, *hameçon.*

Haïne *10637*, *13753*, *26374*,
27881, *29620*, haine.

Haïnos, *f.* -ose *21627*, *f. pl.*
-oses *10613*, haineux *10613*,
13547, *17107*, *17960*,
19250, *27114*, *27693*,
28684, *29448*; h. a *25196*,
h. vers *29100*, *plein de*
haine envers; (au sens passif)
détesté *13186*, *détestable*
21627.

Haïr *3230*, *3805*, *6082*, *6095*,
17949, *20268*, *25970*, *v.*
tr. ; h. de mortel guerre
27126, *haïr mortellement*
21627. — *Pr. 1* hé *13164*,
21297, *24824*, 3 het *10422*,
11334, *11566*, *11627*,
11729, *etc.*, 4 haons *3794*,
7834, 6 heent *3591*, *6092*,
7644, *12907*, *14424*, *17161*,
20679, *21147*, *24277*,
27126 ; *ipf. 1* haeie *14350*,

3 haeit 3618, 13317, 16223,
20271, 26787, 28472,
haïsseit 26534; *pf.* 3 haï
8028, 11286, 21555,
28331, 29382; *ft.* 1 harrai
14351, 6 -ont 5909; *sbj.*
1 hee 3547, 3 hee 12203
(r.), 25076 (r.), 27973 (r.),
29383 (r.), *et* hace 12408
(r.), 15408 (r.), 18064
(r.), 19454 (r.), 30122
(r.), 5 haeiz 11729, 6 heent
17637; *ipf.* 1 haïsse 26531,
3 haist 2059; *p. p.* haï
29132, *s.* haiz 25682,
28040, *f.* haïe 10421,
15091, 22951, 24190,
(26465, « *détestable* »).
Hait¹ 9764, *m.*, *contentement*;
a h. *13015*, *à volonté*; plus
a h. 23007, *avec plus d'em-*
pressement; cil vuide le sanc
a h. 17224, *il perd le sang à*
flots.
Hait², *v.* haitier
Haitement 21366, 24427, *n.*
m., *contentement.*
Haitier, *intr.*, *plaire, contenter,*
sembler bon : or me dites que
vos en haite 3712; — *impers.*
19580; — *réfl.* 15009,
22558.— *Pr.* 3 haite 3712,
15009, 19580; *sbj.* 3 hait
22558; — *p. p.* -*adj.* haitié
5921, 16875, 19778,
20595, 20684, 20887,
26007, 27563, 29012, *s.*
-iez 20305, 22889, 29826,
30157, *f.* -ice 21839, *con-*
tent, joyeux.
Haïz, *v.* haïr.
*****Hallé**, *p. p.*, *v.* *halles.
*****Halles** (*add. de* A² *après* 20629),
n. m. s., hâle : assez l'avoit
hallé li halles.
[Hanche], *pl.* -es 14970, *cuisse*
(*en parlant du gibier*).
Hanste 10860 *et* 11454 (la
hanste, *mais* l'anste 21496),
pl. -es 7880, 10838, *n. f.*,
bois de lance.
Hardement 9735, 11298,
12498, 15332, 17583,
18043, 20855, 24554, *s.*
-enz 9820, 12548, 17079,
hardiesse, audace, courage.
Hardi, *s.* -iz 2155, 3699, *etc.*,

f. -ie 6734, 9496, *etc.*, *f. pl.*
-ies 23352, *hardi, coura-*
geux; *résolu* 20334.
Hardiement 7575, 11199,
24155, *adv.*
Harpe 14781, 23600, *pl.* -es
29001, *n. f.*
Harrai, -ont, *v.* haïr.
Haschiee 8788, 16486, 17262,
18729, 20846, 21816,
26555, *pl.* -iees 4546, 15018
21654, *f.*, *tourment.*
Hast, *v.* haster.
Haster, *hâter* 4447, *construire*
en hâte 901 ; *presser, serrer*
de près 5232, 8477, 9982 ;
—*intr.* 3244, *se hâter* ;—*réfl.*
3347, 7939, 7718, 18709,
se hâter.—*Pr.* 1 hast 17718 ;
sbj. 3 hast 3347.
[Hastif], *s.* -is 15535, *trop*
prompt, irréfléchi.
Hastivement 3941, 6382,
18150, 18395, 19219,
23463, 24034, 24171,
24735, *hâtivement, en hâte.*
Hauberc 1819, 2492, *etc.*, *s.*
-ers 2351, 2570, *etc.* (*après*
élision, auberc, aubers (l'aubers 9013, 11276, 12060,
12875, 14245, 17215) ;
l'élision n'a pas lieu 21563,
et de plus après li 2570,
après le 15648, *après* del
14162, 20622), *n. m.*, *hau-*
bert.
Hauberjon 9535, 9562, 21602,
haubergeon, petit haubert.
[Haucier], *v. tr.*, *exhausser*;
— *réfl.* 27035, *se faire plus*
grand qu'on n'est. — *Pr.* 6
haucent 13061 ; *sbj.* 5 hau-
ceiz 27035.
Haut, *s.* hauz 3006, 3057,
5255, 25464, 27515,
29958, *f.* haute, *pl.* -es, *adj.*,
haut, élevé (*au propre et au*
figuré), *profond* 2197, *qui*
donne des notes élevées (*cor*)
22848, *noble, puissant* 318,
12220, 15199, 16882,
18146, 26479, 27515,
28963, *grand, important*
885, 4985, 10515, 11877,
etc. ; *par haute mer* 14731,
en pleine mer ; *a hautes*
veiles 929, *à pleines voiles* ;

de haut vespre *26006, tard
dans la soirée* ; — *subst¹,
homme de haute naissance
10289* ; en haut, *haut 3017,
14008, 14714, 22424,
22475, à haute voix 8813,
10209, 12474, 21539,
22342, 22713* ; — *adv., en
haut 5979, 23915, à haute
voix 14799, 18469, 23597,
23998.*

Hautece, *n. f. hauteur, degré
élevé 26513, haute situation
4648, 5740, 13459, 18264,
19649, 19829, 28588, mé-
rite 25776* ; grant h. *22231,
haute mérite* ; a g. h. *467,
4863, 30265, en grande
pompe.*

Hautement *2021, 14600,
19409, 22370, 28521,
28957, 29559, 30261,
noblement, magnifiquement.*

[Hautor], *s.* -ors *16718* (r.), *n.
f., hauteur.*

Havre *983, golfe, port.*

Hé¹, *n. m., haine* : coillir en hé
*8849, 21718, prendre en
haine.*

Hé², *v.* haïr.

Heaume -s *1824, 2360, etc., n.
m.* ; *après élision, eaume,
eaumes 1742, 1895, 2351,
2526, etc.* (l'eaumes *10608,
23891*) ; *l'élision n'a pas
lieu après le 16082, 16273,
18547, 21501, 24023; après
de* (del) *20134.*

Heir -s *848, 3769, 8296, etc.,
n. m., héritier.*

[Henap], *r. pl.* -as *26096, n.
m., hanap.*

[Henir], *v. intr., hennir.* —
Pf. 3 heni *12474.*

Herbe, *après élision* erbe *956,
2184, 11466, 12689, 13842,
14853, 23315, 24323, n. f.*

[Herbei], *après élision* erbei
10643, s. herbeiz (li) *(sans
élision), terrain herbeux,
gazon.*

[Herberge], *pl.* -es, *n. f. pl.*, *tentes,
pavillons 7612, camp (réunion
de tentes ou de pavillons)
10975, 12007, 12021, etc.*

Herbergier, *v. tr., héberger,
loger* ; — *intr. pris subst¹*

28721 ; — *réfl. 25985.* —
Pf. 3 herberja *3289 (5852,
6561 et 28721,* h *aspirée*) ;
p. p. herbergié *25985,
28943, 28957.*

Herbier *3379, pièce de gazon
(devant un palais).*

Herbos *20002, couvert d'herbe* ;
— *subst¹.,* l'erbos *23540,
terrain herbeux, gazon.*

Hergnos *8004, hargneux, de
caractère difficile.*

[Hericier], *v. tr., dresser.* —
Pr. 3 herice *1919.*

[Hericon], *r. pl.* -ons *29955,
n. m., barre de bois munie
de pointes de fer.*

Herité *16972, (après élision*
erité *24918), pl.* -ez *13727,
n. f. (m. 24918), héritage,
patrimoine.*

[Hermine] *(après élision,* ermine *1144, 13335), s.* hermi-
nes *13395* (ermines *1233),
n. m., 13395 (les autres
exemples de genre douteux),
fourrure d'hermine* ; — *au pl.
1233, peaux d'hermine.*

Herneis *7812, 23374* (h aspirée), *équipement d'un chevalier* ; — faire grant h. *23826,
faire de grands préparatifs.*

Het, *v.* haïr.

Hier *8248, après élision* ier
(d'ier *19225* ; l'autr'ier *766,
3860, 4059, 6151, 15097),
l'autre jour, jadis.*

Hisdor *22170, horreur.*

Hisdos *1377, 3563, 3587,
14735, 14823, f.* -ose
26377, pl. -es *27482, hideux.*

Hobenc *(s. pl.) 27595, r. pl.*
hobens *925, hauban.*

Hom, *v.* home.

Homage, *r. pl.* -es *6609,
29517, n. m., hommage à un
suzerain 6609, hommage à
une dame 13585.*

Home *(après élision* ome), *s.*
hom *(après élis.* om : *à la
rime, :* Patroclon *10332, :*
baron *10380, :* defension
11235), r. pl. homes *(après
élis.* omes), *homme, homme-
lige* ; *au pl., combattants dépendant d'un même chef* ; —
pron. indéfini, om, *l'om*

GLOSSAIRE 205

(passim), on, l'on (rimes :
retraçon *6419*, : non *12219*
et *15263*, : lison *13399*,
: Palladion *26997*, : façon
27323, : son *30025*).
Honeste, *honorable.*
Honesté, *honneur (d'une femme)*
13460, honorabilité 18447.
Honir *5738, 15350, 27744,*
déshonorer, humilier ; *outra-*
ger en paroles 26562, faire
subir une mort infamante
28199; — *intr.* *5738, être*
déshonoré ; — *réfl.* *6329,*
6331, 19821, 27291. —
Pr. 3 hônist *6420* ; *ipf. 3*
honisseit *26562* ; *p. p.* honi
25758, 27291, 28199, s.
-iz *1395, 2097, etc., f.* -ie
5747, 11004, 28635.
Honor *(après élision* onor), *n.*
f., honneur (dans tous les
sens); terre seigneuriale, fief
834, 3160, 3768, 4041, etc.
Honoreement *10403, honora-*
blement, avec honneur.
Honorer, *honorer.* — *Ipf. 3*
honorot *5310 ; sbj.* 2 honors
20732; — *p. p.* -adj. honoré
27328, 29124, s. -ez *28069,*
28525, 24357, 25772,
29541 (l'onoree *23980*), *f.*
pl. -ees *23433, 24233,*
25783, 26357, qui a le sen-
timent de l'honneur, hono-
rable.
Honorot, honors, *v.* honorer.
Hontage *4943, 20389, s.* -es
5733, n. m., déshonneur.
Honte, *n. f. (m. dans* M² *20260),*
honte, outrage, injure (en
actes) 1064, 1086, 2122,
etc., injure (en paroles) 3622,
action honteuse 2036, 3264.
Hontos *6337, 6471, 13185,*
18366, 25751, honteux ; (en
parlant des personnes) confus,
qui a honte 18467, 29604,
sans honneur 3523; — *subst¹,*
de toz h. e de toz vis *13103,*
de tous les hommes déshono-
rés et vils.
Horder *17468, consolider (un*
vaisseau).
Hore *(après élision* ore), *heure,*
temps: fortifiant la négation
13498, 13810, 27162, litt¹:

pas même une heure); ja
hore ne *6384, jamais (pas
même une heure)*; en poi d'ore
1741, 2718, 4036, 4499,
etc., en petit d'ore *1926,*
1958, 10658, 12424,
18770, 21001, 23639,
*28892, 30144, en peu de
temps, bientôt*; en si poi d'ore
26780, en si peu de t.; en
mout poi d'ore *3346, 19070,*
24144, en très peu de t.; de
bone hore *17801, sous
d'heureux auspices*; a male h.
*5065, sous une mauvaise
étoile*; en si male h. *18646,*
*20202, en si estrange (hore)
30203, si malheureusement*;
onc de nule h. *10991, jamais
(cf. ne finer hore 13498,
13810, ne cesser jamais)*; tel
h. *6128, à un moment donné*;
tel h. que *20299, alors que
(sens adversatif).*
Hu *2441, 7396, 21376, s.* huz
*9478, 9589, 9713, etc., cla-
meur confuse, cris (dans un
combat)*; lever le hu *9548,
15796, 22854, pousser le
cri de guerre.*
Huëe *2421, 9426, n. f., cla-
meur confuse, cris (dans un
combat).*
[Huër]. *v. tr., crier après.* —
Pr. 6 huent *17172.*
Hui *(après élision* ui), *aujour-
d'hui*; — hui mais *2108, 2654,
7925, 7943, etc., et* mais hui
*2275, 7809, 7936, 9226,
etc., dans la partie à venir de
la journée, dès ce moment*; —
après dès or *(pléonasme) 1760,
19205*; — hui cest jor *2673,
12594, aujourd'hui même*; —
d'ui en tierz jor *17840,
d'ici à trois jours.*
Huis *1483, 30064 (après
élision* uis *1509, 1525, 1583;
sans élis.*, li h. *14934), invar.,
porte.*
Humain *(avec élision* um.), *f.*
-aine *5130, 29830, 29833,
29838, adj., qui concerne
l'homme*; — *à peu près explétif* : tote rien que nasqui hu-
maine *5130,* homes humains
65, 18048, nus hom h. *25675.*

Humblement *25533, 27269,
adv.*
Hurt *4557, heurt, choc.*
Hurteïz *15691, heurt, choc.*
Hurter *15911, 18775, 27905,
v. tr. 12297, 14467, 15911,
17290, 21154, pousser violemment; — intr., se heurter(à)
27905; faire h. 18775, pous-
ser violemment; — |récipr.
21154; — subst¹ 15629. —
Pr. 6 hurtent 21154; pf. 6
hurterent 17290; p. p. hurté
14467, r. pl. hurtez 12297.*

I, *adv., y.*
ʼIceant *N,* iciant *F, var. à
25183.*
Icel *760, 4219, 4258, 4835,
etc., s. sg. icil, s. pl. icil 1986,
2865, 4802, etc., r. pl. iceus
163, 5077, 12175, 14690,
f. icele 3416, 3910, 4456,
etc., adj. et pron. démonstratif, ce, cet, celui, celui-là;
— icil dedenz 7166, 13891,
15961, les Troyens.*
Icest *168, 6135, 7060, etc. et
icestui 14267, s. sg. icist
93, 110, 721, etc., s. pl.
icist 6672, 6679, 6691,
6783, 6871, 6883, etc., r.
pl. icez 153, 4243, 6931,
7749, 7855, 7881, 7985,
8275, 8304, etc., f. iceste
4414, 6144, 6366, 6797,
etc., f. pl. icestes 14641,
26927 et icez 23297, adj.
et pron. démonstratif, ce,
cet, celui, celui-ci.*
Ici *13492, 15152, 20551,
20553, 20558, 20559,
20562, 20565, 20567,
26994, adv., ici, là; — icin
= ici en 20564.*
Iço *127, 1126, 1487, 1711,
2851, 2860, 3825, 3846,
4723, 4746, etc. (avec élision, ic'; voy. sous ço), pr.
démonstratif neutre, ce, cela.*
Ier, *v. hier.*
Ieuz, *v. ueil.*
Iluec *(passim), là; à ce propos
389; d'iluec 772, 16711,
18638, 28838, de là; —
fortifie ci: ci i. 25706, ici
même.*

Ilueques *10674, 24340, là.*
Image *1622, 1625, 1629,
1630, etc., n. f., image, figure; statue 16787.*
Inde *1231, 3012, 3063, etc.,
adj., bleu foncé, indigo; —
subst¹ 13401, couleur bleu
foncé.*
Interposicion, *intercalation:
por l'int. 16679, parce que
ce serait hors du sujet.*
Interpretacions, *corrigé en entrepretacions; voy. ce mot.*
Iraistre *8516, v. intr., s'irriter, se courroucer; — réfl.
14299, 15009, 15325,
17031, 20314, 24663,
27581, 29713, 30085. —
Pr. 1 irais 20314, 3 iraist
8615, 10713, 15009,
15325, 17031, 24663,
29713, 30085, 6 iraissent
13134; sbj. 3 iraisse 14299;
p. p. irascu 8102, 15770,
27581, s. -uz 2104, 4670,
12200, 30056.*
Irascu, -uz, *v. iraistre.*
Ire, *pl. ires 29864, colère,
ressentiment; violence: estre de grant ire 3500, être
d'un caractère emporté; par
ire 2514, 12080, 12081,
avec fureur, avec acharne-
ment (cf. par grant ire 314,
10651, 22602, par ire
pleine 9472, par si grant ire
10695); tristesse, chagrin
(passim); joint à honte
24874.*
Irié *1744, 1875, etc., s. iriez
505, 2057, etc., f. iriee
1846, 5948, 13540, etc.,
f. pl. iriees 17593, p. p.
-adj., irrité, fâché, triste.*
Irieement *15328, 21543,
24619, avec colère.*
Irier *11649, v. intr., se mettre
en colère.*
Iror, *n. f., colère 8854, 21083,
chagrin 22457.*
Iros *5491, f. irose 5164. adj.,
colérique, porté à la colère.*
Isle, ile *: f. 1166, 4258, 5661,
6885, masc. 4263, 13766,
23312, s. li isles 1890,
1938, 23316, genre douteux
765, 1855, 4318, 17195,*

23139, 23161, 23231, 28703, 30215.

Islel *1882*, s. isleaus *1809*, n. m., ilot.

Isnel, s. isneaus *5237*, *5448*, *6236*, *7755*, etc., f. isnele *4315*, *prompt, rapide*; al plus i. *8301*, *le plus vite possible*; — adv^t *1577*, *11997*, *15690*, *22189*, *23839*, *rapidement*.

Isnelece *12358*, *vitesse*.

Isnelement *1755*, *1985*, *2017*, etc., adv., *promptement, rapidement*.

Ist, istrai, etc., v. eissir.

Iste *2593*, *12600*, *12969*, *15345*, *var. de* este. V. est.

[Ital], s. itaus *5235* (r.), adj., *tel*.

Itant, *nom neutre, tant, autant*; i. com *2395*, *5291*, *autant que*; — trestot itant *27727*, *tout autant*; autant que *ceci*, *ceci* *13684*, *16928*, *18697,19760, 25092*; — a i. les nombrerent *5702* (*se rapportant à ce qui précède*), *les évaluèrent à ce chiffre*); se metre a i. de *27805*, *accepter le défi au sujet de*; se m. en i. que *4353*, *en venir à ce point que*; a itant, *à ce point* *19469*, à ce même moment *16966*, *19308*, *25455*; — au pl., *construit avec un adj. numéral, il peut se traduire par « fois » ou « fois autant* »: dous itanz *20999*, *deux fois autant*; dous i. graindre *23236*, *deux fois plus grande*; cent i. *17674*, *cent fois autant*, c. i. plus malement *21699*, *29074*; cf. plus mal venuz e cent itanz (s. ent. plus) de la mort près *28565*.

Itel *1571*, *2330*, etc., s. iteus *7510*, *28580*, f. itel *4012*, *15582*, *18816*, *27301*, *28378*, *28817*, *29841*, *30154*, *30229*, f. pl. iteus *4868*, *8362*, *27003*, adj. indéfini, *tel*; — pron. *28974*; — itel come (*au sens déterminatif, sans comparaison formelle*) *3556*: o itel vent come il i ot, *avec le vent qu'il y avait*.

Iver *27335*, s. sg. iverz *2183*, *5583*, *14812* (*27341, et 29193*, l'iverz), r. pl. iverz *14812*, *hiver*; en iverz *14812*, *en hiver, les hivers*.

Ivoire *7891*, *16708*, *24911*, s. -es *5410*, n. m.

J', v. mei.

Ja, *déjà, dès maintenant, tout à l'heure*; *jamais* (*dans une propos. dépendant d'une propos. négat.*) *1719*, *6130*, etc.; (*marquant un avenir indéterminé*) *756*, *2575*, *6142*, etc.; — ja ne *1718*, *2171*, *3373*, etc. (ja nen *1123*), ne...ja *13500*, ja ne ...mais *2665*, *3132*, etc, ja ...mais ne *706*, *1386*, *2598*, *2600*, etc., ja m... ne *4550*, jamais...ne, ne... jamais; — ja *fortifiant simplement la négation* *663*, *2325*, *13551*, etc.; — jas (= ja les) *2653*, *8701*, *9608*; —jan (= ja en) *8586*, *10898*, *15946*, *18166*, *21060*; — ja seit ço que (*indic.*) *761*, *25447*, *quoique*; — ja jor, ja mais jor, ja m. nul jor, v. jor.

Jadis *4306*, adv.

*Jaglel, -euz, -iax, var. de glaiueus *14853*. Cf. Godefroy, s. v. jaglel.

Jagonce, n. m., *jacinthe* (*pierre précieuse*); j. grenat *16669*, *29558*, grenat.

Jaiant *808*, *20958*, *22815*, s. -anz *6818*, *12048*, géant.

Jambe *9778*, pl. -es *5421*.

Jan, jas, v. ja.

[Jangleor], r. pl. -ors *30305*, n. m., médisant.

[Jardin], r. pl. -ins *12686*.

Jaspe *14639*, *14660*, *23039*, n. m.

[Jau], s. jaus *26014*, n. m., coq.

Jaune *3064*, *23097*, *27594*, *29766*, s. -es *3012*, *13049*, *19235*, adj.; — subst^t *7745*, *13401*, *couleur jaune*.

[Javelot], r. pl. -oz *2214*, *18898*.

Jehui, *adv., dans la partie
déjà écoulée de la journée ;*
j. matin *9365.*

Jeûner *21091, v. intr., jeuner,
ne pas manger.*

Jo, *v.* mei et joër.

Joër *14737, v. intr., jouer,
plaisanter, s'amuser ; — réfl.
5186, plaisanter ;* j. sei de
*20675, prendre en plaisan-
terie. — Pr. 1* jo *20675, 3*
joë *14712, 14740, 14988,
16863, 19075 ; ipf. 3* joot
5186 ; sbj. 3 jot *20675.*

[Jogler], *v. tr., se moquer de,
railler. — Ipf. 3* joglot *5479.*

Joi *13640* (r.), *14122* (r.),
15870 (r.), *s.* jois *15158,
16428, 17739, 17879,
27123, n. m., joie, bonheur ;
— servant à fortifier la négation :* n'eüst joi pro de quinze
dis ? *12986, n'était-ce donc
pas assez de quinze jours ?* .
ne vos ai joi coneü a doner
vos *13626, je ne vous connais
pas assez pour vous donner.*

Joiant *7768, 10192, 15380,
24154, 25461, 26007,
27009, s. -anz 20332,
joyeux, content.*

Joiax *(add. de G après 25589,
v. 1), n. m. pl., joyaux.*

Joie, *joie, plaisir ; de* j. *357,
avec joie : — faire* j.*29151, se
divertir ;* faire grant j. *12409,
13021, montrer une grande
joie ;* f. g. j. de *2113,
2811, se réjouir beaucoup de ;*
f. g. j. a *1331, 10135,
23393, 29005, faire un accueil très aimable à ; cf.* merveillose j. se firent *27542.*

Joios *3271, 5469, 11892,
13610, 16424, 17151,
20413, 20825, 22361,
22559, 22889, 25104,
26028, 27272, 27563,
28872, 29470, 29826, f.
-ose 4332, 5163, 6634, etc.,
pl. -es 28548, etc., joyeux,
agréable, aimable.*

Joiosement *1983, 2047, 6565,
22069, 23803, 27331,
joieusement, avec joie.*

Joindre *2544, 7426, 7471,
9035, 14286, 17186, join-
dre, réunir ; fermer par une
enceinte continue 4613 ; —
intr., se rejoindre 5279, en
venir aux mains, combattre
7426, 9327, 17186 ;* j. o
2544, 7512, 14238, 14286,
j. a *7471, 8895, 9451, en venir aux mains avec, attaquer ;
— réfl.,* j. sei vers *11648,
22804, rejoindre (pour attaquer) ; — subst* 9918. — Pr.
3 joint *9007, 9451, 11471,
12101 ; pf. 3* joinst *8547,
9408, 9900, 9909, etc. ; p.
p.* joint *9955, 11648, etc.,
s.* joinz *2482 :* Nestor broche vers lui toz joinz *2482,
N. s'élance sur lui le bouclier
serré au corps (en se couvrant
de son bouclier).*

Joinst, joinz, *v.* joindre.

[Jointiz], *f. pl.* -ices *3038,
joint, réuni.*

Jointure *10389, joint, soudure.*

Joïr *30074, v. tr., accueillir
avec joie, faire fête à ; jouir
(d'une femme) 28760 ; —
récipr. 25852, 29679. — Pr.
3* joïst *4827, 24838 ; pf. 6*
joïrent *10141, 27507 ; ft. 3*
jorra *29679, 6* jorront
17033 ; sbj. 3 joïsse *28760 ;
ipf. 3* joïst *23800 ; p. p.* joï
11732, 28941, 30231, s.
joïz *11856, 23795, 23807,
25852, f.* joïe *4878, 13715,
13855, 23721, 28463.*

Joïse *3679, 9695, 14917,
17509, n. m., jugement dernier.*

Joïsse, -ist, *v.* joïr.

Jol, *v.* mei.

[Jonc], *s.* jons *14385.*

[Jonchier], *joncher. — P. p.*
jonchié *12837, 17212, s.
-iez 13842, 15637, 16154,
20920, f. -iee 17261, 21001,
23949.*

Joot, *v.* joër.

Jor, *s.* jorz *814* (r.), *2971,
3290, etc., et* jors *1465* (r.),
2368 (r.), *24524* (r.),
28231 (r.), n. m., (f. au sens
de « durée d'un jour », dans*
tote jor, *toute la journée),
jour ;* mout de jorz *5986, très
âgé ;* le jor, *ce jour-là 410,*

419, 422, 509, etc., *pendant
le jour* 13346, 13347 ; al jor,
ce *jour-là* 14451, *alors*
27679, 30255 ; a icel i.
29729, *alors* ; a un j. 6995,
un jour ; a un j. que *16881,
un jour que* ; maint j. 3400,
longtemps ; m. j. aveit
29223, *il y avait longtemps* ;
tote j. 9614, 16047, 16498,
23679, *toute la journée* ;
a nul j. 3815, 5208,
27953, nul j. 3536, 5303,
n. j. mais 3601, *jamais* ; ja
m. n. j. 3217, 9698, 16858,
26504, ja a n. j. m. 10746,
m. s. ; cf. 19566-7, ja n'orrai m. jor que jo vive ; — jor
*à peu près explétif dans les
propositions négatives après
ja (jamais)* 3524, 6163,
6419, 10536, 10542,
13058, 13453, 20241,
20285, 22517, 23649,
25651, 26817, 27018 ;
après jamais 2598, 4914,
5317, 13197, 13502,
16285, 16339, 19505,
28822, 28935 ; *après* onc
3633, 13435, 23490 ; *après*
onques 26482, 30294 (*sens
négatif*), 12599 (*sens indéfini*) ; — toz jorz 1105, 1369,
5182, etc., *toujours, sans
cesse* ; toz j. mais 22418,
26720, *toujours à l'avenir* ;
a toz j. m. 3928, 4017,
5508, 13801, a trestoz j. m.
14916, *à jamais* (cf. 22028,
a toz les j. m. de ma vie).
Jornal 19225, 23715, 24367,
s.-aus 8900, 16315, 18913,
19294, 19366, 24668, *journée de combat*.
[Jornee], *pl.* -ees 3027, 30019,
journée de marche.
Joste 2461, 2612, 12051, etc.,
*rencontre, combat (propre-
ment : combat singulier à la
lance).*
Jos, *v.* mei.
Josteïz 8539, *invar.*, *joûte, rencontre.*
Joster, *assembler, réunir* ;
clouer 21153 ; *engager (une
bataille)* 314, 11158, 18534,
20566, *faire rencontrer (des

T. V.

lances) 18517 ; j. un mariage
4911 ; — intr., se réunir* 530,
6995, 12117, 17047, 18589,
23629, 24017, 24482,
25336, *s'engager (en parlant d'une bataille)* 20059,
*jouter, combattre (propr^t : à
la lance et en combat singulier)* 2560, 7485, 7550, etc.;
joster o 9039, 9885, 9937,
16057, 20937, 20939,
23625, joster a 8719,
11357, 11524, 11576,
12513, 20959, 23856,
combattre avec ; — *réfl.*
7231, 9483, 14217, *se
réunir, se joindre* ; avec a
8070, *atteindre* ; — *faire* j.
6069, *réunir* ; — *subst^t* (al j.
6850, 8336, 20077), *ren-
contre, combat* ; *sans article
(suj.)* josters 20550. — *Ipf.*
3 jostast 14221.
Jostise, *justice* 5306, *châtiment*
26486, 28496 ; *faire* j. de,
se venger de 5842 (cf.
24560, e de nos toz fait lor
j.), *mettre à mort par jugement* 1059 ; par j. 17289,
par représailles.
Jostisier 1455, 6941, 8201,
v. tr., commander à 5034,
*soumettre à une discipline sé-
vère* 6941, *se rendre maitre
de* 1455 ; — *subs^t* 6944, *punition.*
Jovencel 14993, 29769, *s.*
- eaus 5437, 14675, 29790,
jeune homme.
Jovent 16658, *n. m., jeunesse.*
Jovne 2508, 14590, 18400,
22680, 24892, 26065,
28169, s. -es 2627, 6756,
8830, 14139, 20985,
22146, 23027, 23344,
24217, 27314, 28117, f. -e
26485, *jeune.*
Jugement 3880, 6425,
26298, 26632, 28276,
28407, s. -enz 26289, *n.
m.* ; faire j. a 27246, *faire
un procès à.*
Jugier 6443, *juger, condamner* ;
j. a mort 26536, *condamner
à mort* ; j. a pendre 27770.
Juing 22599, s. juinz 23324,
juin.

14

Jur, jurt, *v.* jurer.

Jurent, jut, *v.* gesir.

Jurer, *v. tr., affirmer par ser-*
ment (passim); j. un sairement *25816*; j. un vo *20395*,
faire un vœu solennel, jurer;
j. sa vie que *11066*, *jurer*
sur sa vie que; — *intr.*
25818, *25825*, *25827*;
avec a et l'inf. 1631, *1632*;
avec l'inf. seul 1432. — *Pr.*
1 jur *3339*, *22031*; *ipf. 6*
juroënt *25837*; *sbj. 3* jurt
27812.

Jus *6020*, *6022*, *6482*, *etc.,*
adv., a bas, en bas; jus de
2568, *2582*, *9238*, *9886*,
9928, etc., à bas de, en bas
de; porter jus, *v.* porter.

Jusque, *adv.*: jusque ci *11865*;
jusque la ou *5428*, *jusqu'à*
l'endroit où; — *conj. (subj.)*,
jusqu'à ce que: jusque de la
guerre seit pris 6806, jusqu'il l'aient par force prise
24559, jusqu'il l'eüssent fait
morir *29670*; — *loc. prép.*:
jusqu'a *2663*, *4210*, jusqu'as *25910*; *dans la li-*
mite de, avant 905, *1094*,
6388; jusqu'a poi *1529*,
2276,*9340*, *11225*,*11256*,
d'ici à peu, avant peu; jusqu'a
cent anz *26781*,*pour une du-*
rée de cent ans. A noter jus-
que es *14036*, à côté de jusqu'es *14035.*

[Just], *f.* juste' *5517*, *adj.*,
sincère.

Juste² *27139*, *n. f., urne funé-*
raire.

L' pour le, la, li, *devant voy.*

La¹, *v.* le² et lui.

La², *adv.*; de la, *du côté des*
Grecs (c'est un Troyen qui
parle) 14318, *24599*, *du*
côté des Troyens (c'est Bri-
seïda qui parle à Diomède)
15109; cil de la dedenz
18368; de ça e de la *15196*,
des deux côtés; — ccus (cil)
de la, *v.* cel.

Labastre *387*, *14608*, *14922*,
20617, *n. m.*, albâtre.

[Label], *r. pl.* labeaus *7819*,
n. m., langue d'étoffe pen-
dante, frange. Cf. mod.
lambel.

Labor *3816*, *10176*, *13031*,
n. m., travail, fatigue.

[Laborer], *v. intr., travailler.*
— *Pr. 6* laborent *17487.*

Lace *15015*, *n. f., lacs, filets.*

Lacier *1824*, *9086*, *11108*,
etc., v. tr., lacer (les cordons
du heaume ou du haubert),
attacher, nouer autour du
cou 20657, enlacer 17650.
— *Pr. 3* lace *20657*, *6* -ent
7352, *19229*; *pf. 4* laçames
26978; *p. p.* lacié *7797*,
7972, *8059*, *etc., s.* -iez
7703, *7743*, etc.

[Lai], *s.* lais, *lai 23599* (l. de
Bretons), *son, air 29306.*

Laide, *v.* lait.

Laidece *5326*, *laideur.*

Laidement *2040*, *2252*, *3599*,
etc., vilainement, honteuse-
ment; à tort 13838, fâcheu-
sement 17664, *23937*, *gra-*
vement 20685, *27208*, *de*
cruelle façon, violemment
3470, *13986*, *14256*,
16249, *18880*, *25221.*

Laidenge, *n. f., injure.*

Laidengier, *v. tr., injurier,*
gronder. — *Pf. 3* laidenja
3612; *p.p.* laidengié *24582.*

Laidi, -ist, -iz, *v.* laidir.

Laidir *2084*, *4505*, *8048*,
9641, *etc., v. tr., violenter,*
maltraiter; outrager (en
paroles) 2084, *28140*, *faire*
subir des pertes à 4872,
8048, *9641*, *9801*, *etc.* —
récipr. 27040, *s'outrager (en*
paroles). — *Pr. 3* laidist
26197, *6* laidissent *4551*,
12205; *ipf. 3* laidisseit
26361; *pf. 3* laidi *3526*,
10038, *6* -irent *20028*; *p. p.*
laidi *(passim)*, *s.* -iz *4872*,
17191, *19685*, *27040*,
27076,*f.* -ie *7453*, *8154*,
12349, *20692*, *28636.*

Laidure *1054*, *4957*, *n. f.,*
injure (en actes), outrage.

Laine *18342*, *n. f.*

[Laire, *forme hypothétique*: on
ne rencontre que laier (cf. H,
passim, pour laissier), *qui*
n'explique pas les formes ver-

bales employées], v. tr., laisser, laisser de côté, permettre
17985 ; — intr., manquer :
ne l. que ne 1286, 7624, ne
pas laisser de ; l. a (inf.)
4014, négliger de, renoncer
à. — Pr. 3 lait 5093, 8560,
8626, 10662, 12749,
14828, 16134, 17985,
18946, 20834, 20859 ;
ft. 3 laira 1286, 2605,
4014, 22085, 5 -ciz 21475,
6 -ont 7624, 8018, 8252,
9260, 15865, 25234; cd. 3
laireit 5757; impér. 2 lai
1753, 5840.

Laïs 29368, adv., là-bas. Cf.
l'Estoire de Joseph, 198, vis :
laïs. — L'article de Godefroy
lait³ est à supprimer et l'exemple à joindre à ceux qu'il
donne sous laïs.

Lais, laissast, laisseiz, v. laissier.

Laissier, laisser 4459, 5753,
etc., abandonner, permet-
tre 2697, 10123, 13323,
etc., renoncer à 27423, ne
pas entreprendre 3807,
3828 ; puis lor laissent chevaus aler 18778, puis ils
lancent leur chevaux sur eux
(cf. 2437) ; avec l'ellipse de
chevaus : Troïen lor l. aler
18551 ; l. a (inf.) 492,
15684, 20355, renoncer à ;
l. que ne (sbj.) 22082, m. s. ;
ne l. a (inf.) 1099, 14976,
ne pas s'abstenir de ; ne laisse
pas qu'el nel veie 20214,
elle ne laisse pas d'aller le
voir (cf. 3397, 7304, 8439,
9146, 12905). — Pr. 1 lais
6590, 11074, 13641,
16975, 19709, 20387, 4
laissons (laisson 16680); ipf.
3 laissot 23381, 6 -oënt
2697 ; pf. 6 laissierent
12404, 28919 ; ft. 5 laisse-
reiz 3828, 12173, 15483 ;
sbj. 1 lais 15139, 3 laist
750, 3228, 6616, 18246,
19727, 19897, 22082, 5
laisseiz 21980, 6 -ent 29661;
ipf. 3 laissast 15684, 5
laississeiz 7028.

Laississeiz, laist, v. laissier.

Lait¹. s. laiz, f. laide 1109,
5369, 6298, etc., pl. -es
29134, adj., laid ; injurieux
561, 5369, 6298, etc., vilain 1109, 3403 ; — estre
lait a (impers¹), oppose à
estre bel 24382, déplaire à.

Lait² (passim), s. laiz 230,
5729, 6137, n. m., injure ;
mauvais traitements 1054,
outrage 2250, 3225, 3306,
etc.

Lait³, v. laire.

Lampe 16801, n. f.

Lance 2480, 2489, etc., lance ;
arme de jet 30128.

Lancier 6032, v. tr. et intr.,
lancer ; — intr., lancer des
traits 9587, 14580, 22237.
— Ipf. 3 lançot 26563 ; sbj.
3 lanst 14580 ; p. pr. gér.
lançant 28010 ; p. p. lancié,
s. -iez 23863, f. -ice 30139.

Landon, n. m., billot qu'on sus-
pend au cou des animaux
domestiques (chiens, vaches,
etc.) et qui les empêche de
courir en leur frappant les
jambes ; trop avez lonc l. eü
21482, vous avez eu trop de
liberté.

Languir 25097, 26581, v. intr.
— Pr. 1 languis 21708.

[Lapider], v. intr. : l. a mort
26569, l. jusqu'à la mort. —
Pf. 6 lapiderent 26569.

Lapiier 26584 (r.), 27186 (r.),
lapider. — Pr. 6 lapient
27863 ; pf. 4 lapiames
26736.

Lan que (corr. l'an que) et voy.
an.

Lanst, v. lancier.

Lanz, n. m. inv., action de lancer, get 14837, portée de
trait 17193.

[Lardé], s. -ez 14969 (littᵗ
morceau entrelardé), filet
dans une grosse pièce de gibier. Cf. Le Ménagier de Paris, II, 5, les lardez (dans
un cerf), c'est ce qui est entre
les costés et l'eschine (Littré,
s. v. larder).

Large -s, adj., large 17198,
généreux (qui donne volontiers) 5165, 5177, etc.

Largece, *grande étendue* 2997,
  largesse, générosité 5351,
  13462, 15093.
Largement *16693, adv.*
Larron *5001, n. m.;* a l.
  29596, en secret.
Las *1772, 7541, 7548,*
  10972, 12960, *13003,* etc.,
  f. lasse *4897,* 16455, *f. pl.*
  lasses *16346, fatigué; pré-*
  cédé de ha l 2913, *10337,*
  10362, 15237, 16026,
  16231, 18892, 19030,
  19294, 24822, 25893,
  25924, 26060, malheureux
  que je suis! hélas! (f. pl.
  lasses! *16346);— sans* ha:
  las! *20806,* 22229, *22983,*
  25195, 25213, 26457,
  26464, 26545, f. lasse!
  4897, 15485, 16455,
  22933, 22951.
Lassé *994, 10964, 11554,*
  12733, 13004, 25052,
  29195, s. -ez 16602, p. p.
  -adj., las, fatigué.
Lassece *29376, lassitude.*
Latin, *adj. pris subst*, langue*
  latine 35, *121, 13834, texte*
  latin 139.
Laver, *v. tr.; — réfl.* 2016. —
  Pr. 3 leve *14620; p. p. s.*
  lavez *2016, f. pl. -ees 10250.*
Laz, *invar., lacs, filet* 1294,
  13382, 15175, 17688,
  20774, 20813, *liens* 25899,
  lacets du haubert 5415,
  11458, 13141, l. du heaume
  14054, 16189, 19351,
  24233, l. du haubert et du
  heaume 10220; entrelacs
  (ornements) 22413.
Le', *article. — M. sg. s.* li,
  ordinairement non élidé de-
  vant voyelle: élidé (l'), *v.*
  sous air, autor, autre, escrit,
  hauberc, home (l'om), ost,
  un; *(et de plus :* l'abaisse-
  menz *11889,* l'aciers *20896,*
  l'afaires *19652,* l'aigleaus
  14849, l'ainz nez *4242,*
  l'aveirs *16784, 27799,* l'emperere *16741, 27051,* l'em-
  pires *3095,* l'enfes *29777,*
  l'engeignos *24546,* l'environs
  4532, l'esforz *9057, 9268,*
  l'esgarz *24908,* l'esperiz

29424, l'estranges abateïz
  23878, l'iverz *29193,* l'oi-
  gnemenz *1929,* l'orguieuz
  14318, 23940, l'orles
  13396, l'ors *8383, 8708,*
  12185, 14632, 20897, l'uitmes *8007 (mais li ü. 8113);*
  r. le, *toujours élidé dev. voy.;*
  combiné avec de : del; *avec*
  en : el; *avec* a: al; *pl. s.* li,
  jamais élidé dev. voy.; r.
  les; *combiné avec de :* des
  (des deux genres); avec en :
  es *(des deux g.); avec* a : as
  (des deux g.); — f. sg. s. et
  r. la *(toujours élidé dev. voy.);*
  pl. s. et r. les.
Le', *v.* lui.
Lé *5158, s.* lez *5225, 6139,*
  etc., *f.* lee *7677, 12689, f.*
  pl. lees *5247, 5558, 7189,*
  7667, etc., *large, grand; de*
  lé *14641, en large; — joint à*
  large *3081.*
Leçon *18451.*
Leece *982, 4864, 10351,* etc.,
  liesse, joie vive.
Legerie *1314, 5527, légèreté.*
Legierement *6317, 8479, faci-*
  lement;(ironiquement)24848,
  assez.
Legier-s, *léger; agile 21278, lé-*
  ger de caractère 15535,
  20249, 24093 (l. de parole
  5185, qui parle légèrement),
  facile (en parlant des choses)
  1423, 2280, 6988, 9443,
  12132, 15993, 19506,
  20537, 20569, 27547, sans
  importance 28737; — adv.,
  légèrement 5075, facilement
  27614.
Lei *(passim), s.* leis *11862,*
  24748, pl. leis *5249, 8277,*
  n. f., loi, règle qu'on s'impose
  20394, ce qui est dû 21808,
  engagement pris 26266. cou-
  tume 14600, 24404, 23998,
  religion 16560, 17964,
  20362 (par les deus de nos-
  tre lei 1076); aloi, titre
  (argent senz leis 25471, ar-
  gent sans alliage, pur); de
  nule lei 13467, d'aucune
  façon. Cf. proz e sages de totes
  leis *27672).*
Leial *1320, 2286, 8134,*

13588, *16474*, *19650*,
25063, *s.* -aus *4744*, *10349*,
13632, *15842*, *18244*,
22027, *22514*, *22958*,
27032, *f. r.* -al *1413*,
30282, *f. s.* -aus *13668*,
15267, *20277* (*r.*), *adj.*,
loyal, fidèle ;— subst¹ 13865.
Leiaument *2339*, *4204*,
17776, *18240*, *20252*,
20693, *adv., loyalement*.
Leiauté *19666*, *n. f., loyauté.*
[Leier], *lier, bander (une plaie).*
— *Pr.* 6 liënt *4502* (*r.*); *p.*
p. s. leiez *4513*, *28391*, *f.*
leiee *10096*, *16204*.
[Leire] ou [leisir], *v. impers.,*
être permis ; ordin¹ avec
l'inf. seul ; — avec a et l'inf.
8392, *14942*, *19787*. —
Pr. 3 leist *13303*, *14942*;
pf. 3 lut *780*, *9889*, *12980*,
15935 ; *ft.* 3 leira *8392*; *sbj.*
ipf. 3 leūst *14056*, *19787*.
[Leisantif], *s.* -is *23191*, *qui est*
de loisir.
Leisir *2025*, *4366*, *4446*,
4659, etc., *loisir ;* par l.
10371, *19388*, *23846*, *à*
loisir ; par grant l. *26453*.
Leisor *13301*, *17701*, *n. f.,*
loisir.
Leist, *v.* leire.
Lemele *14174*, *15836*, *n. f.,*
lame (de l'épée).
[Lençuel], *s.* -ueus *1559*, *drap*
de lit.
[Lengue], *pl.* lengues, *langues*
26913, *languettes d'une ban-*
derole découpée 2481, *l. d'un*
chaperon 13997.
[Lent], *s.* lenz *12316*, *19984*.
Lentillos *5273*, *f.* -ose *5531*,
qui a le visage couvert de
taches de rousseur.
Lerme *19364*, *pl.* -es *4920*,
4956, *10328*, *12753*,
13284, etc., *larme.*
Letre, *écriture* (metre en l.
23140), *latin* (entendre la l.
38), *texte* (*latin*) *qui sert de*
base à un poéme (le latin sivrai e la l. *139*), si com la
Letre nos devine *4220* ;
cf. si c. la L. dit e sone
23128 et si c. la L. nos
devise *28208*); — *au pl.,*

letres, *lettres (caractères)*
3883, *16810*, *connaissances*
84, *4078*.
[Letré], *s.* -ez, *f.* -ee, *p. p.* -adj.,
qui porte des lettres gravées :
des noms as deus toz letrez
1828, pome tote letree *3882*.
Leutre *14659* (du lat. elec-
trum), *n. m, succin.*
Leve, *v.* laver.
Lever *3017*, *7094*, etc., *v tr.,*
élever (l. as forches *28396*,
pendre), dresser ; enlever
15938 (*cf.* l'en lieve *15488*),
pousser (des cris) 15574,
23590 ;— intr. 1460, *2378*,
2438, etc., *se lever, s'élever ;*
se lever (en parlant d'un
astre) 1476, *1515*, *23750*,
commencer à se produire
7354, *9396*, *9479*, etc., *se*
relever 10629, *14225*,
21881, *22242*; — *réfl.*
6228, *11103*, *17230 et* l.
s'en *1577*, *1621*, *se lever ; —*
veiles levees *7094*, *7129*,
7154, *7223*, *les voiles*
déployées ; — lance levee
22723, lances levees *17096*,
la lance debout, droite ; jambes levees *9778*, *les jambes*
en l'air. — *Pr.* 3 lieve *1588*,
2378, *2383*, etc., 6 lievent
11103 ; sbj. 3 liet *17230*,
21576 ; ipf. 3 levast *17972*,
19211.
Levre *2529*, *n. f., lèvre.*
Lez *7972*, *11282*, etc., *côté ;*
— *prép. 1254*, *1813*, *3353*,
etc., *à côte de, prés de ; le*
long de 3353.
Li, *v.* le ¹ et lui.
Lice *7717*, *8402*, *17132*,
17290, *pl.* lices *6393*, *7011*,
7685, *7780*, *13933*, *15398*,
17093, *barriére extérieure*
en avant des murs d'une ville ;
les lices des fossés *15877*.
Licor *16782*, *liqueur.*
Lié, *s.* liez *1769*, *2123*, *5155*,
etc., *f.* liee *4332*, *5163*,
etc., *joyeux; favorable (en*
parlant de la Fortune)
25217, *29051.*
[Liën], *r. pl.* liëns *4717*, *lien.*
Liënt, *v.* leier.
Liepart *7254*, *8578*, *8992*,

11360, s.-arz 11228, 15558, 29360, n. m., léopard.

Liet, *v. lever.*

Lieu -s, *endroit, place*; *situation 18610*; *place légitimement due 7839, moment favorable 6517, 13493, 23196, 25928, occasion 6758, 12913, 23204*; par lieus *12033, 13027, par places*; par plusors l. *13033*; el mi lieu *5133, 17210, 23521, au milieu*; en l. de *9540, au lieu de*; tenir grand lieu a *17269, être très utile à*; metre en l. a *8474, 15085, mettre en réserve à, mettre en compte à (dans l'intention de se venger).*

Lieve, -ent, *v. lever.*

Lige, *adj. :* home l. *7617, 9789, homme l., qui ne dépend que d'un seigneur*; *au pl. 19425, ses homes liges naturaus*; — son l. natural seignor *28091, son seigneur légitime.*

Ligement *1606 (proprement comme un homme lige), sans réserve, absolument.*

Lignage *(passim), lignée, famille*; *bonne noblesse 7992.*

Ligniee *2820, 3195, 4645, etc., lignée, famille.*

Limon *(s. pl.), les deux branches de la limonière 7891, les deux côtés longs d'un lit 16539.*

Liois *3011, 13047, (proprement : liais, calcaire fin et compact), pierre dure.*

Lion *7309, 8065, 8373, 11228, 14725, 15558, 15644, 23924, r. pl. lions 7509, 10697, 11480, etc.*; *invar. au sg. (au v. 29360, il faut sans doute lire lion malgré les mss.)*; escu peint a lion *7309, écu où est peint un lion (cf. par mi l'escu al l. bis 23924).*

[Lioncel], *r. pl. -eaus 7756, 23900, lionceau.*

Lire[1] *14784, lyre.*

Lire[2] *16563, 27747, v. intr. réciter les prières liturgiques :* — *tr., lire*; *(au fig.) trop par*

lit grevose leçon *18451.* — *Pr. 3* lit 2, *3* list *1900, 4* lisons *23697, 27439, 29910,* lison *13400, 16820, 22302, 24384, 26351, 26578, 26601, 27464, 27569, 29595, 29705*; *ipf. 3* liseit *16811*; *p. p.* lit *27731, s.* liz *28070*; — *p. pr. - gérondif* lisant *:* si come truis l. *26246 (cf. 28328, si com jo t. l.)*; ço t. l. *81, 763, 10376, 14395, 19952, 20119, 22589, 23306, 24268, 24353, 27171*; mais l. t. *20583*; ço truevent bien li clerc l. *2993*; que l'om truist l. *28766.*

Lis *5278, 5552 (r.) 5560, 13345 (r.), 14924 (r.), 23446, invar., lys.*

Lise *2184, n. f., terre molle. Encore aujourd'hui, au Mont-Saint-Michel, on appelle* lise *le sable mouvant. Cf. enliser.*

List, *v. lire.*

Liste *16809, bordure, bande (portant une inscription).*

Listé *14810, s. -ez 22248, 22299, p. p. -adj., orné d'une liste (en mosaïque).*

Lit[1] *10238, 14940, 16467, 18143, 21877, 21973, 23017, s.* liz *1527, 14937, 16869, 27757, n. m.*

Lit[2], *v. lire.*

Litiere, *chevet relevé d'un lit, côté de la tête 16530*; tote la l. *16552, toute la surface du lit.*

Liuë *1808, pl. liuës 4614, 4820, 7091, etc., n. f. lieue*; guaires plus de liuë e demie *1808.*

Liuëe *9458, 9575, 22681, n. f., assez longtemps (proprement : temps qu'on met à parcourir une lieue).*

Liverrai, *v. livrer.*

[Livre][1], *pl. -es, n. f., livre (d'argent? ou d'or?) 9021.*

Livre[2] -s, *n. m., livre, ouvrage*; *les granz livres des set arz 8*; — li Livres *726, 5482, 6220 (el Livre 712, 5581), la source principale de Benoit,*

le livre de Darès ; es Livres
26592, dans les ouvrages de
Darès et de Dictys.

Livrer 13174, 13201, 26356,
26447, 26983, 27743,
29661, 29687, v. tr.; — v.
réfl. 15172. — Pf. 5 livras-
tes 3309; ft. 1 liverrai 850;
sbj. ipf. 4 livrisson 19885;
6 -assent 25956; p. p. livré
27327, 28092, 24410,
25492, 25631.

Liz, v. lire².

Livreüre 8013, n. f. délivrance
(d'une femme grosse).

Livrisson, v. livrer.

Lo, v. loër.

[Lobe], pl. -es, n. f. : traire
lobes 26871, tenir des discours trompeurs.

*Loëe, var. à liuëe.

Loement 7053, 13981, 19855,
27019, conseil.

Loënge 6180, n. f., louange.

Loër 13474, 14878, 18356,
22529, 24644, louer (faire
l'éloge de) 2001, 2856,
13816, 25860, conseiller,
approuver 879, 3234, 3843,
5773, 6171, 6205, 6439,
6998, etc. ; — réfl. 4030,
6087, se louer de, approuver ; — l. a (inf.) 3234, 6998,
24644, conseiller de ; avec
l'inf. seul 879, 3843. — Pr.
1 lo 6171, 6439, 10509,
16599, 19190, 22463; ipf.
1 looé 3914, 3 loot 26414;
cd. 1 loëreie 5773; sbj. 3 lot
4030; ipf. 3 loast 879,
27692; p. p. loé, s. loëz
2856, 25567, f. pl. loëes
28552.

Loge 5102, 25981, n. f., ba-
raque (dans un campement).

Logier 22885, v. intr., loger ;
— réfl. 252, 25986. — Pf. 6
logierent 252.

Loier 2800, 3416, 3429,
11779, r. pl. loiers 25935,
n. m., salaire, récompense.

Loing 8064, 12384, 12983,
14282, 19030, 21318,
22074, 22640 (nous n'ad-
mettons cette forme qu'à la
rime : à l'intérieur, nous écrivons loinz), adv., loin ; — en

l. (dous traiz) 14282, à la dis-
tance de deux portées d'arc.

Loinz 2867, 4556 (r.), 4614
(r.), 4935, 5744, 5786 (r.),
6809, 8402, 9241, 9693,
10523 (r.), etc.; 17084
(r.), 27070 (r.), 29218,
29229 (r.), 29250, 29983,
adv., loin ; — substt, al l., encore longtemps 6131, d'ici à
longtemps 17680 ; de l., de
loin 30075, 30133, depuis
longtemps 28984.

Lonc 5411, 5499, 5523, etc.,
s. lons 5173, 5225, 5239,
etc., f. longe 5545, 15148,
23503, 24603, 24739,
29241, 30007, f. pl. longe,
17577, 24913, adj., longs
grand de taille; de lonc
14641, en long; l. tens 117,
6666, 6993, etc., longtemps ;
— substt, del l. de 3446, le
long de .

Lonc (var. de G à 21853-6,
v. 13), prép., le long de.

Longe 15674, longe, courroie ;
pl. longes 14969, longes
(morceaux de viande pris le
long de l'épine dorsale dans
une grosse pièce).

Longement 747, 1209, 1512,
etc., 15076, 18280, 18346,
20198, 20607, 21780,
22029, 22249, 22378,
22382, 24178, 24979,
28981, adv., longuement,
longtemps ; de l. 6878, depuis
longtemps.

Longes 6968, 9756, 12432,
13809, 16752, 17656,
18088, 21860, 24236,
26582, adv., longtemps; de
l. 9160, depuis longtemps.

Longuel 5555 (r.), allongé,
étendu dans le sens de la
longueur.

Longuet 16666 (r.), m. s.

Lontaigne, -aine, v. lontain.

Lontain 13300, 29590, f. lon-
taine 7976 (r.), 8092 (r.),
23233 (r.), lontaigne 6885
(r.), éloigné.

Looë, loot, v. loër.

Loquence 28954, éloquence,
habileté à parler.

Lor, v. lui.

Lorain *6846*, s. -ains *6246*,
n. m., *harnais du cheval.*

Lores *1516*, *1528*, *7244*,
7632,*9548*,*16398*,*17841*,
20212, *adv.*, *alors.*

[Lorier], *r. pl.* -iers *26903*,
laurier.

Lors *2192*,*4934*,*7166*,*7432*,
8421,*9681*,*10017*,*16200*,
17291, *17304*, *19257*,
19282,*adv.*, *alors.*

[Lort], *s.* lorz *29375*, *adj.*,
lourd.

Los, *n. m.*, *éloge 24839*,
25719, *honneur*,*gloire 843*,
6910, *15746*, *19591*,
19747, *21531*, *avis 4070*,
17017, *24706.*

[Losengeor], *s.* -iere *26710*,
n. m., *traître.*

Losengier¹ *5304*, *11261*,*n.m.*,
flatteur.

[Losengier²], *v. tr.*, *flatter.* —
Pr. 3 losenge *25445.*

Lot, *v.* loër.

Lou (*vocatif 15477*, *mais* lous
8369), *s.* lous *9159*, *21089*,
21099,*21102*, *loup.*

Lues *1888*, *8587*, *adv.*, *aus-*
sitôt, bientôt.

Lui, *pr. pers. de la 3ᵉ pers.*, *lui,*
le, la, les, leur. — *Masc. :*
lui (*forme emphatique*) : *dat.*
(*exceptionnelᵗ avant le verbe*)
5344; *direct avant le*
verbe 3753, *5377*, *18835*,
etc.; — *après le verbe (seule-*
ment si le sujet est sous-
entendu), le *1858*, *13601*
(*cf.* les *1203*), *mais* lui (*avec*
ou sans sujet), *s'il y a opposi-*
tion (*cf.* *2493*, *11399*,
23931); — *rég. dir. procli-*
tique, le (*passim*) ; *toujours*
élidé devant voy. (l') *58*,*105*,
133, *etc.*; *pour l'enclise de le*
avec jo, tu, te, ço, ne, se, si, qui
que, ele, *voy. ces mots*; *avec*
un nom : merel *10219*, *avec*
un verbe : fairel (*v.* faire) ;
— *dat. proclitique*, li, *ordinai-*
rement non élidé devant voy.
364, *872*, *944*, *etc.*; *élidé*
seulement devant en (l'en)
26, *521*, *603*, *697*, *762*,
1014, *1638*, *2076*, *2528*,
3756, *4708*, *4789*, *6183*,

6976, *8470*, *8498*, *8939*,
9015, *11374*, *12252*,
12594, *13696*, *13828*,
14408, *14429*, *14768*,
17115, *17451*, *19112*,
20437, *21259*, *21322*,
21505, *22156*, *22446*,
22674, *22830*, *22877*,
23076, *24302*, *25660*,
26288, *26411*, *26417*,
26607, *26633*, *26678*,
26922, *26939*, *27808*,
28023, *28497*, *28557*,
28590, *28674*, *29031*,
29055, *29256*; *après le*
verbe (*sujet sous-entendu*)
14060 ; *après un infin.*
13823 ; — *suj. sg. et pl.* il ;
accompagné d'un nom propre
servant de sujet au même
verbe : il e Mennon se sont
ataint *21541* ; *un peu diffé-*
remment : e Calcas a amo-
neste, il e Crisès, que *25723* ;
cf. *25815*, *27837*, *et aussi :*
a grant honor, ço dit Ditis,
fu receüz en son païs li reis de
Crete Idomeneus, qui sire en
esteit natureus e il (Ditis) o lui
28277-81 ; — *pl. rég. dir.*
proclitique, les (*après le*
verbe, *si le sujet est sous-*
entendu ou placé après 1203,
12439; *après un infin.*
15805, *15994*) ; *pour mar-*
quer une opposition (après le
verbe), eus *19271* ; — *rég.*
de prép., eus *2305*, *3707*,
3737, *3795*, *3818*, *etc.* ; —
del, des, *v.* de ; al, *v.* a ; mes,
v. mei.

Fém. sg. proclitique, *r.* la
(*passim*); *toujours élidé devant*
voy. *105*, *133*, *etc.* ; — *em-*
phatique, *suj.* ele (*souvent de-*
vant cons. el *171*, *172*, *200*,
373,*380*, *664*, *1240*, *1286*,
1446, *etc.*); elel (= ele le)
1860,*30291*; *rég.* li *3267*;
— *pl. s.*, *r. et r. de prép.*, eles
(*quelquefois* els : *suj.* *509*,
2198,*8167*,*20680*, *23286*,
23613, *et rég. de prép.*
13658, *14426*, *15574*); —
dat. sg. li *1635*, *1637*, *etc.*
(*l'i élidé devant en* (l'en)
2034,*4708*,*13273*,*20217*,

20224, 22446, 22451,
22456, 22459, 23385,
24173, 24444, 29433; —
rég. de prép. li 16369, etc.,
13265, 22451, 25861 (r.),
28317, 28648, 28659.
Neutre : rég. le 128, 112,
1611,1790,etc. (surtout avec
les verbes comparer, espeneïr, faire), la 4426, 6193,
22503, 24603, 25285,
26176, 26261, 26750,
27297, 28435, 27887,
27930, 28259, 28672 ; suj.
il 212, 1106, 1316, 3964,
4601, 6226, 7344, 24600,
24602, 28435 ; il i ot 232,
294, etc. (plus souvent sous
entendu); — par except., el
20260 (r.).
Gén. et dat. des deux genres,
160,216,231, etc., lor ; après
le verbe estre (est lor, iert l.,
etc.) 9802, 15367, 15710,
15752, 15816, 16108,
18773, 20188, 24084,
25672 ; — servant d'adj.
possessif de la pluralité 18,
987, 992, 999, etc. ; avec
l'art. et un nom 9437 (sor la
lor gent), 13007, 15518,
25480, 26334, 28730; sans
nom (pron. possessif), le lor
28738, le leur; au pl., les lor
(« leurs gens, ceux de leur
parti ou de leur pays ») 2471,
8258, 8968, 9468, etc.; suj.
li lor 10790, 15819,16306,
17072, 24038, 28846;
rég. de prép. : des lor 7220,
7250,9543, 9693, etc., as
lor 7374, 9305, 11509,
11657, 16218, 18384,
18694, 19046, 23856,
24567 (« à ses concitoyens »),
sor les lor 10016, o les lor
20175, entre les lor 25318
(mais au v. 18397, contre la
lor, il faut sous-entendre gent,
qui précède); — le lor 6891,
leur bien, ce qui leur appartient ; — les lor est assez
souvent employé pour désigner le possesseur indépen-
dant du sujet (parfois même
très éloigné), le parti adverse:
li lor 10790, 27751, contre

les lor 8258, 8968, des lor
7163, 9250, 8404, 10784,
10949, as lor 11657,16218;
— des lor équivaut à d'eus
au v. 25208.
Luisant 1841, s. -anz 1556,
p. pr. -adj., brillant.
*Luminaire (add. de A¹BB²CDJ
KL²y à 12569), n. m., lumiè-
res.
Lune 1476, 1515, etc. ; a la l.
28460, à la clarté de la lune.
Lut, v. leire.

M', ma, v. mon.
[Macain], s. -ainz 5150, adj.,
rusé (?).
Mace 14825, 14828, 14850,
balle.
Maçon 27148, n. m.
[Maçue], pl. -ues 4545, massue.
Mahaignier 7369, 7491, 8411,
8462, etc., v. tr., blesser
grièvement, mutiler 16064,
18601 ; n'est pas navrez a m.
14157, il ne sera pas estro-
pié (en parlant de quelqu'un
qui a deux doigts blessés).
— Sbj. 3 mahaint 9288.
Mahaing 1416, n. m., blessure
grave.
Mahaint, v. mahaignier.
Mai 3860, n. m.
Maiesmement, adj., principale-
ment 25581, en particulier
28281.
*Maignie (ms. G, addition à
4018, v. 12), n. f., corpora-
tion (des clercs).
Maille¹ 9418, 9572, 9866,
10764, etc., n. f., maillon de
haubert.
Maille², v. maillier.
[Maillenté] (= *maculentatum),
s.-ez 11707, p. p. -adj., ma-
culé, taché.
Maillié 11209, 11252, s. -iez
11154, 15626, 17580, p. p.-
adj., fait de mailles. Voy.
menu.
[Maillier], v. tr., frapper (proprement : frapper d'un mar-
teau). — Pr. 3 maille (à côté
de fiert) 10653, 22771.
Main¹ 10303, 14586, 25677,
n. m., matin.
Main², n. f., main (mettre m. a

1789, 27781, toucher à), pou-
voir, autorité (avoir en main
7706 (*r.*) *et a. en mains 7822*
(*r.*), *être à la tête de, commander*), *race, condition* (vavassor de basse m. *6772*).
Maint, *s.* mainz *5091, 6184,
7104, 7212, etc., adj. et pr.
indéfini, maint, beaucoup de,
beaucoup d'hommes*; li autre
maint *10416, les autres en
grand nombre*; — *adv.* :
maint eves sont *23157*; —
mainte comunal *25359, tous
avec ensemble* (*voy. la note
à ce passage*).
Maintenant *1901, 2708, 2722,
etc. et de m. 1968, 2399,
4541, 6541, etc., aussitôt,
sur le champ; à ce moment,
21435, aussitôt après 7145,
7501, 29301; tot m. 20934,
25667, 29341, sempres m.
22345, sans délai, tout aussitôt.*
Maintenir *242, 3780, etc., v.
tr., maintenir, garder*; (m.
l'ost *27813*, m. l'estor *2472,
6570, 8016, 9321, etc.*, m.
le tornei *8394*, m. les batailles *242*). — *Ft.* mainten-
drai, *etc.,*; *sbj.* 3 -tienge
8326, 5- teneiz *19537; p. p.*
-tenu, *s.* -uz *9321, 19652,
26625.*
Maire, *v.* major.
Mais, *adv., davantage, plus 366,
2271, 3668, 7552, 7566,
7781, etc.* (n'en poëir m.
*615, 17629, 17738, 24815,
25482, 25483, 25487,
26467, 29994, qu'en puis jo
m.* ? *18049*, qu'en peut il m. ?
17645, 18444), *plutôt 4006,
désormais* (*presque toujours
avec le futur*) *1328, 2269,
4745, etc., dès ce moment,
déjà 1495, 1548, etc.*; il n'i
a m. que del faire *22062, il
n'y a plus qu'à agir*; m. ore
25106, désormais; toz jorz m.
15867 (*cf.* toz les j. m. que
17306); m. hui, *v.* hui; —
mais, *jamais* (*dans des prop.
interr. ou indéterminées*)
4844, 7783, 13598, 19261;
— *avec* ja (*dans des prop. né-*

gat. dont le verbe est au futur)
440, 486, 528, etc., jamais;
— *fortifiant simplement la
négation 2709, 4427, etc.*;
— ne... m. *602, 1653,
1866, 2178, etc.*, m... ne
1490, 3133, 3324, etc.,
ne... onc m. *5846, 30071*,
ne... oncques m. *2175,
30198-9*, o. m. ne *4378,
29045*, onc... ne... m.
4519, 13136, onc m. ne
*4739, 4740, 28820, ja-
mais... ne, ne... jamais*; —
ne... m. *602, 1653, 1866,
2178, etc.*, m. ne *3342, etc.
ne... plus*; ne m. *6060, 7115,
8075, 9005, 11044, 11076,
17003, 23170, 25425,*
ne m. de (*avec un nom*)
27897, ne m. de (*inf.*)
27115, 30170, ne m. que
5747, ne m. sol *25040, si ce
n'est*; n'i ot m. de l'assembler
*19661, il n'y eut plus qu'à
combattre*; il n'i aveit mais
del foïr *26750* (*cf.* n'i aveit
m. del comencier *28181*);
ci n'a plus ne m. seit toz li
aveirs pris *25489, il n'y a
plus qu'à prendre tout le bien
(v. à el*); mais *sans ne* (*ne
seulement dans la prop. principale*) *3822, 18931, 23159*
(*cf.* m. sol *22082*)— *conj.*,
mais (*sbj.*), *quoique 8621,
9377, 10281* (*dans une
prop. dépendant d'une prop.
négative 3822 et 16396*),
*pourvu que 19896, 29454,
29456*; m. que (*dans une
prop. dépendant d'une prop.
nég.*), *pourvu que* (*si ce n'est
de ceci que*) *21311; dans une
prop. dépendant d'une prop.
affirmative 19552, plutôt que,
au lieu que*; — *dans* il n'i a
el, mais tuit perissent *12958,
il faut voir une construction
paratactique* (*mais = plutôt*).
Maisel *21421, boucherie, massacre.*
Maisiere *2788, 2970, 3066,
3088, etc., mur, paroi.*
Maisniee *1173, 1524, etc.,
maison, gens, suite d'un seigneur* (*ou d'une dame*); *suite*

de l'Amour 13699, 18022, *chevaliers qui combattent aux côtés d'un seigneur et sous sa direction* 1173, 6775, 6960, etc.; *au pl. en parlant d'un seul* 27259.

Maison 2787, 2969, etc., *pl.* -ons 3019, 24744, etc.; — *au pl., pour désigner les différents corps de logis d'un palais,* 28995.

Maissele 5116, 21008, 21648, *mâchoire.*

Maistre[1], *s.* maistre 502, 851, 1036, 3732, 5142, 8877, 18826 (r.), 22392, 22432, 25572 (r.), *r. pl.* maistres, *n. m., maître, seigneur; chef* 502, 851, 1036, 3732, 5142, etc., *qui affirme avec autorité, garant* 3963, *inventeur* 14880, *ingénieur* 16764; — *adjectivement, principal* 3042, 4210, *habile* 3048, 21820, 22406.

Maistre[2] 1536, 1583, 1596, *n. f., gouvernante.*

Maistreier 11121, 16924, 16964, 19162, *v. tr. commander à, diriger.* — *Sbj.* 3 maistreit 16898; *p. p.* maistreié 19188.

Maistrie, *maitrise; autorité (sur); efficacité* 29915, *commandement suprême* 278, 3766, 5961, 6926, 10485, 16907, 16973, 16993, 27677, *invention ingénieuse* 3179, *art* 12374, *art magique* 1217, 14861, 14893, *pratiques de magie* 28688, 28861.

Major, *adj. comparatif organique de* grant : *sg. m. s.* maire (*à la rime*) 102, 257, 2771, 3757, 6031, 7789, 28843, *r.* major 16649, 25400 *et* maire 25241 (r.); *f. s.* maire (*à la rime*) 13454, 20153, 26125, 26143, 29152, 29418, *r.* maire 835; *autel* major 25400, *autel principal.*

[Mal[1]], *s.* maus 5672, *n. m., mât.*

Mal[2], *s.* maus 5222, 6102, 9642, 11799, 22233, 24602, 27816, 29463, *f.*

male 335, 2700, 4115, 12813, 12848, 14326, 15261, 15262, 19471, 22956, *f. pl.* males 24485, 28034, 28844, *adj., mauvais; pénible* 19671; *imperst* mal sereit 6629, *ce serait mal; por ço me fait au cuer grant mal* 17742, *c'est pourquoi j'en suis très peiné;* — *advt, au sens de* mar : *ancor fust il plus mal venuz* 28564; — *subst* mal, *s.* maus 4110, 4490, 6160, 9342, etc., *mal, peine, malheur, malechance; défaite* 9342, *maladie* 6967, *dommage* 28560 (*livrer a mal e a martire (une contree)* 3308).

Malade 16867, *s.* -es 17625, 17729, *adj.;* — *subst* 14604.

Malaventuros 25195, *malheureux.*

Malement 2034, 5995, 6381, 6435, 26600, 27227, 28048, 28896, 30190, *mal, maladroitement, malheureusement, avec de grandes pertes; méchamment* 17760, *dans de mauvaises dispositions* 27101; blasmer m. 13736, *blâmer sévèrement.*

Maleüré 16420, *s.* -ez 10426, *malheureux.*

Malevoillance, *n. f., malveillance* 484, *mauvais procédés* 442.

Malice 26485, *n. f.*

Maligneté 29400, *n. f., méchanceté.*

Mamele 10854, *pl.* -es 21704, 22970, 28315, 28369, *mamelle.*

Manace (*passim*), *menace.*

Manacier 1109, 2252, 3092, 3093, etc., *v. tr., menacer;* m. a (*inf.*), *menacer de;* m. les testes a trenchier 27086; m. a cisiller 3631, *menacer d'exil;* m. a ocire 14066, *menacer de mort;* — *réfl.* 27040; — *Ipf.* 3 manaçot 5267, 16793, 27588.

[Manaidier], *menager.* — *Sbj. ipf.* 1 manaidasse 20083.

Manaie[1], *v.* manaier.

Manaie[2], *n. f., merci, discrétion*

*5971, volonté, ordres 1614,
13688* ; senz m. *10767, sans
ménagement* ; aveir m. de
mort *26204, avoir la vie
sauve* ; porter m. a *14335,
18652, ménager, épargner*.
[Manaier], *ménager, épargner.*
— *Pr. 3* manaie *7256,
9498, 10760.*
Manant *2269, 2822, 25838,
27563, 27655, 28741,* ma-
nent *26668, r. pl. -anz 1156,
p. pr. -adj.* de maneir, *riche*
(*v. ce mot*); m. de *3848, bien
pourvu de.*
Manantie *2265, 2823, 5472,
etc., pl. -ies 25017, 25134,
richesse.*
Manantise *8140, 26748,* ri-
chesse.
Manche *8321, 15176, 15643,
n. f.*
Mander *2195, 3198, etc.,
appeler, faire venir, convoquer 4039, 5710, 5943,
etc., faire savoir 6307, 6363,
17906, 17979, 18108, en-
voyer 30002, demander par
message 28222* (triuës a quises e mandees *20871,* man-
dent bataille *23115*), *ordonner par message 1039, 1066,
3239, 3398, 12945, 13078,
etc.;* — faire m. *27428. faire
venir.* — *Pr. 1* mant *6363*
(*r.*), *17756* (*r.*), *17805* (*r.*),
17842 (*r.*), *20091* ; *sbj. ipf.
3* mandast *24753.*
[Maneier], *v. tr., caresser.* —
Pr. 3 maneie *29236* (*r.*).
[Maneir]¹, *v. intr., rester, demeurer.* — *Pr. 6* mainent
25113 ; *sbj. 6* maignent
25821.
Maneir² *2789, 6051, n. m.*
(*infin. pris subst¹*), *demeure.*
Maneis, *adv., aussitôt, aussitôt
après, ensuite 459, 6002,
9510, 9588, 13253, etc.* ;
de m. *4566, 5978, 14018,
16272, 16568, 21652,
22748, 27777, aussitôt* ;
sempres m., *v.* sempres.
Manent, *v.* manant.
Mangier *6056, 6522, 6801,
7633, etc., manger, prendre
son repas ; subst¹ 992, 1300,*

*2020(au pl. 10271), 10981,
12923, 12928, 15059,
29155, s.-iers 6509, repas.
—Pr. 3* manjue *22836* ; *ipf.
3* manjot *5302* ; *pf. 3* manja
5356, 21689, 21817, 6
mangierent *4477, 7621,
11937, 17380* ; *ft. 5* man-
gereiz *8371* ; *sbj. ipf. 3* man-
jast *12482, 14466, 23912* ;
p. p. mangié *26008.*
Manicles *14154, n. f. pl., gan-
telet à mailles* (*le pl. ne peut
ici désigner qu'un seul gan-
telet*).
Maniere, *n. f., manière, façon*
(*une* m. d'un signe *29874,
une espèce de signe de reconnaissance*), *manière de voir,
intentions 25246* ; de grant
m. *1228, 1241, etc.,* a grant
m. *1769, 3422, etc., étrangement, beaucoup* ; par tel m.
1717, 5041, 9433, en tel
m. *17064, 17684, de telle
sorte* ; par autre m. *5591,
d'une autre manière, autrement* ; par nule m. *15428,
en aucune façon* ; a la m.
*11790, de la même manière,
de même.*
[Manovrer], *v. tr.* (*intr. 11710*),
travailler. — *P. p.* manovré
11710, s.-ez 25397.
Mant, *v.* mander.
Mantel *1234, 11708, 13361,
13394, 14699, 22085,
22190, 30007, s.-eaus
13352, manteau.*
Mar, *v.* mare.
Maraude *14638, émeraude.*
Marbre *2991, 3011, 3034,
6395, etc., n. m.*
Marbrin *26225, de marbre.*
Marc *28786, s.* mars *7090,
7888, 7973, 11958, 14663,
16668, 17413, 25471,
26856, 27841, marc, mon-
naie ; marque distinctive, signe de reconnaissance 7090.*
Marcheant *6489, s.-anz 1155,
28551, marchand.*
Marchié *7871, 11580, 19317,
marché.*
Mare *1688, 4705, 10062,
10354, 16376, 17456,
17535, 19731, 22290,*

22811, 28246, 29923 *et
mar* (*seulement devant con-
sonne*) *1730, 1796, 3828,
5748, 8469, 8649, 10690,
10804, 10894, 11164,
11267, 15260, 17548,
18913, 19714, 20375,
22983, 25893, 27212,
27652, 27787, adv., à la
male heure, sous de mauvais
auspices, malheureusement.
— avec le futur, marque
l'impossibilité ou sert à nier
la nécessité d'une action :* ja
mar le redoteras *1730, tu
n'auras rien à en craindre ; cf.
1796, 3828, 4705, etc. (avec
le parfait,* dit que mar fu fait
ne pensé) ; — *après* tant
admiratif : t. m. i fu *10354,
(cf. 17638, 17639, 17640).*
Mare (*mot latin*) 23218 (m. Persicon), 23223 (m. Rubron).
[Mari], *s.-iz 4917, 8200, n. m.*
Mariage *4911, 21989, 28336,
28544, n. m.*
[Marier] (*rime toujours en* e),
v. tr., marier. — *P. p. s.* ma-
riez *29044, f.* mariëe *3405,
17790, f. pl.* mariees
16347.
Marine *2597, 4612, 5621,
5890, 7110, etc., rivage de
la mer.*
Marinier *1851, 27599, 28452,
pilote.*
[Marmion], *r. pl. -ons 14734,
n. m., marmots.*
Marriment *29584, n. m., affliction, chagrin.*
Marrir, *v. intr. :* faire m. les
Greus *26419, faire courroucer les Grecs, exciter la colère des G.* — *P. p. -adj.*
marri *1482, 2511, etc., s.-iz
9869, 11023, etc., f. -ie
8862, 18705 (courroucé
15922, 26986; ordinair¹ :
triste, affligé*); m. a *3894,
fâché contre, qui veut du
mal à.*
Marteleïz *9515, 18529, n. m.,
choc répété de l'épée sur l'armure* (fier m. *15458*).
Martire *2644, 3308, 3530,
7136, 7435, etc., n. m.,
tourment, cruelle souffrance;*

metre a m. *2644, 8654, faire
souffrir cruellement*); *tuerie,
massacre :* faire m. de *7135,
9083, 10098, 15797,
20962, massacrer.*
Marzele *7896, n. f., rebord
d'un char* (?) (*le même que*
margelle).
Masle *23337, pl. -es 25532,
mâle.*
Masse, *n. f., quantité;* une
grant m., *une grande partie
11396, longtemps 8871.*
Massiz *18485, 21974, f. -ice
3882, 16716, massif;* pome
d'or massice *3882, pomme
d'or massif (v. à* batre).
Mast *27593, s.* maz *5979,
25993, 29092, mât.*
Mat, *éreinté 19310, battu à
plate couture 20576.*
Matin *2202, 1389.5, 17049,
19321, s. -ins 7645, 12685,
n. m.; par m. 4819, 5834,
7625, 18477, dès le matin;*
matin *5302, 22658, de bon
matin;* un bien m. *3355, un
matin de bonne heure;* le m.
*7035, 13194 et m. 7054,
demain m.;* jehui m. *9365,
ce matin.*
Matinee *4587, 11995, 16576,
18487, 20418, n. f., mati-
née;* la m. *6256 (loc. adv.),
le matin.*
[Matir], *v. tr., épuiser, éreinter.
— P. p. -adj. s.* matiz
14523, épuisé, fourbu.
Matire *144, 23199, 25396, n.
f., matière, sujet d'un récit.*
[Maubailli], *s. -iz 9225,
19172, 26761, f. -ie 12433,
27369, p. p. -adj., maltraité,
en mauvaise posture. Cf.* mal
est bailliz *10657, 18471,
28891.*
[Maudiçon], *pl. -ons 22948, n.
f., malédiction.*
[Maudire], *v. tr.;* — *réfl.
25192.* — *Pr. 3* maudit
*16372, 18692, 18717,
25192, 6 -ïent 16416,
16750, 27648; ipf. 3* mau-
diseit *4892, 4893; sbj. 3*
maudie *16453; p. p. s.* mau-
diz *13771, f. -ite 10444,
22955, 24284, 29866.*

Maufaisant *27387, s.* -anz
*9492, 12017, 26840,
27502, p. pr.-adj., malfai-
sant, qui fait du mal;* —
subst^t 26840.
Maugré *25482, n. m., mauvais
gré, mécontentement.*
[Maumener], *v. tr., maltraiter.*
— *P. p.* maumené *7288,
8456, 12640, 14568, s.* -ez
*16935, maltraité, malheu-
reux.*
[Maumetre], *v. tr., mettre à
mal, blesser grièvement 8452,
ravager 2968, 24099, rui-
ner 6674, compromettre,
gâter 18265, 19547, 26512,
violer (une trève) 20187;* —
*réfl., se faire du mal 16469,
se compromettre, agir mal
29483.* — *Pr. 3* maumet
8594; ft. 1 maumetrai
26512; sbj. 3 maumete
29483; impér. 5 maumetez
18265, 19547; p. p. maumis *2401, 2968, 8452, etc.,
f.* -ise *6674, 16469, 20187,
20868.*
Maumis, -ise, *v.* maumetre.
Mautalent *3408, 7391, etc.,*
mautalant *10713, s.* -enz
*1353, mécontentement, mau-
vaise humeur, colère.*
[Mautalentif], *s.* -is *12010,
12058, irrité.*
Mauté *378, perversité.*
Mautraïble *14522, dur à la
peine.*
[Mautraire], *v. intr., être maltraité, souffrir.* — *P. p.*
mautrait *7549.*
Mautrait', *v.* mautraire.
[Mautrait]², *r. pl.* -aiz *6711,
coups.*
Mauvais *3523, 3617, 3738,
etc., sans valeur, mauvais;
méchant 3617.*
Mauvaisement *1071, 3808,
9597, 12208, 14368,
19305, 23535, 26658, mal.*
Mauvaistié, *mauvaise conduite
24096, mauvais penchants
1314, lâcheté 6790, 9373,
11828, 11833.*
Mauviz *2187, merle mauvis.*
Mauvoillance *2983, 3462,
3475, 17417, 26374,*

29489, 29621, malveillance.
Mauvoillant *19250, s.* -anz
*27694, malveillant, qui veut
du mal.*
Mauvolcir *17014, n. m., mauvais vouloir, hostilité.*
Me, *v.* mei.
Mecine¹ *3686, n. f., remède;
espece a m. 23238, drogue
médecinale.*
*Mecine (se) (var. de G à
21903-22066, v. 31), v.
réfl., se soigne.*
Meesme *29431 (r.), adj. indéfini, même.*
Meesmement *29611, en particulier, spécialement.*
Mei, *pr. pers. 1re pers., r. dir.
et datif emphatique (passim);
— atone, placé devant le
verbe, me 1114, etc.; devant
voyelle, m' 726, 888, etc.;* —
*rég. de prép., mei 1323,
1417, 1436, 1501, 1504,
1627, 1631, 1656, etc.;* —
*suj. jo 35, 36, 72, 110, etc.;
élidé, j' : ordin^t devant un
verbe, 36, 198, 1660, 2860,
2917, etc., devant la prép. en
198, 2860, 6374, devant un
pron. 26751, devant après
22925, devant o 15339,
devant i (g') 3745, 4066
(cf. g' irai 3923; non elidé
1459, 1613, 1644, 3225,
3743, etc. (il faut mettre à
part les exemples où jo est
accentué, comme 2291,
3267, etc.);* — *ge à la rime
après criem 8469, 13546,
21223, 21931, 22081; de-
vant voy., g' 13457;* — jol
*(= jo le) 141, 3302, 3859,
6171, 6439, 6660, 8887,
9847, 11834, 13160, 14257,
14350, 15137, 15321,
17655, 17838, 17839,
19219, 19329, 19487,
19715, 20655 (2 fois),
20807, 22805, 23213,
24764, 26689, 26806,
26931;* — jos *(= jo les)
10161, 16965, 26598;* —
jos *(= jo vos) 6907, 6918,
12191, 13541, 16496,
18035, 22015, 25116;* —
mes *(= me les) 21723;* —

pl. invar. nos ; construit avec
le sing., lorsqu'il représente
une seule personne 538.

Meie, v. mon.

[Meié], f. meiee, p. p. -adj. f.
sg. : nuit m. 2219, nuit arrivée à la moitié.

Meienel 16067, 18943, s.
-eaus 7647, 21082, petit
cor.

Meillor (des 2 genres) 1558,
1831, etc., s. mieudre 1820,
7847, 8031, 10518, 13130,
14106, 17238, r. pl. meillors 1560, 2147, etc., f. pl.
meillors 13484(s.), 14852(r.),
adj. comparatif organique
de bon ; — subst avec l'article (superlatif relatif), 8031,
10518, 12672, 13130,
13484, 17238, 20026,
22528, etc. — neutre, subst,
le meillor : aveir le m., avoir
le dessus dans un combat
6892, 9520, prendre le meilleur parti dans un jeu-parti
20298 (cf. s'il en sont or li
m. 19946, s'ils ont maintenant
le dessus); sin fera donc meillor parler 19699, et alors il
sera plus facile d'en parler.

Meine, meing, eint, v. mener.

Meins, adv. comparatif organique, moins ; au sens du superlatif : qui m. en ot 26798, celui qui en eut le moins ;—subst,
al m. 23627, au moins ; a tot
le m. 28691, tout au moins ;
(novele) dont meins nos seit
3473, (nouvelle) qui nous
soit plus indifférente.

Meis, n. m., mois ; ne... mais
des meis 7026, 9077,
10539, 14122, ne...des m.
14991, d'ici à longtemps,
avant longtemps.

Meïsme -s 3435, 3612, 4569,
11428, 11724, etc., adj.
indéfini, même ; vos meismes
(suj., en parlant d'une seule
personne) 24652 ; enz en m.
la semaine 19799, cette
même s.; par m. 28884, d'elle-
même. Cf. mecsme.

Meisse, meist, v. meistre.

Meïsse, -ïssiez, -ïssent, -ist,
-ïstes, v. metre.

[Meistre] (lat. *miscëre pour
miscére), asséner, appliquer
(un coup); — intr., m. a
11635, 14477, 21061,
donner un coup à, frapper. —
Pr. 3 meist 10863, 14477,
18615, 24321 ; cd. 6 meis-
treient 11635 ; sbj. 3 meisse
21061. Cf. Romania, XXXIX,
580.

Meitié 2267, 11231, 18187,
23531, 28390, r. pl. -iez
2735, 7515, 8340, 9818,
etc., s. meitiez 8976 (r.), et
meitié 14225 (r.), 20049
(r.), 28902 (r.), n. f., moitié;
greignor pitié l'une m. 23023,
pitié de moitié plus grande.

Membre -s 5159, 5335, 9261,
etc., n. m.

[Membrer], v. impers., il me
souvient, etc. — Pr. 3 membre 20850, 21083, 29876;
pf. 3 membra 13320; p. p.
-adj. membré 29119, r. pl.
-ez 14576, de bon renom
14576, sage 29119.

[Membru], s. -uz 5143, 29355,
adj., bien membré.

Memoire, n. m. et f., mémoire
5807, mention élogieuse
18334, bon sens 16691,
19826. Le genre est indécis
dans les deux premiers exemples : les deux derniers sont
au masculin.

Mencion 2067, 5579, 23195,
mention.

Mençonge 2066, 3996, 28712,
n f., mensonge.

Mençongier 13631, 20034, r.
pl. -ers 26714, adj., menson-
ger, trompeur.

[Menee], pl. -ees 18757, n. f.,
charge, attaque.

Meneor 5983, n. m., meneur,
conducteur.

Mener 12530, 20407, 23019
27456, 28966, 29911,
mener, amener, conduire;
pousser devant soi 10015,
10028, traiter (m. malement,
causer du dommage à) 12612,
faire (une action qui se prolonge) 14981 (m. une des-
pense), 19514 (m. un conte),
manifester 612, 988, etc. (m.

joie, etc.; cf. demener), faire
marcher, donner de fausses
espérances 20337; — avec
en qui précède 2003, 2028,
2792, 2797. etc. (qui suit,
après un pron. pers. 1439,
10871, 12528), emmener
(passim), mettre en fuite
9521, 16249. — Pr. 1
meing 12902, 23411, 3
meine 2003, 3288, etc.,
6-ent 988, 6248, 7155, etc.;
ipf. 3 menot 8946, -oënt
4535, 4824, 10793, 15708,
16077, 23662, 24788; pf.
3 mena 5851, 28520; ft. 1
merrai 1439, 2154, 2173,
17773, 5 -eiz 2590, 20406;
cd. 4 merrions 4312; sbj. 3
meint 25281, 5 menez
3431, 6 meinent 15673;
ipf. 1 menasse 12900, 3-ast
29349; impér. 5 menez 9859;
p. p. mené, etc.
Menoënt, menot, v. mener.
Menor 3989, 5726, 7682,
20900, 24676, 26728, r.
pl. menors 14667, 20500,
f. s. mendre 22438 (menor
3159 (r.) est le cas rég.
pour le cas suj.), 14681 (r.),
comparatif et superlatif or-
ganiques, moindre, de moindre
valeur 14667.
Ment, menti, v. mentir.
[Menteresse], pl. -es 20670,
adj. f., menteuse.
Mentir 16895, v. intr., mentir;
senz m. 4772, 8463 (tot s.
m.), 8547, 12367, 18949,
19082, 20124, 21271,
23618 (formule), défaillir
18710; ne m. de rien
25689, ne manquer de pa-
role sur rien; — tr., m. sa
fei 2040, violer la foi jurée.
— Pr. 3 ment 6220, 15200,
18710; 6 mentent 29715;
ipf. 3 menteit 27765; pf. 3
menti 10393, 11869; p. p.
menti 4024, 30222.
Menton 1270, 2529, 2704,
5364, etc., n. m.; del m.
(sens partitif) 2529, un morceau du menton.
Menu, s. -uz, petit; la gent
menue 16142, 28438,

29938, le bas peuple; menuz
de covenant 21856, peu
fidèle à ses engagements; les
sauz menuz 14391, les m. s.
21134, à menus sauts; — advt,
à coup pressés 8555, 10817,
finement; m. maillé 11209,
11252, etc., maillié m. 8345,
(s. mailliez menuz 11154,
15526, 17580), formé de
mailles menues; m. goté
6606, 13049, 22408, qui a
de menues tâches; m. brosdé
9686; m. treciees 14898.
Menuëment 7141, 7893,
10243, finement, de façon
menue.
Mer 195, 216, etc., invar. au
sing. (le plus souvent sans
article : mer passer 216,
27339, 27349, passer la
mer); — eau de mer 27643,
27651 (cf. mer salee 4592,
27626).
Merc 9076, 11711, 14161, s.
mers 10764, 20621, 24130,
marque, trace.
*Mercerie (var. de G après
22589, v. 13), n. f., mar-
chandises.
Merci, s. -iz, n. f., merci, pitié,
gré, remerciement; vostre m.
882, 6442, merci à vous, je
vous remercie; Deu m. 17655,
s'il vous plaît à Dieu; la lor m.
16966, s'ils me permettent de
le dire; a sa m. 4843, à son
gré; rendre m. 1750, 8860,
r. merciz 20411 21066,
23727, 24952, remercier; r.
granz m. 1961, 8939, 21893;
r. mout g. m. 886, 22025;
aveir merci de, avoir pitié de
15440, 25121, 26981,
28640, 28740, 28922, faire
grâce à 4716, 6557, agréer
les hommages d'un soupirant
13689, 15149, 17746; a.
merciz de 26186, faire grâce
à; requerre merci 28271,
crier m. 13707, 15056,
15421, 17652, 17653,
17705, 19065, 25294,
25300, 29475, 29658, c.
merciz 17053, demander
grâce; c. mout grant merci
13541; c. m. que (sbj.)

28985, *demander en grâce
que.*
[Merciable], *r. pl.* -es 29663,
*adj., pitoyable, propre à exci-
ter la pitié.*
Merciablement 8737, *en sup-
pliant, pitoyablement.*
Merciër et [Merciier] 6452,
29910, *v. tr., remercier.*
— *Pr. 3* mercie 945, 2142,
5815, 12912, *etc.; pf. 3*
mercia 4129, 9116, 26345,
27825; *p. p.* merciié 6653
(r.) et mercié 29504 (r.), *s.*
merciiez 2124 (r.) et mer-
ciëz 17030 (r.).
Mere, *n. f., mère;* merel (=
mere le) 102:9,
Merel, *v.* mere.
Merel (e *ouvert*) 29941, *s.*-eaus
10769, 15905, *n. m.* : en estrange m. fu faite 29941, *elle
fut d'étrange sorte;* merel
mestrait, mereaus mestraiz,
v. mestraire.
Mergoillié 25119, *p. p.* -*adj.,
barbouillé, souillé (de sang).*
Meriaine 24970, *n. f.,* midi.
Merir 3229, *v. tr., payer (en
se vengeant).*
Merite 4115, *n. f., récompense.*
Merle 2187, *n. m.*
Merrai, -eiz, -ions, *v.* mener.
Merveil, -eillast, *v.* merveillier.
Merveille, *n. f., conduite, action
ou chose étonnante ou extraordinaire, en mal comme en
bien (en mal 255, 1776,
14037, 15302, 15788,
24374, 24420, 24845,
25178, 25509, 25591,
27447, 27683, 27809,
27818, 27888, 28152,
28481, 29818, 30070);
produit merveilleux de l'art
humain 6899, 14653,
14747, etc., exploit merveilleux 24251, étonnement
8962, 11161, 20483:* aveir
m., *s'étonner* 25907, se demander avec *étonnement*
13357; m. est com 13485,
il est étonnant comment; ço
ne fu mie de m. 15299, ce
n'était pas étonnant; a m.
2477, 5393, 5420, 12167,
17343, 23082, 24662. a

merveilles 9134, 10950,
28162, 28436, 29839,
30261, a grant m. 21164,
21555, étonnamment; tenir
a m. 28940, trouver merveilleux; — adv¹ 4553.
Merveilles 2501, 3368, 4770,
5136, 5143, 5145, etc.,
adv., merveilleusement, étonnamment.
Merveillier, v. intr. 2690,
15129, s'émerveiller, s'étonner (faire m. 12413, émerveiller); — tr. 28442; — réfl.
1468, 3291, 3295, 5910,
6275, 6810, 7604, etc., m.
s. (montrer de l'étonnement
27737): — Pr. 1 merveil
2690, 4363, 6810, 16944,
18185, 18362, 19761,
22511; sbj. 3 merveit 30111;
ipf. 3 merveillast 13980.
Merveillos, merveilleux, admirable, considérable; étrange
(en mauvaise part) 1378,
5933, 6026, 9309, etc.
Mes¹ 5006, 7937, 17806,
17973, 18002, invar., messager.
Mes², v. mei.
Mes³, v. mon.
Mesaaisié 26785, s.-iez 28581,
f. -iee 26614, adj., mal à
l'aise, géné; misérable 28581.
Mesavenir 13786, 16030,
25660, 30184, v. intr. 5280,
5323, ne pas convenir, aller
mal ; — impers., arriver
malheur 188, 1638, 8937,
13786, 16030, 25660. —
Pr. 3 mesavient 8937; ipf.
3 mesavenoit 5323, 6 -cient
5280 ; pf. 3 mesavint 188,
1638.
Mesaventure, mésaventure
3210, 4492, 8014, 8663,
etc., destinée malheureuse
709, 4124, 29408 ; — per-
sonnifié 24520.
Meschaance 6992, 8470,
9368, 10624, 11750,
12319, 22508, 24212, pl.
-es 15792, malechance, in-
succès, désastre.
[Meschaeir], v. impers., arriver malheur, arriver du mal.
— Pr. 3 meschiet 6183,

11961; *sbj. ipf. 3* meschaïst *24148*; *p. p.* meschaeit *16422, 16423*.

Meschacit, -ist, *v.* meschaeir.

Meschaeite *27214, n. f., male-chance, malheur*.

Meschief *7103, 7184, 8487, 9986, etc., s.* -iés *25447, peine, difficulté, malheur*; *dommage 7103, 15736*.

Meschiet, *v.* meschaeir.

Meschin *2558, 18784, 24892, s.* -ins *6756, n. m., jeune homme*.

Meschine, *pl.* -es *22980, n. f., jeune fille 2931, 13414, 13779, 17978, 22980, 26184, concubine 24864*.

[Mesconoistre], *ne pas reconnaitre.* — *Ft. 1* mesconostrai *6449*.

[Mescreire], *v. tr., refuser de croire.* — *Pr. 1* mescrei *15330,3* -cit *27828,4* -cons *25389*.

Mesdisant *24580, p. pr. -adj. de mesdire, qui dit du mal des gens*; — *subst¹ 5360*.

Mesestance *5526, manque de convenance, défaut*.

Mesfaire *13453, 13601, v. intr. 13453,13768,18444, 20233, agir mal*; — *tr.* (ne m. rien a) *3527, 13601, ne faire aucun mal á*; — *réfl. 20230, 29343, se conduire mal*; estre mesfait a *3305, 6157, être coupable envers.* — *Pr. 3* mesfait *18444, 20230; pf. 3* mesfist *13768, 29343; p. p.* mesfait *3305, 6157, 20233, 29934*.

Mesfait *6189, 13463, 17961, 26884, 28377, s.* -aiz *8802, 13179, 20261, 20702, 28244. méfait, injure, tort*; — *personnifié 20702*.

Meslé pesle *9275, 24345, loc. adverbiale, pêle-mêle*.

Meslee, *mêlée, bataille* (passim); *querelle 667, 3325, 18414*.

Mesler, *mêler, engager* (une action); — *réfl., m.* sei o *6540, 16091, 21138, 21527, 22675, 27056, 27429, 30103, m.* sei a *21571, engager le combat*

avec; *m.* sei vers *17760, entrer en lutte avec* (au fig.); — *p. p. -adj.* estor meslé *11176, combat confus* (cf. tornei *m. 19279, bataille* meslee *17125, 24205*).

Mesoïr *29653, v. tr., refuser d'écouter*.

Mespreison *21947, erreur, faute*.

[Mesprendre], *v. intr.; m.* vers *20234, commettre une faute envers.* — *P. p.* mespris *20234*.

Message -s, *message* (passim), *messager 948, 1024, 1089, etc.*

Messagier *3394,6258, 12854, 16615, n. m., messager*.

[Mesti], *f. pl.* -ies, *p. p. -adj., fletri*; herbes *m. 13844*.

Mestier, *besoin, nécessité; situation critique 2412, 8736, métier 15561, manière d'être 24094,service divin*(pour des funérailles) *21832, 22350, 22899* (al *m.* dire e faire), *24448*; — il est (ert, esteit, etc.) (ou sans pron.) mestiers *1455,11280,11440,12906, 14503, 15067, 21836, 29230,* mestier *967,10216, 19321, 19540, 20651, 25088, 27095, il est nécessaire, il faut*; aveir *m. 4987, 5839,6444,8925, etc., être utile ou nécessaire* (n'a mestier *19701, est déplacée*); a. *m.* de *4010, 4205, 4477, 6586, 7631, etc., avoir besoin de*.

[Mestraire], *v. tr., tirer mal.* — *P. p.* mestrait : sempre i eüst merel *m. 21139, il y aurait eu aussitôt un mauvais coup de dés* (un désastre); *cf.* ja i eüst mereaus mestraiz *10769,* ja i avra *m. m. 15905*.

Mesure, *action de mesurer 13823, juste mesure 30301, modération 5232, 5357, 6135, 6303, etc., ▓▓stice 24943, dim▓▓▓▓6524, 28758, 2879▓▓▓el m. 14645, autant*; par *m. 5407, modérément*; senz *m., démesurément 10764, en nombre*

immense 7617; torner a sa
m. 28756, *mener à son gré.*
Mesurer 11456, 23137, *v. tr.*
Met, mete, -ent, *v.* metre.
Metable 5488, s. -es 22078,
adj., qui peut être mis.
Metre, *mettre, placer, pousser*;
traduire 37; — *indique le ré-*
sultat d'une action 2644,
8654, etc., d'une poursuite
ou d'une attaque 10047,
17313; m. fors 16099, *chas-*
ser de la ville; m. enz 14546,
rejeter dans la ville; m. defors 16815, *affirmer*; m. contre 6414, *comparer*; m. sor,
confier à 3690, *imputer à*
671, 25635, 27111; m. de
28510, *inculper de*; m. a la
veie 9127, 12296, 17858,
19289, 21425, *mettre en*
fuite; — *v. réfl.* 409, 6909,
etc., *se mettre, se jeter, s'é-*
lancer; se poster 22097; m.
sei a la veie 1118, 3339,
4022, 10009, 17387,
18920, 22808, 23844,
25978, 26024, 28092,
30017, *se mettre en chemin,*
partir; — en mer 29546,
s'embarquer; — enz 7580,
se réfugier dans la ville; —
par mi la vile 22871, *péné-*
trer dans la ville; — entre
Grezeis 17142, *se jeter au*
milieu des Grecs; — el retor
17590, *retourner*; — el repaire 1114, 3483, 3926,
6478, etc., m. s.; — fors al
chemin, *faire une sortie*; —
sor, *aborder (qqn)* 3520, *s'en*
rapporter à, mettre sa con-
fiance en 11834, 16960; —
a tant de 19532, *prendre la*
peine de; — a tant que 3672,
faire en sorte que; — en
11879, *mettre sa confiance*
en; — a grant fais de 14213,
14492; — que (*sbj.*) 3683,
se donner beaucoup de mal
pour (cf. 11674, qui a g. f.
s⬛⬛rs en mist); — en g. f.
de ⬛⬛⬛⬛⬛ en g. peine de
154⬛⬛⬛ 3951; — m. sei
de 19678, *se mêler de*; — *v.*
réciproque, m. sei jus 9010,
se renverser. — *Pr.* 1 met

36go, 11834, 16815, 25685,
3 met 14932, 20657, 24293,
6 metent 7075, 9049, 11571,
25978; ipf. 3 meteit 4667,
23345, 6 -eient 15451; pf.
1 mis 26783, 3 mist 9558,
18614, etc., 5 meïstes 14186,
27006, 6 mistrent 4661,
5063, 5878, etc.; ft. metrai
etc., 4 -on 25632; cd. me-
treie, etc.; sbj. 1 mete 143, 3
mete 1789, 4022, 22808,
25142, 27414, 29477, 4
metons 3926, 9852, 5 -ez
11044, 6 -ent 17958; ipf.
1 meïsse 26665, 3 meïst
11663, 21238, 23928,
28143, 28510, 5 meïsseiz
1118, 6 meïssent 6251,
9609, 11658, 14385,
23141, 23976; impér. 5
metons 19695, 5 metez
3269, 3339, 12534, 18703;
p. p. mis 508, 671, etc.; f.
mise 4563, 22470, 27058,
27111, 27142.
Meü, meüssons, meüst, *v.* moveir.
Mi¹, *f.* mie, *adj., mi, demi*; el
mi lieu 2560, 18536, *au*
milieu; mie nuit 350, *minuit*;
la mie n. 1518, *la moitié de*
la nuit; par mi 9725, 21408,
par le milieu; par mi, *suivi*
du cas rég. sans prép., parmi,
par, dans (*passim*); *à travers*
14927, 18628, 28703 (*sou-*
vent synonyme de par; *cf.*
1576, 1946, 2487, etc., et
surtout 7513-4, *où* par mi *et*
par *se suivent*); en mi, *suivi*
du cas rég. sans prép. 1860,
5266, 9168, etc., *au milieu*
de, dans (*souvent synonyme*
de en); enz en mi 28025.
Mi², *v.* mon.
Midi 3382, 12290, 21368, s.
midis 6259, *n. m.*
Mie, *n. f.; sert à fortifier la*
négation; — *le sens primitif*
(« *petite quantité* ») *est par-*
fois apparent: n'en merreiz
mie del cheval 2590; del cors
n'i vuelent laissier mie 7325;
e Troïlus mie n'i laisse del
bon destrier 21174.
Mien, miens, *v.* mon.

Mier (or) *9130, 12378, 20472,*
adj., pur (or).

Mieuz *26, 123, 2130,* etc.,
adv., comparatif organique,
mieux ; davantage 1498; en
estre m. a (*impers*[t]) *14352,*
24334,être avantageux pour;
(de m. l'en est *26, il s'en*
trouve mieux); *voleir* m.
1391, 7197, 8750, 16210,
18305, 18360, 18375,
26983, 27605, 28719,
aimer mieux; venir m. (*im-*
pers[t]) *3669, 3807, 4107,*
5913,9372,13805,14051,
17534, 20602, 21322,
25096,29330, aler m. (*im-*
pers[t]) *13857,* estre m.
28265, valoir mieux, être
préférable; — au sens du
superlatif « le mieux », avec
com : come il mieuz pot
7119, 24404, com. m. puet
9586, du mieux qu'il put
(*peut*); *cf.* come onques m. le
porent faire *6946;* al m. qu'il
soreint *21630; — pris subst*[t]
avec l'article : le m. *2744,*
3198,4818,19047,24684,
(tot le m. *4462*), s. li m.
18399, le meilleur, ce qu'il y
a de mieux, la meilleure par-
tie; quelque chose de mieux
2284 (ce qui le m. savra, sil
die).

Mil (*invar.*) *3019,3160,4983,*
6245, 6321, etc., *adj. num.*
cardinal, mille; mil e cent e
trente *5701, onze cent-trente;*
— multiplié 294, 7726,
9337, 11189, 12646,
17299, 18426, 19588,
25470, 25471, 25712,
25769.

Mile (*invar. et toujours multi-*
plié) *336, 2363, 2676,*
3162, etc., mire (*: ocire*)
18168, adj. num. cardinal,
mille, millier; — les adjectifs
multiplicatifs dous et treis
sont traités comme des neu-
tres : dou mile *2356, 6741,*
6824, 7731, 8183, 8677,
etc., trei mile *2359, 4176,*
7162, 7269, 7552, 7781,
etc.

Milier *28866* (un m.), s. *pl.*

milier *24553* (m. tel cent =
tel c. m), *r. pl.* miliers (trente
m. *12180,* cent m. *6389,*
7185,13934),*n. m., millier;*
— plusieurs milliers, des mil-
liers (sans multiplicatif)
10102, 14395; a m. *11171,*
13026, 14572, 16149,
17892, 18762, par milliers.

Milsoudor *7702,8892,13917,*
14452, adj., qui vaut mille
sous d'or (en parlant d'un che-
val), d'un grand prix; —
subst[t] *2465, 8835, 14310,*
14339, 15099, 19214,
19231,21077,23627, che-
val de grand prix.

Mire[1] *9788, 11508, 11968,*
16597, 21684, s. mires
7635, 11694, 12820,
16295,20197,30272, mé-
decin.

Mire[2], *v.* mile.

Mireor *5121, 14682, 20714,*
s. -ors *14689, 14707,*
26898, n. m., miroir; modèle
5121, 20714.

[Mirer], *v. tr., regarder* (*atten-*
tivement) *7655, regarder*
avec admiration. — Ipf. 3 mi-
rot *4345; p. p.* miré *24433,*
s. -ez *17148, f.* -ee *7655.*

Mirgie *14606, médecine.*

Mis[1], *v.* mon.

Mis[2], mise, *v.* metre.

Mise, *apport, mise en commun*
24597; contribution, frais
14980.

Misere *28528, 29460, état*
malheureux; estre en m.
25073, 28584, être mal-
heureux.

Misericorde, *n. f.;* aveir m. de
25121, avoir pitié de.

Moillier[1], *n. f., femme 20080,*
25023, épouse 2962,3221,
10233, 15458, 17769,
19620, 19857, 20233,
25023, 28036, 28061,
28961, 28988.

[Moillier][2], *v. tr., mouiller;*
intr. 13246,20562,21008,
être mouillé, se mouiller; —
réfl. 1884, 10630, 14020,
14170, se mouiller, se bai-
gner.—Pr. 3 mueille *12429,*
12686, 13246 (r.), *21008,*

24202, 27344 (r.), 30147
(r.), 6-cnt 9884 (r.), 10906
(r.), 14020 (r.), 15543; pf.
6 moillierent 20562, 22419;
ft. 6 moilleront 10630,
13284, 22419; sbj. ipf. 3
moillast 3036; p. p. moillié
19275, 19312, 26068, s.-iez
14170, 23864, f.-iec 16485,
25175.

Moirons, v. morir.

Moleron 14921, n. m., enduit
fait avec de la molec (poudre
de pierre et de fer mélangés
qui tombe de la meule du tail-
landier).

Molle 16730, moule.

Molu, p. p. -adj. de moudre,
s.-uz 9964, 13490, 15633,
21579, 24232, émoulu, ai-
guisé 9964, 11214, 12003,
15633, 21579, 22820,
24232, 24477; or molu
8682, 13490, 24477.

Moment 29844, n. m.

Mon, adj. poss. atone : s. sg.
mis 1658, 3458, etc., r. mon
(passim), pl. s. mi, r. mes (passim), f. ma (passim), élidé
m' 884, 1657, 3873, etc.
(par exception meie 6424,
17757).
    Absolu : A — Adj. : mien, s.
miens (prédicat) 3854, 10339
(mien 10356), etc. ; — avec
l'art. et un nom 10434,
13791, 15570, 17002,
19854, 20642, 20707; avec
un démonstratif et un nom
14168 (cist), 21491 (icist);
l'art. est supprimé 15522
(Asternaten, son fil e mien);
— f. meie : prédicat 2890,
13781; avec l'art. et un nom
10154, 15163, 15164,
19614; — B — Pron. : des
miens 18441, de mes amis;
f. la meie 19117, 20738;
— neutre, tot le mien 3755,
tout mon bien.

Moncel 11404, s.-caus 13028,
18899, monceau, tas.

Monde 8180, s.-es 5342,
7661, etc., n. m. Cf. mont.

[Moneé], r. pl.-ez 6245, p. p.
-adj. de moneer, monnayé :
besanz moneez 6245.

Monocorde 14784, n. m., instrument de musique à une
seule corde.

Mont¹, montagne, monceau; a
m. 6030, 8798, 22173,
22798, en haut; d'a m.,
d'en haut 25352, 27476,
27577, 27602, par en haut
24466; contre m. 27857,
en haut (voler sus contre m.
24137, voler en l'air).

Mont² 3809, 3812, etc., s.
monz 10, 7102, 8609, etc.,
n. m., monde, univers.

Mont³, v. monter.

[Montaigne], pl. -es 2428,
6749, 13029, 27927, n. f.,
montagne.

[Montepleier], v. tr., multiplier,
augmenter ; — intr. 30316.
— Pr. 3 montepleie 30316;
p. p. s. montepleiez 29033.

Monter, v. intr., monter 8482,
8515, etc., monter à cheval
6937, 8293, etc., s'élever,
grandir en réputation 742,
745, s'accroître 2832, 4971,
19552 (mais qu'il (« au lieu
qu'il ») creüst e qu'il montast)
valoir, servir à (dans prop.
nég.) 1907, 15935, 15990,
19724, 21440, 26160,
29836, 30077 (cf. 18453,
mont monta poi vers lui sis
sens) (dans prop. dépendant
d'une prop. nég. 22423,
25877); — tr. 2619, 9790,
9936, 10708, faire monter,
faire remonter à cheval; —
réfl. monter s'en 6014,
monter ; — refait monter, v.
refaire. — Ipf. 3 montot 742,
29836; sbj. 3 mont 4971 ;
ipf. 3 montast 745. 6937,
15875, 19552, 25877; p.
pr. pris substt, les montanz
6026, ceux qui montent, qui
escaladent.

Monument 19405, 21821,
23054, 25794, 26432, mo-
nument funéraire.

Monz, v. mont.

[Mordre], v. tr., mordre. —
Ipf. 3 mordeit 26565; p. f.
mors 17568, 18086.

Mordrir 28319, v. tr., tuer,
assassiner. — P. f. mordri

28139, 28339, s. -iz 670, 687, 27280.

Morir 2913, 3674, 5079, etc., v. intr., mourir; — tr. (seulement aux temps périphrastiques de l'actif et au passif), mettre à mort, tuer 261, 316, 317, 319, etc.; au part. passé, maltraiter; — v. réfl. 613, 20812, 21742, 21841, 21908, se mourir, être près de mourir;—mort (part. passé) assommé (au moral), frappé de stupeur 20442, 21623. — Pr. 1 muir 20812, 3 muert 12195 (r.). 19297, 21841, 22380, 22903 (r.), 24300, 27616, 4 morons 18197, 6 muerent 2737, 7194, 10934, 17925, 18762, 18899, 26074; ipf. 1 moreie 21742, 3 -eit 16871, 6 -eient 26948; pf. 3 morut 17693 (F mori), 26586, 30251, mori 17709 (r.); 6 -urent 554, 10953, 15205, 16758, 20062, 21816; ft. 1 morrai 26511, 5 -eiz 12338, 19609, 22297, 22813; cd. 1 morreie 17884; sbj. 1 muire 2919 (r.), 3 muire 11623 (r.), 11967, 21366, 26282, 4 moirons 16450; ipf. 3 morist 21589; p. p. mort, s. morz 261, 316, 317, 319, etc., f. morte.

Morne 1120 (r.), 1520 (r.), etc., s. -es 5162 (r.), 7842, etc., f. -e 1520, 1590, 3494, 7638 (r.), etc., morne, triste; ému 1590, impassible 3623.

Mors[1] 202, n. f. pl., mœurs, caractères.

Mors[2], v. mordre.

[Morsel], s. -eaus 21597, morceau.

Mort[1], s. mort (par exception morz 9674 rime), mort, danger de mort 604; haïr de m. 12203, 28331, haïr mortellement.

Mort[2], morte, v. morir.

Mortal 587, 2659, 12701, 14480, 16311, 21328, 22789, 23761, s. -eaus 553,

625, 6101, 6746, 7771, 9407, 14355, 19891, 20194, (toujours à la rime; nous écrivons mortel, morteus à l'intérieur du vers), mortel; meurtrier (en parlant d'un combat) 553, 9407.

Mortalité 26951, n. f.

Mortel (passim), s. -eus 5600 7187 (r.), 8742, 10809 (r.), 11901, etc., f. -el 4928, 6399, 12774, 13802, 17562, 17641, 17657, 18667, 20565, 20880, 21147, 21251, 22270, 22940, 26113, 28358, f. pl. -eus 2072, 4568, 11178, 21654, 22258, 28031, adj., mortel, meurtrier (en parlant d'un combat); criz morteus 20001, cris terribles.

Mortelment 6576, 20827, 22237, 27687, 28065, 29382, 30122, adv., mortèllement.

Mortier 14919, n. m.

Morz, v. mort[1] et morir.

[Mossu], f. -ue 29215, moussu.

Mosterrai, -a, v. mostrer.

[Mostier], r. pl. -iers 4016, n. m., église.

Mostre 13379, 14736, monstre.

Mostrer, montrer 12112, 12552, 17365, 23410, 23694, 24608, 25587, 27146, 29936, laisser voir 762, 2056, indiquer, signifier 1034, 14875, 15307, 15315, 25525, expliquer 2101, 3659, 4149, 4182, 6081, etc., faire connaître 18110, 18163, 18988, 20365, développer (une idée), exposer (une opinion) 4122, 4410, etc; m. une parole 3984, 5790, m. s. — Ipf. 3 mostrot 762, 16794, 25525, 29874, 29881; ft. 1 mosterrai 10263, 3 -a 29258.

Mostrot, v. mostrer.

Mot 283 et 26674 (: tot), 3293, 9016, 9607, 19075, s. moz 134, 145 et 13853 (: toz), 12880, 13618 et 13682 (: proz) (mais 19068 : les noz), mot, parole; — ne saveir mot

de, *v.* saveir; ne soner mot,
v. soner; — n'i eûst mot
del plus tenir *9607, il n'y
aurait plus eu possibilité de
résister.*
Mote *3017, levée de terre,
terrassement.*
Mout (*passim*), *adv., beaucoup.*
Mouton (*invar. au sing.*) *767,
892, 1884, 1963, bélier
(le bélier à la toison d'or).*
Moveir *2562, 17604, faire
mouvoir; emporter 12751,
soulever, provoquer* (m. un
plait *1102, engager une
affaire;* m. un encombrier
11223, créer un embarras;
m. une guerre *24870, mais
20132,*li mut tel guerre que,
l'attaqua si furieusement que;
m. un grant desrei *2174,
produire un grand désordre;*
m. une uevre *614;* — *intr.
se mettre en marche, par-
tir 1206,2046, 2418,2562,
3561, 5051, 5731, 5775,
11308, 11452, 11984,
aller 17638, se mouvoir,
bouger 12106, commencer
(avoir son origine) 2107,
2831, 6146, 9444,etc.;* —
*réfl., se mouvoir, bouger592,
2425,8358, 17612,18427,
partir, s'en aller 2196,
6958, 22796, 24230,s'élancer 13999;* — *récipr. 14231,
s'enlever le champ.* — *Pr. 3*
muet *8358, 11452, 13999,*
6 muevent *14231; pf.* i mui
17638, 3 mut *2107, 2831,
3561,11984, 20132,* 6 mu-
rent *1206, 2425; ft.* 6 movront *2174, 5051; sbj.* 3
mueve *592, 24230, 29681;
ipf.* 3 meüst *17612, 24436,*
4 meüssons *5775; p. p.* meü
1102, 2046, 5731, etc., s.
meüz *2196, 5720, etc., f.*
meüe *6144.*
Mu *16859, 18506, 20043,
22131, 22329, 25007,
26916,s.* muz *3584, 15548,
25239, muet.*
Muable *13684, 20264, chan-
geant.*
[Mucier], *v. tr., cacher;* —
intr. 4512, se cacher. — *P.*

pr. muçant *4512; p. p.* mu-
cié *1767, 29221, f.* -iee
26428, f. pl. -iees *15413.*
Mucille, -ent, *v.* moillier[4].
Muër, *v.tr., changer;* m. color
13848, 17606, m. la c.
1858, 8853, 29377, m. colors *4362 (suj. logique au pl.),*
m. les colors *13979 (suj. au
pl.), changer de couleur (par
un effet de l'émotion);* cf. m.
le sanc e la color *8853;* m.
estaus,*v.* estal; nel puis muër
*1398, 1859, 15115, je ne
puis faire autrement (cf.* nel
pot m. *28797,* nel poi m.
*3871, n'ose muër qu'il ne
15369,*et muër *impersonnel);*
— *intr., changer, être transformé 17620, tourner (en
parlant du sang) 7268, du
cœur 26474;* — *impers[1], ne
puet muër 18379;* ne p.`*`m.
que ne *16413, 21673,* ne p.
m. ne *22, 4946, 7370,
14279, 26446, il est impossible que... ne (l'exemple du
v. 21673,* ne put muër qu'al
cuer ne l'en deie peser, *montre que la tournure ne puet
muër est essentiellement im-
personnelle; cf. cependant
3871 et 30089).* — *Ipf.* 3
muöt *29977; sbj. ipf.* 3
muast *7122.*
Muerent, muert, *v.* morir.
Muet, mueve, -ent, *v.* moveir.
[Muete], *pl.* -es *29303, meute.*
Mui[1] *22774, 22957, r. pl.*
muiz *26738, muid.*
Mui[2], *v.* moveir.
Muir, -ire, *v.* morir.
Mul *28620, mulet.*
Mur -s, *mur d'enceinte d'une
ville (au sing. 1151, 1188);
au fig. (au sg.), protection,
défense solide 20536,22217.*
Mural (s. *pl.) 16069,18514, r.
pl.* muraus *25920* (r.), *n. m.,
murailles, murs (d'une ville).*
Murtre *28058, 29706,29753,
r. pl.* -es *26874, meurtre;
ocire en m. 28058, assassiner;* murtres morteus *26874,
coups mortels.*
[Musart], s. -arz *6412, 18213,
22878, adj., niais, fou.*

Musique (= *musicum *pour*
musivum), *adj.* : or m. *3040,*
mosaïque à fond d'or.
Mut, *v.* moveir.

Nagier *1970, 28946, v. intr.,*
nager (des avirons), naviguer
à la rame. — *Pr. 3* nage
1855 ; *pf. 6* nagierent *2809,*
4254, 27750, 28610,
29563 ; *p. pr.* najant *29369* ;
p. p. nagié *3497.*
Naissance *22939, 23164.*
Naistre *1738, 10690, 11164,*
14750, 21720, naitre. —
Pr. 3 naist *23254* ; *pf. 3*
nasqui *4231, 5130, 5370,*
11718, 16817, 16825,
24435, 5- istes *21705,*
27000, 6-irent *16751* ; *ft. 3*
naistra *2794, 6* -ont *4983,*
22950, 25774, 25858 ; *sbj.*
3 naisse *22942* ; *ipf. 3* nas-
quist *16821, 23981* ; *p. p.*
né *1955, 23337, 25029, s.*
nez *94, 2730, 2933, 7754,*
8098, etc. (par exception
nascuz *1741), f.* nee *1252*
(rose nee, *fraîche éclose),*
13278, 22136, 22954,
26509, pl. nees *23482,*
25858 ; — nez *joint à* vis
27948 (cf. 16722) ; — home
né *(formule) 2238 et 29025* ;
avec nég., nus hom nez *(s.*
sg. 24053), nus hom de
mere nez *2475, 5375, 8323,*
19490, 20110, 30198, personne au monde *(cf.* ne vit
rien nee *23637, 29970,*
29996, nule gent nee *30071*
et *n'est hom ne nez ne vis
qui 16722) ; dans une prop.*
affirmative, tuit li rei qui
erent né *29149, tous les rois*
alors vivants ; — ainz né *(s.*
pl. pris subst.) 16986, 28476,
s. sg. a. nez *2933, 4242,*
5314, 29065, ainé: a. nee
2949, 26933, 27986, ainée;
li meins nez *(s.) 9988, le plus
jeune* ; frere puis nez *27934,*
28168, frère puîné; la puis
nee *2955, la suivante (née*
après).
Nasal *2527, 9754, 9973,*
12248, 22697, s. nasaus

*1830, 22742, 23437, par-
tie du heaume qui protège le
nez.*
Nasqui, -irent, -ist, -istes, *v.*
naistre.
Natural, *s.* -aus *19425, franc,
vrai, légitime* : n. seignor
14309, 24153; si home n.
21469, si h. lige n. *6717,
9789, rég.* ses homes liges
naturaus *19425, ceux qui
lui doivent exclusivement
obéissance;* son lige n. seignor *28091, son seigneur
légitime, à qui seul il doit
obéissance.*
Nature, *nature (par* n. *5398,
naturellement); au pl., caractère 15038, qualités particu-
lières 14738, 16888.*
[Naturel], *s.* -eus *28280 (r.),
légitime.*
Navei, *s. 195, 27349 (r.), 29250,
flotte.*
Navie, *199, 244, 2266, 2290,
3830, 5692, etc. (masc. rég.*
navie *5022, s.* navies *2806,
3940, 4028, 4150 (r.), 5920,
20178 (r.), 25945 (r.),
25980, 27306), flotte, navire
22124 (genre douteux).*
Navrer *557, 2423, 2491,
2497, etc., blesser grièvement* ; — *p. p. pris subst.,* les
navrez *11963,* des navrez
23950, s. li navré *10200,
14604, etc.*
Ne[1], *adv. de négation, (devant
voyelle seulement)* nen *130
407, 908, 1123, 1816, 1872,
1991, 2282, 3389, 3821,
7680, 7871, 8516, 9186,
10173, 10546, 11831,
11985, 12817, 12834,
13620, 14769, 14912,
14924, 15887, 16464,
17555, 17699, 20210,
20737, 21592, 21858,
22209, 22415, 23138,
23797, 23890, 25074,
25480, 25605, 25766,
25972, 27438, 28404,
29353, 30185, 30213,*
ne, *ne... pas;* — ne, *au sens
de* ne... pas, *après* aveir
grant paor que *1870;* —ne...
que, *pas plus que (de)* : ne

t'en vaudront mil que treis
6.323 ; — *au sens de « à supposer que »* *16995* ; — *pour
que ne, sans que* (*dépendant
d'une prop. nég.*) *17572* ; —
*pour se ne, dans une prop. hy-
pothétique nég.*: ne fust Telamon Aïaus *511, 18914, sans
Ajax T., s'il n'y eût eu A. T.*;
cf. *621, 1925, 3235, 11975,
12445, 14219, 16295,
18914, 19085, 21171* ; —
*ne devant un infin. pour
exprimer l'impér. négatif*
15441, 15442, 23006 ; — ne
plus *25169, et pas plus* ; ne
p. que *17697, pas plus que* ;
— *ne por quant, v.* quant;
— nel (= ne le) *1398, 1709,
1979, etc.* ; nes (= ne les)
*1012, 1013, 1726, 2083,
2121, etc.* ; nes (= ne se)
21416 ; nos (= ne vos) *3621,
3628, 3639, 3976, 6447,
7769, 7939, 11230, 11863,
12909, 13114, 13153,
13289, 13510, 13551,
13673, 15098, 15896,
19555, 21062, 21771,
25789, 28712, 29813.*
Ne², *conj., ni*; — *parfois élidé
devant monosyllabes : devant
a* (*prép.*) *6199, 11925,
13244, 14328, 14955, el (=
en le)* *17987* (*2 fois,* en
(*prép.*) *130, 3300, 3341,
3528, 10472, 12812, 13370,
17935,* il *3410, 8481, 8483,
27164,* ou *17126, 23164;
devant polysyllabes* : afaitemenz *3180,* aidier *12124,*
aparcevoir *17934,* autre
*18242; non élidé devant mo-
nos.*: a (*prép.*) *18414, 18415*
(*2 fois*), ainz *4232, 17965,* el
(= en le) *3296,* en *1018,
20762,* erbe *14853,* il *16969,
17700, 20319,* ou *17127,
17128, 17129, 19195;
devant polys.* : acoler *17698,*
adesé *17783,* embracier
17698, hom *17783,* oïe
14862, onques *5304,* ostage
18920 ; — *ne devant le
deuxième terme d'une prop.
interrogative double, ou conditionnelle, ou offrant un sens*

*plus ou moins indéterminé
et équivalant à e ou à* ou; *cf.*
*769-72, 829-31, 842, 1018,
1048, 2916, 3431, 4692,
5590, 5591, 5592, 5874,
5875, 14328, etc., en particulier 29363-4,* demanda li
qui il esteit ne ou alot ne dont
veneit.
Né, nec, nees, *v.* naistre.
Necessaire *14868, 17470.*
Necessité *25150, n. f.*; — torner a n., *v.* torner.
Nef (*invar. au sg.*), pl. nes, *n.
f., navire.*
[Negié], *p. p. -adj.*; neif negiee
5148, neige fraichement
tombée.
Neiel *29552, s.* neieaus *14935,
n. m.,* nielle : a n. fait *14935,*
niellé.
[Neielé], *f. -ee* *22724, p. p.
-adj.,* niellé.
Neient, *s.* neienz, *aucune chose,
rien* ; e n. plus *5686, 22857,
23328, 29982, 30250, et
pas plus* ; de n. *2588, 2698,
3294, 6447, 7382, etc., en
rien, nullement* (*en quelque
manière* (*sens indéterminé*)
7382); de dreit n. *4764
tout à fait en vain* ; de grant
n. *11419, m. s.* ; por n. *3747,
10060, en vain* ; — n'i a (ot,
etc.) n. del (*inf.*) *9314,
10006, 13297, 18051,
19741, 20516, 22860* (*cf.
12580,* si n'i ait n. del sojor
se del combatre nus a tire
et *18381,* ni a n. del desconfort), neienz est (esteit, *etc.*)
del (de) (*inf.*) *7943, 10113,
19934, 22238, 28729,* il n'y
a (avait, *etc.*) pas moyen de;
mais c'est neienz *12773, mais
c'est en vain* ; — *adv., 9860,
10490, 15098, 17000,
20172, 27255, nullement*
(*dans prop. nég.*), en quoi que
ce soit *25696* (mar dotereiz
neient).
Neientos, *sans valeur* ; conseil
n. *19575, dessein méprisable.*
Neier *22986, 25871, noyer*;
— *intr.* *5937, 7131, 7198,
7281, 7433, 13821, 22122,
26380 , 27909, 29204 ,*

*30099, se noyer, être en-
glouti* 27619; — *réfl.* 7328.
Neit 5148, 5233, 5278, 6239,
13996, s. neif, *à la rime
seulement* neis; *cf.* 10242
(r.), 20718 (r.), 23452 (r.),
neige.
Neir-s 3563, 5193, 5246,
6865, *etc.,* noir; si est nuit
neire 12865, *et il est tout à
fait nuit.*
Nel, nen, *v.* ne'.
Nequeden 5035 (r.), 18659
(r.), 19718, 23765 (r.), *adv.,
néanmoins.*
Nes', *v.* nef.
Nes² 1721, 5227, 5297, *etc.,
nez.*
Nes³, *v.* ne'.
Nes⁴ 16756, 23188, *adv., pas
même;* nes un 1262, 1286,
5368, 7505, 7680, *etc., s.*
nes uns 13008, *pas même
un;* a nes un jor 13603, *jamais;* — *nes dans prop. affirmative avec* meïsme : nes
meïsmes danz Achilles i vint
17531 ; *sans* meïsme : e nes
son fil Laudamanta (*c'est
ainsi qu'il faut lire, et non*
Neïs *s. f. L.,* neïs *ne se ren-
contrant pas dans* Troie,
*ni d'ailleurs dans la Chroni-
que des ducs de Normandie*).
Nevo 82, 784, 2635 (r.),
4658, 7962, 14077 (r.),
25043 (r.), 29236, 29426,
s. niés 785, 817, *etc., r. pl.*
nevoz 2905, 26489, *neveu;
petit fils* 29225, 29236,
29767.
Nez, *v.* naistre.
[Niece], *pl.* -es 18222, *nièce.*
Niés, *v.* nevo.
Nigromance, *nécromancie* 1221
1419, 6268, *art magique*
13343, 14669, 29978.
[Noaillor], *s.* noaudre 14664,
comparatif organique (= *lat.*
*nugalior, *de* nugalis), *de
moindre valeur; neutre* noauz
(= *nugalius) : n.   sereit
24694, *il serait fâcheux.*
Noaudre, noauz, *v.* noaillor.
Nobile 16330, 21137, *noble.*
Noble 6610, 22982, *s.* -es
7520, 19044, *f.* -e 28428.

Noblece, *noblesse* 5739, 14859,
18447, 27620, *distinction*
14859; contes de n. 14102,
contes de haute noblesse.
Noblement 23322, 24859.
[Nobleté], *s.* -ez 19648, *noblesse.*
Noces 183, 4867, 28053,
28546, 29155, *n. f. pl.
noces, mariage;* prendre a n.
28053, *épouser.*
Noël 14289, *s.* noeaus 4846,
m., bride.
[Noër], *v. intr., nager.* — *P. pr.*
noant 27622.
Noisance 8695, 15651, 26333,
action de nuire, dommage.
Noisanz, noisez, *v.* nuire.
Noise 1523, 1542, 1593, *etc.,
bruit;   querelle*   17424,
26290, 26636, 30101.
Noisement 3834, *dommage.*
Noiseor 26834, *r.   pl.* -ors
26850, *ennemi (celui qui
nuit).*
Noisos 5215, *querelleur.*
Nombre 23671.
[Nombrer], *établir le nombre
de.* — *Pf.* 6 nombrerent
23180; *p. p. f. pl.* nombrees
23272.
Nombril   10865,   12259,
12355, *n. m.;* li n. de mer
28877, (*le point de rencontre
des courants marins*), *tour-
billons.*
Nomeement 1039, *nommément
(en désignant par le nom).*
[Nomer], *v. tr., appeler, nommer; faire l'appel de* 7618.
— *Pr.* 3 nome 6541 ; *sbj. ipf.*
1 nomasse 23193; *p. p. s.*
nomez 8099, 8219, 23155,
27294, 29981, *f. pl.* -ees
7668.
Non-s, *nom; renommée* 13852;
mander par   non   6076,
23222, *mander nominative-
ment;* par n. 723, *de nom;*
apeler par n. 29197; *aveir*
non 152, 653, 2553, 2933,
*etc., presque toujours avec le
cas sujet* (*cf. à la rime* 7994,
7996, *etc.*), *par exception
avec le cas rég.* 6364, 8218,
27527.
Nonchaleir : metre en n. 7664,
négliger.

Noncier 2390, 2870, 4782, etc., *annoncer.*

Norme, *direction, arrangement (d'une affaire)* : metre n. a 3269, *régler.*

Norreçon 29787, *éducation.*

Norreture 3742, *éducation (dans le sens le plus large au physique et au moral).*

Norriment 3726, m. s. que nor-reture.

Norrir 22565, 26729, *nourrir, élever.* — *Pr.* 6 norrissent 23341 ; *ft.* 6 norriront 23340; *sbj.* 3 norrisse 27329, 28093 ; *p. p.* norri 10941, 23788, *s.* -iz 12510, 28084, *f.* -ie 13549; — *subst* 94 ; **ses norriz** 20169, *sa maison ou ceux de son intimité.*

Nos', *v.* mei.

Nos², *v.* ne'.

Nostre, *invar. au sing., r. pl.* nostres, *adj. et pron. possessif, nôtre, le nôtre; avec l'art. et un nom,* la nostre gent 18397 ; *avec l'art. seul,* li nostre 9646, 23856 ; *neutre,* del nostre 28633, *de notre bien* ; — *forme abrégée, ordinair* proclitique, *des 2 genres : adj. poss.,* noz 2258, 2262, 2270, *etc.* ; *avec un adj. démonstratif et un nom,* cez noz conreiz 8716, 9850 ; *avec l'article et un nom,* les noz genz 10520; — *avec l'article seul (pr. poss.),* les (li) noz *(absol*) 3467, 3479, 6477, 7451, 8934, 11820, 21305, *nos gens, nos hommes; se rapportant à un nom qui précède :* cor, braz e chiere aveit semblanz as noz 12360.

[Noter], *v. intr., moduler, jouer.* — *Pr.* 3 note 14793.

[Novain], *s.* -ainz 23265, *f.* -aine 15197, *adj. num. ordinal, neuviéme* ; dis e novaine 21243, *dix-neuvième. Cf.* Chron. des Ducs de Norm. II, 41520, novain *(seul exemple cité par Godefroy).*

Novel 7269, 14369, 21120, 23318, 23942, 27352, 30273, *s.* noveaus 5308, 9136, 16022, *f.* -ele 8344, *pl.* -eles 5610, *nouvel, nouveau* ; neuf 5610, 8344, *récent* 24152, *qui reparaît au combat* 21120, *qui n'a pas encore combattu ce jour-là* 7269, 14369; le terme novel 23318, le tens n. 27352, *le renouveau, le printemps.*

Novele, *nouvelle;* aprendre nove-les 20677, *entend reparler de soi;* demander ses n. 13852, *demander de ses nouvelles.*

Noz, *v.* nostre.

Nu *(passim), s.* nuz 9257, 11538, 19291, 19997, 22612, 22690, 22764, *adj.; f.* nue 7252, 7533, *etc., f., pl.* nues 17114, 19255, 20105, 20498, 27107; tot nu a nu 13184, *nu contre nu;* de lors armes sont tuit nu 22206, *ils sont entièrement désarmés* ; le brant d'acier nu trait 2731 *(cf.* mil branz d'acier nuz traiz 24012); tot nu le glaive perillos 14040.

[Nuc], *pl.* nues 27577, 28885.

[Nuet¹], *s.* nués 9537, *f.* nueve 15177, *neuf, frais.*

Nuet² 8073, 23231, 23232, *adj. num. cardinal, neuf; n.* cenz e dis 25770, *neuf cent-dix.*

[Nuecme], *s.* nuemes 8008, 8117, *f.* nueme 7982, 8220, *adj. num. ordinal, neuvième.*

Nuire 2920, 11009, 11507, 11624, 12124, 21365, *v. intr.* — *Pr.* 3 nuist 20807; *pf.* 3 nut 19274 ; *cd.* 6 nuireient 15235; *impér.* 4 noisez 18438 ; *p. pr. pris subst* *suj.* noisanz (lor plus) 21999, *celui qui leur fait le plus de mal.*

Nuit 350, 1477, 2001, *etc., s.* nuit 2273, 4476, 4570, 10967 (r.). 10981, *etc., et* nuiz (: enuiz) 1518, *pl.* nuiz 4487, 17379, 17577, *n. f.;* par n. 27170, de nuit 25292, *de nuit (cf.* par n. oscure 27622); la nuit 6024, 22885, 22891, 23029, 23720, 23734, 29011, 29016, *cette*

nuit-là ; ainz demain n. *5919,
avant demain soir.*

[Nuiton] (= Neptunum), *r. pl.*
-ons *14736, n. m., espèce de
monstre marin. Le fr. mo-
derne* lutin *vient d'une variante* luiton, *avec changement
de suffixe.*

Nul, *s.* nus, *f.* nule, *gén. et
dat.* nului, *(ordin¹ dans une
prop. négative)* nul, aucun ;
*dans une prop. de sens indé-
terminé 4390, 4706, etc.,
— subst¹ 3, 27, 29, etc., nul,
personne; au fém. 4231 ; —
de* nului *28765, d'aucun
homme.*

Nut, *v.* nuire.

O¹ *adv.,* oui *29428 (ne li puet
dire n'o ne non).*

O² *prép., avec (accompagne-
ment); au moyen de, par
12700, 13608, 20727,
20728 (o estre toz tens guar-
niz);* o tot, *adv. 11469, 12526,
15465, 17387, avec (la personne ou la chose déjà exprimée); prép. 2418, 4368,
18686, 18810, 19009,
28087; avec* toz *au pl.,* o toz
ses Paflagoniëns *20525,* o
toz ses compagnons *28832,*
o toz les suens *20526;* o ço
que, *au moment où 9507,
outre que 18850, 26039,
étant donné que 6021,10748,
18911, 19052, à cette condition que 24743.*

Oan (mais) *9760, désormais.*

Obeïr *3722, 4702, 4747,
5031, etc.,* obéir;— *tr. 8105,
accomplir (d'après un ordre
donné).*

[Obit], *s.* obiz *29067, n. m.,
décès.*

Oblacion, *r. pl.* -ons *25583,
offrande.*

Obli, oubli; *metre en* o. *6476,
6529,15074,20104, oublier.*

Obliër *1759, 3193, etc., oublier;— réfl. 20848, 21259,
perdre le sens;* estre oblié
*1748, 14891, 15070, s'ou-
blier, commettre une faute par
oubli ou distraction. — Sbj.
3* oblit *13499, 16865.*

Oceïst,-istes, *v.* ocire.

Ociement *14268, 26154,
massacre, carnage.*

Ocire *2258, 3265, 3504, etc.,
tuer ; — réfl. 21710, 21785;
— récipr. 10820.— Pr. 3* ocit
1944, 7534, 10938, etc., 6
ociënt *2718, 2722, 4501,
etc.; ipf. 3* ociëit *14441, 5*
ociiez *29466,* 6-eient *14211;
pf. 3* ocist *698, 709, 808,
etc., 4* oceïmes *26734, 5*
oceïstes *19480, 6* ocistrent
*3215, 6343, 9544, 10034,
16251, 24365, 28631,
28866; ft. 3* ocira *29699,
6 -*ont *3973, 9669; cd. 6* oci-
reient *26188 ; sbj. 3* ocie
*16211, 16237, 22926,
23625, 24693, 26433,
28311, 29476, 29641,
30194, 6* ociënt *28167,
28266; ipf. 3* oceïst *15445,
21710, 26080, 27090, 6*-
issent *26348 ; p. p.* ocis *(passim). Voy.* refaire.

Ocis,-ist,-istrent, *v.* ocire.

Ocise *7139, 7969, 10419,
18893, 19675, 20867,
21400, 22702, 24379,
25179, 26065, 26084,
26124, 26497, 26984,
27362, 27533, 28207,
massacre, carnage.*

Ocision *662, 6046, 9476,
11159, etc., n. f., m. s. que*
ocise.

Odor *16781, odeur.*

[Oëille], *pl.* -es *26946, brebis.*

Oëit -ëient, oënt, oëz, *v.* oïr.

[Ofendre], *offenser. — P. p. r.
pl.* ofenduz *25081.*

Ofert, *v.* ofrir.

Ofiane *14763, n. f., p.-ê.
faute pour* osiane, *l'obsidiane,
pierre précieuse.*

Ofrir *5829, 18134, offrir;
avec l'inf. 28498, offrir de ;
— réfl. 13584.— Pr. 3* ofre
25584, 28498, 6 ofrent
24927; ipf. 6 ofreient *4271;
pf. 3* ofri *3581, 25666 (r.),
28340 (r.); sbj. 3* ofre *25141;
ipf. 3* ofrist *3911 ; p. p.*
ofert *943 et* [ofri], *s.* ofriz
656, 13584.

Oï¹, oï, oïe, oie, *etc., v.* oïr.

Oi², *v.* aveir.

Oiance 25467; tot en o., *publiquement.*

Oiant, *v.* oïr.

Oïe *12412, n. f., ouie;* a l'oïe des corz 29270, *de façon à entendre les cors.*

Oignement *1671, 1891, 14607, n. m., onguent.*

Oïl *1506, 11795, 12989, 17658, 25427, adv., oui, assurément.*

[Oindre], *v. tr. — P. p.* oint *1892, s.* oinz *1673.*

Oïr *27, 370, 605, etc., v. tr., ouir, entendre: entendre dire 27716, 29103, (avec une prop. infin.) 27558; entendre parler de 14146, 23182, 24513. — Pr. 1* oi *12609, 18275, 18301, 21069, 27003, 3* ot *857, 1485, etc., 5* oëz *93, 30251, 6* oënt *8990, 17150, 20508, 25566; ipf. 3* oëit *5309, 19104, 6* oëient *15344, 16573; pf. 1* oï *4097, 5108, 15683, 3* oï *855, 1061, 2390, etc., 5* oïstes *24850, 6* oïrent *4452, 6204, etc.; ft. 1* orrai *14337, 19566, 3* orra *2726, 4188, 8864, 12758, 14146, 14432, 19128, 19386, 21933, 24364, 27558, 28316, 28634, 28710, 29473, 4* orrons *24513, 5* -eiz *167, 178, 199, etc., 6* -ont *2314, 3263, 5911, 18424; cd. 3* orreit *26022, 29479, 5* orriëz *23246, 6* orreient *23282; sbj. 1* oie *25094, 2* oies *817, 1038, 3* oie *489, 1312, 11415, 15250, 15500, 18437, 19926, 25284, 5* oiez *681; ipf. 2* oïsses *24503, 3* oïst *7646, 16410, 16723, 19148, 20000, 21378, 28939, 5* oïsseiz *2723, 4542, 7368, 7396, etc.; impér. 5* oëz *2225, 3208, 7454, 8978, etc.; p. pr.* oiant: *invar., avec un rég. sing. ou pl. pour sujet logique, joue à peu près le rôle d'une préposition (cf. 366,* 816, 3585, 3586, 10487 *(2 fois),* 16912, 25567, 27264, 27748*); (subst¹, en* oiant *11915, en présence de témoins, publiquement); p. p.* oï *1004, 1260, etc., s.* oïz *4663, 14804, 15498, 18157, 19254, 19355, 22368, 22522, 23879, 25546, 30083, f.* oïe *23, 44, etc., pl.* oïes *186, 29338.*

Oisel *2186, 4167, 14727, 22412, s. -*eaus *3070, 6752, 14820, oiseau.*

[Oiselet], *s. -*ez *16535.*

[Oisif], *f. -*ive, *14855. Pour l'étymologie* (= *otietivus), voy. A. Thomas,* Romania *XXXV, 304.*

[Oitain], *f.* oitaine *397, 7975, adj. num. ordinal, huitième.*

Oitante *12781, 12783, 12804, adj. num. cardinal, quatre-vingts.*

Oitime *8210 et* oitme *23226, adj. num. ordinal, huitième.*

Olanz, *v.* oleir.

Oleir *17405, v. intr., sentir, sentir mauvais 12894. — Pr. 3* ueut *12937, 13039, 6* uelent *6231, 12894, 13393; pf. 6* olurent *13845; p. pr. r. pl. f.* olanz *14808, 14852.*

Olifant, *éléphant 1837, 7897, ivoire 2650, 22848, cor d'ivoire 16068, 21377, 23514,*

Olive *24830, n. f., olivier.*

Olivier *3380, n. m.*

[Olmerei], *pl. -*eiz *29214, n. m., touffe de jeunes ormeaux.*

Olor *12813, 12878, 13052, 14565, 14908, 14911, 25782. n. f. invar. au sing., odeur, (ordin¹: odeur forte ou mauvaise).*

Olurent, *v.* oleir.

Om¹, ome, *v.* home.

Om² *2, 4, 636, etc., (rime avec* baron *10380),* l'om *5, 42, 78, etc., pr. indéfini, on, l'on.*

Ombrage *13384.*

Ombre *3388, 3870, 13378, 13386, 17692, n. de genre douteux, sauf 17695, où il est masc.*

Onc, *v.* onques.

Oncle *14077, 28545, 29255,*
s. -es 698, 875, 2055,
10938, 29272, 29321.
Onde *4593, 13826, 27614,*
27625, pl. -es 7201, 27481
(o. de mer), *27589, 28886,*
flot, vague ; sor l'onde
27614, sur les flots.
Oniche *1830* (m.), *14661* (f.),
11956 et 23070 (genre
douteux), onyx.
Onor, v. honor.
Onques *et* onc, *adv., jamais ;*
— marque l'indétermination
dans le temps : ordin¹. dans
une prop. nég. 1283 (onc
mais), *1906, 1911, 2175,*
2425, etc., ou dans une prop.
de forme affirmative, mais de
sens indéterminé 1047, 2090,
2396, 2990, 4885, etc., ra-
rement dans une prop. inter-
rogative indirecte 11868.
Ont (par) *5990, 22432,*
22683, 30020, loc. adver-
biale, par où.
Onze *5670, 5686, 9053,*
27536, adj. num. card.
[Onzime], *s. -es 8119, f. -e*
8223, 23292, adj. num.
ord., onzième.
Or ¹, *s.* ors *5344, 5450, 8708,*
12185, 13490, 15614, etc.,
n. m.; a or *11133, 11240,*
11340, 22654, doré.
Or², *v.* ore³.
[Oracle], *r. pl. -es 28828.*
Orage, *s. -es 5931, 28415,*
orage *309, 11991, mauvais*
temps 215, 28611, tempête
904, 5931, 27606, 28415;
bon o. *947, temps favorable.*
Ordane, v. ordener.
Ordre, *n. m.* ; conter en o.
28592, raconter dans l'ordre
des temps.
Ordener *7592, etc., v. tr.,*
ordonner, régler, ranger,
décider. — Pr. 3 ordene
8167, 20425, ordane *7665*
(r.); *impér. 4* ordenons
2297; p. p. ordené *6935,*
7074, 23843, f. -ce 3730,
7357, pl. -ees 13905.
Ore¹ (= *lat.* aura), *n. f., souffle*
du vent, brise : l'ore douce
27347.

Ore² (= *lat.* ora) : d'ore en
autre *9967, 14004, 17214,*
22726, d'un bord à l'autre.
Ore³ *devant voyelle* (rarement
devant cons. (cf. *10027,*
16606, 16609), or *seulement*
devant cons., adv., mainte-
nant ; à partir de ce moment
10553, tout à l'heure, il n'y
a qu'un instant 29335,
29374 ; d'ore en avant,
dorénavant *1634, 3439,*
6311, 13094, 13589, 17787,
18237, 19744, d'ici à la fin
649 ; jusqu'à ore *12590,*
jusqu'à ce moment; or mais
16907, désormais; dès ore,
dès or, *v.* dès ; ore endreit, *v.*
endreit.
Oré *s.* orez *4137, 27337,*
27584. n. m., temps qu'il
fait 3445, 4137, 5918,
5965, temps favorable 5052,
5952, 28458, mauvais
temps, orage *27337, 27462,*
27584, 28156, 28702.
Oreillier *1561.*
Oreison *1874, 4266, 5798,*
pl. -ons 8658, 11165, 20611,
22947, oraison, prière.
Orer *4006, prier. — Pf. 3* ora
3580.
Orfelin *15476, 19542,*
26064, 26842, orphelin.
Orfreis *1840, 8322, 8683,*
11341, 18480, 18953,
21283, 22710, 24457, tissu
d'or, passementerie ou galon
d'or.
[Orfresé], *p. p. adj., d'orfreis* :
enseigne orfresee *22652,*
enseignes orfresees *8078.*
Orgoillos, orgueilleux, *fier* ;
redoutable 8873, 20016,
qui domine 3091 (mout sist
en orgoillose place, *en par-*
lant du donjon de Troie) ; —
subs¹ 6490.
Orgueil, *s. sg.* orguieuz *6098,*
6156, 11162 (r.), *13308* (r.),
14318 (r.), *14441* (r.), *15041*
(r.), *18196, 18623* (r.),
19336 (r.), *23940* (r.),
27048 (r.), *28170* (r.), *r. pl.*
orguieuz *520* (r.), *1276* (r.),
5111 (r.), *9151* (r.), *3674* (r.),
26638, n. m., orgueil (trop

fereie grant o. *12996*); *inso-
lence, outrage 1078, 2982,
21480, 26638, action inso-
lente 14062, 20391, 28170,
aspect imposant 9916,
13969, dédain de l'amou-
reux 20336 (cf. faire ses
orguieuz 15041).*

Orguenal, *adj., organique*; veine
o. *18838 (litt' veine principale), trachée artère. Cet
adjectif ne se rencontre
qu'avec* veine. *Voy. G. Paris,
Romania XXI, 993.*

Oriol *2187, loriot.*

Orine *29784, origine, race.*

Orlaz *1245* (= or laz), *n. m.,
rèsille de fil d'or. N'est pas
dans Godefroy.*

[Orle], *s.* -es *13396, n. m.,
bordure; cf.* ore', *le fr. moderne ourlet et le prov.* orle.

[Orler], *ourler.* — *P.-p.* orlé
6845, 23454, s. -ez *1564.*

[Orme], *r. pl.* -es *19246, n. m.,
ormeau.*

Orme (a) *10660, 15744, loc.
adverbiale, à mesure, successivement.*

[Orpiment], *s.* -enz *1565, or-
piment (sulfure jaune d'arse-
nic servant à colorer).*

Orra, -eiz, *etc., v.* oïr.

Orrible *25543, s.* -es *29194,
f.* orrible *5071, 12369,
26376, 27354, 28375,
28931, pl.* -es *7203, 29370,
horrible, terrible, effrayant.*

[Orribleté], *pl.* -ez *29134, acte
horrible.*

Ors *11546, 11724, invar.,
ours.*

Orse *8373, ourse.*

[Ort]', *pl.* orz *14556, jardin
maraicher.*

Ort² *29646, sale.*

Os¹, *n. m. invar.*

Os² *837, 2090, 9386, 13038,
18554, 21372, 28150, hardi,
audacieux.*

Os³, *v.* oser.

[Oschier], *v. tr., ébrécher.* — *P.
p. s.* -iez *19998, 24013, f.*
-iee *20943.*

Oscur -s, *obscur; de couleur
sombre 3564, sans éclat
23471.*

[Oscurcir], *v. intr., s'obscurcir.*
— *Pf. 3* oscurci *27575.*

Oscurté *10965, 12688, 19209,
obscurité.*

Osement *11031, audace.*

Oser, *v. tr.* — *Pr. 1* os *21319,
21945, 21952, 3* ose *17323,
20853, 22428, 4* osons
11831, 25167, 5 osez
19733, 6 osent *18993; ipf.
3* osot *786, 26679, 5* osiez
6456, 6 osoënt *18466,
23091, 26763; pf. 3* osa
24644, 29518, 5 -astes
26167, 6 -erent *23187,
29691; cd. 1* osereie *25799;
sbj. 3* ost *8999, 13040; ipf.
1* osasse *15349, 3* -ast
*3707, 5745, 7440, 15087,
18991, 22447, 26234,
27791, 6* -assent *15732.*

Osiane, *v.* ofiane.

[Osseque], *s.* -es *6607, 22832,
n. m., obsèques, service
funèbre.*

Ost', *n. des deux genres : m.
23794, 26982, 26611, s.* -oz
*54, 11984, 12579, 14973,
18357, 20220, 23112,
26956, (l'oz 96, 5354, 6954,
11984, 18357), f. 6522,
6626, 6635, 7411, 12433,
17462, 19536, genre dou-
teux (cas rég.) 2867, 6494,
11572, 12091, 12943,
13016, 13018, 13085, etc.),
armée; expédition 2867.*

Ost², *v.* oser.

Ostage *18920, pl.* -ons *13174,
13200, n. m., caution ; prisonnier qu'on peut échanger
18920.*

Ostagier *8573, v. tr., délivrer
8573, délivrer par échange
(un prisonnier) 12681, délivrer avec forte compensation
24044.* — *P. p. s.* ostagiez
12681, 24044.

Ostal, *s.* -aus *10307* (r.),
11690 (r.), *24667* (r.), *27097*
(r.), *maison, demeure.*

Oste *24993, n. m. hôte.*

Ostel *1205, 3616* (r.), *5852,
6487, etc., s.* -eus *6508,
10197, 10275* (r.), *10461,
11103* (r.), *17088, 19095,
19315, 25252, 25608,*

30181 (r.), *maison; logement 1205, palais 3616; tenir riches osteus 10461, donner une riche hospitalité.*

Ostelain *17525, 20100, hôte.*

[Osteler], *loger, héberger. — P. p.* ostelé *10199, 20040.*

Oster *3982, 10220, 10221, etc., ôter, enlever; empêcher 3982, 13240, 26828; — réfl. 27430, s'éloigner. — Sbj. ipf. 3* ostast *20290, 26828.*

Ostor *1194, 2781, 14726, autour.*

Ot[1], *v.* oïr.

Ot[2], *v.* aveir.

Otrei[1] *3519, 3880, 10508, 14328, 16894, 21934, 23814, 26928, 26929, 27713* (r.), s. otreiz *10505* (r.), *19854* (r.), *26255* (r.), et otrez *21935, 27305, n. m., octroi, action d'adjuger 3880, permission, consentement 10505, 16952, 21934, condition 23814, 27713.*

Otrei[2], *v.* otreier.

Otreier *6206, 17770, 18355, 22394, 24453, 25228, 25656, v. tr., octroyer, accorder, consentir;* sont otreié de *5856, ils se sont promis l'un à l'autre de. — Pr. 1* otrei *1457* (r.), *1549* (r.), *3959, 15172* (r.), *16970* (r.), *16999, 17669* (r.), *17776* (r.), *17963* (r.), *20320* (r.), *20809* (r.), *21954* (r.), *22036* (r.), *22288* (r.), *25304* (r.), *26523, * (r.), *3* otreie *4021* (r.), *13115* (r.), *17857* (r.), *22155, 25657* (r.), *26758, 25977* (r.), *6* otreient *7059, 12963, 16614, 19199, 27219* (r.); *ipf. 1* otreïoë *3913*; *pf. 1* otreiai *3917, 3* -a *26268, 29488; ft. 1* otreierai *10538, 6* -ont *24935; sbj. 1* otrei *13691, 3* -eit *28986, 6* -cient *18392; p. p.* otreié *5856, 6210, 17039, 22363, 24948, 25886, 27053, f.* otreice *20185, 20273, 20734, 28968, pl.* -iees *27260.*

Ou, *adv., ou; en qui 23780,*

30282; oun (= ou en) *26894*; *avec ellipse de la 28910, là ou.*

Oun, *v.* ou.

*Ousance *840* (var. de M), hardiesse.*

Outrage, *excès 2889, injure, insulte (passim); acte, conduite déraisonnable 3213, 18196, 20390.*

Outrajos *5433, porté aux excès.*

Outre *adv., au-delà, de l'autre côté, plus loin;* passer o., *v.* passer; recovrer o., *v.* recovrer; — *prép. 7362, 7948, 7974, 8599, 9501, 12140, 18027, au-delà de,* d'outre les puiz *16156, d'au-delà les montagnes;* d'outre la mer *20956, 24172, d'outremer;* outre lor grez *15324, contre leur gré;* — outres (= outre les) *18192.*

[Outrecuider], *v. intr. — P. pr. pris subst[t], r. pl.,* outrecuidanz *24045; p. p. pris subst[t], r. pl.* outrecuidez *18391,* outrecuidant, insolent.

Outremarin, *d'outremer :* terre outremarine *6794, 8144;* drap outremarin *1235, de couleur outremer.*

[Outrer], *v. tr., se rendre maître de, maîtriser. — P. p.* outré *14491.*

Outres, *v.* outre.

Overront, overte, *v.* ovrir.

Ovrage, ouvrage.

Ovraigne *19491, 19631, 19673, 20055, 24071, 24701, 26722, 29945, pl.* -es *16934, 27228, œuvre; entreprise, affaire 24701, 25737, événement fâcheux 27228, combat engagé 24071.*

Ovrer, *v. intr. 898, 7629, 24392, travailler; — tr. 963, 3040, 3074, 3082, etc., façonner (broder, sculpter); —* ovré a or *11709, 11753, brodé d'or;* ovré d'un jagonce *29558, fait d'une jacinthe;* ovré d'os de peisson *29880;* ovré a bestes e a flors *6222, brodé d'animaux et de fleurs.*

[Ovrier] (dissyllabe) *27148, r. pl.* -iers *29989, 4133, ouvrier.*

Ovrir *7672*, *16435*, *23381*,
23511, *24614*, *25168*, ouvrir. — *Pf. 3* ovri *18696*,
19107; *ft. 6* overront
29968; *sbj. ipf. 3* ovrist
21760; *impér. 5* ovrez
16433; *p. p. f.* overte
16345.

Paier *22817*, payer; — *réfl.*
28148, (s'apaiser), *être satisfait,* v. redeveir.
Paile *311*, *1557*, *2264*, *2778*,
etc., *r. pl.* -es *18500*, *19970*,
26095, *n. m.*, riche étoffe de
soie tissue d'or, ou rayée, ou
brodée.
Paille *9952* (: maille), *n. m.*,
même sens que paile.
Pain *5356*, *6798*, *12970*,
14826, s. pains *17412*.
Paire, v. pareir.
Pais *3297*, *3523*, *3601*, *3715*,
6365, *6589*, *6806*, *12892*,
15022, *19667*, *19920*,
20940, *22941*, *26698*,
29048, *29676*, et paiz
3785, *4402*, *6712*, *9258*,
21490, *25891*, *28243* (partout à la rime; nous écrivons
pais à l'intérieur du vers), *n.
f.*, paix, raccommodement
27005; — aveir p. *26960*,
se tenir en paix, accorder la
p.; — joste de p. *20940*,
joûte de parade.
Païs, pays, contrée.
Païsant *2379*, paysan.
Paisible *4594*, *5072*, tranquille.
Paisson (*s. pl.*), piquets de tente
14304, *24911*, jantes de
roue *7892*. — Se rattache
au lat. paxum, tiré régressi-
vement de paxillum (qui a
donné paissel). Voy. A. Thomas, Romania, *XXXVII*,
129.
[Pal], s. paus *6396*, *n. m.*,
pieu.
Palais *2789*, *3031* (r.), *4900*,
6281, *6405* (r.), *11935* (r.),
etc.
Pale, pâle.
Palefrei *4847*, *13420*, s. -eiz
3371, *4809* (r.), *5345* (r.),
6235, *6278*, etc., *n. m.*, che-

T. V.

val de selle (distinct du
cheval de guerre).
Palir *15061*, v. intr., pâlir.
Paliz *18890*, *n. m.*, palissade.
Palu *23095*, s. paluz *12715*
(r.), *23562* (r.), *n. f.*, mare,
flaque (de sanc), boue *23095*.
Pan, *r. pl.* pans *9562*; li pan
des murs *22887*, *24465*,
le front des murs (de Troie).
Pane *13361*, *13391*, doublure
ou fourrure (d'un manteau).
Panoncel *7650*, *18944*, *r. pl.*
-eaus *27899*, *n. m.*, banderole
de la lance, (joint, aux v.
7650 et *18944*, à enseigne,
à baniere et à confanon).
Paor, peur, crainte.
Paoros *29820*, *29908*, *f.* -ose
8085, *f.* -oses *2768*, *13975*,
23881, effrayé.
Par, prép. indiquant le lieu par
où l'on passe; — l'instrument
1341, *27417*, *28124*, etc.,
la manière (par bien *1307*,
convenablement, par fei, par
amor *28265*, par grant amor
28251, etc.; par que, moyen
grâce auquel; voy. que'); — la
cause (par ire, par amor, par
la preiere que l'en fist
reis Menelaus *26288*); la
durée *5100*, *5101*, etc.; —
l'attestation (par Deu passim, par sa merci *18092*,
etc.); — la distribution: mètre
par sei *4661*, mettre à part
(cf. chascun par sei *16559*,
28309); par eus *18435*,
eux-mêmes; — de par tot
cest païs *26833*, partout dans
ce pays; — particule aug-
mentative, ordinairement placée après un adverbe de quantité (si, ensi, tant, trop, mout,
etc.), qu'elle sépare du prédicat (passim); merveilles par
ert vertuós *5241* (cf. *28668*),
m. par ert corteis *5250*; —
plus rarement devant un verbe attributif: tant par aveit
12369, t. par a duré *12981*,
t. me par haïsseit *26534*,
tant par vos desiroe *29555*,
trop par lit grevose leçon
18451, trop par i ot *27804*,
mout par fist *1204*, m. par

16

fait *1311*, *etc.*; *excep-
tionn*[l] : par esguardot si
doucement *5402*, par va-
leit tant *24112*, *et sans adverbe de quantité* : estrange
peine par sofrirent *7622*,
qu'il par cuident *11972*.
Parage *79*, *3401*, *7991*,
13364, *15265*, *16061*,
18447, *18541*, *23362*,
26759, *27945*, *28175*,
28649, *n. m.*, *haute naissance, noblesse.*
Parchemin *13833*, *23202*.
Parçonier *28035*, *s.* -iers,
12910,*25642*,*27844*, *adj.,
participant, qui a sa part; co-
possesseur 28035*; — *subs*[t]
20096.
Pardon; aveir p.*25317*,*26283,
être pardonné*; faire p. de
mort *26352*, *f. grâce de la
vie*; f. verai p. a *29561*, *par-
donner complètement les fau-
tes de.*
[Pardoner], *v. tr.* — *Sbj. 3*
pardoint *26516*, *29444*,
29453, *29469*, *29485*;
impér. 5 pardonez *29469*;
p. p. pardoné *17961*, *f.* -ee
29110, *29489*.
Pardurablement *4896*, *perpétuellement.*
Pareil, *adj. pris subst*[t]*, m.*
22775 (n'ot onc son pareil),
f. 1990 (ne vit sa pareille),
24846 (n'oï sa p.); —
faire, couple 1990, *6135,
7791*; — *pris adverb*[t]*, joster
p. *4364* (litt*[t] : *réunir pa-
reillement*)*, former un couple
assorti de.*
[Pareir], *v. intr. toujours à la
3*[e] *pers.; (impers., précédé de
i et d'un autre adverbe (bien
i, ore i, etc.) 2134, 2563,
2647, etc., paraitre, appa-
raitre.* — *Pr. 3* pert *955,
1662*, *2184*, *2189*, *etc.*, *6*
percent *8077*, *8088*, *8317,
10649*, *22672; pf. 3* parut
2563,*9687*,*10948*, *18452,
20828*, *21282*, *23030,
23838*, *25307*, *25677,
27642; ft. 3* parra *2134,
2647*, *3733*, *9254*, *18060,
22178; sbj. 3* paire *6232*,

8777, 9041; ipf. 3 parust
22310, *26052*, *27911*,
pareüst *2368*.
[Pareissir], *sortir (en parlant
des entrailles).* — *Sbj. 3* parisse *20532*.
[Pareistre], *paraitre; apparai-
tre.* — *Pr. 3* pareist *7092,
12931*, *13140*, *19867,
20142*, *6* -eissent *10764,
20928*, *25993; ipf. 3* pa-
reisseit *4593; ft. 3* pareistra
8258, *19396*, *19867,
20945; p. p.* parissant
26017,*s.* -anz *20978*,*f. r.
pl.* -anz *22417*.
Parent *6345*, *6877*, *27382,
s.* -enz *6883*, *12399*, *etc.*
Parentage *6912*, *28176*, *parenté.*
Parente *8115*, *n. f.*
Parenté *2032*, *10137*,*16490,
18596*, *21727*, *29964*, *s.*
-ez *9622*, *17494*, *23075,
25030*,*30174*,*n. m.*
Parenteis *29259*, *n. m.*, *parenté.*
Pareüst, *v.* pareir.
[Parfaire], *accomplir, achever.*
— *Cd. 2* parfereies *1415*.
Parfin (a la) *4453*, *9366,
28475*, *augmentatif de a la
fin, au bout du compte.*
[Parfiner], *v. tr., décider définitivement.* — *Ft. 4* parfine-
ron *25708*.
Parfondement *2125*, *4720,
adv., profondément.*
Parfont *27860*, *f.* -onde
13825, *27613*, *28418,
29212*,*30100*, *pl.* -es *7202,
27482*, *adj., profond;* —
adv[t] *7211*, *profondément.*
Parhurter *2519*, *10701,
inf. pris subst*[t] *(al p.) 22734,
choc violent.*
Parissant, -anz, *v.* pareistre.
Parisse, *v.* pareissir.
[Parjure], *r. pl.* -es *26713,
adj.*
[Parjurer] sei, *v. réfl.* — *Pf. 3*
parjura *1636; p. p.* parjuré
25844.
Parlement, *s.* -enz *355*,*14729,
15230*, *17048*, *18366,
21230*, *22531*, *25312*,*conversation 4355*, *22058*,

échange de vues, délibération
18360, 25312, pourparlers
24750, 24760, 25289,
25429, 25528, 26995 (te-
nir p. o 25684, négocier
avec), entrevue 22070, décision d'une assemblée 17048,
assemblée, conseil 2223.

Parleor 1186, parloir, salle de
conversation.

Parler 2011, 3322, 4857,
5542, etc., parler; — tr.,
parler de, dire, exposer
25320, communiquer 24747
(p. com li Pallades fust emblez 26670, indiquer le
moyen d'enlever le Palla-
dium), négocier 27727,
27750; ne parla mie puis
dous moz 19068; mainte parole a cist parlee 24604; en
ço que nos avons parlé
25693; que pais en deic
estre parlee 24596; oir
parler 8360, 13552, ouïr
dire; — impers¹, ainz qu'i
eûst parlé de trieve 24271;
— subs¹ 6504, pl. parlers
19605. — Pr. 1 parol
6129, 3 parole 11857,
13719, 17992, 21697,
24677, 26413, 26472,
29438, 30172, 6 parolent
1484, 13212; ipf. 6 parloënt
4298; pf. 1 parlai 23216,
26670, 30059, 3 -a 19068,
21197, 5 -astes 1323, 6
-erent 25346, 26375, 27055,
29579; ft. 3 parlera 12947,
27042, 4 -ons 24594, 5
-eiz 20375; sbj. 3 parout
1307, 17015; ipf. 1 parlasse
13837, 3 -ast 13778,
16294, 18469; 5 parlis-
seiz 26651; impér. 5 parlez
16431, 37038, p. pr. par-
lant 12917; p. p. parlé 3724,
5848, etc., f. pl. ees 24666.

Parleüre 1272, n. f., langage.

Parlier -s, adj. pris subst¹, par-
leur : beaus parliers 5205,
sages p. 3393, bon parlier
21960, bons parliers 21796,
26292; — f. parliere (bele)
5282.

Parlisseiz, -oënt, v. parler.

*Parmains (var. de G à 21853-

6, v. 58), v. intr., pr. 1, ha-
bite.

[Paroir], v. intr., entendre parler. — Pr. 3 parot 14087

Parol, v. parler.

Parole¹, parole, mot; discours
12999, 24604, 26663, con-
versation 3277, 24725, manière de parler, voix 5299,
promesse 13621; grant p. 85,
mention fréquente (avec éloge);
n'en voleit p. escouter 28969,
elle n'en voulait pas entendre
parler; la ou j'en entendi p.
20250, quand j'écoutai un
seul mot à ce sujet; faire longe
p. 17983, tenir de longs discours; tenir fiere p. de 1992,
parler avec fierté de (cf.
merveilleuse p. en tienent
25570 et en a tenue grant
p. 27530); saveir de p.
19852, savoir parler.

Parole², -ent, v. parler.

Parot, v. paroïr.

Parout, v. parler.

Parra, v. pareir.

Parrecide 30166, parricide.

[Parsivre], v. tr., suivre 22876,
continuer 10469. — Ft. 6
parsivront 10469; p. p. s.
parseüz 22876.

Part¹, invar. au sing., pl. parz,
n. f., partie, part (la tierce
p. 3812, le tiers, les dous
parz 11552, 28390, les deux
tiers), partage (senz p. 26875),
côté, direction 27456, région, partie du monde 23298,
groupe 22103; quel p.
27658, 27852, 28160,
29296, 30038, en quel en-
droit, où; a une p. 8577,
24897, 25139, à l'écart;
autre p. 4662; cele p. 2604,
8508, 8955, 11248, 11645,
16224, de cele p. 29920, de
ce côté; de nule p. 26031,
d'aucun côté; de plusors parz
3232, de diverses régions; de
totes p. 7199, 29823; d'ambedous p. 8328, 8537, etc.,
des deux côtés; aveir p. a
26622, avoir droit à; — de
part (avec le cas oblique d'un
nom de personne), du côté de
28527 (de p. sa mere), de la

*part de 408, 3607, 14309,
17979, 19143; de p. vos se
claiment 3638, se réclament
de vous*); de meie part *17757*;
—*les parz 7, les parties de la
science au moyen âge, les
sept arts.*

Part², *v.* partir.

Partie, *n.f.*, *partie, part 24923*;
(senz p. *1603, entièrement* ;
a lor p. *5613, pour leur
part, de leur côté*), *division
de troupe 8094, d. de navires 7070, endroit 11237,
partie du monde 23175,
23207,23304, région 3202.
3354, 27276, côté* (d'ambes
p.) *24269.*

Partir, *v. tr.*, *séparer 2757,
4018, 7584, 9654, 9834.
10520, 17544, séparer* (les
combattants) *14016, éloigner,
chasser 9844,10190,21294,
20568, 24294,* (partir de sei
*15103, 26975, se séparer
de, abandonner*), *partager
7515,11359,17632,24922*;
p. un gieu *21942, proposer
un jeu-parti* (ici, un problème
de conduite) (*cf.* gieu parti
28803, gieus partiz *9802,
15678, 20298, 20783*); —
*v. intr., partir, s'éloigner
2192, 2200, 2512, 2808,
2890, etc., manquer, défaillir
10441, 15446, 15850,
19069, 22906, 22943,
24339, 24823, 25194,
29852, 30204* ; — *v. réfl.,*
p. sei *2683, 7769, 8979,
12029, 14353, 14511,
14755, 18638, 20232.
20709, 25759, etc.,* p. s'en
(absolument) *620, 1119,
6481, 7541, etc., s'éloigner,
se séparer; se répartir 2300*;
p. s'en de *28822, s'éloigner
de*; — *v. récipr. 26048*;
— *subst¹.* al partir *3838,
6398, 7582, 9268, au mo-
ment de la séparation* (des
combattants). — Pr. *3* part
*7515,7541, 10441,17359,
6* partent *19088, 25759, et*
partissent (*tr.*) *11141; ipf.
6* parteient *29735; pf 1* parti
2898,3 parti *10190, 17706,*

5 - istes *15103,* 6 - irent
*10164, 16759, 22159,
22603,30204; cd. 3* par-
tireit *22943, 25194,
26975; sbj. 3* parte *9387,
12072; ipf. 3* partist
15446, 28822, 6 -issent
9420, 23706; impér. 2 part
2683; p.p. parti, *s.* -iz *6608,
7584, 9423, etc., f.* -ie
7558, 9834, etc.

[Partison], *pl.* -ons *26364, ré-
partition.*

[Partuër], *v. tr., achever de
tuer.* — Pr. *3* partue
12819.

Parvenir *4559, 18394.* — *Ipf.
1* parveneie *17883; pf. 6*
parvindrent *27464; sbj.
4* parveignons *16798;* p. p.
r. *pl.* parvenuz *28304.*

Pas : en es le pas *1771, 1957,
2310, 2607, 7542, 8498,
8880, etc., aussitôt* ; en es le
pas que *10693, aussitôt que* ;
le pas *1249, 5258, 7393,
9503, etc., au pas* ; le petit
pas *1540, 4483, 7266,
7415, 7923, etc., au petit
pas* ; plus que le pas *11426,
11646,* plus tost que le pas
15949 ; grant pas *21965, à
grand pas* ; *passage dangereux 28839, passage étroit,
défilé, entrée d'une ville
8096, 12299, 13062,
15228, 15805, 15879,
16097, 17308, 17313,
21642*; —pas *renforçant la
négation, ne... pas* (passim) ;
pas ne *186, 1370, 13240,
23617;* — pas *dans une prop.
de sens indéterminé dépendant
d'une prop. négative 13672,
16865, 26767.*

Pascor (sans article) *1168,
4807, n. m., printemps*
(temps qui suit Pâques).

[Pasmeison], *pl.* ons *23063,
pâmoison.*

Pasmer, *v. intr. 4922,15417,
26178;—réfl.10369,12197,
14030, 15531, 15854,
16360, 16362, 16415, etc.,
se pâmer.* — *Ipf. 3* pasmast
16322 ; p. p. pasmé, *s.* -ez
7322,8801, 9912, etc.

[Pasmi], *s.* -iz *15902*, *p. p.*
-*adj.* pris subst*ᵗ*, *pâmé.*
Passage, *traversée (en mer)*
3980 (prendre p. *1804*,
s'embarquer); au pl., les passages *5932; — droit de*
circulation (ou revenus des
douanes) 12974, 19475.
Passer, *v. tr.* 5*548, 7310, etc.,*
passer, dépasser ; supporter
(avec idée de durée) 10440,
faire passer 8849, 10698,
11395, 12055, 12077,
12103, etc.; — intr., passer ;
traverser la mer 5942, 5975,
s'écouler 2509, 25201,
29064; p. outre *2517,*
8339, 9410, 11401, 14461,
etc.,traverser; p.de ceste vie
4091, trépasser; en p. par
29055, se soumettre à ;
p. de l'autre part *24133-4;*
— *imperst 27486 (ainz que*
passast sis meis entiers; *cf.*
27296), 30032 (passé aveit
mil anz); — *réfl.,* p. s'en
3355, 8599, 9219, 18656,
21053, passer; — substᵗ
5975. — Ipf. 6 passoént
5548; sbj. 3 past *9064,*
12062; ipf. 3 passast *2517,*
27296, 6 passissant *11570.*
Passoént, past, *v.* passer.
[Paume], *pl.* -es *6792, 16411,*
16748, 24026, 27108, pau-
me de la main.
Paveillon -s *10050, 10115,*
11987, 12456,etc., pavillon
(tente ronde).
Pavement *14810, 15487,*
16807, 22248, 22299,
pavé.
[Pavementé], *f.* -ce *1302,*
11754, pl. -ées *3039, p. p.*
-*adj., pavé.*
Pecei, *destruction 27496, bris*
(de lances) 18521.
Peceieïz *8540, 17187, 22693,*
23877, bris (de lances).
Peceier *,1933, 2489, 4457,*
6054, etc., mettre en pièces,
briser, démolir ; — intr.
2567, 8342, 9768, 11397,
etc., être mis en pièces, se
briser. — Sbj. 3 peceit
25998; ipf. 3 peceiast *2567,*
9768, 14222, 23911 : p. p.

s. peceiez *4457, 24699,*
26044, f. pl. -iees *29361.*
Pechié, *s.* -iez *660, 4905, etc.,*
péché, faute 660, 13813,
19663, 26884, crime 28067,
29662, convoitise 10919,
malheur 4905, 17923,
18814 ; a p. *641,* par p.
30191, à tort ; cf. a grant p.
e à grant tort *19772,*
21488; a duel, a honte e a p.
29282.
[Pechier], *v. intr.; imperst* se il
en Jason ne pecha *1647, si*
ce ne fut pas la faute de Jason.
Pecol *1553, 16533, pied de lit.*
Pedoire *16681, 16692, n. m.,*
espèce de pierre précieuse.
[Peignier], *v. tr., peigner. — P.*
p. r. pl. crins si peigniez
23470, cheveux si bien pei-
gnés.
Peincel *22411, pinceau.*
[Peindre], *v. tr. — P. p.* peint
7809, 17136, 18487,
21078, 22717, 25367,
s. peinz *7898, 10646,*
10836, 18530, 23602, f.
peinte *2494, 11734, 16031,*
16366, 17556, 17885,
18082, 18635, pl. -es *26226.*
Peine ', *châtiment* (mortel p.
23858, peine de mort) ; souf-
france, difficulté, effort,
ennui ; endurance 5370; — a
p., *avec peine, difficilement*
6086, 6128, 13849, 17513,
24264, 25595, 27065,
28146, 29232, très peu
28825; a grant p. *6410,*
22246, 22276, 23013,
29203, a mout g. p. *8550,*
9122, 16364, 17392,
19108, 25657, 26180,
29438 ; a peines *2729,*
3606, 5168, 5718, 10279,
11036, 11037, 18574; a
granz p. *5258, 10231 ;* se
metre en grant peine de
(infin.) 23951, faire de
grands efforts pour.
Peine², -ent, peint, *v.* pener.
[Peintre], *s.* -es *22411, peintre.*
Peinture *22416 (au sens con-*
cret 10638), pl. -es *16646*
(au sens concret).
Pcior, *s.* pire *8022, 9802,*

9824, 10776, 13130, 16776,
etc., s. pl. peior 9371 et
pire 9269 (r.), 12582 (r.),
r. pl. peiors 11511, 19974,
comparatif organique sou-
vent pris subst¹, pire, inférieur, battu (dans un combat);
—subst¹(au sens neutre), aveir
le peior de la bataille 419-
20; en a. le p. 7546, 9306,
12288, 14549, 20176.

Peis¹, n. m. invar., poids 1236,
10928, 14013, 25472,
25712, 26542, impression
pénible: sor son p. 280,
352, 571, 24812, malgré
lui, à son grand ennui ; sor
mon p. 20405, sor lor p.
9234, 26295, 27242,
27316.

Peis², n. m., pois (dans prop.
nég.) : n'en charra tant com
monte uns p. 22423, il n'en
tombera pas gros comme un
pois.

Peise, peist, v. peser.

Peisson 16540, 29880, 30021,
r. pl. -ons 1161, 6779,
14732, poisson.

Peitral 10757, poitrail.

Peitrine 5559, 16485, 17569,
21495, 24240, pl. -es
21341, poitrine.

[Pel¹], s. peus 6017, 23102,
23499, 26568, n. m., pieu.

Pel² 1940, 11403, 13368,
13371, 22086, 22615,
22866, n. f., peau.

Pelice 1619, pelisse.

Peliçon, n. m., pelisse 15544,
vêtement qu'on revêt sous le
haubert 11107.

Pelote 14831, balle.

[Pelu], s. -uz 12362, poilu.

Pendant, n. m. : tot le p. d'un
costal 23996, tout le long
(en suivant la pente) d'un côteau; cf. 9690, Hector les
en meine un p.

Pendre 6433, 27166, v. intr.,
pendre, être suspendu; p.
vers 3329, 8753, dépendre
de, concerner ; faire p.
6433 ; — tr. 5001, pen-
dre 11774, etc., suspen-
dre 7858 ; — réfl. 28532,
se pendre ; p. sei vers 114,

pencher vers, favoriser. —
Pr. 3 pent 8753; pf. 3 pendié
26883 (r.), pendi 114,
26890, 28397, 28532; p.p.
s. penduz 27804, 28303,
28563.

Pene, n. f. : p. de l'escu 7317,
22782, arête supérieure du
bouclier.

Peneance 28376, n. f., châtiment.

Pener sei 8481, 11050,
15029, 19849, 28823, se
donner de la peine ; p. sei
de folie 3164, agir follement ;
p. sei de (inf.) 760, 909,
etc., p. sei com (sbj.) 27742,
s'efforcer de. — Pr. 3 peine
2004, 2747, etc., 6 -ent
8435, 9439, 9602, etc.;
ipf. 3 penot 760, 10076, 6
-oënt 7136; pf. 3 pena 909,
5853, 5563, 6 -erent 22436;
ft. penerai, etc.; cd. penereie,
etc.; sbj. 3 peint 8760, 9542,
28302; ipf. 3 penast 1348 ;
p. p. pené 27830.

Penible, pénible, qui se donne
du mal 5146, qui fait du
mal 28932.

Penitance, punition 20723,
acte pénible 18739.

Penon -s 9684, 11348, 13879,
13945, 18571, 18953,
18971, 21283, 23481,
pennon, banderole de la
lance.

*Penoncel, -eaus, pennonceaus
M², var. à panoncel.

Penos 5152, qui se met en
peine (pour), avide (de).

Penoënt, -ot, v. pener.

Pens, penst, v. penser.

Pensé 3694 (r.), 4444 (r.),
13679, 14752, 16136 (r.),
17667 (r.), 18925, 20228
(r.), 24728, s. -ez 5539, n.
m., pensée, avis.

Penser, v. intr., penser, être
préoccupé 15007; p. de
1656, 4009, 10078, 18061,
25703, 27153, penser à,
songer à; p. a 17621, m. s. ;
p. a sei meïsme 20237, p. en
soi-même ; — tr. 14979,
pense morir 29997, croit
être sur le point de mourir

(de douleur); p. que 28753, réfléchir que; songer à, réfléchir à 14989, 17715, 18061,19076, 21844, méditer, projeter 24682; — impers¹ 27787; — réfl. 1636, 4150,20285; — subst¹ 8490, 11930, 12962, 14406, 14796, 15030, 15060, 16132, 20328, 23188, 24634, 27740, 29935, pensée, opinion. — Pr. 1 pens 11075, 12436 24104, ipf. 1 pensoè 29456, 3 -ot 10078; sbj. 3 penst 4009, 5 penseiz 1656, 4150; ipf. 3 pensast 6163, 27768, 28735.

Pensif 21638, s. -is 4442, 5162, 7842, 11072,12675, 14021, 15548, 18012, 18101, 18346, 19561, 21857, 21976, 25102, 25239, 25768, 27768, 29820, f. ive 8086, 10594, 13540, 17616, pl. -es 23882, préoccupé, ennuyé.

Pensoè, -ot, v. penser.

Per, adj. pris subst., m. 897, 2727, 3948, 5168, 5228, 5350, 7169, 16926, 21431, 22719, 30004, pair, compagnon, égal, équivalent.

Percier 2579, 7479, 8409, 9137, etc., percer;—percieze remuëz les ont 9807, ils ont percé leurs lignes et les ont mis en fuite; — intr. 9398, 14153, être percé; — v. récipr. avec rég. direct 9513. — Sbj. 3 perst 22616.

Perdi, -irent, -ist, v. perdre.

Perdicion 26602, n. f., perdition, perte,

Perdre 24783, 24919, 25361, 29402, v. tr.; p. terre 5067, perdre de vue la terre; — v. intr., perdre, éprouver des pertes (dans un combat) 2435, 2448, 2457, 2664, etc. — Pr. 2 perz 20759, 20763, 20764, 24509, 3 pert 3804, 7524, 7589, etc., 6 perdent 7164, 8656, 9482, etc.; ipf. 6 perdeient 2457, 12449, 15777; pf. 1 perdi

3868, 3 perdi 512, 2852, 20953, 20994, 28691, 6 -irent 2448, 2664, etc., et -ierent 21038 (r.); ft. perdrai, etc., 5 -eiz 3274; sbj. 2 perdes 4114, 3 -e 29660, 6 -ent 3739; ipf. 3 perdist 778, 9103, 9773, etc., 6 -issent 2435, 10962, 12315, 14218, 17325, 19304, 21031, 22754, 23974, 24260; impér. 5 perdez 7763; p. pr. s. perdanz 4970; gérondif perdant (o p. un membre o dous 27604); p. p. perdu (passim), s. -uz 19651, 24640, 29494, f. pl. -ues 27633, 28554.

Perent, v. pareir.

Peril 4118 (: gentil), 7200, 9718, 11896 (: il), 15364, 29083, 30152, s. -iz 7204, 13534 (r.), 17927, 21941 (r.), 26985 (r.), 27218, 27928, 28737, 28843, 28869, 28895 (r.), danger, (a grant p. 20143, très dangereusement), situation critique 25180; au pl., possession de l'objet aimé 13534.

Perillier 28668, v. intr., être perdu, faire naufrage; — tr. 29372, engloutir. — P. p. perillié 27610, 27666, 27894, 28901, 29281, f. pl. -iees 29372.

Perillos 9492, 10088, 10932, etc., f. -ose 27354, 27585, dangereux, redoutable.

Perir 7198, 24564, 26866, 26955 (faire p.), v. intr., périr, être perdu; — réfl. 29585, se donner la mort. — Pr. 3 perist 12816, 21898, 22230, 6 -issent 10933, 12958, 19639, 27909; ipf. 6 perisseient 6830; ft. 3 perira 10999, 19648; cd. 3 perireit 29891; sbj. 3 perisse 13097; p. p. peri (avec l'auxiliaire estre) 43, 2074, 5107, 11003, 27637, 28664, s. periz 19517, 19651, f. -ie 28589, 29585, pl. -ies 27921, être perdu, détruit.

Perrin 15499, de pierre.

[Perron], *pl.* -ons*19241* (as per-
rons bis *est un simple rem-
plissage.*
Pers *3516*, *10229*, *16230*,
19012, *20620*, *24226*,
24314, *27594*, *30156*, *f.*,
perse *11715*, *inv. au masc.*,
livide; *de couleur foncée*
3064, *13049*, *23097*, *25265*,
27594.
Persi *16356*, *livide*.
Perst, *v.* percier.
Pert, *v.* pareir et perdre.
Perte *2693*, *2705*, *17598*,
18230, etc., *perte, ruine*; ja
en sera la p. lor *18773*, *ils
auront le dessous.*
Pertus *1532*, *7818*, *28880*,
pertuis, trou.
Perz, *v.* perdre.
Pesance *7264*, *8696*, *9367*,
etc., *ennui, émotion pénible*;
*tristesse 22462, 22507, res-
sentiment 28342*; aveir p. de
6150, *6355*, *6401*, etc.,
*éprouver une émotion pénible
ou un chagrin de, être ennuyé
de.*
Pesant, *r. pl.* anz *23500*,
28031, *f.* pesant *8146*,
15239, *16231* (pesante
10909 (r.), *18719*), *p. pr.
-adj.*, *lourd 806*, *5722*,
15740, *23500*, pénible *8146*,
15239, *16231*, *18719*.
Peser *19754*, *20263*, *21674*,
24086, *v. intr. et impers.*,
être désagréable ou pénible;
être l'objet d'un regret 16937;
— *avec* ço pour sujet *2039*,
10068, *16937*, *22252*,
22952, *22954*, *25212*,
26467, *27783*, *28982*,
29088, *29994*; — im-
pers^t *1087*, *1100*, *2088*,
2796, etc. — *Pr. 3* peisc
2039, *2796*, *3238*, *3793*,
4765, etc.; *ipf.3* pesot *16871*;
pf. 3 pesa *3654*, *4634*, *4789*,
7377, etc.; *ft. 3* pesera
6657, *9148*, *12311*, *17941*,
26633, *26691*; *cd. 3* pese-
reit *6447*, *8933*, *19932*;
sbj. 3 peist *4726*, *7224*,
8621, *9377*, *10281*, *12699*,
17989, *18616*, *22263*,
26172, *28979*; *ipf. 3* pesast

2802, *5746*, *9530*, *19757*,
22459, *27351*, *30295*.
Pesle, *v.* mesle.
Pesme -s, *superlatif organique
de sens affaibli et employé presque toujours avec un adv. de
quantité* (cf. *6548*, *6903*,
7187, *24486*, *26662*), *mauvais, terrible* (d'un ennemi)
6903, *acharné* (d'un combat)
7187, *24176*, *fâcheux,
pénible 6548, 24486, 26662.*
Petit *3986*, *4483*, etc., *s.* -iz
2761, *5153*, *5203*, *5269*,
etc., *f.* petite *5276*, *6506*,
pl. -es *23448*, *petit, petit de
taille, de basse origine*; —
adv^t *14582*, *17366*, *17370*,
22506, *23724*, *23803*,
26608, *26740*; petit l'en est
18470, *18743*, celà le touche
peu; par mout p. d'acheison
19299, *pour un motif bien
faible* (cf. por assez p. *2837*);
un p. *3595*, etc., *un peu*; par
a. p. d'uevre *2831*, *par un
fait d'assez peu d'importance*;
un sol p. *5330*, *seulement un
peu*; jusqu'a p. *16053*, *18743*,
d'ici à peu; de p. *17454*, *peu*
(opposé à de grant); por un p. ne
(indic.) *8452*, *10712*, *11272*,
12557, *17372*, il s'en faut
(fallut) de peu que ne (subj.);
peu de temps 2446, 13441;
— *adv.*, *peu 1798*, *1943*,
3474, *3488*, *3595*, etc.;
mout vait p. ne (subj.) *17617*;
— en p. d'ore, *voy.* hore.
Petitet, *r. pl.* -ez *16536*, *tout
petit*; — subst^t, mout p. lor
en remaint *27615*.
[Philosophe], *pl.* -es *9*, *savant.*
Pie, *v.* piu.
Pié *3036*, *3382*, etc., *s.* piez
2502, *3945*, etc., *pied, pied*
(mesure) *12838*, *16693*;
plain pié *11456*, *la longueur
d'un pied*; a p. pié *15837*; ne
reculer plain pié *8757*, ne
foïr p. pié *16173*, *ne pas reculer d'une semelle*; ja mar
por nos fuireiz p. pié *12887*;
porter le pié *1784*, *20853*,
p. les piez *23187*, *mettre les
pieds, aller*; en piez *14824*,
debout; se lever en pié *18156*

(r.), *se dresser*; saillir en piez
2502, 6407, 7315, 9979,
22560, 24578, se dresser
brusquement; en piez s'estut
3945, m. s.; lever en p.
24515, resaillir en p.
11287, 24019, 24142,
saillir sor p. *11491, se rele-*
ver ; — ja d'eus toz n'en eschapast piez *25766* (*cf.*
ja p. n'en e. *23692*), ja d'eus
nen e. uns p. *22209, il*
n'en aurait pas échappé un
seul (*cf.* ja n'en e. uns p.
23700) ; a peines en eschapa
p. *28236.*

Piece, *pièce, morceau*; grant
p., *un bon moment 1773,*
25007, longtemps 2413,
9242, 9990, etc., depuis
longtemps 3364 ; une g. p.
10028, 17930, un bon mo-
ment; une p. *15542*, piece
76, longtemps; piece a *4325,*
7938, 12811, 12980, 20295,
21744, il y a déjà quelque
temps (*cf.* grant p. a *15398* et
p. aveit que *19013*) ; a chief
de p. *15508, 29437, après*
un moment.

Piege *17946, pl.* -es *13382,*
n. f., piège.

Pierre, *pierre* (*en général*) ;
pierre précieuse 1679, 2779,
3103, 7899, etc.

Piler -s *3075, 14658, 14714,*
14758, 14761, etc., pilier.

[**Pilerel**], *r. pl.* -eaus *16701,*
22430, n. m., petit pilier.

Pileret *16665, n. m., petit pi-*
lier, colonnette.

•**Pilerons** (*var. de G à 23037-*
126, v. 3), *n. m. pl., petits*
piliers.

Piment *1210, n. m., boisson où*
entraient du miel et des
épices.

Pin *6265, s.* pins *6269.*

[**Pincier**], *pincer.* — *P. p.* pin-
cié *18086, s.* -iez *17568.*

Pire, *v.* peior.

Pis (*invar.*), *compar. organique*
1598, 27931, 28159, pis;
— *subst*, li pis en a esté lor
21220, ils ont eu le dessous;
le pis en ot *2411*; pis oster
3982, éviter le pire; estre de

pis (*inpers.*) *6044*, estre pis
15090, venir pis *16976,*
aller plus mal ; entrer de mal
en pis *13636.*

Pitié *4676, 13414, 13419,*
15472, 17766, 23023,
23789, 25120, 29492, s.
pitiez *26182, r. pl.* pitiez
11891 ; faire grant p. a
23729, inspirer grand'pitié à.

[**Pitos**], *f.* -ose *5288, compa-*
tissant.

[**Piu**], *s.* pius *5379, f.* pie
5517, pieux.

Piz (*invar.*) *2515, 5158, 8348,*
8895, 12061 (r.), *17296,*
18637 (r.), *19995, 22184,*
24046, 30104, 30114, n.
m., poitrine.

Place, *pl.* places *5102, 7667,*
28031, n. f., lieu, emplace-
ment, terrain découvert (en
unes places *7667, 23426*),
terrain (*champ de bataille*)
2425, 2445, 2545, etc. ;
tenir p. *2663, 7563, 9359,*
9847, etc., rester en place,
tenir bon; tenir p. a *20864,*
t. p. vers *24087, résister à* ;
en la p., *sur place 12489,*
16174, 16758, en cet en-
droit 17324; en places *5102,*
en plein air.

Plaie -s *7142, 9033, 9420, etc.*

Plaier *9550, 9662, 10890,*
10902, etc., blesser ; — p.
sei *12792, etc., v. récipr., se*
blesser.

•**Plaidier** (*var. de I, t. IV, 418,*
v. 11), *v. tr., discuter.*

Plaigne[1] -s *5712, 6750, 7590,*
7958, 11388, 12012,
13965, 20898, 21329,
22649, 22750, 23931,
plaine.

Plaigne[2], *v.* plaindre.

[**Plain**[1]], *s.* plains *4608, 21333,*
n. m., plaine.

Plain[2] -s, *plan, plat 5562,*
12050, 13965, 17093,
21144, 23316, 26228,
27480 ; as plains chans
7718, 8402, 15604, 16107,
21125, 23121 ; tot de p.
2497, tout droit; trestoz a
p. *14156, complètement*; —
subst, *terrain uni, découvert*

3359, surface (unie) de la mer 4608; — *de* p. *eslais, v. eslais;* p. *pié, v. pié.*
Plaindre *2921, 8392, 10188, 12074, 21304, 21609, 23020, 29295, v. ir., plaindre (ordin¹ joint alors à regreter ou à plorer) 6183, 7525, etc., exprimer ses regrets pour la mort de 384, 524, 2629, 10415, 11949, etc., déplorer 18715;* — *intr. 2921, 7370, 12074, 12752, 13428, 21362, 21454, 21609, 23020, se plaindre;* — *réfl.* 1105, *8472, 8519, 12707, 13220, 15497, 20048, 20056, 20780, 21304, 21669, 24540, 27573, 27616, 29932.* — *Pr.* 1 *plaing 16969, 21877,* 3 *plaint 6088, 8472, 13220, 13428, etc.,* 6 *plaignent 6168, 6170, 11965, 19129, 20048, 21454; ipf.* 3 *plaigneit 26533; sbj.* 3 *plaigne 3737, 4030, 7370, 8519, etc.,* 4 *plaignons 3838;* p. *pr.-gér. plaignant 21669;* p. *pr.-adj.* s. *plaignanz (fu* p. *de 277, se plaignit);* p. p. *plaint 12752, 20039, 22314, 22498, 22832, 25793, 29720, 29739, 30285,* s. *plainz 524, 2629, 6183, 7525, etc., f. plainte 24431.*
Plaint¹ *384, 10415, 11949, 12082, 12215, etc.,* s. *plainz 8648, 13326, 18008, 18847, 19403, 20567, 24297, 24426, 26822, n. m., plaintes (au sing. comme au pl.).*
Plaint², *v.* plaindre.
Plaire, *v. intr. 1268, 1279, etc.; v. impers. 854, 859, 1115, 1116, 1258, etc.; se vos plaist 13650 (formule).*— *Pr.* 3 *plaist 1115, 1116, 1279, etc.,* 6 *plaisent 14857; ipf.* 3 *plaiseit 5773, 6724, 20232, 24501, 30305; pf.* 3 *plot 1258 (r.), 1323, 1326, etc.; ft.* 3 *plaira 20335, 24895; sbj.* 3 *place 854 (r.), 1268 (r.), 4128, 4726,*

7224, 8933 (r.), 12699 (r.), 12994 (r.), 13292, 13597, 16456, 18726, 19060 (r.), 21953 (r.), 22388, 29879, (r.), et plaise 10014, 20099 (r.); ipf. 3 *pleüst 26486.*
Plaisir-s, *plaisir, gré, volonté, caprice 4701 (al voleir de* son p.*); plaisirs (r. pl.) 25443, volontés;* a p. *1443, à discrétion; estre a* p. *(impers.) 713, 10071, 22533, venir a* p. *5844, 5901, 5953, 8106, 28788, faire plaisir, plaire; vostre* p. *8724, a trestot v.* p. *1615, à votre service, tout à v.* s.*; faire tot* son p. *5372, faire ce qu'on veut; a* son p. *20721, 30279, à son gré; a veir a* son p. *6612, 24685, avoir à sa disposition; dire son* p.*4430, 4445, 19198, donner son avis.*
Plaisseïz *29955, n. m., palissade.*
Plaissier *22579, faire plier, dompter;* — *intr. 18623, être dompté, plier.* — *Sbj.* 3 *plaist 18623.*
Plaist, *v.* plaire et plaissier.
Plait, s. *plaiz 5269, 10150, 10770, etc., procès, contestation 8164, débat, lutte 6456, droit (mout. sot de* p. *3253), arrangement, convention 6158, 6337, 17919, 18298, 19928, 24592, 25424, 25495, 25751, 27151, cour (tenir* p.*) 1184, satisfaction 3936, 3939, 6158, délibération 24480, 25341, 27450, conversation : tenir* p. *de 1486, 14407, 17986, parler de; mener grant* p. *de 27741, faire grand bruit de; ne.... faire lonc* p. *2274, 2988, 23854, ne pas perdre le temps en discours : que vos en fereie l.* p. *? 3636, 6209, 12759, 14380, 24739 (cf. quos en f. plus l.* p. *13234, 16106, que vos f.* p. *l.* p. *25010, quos ireie l.* p. *faisant? 23503, ne vos en quier faire l.* p. *4494, 27248, 28344, 28438, que*

vos en fereie autre p.? *18402*,
(*formules*) ; — *affaire* 1102,
7588, 13740, 15406,
15586, 15858, etc., *affaire
fâcheuse* 21731, 27362,
entreprise 3542, 12882,
18174, 18836, 28192,
combat 6456, 10770, 11190,
manière, moyen : n'i avcit p.
de 7504, *il n'y avait pas
moyen de* ; por nul p. 2235,
3193, 3237, 8824, *en
aucune façon* ; en nes un p.
17935, *m. s.*

Planchier 1178, *n. m., balcon
(de bois?)*.

Planer, *v. tr., rendre lisse, ra-
boter. — P. p.* plané (fust p.
23421, fraisne p. 12040), *r.
pl.* planez (fuz p. 12014,
23609), *f.* planee (lance p.
22709).

Plastre 14921, *plâtre.*

Plat, *r. pl.* plaz 24234, *adj.
pris subst*ᵗ 14174, *côté plat
(d'une lame), adj. (sens de
l'adverbe),* toz plaz 24234 ;
adv., tot plat 22110, trestot
p. 9778, *tout à plat.*

Plataine 10388, 23067, *dalle
funéraire.*

Plein-s, *adj., plein, rempli ; complet* 5105 (estoire pleine).

Pleinement 17067, 24292,
complètement ; tot p. 22188.

Plenier-s, *plein, complet, entier,
bien développé* 5159, 5419,
17198, 23896 (front p.
5395, *front large*), *grand,
considérable* 7683, 17078,
25137, 27483, 27843 : so-
cors p. 23124, *puissant secours ;* estor mout p. 24160,
grande bataille ; batailles ple-
nieres 20894, *escadrons au
complet ;* marchié p. 19317,
marché bien fourni ; terre pleniere 6733, *terre plantureuse ;*
vergiers pleniers 2370, *jardins touffus ;* cort pleniere
813, 12924, 24482, 25466,
28515, *parlement plenier*
22531, concire p. 25679,
assemblée plénière ; ne dont
eles (les mers) sont plus ple-
nieres 23230, *et ce qui fait
leur importance.*

Plenté 2998, 10634, 12151,
12274, 12769, 14642,
14809, 16516, 16775,
17319, 19424, 19978,
24180, 26783, *s.-ez* 3682,
10460, 26847, *n. f., abondance, grande quantité.*

[Plenteïr], *f.* -ive 27495, *plan-
tureux, riche.*

[Plenteüros], *f.* -ose 17437,
fertile.

[Plevir], *v. tr., garantir, jurer ;
— intr.* 26260, p. o, *convenir avec. — Pr.* 1 plevis 2168,
2339, 5599, 7950, etc. ; *p.
p.* plevi 24741, 25824,
26260, 27981, *f. pl.* -ies
10316, 19384 ; *subst*ᵗ, son
plevi 27174, *qui lui avait
juré amitié (compagnon-
nage).*

Plongier sci 23654, *s'enfoncer
(dans une foule). — Pr.* 3
plonge 24199 ; *p. p.* plongié
15821, 20481, *r. pl.* -iez
12211.

Plor 4768, 27774, 28092,
28874, 29467, *pl.* plors
4956, 27279, *n. m., action
de pleurer (même au sg.),
pleurs ;* faire plors 27279,
pleurer.

Ploreïz 2762, *n. m., action de
pleurer.*

[Plorement], *r. pl.* -enz 21678,
21737, *pleurs, action de
pleurer.*

Plorer 4650, 4677, etc., *v.
intr., pleurer ;* p. des ieuz
2636, 30193, *p.* as i.
19404 ; p. d'Ector 17595,
pleurer Hector ; — tr. 15501,
19121, 19142, 19364,
19404, 22314, 22403,
24432, 29720. — *Ipf.* 3 plo-
rot 4641, 7961, 6 -oënt
14543 ; *sbj.* 3 plort 4850,
7056, 10203, 18624 ; *ipf.* 3
plorast 22472, 38296, 6
-assent 26518.

Ploroent, -ot, plort, *v.* plorer.

Ploros 4788, 14554, 19100,
25239, 27190, 28099, *f.*
-ose 22439, *qui pleure ; pleins
de larmes (en parlant des
yeux)* 20316.

[Ploveir], *v. impers., pleuvoir.*

—*Pf.* 3 plut *11983, 19273, 27900.*
Pluie *11149, 19312, 27336.*
Plume *14839.*
Plus, *adv. comparatif, plus, davantage* ; le p. *26354, surtout* ; p. e p. *742, de plus en plus* ; — *plus longtemps, désormais à l'avenir, dans prop. nég. ou interrog. 1530, 25125* ; ne sai que aloignasse p. *14460 (formule)* ; — *compar. pour superlatif, surtout avec* tant come : tant come il en pot aveir p. *2924 (cf. 5139-40, 5772, 6262, 7010, 8028, 10396, 11451)* ; *exceptionn¹ avec* si... come *6604, avec* come *19410, avec* ensi... come *27144-5* ; *avec un compar. organique, tel* honor come hom porreit aveir greignor, *11007-8 (cf. 27523)* ; *avec un régime (superl. relatif)*, e qui fu p. loëz de toz *2856 (cf. 2857, 2858)* ; — *à citer encore* : plus bel que pot *1230* ; plus tost que pot *3855* ; des saintuaires plus preisiez *25515* ; ço que il p. li voudreit dire *15075* ; — plus *pris subst¹* : a p. n'en fussent *10177, ils n'auraient plus eu rien à craindre (ou à faire)* ; qui a a p. ne s'en metra *18235, qui ne s'en préoccupera plus* ; parler de p. *(avec négation) 3322* ; n'i en p. fait *10165* ; — jo n'en sai p. *17703, 20317, 25736,* n'en s. p. *11289, 17439, 25895, 28086 (formules de transition), bref, en un mot* ; *cf.* il n'i a p. *14508,* n'i ot p. *9115, 27999,* n'i aveit p. *15495,* or n'i a p. *2273, 9369, 16997,* n'en dirai p. *14099* ; — *avec l'article (superlatif)*, le p. de *18182, 19281, la plus grande partie de* ; *avec un rég. au plur.*, dont (des trente) li p. a la mort baaille *15823,* tot le p. des nes *23701* ; *avec un rég. nom collectif,* le p. de sa gent *20158* ; *sans régime,* li p.

diënt *16890, la plupart disent* ; — plus *avec un n. de nombre pour rég. et le verbe au sing.,* plus s'en ist de seisante mile *21276.*
Plusors, *s.* -or *680, 1345, etc., adj. et pr. indéfini des 2 genres, plusieurs* ; e li autre prince plusor *26281* ; *avec l'art.,* les plusors, *s.* li plusor, *la plupart* ; li p. d'eus *12734, la plupart d'entre eux.*
Plut, *v.* ploveir.
Poëir¹, *n. m., pouvoir, autorité, force 1122, 1731, 2916, 3720, 5590, 6368, 6982, etc., effort 3269, 18766,* (por nul p. *15077*), *le possible, ce qu'on peut 18284, 21913* : faire son p. de *1287, 26704 (avec l'inf. 8379),* f. tot s. p. de *3776, 25306 (avec l'inf. 24945)* ; metre tot s. p. en *25685* ; a mon p. *15137, 17007, selon mes moyens, de tout mon pouvoir (cf.* a son p. *4993, 9623, etc.).*
Poëir², *pouvoir* ; jo n'en puis mais *13164, ce n'est pas ma faute* ; ço que il puet *12228, autant qu'il peut* ; *impers¹,* ne puet mais estre en autre sen *2709, il n'en peut être autrement* ; ne p. estre que *(sbj.) 1866, il ne peut pas se faire que (cf. 30107-8)* ; ne puet muër, *v.* muër. — *Pr.* 1 puis *1398, 2913, 2914, etc., 2* puëz *827, 835, 847, 1403, etc., 3* puet *22, 1106, 1121, etc., 4* poons *1761, 3802, 6133, etc.,* poon *12615, 23196, 5* poëz *1075, 2632, etc., 6* pueent *2712, 3817, 4518, 5053, etc.* ; *ipf. 1* poëie *8941, 13147, 2* poëies *836, 3* poëit *4538, 4649, 7481, etc., 4* poïons *7461, 6* poëient *5079, 7430, 8483, etc.* ; *pf. 1* poi *3603, 3871, 13785, 3* pot *415, 775* (r.), *1230* (r.), *1774, etc., 4* poümes *28686, 6* porent *2485, 2562, etc.* ; *ft.* porrai, *etc., 5* porreiz *4694, 6389, 6444, etc.* ; *cd.* porreie, *etc., 5* porriëz *13623, 15116, 19671,*

24624, 28573 ; *sbj.* 1 puisse
1867, 3778, *etc.,* 3 puisse
1363, 1936, 4951, *etc.,*
puist 17598, poissons 2241,
3229, 3270, 3798, *etc.,* 5
poisseiz 3644, 7772, 13470,
26177, 6 puissent 39, 2254,
etc.; ipf. 1 poüsse, 1408,
6452, 20291, 2 -es 841, 3
poüst 772, 783, *etc.,* 4
poüssons 4392, 4429, 5 -eiz
2160, 23512, 24648,
28152, 29412, 6 -ent 1841,
4559, 4959, *etc.,* poüssient
23574.

Poësté 3766, 5992, 6732,
6926, 10545, 15571, 16886,
16994, 24779, *pouvoir, force; autorite* 10494, 10545,
influence 15571 ; — *au pl.,*
les devines poestez 19596,
28830, *les puissances divines.*

[**Poësteïf**], *s.* -is 11820, 29775,
adj., puissant.

Poëte-s, *savant dans l'art magique* 13353, 14668, 16685,
prêtre 5391, 16557, 22898,
29160, *prêtre et devin* 5820;
joint à devin : suges poëtes,
bons devins (Helenus) 5391;
distinct de devin : tuit li poëte e li devin 22898, 29160.

Poi¹, *fém.* poie 16344 (la lor defense iert mais mout p.), *adj.;*
— *adv., peu, un peu; trop peu*
17287; poi e petit 21567,
peu à peu; un sol poi d'apui
30087, *seulement un peu
d'appui; peu de temps* 1495,
14315 (n'a se poi non),
29066 (*mais* en poi de tens
2893, 7206, 20482; en poi
d'ore, en mout poi d'ore,
voy. hore); un poi plus
1951, *un peu plus longtemps;*
jusqu'a poi 1529, 2276,
15675, 15869. 23410, *avant
peu;* — *devant un nom pl.
sans de,* poi cheveus 5266;
avec de et un nom collectif,
poi de gent 23575 ; (*cf.* poi
son gent 1125); *sans rég.
(substantivement), avec le
verbe au pl.,* poi ont qui a
eus s'apon.gent 18875, *ils
ont peu d'hommes qui les appuient* (cf. 20467, 22526);

— *subst¹,* un poi 7497, 10255 ;
estre poi (*impers¹*) : mout li
ert poi de mal faire 3508, *il
ne lui coûtait guère de faire
le mal* (*cf.* 3504); poi li iert
de ceus de Troie 13433, *elle
se préoccupera peu des
Troyens;* — por poi ne
2512, 3518, 3554, 4655,
etc., por un poi ne 9814,
9940, 12321, 14533, 15303,
15357, 15852, 15942,
18676, 24246, 27083,
28130, por poi que ne
2706, 3334, 3589, 4552,
*etc., il s'en faut (fallut, etc.)
de peu que... ne; cf.* 21499,
a poi fust la venjance faite.

Poi², *v.* poëir.

[**Poierj**, *v. intr., monter.* — *Sbj.*
3 puit 4971, *p. p. s.* poiez
882.

Poignal, *bien en main (qui s'adapte bien au poing)* : lance
grosse e poignal 20073,
21079.

Poignant, -e, -ons, *v.* poindre.

Poigneïz 9197, 11993, 14362,
n. m., combat (*a cheval*);
faire le p. 11659, *s'élancer
sur un ennemi qui se retire.*

Poigneor 8427, *combattant,
guerrier.*

Poindre 2543, 2576, 15762,
piquer, éperonner : vers Achillès point Galatee 12518 (*cf.*
15641); — *intr.* 2543, 11647,
(esteient point), *piquer des
deux, s'élancer* ; — *subst¹*
7425, 9036, 14285, *etc.,
attaque, charge (dans un combat à cheval);* prendre le p.
9069, 9879, 11195, 17185,
pr. un p. 7830, pr. son p.
9328, *s'élancer;* tel p. fist que
14317. — *Pr.* 3 point 2576,
7511, 8508, *etc.,* 6 poignent
15762; *pf.* 3 poinst 9559,
14454, 6 poinstrent 7419;
sbj. 3 poigne 7456; *imper.* 4
poignons 2640, 8763, 9747,
etc., 5 -iez 8995, 12531,
24043; *p. pr. -gérondif* poignant 7390, 7506, 9099,
9104, *etc.; p. p.* point *passim.*

Poing 2525, 7533, 9934, *etc.,*
s. poinz 2481, 11279, 12196,

12549, 14233, 15711, 16193, 21409, poing.

Poinst, poinstrent, *v.* poindre.

Point¹, *n. m.* ; en mal p. *19683, mal à propos ; — sert à fortifier la négation :* ne p., *18091 ;* n'ont p. del cors Mennon *21783, ils n'ont aucune partie du corps de M. ;* senz un sol p. de dessemblance *22572 ;* n'aveit un p. de mesestance *5526* ; p. ne *5332, 14476 ; — dans une prop. dépendant d'une prop. négative 17989, 18261 ; — dans une prop. dubitative de forme, mais négative de sens :* ja mare en sereit p. iriez *17456 ; — dans une prop. indéterminée :* nule rien que a amor la ou sis cuers seit p. tiranz *20310-11, un homme qui aime quelqu'un vers qui il soit tant soit peu porté.*

Point², *v.* poindre.

Pointe *22820, pl.* -es *21392, extrémité pointue (de l'épée).*

Poison *10251, pl.* -ons *28780, n. f., potion.*

Poissance *3666, 5744, 6114, 10999, 13188, 21462, 29828, puissance, force ; vaillance 19477.*

Poissant *78, 6774, etc., s.* -anz *12326, puissant ;* le Deu p. *26146, Jupiter ; — subst^t 22516, 28490.*

Poissantment *6650, puissamment.*

Poissons, -eiz, *v.* poëir.

Pome *3881, 3885, 3906, 3913, 3917, pl.* -es *16685, pomme ; avec négation, chose sans valeur 3097* (n'i forcreient une p.).

Pomel *22477, s.* -eaus *14305, pommeau surmontant le pieu qui soutient la tente d'un pavillon 14305, boule surmontant le tombeau d'Achille 22477.*

Pomelé *10786, r. pl.* -ez *6241, 7349, p. p.* -adj., *pommelé.*

Pomier *7880, 10838, 11454, pommier.*

Pompe *26909, honneurs rendus.*

Pont¹ *30047, 30113, pont franchissant le fossé d'un château-fort, pont-levis.*

Pont² *9714, s.* ponz *18485, 29956, pommeau de l'épée.*

Poons, *v.* poëir.

[Popler], *peupler. — Cd. 6* pplereient *28186 ; p. p. f.* poplee *746, 3026, pl.* -ees *29804. V.* repopler.

Por, *prép., pour : — marque la destination, le but 346, 879, 1045, etc.;* cort por *15462, court chercher ; devant un infin. précédé de a dont por est séparé par le régime :* por vostre gent a dotriner *5900, pour conseiler vos gens ;* por la mort *18881, pour éviter la mort ; (avec l'infin.) à la condition de 25287 (2 fois) ; — la personne ou la chose en considération de laquelle a lieu l'action 358, 613, 700, 1826, etc.; — la cause 33, 49, 70, etc.; avec l'infin. 8758,* por estre mort e detrenchié ; por rien qu'il oie *489, quoi qu'il entende (cf.* por quant que feïstes *26999);* ne por batre ne por ferir *26560, ni en la battant ni en la frappant ; — por quant, por tant, voy.* quant, tant) ; — por Deu *22977, 25303, 29660, au nom de Dieu ;* por ses deus *26938 ; —* tote por morte *26191, qui semblait morte (cf.* por morz en fu del champ portez *20076); —* por que *(sbj.), pourvu que 25415 ;* non pas por ço que sous desface *2993, non pas que je veuille défaire seul (cf.* non pas por ço *3693, néanmoins, malgré cela) ;* por ço que *(indic.) 61,565,1749, etc., parce que ;* por ço que *(sbj.), afin que 6725, 28038, pourvu que 13439, 13671.*

Porchacier, *pourchasser, poursuivre ; procurer 26659, rechercher 1340, 4132, 4139, 5464, 5766, 6521, etc.; poursuivre un but 27722, 27979, 29678, p.* coment *(sbj.) 790, 19657, 24813, etc.,*

p. com. (*sbj.*) *24574, 24768,
25439, rechercher les moyens
de, chercher à obtenir que* ; p.
que (*sbj.*) *4979, faire en
sorte que* ; p. de (*inf.*) *chercher
à 18061, former le projet de
6980, obtenir par ses efforts
26532, 26673; — v. réfl.,
se pourvoir, s'approvisionner
20191, se donner du mal
27742; — absol*, poursuivre
l'ennemi 12980, 20191, se
donner de la peine 27742. —
Pr. 3 porchace 27742,
29678; pf. 3 porchaça
27798; ft. 5 porchacereiz
21995.*

[**Porchanter**], *v. tr., chanter
aux obsèques de. — P. p.*
porchanté *22404.*

Porchaz, *n. m., poursuite* (estre
de grant p. *15120, être fort,
habile à poursuivre*), *habileté
à séduire 28711, effort 445,
2105, 25687, 26745.*

Porent, *v.* poëir.

Porfendre, *pourfendre 8856;
— récipr. 7190, 10739, se
pourfendre mutuellement. —
Pr. 6 porfendent 7190,
10739; p. p.* porfendu
8856, 10842.

[**Porguarder**], *garder effica-
cement. — Ipf. 3* porguardot
1932.

Porloignement *3450, 3942,
5917, 7054, etc., r. pl.* enz
27338, delai ; *renvoi à plus
tard 2022, 28347* (faire p.).

Porloignier *1472, 1642, 6217,
25809, éloigner, retarder,
différer* ; *retenir plus longtemps (par des explications)* :
que vos ireie porloignant
16984, 18001, 23417 (cf.
*27891, quos ireie plus p. et
16854, ne sai qu'alasse p.*) ;
— *intr. 16854, 27085;* —
impers, que que il deie p.
13152, quel que doive être
le retard. — P. pr.-gérondif*
porloignant *16854, 16984,
18001, 23417, 27085;
p. p.* porloignié
5967.

Porparler, *v. tr.*; p. une uevre,
une afaire, *parler de, négo-*

cier (*une affaire*) *24770,
25310, 25314 etc.* ; p. la
traïson *652, 24407, 24915;
p. une chose 17969; p. la pais
25647; p. un plait 21751.*

Porpens, *n. m., pensée, ré-
flexion; intention 781 :* a en
p. *1284, songer à* (qqch) ;
aveir p. de (*inf.*) *19929;
a. en p. que (futur) 2470,
avoir le projet de; en son p.
1016, en réfléchissant.*

Porpenser, *v. tr., penser à, réfléchir à 12677, imaginer 391,
3110, 7656, 14627, 14723,
14742, 15583, etc.; —
refl. 789, 1296, 15069;
p. sei de 3537, 9692,
16738, 20101, songer à.*

[**Porpoindre**], *v. tr., piquer. —
P. p.* porpoint (p. d'un vermeil ciclaton) *10228.*

Porpre *1231, 2478, 4734,
7077, 7348, etc., n. f., étoffe
de pourpre.*

[**Porprendre**], *occuper. — P. p.*
porpris *21328.*

Porprin *3066, de pourpre.*

Porpris, *v.* porprendre.

Porprise *3028, 4616, enceinte
d'une ville ou d'un château-
fort.*

Porquerre *1340, rechercher,
poursuivre (un but). — Pr. 1*
porquier *17729, 3* porquiert
614.

Porrai, *etc., porreic, etc., v.*
poëir.

Porreture *17504, 22468, n.
f., pourriture.*

[**Porrir**], *v. intr., pourrir. — Pr.
6* porrissent *12957; p. p. r.
pl.* porriz *343.*

[**Porsivre**], *poursuivre. — Pr.
3* porsieut (: vueut) *11599.*

Port *3352, 4318, 4373, etc.,
s. sg.* porz *7103*; torner a port
*27470, venir a p. 29085,
aborder*; prendre p. *1077,
3448, 3487, 3559, 4609,
etc., p. les porz 5966, 7522,
m. s.; — au pl., en parlant
d'une seule ville maritime,
250, 391, 981, 1019, 2098,
2179, 2192, 2196, 2200,
2808, 3357, 4585, 5966,
6989, 7095, 7154, 7238,*

7330, 7343, 7522, 25990, 26010, 26384, 29322; — *revenus d'un port (ou droit de passage) 18294; cf. 12974*, les porz de mer e les passages.

Port', *v.* porter.

Portal *3155, 22884, 23519, 24368, 24465, s.*-aus *2679, 6395, 16003, 23379, 23473, 23495, 25910, 26078, 26227, 28351, n. m., porte de ville; porte de château-fort 30047.*

Porte *6013, 6031, 7564, 7670, 7675*, etc., *porte de ville ou de château-fort.*

[Portendre], *v. tr., tendre, couvrir de tentures.* — *P. p. f.* portendue *11757.*

Porter, *v. tr.; en p. 2267, 2783, 6342, 15845, 16466, 19126, 27452, 28793 (en ordin[t] séparé; cf. 1393, 4518, 7331, 10409, 10955, 11558, 16761, 18685, 20076, 21605, 21756, 22852 (portéen ont), 23016, 24333, 25549, 26192, 30257*); p. jus de la sele *16265, 24941*, p. jus del cheval *2568, 8548, 9978*, p. envers del c. *11284, renverser, abattre;* — porter fei a *1413, 1432, 1631*, etc. (*cf.* p. dreite fei a *28970*), *tenir la foi jurée à;* p. fei en compaignie *5855, observer mutuellement les obligations du compagnonnage;* p. honor a *1441, 4728, 29602, honorer;* — *récipr. :* p. sei (*dat.*) grant iror *10636;* p. sei jus des chevaus *10742, 11354, 21578, se renverser mutuellement.* — *Pr. 1.* port *13162, 18082, 19593; ipf. 3* portot *12372, 12378, 29358, 29879, 6* -oènt *20443; sbj. 1* port *15337; ipf. 3* portast *5198, 9930, 12434, 16286, 4* portissons *2267; p. pr. s. pl.* portant (chevalier armes p.) *7981; r. pl. au sens passif:* sire d'armes p. *5441, maitre dans le port des armes (en fait*

d'armes, de guerre); p. p. porté, *s.* -ez *27685.*

Porteüre *4908, 21713, 22971*, (litt[t]. : *portée*), *enfantement, enfants.*

Portissons, *v.* porter.

[Portraire], *façonner d'après un modèle.* — *P. p.* portrait *16730.*

Portraiture *13349, représentation.*

[Porveeir], *prévoir, régler d'avance 19940, 27220, imaginer 17726;* p. coment (*fut.*) *24484, examiner comment;* — *réfl.* *s'approvisionner 15234;* p. sei que *27702, prendre la précaution que.* — *Pr. 6* porveient *15234, 19940, 27220; pf. 3* porvit *4106, 27702; cd. 1* porverreie *17716; sbj. 3* porveie *24484;* impér. *2* porvei *22072; p. p.* porveü *7071, 7594, 11901.*

Porvers *3635, 26576, méchant, de caractère difficile.*

[Porvif], *s.* -is *25434* (: amis), *prévoyant.*

Pose, *espace de temps :* a grant p. *13320*, une grant p. *16996, longtemps.*

Poser, *placer, établir; fixer un jour 17869.* — *Pf. 5* posastes *25219; p. p. s.* posez *27705, 27718.*

Possessions *24743, 25018, f. pl., possessions, fiefs.*

Pot, *v.* poëir.

Poudre *27137, poussière, cendres d'un mort.*

Poudriere *20570, 21340, 24646, poussière.*

Poumon *12130, 15699, 16227, 16514, 19004, s.* -ons *9905, n. m.*

Poupliers (*ms.* G, *addition à 4018, v. 23), n. m. s., peuplier.*

Poüsse, -eiz, -ent, -es, -ient, -ons, poüst, *v.* poëir.

Poutrel, *n. m., cheval 9928, mauvais cheval 20901 (lor cheval ne sont pas p.).*

Povre *4289, 4709, 19542, 26064, 26785, 26797, 27656, 28742, s.* povre

1145, *4967*, *5626*, *6919*,
13069, *13522*, *13731*,
25224, *28581*, r. pl. povres
25627, *29261*, *pauvre*.
Povrement *6705*, *pauvrement*.
Povreté *2821*, *4962*, *28586*,
pauvreté.
[Prael], pl. praeaus *3136*,
(litt¹: *petit pré*), *pièce de ga-*
çon.
Pramesse, *promesse*.
Pramet, v. prametre.
Prametre, *promettre*, *prédire*
4095, *26328*; p. a (inf.)
2115, *promettre de. — Pr. 3*
pramet *12912*; pf. 3 pramist
4095, *24492*, *26267*, 6 -is-
trent *26328*; sbj. 3 pramete
25141, *29484*; p. p. pramis
4851, *6652*, *11083*, etc.,
f. -ise *19485*.
Pramis, -ise, -istrent, v. prametre.
Prasme *14637*, *14647*, *14671*,
n. m., prase (*quarç vert obs-*
cur).
Pré *18294*.
[Precial], r. pl. f. preciaus
23438, *précieux*.
Precios *4262*, *6800*, *7900*,
11339, etc., *précieux*.
Preciosement *21830*, *22496*,
25149, *précieusement*.
Preie, *proie*.
[Preiëor], r. pl. -ors *13483*, n.
m., *solliciteurs*.
Preier *1758*, *4736*, *13498*,
15053, *15062*, *15079*, etc.,
v. tr., *prier*; — intr., p. a
25997. — Pr. 1 pri *3777*,
9671, *13504* (r.), *14298*
(r.), *15470*, *17744*, *19065*,
19667, *21868*, *23002*,
25862 (r.), 3 prie *946* (r.),
1605, *3398* (r.), etc., preie
26350 (: otreie), 6 prïent
20370, *24843*, *25176*,
25590, *25630*, *25997*; ipf.
1 preioë *29870*; pf. 3
preiai *27010*, 3 preia *2140*,
8738, *26343*, *27269*,
28290, 6 -ierent *28222*;
sbj. 1 pri *13571*; impèr.
5 preiez *25303*; p. p. preié
(*passim*), s. preiez *15524*,
f. preiee *13571*, *28967*,
28981.
T. V.

Preiere, *prière*; senz p. *23105*,
sans se faire prier; faire
p. a *19079*, *prier*; faire p.
a qqⁿ de *10143*, *13593*,
19714, *prier qqⁿ de*; f. granz
preieres coment (sbj.) *25315*,
insister pour que.
Preïmes, v. prendre.
Preinz *28763*, p. p. f. de
preindre, *enceinte*.
Preis¹, v. pris¹.
Preis², v. prendre.
Preisant, v. preisier.
Preisier *4152*, *5200*, *11226*,
priser, *apprécier*, *estimer* ; —
réfl. *5200*, *8278*, *13532*, se
vanter. — Pr. 1 pris *2891*,
3846, *11258*, *11408*,
18255, *19604*, 3 prise
1798, *3782* (r.). *4322*, etc.;
4 prisons *3473*, 6 prisent
3637, *3666*, *16309*, *16488*,
27663; ipf. 3 preisot *6841*,
6 - oënt *4652*; sbj. 6 prisent
19663; ipf.3 preisast *28778*;
p. pr. preisant *6490*, f. pl.
-anz *26217*, *de haute valeur*;
p. p. preisié, s. -iez *5483*,
6212, etc. (p. d'armes
18786), f. -iee *3900*, *3916*,
4421, *5576*, etc., pl. -iees
21762, *23331*, *23353*,
29168; adj., renommé *193*,
298, etc., de grande valeur
4953, *7839*, etc. (des saintuaires plus preisiez *25514*);
— subs¹ *18146*, *27941*;
tuit li preisié del mont *13575*
tous les hommes de valeur du
monde; li p. d'armes *12336*;
li p. home *4953*; des plus
preisiez de l'ost Grezeis
17527.
Preïsse, -ent, preïst, -istes, v.
prendre.
Premerain -s *2169*, *2971*,
5988, *7123*, etc., f. -aine
4504, *13595*, *23234*, pl.-ee
7073, *15969*, *premier*, *au*
premier rang pour la valeur
10877; tote premeraine
4504.
Premier -s, tot premier, *tout à*
fait le premier 2523; toz li
premiers qui i avint, *celui*
qui y arriva tout le pre-
mier; tuit li premier quis

17

encontrerent *8993* ; — *en-apposition à un nom 3593, 25233, 28682, 29309, le premier.*

Premierement *2410, 7470, etc., tout d'abord* ; p. que *27150, loc. conj., avant que.*

Prendre *1632, 5000, etc.,* saisir *13478,* épouser *1632, 14951, 21204, 29147, 29600,* atteindre *2577,* enlever *29597,* faire prisonnier *299, 2258, 2340, 6462, etc.,* emprisonner *30028,* ravir *24647,* accepter *21800,* recevoir *6426, 20979, 27437,* émouvoir (saisir) *15348* ; por p. o eus estreiz conseiz *24705, pour que nous délibérions avec eux secrètement* ; — *intr.,* pr. a *14797, 17766, arriver à, s'emparer de* ; pr. a (*inf.*) *se mettre à, entreprendre de 1780, 2165, 3208, etc., commencer (à) 26132* (quant li jorz prist a esclairier) ; — *réfl., s'attacher* (à) *28855,* s'attaquer (à) *16918, 19866* ; pr. sei a (*inf.*) *3291* ; — *impers*t *avec en, arriver (comme conséquence d'un acte),* assez l'en prist puis malement *2034* (*cf. 5831, 9597*), *10179, 14275* ; mout est a cez bien pris *27531* ; mauvaisement lor i fust pris *23535* ; p. a (*inf.*) *2311, 26386, commencer à* ; a cui il n'en prenge esfreance *12417* ; com il l'en prist de *697, ce qui lui arriva au sujet de* ; coment qu'il prenge *12227, comment que la chose tourne* (*cf. c. que* il m'en deive prendre *18058,* com que l'en prenge *24302* et com qu'il m'en p. *25446*). — *Pr 3* prent *1763, 2165, etc.,* 5 prenez *19515, 26027,* 6 prenent *4502, 13187, 13375, 13380, 14972, 17287, 19866, 20810, 24363, 26099, 27350, 28855* ; *ipf.* preneie, *etc.* ; *pf.* 1 pris *3864,* 3 prist *1814, 2034, 2854, etc.,* 4 preïmes *1077,* 5 preïstes

3487, 7522, 19020, 6 pristrent *268, 1181, 2261, 2746, etc.* ; *ft.* prendrai, *etc.,* 5 -eiz *6142, 19810* ; *cd.* prendreie, *etc.,* 5 prendriëz *4920* ; *sbj. 3* prenge *2145, 3755, 4102, 12227* (r.), *12417, 18245, 19696, 20007* (r.), *29173, 25164, 27437,* preigne *19492* (: o·raigne), *22674* (: compaigne), 4 prenons *4980,* 5 prenez *13587, 21311,* 6 prengent *2121* (r.), *4209, 6302, 19225, 24941* ; *25140, 27657, 28264* ; *ipf.* 1 preisse *2917,* 2 -es *1409* ; 3 preïst *1814, 2034, 2854, etc.,* 6-issent *13800* ; *impér.* 2 prent *1753,* 5 prenez *13586, 22512* ; *p p.* pris *1795, 2340, etc.,* preis *9102* (: treis), *24036* (: Pa·lagoneis) (*p. p. -adj.* pris *29350,* prsonnier), *f.* prise *2118, 2681, etc., pl.* -es *15603. Voy.* reprendre.

Prenge, -ent, *v.* prendre.

Près, *adv.,* près (passim), *de près 972, 6373, 7835, 9385, 9580, 11633, 19251, 22152. 26697, 27070, 27380, presque 22275* ; sembler a bien p. *5514, ressembler beaucoup* ; p. a p. *10611, près les uns des autres* ; — *près de 8493, 14336, 17157, 17167, 18494, 20969, 27385, 28648, 28875, 29847, loc. prépositive.*

Presence *28522, n. f., présence.*

Present *4825, 10464, 23720, 26428, 27238, s.* -enz *25872, présent, don* ; faire p. de *14014, 14421, 15083, donner* ; del brant d'acier fait p. *18665, il leur fait faire connaissance avec son épée.*

Presenter *25867, v. tr., offrir* (en présent). — *Pr. 3* presente *27503* ; *pf.* 6 presentoënt *5870* ; *p. p.* presenté *29026, s.* -ez *25733, f.* -ee *1570.*

Presse *2622*, *2732*, etc.,
foule, presse ; au pl. *24199*,
24248.
Prest¹ *15119*, n. m., prêt.
Prest² *888*, *949*, *2116*, *3722*,
3774, *5048*, *6624*, etc., s.
prez *2551*, *8282*, *8725*,
10570, *13203*, *13964*,
19812, *20421*, *21891*,
21936, *22087*, *22156*,
22618, *27306*, *29688*, f.
preste *8766*, *9068*, *22651*,
pl. -es *4135*, *7162*, adj.,
prêt, préparé ; p. de vostre
plaisir *3774*, prêt à faire vos
volontés ; p. de bataille
8294, *18496*, *21288*,
23848, prêt à combattre ;
p. de (inf.) *2551*, *20335*,
prêt à.
[Prester], prêter. — Ft. 1 p.
terai *15115*.
Prestre, v. proveire.
*Preudame (var de B à *23357-
92*, v. 7), n. f., formé sur
preudome (v. pro¹).
Pri, prie, prient, v. preier.
Prime, n. f. ; p. de jor *22648*,
23855, *27631*, point du
jour.
Primes *1815*, *3236*, *4822*,
6340, *8915*, *10635*, *10881*,
adv., en premier lieu, pour
la première fois.
Prince -s, chef d'un corps de,
troupes (passim) ; prince, roi
27384, *27412*, *27733*,
27810, *28717* ; p. de sa maison *27517*.
Princé *278*, *446*, *10507*,
17447, *26965*, s. -ez *16950*,
n. f., commandement su-
prême (de l'armée des Grecs.
Principal *23158*, *23166*, r.
pl. -aus *23260*, f. -al *3156*,
de premier ordre, important.
[Principalité], pl. -ez *23156*,
grande importance.
Prinsome *4481*, n. m., heure
du premier sommeil.
Pris¹, priz *19606* (: diz) et preis
9556 (: Grezeis), *11342* (: orfreis), n. m. invar., prix,
valeur, mérite, récompense,
prix du combat (supériorité
reconnue à celui qui s'y est
distingué), renommée *2053*,

7711, *8917*, *10950*, *11204*,
18331, honneur, gloire
4011, *6460*, *9294*, *9605*,
estime (exagérée) qu'on a de
soi *18287*.
Pris², v. preisier.
Pris³, prist, pristrent, v. prendre.
Prison *1597*, *11068*, *11824*,
28826, pl. -ons *20612*,
28923, n. f., prison, captivité ; — n. m., *4425*, *4534*,
4561, etc., prisonnier.
Privé *17627*, s. -ez *4324*,
12949, *24712*, *27224*, f.
-ee *29948* (sa gent p.), adj.,
familier, intimement lié ; a p.
17807, sans attirer l'attention ; — subst¹ *27224*, ami
intime *4324*, *12949*, familier
(opposé à estrange) *22911*.
Priveement *3908*, *4376*,
17812, *17903*, en particulier, en secret.
Pro¹ *5*, *3645*, *5464*, *5880*,
11860, *17717*, *21193* (r.),
22032 (r.), *22580*, *22701*,
23086, *24490*, *24510*,
24880, s. proz *12968*,
24569, *25873*, *27926*, profit, avantage ; que jo en pro
vos en estace *25305*, que
j'agisse dans votre intérêt en
cette affaire.
Pro² *79*, *573*, *597*, *939*, *4178*,
14078 (r.), etc., proz *27675*
(: toz) (et de plus *13681*,
25536 et *26906*, où l'on
peut aussi admettre le mé-
lange du cas régime et du cas
sujet au prédicat), s. proz
555, *716*, etc. ; f. r. pro *4503*,
15266, *26211*, *26546*,
26919, *27946*, *28335*, s.
proz *371* (r.), *11855* (r.),
11917 (r.), *13112*, *13617*
(r.), *23361*, *23732*, *23980*,
25536, *25772*, *26759*,
28106, *29046*, adj., qui a du
mérite, vertueux, honorable,
distingué ; brave *939*, *3501*,
4178, etc. ;—prod'ome *1026*,
16986, s. sg. proz d'ome
18382, homme grave, honorable (mais grant plenté de
prode gent e d'aduree
19979).

Pro³ *2136, 2728, 8038, 9354,
10013, 10566, 12760,
15612, 17628, 20093* (pro
des acoilliz), *25009, 25136,
28467, adv., passablement,
beaucoup; — assez 12986,
20255, 25044; assez de
gens* (verbe au sing.), *10013
et 21381* (s'est qui fuie, pro
est qui chace); cf. *8038*, o
chevaliers pro e adès.

Procession *25880, 25942.*

Prochain-s, *rapproché; voisin
23486, proche* (en parlant
du temps) *27350, proche* (en
parlant d'un parent) *2668,
2820, 11542, 14538,
16490, 19360, 20053,
21672, 24982, 27200,
27332, 27383, 28016,
28018, 28194, 29478;* (en
parlant d'un ami) *15231,
25198.*

Prochainement *4895.*

Proèce *4184, 5325, 5347, etc.,
mérite, courage, prouesse;
action courageuse 858.*

Proëise *2952* (r.), *5568* (r.),
vertu, qualités morales.

Profit *17832, s. -iz 22988,
25205.*

[Profitable], *s. -es 22514,
24724, 27392.*

[Prononcier], *annoncer d'a-
vance. — P. p. prononcié
26115, r. pl. -iez 27196.*

Proosement *9295, 15781,
15983, 18931, 24156, cou-
rageusement, vaillamment.*

Prophecie *4103, pl. -ies 185,
prédiction.*

Prophetizement *(s. pl.) 24493,
r. pl. -enz 274, prédiction.*

[Prophetizier], *v. tr., prophé-
tizer, prédire. — Pf. 3 pro-
phetiza 4104.*

[Proposer], *v. tr., indiquer comme sujet. — P. p. proposé
13494.*

Prospérité *24849, 27254,
prospérité.*

Prospre *29050, adj., favorable.*

Proveire *3995* (r.), *4001* (dans
le prestre soverain *25617*, la
forme prestre est assurée), *s.
prestre 25617, prêtre.*

[Prover], *éprouver, mettre à*

l'épreuve, prouver *26808,
29759;* chose p. *25587,* c.
p. a veire *3952, chose reconnue vraie. — Le p. p. prové,
joint à un nom ou à un adjectif, est souvent augmentatif:*
engeigniere fu buens provez
895; fole provee *1493, folle
fieffée (fous fieffés); la* verité
p. *24456, la pure vérité.*

Providence *12755, 19941,
27194, prévision, vues pour
l'avenir.*

[Pruisme], *s. -es 8114, proche
parent.*

Pucelage *26523, virginité.*

Pucele *475, 788, 4307, 7638,
8011, etc., jeune fille; suivante 1239.*

*Puellent (ms. G. var. à 15733-
16382, v. 1), sans doute forme fantaisiste de* puecent *ame-
née par la rime.*

Pueple-s *4119, 5827, 16324,
16987, 26441, 28911, na-
tion 23140, menu peuple,
opposé aux seigneurs ou au
Roi; cf.* li pueples comunaus
17495, 27061, li p. comuns
20610, 24969,

*Puer (qu'il geste) (add. de G
après 22589, v. 26), loin
(qu'il jette), qu'il rejette.*

Pui *18513, 23139, 23165,
r. pl.* puiz *16156, 19680,
23247, 26790, 26795, n.
m., montagne.*

[Puïr], *v. intr., sentir mauvais.
— Pr. 3* put *13039.*

Puis ¹, *v.* poëir².

Puis ², *adv., ensuite, plus tard;
depuis 7008, 7062, 29756;
— prép. 9695, 27000, de-
puis; —* puis que, *loc. conjonctive, dès que 2416, 5783-
4 (séparé), 14908, 25220,
29788, depuis que 1206,
5337, 11335, 11984,
16823, 17124, 18037,
20355, 27367, 30291,
après que 8623, 15795,
19869-70 (séparé) 18299,
21619), puisque 5350,
16880, 18333, 25645,
26605, 29762.*

Puit, *v.* poier.

Puiz¹, *v.* pui.

Puiz² *3137, 27839, 27853, 27860, invar., puits.*
Puor *343, 12810, 12821, 12833, 12956, 14565, puanteur.*
Put¹, *adj., mauvais, dans de* put aire *(voy.* aire⁴*).*
Put², *v.* puïr.
Putain *3517, femme de mauvaise vie.*

*Quaillié *(add. de* Λ² *après 20620), p. p. -adj.,* caillé.
Quant¹, *adj. et pr. interrogatif et relatif: s. pl. (pron.) 7669,* r. pl. quanz, *en quel nombre,* combien *(quanz miliers 5716,* combien de milliers; *q.* reis *7669,* q. jorz *5935,* q. jorz ne q. meis *17348); f. pl.* quantes *(en* q. nes *28908,* en combien de vaisseaux*),* *(pron. m. 7280, 16556);* —adv.avec compl. déterminatif *(v. au pl.),* 'ne sai quant de nostre gent destruistrent Troie 5751-2; *sans compl.* déterminatif, o q. que chas-cuns pot aveir *(de gent)* 20824; — quant que *212, 232, 967, etc.,* tot q. que *107, 1797, 8541, etc.* (q. que... tot *1421, 1423),* tout ce qui, tout ce que; por q. que feïstes 26999, pour tant que vous ayez fait; q. qu'il fussent riche 27655, quelque riche qu'ils fussent; — ne tant ne q., *v.* tant; — por q. *9078, 9245, 9788, 11279, 12883, 14053, 17327, 17838, 18292, 19766, 19944, 20142, 20198, 21256, 22567, 22730, 22806, 24690, 27177, 28033, 30254, 30294,* pourtant, cependant; ne por q. *2447, 2519, 7297, 11834, 14281, 17715, 17957, 18135, 18611, 19276, 19760, 20085, 21599, 22215, 23916, 27664, 28811, 30089, m. s.*
Quant², *conj.,* quand, lorsque; *(au sens explicatif) 16892, 24781, 24787, 26512, 26529, 27663.*

Quar, *conj.,* car, en effet; de ce que *7521,* puisque *14245, 14550, 24815, 24816, 25231, 25232;* — joint à l'impér. pour exhorter ou prier *2641, 8505, 8572, 8711, 10427.*
Quarante *23165, adj. num. card.*; q. anz a joi conois bien *24760, il y a quarante ans que je le connais bien*; q. e treis *5631,* quarante-trois.
Quarré *5411, s.* -ez *5179, 5212, adj.,* carré.
[Quarrefor], *r. pl.* -ors *28371, n. m.,* carrefour.
Quarrel *3034, 3066, 9067, 9246, 14532, 24659, s.* -caus *7681, 7860, 11587, 15759, 18896, 22677, 23585, 23868, 27861, 28890, n. m.,* gros trait; quartier de pierre, pierre de taille *3034, 3066, 7681.*
Quart *13859, 14337, 17386, 19140, s.* quarz *2940, 7996, 8109, 14662, f.* quarte *3150, 7808, 8191, 11091, 14863, 23221, 23240, adj. num. ord.,* quatrième.
Quartier, *r. pl.* -iers *11241, 23296, n. m.,* morceau *(de* lance) *10837, m. (de heaume) 11241, 19000, 20134;* lance de q. *12054, l.* équar-rie; escu de q., bouclier divi-sé en quatre parties par deux barres croisées; — une partie du monde divisé en quatre par-ties *23926.*
Quas¹ *8844, 20528, 22716, 22726, 23808, 23859, f.* quasse *5300,* cassé, brisé; voiz q. *5300,* voix faible.
Quas², *v.* quaz.
Quasser *8952, 9223, 9571,* casser, mettre en pièces; dé-truire *(au fig.) 11003,* rom-pre *(au fig.) 15185,* violer *(une trève) 10456,* (une con-vention) *25822.* — P. p. -adj. quassé, rompu de fatigue *10972.*
Quatorze *5034, 17573.*
Quatorzime *8244, s.* -es *8122, adj. num. ordinal,* quator-zième.

Quatre *6789*, *8137*, *14658*,
15933, *16653*, *17223*,
19457, *22103*, *22704*,
22872, *24908*, *27158*,
27581, adj., num. card.; q.
mile *23968*; les quatre en
ocist *12651*, en tua quatre
(*sur six*).

Quaz (chaëir a) *15487* (: braz),
23022 (: braz), *26189*
(: braz), ch. a quas *11372*
(bas :) *tomber lourdement.*

Que¹, *pr. relatif et interrogatif, sans distinction de nombre :* m. qui, *avec élision* qu',
surtout devant i (qu'il *3411*,
4299, *4298*, etc., qu'i *512*,
918, *1541*, etc., qu'iluec
5751, qu'iriez *13296*; *par
exception*, qu'a *13773*,
16738, *18970*, *19018*,
qu'Ector *300*, qu'en forme
de cheval est faite *25904*,
qu'ensi *27220*, *30176*,
qu'est *12244*, qu'o *7346*,
qu'en fu dolent *28680*), *r. dir.
atone* que; — *f. s. et r.* que,
avec élision qu' (qu'i entrast
7903, qu'ist *17563*, qu'en fu
menee *10127*, qu'es isles
sont *23244*, etc.); *r. direct
accentué des 2 genres* cui
184, *432*, *612*, *703*, *1507*,
3257, *3335*, *3496*, *3547*,
3594, *3903*, *4940*, etc. (*plus
rarement remplaçant un nom
de chose* *612*, *3496*, *10213*,
14449); *datif des 2 genres*
cui *514*, *1087*, *2846*, *3611*,
3627, *3898*, *4128*, *4344*,
4540, *4634*, *4676*, etc.;
(*mais* a cui *4706*, *7988*,
13486, a qu' *4298*); *génitif
(ou datif) possessif :* a la cui
(science) *13466*, par cui con-
gie, par cui otrei *3519*, par
la cui aiuë *20184*, cui ne
parisse la boële *20532* ; *rég.
de prép. des 2 genres remplaçant :* 1° *un nom de personne*, cui *671*, *1295*, *4706*,
13463, *13465*, *17882*,
25009, *25310*, *26908*, que
4298, *17877*, *17879*,
17880, *17917*, *19846*,
26230; 2° *un nom de chose :*
masc. *8030* (chevaus), *10933*,

12877, *14449*, *15655*,
17746, *17917*, *25130*,
27345, *27707*, *27962* ; *fém.*
682, *935*, *3648*, *3831*,
4087, *4812*, *5887*, *10872*,
16446, *17513*, *19349*,
20980, *22333*, *24029*,
24356, *24563*, *25377*,
25875, *27229*.

Neutre que *1368*, *1468*, *1487*,
1795, *1871*, etc., (qu'il a en
eus ne qu'om i prent *23279*),
que, qui, quelle chose, ce qui,
ce que; dont il avront assez
que plaindre *2921* (*de quoi
se p.*); e qu'il a *18927*, *et ce
qu'il y a ; accentué* quei : s'il
orent quei *4478* ; *surtout rég.
de prép. :* de quei *147*, *6293*,
9770, *17643*, il i a de q.
16860, por q. *49*, *1502*,
2672, etc.); — *rég. de prép.
atone* que : de que *4812*,
10986, *17628*, *18405*,
18406, *19370*, *23122*,
24106, *24972*, *27640*,
30136, a que, à quoi *9356*,
10555, *18720*, *19134*,
21955, *28308*, *15478*
(*pourquoi*) (cf. que *9281*,
etc., *et voy.* que²) ; en
que *935*, *14937*, o que
27258, par que *1341*,
3831, *12777*, *23495*, *26483*,
26544, *27427*, *28139*, por
que, *pourquoi* *10422*, *10423*,
10441, *13761*, *15479*,
15480, *15483*, *28495*, *c'est
pourquoi* *13428*, *20846*; —
que que (*sbj.*) (*le premier que
est un pron. relatif, le deuxième une conjonction*), quoi
que, quoi que ce soit que (qui)
1399, *3691*, *7022*, *7043*,
8043, *8181*, *13247*, *17471*,
25091 ; qui que, *qui que,
qui que ce soit qui :* qui quel
veie *14344*, qui que ce soit qui
le voie (cf. *4885*, *5084*,
6253, *7056*, *8440*, *18348*,
18469, *19711*, *28502*); que
qui il tort *17707*, que qu'il
tarjast *22595*; — qui (que)
*au sens adversatif (« mais »),
après une prop. négative (avec
ellipse du verbe) :* cist ne chevauchent pas roncins, qui

chevaus bons 9501 (cf. 7746,
13397, 18331, 18683,
23957, 24002, 29503);
n'aveit mie esté sor lor peis,
que de lor bone volentez
27316-7; — qui introduisant
une prop. conditionnelle indéterminée (si l'on, si quelqu'un) 3057, 5000, 5262,
5757, 5758, 6446, 8355,
etc.; le sens personnel est
assez souvent encore sensible :
ço ert a vis, qui l'esguardot
1889 (cf. 3057-8, 3319,
4727-8, 9189, 13487,
13560, 14679, 14913,
16811); — que dans une
prop. elliptique devant un infinitif dépendant d'une prop.
négative : n'i ot plus rien que
aprester 927, il n'y avait plus
rien à apprêter (que l'on dût
a.); — que dans un sens comparatif avec ellipse du verbe
dans le second membre : trop
a dit que feus 24642 (cf.
6426-7), que bonc dame
fist Thetis 29776; — ne
que (après une propos. négat.), expression elliptique
où que ne saurait être la conjonction comparative (cf.
Wallensköld, La Construc-
tion du complément des com-
paratifs, etc., Mél. Willmotte,
465, n. 2), 3620, 8323,
26210, pas plus que.
Quin (= qui en) 665, 1346,
1357, 5005, 5689, 6019,
6319, 6468, 6535, 6754,
7135, 7681, 7836, 8692,
9722, 10518, 13130,
13132, 13187, 13403,
13635, 14270, 14574,
15592, 15797, 16941,
19713, 19895, 21576,
22261, 25671, 26725,
28000; — cuin (= cui en)
3159, 8558 (corr.); — cuil
(= cui le) 20409; — quil
(= qui et le pron.) 120, 302,
5348, 5362, 7660, 7911,
9174, 10433, 10665,
11286, 12405, 13616,
13655, 14336, 14457,
14795, 17633, 17900,
18254, 18725, 19682,

19847, 20478, 21825,
23200, 24391, 27046,
27785, 28531, 29897,
30045; — quis (= qui et les
pron.) 249, 3289, 6008,
6253, 8222, 8993, 9189,
9259, 9423, 9510, 9721,
11032, 11161, 12415,
13487, 14558, 14679,
14745, 14751, 14777,
15111, 15758, 18326
(2 fois), 20863, 21633,
22344, 22739, 23106,
23759, 23939, 27545,
28846; — ques (= que pron.
fém. et les) 3068, 11032,
20042, 24243; — quos
(= que pr. et vos) 3827,
4677, 4689, 12175, 12183,
12189, 12954, 23089.
Que², conj., que; de ce que
6965, 14280, 26987,
30167, de sorte que, dans
des conditions telles que 1096,
1416, 2972, 3685, 3752,
etc., (en un chier lit d'or e
d'argent, qu'onques   nus
hom ne vit plus gent 1552,
le plus beau qu'on ait jamais
vu); — afin que 2215-7,
3684-6, 6350, 10623,
11771, 20612, 24592,
25392, 27262, 27329,
28093; au sens conditionnel
3431, 22616; — que...
ne, afin que ne... pas, de peur
que ne 1054, 2254, 10624,
16451, 26681, 27894, sans
que (après une prop. négative) 1654, 12453, 12817,
16451, 23744, 26380; —
remplaçant un pron. relat.
rég. de prép. : l'an que 2185,
à la saison, où ; en iceus anz
que 163; uit jorz dura li
fereiz que 21549 (cf. 10304,
etc.); — que après une prop.
comparative, « que ceci que,
plutôt que », 18197, 18198,
20181; — que (après prop.
nég.), si ce n'est, mais seulement 11649, 15146, 28745;
— dans une prop. principale,
au sens de « parce que, car »,
1042, 1472, 1736, 4010,
4840, 5098, 5931, 6724,
6942, 7644, 8444, 12453,

12728, 14115, 14170,
16817, 17029, 18005,
18466, 18678, 19192,
20265, 20511, 20694,
20845, 20930, 21193,
21320, 22224, 22374,
24161, 24716, 25792,
25881, 26324, 27332,
27453, 27686, 27688,
28206, 28267, 28741,
29344, 29391, 29814,
30100, que qu'il ait tar-
gié 28993, quelque retard
qu'il ait fait; — que... que
7700, 18886, 21610,
29548, tant... que, et... et;
— que interrogatif, « pourquoi », 1381, 9285, 13227,
13234, 13982, 14460,
15586, 16106, 18001,
19401, 20036, 21478,
21995, 22962, 27977,
29010, 29043, 29510; —
quos (= que vos) 7845,
11050, 13227, 13234,
13982, 15586, 16106,
26003, 26123, 26337,
26498, 27891, 27977,
28039, 28388, 29010,
29043, 29411; — quel
(= que et le art.) 29647; —
quel (= que et le pron.) 1066,
2522, 3302, 12386, 13271,
14052, 14344, 21096,
21450, 22388, 23962,
27762, 28502 ; — ques
(= que et les pron.) 6253,
7028, 14510, 19843,
22341, 23834, 26338,
27456.
Quei¹ 2360, 11959, 12631,
16859, 18506, 20043,
25007, 26916 f. queie 4168,
4592, 26023, adj., coi, calme, paisible.
Quei², v. que¹.
Queinement, adv., comment,
de quelle manière 19208,
24389, 24392, à quel point
22059.
Quel¹, s. queus 4905, 6418,
6662, 6663, 7521, etc., f.
quel 4236, 4426, 4440,
4897, 8999, 9527, 9632,
12028, 12585, 14623,
16740, 20735, 21717,
21735, 22503, 22766,

22933, 22975, 23503,
24584, 26176, 27456,
27695, 27887, 28259,
28946, 29296, 29999,
30023, 30174, f. pl. queus
6371, 6661, 7073, 7074,
23209, 23252, 23411,
24388, 24584, 24964,
27552, 29333, 29338, adj.
et pr. interrogatif et relatif, quel, lequel; quel hore
qu'il voudra nagier 28946,
pour le jour où il voudra
s'embarquer (naviguer); quel
part ques vueut mener Fortune 27456, où la F. voudra
les mener; — avec l'art. 206,
12407, 12408, 14623,
27553, 27555, 29009;
neutre, quel 5778 (saveir a
quel en porrons traire); le fém.
pour le neutre, quel : quel la
terons 4426, 26261, com-
ment nous ferons; quel l'avez
faite? 26176, qu'avez vous
fait? — quel que, adj. indéfini. quelque (a quel que peine
6631, 24950, 29085), quelque que 4447 (a q. que chief
en deions traire), 21892 (a q.
que c. j'en deie t.), quelle
qu'en doive être l'issue pour
moi.
Quel², v. que².
Quereie -eit, -erons, querrai,
etc., querreie, etc., v. querre.
Querre 3256, 3299, 4036,
etc., chercher, rechercher;
demander 25735, demander
à voir 3105, réclamer 75,
22346; — avec l'inf., chercher à, vouloir 889, 4134,
4618, 5887, 13114, 13564,
16895, 19657, 23854,
23904, 24085; q. a (inf.,
19728, m. s.; — v. récip.
27647. — Pr. 1 quier 889,
1394, etc., 3 quiert 1812,
4005, 4076, etc., 6 quierent
8074, 12201, 12920,
12955, 26099; ipf. 1 que-
reie 29457, 3 -eit 30164;
pf. 1 quis 3605, 3625, 3
quist 5083, 26300, 26971,
6 quistrent 3377, 12384,
17350, 21823, 27647,
29176; ft. querrai, etc., cd.

querreie, *etc.*; *sbj. 3* quiere
5044, 4 querons *3851*; *ipf.
3* queïst *1281, 1831, 17664*;
impér. 5 querez *13200,
24817*; *p. pr. -gérondif* que-
rant (aler) *2741, 3553,
21413*; *p. pr. -adj.* (pain q.)
25637, 27656, 28742; *p.
p.* quis *89, 3295, 3451, etc.,
f.* quise *6357, 19203,
25498, 25647, 26423, pl.*
quises *20871*.
[Queroler], *v. intr., danser. —
Pf. 6* querolerent *29161*.
Ques, *v.* que¹ *et* que².
Qui, *v.* que¹.
Quier, quiere, -ent, *v.* querre.
Quil, *v.* que¹.
[Quint], *s.* quinz *2943, 7999,
8110, 29064, f.* quinte *313,
3151, 7854, 8193, 12667,
23223, 23288, adj. num.
ord., cinquième.*
[Quinzain], *f.* -aine *20059,
adj., num. ord., quinzième.*
Quinzaine *2023, 5061, 28357,
espace de quinze jours.*
Quinze *2179, 7091, 7686,
8463, 9528, 12840, 12986,
13041, 14162, 14534,
16630, 18807, 21599,
22224, 22567, 23658,
26799, 28288, 29982,
30106.*
Quinzime, *s.* -es *8123, f.* -e
*8242, adj. num. ord., quin-
zième.*
Quitance *10184, 25154,
26341, action de tenir quitte,
de délivrer*; en fine q. *26803,
en pleine possession, sans restriction.*
Quite *4693, 13082, s.* -es
*1603, 4690, 9116, 25159,
26344, f.* quite *12643,* quitie,
*libre, sans restriction, délivré
357; — accompagné de* dé-
livre *4690* (quites delivres),
mais avec la copule (tot quite
e delivre) *4693, sans doute à
cause de* tot; *— en apposition
(ou pris substant¹):* qui vostre
quites senz partie sera *1603.*
Quiteé *29529, n. f., possession
sans restriction, indépendance.*
Quitement¹ *24746, liberté,
franchise.*

Quitement², *sans charge ni re-
devance 719, 6649; 12533;
28535;* tot q. *24917, m. s.;
— complètement, sans restriction 3885, 26623, 27063.*
Quiter *26355, v. tr., rendre
libre, donner la liberté à, livrer 364, maintenir libre
24930; — subs¹ 11815. —
P. p.* quité *24930, f.* -ee *364.*
Quos, *v.* que¹ *et* que².

Ra, *v.* raveir.
[Rabiter], *v. tr. 18920, repeupler. — P. p. f.* rabitee
4890.
[Rachater], *racheter. — Ft.
1* rachaterai *25208; p. p. f.
1* rachatee *26540, pl.* -ees
25145.
Racorder sei *25086, v. réfl.,
se remettre d'accord, se réconcilier.*
[Radober]. Revuelent adober lor
cors *10305 équivaut à* vuelent radober l. c.; *v.* revoleir.
[Raduire], *v. tr., conduire pour
sa part. — Pf. 3* raduist
12268.
Raençon, *rançon*; aveir r.
*11977, obtenir la faculté de
se racheter*; senz r. *28638,
sans qu'il leur fût permis de
se racheter*; o sei porte sa r.
*8390, il ne peut être racheté,
il est perdu.*
Raensist, *v.* raiembre.
Rafaitier *28210, 29089, radouber. — P. p. s.* -iez *25946.*
Rage : Mennon n'a soing de r.
*17379, M. ne craint pas
d'être excessif (dans la manifestation de sa douleur).*
Rai¹ *11253, 23439, s.* rais
*10857, 14234, 14684,
rayon 14684, 23439, jet de
sang 10857, 11253, 14234.*
Rai², *v.* raveir.
[Raidier] sei, *faire tous ses
efforts de son côté. — Pr. 3*
raiue *22193, 22861.*
Raie, *n. f.*; la r. del soleil *1886,
21337, le rayonnement, les
rayons du soleil.*
Raiembre *11815, v. tr., racheter, laisser racheter 11815.
— Sbj. ipf. 3* raensist *26542;*

p. p. s. raienz *11774, 25143;*
p. p. -adj. raient *25637,*
dénué de tout.

Raient, -enz, *v.* raiembre.

Raier *22158, 23658, 27850,*
v. tr. 15635, rayer, labourer
(les côtes); — *intr., couler*
9419, 9798, etc., rayonner,
luire 4479, 13011, 22158,
22161, 27576. — *Pr. 3*
raie 15649, 15764, 18651,
6 raient *15635; ipf. 3* raiot
13011, 22161, 22274; pf.
3 raia *12056; sbj. 3* rait
22683.

Railleiz, *v.* raler.

Raim, *v.* ramer.

Rain *24830, r. pl.* rains *13380,*
27640, n. m., rameau.

Raiuë, *v.* raidier.

Raïz *12936, n. f. inv., racine.*

Rajoster, *v. tr., rallier 24170;*
— *intr., s'assembler s'engager*
à nouveau (en parlant d'un
combat); — *réfl., se joindre,*
se réunir 9829.—*Pf. 6* rajos-
terent *9829; pf. indéfini, ra*
ajosté *24170.*

[Raleier], *v. tr. 23676, rallier;*
— *réfl., se rallier, se refor-*
mer (en parlant d'une troupe).
— *Pr. 3* ralie *23676 (r.), 6*
-ient *11194 (r.).*

Raler *546, v. intr. 7087, 9035,*
9114, 18664, 19676,
21612, aller à son tour ou
de son côté; — *réfl., r. s'en*
2672, 3438, 29532, s'en
retourner. — *Pr. 2* revais
2672, 3 revait *9035, 18664,*
21314, 6 revont *7087,*
18404; pf. 6 ralerent *21612,*
28276, 29532; ipf. 6 ra-
loènt *9508, 27872; ft. 6* ri-
ront *6308; cd. 4* ririons
25705; sbj. 3 raut *9114,*
27876, 5 railleiz *3438, 6*
raillent *19676.*

Ralie, -ient, *v.* raleier.

Ramein, -nent, rameint, *v.* ramener.

Ramel *2185, n. m., rameau,*
branche.

[Ramender], *v. tr., racheter,*
payer (une folie). — *Pr. 3*
ramende *18233.*

Ramener *5064, 7275, v. tr.*

— *Pr. 3* rameine *22344, 6*
-ent *16691, 17175; sbj. 3*
rameint *7768.*

[Ramer], *v. tr., aimer à son*
tour. — *Pr. 1* raim *17695.*

Ramors, *n. m. pl. :* cerf de dis
r. *29302, cerf dix cors.*

[Rampone], *pl.* -es *230, n. f.,*
parole outrageante.

Ramponer *6437, 19753, rail-*
ler outrageusement.

[Ramu], *s.* -uz *6271, bien pour-*
vu de rameaux.

Rancure *10637, indignation.*

Rancune, *rancune 8491,*
27301, indignation 27455,
29049, mal ou dommage
terrible 8889, 28930.

Randon (de) *15799, loc. adv.,*
avec force, vivement.

[Rapaier] sei, *v. réfl., refaire*
la paix, être de nouveau
apaisé. — *Ft. 6* rapaieront
25602; p. p. rapaié *25611.*

[Rapareillier], *v. tr., causer de*
son côté (du dommage); —
réfl., se préparer de son côté
17463, 19221. — *Pr. 3* ra-
pareille *14038; 6* -ent
19221; pf. indéfini 3 se rest
apareilliez *17463 (cf. les nes*
refait apareillier *17467, fait*
réparer les vaisseaux, et v.
refaire).

[Rapeler], *appeler d'autre part.*
— *Pr. 6* rapelent *23221.*

[Raporter], *rapporter (comme*
réponse) 17863, remporter
(du champ de bataille) 19713.

[Rarmer], *v. tr. 15189 (r. son*
cors), *armer de nouveau;* —
réfl., s'armer de nouveau
11997, 22630, s'armer de
son côté 23747. — *Pr. 6* rar-
ment *22630; pf. 6* rarmerent
11997, 15189, 23747.

[Rasaillir], *v. tr., assaillir de*
nouveau. — *Pr. 6* rasaillent
12295, 22203; impér. 4
rasaillons *22200.*

Rasé *27566, p. p-adj. de* raser,
ras, rempli jusqu'au bord.

[Raseeir], *v. tr., rétablir*
28274; — *réfl., se remettre en*
place, se rasseoir. — *Pr. 3*
rasiet *14716; pf. indéfini*
ront asises *28274.*

[Rasener], *v. tr., attaquer ou frapper à son tour.* — *Pr. 3* rasene *24289.*

Raseürer sei, *se rassurer.* — *Pr. 6* raseürent *12777; p. p.* raseüré *25609.*

Rasiet, *v.* raseoir.

Rasor *1836, 12163, rasoir.*

Rassembler *13207, v. tr.; — intr., se réunir (avec ses gens) 13207; r. a, en venir aux mains avec 8532, 20817; — réfl., s'assembler d'autre part 8299, se réunir 25000; — v. récipr. 14479, s'attaquer.* — *Pr. 6* rassemblent *8299, 14479; pf. 6* rassemblèrent *8532, 20817, 25000.*

[Rataindre], *v. tr., atteindre à son tour.* — *Pf. 3* ratainst *24145, 29313.*

Ratorner, *v. tr. 29192, réparer; — réfl., se préparer de son côté, se préparer de nouveau 18477.* — *Sbj. 3* ratort *27262.*

•Raube (*add. de* G *après 22589, v. 24), vêtement, robe; cf.* robe.

[Raveier] sei, *se remettre en marche (vers).* — *Pf. indéfini 3* rest aveiez.

Raveir, ravoir *3235, 3406, 4387, 16118, avoir pour sa part 17712, 28640, avoir de son côté 19978, 26310, 27215; impers[1], i r., y avoir en outre, d'autre part 18780, 21363, 23231, 23247; — sert le plus souvent d'auxiliaire aux temps périphrastiques des verbes à préfixe re, r' (dont quelques uns, il est vrai, semblent ne se rencontrer qu'à ces temps, du moins avec ce sens particulier), et signifie « avoir à son tour, par contre, de son côté ».* — *Pr. 1* rai *17712, 3* ra *7808, 8288, 8290, 8447, 9011, 9025, 9454, etc., 4* ravons *12959, 5* ravez *25222, 6* ront *6359, 8187, 8815, 9936, 10408, 10708, 11139, 12292, 12498, 12728, 13962, 16968, 19201, 19212, 19402, 19978.*

25533, 25678, 25847, 28274; ipf. 3 raveit *3406, 9298, 11726, 13268, 13916, 26275, 26310; pf. 3* rot *7374, 8306, 8644, 9438, 9476, etc.; ft. 3* ravra *13434; 4* ravrons *12621, 6* ravront *12074, 15121, 27215; sbj. 6* raient *30108.* *Voy.* raseoir, raveier, rebouter, refaillir, referir, relaidir, remetre, reperdre, resaisir, restablir, *et cf.* restre, redeveir, revoleir.

Ravenir, *arriver à son tour, d'autre part, de plus.* — *Pf. 3* ravint *29726, 6* ravindrent *10031, 26595.*

Ravindrent, *v.* ravenir.

Ravine *11429, ardeur, fureur.*

[Ravir], *enlever violemment.* — *P. p.* ravi *5062, f. pl.* ravies *4651.*

Ré *354, 13033, s.* rez *14560, 14585, 15225, 16623, 19400, 27135, m. (f. 27135), bûcher.*

[Rebaillier], *donner de plus.* — *Pr. 3* rebaille *1703.*

[Rebondir], *v. intr., être ébranlé.* — *Pr. 6* rebondissent *1607.*

[Rebouter], *v. tr., pousser d'autre part.* — *Pf. indéfini 3* ra boutez *30097.*

Recivre *5091, 10667, 11696, 18193, et* receveir *11057 (r.), 14834, 26107 (r.), 26580, v. tr., recevoir; soutenir l'attaque de 24123, accueillir 27539, 28047; r. a 23802 (receü l'ont a lor seignor), admettre en qualité de.* — *Pr. 3* receit *17987, 18575, 19023, 19827, 24123, 4* recevon *7452, 5* -ez *19723, 6* receivent *1983, 23329, 25589; ipf. 6* receveient *15778; pf. 3* reçut *2053, 2859, 3534, etc., 6* reçurent *3578, 10925, etc.; ft. 4* recevrons *19745; sbj. 5* receveiz *1606; ipf. 3* receüst *17305, 5* receüsseiz *13543; impér. 5* recevez *25881; p. p.* receü *2896, 5089, 5925, etc.; s. -üz 73, 1082, etc.,*

f. -üe *16041*, *25954*, *pl.*
-ües *20497*.

Recelee, *cachette :* en r. *22332*,
secrètement.

Recercelé, r. pl. -ez *1266, p. p.*
-*adj.*, *frisé :* chef r. *5193*;
cheveus recercelez *1266.*

Recesser, *v. intr.*, *cesser de*
temps en temps : senz r.
19273.

Recet (add. de A² après 28256,
v. 3), n. m., retraite.

Receü, -üe, -ües, -üsseiz, -üst,
v. receivre.

[Rechacier], *poursuivre à son*
tour, chasser à son t. 28173.
— *Pf. 6* rechacierent *10045;*
impér. 4 rechaçons *28173.*

[Rechaeir], *tomber à son tour.*
—*Pr.3*rechiet*17229, 26189.*

[Rechargier], *charger de plus.*
— *Pf. 6* rechargierent *27536.*

Rechief (de) *5040*, *21527,*
27448, 29689, loc. adv., de
rechef, à nouveau.

[Rechoisir], *v. tr.*, *apercevoir de*
son côté. — *Pf. 3* rechoisi
21141.

[Reciter], *v. tr.*, *(ordin^t : lire*
à haute voix), lire 69. — *Pf.*
6 reciterent *69.*

Recoillir, *recevoir 14717,* ac-
cueillir 23796, *admettre*
27982, 28196, 28942, sou-
tenir bravement l'attaque de
249, 7118, 7134, 9259,
etc. ; — subst^t 14834. — Pr.
3 recueut *14717*, *6* recueil-
lent *9883, 14019 ; ipf. 6* re-
coilleient *7134 ; pf. 6* recoil-
lirent *249, 12694, 23530,*
27541, 28109 ; sbj. 3 re-
cueille *9259 ; p. p.* recoilli
7118,27982,28196,28272,
28704,28942, s. -iz 21391,
23796,27411, 29024, f. -ie
14831, 28464.

Recombatre *10306, v. intr.,*
combattre de nouveau.

Recomencier, *v. tr. et intr., re-*
commencer. — *Pr. 3* reco-
mence *9154 ; pf. indéfini 3*
rest comenciez *24191. Cf.*
revolez comencier, *et voy.*
revoleir.

Reconciliier sei o *25087, se ré-*
concilier avec.

Reconforter *20664, 29462, v.*
tr., *consoler*, *réconforter*
4666, 4668, 4769, 11691,
11920, 11974, 12672,
13437, etc.

Reconoistre, *reconnaître ; —*
réfl. *25110.* — *Pr. 1* reco-
nois *10339, 3* -oist *30221;*
ft. 4 reconoistrons *18211;*
cd. 3 reconoistreit *25110;*
impér. 5 reconoissiez *12866 ;*
p. p. reconeü *15087, s. -üz*
16071, 20112.

Reconter*3070,19147,24968,*
raconter ; — subst^t 24968.
— *Pr. 3* reconte *(passim),* recante *10910 (r.); sbj. 3* re-
cont *3512,* recant *6660 (r.).*

[Recorder], *v. tr.*, *se remémo-*
rer. — *Pr. 1* recort *18083.*

[Recovenir], *v. impers.*, *conve-*
nir de nouveau : l'en reco-
vient passer (= li covient re-
passer) *29055, il lui faut re-*
passer.

Recovrement, *n. m.*, *possibi-*
lité de reprendre le dessus
7562, ressource, remède (pos-
sibilité de réparer un mal)
18879, 20276 ; senz autre r.
23686, sans pouvoir repren-
dre le dessus ; s. nul r. 15032,
sans rémission, infaillible-
ment.

Recovrer *14056*, *15108,*
19507, etc., *v. tr.*, *re-*
couvrer 19507, reprendre
15108, recevoir 8579, subir
(une perte) 16861, 19554,
27662 ; r. la place 2445, r.
le champ 14390, recouvrer
le terrain perdu ; r. la chace
21030, mettre en fuite l'en-
nemi ; recovrerent lor esforz
sor 9462, reprirent l'avan-
tage sur ; — intr., reprendre
le dessus 7499, 7544, 7542,
8511, etc., avoir l'avantage
9733, 14548, etc., reprendre
sa situation 13642, porter
remède 20140 ; r. a 8671,
r. sor 4565, 7273, 9470,
etc., poursuivre l'avantage
21032, attaquer de nouveau
(estre covrez 12323, a repris
le combat) ; furent recovré
10876, 16101, reprirent

l'avantage (cf. 17312, 23592);recovreroutre14056, poursuivre ses avantages. — Pr. 6 recuevrent 7542,9733, 12494 (cf. Vers de la Mort 46, 12); sbj. ipf. 3 recovrast 9423, 28125, 6 -assent 7459, 9470.

Recovrier 13407, ressource, remède, possibilité de réparer un mal.

[Recreant], s. - anz 18309, 19025, 19032, 19518, 19594, adj., qui se déclare vaincu d'avance, lâche.

[Recreistre], v. intr., s'accroître. — Pf. indéfini 3 rest creüe 28298.

Recreüe, n. f., retraite : corner la r. 18335, sonner la retraite.

Recuit, p. p. -adj. de recuire : or r. 330, 11802, 14663, 14720.

[Reculer], v. intr. — Ft. 1 reculerai 8757.

Redelivrer 14569, rendre de nouveau libre.

[Redemander], demander de son côté. — Pr. 3 redemande 26619.

[Redemorer], v. intr., demeurer aussi. — Pf. 3 redemora 28802.

[Redeveir], v. tr., devoir à son tour. — Pr. 4 redevons 5737, 5 redevez 12174; pf. 6 redurent 28148; ft. 3 redevra 9294; — ne se redurent paier pas 28148 équivaut à ne se d. repaier pas (repaier sei, être satisfaits de leur côté). Cf. aveir, estre, revoleir.

[Redire], dire en outre 275, 28609, dire à son tour 3841. — Pr. 3 redit 28609, 28701; pf. 6 redistrent 3841; ft. 1 redirai 275.

Redoint, redont, v. redoner.

Redoner, v. tr., donner d'autre part; absol^t, donner à son tour des coups 7500. — Pf. 6 redonerent 7500; sbj. 3 redoint 10290, redont 18097 (r.).

Redoter, v. tr., redouter 14198, 15717, 21273, 22720,

28613 28898, 28980, 29756, douter aussi (de ço ne redotons nos mie 23284, nous ne doutons pas non plus de cela).

Redrecier 20005, 25227, redresser, relever 9217; — intr., se relever 7487, 22238, 24070, reprendre courage 25227; — réfl. 20005, se redresser; — subst 22238. — Pf. 6 redrecierent 7487, 9217, 24070.

[Redurer], v. tr., durer à son tour, également. — Pf. 3 redura 282.

[Refaillir], v. intr., manquer son coup de son côté ; commettre une faute constamment 18050, e reis Mennon ne l'en refaut qu'il ne li rende 16270, et le roi M. ne manque pas à son tour de lui rendre. — Pr. 1 refail 18050, 3 refaut 9029, 15646, 16270; pf. 3 refailli 9017;pf. indéfini 3, cil ne ra pas a lui failli 18677.

Refaire 2992, 25932, refaire, (r. un homage 29517, prêter à nouveau un hommage) faire de son côté 481, 11791, 13200, 14515, 16369, 18868, 26299 (bien le refait 9037, 15814, 15979, 17168, combat bien à son tour, b. le refont 9171, 16117), rebâtir 2992, 3003, 24859. — Pr. 3 refait 9037, 15814, 15979, 16401, etc.; 6 refont 9171, 9299, 16117, 19146; ipf. 3 refaiseit 10399, 10903; pf. 3 refist 401,18868, 26299,6 -irent 14515, 16517, 18852; ft. 1 referai 17710, 3 refera 18694, 4 -ons 25442, cd. 6 refereient 11791, 13935; sbj. 1 reface 24641, 3 reface 27262, 5 refaceiz 13175; — pour faire avec l'infinitif d'un verbe à préfixe re (r'): refait apareillier (pour fait rapareiller) 17467, le refont trebuchier 18655, se refera ocire 18694, refait monter 24171.

[Referir], *v. tr., frapper à son tour.* — *Pr. 3* refiert *2493, 8500, 9043, 11399, 23931, 6* refierent *22203; pf. indéfini 3,* ra feru *16267,* ra ferue *22194.*

[Refestiver], *v. intr., faire des fêtes à son tour.* — *Ipf. 6* refestivoënt *25911.*

[Reflambeier], *v. intr., resplendir.* — *Pr. 3* reflambeie *7654 (r.), 11136 (r.),* reflambie *14632 (r.).*

Refoï (s'an), (var. de E à 27667-28548, v. 3), pf. 3 de refoïr, *v. réfl., s'exiler de son côté.*

Refol *26494, dégoût, satiété.*

[Refonder], *rebâtir (une ville).* — *Pf. 3* refonda *169.*

Reforbir *13884, fourbir à nouveau.*

[Refraindre], *réprimer, retenir.* — *Sbj. 3* refraigne *15420.*

Refreidir, *v. tr., refroidir; intr., se refroidir 18085.* — *Pr. 3* refreidist *18085; p. p. s.* refreidiz *22685.*

[Refreschier], *v. tr., renouveler.* — *P. p. f.* refreschiee *989.*

Refreschir *9850, rafraîchir, fortifier de troupes fraîches : — intr., redevenir frais, jeune 16747.* — *Pr. 3* refreschist *14767; pf. 3* refreschi *16747.*

Refu, refurent, *v.* restre.

Refui *15366, 27399, s. -iz 25408, refuge.*

Refus, *v.* refuser.

Refuser *13672, v. tr., refuser, rejeter l'amour de 13672, refuser d'accueillir 27554, refuser d'accepter 70.* — *Pr. 1* refus *4758, 13673, 18090, 24512, 24722, 26510. 26521; ipf. 3* refusot *25597; p. p. s.* refusez *27433, 28045.*

Refusos *5904, 13784, qui refuse obstinément.*

Refusot, *v.* refuser.

Regeter], *v. tr., faire sortir pour sa part (Poliphemus est opposé à Antiphat).* — *Pf. 3* regeta *28641.*

Region -s, *region, contrée.*

Regne -s *450, 718, 732, 750, etc., royaume.*

Regné *268, 1247, 1256, 2392, etc. (toujours à la rime), royaume.*

Regret : faire r. de *23085, regretter, ou manifester le regret de.*

[Regretement], *r. pl. -enz 21677, action de déplorer la perte d'un mort.*

Regreter, *v. tr., regretter, regretter l'absence de, la perte de 14552, 15898, 16085, 19154, se plaindre de 1131, 18715, déplorer (en paroles) la perte de 2883, 4643, 12222, 14542, 16327, 16399, 17373, 17376, 19141, 19148, 19403, 22377, 22918, 24431, 25282, 25792; — absol 12752; — v. réfl. 26122, se plaindre.* — *Ipf. 3* regretot *4643, 6 -oënt 1455.*

Reguarder, *v. tr. et intr., regarder 1274, 5103, 8988, 9349, etc., examiner 10249, 16292, garder de son côté 1371, faire attention à 2312, 17479, 19768; — v. réfl. 11602, regarder.*

Reguart, *s. -arz 1269, n. m., regard; crainte 4002, 4489, 6257, 6417, 7516, etc., sujet de crainte 3373, 12883, 13008, etc.; aveir r. de 10317, 20044, 26032, 27814, prendre r. de 14886, se préoccuper de (com mal r. prenez de vos! 26027).*

[Rehaitier], *remettre en joie, rassurer.* — *Pr. 3* rehaite *12636.*

Rehiz (de), *loc. adv. : lor chevauchent (chevauche 23677) de r. 9825, ils (elle) s'élancent sur eux avec fureur.*

Rei -s, *n. m., roi; — appliqué à Jupiter 25831; le Rei, li Reis (s.) Laomédon, Priam, etc.*

Reial *19640, royal.*

Reiaume *12036, 12328, etc., s. -es 12224, royaume.*

Reide, *s. -es 16361, f. -e 11610, 18752, 22784, 23015, 24005, 30129, 30140, pl. -es 13925, roide.*

Reie *1725, 1908, raie de la-*
bour, sillon.

Rein *29093, r. pl.* rcins *924,*
4607, n. m., rame

Reïne, *reine.*

Reisnablement *28275, raison-*
nablement.

Reison, *s.* -ons, *raison, chose*
raisonnable; *discours 4079,*
explications 26319; par r.,
avec raison, justement 60,
par de bonnes raisons
26284; *si l'on veut suivre*
la raison 26622; metre a r.
6251, 19015, 20363,
25620, 28129, adresser la
parole à (*cf.* areisnier).

[Reissir], *v. intr., sortir à son*
tour; — *réfl. 10576, 13915.*
— *Pr. 3* rist *7959, 11120,*
13915; *pf. 6* reissirent
7853; *p. p.* reissu *10576.*

[Rejoster] sei, *se joindre de*
plus. — Pf. indéfini 3 rest
jostez *28346.*

[Relaidir], *v. tr., maltraiter*
de son côté. — Pf. sbj. 6
raient laidi *30108.*

Relancier (*inf. pris subst*[t])
14835, action de lancer de
nouveau.

[Relenquir], *v. tr., abandonner.*
— *P. p.* relenqui *18456,*
25122, f. pl. -ies *28273.*

Relevee, *n. f.*: desci qu'a haute
r. *20593, jusqu'à une*
heure avancée de l'après-midi.

Relever *9709, 21432, v. intr.*
6028, 9709, 10898,
15631, 17117; — *réfl.*
1513, 21432, se relever. —
Pr. 3 relieve *1513*; *pf. 6* re-
leverent *15631*; *ft. 6* re-
leveront *6028, 17117*; *sbj.*
3 reliet *10898.*

Reliet, relieve, *v.* relever.

[Relique], *pl.* -es *26936.*

[Reluire], *v. intr., reluire, être*
clair 14645. — *Pr. 3* reluist
11755, 11849, 11957,
14645, 6 -isent *1565,*
21336, 23098; *ipf. 6* relui-
seient *12365*; *p. pr. s.*
reluisanz *5398, 5450, 5537,*
15829, 23470.

Remaindre, *presque toujours à*
la rime (*cf. 1106, 2922,*
10187, 12073, 15580,
19781, 21303, mais à l'in-
térieur du vers 26487, et
remancir *340* (r.)*, 550* (r.)*,*
1127 (r.)*, 2847* (r.)*, 3982*
(r.)*, etc.* (*plus fréquent et*
le plus souvent à la rime)*, v.*
intr., rester (*dans tous les*
sens)*; rester tranquille*
27834, demeurer (*indiquant*
le résultat) *336, en rester là,*
cesser *3277, 15906,*
16981, 19674, 24725,
24899, 25362, 27574,
27811, n'avoir pas lieu 10183,
26487, s'arrêter 4318,
28256, s'achever (*en parlant*
du jour) *8900, s'abstenir de*
combattre 15589; ne r. de
5975, ne pas manquer de;
— *imper*[t]*, rester 12646, en*
rester là, cesser (*en parlant*
d'un combat) *10125, 10165,*
rester, ne pas avoir lieu
6473, 9606, 10553, 14258,
27449; *ne puet remaindre*
1106, 12073, 21303, in-
failliblement (*il ne peut en*
être autrement)*; ja autre-*
ment ne remandra 27088;
se il devers eus ne remaint
17785, s'ils n'y mettent pas
empêchement (*cf. 17996*)*, en*
lui mie ne remaint 13219,
il n'y fait pas d'opposition;
— *v. réfl. 3979, 4620,*
15419, 15447, 28446, res-
ter, rester tranquille, s'éta-
blir. — *Pr. 1* remaing
15589, 3 remaint *1846,*
8471, 9606, etc., 6 remai-
nent *18954, 23610, 25761*;
ipf. 3 remaneit *26698, 6*
-eient *3785*; *pf. 3* remest
702, 2787, 6344, 7571,
10125, etc., 6 remestrent
336, 1120, 8820, 9265,
20530, 23970, 26227,
27287; *ft.* remandrai, *etc.,*
5 -eiz *1116, 6623, 15543*;
sbj. 1 remaige *5897, 22925,*
23419, 27373, 3 remaigne
2290, 3979, 4025 4029,
etc., 6 -ent *24710*; *ipf. 3*
remansist *7177, 8636,*
10770, 12646, 6 -issent
18973; *imper. 5* remanez

15447; p. pr. pris subst
remanant *27361, 27533,*
reste; *p. p.* remés *4318,
4564, etc., f. -esc 3277,
5688, 17825.*
[Remanaier], *ménager de son
côté. — Pr. 3* remanaie
10901, 11460.
Remanant, remandrai, *etc., v.*
remaindre.
Remanence *27457, n. f., sé-*
jour.
[Remariër], *v. tr., marier en
outre. — Ft. 4* remarierons
18221.
[Remaumettre], *v. tr., mettre à
mal de son côté. — Pr. 6*
remaumetent *23624.*
Remembrance, *mémoire, souvenir :* aveir en r. *29878, se
souvenir de;* faire r. de
23163, faire mention de;
aveir r. de *1870, se souvenir;* n'aveir r. *21071, ne se
souvenir de rien.*
Remembrement *20322, s.
-cnz, n. m., mention, souvenir 20322.*
Remembrer *4678, v. tr., se
souvenir de 27071, rappeler
27426, faire mention de,
célébrer 17; — intr.,* r. de
*4678, songer à; — impers[t],
quant* l'en membre *21259,
quand il y pense. — P. p.
adj.* remembré *17, renommé.*
Remener, *v. tr., mener à son
tour. — Pr. 6* remeinent
19270,
Remes, -ese, -est, -estrent, *v.*
remaindre.
Remetre, *v. tr. remettre, mettre
d'autre part; — réfl. 3604,
3624, 25704, se remettre, se
lancer, se jeter de nouveau.
— Pf. indéfini 3* mis se rest
21260, 6 se resont mis
19326; ront mis *28923;
cd.4* remetrions *25704; sbj.1*
remete *19707; p. p.* remis.
Remirable *26461, digne d'être
regardé avec admiration.*
Remire *15144, remède (moral),
soulagement.*
Remirer *17618, 28435, v. tr.,
contempler, regarder avec
intérêt 1277, 2052, 7911*

8650, 8838, etc. — Ipf. 3
remirot *15080.*
Remonter, *v. intr., remonter;
remonter à cheval 2535,
8387, 10747, 10785,
11621, 15749, 16205,
18712, 21520, 23962,
24033; — tr., faire remonter
à cheval 8621, 8623, 9113,
18647, 20955 (*r son cors*),
20975, 24155. — P. p. 1*
remontez *15749, 18663,
18712.* Voy. refaire.
[Rempeindre], *v tr., frapper à
son tour. — Pf. 3* rempeinst
24139.
Remuëment *17033, bouleversement, changement complet.*
Remuër, *v. tr., ébranler, remuer 17602, 25401 (*r. tost
un cheval *22777, le faire
évoluer rapidement*), faire
lâcher pied, repousser,
chasser 8827, 9054, 9166,
9649, 15828, 17171,
21110 (*r. de la place *16142,
18829); — v. intr.* faire r.
7271, f. r. de la place *14092,
faire quitter la place, mettre
en fuite; — réfl. 8512, 9469,
19758, se remuer, bouger;
— récipr. 19277, se repousser mutuellement; — sbj. 3*
remut *20017; ipf. 3* remuast
19758; p. p. s. remuëz
25401.
[Renaistre], *v. intr., renaître;
naître en outre 28768. —
Pr. 6* renaissent *23150; pf.
antérieur 3* refu nez *28768.*
Renc *2651, 11479, etc., s.
rens 2469, 2549, 2560, etc.,
rang.*
Rendi, -issons, -ist, *v.* rendre.
Rendre *10926, 26331, 27015,
rendre; vomir 1946, 27643,
donner ou faire en retour
11290, 12392, donner ou
attribuer (ce qui est dû)
10526, 11281, remettre
26427, 29499, délivrer (un
prisonnier) 11822; — indique
un résultat acquis 11035,
11081, 11636; — réfl.
18921, 26888, se livrer prisonnier; — récipr. 11290,
se donner réciproquement; —*

impers*, chiercment lor fu
rendu *12725, on leur rendit
leurs coups avec usure. — Pr.*
3 rent *1322, 1946, 8797,
8939,* 5 rendez *19612,
2665, etc.,* 6 -ent *11549,
12392, 22216; ipf.* 5 ren-
diĕz *6462; pf.* 3 rendi
*5505, 6589, 7174, 11283,
18809, 26727, 27013,
27271,* 6 -irent *28516; ft.*
rendrai, *etc.,* 4 rendrons,
rendron *12914; sbj.* 1 rende
11081, 26689, 2 -es *6297,
6305,* 3 rende *27265; ipf.* 3
rendist *3609, 11035,
26938,* 4 -issons *6153,* 6
-issent *6350, 22691, 26347;
impér.* 2 rent *1750, 3404;
p. p.* rendu *20125, 24174,
24478, 29291, s.* -uz *21272,
26852, f.* -ue *6581, 6702,
etc.,pl.* -ues *14392.*
[Reneier], *répudier. — P. p. f.*
reneiee *28338; — p. p. au
sens actif,* rencié, *s.* -iez
26165, 26181: cuer reneié
4675, âme perfide ; — subst
*16341, 21201, 21441,
21846, 26165, 26181,* rené-
gat.
Renge, *n. f. (propr* : ceinturon
de l'épée)*; desoz la r. *9904,
au-dessous de la ceinture, plus
bas que la c.*
Rengier, *v. tr., ranger, mettre
en rang; — réfl. 17315,
23757, se ranger. — Pf.* 6
rengierent *23757; p. p. -adj.*
rengié *8040, 15606, 17051,
20037, s.* -iez *7804, f.* -ice
17315, pl. -iees *18489,
bien rangé, en ordre.*
Renomé *154, 28050, 29796,
s.* -ez *2164, 5578, 17180,
24536, f.* -ee *4240, 5957,
6808, pl.* -ees *29803, p. p.
-adj., renommé.*
Renomee, *renommée, réputation
13089, 18815, 23364,
26590, 29036, 29760,
bruit fâcheux 5732.*
Renon *12666,* renom.
[Renoveler], *renouveler; —
intr. 14767, 21461, se
renouveler, se rajeunir. — Pr.*
3 renovele *14767, 16266,*
T. V.

21461; p. p.f. pl. renovelees
13877.
Rentasser, *v. tr., presser en sens
contraire 16103; — subst*
16098.
Rente *3161, 18020, 18294,
rente, revenu.*
[Rentrer], *v. intr.;* sont ren-
trant *23152,* rentrent, reviennent *; — réfl.,* rentrer, *rentrer
dans la ville. — Ft.* 4 ren-
treron *2678; sbj. ipf.* 6 ren-
trissient *23573; p. pr.* ren-
trant *23152; p. p.* rentré
24961.
Renvaïr *24303, v. tr., attaquer de nouveau.*
[Renveier], *v. intr., reprendre
son chemin, revenir. — Impér.*
5 renveiez *4203.*
[Renviĕr] (= re -invitare), *v.
tr., pousser, exciter d'autre
part (s. -e. : à aller combattre).
— Pr.* 3 renvie *20847.*
Repaire, *retour 28715, séjour,
demeure 4617, 14109,
20654, 29960; se metre el
r., v.* metre.
Repairement *25344,* retour.
Repairier *780, 1766, etc., v.
intr., retourner; habiter
28910; — réfl.,* s'en r. *683,
1755, 3443, 17594, 18314,
19742, 22051, 22282,
25462, 25754, 27562,
28519, 29702; — subst*
*22376, 22591, 29744,
retour. — Pr.* 3 repaire
22051, 22282, 6 -ent
24667; ipf. 6 repairoënt
27562, 27871; pf. 3 repaira
28519, 6 -ierent *683, 3443,
29564; sbj. ipf.* 3 repairast
18357, 29225; impér. 2 repaire *1755; p. pr. -adj.*
repairanz *28910; p. p.* re-
pairié *1766, 25462, etc.,
f. pl.* -iees *17594.*
*Repanse (var. de G à 21853-6,
v.* 8), *v. intr., pr.* 3, repense.
Reparer *13060, v. tr., réparer.*
Reparlance *737, 840, 6910,
11000, 17860, 20214, ac-
tion de parler beaucoup de
qqch, de redire qqch.*
[Reparler], *v. tr., proposer
(contrairement à ce qu'on a*

18

d'abord proposé). — *Pf. 3*
reparla *27815*.
[Repasmer] sei, *se pâmer de
nouveau*. — *Pr. 3* repasme
*29435, 30217 ; pf. indéfini
3* se rest pasmez *19105*.
Repeist, *v.* repeser.
Repentir sei *20400, 21302,
21446, 27780, 29692, se
repentir* ; r. sei que *14279-
80 ;—intr.,* faire r. *11266 ;—
substᵗ 19664.* —*Pr. 1* repent
1508, 20275, 3 repent *564,
14276 ; sbj. ipf. 3* repentist
11842, 6 -issent *21209 ; p.
pr.* repentant *19583, s.* -anz
20312 (« *qui a du regret* »).
[Reperdre], *v. tr., perdre de
son côté* ; — *intr., essuyer de
de nouvelles pertes 24058.*
— *Pr. 3* repert *24275 ; pf.*
6 reperdirent *8424; pf. indéfini 3* ra perdu *29202,* 6
ront perdu *19481 ; ft.* 6
reperdront *24058.*
[Reperillier], *v. intr., courir de
nouveaux périls.* — *Pf. 6* re-
perillierent *684.*
[Repeser], *v. impers., être, par
contre, un sujet de souci :* dreiz
est que mei repeist del suen
(domage) *9111, il est juste
que je me préoccupe à mon
tour de son dommage.* — *Sbj.
3* repeist *9111.*
Replenir *26749, 26846, v.
tr., remplir, combler, approvisionner.* — *Pf. 3* repleni
26896;p. p. f. replenie *2824,
6436; — p. p. -adj. s.* reple-
niz *7832, 19316, 24926,
25105, 27239, 28596, f.
-ie 17462, 21739, 27192,
29567, pl.* -ies *4136, 5604,
rempli, comblé, approvisionné.*
[Repoëir], *v. tr., pouvoir de
nouveau* (équivalent à poëir
avec l'infin. d'un verbe en re),
p. au contraire 9460. —
Pr. 3 repueent *13886 ; pf.*
6 reporent *14563, 19378,
21834 ; cd.3* reporreit *9460 ;
sbj. ipf. 5* repoüssiez *15106.*
[Repondre], *v. tr., cacher
19943, 29268, fermer* (les
yeux) *25658.* — *Pr. 3* re-
pont *25658 ; pf. 6* repostrent

2369 ; sbj. 6 repongent
25183 ; p. p. repost *1767,
s.* -oz *29223, f.* reposte
25424, 27244, pl. -es *15414.*
[Repopler], *v. tr., repeupler.* —
Parfait passif 6 refurent po-
plees *pour* furent repoplees
29804.
Reporchacier, *v. tr., poursuivre un but de son côté.* — *Pf.
3* reporchaça.
[Reporpenser] sei, *v. réfl., se ra-
viser.* — *Pf. 5* reporpensastes
25220.
[Reporter], *rapporter :* en r.
21360, remporter. — *Pr. 3*
reporte *21360.*
Repos *1293, 3824, 4931,
7642, 10277, 12976,
15001, 15006, 17488,
18018, 19321, 19431,
20771, 21257, 21782,
24848, 28179, 28217,
n. m.*
Reposer *998, 26038, 29545,
v. intr. ; — réfl. 13055,
21745, se reposer, avoir
du repos.* — *Ipf. 3* reposot
21745 ; pf. 6 reposerent
13055.
Repost, -oste, -ostrent, -ostrent,
-oz, *v.* repondre.
[Repostail], *r. pl.* -auz *14729,
22107, n. m., cachette, embuscade.*
[Reprendre], *v. tr., prendre de
nouveau ou à son tour; blâmer
14705, 18040, 20325.* —
Pr. 3 reprent *18040, 20325,
24075,* 6 reprenent *12199 ;
pf. 3* reprist *27017 ; pf. indéfini 3* ra pris *8288 ; p.
pr. -adj.* reprenant *30307*
(« *qui trouve à redire* »); *p. p.*
repris *14705.*
Reproche *3657.*
[Reprochier], *reprocher.* — *P.
p.* reprochié *18328, s.* -iez
5734.
Reprovier *12188, 20079,
reproche amer, raillerie
cruelle.*
Requei, *n. m. :* en r. *21922,
25293, en cachette.*
Requerre *1916, 2514, 3323,
4305, etc., v. tr., requérir,
demander ; demander en ma-*

riage 28964, *réclamer* 228,
250, 27046, *sommer* 26963,
prier, solliciter 569, 5949,
6151, *etc.* (r. qqⁿ *de païs*
19684, *demander la paix à*
qqⁿ; r. qqⁿ *que* 27263), *aller
chercher, attaquer* 1916.2514,
2654, *etc.* (r. a mort 23673);
— r. *de* 6300, *demander raison de* ; — *récipr.* 10626,
10651, 13983, 21148,
21339, 21543, 22800, *s'attaquer mutuellement.* —*Pr.* 1
requier 3777, 25862, 2 re-
quiers 17837, 3 requiert
1605, 8382, 9560, *etc.*, 5
requerez 25457, 6 -ierent
6008, 7361, *etc.*; *ipf.* 3 re-
quereit 8495, 9987, 22442,
6 -eient 2407, 6286 ; *pf.* 1
requis 3607, 16959, 27010,
3 requist 361, 14372,
14570, 21516, 26937,
27263, 28289, 28297,
28536, 6 -istrent 267,
10309, 11292, 14579,
20164, 20827; *ft.* requerrai,
etc. ; *cd.* requerreie, *etc.*,
sbj. 3 requiere 7304; *p. p.*
requis 6063, 6373, 7835,
etc., f. -ise 5949, 9696,
20058, 28964; *p. p.* -*adj.*
requis(tornei)19279,(*combat*)
acharné(*voulu des deux côtés*).
Requerrement 24867, *requête.*
Requeste 13079, 13099, *pl.*
-es 26635, *requête.*
Requier, -ierent, -iert, -ise-ist,
-istrent, *v.* requerre.
[**Rere**], *v. tr., raser*; — *réfl.*
27286, *se raser.* — *P. p.* res
27286, 28445.
[**Resaillir**], *v. intr., bondir* ; r.
sus 28884, *rebondir*; r. en
piez 11287, 24019, 24142,
*se remettre sur ses pieds, se
relever.* — *Pr.* 3 resaut
28884 ; *pf.* 3 resailli 11287,
6 -irent 24019 ; *pf.* antérieur 3 refu sailliz 14474;
sbj. plus-que-pf. 3 refust sailliz 14418 ; *p. p.* s. resailliz
24142.
[**Resaisir**], *v. tr., ressaisir, saisir de nouveau.* — *Pf.* 6 re-
saisirent 9218; *pf. indéfini* 3
la ra saisie 24315.

Resaveir, *v. tr., savoir de
plus, s. de son côté* 3641 ;
r. a dire 24821, *dire en
réponse.* — *Pr.* 4 resavons
3825, 6 resevent 3641;
ft. 5 resavreiz 24821. *Voy.*
reset.
Resaziement 25049, *n. m.,
dégoût.*
Resaziier 26500, *v. tr., rassasier.* — *P. p.* -*adj.* resaziié
14175, 26242, *f.* -iiee
26613, *qui a satisfait son
envie, rassasié.*
Resbaudir 18579, 19956, *v.
intr.* (faire r. 18579), *reprendre vigueur ou courage* ; —
*tr., ranimer, rendre le courage
à* 18798, 19956. — *P. p.* resbaudi 18853, *r. pl.* -iz 18898.
Cf. resont esbaudi 21115,
pour sont resbaudi.
[**Reschaper**], *v. intr., réchapper.*
— *Pf.* 3 reschapa 28819 ;
ft. 3 reschapera 27210.
Resclarcir 13883, 18487, *v.
intr., resplendir, briller*(*en parlant du jour*) ; — *impers¹*, ainz
que il fust guaires resclarci
25665. — *Pr.* 3 resclarcist
10595, 20896, 22608, 6
-issent 21334; *pf.* 3 resclarci
16576, 19324, 19996,
20418, 26086; *p. p.* resclarci
23746, 25665.
[**Resconser**], *v. tr., cacher*
25667 ; — *intr., se coucher*
(*en parlant du soleil*). — *P.
p.* resconsé 25667, *s.* -ez
11656, 19303, *f.* -ee 27244.
Rescorre 7360, 18645, 18917,
21467, 21513, *v. tr., secourir, aller à la rescousse de*
(lor vont r. lor maisniees
7360, *vont secourir contre
eux leurs gens*), *tirer de danger* (r. *de mort* 26293), *reprendre par force un chevalier fait prisonnier* 2619 ; —
subst¹, al r. Philemenis
16076. —*Pr.* 3 rescot 8657,
23537 ; *pf.* 3 rescost 22738,
28690 ; *p. p.* rescos 8558,
8617, 8808, 8932, 8960,
etc.
Rescosse, *action de venir au
secours* 9995, 14487,

16083, 23541, 23663, re-
commencement du combat
18873, rescousse, reprise
d'un cadavre *8525,* r. d'un
cheval *12537,* recouvrement
d'une situation perdue, salut
10184, 25168.
[Rescrire], *v. tr.,* écrire à son
tour. — *Pf. 3* rescrist *24400.*
Resembler *19916, v. tr.,* ressembler à *2996, 4290,
19916, 27320, 30010,* re-
présenter *29783;* — *intr.,*
sembler (avec le prédicat au
cas sujet *6818, 12048,
17559);* — *intr., avec a,
12491, 16700.* — *Ipf. 3*
resemblot *6818, 9211,
12048;* pf. *3* resembla
27320, 6 -crent *29783; sbj.
ipf. 3* resemblast *2996,
4290; p. pr.* resemblant
12491, f. -ant *16790.*
*Reset (se) covrir = se set reco-
vrir (var. de I à 19253-73,
v. 14), v. tr., pr. 3, sait se protéger de son côté.*
[Reslire], *v. tr.,* réélire. — *Sbj.
4* reslison *19190.*
[Resmaier] sei, *v. réfl.,* s'émouvoir de son côté. — *Pr. 6*
resmaient *13952.*
[Reservir], *v. intr.,* servir de
son côté. — *Ipf. 3* reserveit
14863.
[Resfondrer], *v. intr.,* tomber
en morceaux, se briser (d'un
haubert). — *Pr. 6* resfon-
drent *23551.*
Resne *2583, 4815, 4846, etc.,*
(en rime avec esperne *14475),*
rêne.
Reson *27528, s.* -ons *19255,
19354,* retentissement; renommée *27528.*
Resoner *14034, v. intr.,* résonner, retentir. — *Pr. 3* resone
1938, 14478, 6 resonent
10762, 18515; pf. 6 reso-
nerent *7420, 16188.*
Resordre, *v. intr.,* surgir, s'élever; se relever (au fig.)*25227.*
— *Pf. 3* resorst *24028; p. p.
f.* resorse *29798.*
Resortir *20280, 24349, v.
intr.,* rebondir *7403, 14830,*
échapper au danger, se sau-

ver *27922;* — *réfl.,* se sortir,
se tirer *20280, 24349,* rebondir *1939.* — *Pr. 3* resort
1939, 6 resortissent *7403;
p. p. s.* resortiz *14830:* est r.,
a rebondi (a fait rebondir la
balle); sont resorti *14381,
16073, 19287, 21116,* ont
reculé, reculent ; cf. come
estes vos si resortiz ? *15677,*
pourquoi reculez vous ainsi ?
puis que tel gent est resortie
15991.
[Rosovenir], *v. impers.,* revenir
à la mémoire. — *Pr. 3* re-
sovient : de ço ne vos r. pas ?
24646, ne vous souvenez-
vous pas, de votre côté ?
[Respandre], répandre à nouveau. — *Pr. 3* respant *14851.*
[Respasmir] sei, se pámer de
nouveau *16457,* se p. à plusieurs reprises *23018.* — *Pr.
3* respasmist *23018; pf. 3*
respasmi *16457.*
Respasser *17727, v. intr.
(joint à guarir),* échapper au
danger de mort, se rétablir,
guérir. — *P. p.* respassé
13876, s. -ez *11973, 14961,
16304, 16601, 20201,
21553, f.* -ee *15256.*
[Resperir], *v. intr.,* reprendre
ses sens *21757,* être éveillé
26042; — *réfl. 23017, m.
s.* — *Pr. 3* resperist *23017;
pf. 3* resperi *21757; p. p.
-adj.* resperi *26042,* éveillé.
Respit *1572, 5005, 5044,
etc., s.* -iz *2843, 13869,* répit, délai, retard (prendre le r.
de *11838,* accepter un délai
pour; p. r. de *23690,* impo-
ser un arrêt de (la bataille);
senz r. *24783, s. r.* prendre
13956, sans retard; s. autre
r. *1572,* sans autre retard,
aussitôt); — proverbe *2843.*
[Respitier], *v. tr.,* donner un
répit à : estre respitié *21484,*
obtenir un répit.
[Resplendir] et [resplendre],
v. intr., briller d'un vif éclat.
— *Pr. 3* resplent *1884, 4817,
8080, etc.,* resplendist *4532,
8709, 11941, 6* -issent *7356,
7404, 8529, 15615; ipf.*

6 resplendisseient *6840* ;
p. pr. -adj. resplendissant
1825, *6779*, *7388*, etc.,
s.-anz *23439*, f. -ant *16789*,
29839, f. pl. -anz *16164*.
Resplendissable *26462*, adj.,
resplendissant.
Resplendor *8986*, *10596*,
17563, *17640*, *18071*,
20703, *22137*, f. inv. au
sing., pl. -ors *13971*, splendeur, vif éclat, beauté éclatante.
Resplent, v. resplendre.
Respon, -onez, v. respondre.
Respondre *17855*, v. tr. et
intr., répondre; donner une
réponse *12948*, rendre un
oracle; avec un n. de pers.
pour rég. direct, l'a respondue
15328. — Pr. *3* respont
7773, *7945*, *8053*, etc., *6*
respondent *8724*, *18398*;
pf. *3* respondi *881*, *6327*,
6441, *16913*, *19780*, *19851*,
24511, *24618*, *6*-irent *4451*,
6203, *26265* ; ft. respondrai,
etc. ; impér. 2 respon *6325*,
5 responez *22017*.
Respons, n. m., réponse *17867*,
17993, *18111*, *20727*,
discours en réponse *10551*,
réponse d'un oracle *28322*,
oracle *209*, *5803*, *5813*,
5860, *13769*, *22548*,
28831; prendre r., consulter
les augures *621*, *4145*,
26389, c. les oracles *22543*,
28307.
Response *26339*, n.f., réponse.
[Resprendre], v. tr., enflammer
d'autre part *17566*; — intr.,
s'enflammer de nouveau
17610. — Pr. *3* resprent
17610, *6* resprenent *17566*.
[Restablir], v.tr., rétablir.—Pf.
indéfini *6* rent establies
28274.
*Restement (var. de G à
21903-*22066*, v. 2), n. m.,
retard.
Restor, n. m., réparation; prendre r. *6347*, réparer un échec,
se venger.
Restorement *23804*, *24884*,
27232, réparation (d'un dommage), restauration.

Restorer *12132*, *17598*,
19636, *22509*, *25085*, réparer (une perte) *2594*,
12132, *14340*, *16862*,
19553, *19661*, *20386*,
22035, réparer la perte de
22001, rebâtir *2979*, *3002*,
25085, repeupler *19636*,
19648; — intr. *4914*, être
rebâti. — Sbj. *3* restort
22035.
[Restovoir], v. impers.. falloir
de nouveau. — Ft. *3* restovra.
[Restre], v. substantif, être aussi,
de nouveau, à son tour, d'autre part, par contre, etc.; —
presque toujours auxiliaire
aux temps périphrastiques
des verbes passifs, réfléchis ou
intransitifs munis du préfixe
re (dont quelques uns, il est
vrai, semblent ne se rencontrer qu'à ces temps) : rest intrez *10930*, est rentré; en
sus se resont trait *16198*, se
sont retirés, etc. — Pr. *3* rest
7204, *8593*, *8594*, *9117*,
9990, *10097*, *10601*, *10604*,
12523, etc., *6* resont *526*,
3826, *8273*, *8293*, *12213*,
14207, *14253*, *16119*,
16198, *16988*, *17099*,
19214, *19326*, *20316*,
21115, *23161*, *23166*,
23516, *23822*, *24771*,
26009, *26315*, *27645*,
29196; ipf. *3* resteit *5235*,
7510, *11242* et rert *9231* ;
pf. *3* refu *5211*, *8219*,
14474, *14584*, *16807*,
19408 (s. -ent. mis), *21553*,
23794, *24906* (s. -ent. esliz),
25268, *28768*, *29065*,
29589, *29797*, *6* refurent
15226, *19984*, *29804*; ft.
1 reserai *22041*, *3*-a *7840*,
8632, *13430*, *24756*, riert
27203, *29052*, *29393*, *5*
resereiz *22000*, *6*-ont *6063* ;
cd. *3* resereit *11890*; sbj. *3*
reseit *19191* ; ipf. *3* refust
2217, *14418*, *29322*; impér.
5 reseiez *13146*. Voy. rapareillier, recomencier, rejoster, remetre, renaistre, repasmer, resaillir, revengier,

revenir *et cf.* raveir, redeveir, revoleir.

[Restreindre], *v. tr., serrer,
resserrer* ; — *réfl.* 21453,
s'arrêter. — *Pr. 3* restreint
2695, 9153, 22849, 24175,
6 -eignent 21453.

[Resvertuër] sei, *v. réfl., s'éver-
tuer, faire effort de son côté.*
— *Pr. 3* resvertue 17225.

[Resvigorer], *v. tr.* 14389, *rendre la vigueur à* ; — *réfl.*
16144, *reprendre des forces.*
— *P. p.* resvigoré 16144, *s.*
-ez 14389.

[Retaire] sei, *v. réfl., se taire
de son côté.* — *Pr. 3* retaist
26639.

[Retendre] sei en (*inf.*), *v. réfl.,
aspirer à.* — *Ipf. 1* retendeie
29461.

Retenir 28, 15427, 26756,
28787, 29998, *v. tr., retenir, garder* 8101, *empêcher
d'agir* 29669, *garder en mémoire* 28, *garder pour soi*
20471, 26756, 26877,
28098, *tenir de son côté (lui
aussi)* 15813, *retenir prisonnier* 2601, 11562, 12206,
12555, 12607, 14493,
15669, 16217, 18591,
23952, *maintenir (la lutte)*
7233 ; — *v. réfl.*, se r. que ne
9122, *s'empêcher de.* — *Pr. 3*
retient 28098 ; *pf. 3* retint
8811, 15813, 20471, 26353,
26928, 30171, 6 retindrent
7233, 9122 ; *ft. 1* retendrai
18707, *3* -a 28753, *4* -ons
26262, 6 -ont 9340, 23339;
sbj. 3 retienge 15359, 15370;
ipf. 6 retenissent 12206;
impér. 2 retien 15521,
15530 ; *p. p.* retenu 5926,
8101, 9435, *etc., s.* -uz
2601, 11562, etc.

Retenteïz 2724, 22695, *n. m.,
retentissement, bruit.*

Retentir 18580, *v. intr., résonner.* — *Pr. 3* retentist 29308,
6 -issent 8629.

Retenue 15747, *n. f., action de
retenir prisonnier.*

*Retez (Entrevue d'Achille et
d'Hector, 2e réd., v. 166), p. p.
s. de* retez, *accusé, blâmé.*

Retor, *n. m., retour, revanche
compensation* 27266, *rescousse, secours* 17362, 17642;
mctre sei el r. 6198, 17590
(sont Troïen mis el r.
20596, *pour* se s. mis);
aveir r. 28626, prendre r.
3218, 6569, 9845, *etc.,
prendre sa revanche, se venger* ; p. retor de sei 2746,
19696, 24258, *se ressaisir,
résister (dans propos. nég.* :
de ço dont li sage ancessor
ne porent prendre d'eus r.
18054); senz r. prendre 7429,
16127, s. nul r. 10015,
28657, s. r. 510, 10108,
16245, 18563, *sans ressource, définitivement, complètement.*

Retorner, *v. intr., retourner,
revenir;* r. ariere 11640,
15998, 19505; — *v. tr.*
7458, 9440, 21940, 22343,
r. ariere 27011, *faire retourner, ramener;* — *v. réfl.*, s'en
r. 1119, 2268, 14513,
17392, 21666 (*avec en 'séparé* 1394). — *Sbj. 3* retort
19505, *4* retornons 7458,
5 -eiz 18699.

*Retorra 798, var. de k.

Retraçon 17860, *n. f., action
de raconter, de répandre une
nouvelle.*

Retraire 112, 308, *etc., v. tr.,
tirer à son tour* 10755, *retirer (senz r.* 25314, *sans
rien omettre), apporter* 58,
rapporter, répéter 3510,
6455, 17866, 18000,
20107, *exposer, dire* 1780,
25320, 26617, 27226, *critiquer* 30312, *raconter* 112,
131, 308, *etc., prononcer
(des paroles)* 15537, 24666,
27050, *expliquer* 25710,
rappeler 25817, 27119, *se
représenter* 17561, *décrire*
16739, *reprocher* 13724,
17962, 20682, 26712; r en
bien 18180, 18268, 19062,
approuver; r. en mal 18254,
29754, *blâmer (cf.* 26478);
— *intr.* faire r. en sus 23587,
faire reculer; — *réfl., se
retirer* 14982, 19504,

29652; r. sei ariere 17326,
r. sei en sus 16198, reculer;
r. sei de, s'abstenir de, éviter
32, 21904, refuser 29518;
— subst¹, ms. G, var. á 11093-
94, v. 7. — Pr. 3 retrait 3119,
3656, etc.; pf. 6 retraistrent
11559, 11583, 17326; ft.
1 retrairai 2077, 24423; cd.
3 retraireit 25675; sbj. 3
retraie 18254, 21261; p. p.
retrait 562, 812, etc., s. -aiz
629, 15182, 16522, 20262,
28514, f. -aite 131, 439,
etc., pl. -es 4868, 24666.

Retraistrent, retrait, -aite,
-aites, -aiz, v. retraire.

[Retraitier], rapporter, raconter. — Pr. 3 retraite 26340.

Retros 9579, inv., tronçon de
lance.

[Retrover], retrouver. — Pr. 3
retrueve 24229.

[Retuër] sei, réfl., être sûrement
perdu. — Pr. 3 retue 28912.

*****Reûs** (va a), addition de A³C¹
DHM'S¹ à l'Epilogue, va à
rebours.

Reüser 9343, 9439, 12502,
v. tr., faire reculer, repousser; — intr. 14547, reculer:
faire r. 10959. — Pf. 6 reû-
serent 14101; gérondif reû-
sant 7208; p. p. reûsé 17190,
s. -ez 7450, 9680, 12387,
18669, 21125, 22241, f.
pl. -ées 9317.

[Reveit], f. -eite: folie reveite
24610, folie prouvée, certaine.

Revel 23941, n. m., allégresse.

Revais, -ait, -ont, v. raler.

[Reveeir], v. tr., revoir, voir à
son tour 19778, voir de nouveau 27014. — Pr. 1 revi
19778; pf. 1 revei 27014;
ft. 4 reverrons 18219; sbj.
1 reveie 17803, 6 -eient
27454.

[Reveintre], v. tr., vaincre á
son tour. — Ipf. 6 reven-
queient 3677.

*****Revelle** (var. de G à 21903-
22066, v. 18), v. tr., pr. 3,
fait connaitre, ordonne.

[Revengier] sei, prendre sa revanche de, se venger. — Pf.

indéfini 3 se rest vengiez
24326.

Revenir 10146, v. intr., revenir 7543, 7772, etc., venir à
son tour ou de son côté 233,
6779, 6853, 7152, 9045,
10798, 12025, 12273,
13964, 25006. — Pr. 3 re-
vient 7543, 9045, 13964, 6
revienent 12025, 14846,
20898; pf. 3 revint 8608,
25001, 26179, 27925,
30283, 6 -indrent 28627; pf.
indéfini 3 rest venuz 24177,
ft. 6 revendront 17830; sbj.
3 revienge 30000, 5 revei-
gneiz 19516; impér. 2 re-
vien 8057, 17840; p. p. revenu 20756, s. -uz 16089,
17873, 27407.

[Reverdir], v. intr. — Pr. 3 re-
verdeie 2190.

Reverence, respect; dignité
(ce qui inspire le respect)
5468; en r. de 16802, par
respect pour, en l'honneur
de.

[Reverser], v. tr., retourner (en
cherchant) 89; — intr., se
retourner, se renverser, se
bouleverser 26377, 27589.
— Pr. 6 reversent 27589;
p. p. reversé 89; p. pr. -adj.
f. reversant (mer 26377 (r.),
mer agitée).

Revertir 18120, 20279,
22534, 23120, 23688,
24418, 26140, retourner,
revenir, retomber 3554,
15368; indiquant le résultat:
r. a duel 26140, tourner à
deuil, être une cause de d.;
r. a glaive 10762, être mas-
sacré; r. en cendre 4153; —
subst¹ 19040, 19924, 22018.
— Pr. 3 revert 13773; pf. 3
reverti 18104, 23780,
24628, 28782; ft. 3 rever-
tira 4153, 15368, 4 -ons
18168; sbj. 3 reverte 6429;
ipf. 5 revertisseiz 13760;
p. p. reverti 4834, f. -ie
3554.

[Revestir], v. tr., revêtir. —
P. p. revesti 958 et revestu
29502, s. -uz 26935.

[Revirer], v. tr., chercher a

éviter (par crainte). — *Pr. 3*
revire *15798.*
[Revoleir], *v. tr.*, *vouloir de
nouveau : équivalent à* voleir
et un verbe avec le préfixe
re : sos le revolez comencier, *si vous voulez recom-
mencer la guerre* ; revuelent
adober lor cors *10305, veulent s'armer de nouveau. Cf.*
raveir, redeveir, restre.
Riant, *v.* rire.
Rible *4593, n. f., soulèvement
de la mer,vague. Cf.* Roman
de Thèbes, *éd. L.* Constans,*t.
II, App.* 1, *v.* 4520,une eve i
ot qi fait (molt) grant rible.
Riche, *riche, précieux, beau,
important; fort 2786, 3155,
etc., puissant 715, 1165,
etc. ;* riches mananz *4707,
puissamment riches* ; riches
pierres *3103, pierres précieuses* ; riche compaignie
18916, forte troupe ; conrei
r. de treis mil chevaliers e
plus *9336, corps de troupes
de plus de trois mille chevaliers.*
Richece *2998, 3120, 4647,
6277, 6486,etc., richesse ;
vie de luxe* (demener grant r.)
28466.
Richeise, *richesse 8363 ; au
sens concret 6341, 6593,
richesses.*
Richement   *2476,   5182,
etc., richement, fortement,
11088, terriblement 5267,
9183, abondamment 16852.*
Rien, s. rien *(par exception*
riens *9231* rime),*n. f., chose;
avec nég., rien* ; adv¹ *3846,
10181;—personne 713,769,
773, etc. (très fréquent; voy.
surtout 13485 et 13593);*
riens esperitaus *24002, es-
prits;* tote rien *713, 4747,
4748, etc., tout le monde,
tout homme ; dans une prop.
nég. 769, 773, 818, etc.,
personne (avec le masc. dans
la prop. relative qui suit :*
rien n'ataint qui ne seit
morz *12453);* nule rien ne
(passim), personne ne (cf. rien
vivant ne *1974, 25906* ; ne

rien v. que or seit nee *25075;*
rien que vesquist ne *2880);*
— *por rien 20646, por nule
r. 25453, pour rien au monde;
de r. (dans une prop. nég.). en
rien, nullement 1934, 2259,
3642, 3921, 6476, etc.,
tant soit peu (dans une
prop. conditionnelle ou indéterminée)   2133,   3471,
13712,   17990,   19914,
27783 (cf.* rien *3846,
10181);* sor tote r. *3436,
3840,   5456,   19314,
24840,   25438,   25856,
27167,   27320,   28019,
28180,   28218,   28673,
28696,   28812,   29005,
29506, surtout, avant tout,
plus que tout (au-dessus de
tout 28958);* sor trestote r.
19120, m. s.;— n'i a (ot, *etc.*)
rien del *(avec l'inf. pris
subst¹, sans régime), il ne faut
(fallait) pas songer à, il n'y a
(avait, etc.)pas moyen de :* n'i
ot r. plus del porloigner
6217, n'i eüst r. del plus ester
26650 (cf. 27340), n'i ot
puis r. del sojorner *15802,*
n'i a r. del plus sofrir
*12831 (cf. 18938, 21306,et
avec un rég. 4976-7, où* del *a
été à tort corrigé en* de); *de
même 10717,18620,19040,
22328, 24611, 27169; —
avec un régime direct à l'inf.
mis sans article:* il n'est rien
de m'antain raveir *4387, il
n'y a pas moyen de ravoir
ma tante;* n'i eüst rien de
plus defendre *23978 (cf.
4976-7);* — *il faut noter à
part* : n'i a plus r. del torner, mais del faire proosement *18930-1. Cf.* chose *et
surtout* neient.
[Ringaille], *pl.* -es *8206,
séquelle, rebut des soldats.*
Rire, *v. intr.* ; — *réfl. 12732,
14988, 20056, se rire (de),
se moquer (de).* — *Pr. 3* rit
*13442, 13635, 14988,
16863, 6* rient *13134,
20678; pf. 3* rist *14164;
sbj. 3* rie *12732, 20056; p.
p.* ris *11980.*

Ris¹ 5795, 14706, 14999, 16137, 18682, 19438, 20046, 21858, 25529, n. m., rire.

Ris², v. rire.

[Rivage] 1803, 1813, 2172, etc., rivage de la mer.

[River], v. tr., attacher solidement. — P. p. s. rivez 29914.

Robe 4563, 4811, n. f., butin; étoffes précieuses 18901; au pl. 13330, robes, vêtements.

Robeor 27387, adj., pillard.

Rober 24633, piller. — Pf. 6 roberent 26094, 28632; sbj. ipf. 3 robast 6164; p. p. robé 2968, 4460, 4776, etc., s. -ez 26830, 26891, f. robee 2872, 3310, 24854, pl. -ees 26090.

Roberie 27497, pillage.

Robin 22464, s. -ins 1556, 13407, 14639, rubis. Cf. rubis.

Roche 3049, pl. -es 27882, 27917, 29200, n. f.

Rochier 27472, 27629, 27903, r. pl. -iers 17484, n. m., rocher.

[Rocire], v. tr., tuer par contre ou de son côté. — Pr. 6 rociënt 7258; pf. 3 rocist 699, 12669. Voy. refaire.

Roë 7889, pl. roës 25897, n. f.; roue.

Roële, rondache 9064, roue de la fortune 25218.

Rogéier, v. intr., rougir 21518, avoir une teinte rougeâtre 17139. — Pr. 3 rougeie 17139, 21518.

*Roignons (var. de M² A¹ B C S¹ k à 16114-6, v.10), n. m. pl., rognons.

[Reillier], v. tr. (littˡ : mettre à la reille, à la barre), entraver. — P. p. s. reilliez 29921 (écrit à tort roilliez).

[Roïr], v. tr., entendre d'autre part. — Impér. 5 roëz 11807, 25542.

Roiste 6030, raide.

Roller 19962, fourbir (un haubert).

Romanz 37, 39, 13834, roman

(opposé au latin), langue vulgaire.

[Rompre], briser, arracher; écarteler 302, 13110; r. del champ 9474, chasser du champ de bataille; — intr. 9969. — Pr. 3 ront 8625, 15457, 30195, 6 rompent 11155, 11531, 19351, 27595; pf. 6 rompirent 9969, 16189; p. p. rompu 9280, 14054, 14503, etc., s. -uz 8952, 9474, 16481, f. -ue 20200, pl. -ues 13893, 25060.

[Roncin], r. pl. -ins 9500, cheval de somme.

Ront, v. rompre.

Roont 5265, s. roonz 5245, f. roonde 29211, rond; a r. 3051, en rond.

Ros 5154, 5470, roux.

Rose¹ 1252, 5126, 5552, 26450, n. f.

Rose² 5531, 13344, adj., rose, rosé.

Rosee 12686, 12690, rosée.

Rossignol 2188.

Rot, v. ravir.

Rote 14782, 29306, n. f., instrument à cordes qu'on jouait avec un archet.

[Rover], demander. — Sbj. ipf. 6 rovassent 27154.

Roter, v. tr.; faire r. l'ame 16131, faire rendre l'âme.

Rubis 14773 (r.). Cf. robin.

Rue 15549, pl. rues 1177, 2767, 3029, 3037, 4854, 6261, 16039, etc., rue.

Ruissal 23157 (r.), ruisseau.

Ruissel 21422 (r.), s. -eaus 7193 (r.), ruisseau.

[Ruiste], r. pl. -es 8459 (m.), 10021 (f.), fort, rude, redoutable.

Ruistece 11199, 23637, rudesse, vigueur.

[Ruser], v. intr., reculer. — Ipf. 6 rusoënt 9507.

S', v. se et si.

Sablon 988, 1140, 2221, 2530, etc. et sablonei 1813, 2304, 2349, etc., sable, plaine sablonneuse, rivage (sablonneux) de la mer.

Sablonei, *v.* sablon.
[Sablonos], *f.* -ose *19985,*
*21329,*sabloneux.
Sachant *82, 10491, 27759,*
p. pr. -adj., savant, sage,
expérimenté.
Sache, -eiz, -ent, -es, *v.* saveir.
[Sachier], *tirer violemment, ar-*
racher (ont del temple ça fors
sachiees *26213*);*tirer du four-*
reau 16084, 18527,19348,
23612, séparer (*l'âme du*
corps) *8607,10158, 16214,*
17240. — *P. p.* sachié
15844, 16512, 18702, f.
-iee *8607, 10158, 16084,*
16214, 17240, 26426,
27653, pl. -iees *8446,*
18527, 19348, 23612,
27592 (cachiees *est une fau-*
te d'impression).
Sacrefiier *5788* (*r.*), *5960* (*r.*),
25580 (*r.*), *v. intr., offrir un*
sacrifice; — *tr., honorer*
(*l'image d'un dieu*) (?) *1893.*
— *Pr. 3* sacrefie *5969; pf. 3*
sacrefia *214; sbj. 6* sacre-
fiënt *25723; p. p.* sacrefiié
1707 (*r.*), *3176* (*r.*), *5800*
(*r.*), *28305* (*r.*), *29559,*
29742 (*r.*), *f.* -iee *1893*
(*r.*).
Sacrefise *473, 2815, 2975,*
4269, 5799, 5885, 5950,
etc., sacrifice; as damedeus
ont sacrefises faiz e renduz
23819.
Sacrefiëment *25511, 25534,*
r. pl. enz *24708, 25914,*
28833, n. m., sacrifice.
[Safir], *s.* -irs *14636, 16726,*
saphir.
Safré *18481, r. pl.* -ez *23468,*
f. pl. -ees *10541, p. p. -adj.,*
couvert de safre.
Satrin *3063, couleur de safre*
(*gris bleu*).
Sage, *sage, expérimenté*; avisé *13383, 20254, savant*
1220, 13353, 16650,
16729, 16764; s. de letres
84, 4078; qu'il erent guarni e sage de traïson estre entrepris *24792-3,* qu'ils cher-
chaient à le trahir; — *subs*[t]
10476, 16660, 16799,
23063.

Sagement, *sagement, savam-*
ment, habilement.
Sai, *v.* saveir.
Saiete *6872,7414,7860, etc.,*
flèche.
Saignier *9942, 9972, etc., v.*
intr.. saigner. — *Pr.* saigne
9583, 9819, etc.
Saillie *11085, n. f., assaut,*
attaque.
Saillir *8498, 9934, v. intr.,*
sauter, bondir, se lever avec
empressement devant qqn
*11737,*jaillir*14235,20457,*
23861; s. fors *8498, 8584,*
ressortir, faire saillie; s.
detrés *15836, ress. par der-*
rière; s. a *8050, 16269,*
22079, fondre sur; s. sor
piez, s. en piez, *v.* pié. — *Pr.*
saut *8584, 9867, 10857,*
11243, etc., 6 saillent
20457, 23861; pf. 3 sailli
2502, 7315, 9979, 14456,
19098, 6 -irent *6407,*
11491, 25359; ft. 4 sau-
drons *2323,* 5 saudreiz
8050, 6 saudront *22186;*
p. p. sailli *22179, s.* -iz
14418, 14474, 22234,
22560, 29665.
Sain *7768, 8660, 9760, etc.,*
s. sains *3428, 7772,9786,*
9914, etc.,f. saine *10387,*
13053, 15256, 25747,
26666, f. pl. -es *9926, en*
bonne santé 3428, 29289,
non blessé 7768, 7772,
8860, 9786, etc., rétabli
*9760,*guéri (*en parlant d'une*
blessure) *9926,* sain, solide
(*en parlant d'une pierre*)
10387, solide (*d'une paix*)
25747, intact (*d'une ville*)
26666.
Saint *16560, s.* sainz *16850,*
25568, 28829, f. sainte
23036.
Sainteé *13461, vertu, pureté*
de mœurs.
Saintefiié *28306, p. p. -adj..*
saint.
[Saintuaire], *r. pl.* -es *25515,*
25811, n. m., reliques.
Sairement *21194, 25816,*
25850, 27020, 27245, s.
-enz *11105, 22003,*

26264, serment; sacrifice 11105.

Saisine, *possession*; *mise en possession 21935; avoir s. de, prendre possession de 23045, être en possession de 23634;* faire la s. de *22011, saisir de, faire don de.*

Saisir *(passim)*, v. *tr., saisir, s'emparer de, occuper 2327, 2689, 4361, 12299, 12525, 16452, 17782, 23754, 24120, 25659, 30149; s. de, mettre en possession de 17793, 29502;* faire s. de *26298;* — saisi *(saisiz)* de *3893, 4844, 11422, 11798, 12540, 13533, 13583, 15024, 18121, etc., en possession de.* — *Pf. 3* saisi *25547, 27212, 30097, 30102.*

Sale *1249, 1302, etc., n. f., salle, pièce d'apparat destinée aux réceptions.*

[Salé], *f.* -ec *4592* et *29880* (mer s.), *p. p. -adj.*

Salu' *25163, salut*; pristrent port e salu *3448, abordèrent en sûreté;* — au pl., saluz *17811, 17978, 30002, salutations;* rendre saluz *17811, 17978, saluer.*

Salu², v. saluer.

[Saluër], v. *tr., saluer; dire adieu à 4215.* — *Pr. 1* salu *6291, 3* -ue *24838, 6* saluënt *4215; impér. 2* salue *14348, 17757, 22047; p. p.* salüé *18389, s.* saluëz *24835, f.* saluëe *14308.*

[Sambeline], *pl.* -es *1234, 13396, n. f., peau de zibeline.*

Samiz *(toujours à la rime) 311, 8340, 9140, 12062, 14010, 15613, 19230, 22727, 23909, 23990, n. m. inv., étoffe de soie.*

Sanc *7193, 7792, 9953, etc., s. sans 1975, 7268, 9798, 9867, 10229, etc., sang.*

Salterel, saut., sart., salteriax, -iaux,'sauteriaux, -ireaus, sartereax, sateriaz *(var. à* satirel, -eaus), *lutin (petit sau-*

teur). Cf. soteret *et voy.* Lazare Sainean, Zeitschr. für rom. Philol. XXX, 312.

Sanglant, v. sanglent.

Sanglent *7129, 8434, etc., s.* -enz *294, 575, 9577, etc., f.* -ente *11466, 12306, 28318, et* sanglant *2400* (r.), *12808* (r.), *22730* (r.), s. -anz *15830* (r.), *24046* (r.), *sanglant, couvert de sang.*

Santé *(suj.) 18073 (rime), pl.* -ez *10615.*

Saol *26493, rassasié.*

Saoler *8376, rassasier.*

Sapiënce *5467, 28953, sagesse.*

Sapin *18478, 19963, 22657, 24005, bois de sapin.*

Sarcueil *6605, 10383, 10412, 11955, 16721, 23038, 23051, 23066, 29551, s.* sarquieuz *13047, 14589* (: vieuz), *14597, 19400, 21825, 22315, 29527, cercueil.*

Sardina *14636, n. f., sarde, agate rougeâtre, distinguée ici de la sardoine, dont elle est une variété plus rouge.* Cf. sardine.

Sardine *14647, 16726, n. f., sarde.* Cf. sardina.

Sardoine *14639, n. f., agate orangée.*

Sarquicuz, v. sarcueil.

Satirel *14823, s.*-eaus *6751, 14832, 14850, petit satyre.*

Saudreiz, -ons -ont, v. saillir.

Sauf *8660, 16600, 18420, 26527, s.* saus *7772, f.* sauve *3767, 4767, sauf, intact, qui n'est pas perdu (en parlant de la peine) 18420.*

Sause *29290, n. f., eau salée.*

Saut¹ *10056, s.* sauz *2469, 11499, 14301, 14452, 21134; les* sauz *21140, 30131, les menuz s. 2469, par bonds, par b. légers (de son cheval); les* granz s. *11499, toz les* g. s. *14452.*

Saut², v. saillir *et* sauver.

Sautier *14783, psaltérion.*

[Sauvable], s. -es *24723,*

27301, de nature à sauver, salutaire.

Sauvage -s, *sauvage 5669, 6754, 6794, 13372, 13683, 27268, cruel (en parlant de la mort) 16350, effarouchée, revêche (d'une femme) 5352 ; s. a 25200, hostile à.*

Sauvagine *14966, n. f., gros gibier.*

Sauvement, *action de sauver ; a s. 9113, pour (le) sauver.*

Sauver *2570, 17834. — Ft. 3 sauvera 7988 ; sbj. 3 saut 18118 ; p. p. f. pl. sauvees 21216.*

Saveir [1], *s. -eirs, n. verbal m., science, habileté 339, 549, 770, etc., sagesse, raison 3696, 10495, 13448, 13653, 18283, 22154, 25160, 28666, intelligence 15034, 18324, 25055, 26648.*

Saveir [2] *1732, 3236, etc., savoir (s'il la saveit 26415, s'il savait où elle était); pouvoir 18194, 28053 (avec négation 14070, 14742, etc.) ; s. de plaies 16296, se connaître en blessures (cf. sage de); onques n'en seüstes mot 26674, vous n'en sütes rien ; ele n'en set mot 26193, elle ne s'en aperçoit pas, (cf. 26674); ne sai 29582, je ne sais lequel des deux ; je n'en sai plus 12592, 19094, 24953, 29312, 29554, n'en sai p. 12496, 26617, 29334 (formules), certainement; faire saveir 1732, mais f. a s. 15284, 29028 ;— substt, v. saveir[1]. — Adverbt, à savoir (cf. latin scilicet), surtout après un verbe de sens interrogatif ou dubitatif : s. come 43, 402, 1426, 2829, 5086, 6728, 19802, 29180 (s. par com faite mesure 755, s. par c. f. acheison 2829) ; s. se 1426, 17716, 22056, 26262 ; s. que 3292, 18108, 24437, 26200, 29220 ; s. a que 10555, 28308 ; s. qui 2854, 26604 ; s. quel 11773,*

17734 (mout en voudreie estre devin, s. quel en sera la fin), 18431, 30038; nos fait certains, s. li quel des citeains 24405-6, nous apprend quels citoyens ; qui mout esteit en grant error, s. qu'il li raportereit 17862-3, qui était fort inquiet au sujet de la réponse qu'il devait lui rapporter ; prendre conseil de cest affaire, s. a quel en porrons traire 5777-8, demander quelle sera l'issue de cette entreprise. — Pr. 1 sai 143, 883, 984, etc., 2 ses 8943, 21895, 3 set 21, 31, etc., 4 savons 429, 3809, 11817, 14200, 18974, 19178, 24458, savon 127, 1333, 17238, 18589, seulement à la rime), 5 savez 3211, 6443, 19468, 26254, 6 sevent 2148, 2238, etc.; ipf. saveie, etc., 5 saviëz 26683; pf. 1 soi 4739, 5887, 13782, 29895, 3 sot 127, 1229, etc., 5 seüstes 26254, 26674, 6 sorent 4235, 7113, 12623, etc.; ft. 2 savras 24105, 24117, 3 -a 2284, 2307, 22523, 4 -ons 11813, 5 -eiz 11608, 14073, 18128, 6 -ont 18935, 23416 ; cd. 1 savreie 9167, 16492, 22366, 3 -eit 14742, 19147, 19262, 22520, 26126 ; sbj. 1 sache 4198, 2 saches 819, 845, 1382, 1679, 1781, 15512, 3 sache 3998, 10360, 18740, 19568, 21325, 28766, sace 6188, 6362, 7722, 8756, 19882, 19906, 21296, 25436, 26724, 27066 (toujours à la rime), 19582 (r.), 5 sacheiz 3302 (r.), 6 sachent 5809, 5863, 18425, 27096, 27375 ; ipf. 1 seüsse 15105, 3 seüst 771, 3331, 5200, etc. ; 4 seüssons 15 ; impér. 2 saches 819, 845, 7693 (r.), 10853 (r.), 20699 (r.), etc., 5 -eiz 26776, etc., 19853 (r.), 20699 (r.); p. pr. sachant (v.

ce mot); p. p. seü *4398, 5085,
5718*, etc., f. seüe *2877,
3707, 4981, 6143*, etc.
Savor *26735*, goût (*délicieux*).
Sciënce *19, 23*, etc., n. f.
Sciëntos *1228, 4837, 24399,
25433*, f. ose *1310*, savant ;
s. de parler *1310*, habile à
parler.
Se', v. sei.
Se', conj., si ; — le plus souvent
élidé devant il (dans les 1000
premiers vers : s'il *55, 113,
409, 747, 793*, se il *751*) ;
exemples de non élision : se il
*751, 1012, 1115 (mais s'il
1116), 1647, 2492, 2518,
3649, 3935, 4101, 4404,
5323, 7301, 8391, 10508,
10511, 10540, 10674,
11635, 14336, 20688*, se a
1263, 1315, se Achillès
26815, se ariere *2335*, se
aucun *4073 (mais s'aucuns
14329)*, se ele *2008, 4323*,
se en *5323, 18059*, se Eneas
11653, 11665, se entre
10533, se erent *1337*, se esteit *19854*, se Hector *8391
(mais s'Ector 15291, 15512)*,
se o *1393*, se or *19048*;
exemples d'élisions contraires
à l'usage actuel : s'a *27361*,
s'al jostisier *6944*, s'avons
6166, 6167, s'est *21381,
24108, 24514*, s'esteies *837*,
s'om *18339*, s'i veniëz
19053, s'une chose *836* : —
avec le futur *24890*, pour savoir si (j'en sui venuz a vos
parler se vos i voudreiz atorner) ; — se... non *754, 1596,
3692*, etc., sinon, si ce n'est,
si ce n'était, si ce n'eût été ; o
se ço non *10427*, ou sinon ;
ne faiseit ja se penser non
754, réfléchissait sans cesse ;
— sel = se le (pron.) *11774,
18368, 29539* ; ses = se les
(pron.) *11780, 18119* ; sos
= se vos *1458, 5773, 6380,
8859, 9375, 19612, 19702,
19784. 26319, 26486,
26643*.
Seant, v. seeir.
Sebeline (*Entrevue d'Achille et*

d'Hector, 2º réd., v. *36*), adj.
f., de zibeline.
Sec *7128* (a sec), f. pl. seches
14843.
[Sechier], sécher. — P. p. f. pl.
sechiees *18909*.
Secont *27618*, s. -onz *7095,
8216*. f. -onde *3147, 8179,
13466*, adj. num. ord., second,
inférieur (pour la valeur)
13466.
Seducion, pl. -ons *26873*, séduc-
tion *24411*, tromperie *27695* ;
au pl., moyens de séduire.
Seeir, v. intr., s'asseoir, être
assis ; séjourner, s'arrêter
18280, 25706, être situé
3047, 3354, 4524, etc., aller
bien, être séant, convenir
*5408, 5418, 10608. — Pr.
3* siet *3354, 10608* ; pf. *3*
sist *2548, 2725*, etc., *6* sis-
trent *1209, 24079* ; ft. *3*
serra *1512, 6* -ont *1530* ; p.
pr. -adj. s. seanz *5413* (bien
s.), bien fait, comme il faut ;
p. p. sis *18178, 18280,
23379, 25706*.
[Seel], r. pl. seeaus *27712,
27765*, lettre scellée.
[Seeler], sceller. — P. p. seelé
23066, s. -ez *10386*, f. -ee
27142.
[Segrei'], s. -eiz *22169*, écarté.
Segrei *4144, 12604, 14875,
17750, 27714*, s. -eiz *19941,
22557, 24706, 25374,
25622, 27192*, n. m., secret ;
en s. *1575, 3908*, secrètement ; li haut segrei *28310*,
les divins oracles.
[Segurain], s. -ains *7124,
7821, 8197, 10878*, plein
d'assurance, hardi.
Sei (forme accentuée), pr. pers.
réfléchi, soi, se : r. direct emphatique, soit après un verbe
fini dont le sujet n'est pas exprimé, soit devant un inf.(passim) ; datif *9447, 9513,
19352, 19353*, etc. ; rég. de
prép. *97, 453, 860, 1239,
1576, 1851, 1941, 2146,
2359*, etc. ; — se (forme
proclitique) *11, 29, 39*, etc.
Seie *7653, 9537, 11135*, etc.,
soie.

Seif *14179, 27644, soif.*
Seignor, *s.* sire, *r. pl.* seignors, seigneur, maitre *(proprié-taire) 14195, époux (s'il s'agit d'une femme noble) 4245, 4643, 4653, 4657, etc.*
Seignorage *6911, autorité du suzerain; por s. 6911, pour obéir au seigneur.*
Seignorement *16885, 27441, 28408, seigneurie, auto-rité.*
[Seignorer], *v. intr., avoir auto-rité. — Sbj. ipf. 3* seignorast *16903.*
Seignorie, *pl. -ies 25018, sei-gneurie, commandement, puis-sance du suzerain 5666, 5739, terre seigneuriale 25018.*
[Seignorir], *gouverner, com-mander à. — P. p. r. pl.* sei-gnoriz *16965.*
Sein *17539, 20648, n. m.*
Seing *5135, nævus, signe.*
Seir *3278, 4625, etc.; al s. 2202, le soir; demain a s. 21983, 22037, 24703, de-main soir.*
Seisante *4089, 5606, 5674, 7237, 11218, 11311, 11560, 13521, 23313, 23539, 30298, adj. num. card., soixante; — s. mile 18313, 21276, 22626; — s. dis 23172, soixante-et-dix.*
Seivre[1], *adj., séparé; seront des ames s. 5092, seront tués; maint en i fait des ames s. 10668, 18934, il y en tue plus d'un.*
Seivre[3] -ent, *v.* sevrer.
Sele *2431, 7364, 8520, 9455, etc., selle.*
Sel, *v.* se[2].
Selve *5957, n. f., forêt.*
Semaine *3283, 3574, etc.*
Semblance, *ressemblance; as-pect extérieur, forme 202, 325, 4360, 5236, 5525, etc. (en dous semblances, 27697, de deux écritures différentes), représentation 13350, portrait 5096, 5104, 5290, 14692; — par tel s. que 14670, de telle sorte*

que; — mostrer uevres de s. *10531, citer des exemples.*
Semblant[1], *s. -anz 5538, 14708, n. m., semblant, apparence; forme 16654, aspect 5406, 18076, manière d'être, dispo-sitions 1500, 4350, accueil 11916, 28952, 29629, ma-nières 14706, 14708, façon, genre 10302, 10375, 14722, 14807 (de nul s. 19908; parler en maint s. 29579); — par s., par son aspect 3092, à ce qu'il sem-ble 18249, seulement en appa-rence 27819, d'aspect 22440; — faire s. de 8752, 16202, 19871, laisser voir, montrer (faire allusion à 14408); avec l'inf. 15997, 16461, 19081, 20210, 26198, 27779, avoir l'air de, faire mine de; f. grant s. de (inf.) 19759; ne f. nul s. de (inf.) 21840; f. s. que, laisser voir, montrer (indic. 9360, 11622, 13318 (montrer e faire s.), 20208, sbj. 4639, 4670, 25169, 27836); ne f. s. que (sbj.) 17989, 21054, 21085, 24378; f. grant s. que (ind.) 25565; mauvais s. en faisièz 14184, il n'y paraissait pas; en mostrer s. 20698, 21213, en donner la preuve; en m. bien s. 17365, en donner une bonne preuve.*
Semblant[2], *s. -anz 5378, 12359, f. -ant 5132, 22437, 22576, p. pr. -adj., qui res-semble, semblable; bien est s. 29419 (voy.* sembler).
Sembler, *v. tr. 5251, 5514, etc., ressembler à; — intr., avoir l'air d'être, paraitre; sembler bon 28808. — Ipf. 3* semblot *5251, 5514, 7086, etc., 6 -oënt 7794, 18997; sbj. ipf. 3* semblast *23471; p. pr.* semblant: *im-pers[1], estre s. que (ind.) 7015, 20606; s. fust que (sbj.) 16527; s. en est 18353, c'est vraisemblable (cf. 7015, 27420, 29419).*
[Semer], *v. tr. — Ft. 2* semeras *1734; p. p.* semé *18293.*

Sempre, v. sempres.
Sempres (sempre 15209,
21139), adv., toujours ; en
peu de temps 3165, 15209,
21139, bientôt 29058, aussitôt 148, 1374, 1903, 1926,
etc.; s. apres 28549, aussitôt
après ; s. mancis 12468,
16058, 18592, 18922,
20961, 22660, 22821,
29260, tout aussitôt; s. maintenant 22345, s. de m.
22729, m. s.
Sen 3, 36, 42, 122, 549, 730,
841, etc. (employé seule-
ment comme régime sing.),
intelligence, bon sens, sagesse, raison ; manière de voir
11805, 15354, habileté
10541, 16714, savoir 3,
122, 549 ; — sens, direc-
tion, façon, manière : par tel
s. 2279, en itel s. 2330, en
tel s. 3797, 18378, 24595,
27703, 28129, de telle sorte;
en quel sen 28770, de quelle
façon ; en maint s. 42,
10477, 11920, 15432,
20372, de diverses façons;
en autre s. 1737, 2709,
6837, différemment: en nul
s. 1018, 1392, 1680, etc.,
en nes un s. 29219, a nul s.
13236, par nul s. 841, en
aucune manière, en quelque
m., d'une façon quelconque.
[Sené'], s. -ez 25336 (= sena-
tus), n. m., conseil du roi.
[Sené'], s. -ez 3771, 10245,
14605, 16913, 19165,
23135, f. -eë 2951, 25859,
adj., sensé, sage; respont
come senez 3771, répond
sagement (cf. r. c. afaitiez);
— subst., li sené 16882.
Senefiër 25562, signifier, pré-
sager.— Ipf. 3 senefiot 5941,
16438, 25526, 29883,
29901.
*Sener (var. de G à 21853-6,
v. 64), v. tr., insinuer, conseiller.
Senestre, adj., gauche (main s.
10870, 16697); — subst
(f.) 8988 (desor s.), côté g.
Sengler 11546, 14724, s. -ers
11228, 12233, sanglier.

Sens, inv. (nous n'admettons
sens au rég. sing. qu'à la
rime: 2894, 11631, 26230),
intelligence, bons sens, sagesse, raison (perdre le s.
2894); — au pl., connaissances 18, 11908 ; directions,
manières : en plusors s.
6203, 13133, de diverses
manières; par mainz s.
26049, de divers côtés ; en
toz s. 790, par tous les
moyens.
Sent, senti, v. sentir.
*Sente (var. de G à 20711-30,
v. 2), n. f.
Sentence 20357, avis (donné).
Sentier 20921, 26069, n. m.
Sentir 9720, 9922, 11616,
12485, 15645, 22258, v.
tr.; — réfl. 12461. — Pr. 1
sent 13559, 17695, 17731,
3 sent 11616, 12461, 14610,
etc.; 6 sentent 22214; pf.
3 senti 1585; sbj. 2 sentes
20738, 3 sente 12817,
17572; p. p. sentu 13183
(r.), 14470, 17700 (r.), 22789.
Sentu, v. sentir.
Senz, prép., sans ; — senz ço
que (ind.), à cela près que, bien
que; (subj.) 1934, 16893,
16976, 17859, 18705,
21253, 21386, 25436,
29934, sans que.
Sepouture, obsèques, honneurs
funèbres 6597, 9610,
10329, 21807, 22389,
22467, 24447, 24944,
28374, sépulture, tombeau
438, 10390, 11958, 16637,
16785, 17503, 19389,
19396, 22350, 25267,
25794 (s. e monument)
26549, 26571, 29737 (la s.
e le tombel).
[Sereine], pl. -es 28840, sirène.
Serjant 25356, 27724, s. -anz
6889, 17427, homme com-
battant à pied.
Sermon -s, discours, exhortation 622, 19725, 26939;
traire gentil s. 24588, tenir
des discours séduisants; t. vilain s. 6454, tenir de vilains
propos; que t'en fereie lonc
s. 1381, quos en f. l. s.

26003 (*formules*), en un mot;
cf. ne ferons mie lons ser-
mons *19467*; Pirrus n'i fist
pas lonc sermon *29244*.
Sermoner *24980*, *v. tr.*, *ser-
monner, exhorter.* — *Pr. 3*
sermone *21859*; *p. p. s.* ser-
monez *306*.
Scrorge *13822*, *beau-frère.*
Serpent *1454*, *1916* (*s. pl.
28453*, *des serpents*), *s.* -enz
1369, *1917*, *n. m.*, *serpent.*
[Serpentel], *r. pl.* -caus *14735*,
16536, *petit serpent.*
Serre *16501* (kB, *addition
après 5582*, *v. 6*), *n. f.*, *suite
(d'un récit).*
Serré (*part. passé-adj.*), *v.*
serrer.
Serreement *2358*, *8679*, *en
rangs serrés.*
Serrer, *v. tr.*, *presser, approcher en serrant 23458* ; (*joint
à clore*) *fermer (une porte)
avec la barre ou la serrure
1583,21665,24380* ; —*intr.
15851,se serrer (en parlant du
cœur*);—*réfl. 22804, s'approcher de très près*;— *p. p.* -*adj.*
serré : broigne dur serree
*22682,haubert à mailles ser-
rées (cf.* haubers serrez
2090.3); estreit serré, (*s. pl.*)
4483, *7266*, *7415*, *etc.*,
serré e. *23555*, *étroitement
serrés* ; *cf.* serrez estreiz
23710; estreite (gent) e serree *23594 à corriger en estreite serree*) *et 10971,où il
faut sans doute lire :* e. s. le
pas (*cf.* AE *et* M').
Servage *29800,servitude.*
Servir, *v. tr., rendre service à
5853*, *6563*, *s'acquitter du
service du vassal envers
27524*, *se montrer aimable
envers 27831*, *servir à table
2021*, *27237*, *donner des
soins à 10198* ; — *intr., être
utile*;s. de *3816,s'occuper de*;
s. de (inf.) 26871, *se préoccuper de*; *s. a servir, être le
serviteur de 4748*, *13694,
être la maitresse de 28728;
faire un service funèbre;
23034;— subst¹ 13611, service amoureux.* — *Pr. 3* sert

13615, *14619*, *14738*,
16166, *25643*, *27831*,
28911, *4* servons *24106*, *6*
servent *20706*; *ipf. 3* ser-
veit *26871*, *6* serveient
14710; *pf. 3* servï *27237*,
27524, *6* servirent *28110*;
sbj. 3 serve *23034*.
Scrvise -s, *service*; *cérémonie
religieuse 2816*, *2976*,*service funèbre 6598*, *17520.*
Sestier *29291,setier.*
Set¹ *8*, *692*, *9528*, *12287*,
12658, *12668*, *13347*, *etc.*,
*adj. num. card., sept ; nombre
indéterminé 804*, *1236*,
2620, *6334*, *7545*, *etc.*; set
cenz (*nombre indéterminé*)
12067, *12209*, *18955*,
22757, *26542*, *s.* set cent
22594; set mile *12008*,
13949, *27792*, *29283.*
Set², *v.* savcir.
[Setme], *s.* -es *8003*, *8112*,
11762, *12660*, *23250,f.* -e
7926, *adj. num. ord., sep-
tième.*
Seü¹, scüe, *v.* saveir².
[Seü²], *r. pl.* seüz *26672*, *p. p.
pris subst¹* : senz voz s., *sans
que vous le sussiez.*
Seür -s, *sûr, solide, où l'on est
en sûreté; à qui l'on peut se
fier 5184*, *28949*, *qui est en
sûreté 15221*, *28450*, *sûr de
soi, courageux 5340*, *6014*,
22624, *23930*, *rassuré
3551,8082*, *17481*, *22888*,
24833, *27177* (s. de mort
3351, *assuré de ne pas être
mis à mort*; s. de sei *16022*,
sans crainte pour sa vie); *qui
a du sang-froid 2388,3752*,
15534,23472 ; *assuré, certain 10667*, *17944,17995*,
21268, *25332*;— estre a s.
9156, *11097*, *16570*, *être
en sûreté.*
[Seürain],*r. pl.* -ains *22096,f.
pl.* -aines *14959,sûr 14939,
courageux 22096.*
Seürance *1451*, *12586*,
13565, *20118,assurance.*
Seürement, *avec assurance
1727*, *12575*, *12908*,
14709, *en sûreté 23734,
certainement* , *exactement*

25849 ; s. sciez 25695,
rassurez-vous.
Seürtance, *assurance 1617,
17965, sûreté 24831,
25318, 25391, 27458,
27505; pl.* seürtances 26263,
*assurances données, paro-
les.*
Seürté, *assurance 1613, sûreté
3129, 4403, 24987, con-
fiance 24584.*
Seveaus 26184, *adv., du moins;
s. non 25084, quand ce ne serait que.*
Sevelir 6603, 10401, 19387,
19402, 20189, 22354,
22398, 27132, *v. tr., ensave-
lir, donner la sépulture à. —
Pf. 6* sevelirent 22370; *ft. 4*
sevelirons 16612; *impér. 2*
sevelis 6595; *p. p.* seveli
10407, 10410, 13050,
17490, 19399, 22893,
25276, 29553, 30256.
Sevrer, *séparer, écarter par
force 15647, 22875, mettre
à part (pour former un corps
de troupes) 2459, 2696,
7688, 10562, 11141,
12293, 13906, 13949,
15388, 20420 (conrei* sevré
8255); *s. e partir de champ
15992, chasser du champ de
bataille;* s. *de la place 14210,
m. s. — Pr. 3* seivre 9895,
10562, 6 -ent *11141;* chief
de bu sevré 2536, c. s. de bu
21474, *tête séparée du tronc.*
[Sezain], *f.* -aine 20597, *adj.,
num. ord., seizième.*
Seze 8245, *adj. num. card.,
seize.*
[Sezime], *s.* -es 8125, *adj.
num. ord., seizième.*
Si¹, *v.* son³.
Si², *adv., ainsi, si, tellement;* si
come, si com, com si, *v.* come,
com; si que 9777, 11387,
etc., de telle sorte que; ne si
ne si 29969, *en aucune façon, sous aucun prétexte; —
si marquant une légère opposition 167, 315, 824, 1238,
1272, 1301, 1362, 1462,
etc., ainsi, alors (et ainsi, et
alors); cf.* e si 259, 1212,
1679, *etc.; —* si 29924, e

si 20402, et *pourtant: por-
quant* si 30254, *m. s.; — rat-
tachant une prop. principale
à une prop. conditionnelle
3459, 28727, à cette condition, dans ce cas; — avec le
subj. optatif, pour confirmer
le contenu de la prop. principale 3343, 7930, 18118; —
avec le futur passé ou le futur de estre accompagné d'un
adj. ou part.-adj. (le futur
dans la prop. principale)
11425-6 (ja ne seront mais
obliees si les avra cil com-
parees), jusqu'à ce que (cf.
6358, 15785); — si parti-
cule affirmative : si ont, veir
21729, oui certes, ils l'ont
(plus que nous). — Avec élision,* s' : s'a 815, 15395,
18145, 23031, 25927, s'ai
19590, 26188, s'ala 1514,
13106, s'avreient 9191, s'en
4616, 8916, 21182, 29723
(H* sin : *il faudrait peut-être
écrire partout sin, qui domine
de beaucoup; voy. plus loin),*
s'ert 7754, s'est 4398, 8899,
26781, s'i 6118, 9548,
16809, 16852, 17266,
17327, 18150, 19417,
24130, 25814, 27698,
28232, s'iert 22806, s'iés
822, s'irons 23409, s'ont
16721, 17346, 26133,
26221, s'orreiz 205, 239,
253, 259 (e s'orreiz) 267,
327, 386, 431, 451, 522,
541, 614, 626, 661, 665,
673, 27551, 27553, s'ot 857;
— si* l (= si le) 2, 1546, 2284,
5001, 5343, 5757, 5815,
9747, 9870, 14053, 15092,
15521, 16291, 18254,
18946 (2 *fois),* 18979,
21597, 24514, 25717,
26806, 29911; — sis (= si
les) 2700, 3701, 5760,
5838, 7595, 15727, 15803,
18937, 19057, 25080,
25899, 25601, 26627,
27237, 27747, 28857,
29556, 29687, 30097; —
sin (= si en) 1953, 2642,
2792, 3311, 3836, 6430,
7820, 8102, 8290, 9236,

T. V. 19

9460, 9522. 10273. 10276,
11782, 11881, 11886,
12750, 12947, 13150,
14500, 15513, 15754,
15785, 16516, 17478,
18245, 18776, 19198,
19252, 19699, 20198,
21993, 22766, 23066,
23528, 23789, 25041,
28033, 28316, 29473,
29767, 30125; — sos (= si
vos) 15922.
Sicamor 9452, sycomore.
Siege-s, siège; expédition destinée à assiéger une ville
6822, 19775, armée de
siège 17910, 17945, 18387.
Siegle-s, siècle, monde (passim);
el s. 17493, 23982, 25027,
el s. terrïen 4338, en ce
monde, sur cette terre; en cest
s. vivant 21591; — période
de temps indéterminée dans le
passé (en cest s. trespassé
4230, 23040, 26587, el s.t.
4230, 16161, 22497, en tot
le s. 29729, 30260, en tot
le s. tr. 24113, 27989); —
dans l'avenir 19395; — por
rien del s. 9851, pour rien au
monde; — li siegles 12,
20384, le monde, les gens.
[Sifler], v. intr., siffler. — Pf.
3 sifla 1918.
Sigle 916 (de genre douteux),
voile de navire.
Sigler 928, 936, etc., v. intr.,
voguer, naviguer; particuliè-
rement : naviguer à la voile
1129. 2199, 2809, etc.; cf.
s. a pleines veiles 1135, s. a
hautes v. 928, 28459. —
Ipf. 6 sigloënt 27561; p. pr.
-adj., siglant, qui vogue
14731, qui vogue bien 902.
Sil, v. si².
Signe-s, indication 15285,
26151, geste 14866, objet
symbolique (d'origine céleste)
25387, prodige 25522,
30030, signal 26017, mot
d'ordre 26051, signe de reconnaissance 29875, 30021.
Simphonie 14781, espèce de
vielle.
Simple -s 4294, 5139, 5254,
etc., simple de manières, mo-

deste,   recueilli ;   affable
20731.
Simpleté 5194, affabilité.
Sin, v. si².
Sire, v. seignor.
Sis¹, adj. num. card., six; —
li sis en erent 12659, six
d'entre eux étaient.
Sis², v. son³.
Sis³, v, seeir.
Sis⁴, v. si².
[Sisain], f. sisaine 8199, adj.
num. ord., sixième.
Siste-s 7207, 8000, 8111,
16763, 23224, 23289,
adj. num. ord., sixième.
Siut, sive, sivent, sivez, sivrai,
etc., v. sivre.
[Sivre], v. tr., suivre, poursuivre. — Pr. 3 siut 9385,
12012. 22164, 6 sivent
2610, 7385, 12469, 13913,
14371, 16355, 21371,
23987, 29417; pf. 1 sivi
26790; ft. 1 sivrai 7951,
19813, 23007, 3 -a 14343,
23003, 5 -eiz 12179; sbj.
3 sive 19067; impér. 5 sivez
7463, 7849; p. p. seü 7484,
17258, s. seüz 29317.
Soatume 18096, n. f., sua-
vité.
Soavet 2010, doucettement;
tot s. 1540, 1579, m. s.
[Socorable], s. -es 28135,
secourable.
Socorre 639, 5064, 6624,
8929, 9255, 20843, 28381,
secourir. — Pr. 3 socort
9961; pf. 6 socorurent
15810, 15817; ft. 1 socor-
rai 27379, 3 -a 6652, 6
-ont 6883, 9432; sbj. 3 so-
core 12870, 20370; ipf. 3
socorust 12207 (r.), 14367
(r.), socorist 28224 (r.); impér. 4 socorons 7455,
15690; p. p. socoru 470,
2603, 8887, 9931, etc., s.
-uz 15670, 16090. 17247,
18583, 22755, 27070, f.
-ue 6626, 7171.
Socors, n. m. inv., secours;
crier s. 29659, crier au secours; faire le s. cui 18093,
donner le secours que; f. s. a
8635, 20987, secourir; so-

nies a cest s. venues 24101,
*nous sommes venues ici au
secours.*
Sodement 29843, *subitement.*
Soduiant 13118, 27806, s.
-anz 27746, *p. pr. pris
substant¹ (de* soduire), *perfide, traitre.*
Soě, *v.* son³.
Soěf 5300, 11392, s. soěs
2191, 4260, 5254, *f.* soěf
13053, *adj., doux, agréable;*
— *adv¹* 959, 1312, 6236,
12937, 13847, *doucement;*
s. le pas 13105, *à petits pas.*
Soěntre 12174, *adv., à la suite.*
Soferra, -eiz, -ons, *v.* sofrir.
Soferte 15289, *souffrance morale.*
[Sofire], *v. intr., suffire. — Pr.
3* sofist 23214; *cd. 3* sofireit,
17001; *p. pr. -adj.* sofisant
16853, *suffisant.*
Sofraite (*du p. p. de* sofraindre,
manquer), *n. f., manque, besoin* 12982; *au pl.* 3751,
6711, *privations.*
Sofraitos 4967, 15095,
18184, 25639, *f.* -ose
26615, 26784, *nécessiteux,
qui manque du nécessaire;* s.
de vitaille 26615, *qui manque
de vivres;* s. de qqⁿ 28456,
qui sent la perte de qqⁿ.
Sofrir 2914, 4725, *etc., souffrir, supporter, permettre,*
(por quei me sofristes a
naistre? 21720 (cf. 21721),
ne soferreiz folie faire
4199), *soutenir l'attaque de*
23119, 24613; — *intr.,
souffrir, retarder* 17899,
23873, *attendre patiemment*
3360, 24751, *se tenir en repos* 16029; — *réfl.* 10072,
10918, 21445, *s'abstenir;*
— *subs¹:* del s. 5371, *pour ce
qui est de supporter (pour
l'endurance); grant meschief
a al* s. a set mile homes cent
miliers, *c'est un grand
malheur que sept mille hommes
aient à soutenir le choc de
cent mille. — Pr. 3* suetre
8996, 13794, 5 sofrez 8927,
6 suefrent 3360, 13031,
18884, 21522; *f. 3* sofri

1291, 3623, 12333, 15076,
16842, 20534, 20984,
23666, 23704, 5 -istes
21720, 21721, 6 -irent
3284, 4546, 7294, 7578,
etc.; ft. 3 soferra 3671,
4672, 13530, 16884,
20514, 4-ons 12975, 5 -eiz
4199, 4698, 6 -ont 6692,
6743, 7782, *etc.; cd. 6* so-
ferreient 24751, 24873; *sbj.
ipf. 3* sofrist 10291, 21709;
p. pr. -adj. sofrant 8292.
« *endurant, dur à la peine* »;
p. p. sofert 7373, 7523,
8965, 12932, 17249, 18421,
21251, 21837, 26616,
26631, 28030.
Soignant, *pl.* -anz 8098, *n. f.,
concubine;* tenir a s. 3268,
7915, *avoir comme concu-
bine.*
Soignantage 2803, 3313,
3402, 6353, *n. m., concubine.*
[Soillier], *v. tr., souiller. — P.
p. s.* soilliez 11707.
Soing, soin; *souci, préoccupation* 1695, 17371, 18014;
traist vers lui le s. 5338, *se
chargea du (prit en main le)
commandement.*
Sojor, *séjour prolongé* 7004,
hospitalité 28944, *tranquillité* 15001, *repos* 27998,
oisiveté 13868, 14591,
14601, 21127, *retard* 889,
12692, 21178, 21806,
28225, 29177; — estre a s.
être en repos, être tranquille
9526, 15010, 23325, *sé-
journer* 29096.
Sojorner, *v. tr.* 999, 3290,
28643, *recevoir ou traiter
dans sa maison, donner du
repos à* 999; — *intr., séjourner, demeurer, s'attarder* 1099, 3440, 8165,
10659, 13947, 15802,
20080, *habiter* 13765,
28979, *se reposer* 12396,
tarder à partir 27564; —
réfl. 2024, 20191, 21834,
28465, *se reposer;* — *subs¹*
12972, *oisiveté;* — *p. p. -adj.*
sojorné 13875, 13885, *reposé.*

Sol *2344*, *3717*, etc., s.
sous *1440*,*3389*, etc.,f. sole
3267, *13660*, *26118*, seul,
isolé *29943*; sol a sol *20364*,
sans témoins ; — adv¹. *5347*,
7681,*8572*, *11975*, *13531*,
13700, *14049*, *17401*,
18325, *19080*, *20882*,
23217, *23702*, *23793*,
25421, *25936*, *26077*,
26997, *27740*, *28764*,
seulement; ne.. sol, ne... pas
même ; se sol... ne (ind.)
24718, si seulement... ne,
pourvu que... ne ; sol tant
que *20873*, seulement jusqu'à ce que (le temps nécessaire pour que).
Solaz, apaisement, tranquillité
1293, *15145*, plaisir d'a-
mour *13567*, *28813*, *29639*
(bel s.).
Soleil *11755*, *14684*, *21337*,
s. -eiz *4374*, *7063*, *11656*,
17080, *19211*, *19303*,
22600, *22606*, *23750*,
25833, *27576*, *29840*; al
s. *930*, pendant le jour ; vers
le s. *6809*, vers l'Orient.
[Soleir], v. intr., avoir coutume.
—Pr. 1 sueil *20392*, 3 sueut
14314, *18094*, *19740*,
21089, *22116*, *28248*, 6
suelent *4277*, *20680*; ipf.
3 soleit *25521*.
Solement *3143*, *3166*, *5572*,
etc., seulement; tant s.
23153, m. s.
Solet *29265*, seul.
Solier *1177*, terrasse sur le
toit d'une maison.
Soller, soulier : senz s. *28304*,
les pieds nus.
Solonc *2342*, *2850*, *5290*.
13665, *22404*, *23998*.
26367, *26369*, *28479*.
prép., selon.
Some *5327*, résumé *3850*, ensemble *25313*; ço est la s.
3098,*13216*, pour tout dire
en un mot; — pl. *5534*,
12572, m. s.
Someil *15004*, sommeil.
[Someillier], v. intr., som-
meiller.—Pr.3 someille *1370*.
Someillos *7641*, ensommeillé,
qui a sommeil.

Somier *28620*, bête de somme.
Somondre *569*, *19803*, *23418*,
v. tr., avertir, exhorter; s. a
(inf.) *19893*.— Pr. 3 somont
7298,*15780*,*18671*,*19536*,
19893, *21799*, *27851*; ipf.
3 somoneit *5347*; sbj. 3
somonge *19839*; p. p. so-
mons *27277* (r.), *29150*.
Somoneit, -onent, -onge, -ons,
-ont, v. somondre.
Somonse *5592*, *14992*, n. f.,
convocation.
Son', sommet; en son *10829*,
30025, au sommet; par son
13998, au-dessus de, sur.
Son²-s, bruit *2385*, *21353*,
23513, bruit de musique
23600, chant des oiseaux
27346, air *5308*, action de
sonner, de jouer d'un instrument *14806*, *25909*.
Son³, adj. et pron. possessif,
3° pers., son, sa, ses, sien,
etc.; pris subst¹ comme un
neutre, del suen *11922*,
25142, de son bien.
1° Atone : m. sg. s. sis, r. son;
pl. s. si, r. ses; f. sg. s. et r.
sa (s' devant voyelle), par
exception, soë (adj.) *20083*
(por soë amor), *20358* (de
soë part); pl. ses. — 2° Emphatique : A — Adj. employé
comme prédicat, ou accom-
pagné d'un nom et de l'art.
défini ou indéfini) ; m. r. sg.
et s. pl. suen (par exception,
sien *5342* r.); s. sg. et r. pl.
suens; f. soë, pl. soës : avec
l'art. défini : li suens cors
17339 (lui-même), li s. semblanz *5538*, li s. escuz *21111*,
le suen gré *26470*, le s. conrei
20423, li s. covenant *27751*,
li s. borgeis *25156*, la soë
gent *2409*, *8967*, *17293*,
18463, *23725*, la s. aiuë
26820, la s. eschiele *21405*,
la s. compaignie *10631*,
22673, la s. compaigne
8705, la s. ire *22916*, la s.
ame *19067*, les soës genz
17357;—avec l'art. indéfini:
uns suens cosins *6755*, uns
s. vaslez *8485*, uns s. compainz *29118*, un suen frere

721, 4797, un s. vaslet
14290, un suen escuier
14420, un s. conte 3249,
un s. ami, un s. feeil 17747
(cf. dous suens amis 29694),
une soë maistre 1536, une
soë soror 16168. — B —
Pron. : le suen 15777, 17344
(li son 9936 r.), les suens
20526 (r.), 22312 (les sons
2418 r.), des s. 1036,
19075, 22751, 22876, as
s. 2412, 18768, 25927,
28325, ses gens (à, de), ses
hommes, la soë 19117 (cf.
la soë fine (s.-e. nature)
29838, les soës 28553.

*Son⁴ 4767, var. de E à sonc.

Sonc 4767, 16979, 17855,
26370, 27380, prép., selon;
s. çо que 28480, 28483,
selon que.

Soner, v. tr., jouer de (un instrument) 10002, 14778,
14786, 22847, (faire s.
2649, 18777, faire jouer de),
indiquer, signifier 23128;
— intr. 16067, 29001 (avec
un nom d'instrument pour
sujet), 14793 (le sujet est un
automate); — ne soner mot
3293, 15507, 18408, 19564,
25883, 29007, ne rien dire
(cf. senz mot s. 8581). — Sbj.
3 sont 29007; p. pr. -adj. f.
pl. sonanz 23447, 29163.

[Sonet], s. -ez 5192, air de
musique, chanson.

Songe 15585, 15685, pl. -es
30160, 30224.

Songier, v. tr., songer, voir en
songe; s. un songe 404,
15347; s. la folie 15334,
songer une chose folle. — Pr.
5 songiez 15347; pf. 3 sonja
404; p. p. f. songiee 15334.

Soper 24710, 24979, inf. pris
subst¹, souper, repas du soir.

Sopleier, v. tr., s'abaisser devant, se soumettre à 14183,
19922, solliciter humble-
ment (qq°) 15150. — Pr. 1
soplei 15150, 6 -eient
19922; pf. 3 sopleia 14183.

Sor¹ -s, d'un blond doré 1266,
5449, 7349, 20982, fauve,
alezan (en parlant d'un che-

val) 2467, 2547, 7714,
7876, 12033, 22653.

Sor², prép., sur, au-dessus de :
de sor 22240, 22699,
25548, de dessus; par sor
11366, 11464, par dessus;
sor ceus de la cité 17375,
plus que tous ceux de la ville;
sor toz 4948, 9666, 10234,
etc., plus que tous (cf. sor
tote creature 2555); sor tote
rien 1322, 1434, 3436,
3840, 5456, etc., 19314,
22446, 22582, 23080,
23413, 24506, 24840,
25212, 25438, 25856,
26678, etc. (voy. sous rien),
surtout, plus que tout, infini-
ment; — malgré (en passant
par dessus) : sor le devié
19931; sor son (lor) peis, v.
peis; — sor ço 24787, dans
ces conditions; — jurer sor
1430, 1431, 1630, etc., jurer
par (en invoquant le nom de);
cf. 18411-2, qu'il guardent
bien sor lor vies, sor tote
rien.

[Sorbir], v. tr., engloutir. —
Sbj. 3 sorbisse 25999; p.
p. s. sorbiz 28418, f. pl.
-ies 28963.

Sorbissement 28881, point de
la mer où s'engloutissent les
vaisseaux.

Sorcerie 1218, pl. -es 28755,
n. f., sortilège.

[Sorcil], r. pl. -is 5133 (r.),
5550, sourcil.

[Sorcille], pl. -es, n. f., sourcil.

*Sorcuidieç (mss. CR, var. aux
v. 5393 ss., v. 5), p. p. -adj.
s., présomptueux, arrogant.

Sordeior, adj. (compar. organique = sordidiorem) : préd.
sg. 458, préd. pl. 14541,
19872, 20145, 24238 (cf.
sordeiors 18984), inférieur,
vaincu; — neutre, sordeis (=
sordidius) 5759, 15725,
19779, 27931, pire; —
subst¹, le sordeis : aveir le s.
17292, 24265, être vaincu;
laissier le s. 15679, laisser
le lot le moins bon.

Sordeis, v. sordeior.

[Sordre], v. intr., s'élever, sur-

gir, *se dresser tout à coup*
14439, 19925. — *Pr. 3* sort
6084, 16001, 18846,
23254, 6 sordent *14946*;
pf. 3 sorst *328, 6405, 9996,*
19925, 21382, 24068,
24149, 24331, 24340,
25349, 30101; *ft. 3* sordra
3324, 4314, 6 -ont *19996*;
cd. 6 sordreient *27228*;
sbj. ipf. 3 sorsist *14439,*
17424, 26652; *p. p.* sors
20988, 27572.

Sore, *adv, dessus, sus :* corre
s. a *2717, 4500, 10051,*
10709, 18545, 20852,
22191, 22239, 23640,
24021, 24143, 24248, aler
s. a *18769, 22280, courir*
sus à; se corre s. *1957*
(*v. récipr.*), *se courir sus.*

Sorfait[1] *3635, s.* -aiz *5433,*
p. p. -adj. (*sens factitif*), *porté*
aux excès, insolent.

Sorfait[2] *5361, 18164, s.* -aiz
11162, 27048, excès, inso-
lence (*cf.* desmesure).

Sormonter *28915, v. tr., sur-*
monter, dépasser; vaincre
27078, être plus fort que
28915. — *Pr. 3* sormonte
5127; ipf. 3 sormontot *5202,*
5329, 5358; pf. 3 sormonta
5129, p. p. sormonté *27078.*

Sornon *5187, surnom.*

Soror *2626, 2910, 3219,*
3235, etc. et suer *27187,*
28690, s. suer *3326, 4243,*
4309, 4842, etc., pl. sorors
412, 2874, 14131; — beles
sorors *15429, 20615, belles-*
sœurs.

Sororge *15490, 26367, n. m.,*
beau-frère.

[Sorparlé], *s.* -ez *5217, p. p.*
-adj., arrogant.

Sorpeis : senz s. *4421, sans*
exagération.

[Sorporter], *v. tr., emporter au-*
delà des bornes. — *Ipf. 3*
sorportot *5231.*

Sorprendre *7017, 11593, sur-*
prendre, saisir brusquement.
— *Ft. 4* sorprendrons *4465*;
sbj. 6 sorprengent *16568*;
p. p. sorpris *28723* (d'ire s.
12322, enflammé de colère).

Sorprengent, sorpris, *v.* sorprendre.

Sors, sorsist, sorst, *v.* sordre.

Sort[1] *28792, s.* sorz *4145,*
28720, 28809, n. m. (*f.*
23580), *sort, destinée; geter*
les sorz *4145, 26389, con-*
sulter les sorts; saveir des s.
28720, connaître la divina-
tion.

Sort[2] *22131, adj., sourd.*

Sort[3], *v.* sordre.

Sorti *25409, p. p. -adj., fixé*
par la destinée.

[Sorveeir], *v. tr., voir d'un en-*
droit élevé, dominer. — *Pf.*
3 sorvit *3056.*

[Sorvenir], *survenir.* — *Pf. 3*
sorvint *14459, 15833.*

Sorversion *27601, forte averse.*

Sos, *v.* se[2] et si[2].

Sospeçon, *n. m., inquiétude 1777*;
senz s. *24781, sans le moindre*
doute.

Sospeçonos *29907, soupçon-*
neux.

Sospeis *10976, 20195, 25552,*
26030, souci.

Sospir[1] -s *13326, 13440,*
13604, 15035, 15060,
15152, 15541, 16412,
16436, 17614, 18008,
19365, 25174, 29886, sou-
pir.

Sospir[2], *v.* sospirer.

[Sospirer], *soupirer.* — *Pr. 1*
sospir *21877, 3* sospire
13276, 13428, 15007,
15355, 20206, 20781,
25540, 6 -ent *18016; pf. 3*
sospira *18130.*

Sosprendre, *var. à* sorprendre.

Sostenir *2294, 17631, 19442,*
soutenir, supporter; — *intr.*
24269, résister; — *réfl.*
22276. — *Pr. 2* sostiens
20641, 3 sostient *13826,*
23134, 25375; ipf. 3 soste-
neit *20348, 22276,* 6 -eient
16696; pf. 6 sostindrent
24269; cd. 6 sostendreient
27856; sbj. 3 sostienge
17633, 22927; p. p. sostenu
9524, f. pl. -ues *16408.*

[Souder]. — *P. p. f.* soudee *10388,*
(la plataine fu si s., *la dalle*
fut si bien soudée).

Soudre *22817*, *acquitter*,*payer*.

Souduiant, -anz. *corrigez* soduiant, -anz.

Sougiet *20717*, *sujet*.

Sousi *28888*, *n. m.*, *abime*,
gouffre.

Soutil *21967*, s. -is *5134*
(: *sorcis*), *22169*,*f. s. sg.* sou-
tis *14923* (: lis), *fin*, *isolé*
22169, (s. de gent *29943*,
m. s.); — *advt.* : s. ovré *21967*,
finement travaillé.

Soutiument *7894*, *16534*,
25367, *finement*.

Sovenet *20539*, *adv.*, *assez*
souvent.

[Sovenir], *v. impers.* : ne l'en
sovient *22119*, *il ne s'en*
souvient pas ; quant l'en s.
29433, *quand elle y pense*.

Sovent (*passim*), *souvent*.

Soventes feiz *1475*, *15133*,
15229, *28215*, par s. feiz
14716, *à plusieurs reprises*.

Soverain -s, *souverain 4281*,
13145, *19204*, *19597*,
19645, *19836*, *27193*, *tout*
puissant 13145, *25197*, *très*
habile en son art 22405, *qui*
occupe le premier rang 18047
(le prestre s. *25617*, *le grand*
prêtre ; s. de proece *19479*);
— *subst.* : li soverains *10211*,
12317, *16827*, *celui qui est*
le premier ; li soverain
15306, *20613*, *les dieux*.

Sovient, *v. sovenir*.

Soz *5199*, *7319*, *7928*, *8998*,
9457,*11550*,*etc.*,*prép.*,*sous*.

[Sozlever], *v. tr.*, *soulever*. —
P. p. sozlevé *24141*.

[Sozmetre], *v. tr.*, *soumettre*. —
P. p. sozmis *3678*.

Sozrire *3408*, *6385*, *12878*,
v. intr., *sourire*.

Sozterrain *26158*, *n. m.*, *sou-
terrain*.

[Soztraire], *v. tr.*, *enlever trai-
treusement*. — *P. p.* soztrait
17449.

[Special], *r. pl. f.* speciaus
(herbes) *23315*, *adj.*, *qui a*
des propriétés spécifiques.

Subjection *16887*,*n. f.*,*sujétion*.

Suefre, -ent, *v. sofrir*.

Sueil, suelent, sueut, *r.* soleir.

Suen, suens, *r.* son *2*.

Suer, *r.* soror.

Suor *11706*, *12745*, *sueur*.

Sus, *adv.*, *en haut*, *au-dessus*
22732; monter sus *6281*;
corre sus a *17221*, *courir sus*
à ; traire sus *4470*, *lever*,
relever ; t. sei en sus *11617*,
retraire sei en sus *11159*,
16198, *reculer* ; faire traire
en sus *2458*, *7219*, *7497*,
etc., t. retraire en sus *23587*,
faire reculer, *repousser* ; la
sus *18354*, *la haut* ; par sus,
loc. prépos., *au-dessus de*
7317, *par-dessus 12125*.

T', ta, *v. ton*.

[Tabernacle],s.-es *7896*,*16651*,
coffre (fond) d'un char 7896,
piédestal (?) *16651*.

Tables *1191*, *3183*, *n. f. pl.*,
espèce de trictrac.

*Taborne (ms. G, var. à 15733-
16382, *v. 44*, *n. m.*, *tapage*.

Tai, *n. m.*, *flaque d'eau boueuse*
11254, *fossé plein d'eau*
6029.

Taigne, *v. taindre*.

Taille, *ciselure 1825*, *tour de*
taille 5426.

[Taillier], *couper* (*blesser*)
20143, *ciseler 1818*, *façonner 135*, *5422*, *opérer*
(*un blessé*) *14609* ; — *intr.*
9924, *10808*, *14073*, *être*
tranchant. — *P. p.* bien taillié
(cheval) *6237* bien fait; b. t.
par la ceinture *5417*, *qui a*
une jolie taille.

[Taindre] (*du lat. tangere*), *v.*
intr., *toucher à*, *appartenir à*.
— *Sbj.* 3 taigne *13119*,
16899,*18423* (imprimé à tort
ataigne *dans ces 2 derniers*
ex. : roy. l'Errata du t. IV).

[Taios], *f. -ose 19986*, *boueux*.

Taire *4082*, *5509*, *21322*,
25798, taisir *26454* (r.), *v.*
tr.,*taire* ;— *intr.3584*,*15548*,
21322,*se taire* ;— *réfl.4074*,
5482, *6516*, *7837*, *etc.*, *se*
taire ; se t. de *30311*, *s'abstenir* (*en paroles*) de (*cf.
Achilles pas ne se taist d'Hector haïr e manacier 14996*).—
Pr. 3 taist *10484*, *11921*,
12964, *14996*, *15071*,

24664, 27079: pf. 3 tot
22455, 24577; sbj. 1. taise
23203 (r.), 29006, tace
25590 (r.); impér. 5 taisiez
15353; p. pr. -adj. taisant
3985, 27345 (sont t. de lor
douz sons), s. -anz 3584,
15548, 19561, 22521,
25239, qui se tait ; p. p. teü
10295, 22527, s. teüz
22019.

Taisant, -anz, -c. -iez, taist, v.
taire.

Tal 28871 (r.), s. taus 2227
(r.), 6707 (r.), 9431 (r.),
22057 (r.), 26610 (r.), tel;
a tal 9753, lis. atal et voyez
ce mot.

Talant, -anz, v. talent.

Talent 1027, 1070 (r.), 1080,
1996 (r.), 3321, 3819 (r.),
6324, etc. (j'écris toujours
ainsi à l'intérieur du vers),
talant 1446, 2026, 4126,
4356, 5515, 11925, 11939,
16049, 16609, 16977,
20768, 22329, 29630,
29673, 29850, 30137 (tou-
jours à la rime), s. -enz (passim), -anz 5388, 14797,
23723, 25442 (seulement à
la rime), n. m., envie, désir,
volonté ; goûts 5388, 5515,
9619, 20321, opinion 3841;
aveir en t. de 9284; n'a-
veir t. de 1070, ne pas se
soucier de; aveir son t.
18065, faire son t. 2026,
6566, 20768, faire sa vo-
lonté ; venir a t. (impers¹)
1996, 3698, être voulu ou
consenti; a lor t. 20197, à
leur gré; bon t. 5401, bonne
humeur.

Talon 21601, r. pl. -ons 5548.

Tambeis 21353, tapage.

[Tamer] sei, s'effrayer, craindre. — Impér. 5 tamez
12886.

[Tamisier], tamiser. — Pr. 3
tamise 7140, 18894.

Tant. — 1º Adj. indéfini (s.
sg. et rég. pl. tanz, f. tante,
pl. -es), si grand, si nombreux, tant de (passim): A.—
au pl. : en tanz autres païs
19732, dans tant d'autres

pays: t. cous 7181, 8963,
8964, t. armez 8324, t.
reis 16993, t. chevaliers
9404, 15924, t. vassaus
17924, etc., tanz biens
30178, tantes honors e
tantes gloires, tantes desirces
victoires 30179-80; tantes
feiz 13183, 16362, 26613,
tant de fois; par t. feiz 22420,
autant de fois ; par t. f. com
22419, autant de fois que
(cf. tant com); de tantes
parz 17927, de tant de côtés ; s. pl., tant destrier vuit
senz seignor 9405 (cf.
8317-8318, etc.). — B. —
tant, tante avec le nom au
sg. (au sens du pl.) : A or ci
tant rei t. e t. conte e t.
prince ci ajostez 8748-9,
(cf. 9278, 9279, 9347,
9348, etc.); de tante terre
6459, de tant de contrées (cf.
7558, 8142, 8319, 8320,
8321, 8681, 8682, 8683,
8720, 8748, 8749, etc. (très
fréquent) ; — 2º pron. indéfini au plur. (variable) : e des
Menelau i ot tanz 15666, et
il y avait tant des chevaliers
de Ménélas; en raduist tanz
12268, en mena autant pour
sa part; se par nos dous en
erent tant de mort rescos
13190 (cf. 12348, li Greu
erent tant venu, où tant est
adj.); avec en remplaçant un
sing. 16201; — 3º nom multiplicatif, fois : treiz tanz plus
dure 15037, trois fois p. d.,
cent tanz mieuz 3002, dous
t. m. 17339 ; plus set t.
19522, sept fois plus ; — 4º
adv. (passim), tant, tellement,
autant : t. com (passim), autant que ; devant un nom pl. :
tant i ont Troïens morz
9300, tant en gist morz
9448, 18558 (cf. 8077,
8078, 8079, 17950, 21022,
22676, 22677; tant par a ci
freides noveles 2902 (v. par);
— dans une prop. admirative,
souvent dans un sens rap-
proché de « beaucoup, bien » :
tant m'est pesante ! 18719

elle m'est bien lourde! (*cf., pour
le sens,* 2902, 2903, 8317-
22, 8694, 9278-80, 17950,
18730, *etc.*) ; orent de t.
mainte maniere 7729 ; tant
mare (mar) *(avec un verbe)*
17638, 17639, 17640, *bien
malheureusement* (*j'eus bien
tort de*) ; — tant, *si longtemps*
21486 ; — tant de est *rarement employé* (*cf.* t. des voz
24894, e des autres t. 25465,
27266 *et voy.* 2°) ; — se tant
est que estre puisse 22083,
s'il peut arriver que (*cf.* 29697,
se t. e. que faire le p.) ; metre
sei en t. que 21437, *faire
tant que* ; m. sei en t. de,
m. sei a t. de, *v.* metre ;
torner a t. que 26964, *en
arriver à ce point que* ; — tant
*au sens de « autant que ceci
(et pas moins), ceci »* : t. vos
puis bien dire e retraire 18560
(*cf.* 13562, 19936, 21292,
27266 (t. de retor e tant
d'amende li face de tot son damage) ; tant sai que 23974, *ce
que je sais bien, c'est que* ; —
*au sens de « autant que celà,
celà (et pas moins) »* 1307,
1326, 29893) ; — tant *suivi
d'une prop. relative explica-
tive* : t. en avons ja comencié,
dont il sont mout vers nos
irié 6111-2 ; — puis que...
de tant valeit mieuz sa proece
5352 (« *d'autant, par celà
même* ») ; — en t. que 25041,
étant donné que ; — fors t. que
20053, *si ce n'est que* ; — a
tant, *alors* 1445, 1876,
2694, 3277, *etc.*, *dès maintenant, désormais* 4601,
18215, *à ce point, si loin*
11897 (*avec nég.* 2834,
10172), *tant que celà* 27930
(*avec nég.*) ; *ainsi* 20767 ;
venir a t. 4429, *arriver à un
pareil résultat* ; par t. 8828,
por t. 10688, 11569, 17365,
15725, 19882, 26149,
26942, 29608, *par suite,
c'est pourquoi* ; ne t. ne quant,
nullement 187, 788, 4322,
4774, 5516, 5528, 7092,
14183, 14254, 14410,
14497, 18066, 21839,
29636, *rien du tout* 27738 ;
t. ne q. 4660, *en quelque fa-
con que ce fût* ; — t. come autant que 24934, 28001, *aussi
longtemps que* 7539, 23488,
23768, 27368, 27948,
28808 ; de t. com 23308,
autant que ; en t. com 23146,
23154, m. s. ; por t. de vie
come avrai 28936, *quelle
que soit la longueur de ma
vie* ; — t. que, *jusqu'à ce
que* (*fut.* 18708, 23780, *pf.*
3352, 7546, 20815, 27835,
29609, 29992, *pf. antérieur*
1533, 19302-3, 28111,
sbj. 1868, 7459, 7735,
21294, 23010, 23741,
24942, 24951, 27330), *tellement que, de sorte que* 4933,
8070, 11081, 27093,
27463.

Tantost 1955, *aussitôt.*

Tapiz 19455, *tapis.*

[Tarder], *v. impers.* — *Pr.* 3
tarde 20369 ; *sbj.* 3 tart
17707.

Targe 2422, 2494, 8344,
18635, *pl.* -es 22662,
23876, *n. f.,* bouclier (*propr* :
bouclier long rectangulaire).

Targier 3244, 3276, 5585,
7035, *etc.,* *tarder, se retarder, sembler à venir*
1471, 4137, *tarder à attaquer* 7023 ; — *réfl.* 4577, 4774,
8676, *se retarder, tarder* ;
— *impers.* 1652, 6073, 17802,
20699, 24602, 28457. —
Pr. 3 targe 4137, 17802,
6 -ent 7260 ; *ipf.* 6 tarjoënt
15397 ; *pf.* 3 tarja 961,
1471, 4774, 22347, 28457,
6 -gierent 4577 ; *ft.* 1 targe-
rai 22088, 3 -a 1652, 5
-eiz 7024 ; *sbj.* 3 targe
24602 ; *ipf.* 3 tarjast 14121,
20504, 20699, 22595, 4
targissons 7042, 6 tarjassent
1447 ; *p. p.* targié 25612,
28993.

Targissons, tarja, -assent, -ast,
-oënt, *v.* targier.

Tarjance 2117, *retard.*

Tarqueis 12483, 13923, *n. m.,*
carquois.

Tart', *adj.* : dès or m'est t.
19118, il me tarde déjà;
mout m'est t. *2315, 3491,
3789,7239, 17758,22018,
22055,il me tarde beaucoup;*
— a t., *après une longue at-
tente 13375, 17634, tard
18278, 21170, bien rare-
ment 29640.*

Tart², *v.* tarder.

Tas *2608, 7394,8500, 8665,*
etc., *n. m., tas, foule;* el tas
*2608, dans le tas, au plus
épais.*

Tasseïz *9331, n. m., entassement, foule pressée.*

Tassel *13405, n. m., bouton
ou plaque maintenant l'agrafe
du manteau. Voy. Alwin
Schultz,* Das höfische Leben
zur Zeit der Minnesinger, 2ᵉ
éd., Leipzig, I, *279.*

Te, *v.* tei.

Teche *202,marque distinctive*

Tei, *pron. pers.* 2ᵉ *pers., rég.
dir. et indir. emphatique 819,*
etc., *rég. de prép. 1039,
1669, 1731, 1791, etc.;*
atone, placé devant le verbe :
*rég. direct et datif, te 820,
827, 848, 854, etc., devant
voy.* t' *824, 846, 850, etc.;
suj.* tu *827, 828, 838, etc.;*
— tel = te le *845, 8942;* tul
= tu le *1426 (corr.) 1712
(corr.);* tun = tu en *1425,
21886;* — *pl. invar.* vos,
*souvent employé pour dési-
gner une seule personne avec
le prédicat au singulier.*

Teigneiz, *v.* tenir.

[Teindre], *v. tr.;* — *intr.
26066, se teindre, être teint;*
la color teinte *16480,29766.
le teint blême. — Pr.* 6 tei-
gnent *26066;p.p.* teint *7355,
12746, 15555, 20484,
25119, s.* teinz *14169,
24013, f.* teinte *9088,
16480, 20943, 29766, pl.*
-es *7744.*

Teint¹ *3071, 6723, 7816,
13370,17206, couleur, tein-
ture.*

Teint², teinz, *v.* teindre.

Teise *3054, 7678, n. f.,
toise.*

Teissuz, *v.* teistre.

[Teistre], *v. tr., tisser. — P. p.
s.* teissuz *26239.*

Tel',*s.* teus *1087, 2173,3108,
3735, etc., tes* 19511 (r.), *f.*
tel *1991, 2826, 4395, etc.,
f. pl.* teus *4473, 8847,8916,
12776, 14709, 15235,
16688, 17566, 18790,
19789, 20933, 21400,
23528, 28718,* teles *5696*
(Athenes : en i aveit cinquante teles), *adj. et pr.
indéf.;* — teus i ot (*après un
verbe dont tel est le suj. logique) 4633.* tel cent i a *16946
(il y en a bien cent),* t. quinze
i ot *18807,* tel i aveit *7603,
un autre semblable* (tel *qu'il
était);* — tel, *au pl., devant un
nom de nombre suivi d'une
prop. relative :* ocis en a teus
trente sis qui mout esteient
de grant pris *2539-40; cf.
2707-8, 5725, 7386, 7407,
7486, etc. (avec ellipse du
relatif 3019-22, 10366-7,
11536-7); cf.* tant; — tel geut
qui *2587,* de teus qui :*5730,*
des gens qui; o teus qui *24186*;
en tel lieu ou (*sbj.*), *en un
lieu où;* ja vi jo ja tel jor...
que la joie par ert si granz
25098-100; cf. 9272, etc.; —
tel *avec ellipse de coup 2515,
7513, 8784, 9092, 9561,
9759, 9925, etc.; au pl.,*
teus : teus se donerent *9409,*
t. lor asiet *10897,* t. l'en
ra sor l'eaume asis *10715;*
— tel, *au sens neutre 16891,
une telle chose;* — tel come
(com), *tel que 7120, aussi
grant que 2561, 24125-6.*

Tel², *v.* tei.

Tempesté *5078, p. p. -adj.,
victime d'une tempête.*

[Tempier], *s.* -iers *3562, 5941,
27608, n. m., tempête.*

Temple¹ -s *2763, 2788, 4261,
4267, etc., n. m., temple.*

Temple² *21155, n. f., tempe.*

Templum Minerve *25384
(transcription latine), le Temple de Minerve.*

Tenant, *p. pr. de tenir pris
subst¹ : d'un t. 7091, 7613,*

9969, *de suite, sans interruption.*

Tencier *1110, v. intr., disputer, se quereller (avec); faire
effort (en parlant des vents)*
27580. — *Pf. 3* tença *24811,
6* -ierent 27580.

Tençon *442, 3325, 19792,
pl.* -ons *18403, 26636, dispute, querelle.*

Tendre¹ *5336, adj.*

[Tendre]², *v. tr. — Pr. 3* tent
12524, 15143, 28504, 5
tendez *19705; ipf. 1* tendeie
29853; p. p. tendu *18745,
s.* -uz *17242.*

Tendrement *10232, 10235,
etc., adv.*

Tenebros *3564, 13750,
25292, 28612, f.* -ose *5934,
25216, 27353, 27585,
29212, ténébreux; sombre,
terrible 25216.*

[Tenerge], *s.* -es *13010,
19272, 22160 (= lat.* tene-
bricus; *cf. Cic. Tusc. II, 9,
22 et Tertullien, Pall. 4, fin),
ténébreux, obscur. Ce mot se
retrouve avec quelques légères
modifications de forme dans
plusieurs textes de l'Ouest et
dans la* Chron. des Ducs de
Norm. *5716, 19735, 37207,
39396. Cf.* entrenerge *(Fon-
tenay - le - Comte), couleur
bleuâtre causée par les meur-
trissures, au sujet du quel
voy. A. Thomas,* Romania,
XXXIV, *176 et* Nouveaux
Essais de Philologie française, *257 et 365.*

Tenir *3403, 3419, etc., tenir,
garder; contenir 30302, défendre 6922, garder fidèlement (t. amor 1432, t. fei
1631, 1637, etc., t. un devié
16422), retenir 15452, arrêter 14464, 20013, mener,
maintenir 2454, tenir (une
convention) 23853, contenir
23209, posséder (comme seigneur) 17254, occuper (une
place) 3812 (v. place); tenir
un tornei a 6620, soutenir
un combat contre; t. conrei,
v.* conrei *; tenir en autorité 74,
considérer comme faisant au-*

torité *(cf. t. en grant chierté
28056*; t. *(avec un adj.)*: t.
riche *9336,* t. chier *(v.* chier):
tenir a *(avec un nom ou un
adj.) 63, 78, 124, 1829,
6172, 6277, 6328, 6628,
etc., considérer comme*; t.
come *23081, considérer comme*; t. *por 11268, 13623,
17768, 17947, 19026,
19748-9, 28028; — onc puis
n'i ot resne tenue 24336, on
lâcha les rênes*; — *intr., s'é-
tendre, occuper un espace
3812, 19395, 22006, 23146,
23154, 23313, 24934, durer
14973, 14978, 19665,
20415, 25147*; t. a, *appartenir à 27037, dépendre de
24931, rester fidèle à (un
accord) 24805; — réfl., se tenir
29270, se maintenir 22434,
durer (en parlant des murs)
23111, rester en bon ordre
2423, 18863, 22303, résister 5875, 6035, 7544, etc.
(bien se tenir 18781, se tenir
ferme), se contenir 600, se retenir 9913, s'abstenir (de)
1400, 4768, 12938*; t. s'en
a *3919, 20808, être du par-
tide, favoriser*; t. sei a *2468,
suivre (aller aussi vite que);
avec un adj. ou part. au cas
rég., se considérer comme
16375, 16935, 22330,
27073, 28663, 30192 (cf.
t. sei por 2895); au cas suj.
4839, 26307, 27915; —
impers. : dès or l'en tient
20217, désormais il est préoccupé d'elle (son amour le pos-
sède); mout li tient poi, il
se préoccupe fort peu. — Pr.
1* tieng *6328, 10426, 10495,
19904, 11192, 18319,
25684, 2* tiens *3335, 3* tient
1294, 3313, 3812, etc., 6
tienent *2002, 4062, 8742,
etc.; ipf.* teneie, *etc.; pf. 1* tinc
3919, 3 tint *234, 282, 2803,
4839, etc., 6* tindrent *2663,
3246, 6922, etc.; ft.* tendrai,
etc., 5 -eiz *2305, 13690,
20434, 25070; cd.* tendreie,
etc., 5 -iez *23245; sbj. 1*
tienge *1400, 1873, 2345, 2*

-es *15470, 3* -e *3482, 6172, 10623*, *13116*, *13198*, *17768*, *19863*, *29298*, *29496, 29999*, 5 teigneiz *25692* (r.), *31357*, 6 tien-gent *16935, 25493, 25494, 25747, 25821*; *ipf.* 3 tenist *2468, 3534, 18863, 21203, 28821*, *28940*, 6 -issent *2665,22303,25840*; *impér.* 5 tenez *6628*; *p. pr.* tenant (*v. ce mot*): *p. p.* tenu, s. uz *4267, 9913, 17947,19026, 25405, f.* -ue.

Tens, *temps, époque; saison 2371, beau temps 5952;* toz t. *2426, 14682, toujours;* a toz t. *17, à toujours, perpétuellement;* a mon t. *849, de mon temps, pendant ma vie;* par t. *13430, dans quelque temps;* plus par t. *20084, de meilleure heure;* lonc t. *6666, 6993, 8832, 11574, 16874, 17461, 21239, longtemps.*

Tent, *v.* tendre.

Tente *6641*, *7610, 10029, 10047*, *12441*, *13704*, *14280, 14293,* etc.

[Tentir], *v. intr., résonner. — P. p.* tenti *3987.*

Tenu, -ue, -uz, *v.* tenir.

Tenue *1165, possessions, domaines.*

[Terdre], *v. tr., nettoyer. — Pr.* 3 tert *14620.*

Terme -s *4096, 4919, 4926,* etc., *terme, jour fixé, délai.*

Termine, *n. m., temps, époque 4219, 15203, 16750, espace de temps 28802, terme, jour fixé 9675*, *17868, saison 1168.*

Terrace *23095, n. f., torchis.*

[Terral], *r. pl.* -aus *25919, fortifications d'une ville.*

Terre, *terre; pays, région, royaume 831*, *2253,* etc., *fief 2270;* a la t. *2513, 2520, 9096, à terre.*

[Terré], *f.* -ee, *adj.* : tor bien terree *7678, tour qui a des fondements profonds.*

Terrier *3007*, *3971, 6021, 6030*, *7684, r. pl.* -iers *29953, parapet de terre bordant le fossé, retranchement.*

Terriien, *terrestre;* el siegle t. *28676, en ce monde.*

Terros *6461*, *17108, 21157, terreux, souillé de poussière ou de boue.*

Tert, *v.* terdre.

Test *8799*, *14172*, *17285, 20142, n. m., crâne.*

Teste, *tête.*

Testee *12929, coup à la tete.*

Teü, teüz, *v.* taire.

Tienge, -ent, -es, *v.* tenir.

Tierce¹, *la troisième heure du jour;* haute t. *1774, plus que (largement) la troisième h.*

Tierce², *v.* tierz.

Tierz *2303*, *7785*, *7996, 8108, 8217, 14661, 23894* (jusqu'a tierz jor), *f.* tierce *2261*, *3149*, *3812*, *8187, 10560, 23219, 23237, adj. num. ord., troisième;—subst* *15966, 23531, tiers;* ne qui aient le t. conquis riches terres *2229,* ni qui aient conquis même le tiers des riches contrées (*que vous avez conquises*).

Tigre *14725, s.* -es *8373, n. m.*

Timpanon *14783, tympanon.*

Tindrent, tint, *v.* tenir.

Tinterece *8590*, *12121, retentissement, bruit retentissant.*

Tirannie *29131, n., f. tyrannie, despotisme.*

Tiranz, *v.* tirer.

Tire (a) *11986,12581,16564, 19377, 23778,* trestot a t. *26456, sans interruption.*

Tirer, *tirer, trainer; entrainer 13559, arracher 16748:* t. les resnes *6496*, *7358, 21046,* t. sur les rênes; — *intr., tirer* (t. as avirons *1134, peser sur les avirons*), *chercher à s'éloigner* (la ou sis cuers seit point tiranz *20311, là où son cœur est rétif* (*cherche à s'éloigner*).

[Toche], *n. f., instrument servant à pousser les jonchets:* joer as toches *22744, jouer aux jonchets.*

[Tochier], *v. tr.* et *intr., toucher, atteindre;* t. de *23301, traiter de. — Pr.* 3 toche

11374, 12254. 13305,
23012; pf. 3 tocha 27212;
p. p. tochié 17783, 23301.
f. -ice 15180.
Toë, v. ton.
Toille, v. tolir.
Toison 768, 1964. La Toison.
voy. la Table anal. des noms
propres.
Tol, toleit, -eiz, -ent, -ez, -i.
-irent, -isse, v. tolir.
Tolir 7940, 8047, 8483,
9162, 9661, 10705, 10781,
11034, etc., enlever; t. le
champ a 18782, chasser du
champ de bataille; — intr.
(absol¹) 6411, s'abstenir; —
impers¹ : ne lor pot estre toleit 24877, on ne put les en
empêcher. — Pr. 3 tout
4964, 15745 (: ot), 18445,
20854,6 tolent 450; ipf. 3 toleit 28126 ; pf. 3 toli 15099,
23633, 23665, 26863 (r.),
6 -irent 2621, 20029; sbj.
3 toille 20770, 26689; ipf.
6 tolissent 20031, 20490,
27176; impér. 2 tol 21876,
5 tolez 6411; p. p. toleit
8667 (r.), 8961 (r.), 12553
(r.),13709(r.),15680,17820
(r.), 19525, 22117 (r.),
24038, 24877 (r.), s. -eiz
12973, 18291 (r.), 19475
(r.), 21723 (r.), 21847 (r.),
22969, 24655 (r.), 28933
(r.), 29638 (r.), r. pl. -eiz
18291, 21723, 21847,
29445, f. -eite 29680, et tolu
10106 (r.),18782(r.),20509
(r.), s. -uz 22964 (r.), 24528
(r.), 24877 (r.), f. toluë 4784
(r.), 6962 (r.), 26967 (r.),
28542 (r.), pl. -uës 4688
(r.), 28554 (r.) (nous n'admettons cette seconde forme qu'à la rime).
Tolu, -ue, -ues, -uz, v. tolir.
Tombe 6608, 10387.
Tombel 677, 19389, 23042,
26432, 27143, 29737,
30259, s. -eaus 26552, tombeau.
[Tomber], v. intr., cabrioler.
— Pr. 3 tombe 14713.
Tomoute, n.f. 10418, 13228,
27773 (de genre douteux

4104, 4557, 6405, 25512,
tumulte, bruit confus, trouble.
Ton, adj. poss. atone : sg. r.
ton, s. tis; pl. m. s. ti, r. tes;
f. ta, élidé t'. —Absolu: tuen, s.
tuens 19058, f. toë 21928 ;
avec l'art. et un nom : la toë
gent 24107.
[Tondre], v. tr.; — réfl. 27286.
— Pr. 3 tont 26694 ; p. p.
tondu 27286, r. pl. tonduz
26695, 26697.
[Toner], v. intr., faire retentir
le tonnerre : Dieu tonant
21378 ; — impers., tonner.
— Pf. 3 tona 11983, 27582;
p. pr. tonant 21378 (Deu t.).
*Tonnoire (ms. G, var. à
15733-16382, v. 58), n. m.,
grand bruit (semblable à celui
du tonnerre).
Topace, n.f. 14895, m.22478,
de genre douteux 14637,
16726, topaze.
Tor¹ 1185, 1972, etc., pl. tors
1150, 2120, etc., etc., n. f.,
tour.
Tor², n. m., tour ; faire son tor
2503, 10839, faire demi-
tour (à cheval) pour prendre
son élan : en son lit fist maint
t. 18143, se retourna maintes
fois dans son lit ; a son t.
14240, de son côté ; a icel tor
26941, cettefois; al chief del
tor 1022, 1104, 1346, etc.,
à la fin, au bout, au bout du
compte ; ainz que venist al c.
del t. (impers¹) 1104, avant
que l'affaire arrivât à la fin,
avant la fin.
[Torbe], pl. -es 12023, foule.
[Tordre], v. tr. — Pr. 3 tuert
15457, 22904.
Torel 14936, s. -eaus 7648,
petite tour 7648 ; au pl., tou-
rillons, gonds 14936.
Torete 7902, 29779, petite
tour.
Torge, -ent, v. torner.
Torment¹, s. -enz 27337,
27895, 28112, 28415,
28730, tourment, souffrance ;
tempête 903, 22986, 25871,
26382, 27337, 27462,
27600, 28112, 28156,
28415, 29370, inquiétude

2048, souffrances morales
19137, 20304, 20326,
25180, 26580; livré a t.
342, 7176, 20607, 27217,
cruellement éprouvé.

Torment², v. tormenter.

Tormente 3566, 5068, 5933,
26544, 27886, 29208, tour-
mente, tempête; tourbillon
28882.

[Tormenter], tourmenter, tor-
turer; — intr. 26866, souffrir par le mauvais temps. —
Sbj. 3 torment 25997; p. p.
tormenté, s. -ez 20776,
28363, 29195.

*Torne, adj. f.: ains sera l'arme
dou cors t. (ms. G, addition
à 4018, v. 30), aura quitté
le corps.

Tornei, s. -eiz 2460 (r.), 5224
(r.), 6619 (r.), 8632, 12080
(r.), 14398, 15193 (r.),
15878, 19344, 21183,
21236 (r.), 23606 (r.), combat, bataille; combat singulier 12710; tenir le t. 2413,
combattre; t. un t. a 6619-
20, livrer bataille à.

Torneiement 2305, 7556,
8544, 9184, 9438, etc.,
combat, bataille; tenir t. 2305,
combattre.

Torneier 13886, v. intr., combattre. — Pf. 6 torneierent
9831; — subst¹ 6850, combat.

Torneïz, adj. invar.: ponz t.
29956, ponts-tournants.

Torner, v. tr., tourner, diriger; traduire 121; faire
aboutir par un changement
(à) 26719, 28758; t. del
champ 462, chasser (faire
retourner); — intr., tourner
12249, se rebrousser (en parlant du tranchant d'une
lance) 21150, se diriger
(vers) 2209, 4222, 27470
(torné a port), 27551 (a queus
porz il tornerent), combattre
à cheval 18865, 18930, retourner, revenir 17973,
18760, 21539, 25785,
27997, 28151, s'en retourner 15595, 17911, 23578,
26005, 29330 (cf. t. ariere
22877), retourner (pour com-

battre) 14135, 24079 (cf.
t. ariere en la bataille 16207);
t. del champ 10960, t. ariere
15994, quitter le champ de
bataille; faire t.. écarter
10168; f. t., del champ
10960, mettre en fuite; t.
délivrer 28227, revenir pour
délivrer (cf. le prov. ancien
et la plupart des patois du
Midi); t. a (indiquant un
effet produit, avec idée acces-
soire de changement), aboutir
à: personn¹ 1103, 7764,
10555, 13259, 18269 (t. a
desconfiture 8049, prendre
la fuite en désordre), avec n.
de chose pour sujet 17717,
21948, 25743, 26964;
impers¹ 1046, 1051, 1478,
2218, etc.; — réfl., se retourner (sur son lit) 10279; t.
s'en 4790, 6196, 6326,
7051, etc., s'en retourner. —
Ipf. 6 tornoënt 18269; pf. 5
tornastes 14187; ft. 3 torra
19520, 25743, 5 tornereiz
12873, 6 torront 22948;
cd. 3 torreit 1051 et torne-
reit 18440; sbj. 1 torge
1390, 3 tort 2338, 5736,
7764, 9962, 13259, 18318,
21955, 22454, 22518, et
torge 19947, 6 torgent 8572,
18231; ipf. 3 tornast 1103,
7051, 17717, 22468, 5
-isseiz 13759, 6 -assent
15731, 18556.

Tornisseiz, torra, -eit, -ont, v.
torner.

Tort¹ 2982, 3464, etc., s. torz
4790, 6173, 6176, etc., n.
m., tort, injure (en acte);
mener a t. 26930, 26990,
traiter injustement; n'a t. n'a
dreit 29969; parler en t. e
en travers 19710, parler à t.
et à travers.

Tort², v. torner.

Tortfait 3414, r. pl. torzfaiz
24521, injure (en acte), outrage.

[Tose], pl. es 15848, petite fille.

Tosel 23895, s. -eaus 8830,
24217, 29780, jeune
homme.

Tost, tót, bientót, sans retard;

rapidement 4214, 4471, 22777, 24019, si t. come 1746, 6979, 12430, 14841, 22105, 22837, 24286, 25308, aussitot que; autresi t. c. 23012, m. s.; si t. n'en fu Pirrus alé come 29633, *Pyrrhus ne fut pas plus tôt parti que* ; com plus t. porent 21629, *le plus tôt qu'ils purent.*

Tot', *s.* toz, *s. pl.* tuit, *adj. indéfini*, tout; par tot 5046, 12451, 12673, 18268, 29718, 29754, *partout*; del tot 752, 2014, 4743, 5031, 5971, etc., *en tout, entièrement, avec négation* 9786, 9914, 10104, etc., *pas du tout*; o tot, *v.* o; — *au sens de* « *tout à fait, entièrement* », là où le français moderne emploierait tout *invariable*, 2104, 5381, 6823, 8034 (tote sa teste armee), 9974, 10090, 10067, 10711, 11219, 11248, 11558, 14961, 22711; tuit li plusor 12198, etc., *la grande majorité ;avec le superlatif*, toz les plus lons 20866, *tout à fait les plus longs :cf.* 6842, 9988, 10821, 17340; *de même* tuit li premier 26210; toz li premiers qui i vendreit 3338, 3434; — *adv* 611, 1540, 1575, 1579, 2137, 2324, etc., *tout à fait, entièrement*; tot entier 22399; avec une nég. 26470, *nulle-ment, pas du tout.*

Tot', *v.* taire.

Toudison *(ms. G, addit. après 1299, v. 14), n. f., enlève-ment* (t. du mouton).

Traeiz 14361, *action de tirer, de lancer des traits.*

Traerece 7421, 9551, 15956, *action de tirer de l'arc, pluie de traits.*

Trai, traiant, -anz, *v.* traire.

Traïn 14027, 17121, 20861, 20919, 28614, *v. pl.* traïns 20556, *action de traîner (à terre).*

Traïner 28370, 28393, *traî-ner sur la claie; — intr.* 7212, 18336, 14278, *traîner à terre. — Pr. 3* traïne 13336, 14278, 21449, 6 -ent 7212; *pf. 5* traïnastes 21479, 6 -erent 24457.

Traïr, *trahir ; — réfl.* 22137, *causer sa perte. — Ipf. 3* traïs-seit 27699; *pf. 3* traïst 650, 22137, 28784; *cd. 6* traï-reient 24762; *sbj. 6* traïs-sent 24679; *p. p.* traï 24688, 25556, *s.* traïz 2673, 22188, 22233, 26102, 27198, 28896, *f.* traie 24694.

Traire 910, 1364, 2242, 3644, etc., *v. tr., tirer, traîner*; tirer (une flèche) 24658; met-tre à la mer 960, attirer 1576, amener 10252, enle-ver 16179, extraire 2991, arracher 1733, 1953 (cf. t. fors 8364), tirer, étendre (la voile) 3348, prononcer (un discours) 6454, 10530; t. sus (*v.* sus); t. a chief (*v.* chief); t. a mort 19621, mettre à mort; t. ensemble 7169, 12292, réunir ; endurer, éprouver 293, 5223, 11985, 13054, 13866, 14610, 14794, 19435, 26838, 28376, 28426; t. male fin 12848, faire une mauvaise fin; — *intr., absol*, tracer des sillons 1364, tirer de l'arc 7466, 7550, 9068, 9081, etc.; t. a, tirer sur 9553, 10067, 12421, etc., aboutir à 5778, 22539, 28308; t. a chief (*v.* chief); faire t. ariere (*v.* ariere), f. t. en sus (*v.* sus); — *réfl.*, se di-riger (vers), s'élancer 8991, 9131, 9823, 11333, 12016, 12166, 13951, etc.; t. sei ariere 7371, 11603, 11803, etc., t. sei en sus 11617, 14511, sus 12419, se reti-rer, reculer; t. sei a 13040, 16017, s'approcher de, abor-der (qqⁿ), t. sei près de 7977, 11632, 29859; — traircl (= traire le) 8552. — *Pr. 1* trai 11608, 15142, *3* trait 7466, 9081, 9553, etc., 6 traient 2199, 3348, 5978, 5979, 9549, 9587, etc.; *ipf.*

3 trait *16220*, *29859*, 6
-cient *7905* ; *pf.* 3 traist *1576*,
1953, *5223*, *5338*, etc., 5
traisistes *11863*, 6 traistrent
293, *4595*, *6825*, *7163*,
etc. ; *ft.* 2 trairas *1733*, 3 -a
7967, 5 -eiz *11603*, *14166*.
22809, 6 -ont *6684* ; *cd.* 3
traireit *22425*, 6 -cient
20345 ; *sbj.* 1 traie *14167*,
3 traie *12428*, *14580*,
20102, *25737*, *26203*,
28315, 6 traient *11972*,
22979, *25139* ; *ipf.* 1 traisisse *3910*, *13811*, 3 -ist
8331, *12375*, *14163*, 6
-issent *27918* ; *impér.* 4
traions *24897* ; *p. pr. -adj.*
traiant, *s.* -anz (cheval mal
traiant *21278*, *difficile à gouverner*, *ardent* ; ars bien
traianz *18749*, *arc qui tire
bien*) ; *p. p.* trait (*au v.* *7169*,
ensemble sont serré e trait,
il faut p.-ê. lire serré estreit ;
cf. v. *23555*), *s.* traiz *8801*,
9257, *15871*, *16481*,
19997, *25732*, *25940*, *f.*
traite *2430*, *9616*, etc., *pl.*
-es *5056*.
Trairel, *v.* traire.
Traisisse, -ist, -istes, traist,
traistrent, *v.* traire.
Traïson *19016*, *21849*, *21948*,
etc., *r. pl.* -ons *14730*,
26874, *trahison*.
Traïssent, traïst, *v.* traïr.
Trait¹, *action de tirer, portée
du trait* *8765* (al meins le t.
a un archier aveit granz tors,
*il y avait des tours d'une hau-
teur au moins égale à une
portée de trait*).
Trait², *v.* traire.
Traitié, *r. pl.* -iez *9*, traité *9*.
l'ouvrage de Dictys *648*.
Traitier *23299*, *24895*, *traiter (une affaire)* *24895*,
25242 ; — *intr.*, t. de, *traiter
de* *14900*, *23299*, *parler de*
18155 ; t. sor *23274*, *parler
de* ; après parlerent e traitierent coment il fussent
bienveillant *25346*, *ensuite
ils examinèrent comment ils
pourraient se montrer bien-
veillants*. — *Pr.* 3 traite

14900 ; *pf.* 6 traitierent
25242 ; *p. p.* traitié *18155*,
f. -iee *19883*, *26483*.
[Traitif], *r. pl.* -is *23986*
(chevaux mal traitis, *chevaux difficiles à manier*).
Traitiz *5499*, *5562*, *f. pl.*
-iees *5414*, *allongé, délié*.
Traïtor *651*, *21846*, *r. pl.*
-ors *26025*, *26087*, *26166*,
26528, *traître*.
Trameïs, -cisse, *v.* trametre.
Trametre *27758*, *v. tr., trans-
mettre, envoyer* ; *avec l'inf.*
30126, *envoyer pour* ; —
intr., t. por *1212*, *25967*,
28270, *envoyer prendre,
mander*. — *Pr.* 3 tramet
28270 ; *ipf.* 3 trameteit
4304 ; *pf.* 1 tramis *6349*,
10336, 2 -eïs *20753*, 3 -ist
1212, *4032*, *8024*, *14577*,
19417, *29117*, 6 -istrent
5877, *10310*, *27403*,
29474 ; *ft.* 6 trametront
25967, *25975* ; *sbj. ipf.* 1
trameïsse *20410* ; *p. p.* tramis *2019*, *2868*, *3201*, etc.
Tramis, -ist, -istrent, *v.* trametre.
Transe, *n. f., traversée* : par
mi la t. de la mer *978*, *à
travers la vaste mer*.
[Transfigurer], *métamorphoser*.
— *Ipf.* 3 transfigurot *29976*.
Transglotir *27588*, *engloutir*.
*Transie (serai) (ms. G, addi-
tion à *4365*, v. 30), *p. p. de*
transir, *serai passée*.
[Translater], *traduire*. — *Pf.* 3
translata *120*.
Travail¹, *s.* -auz *28782*, *peine
qu'on prend* *4011*, *10176*,
12114, *18420*, *23708*,
26034, *26787*, *27598*,
souffrance morale *22834*,
28782, *ennui* *20781*, *embarras* *11166*, *travail, entreprise* *1960*.
Travail², *v.* travaillier.
Travaille *292*, *10189*, *n. f.,
peine qu'on se donne, efforts*.
Travaillier, *v. tr., fatiguer
8155, *13043*, *tourmenter*
19432 ; — *intr.* *10528* *travailler, prendre de la peine* ; —
réfl., faire effort, se fatiguer

1344, 10479; t. sei en (inf.)
33, se donner la peine de; t.
sci com (sbj.) 18667, 25369,
s'efforcer de. — Pr. 1 travail 25369, [3 'travaille
(que te t.?) (var. de G à
21853-6, v. 17), que t'importe?]; cd. 5 travaillerïez
1344; sbj. 1 travail 13598;
p. p. -adj. travaillié 10964,
10972, 19311, 25052, s.
-iez 29814, f. -iee 8155,
fatigué, -ée.
Travaillos 5146, *qui ne plaint
pas sa peine.*
Travers; en t., *en traversant,
en pénétrant (en parlant d'un
coup, d'une blessure)* 2571,
10915, 19011, 24313;
Castor a pris bien en t.
2577, *il a atteint C. bien en
plein* (cf. 8605, Menesteon
fiert al t.); parler en tort e en
t. 19710, *p. à tort et à t.;* —
a. t. 9693, *en traversant les
rangs;* — se t. dci entrast
plus enz 10089, *si elle avait
pénétré d'un travers de doigt
plus avant.*
Tré, *v.* tref.
Trebuchier, *v. intr., trébucher,
tomber;* faire t. 310, 18613,
19292; — *tr.,* trebuchier
3632, 6047, 8406, 9958,
11210, 11475, etc., *faire
tomber, renverser;* — subst¹
23636. — P. p. trebuchié,
s. -iez, f. -iee, *tombé; ruiné
(en parlant d'une ville).* Voy.
refaire.
Treceor 1243, *bandeau de tête
tressé.*
[Trecier], *tresser.* — P. p. f. pl.
treciees: chaeines de fil d'or
menu tr. 14898, *chaines
tressées en fil d'or fin.*
Tref 908 (r.), 916 (r.), 6495,
7593, 13846 (r.), 18889,
21052, 27593, tré 12480,
19301, s. tres 311, 2180,
4470, 5102, 12446, 13832,
19030, *n. m., tente,* mât 916
(avec sigle), 2180 (avec veiles) (cf. aient sus treit ancres
e tres 4470), *vergue* 908,
27593 et 29092 (avec mast).
Trei, *v.* treis.

Treis 2752 (r.), 2971, 4820,
6323, 6468, etc., s. trei
4512 (r.), 6783 (r.), 7779,
11570, 13424 (r.), 14710
(r.). 17340, 18980, 19079,
19450 (r.), 21386 (r.),
29491, f. s. et r. treis 2305,
2931, 3877, etc., *adj. num.
card., trois;* — treis e treis
(rég.) 2752 (r.), trei e trei
(suj.) 4512 (r.), *trois par
trois;* — les cinc vaslet, les
treis meschines 2931, *dont
cinq garçons et trois filles;* —
neutre (devant mile = milia)
s. et r., trei mile 2359,
4176, 7162, 7269, 7552,
7781, 7796, 8186, 8232,
8367, 8398, 8527, 8704,
etc. (cf. dou mile).
Trembler, *v. intr., trembler*
14134, *(en parlant de la terre)* 8076, 9488, 12536, etc.,
(en parlant du ciel) 8327, tr.
de peur 4540, 20553,
26473; — *tr.* 1919, *faire
vibrer* (ses escherdes herice e
tremble).
Trenchant, -anz, *v.* trenchier.
Trenchiee, pl. -iees 7685, 7734,
13062, *fossé (distinct de fossé* 7685 *et* 13062); t. del
fossé 7852, 16102, (au pl.
18670, 23546); t. d'un f.
16102.
Trenchier, *trancher, tailler (des
rochers),* t. en pièces; — *intr.,
être bien tranchant* 2578. —
Sbj. 3 trenst 20544, 24689,
29684 (nous avons écrit à tort
trenche aux deux premiers
passages; voy. les variantes);
— p. pr. -adj. trenchant 452,
1842, 2525, etc., s. -anz
7189, 8846, 12013, 13925,
etc., f. -ant 6780, 7172, 7252,
etc., pl. 7403, 15392,
17303, etc., *tranchant, qui
coupe bien.*
Trenst, *v.* trenchier.
Trente 1150, 2959, 5613,
5639, etc., *adj. num. card.;*
t. e dous 5657, 23143, *trente-
deux;* t. e set 5633 (mais t.
set 27633, 29146, *quatre
cent e t. set* 25786, *trente
sis* 2539); t. mile 18290,

T. V. 20

19483, 22623, 24162; t. miliers *12180.*

Trepei, *agitation, mêlée confuse* *8553, 21513, bruit des chevaux lancés 15622.*

Trepeil *19342, 24014,* s. -eiz *7402, 15665, mêlée confuse; action de fouler aux pieds des chevaux 15665, 19342.*

Trepeïz *18509, trépidation, ébranlement.*

Tres¹, v. tref.

Tres², *adv., tout à fait, exactement*: tres par mi *1902,8344, 9101, 9139, 9910, 10856, 12185, 12211, 14009, 17136, 18570, 22696, 23927,* t. en mi *22665, juste au milieu de*; t. par devant *10090,* t. de devant *15532, 16449,* t. desus *27472,* t. desoz *3870*: t. par matin *7765, 17085, de très grand matin; — servant à fortifier un adj. ou un adv., et dans ce cas souvent précédé (ou suivi) d'un autre adv. de quantité :* li plus t. sages *896* ; la t. plus bele rien *4337 (cf. 8029)*; si doloros e si t. fier *21349,* ensi t. bel e si t. bien *6225,* si t. morteus anemis *28675, 29890,* si t. fort *3810,*si t. neir *6865,* si t. merveillose *22409,* si t. durement *11382,* si t. menuement *7893* ; mout t. mortelment *27687*; — *prép.,* tres *15815* et de tres *7200, derrière.*

[Treschier], *v. intr., danser. —* Pr. *3* tresche *14713*; *pf. 6* treschierent *29169.*

Tresgeteïz *14650, 23049, ciselé.*

[Tresgeter], *ciseler, sculpter.* — Pf. *3* tresgeta *14745, 6* -crent *22436*; p. p. tresgeté *14671, 14818, 14822,* s. -ez *14760,* f. pl. -ees *6267, 16662.*

[Tresgiet], s. -iez *390, n. m., œuvre magique.*

[Treslancier] sei en, *s'élancer à travers. —* Pr. *3* treslance *21103.*

Tresliz, *à triple fil* : haubercᵗ.

8896, 23989, haubert dont les mailles sont à triple fil.

Tresor -s *16784, 23037, 25137, 25155, 25478, 26725, 27140, 27564, 28726, trésor.*

Trespasser,*v. tr.,passer 15318, 18475, traverser 6485, 13012, 23376, 28339, 30019, dépasser 8069, 29833, transgresser 1912, violer (sa parole) 4084, éviter 18818, 28738; — intr., passer 6659, 12457, 28716, faire défaut 14517, disparaitre 13052, passer, s'écouler (en parlant du temps) 3574, 4230, 6259, 6632, etc.;* trespasscrai de ceste vie *18706,* quant d'icest siegle crt trespassant *10378*; siegle trespassé, v. siegle. — Ipf.* trespassot *29833; ft. 5* trespassereiz *15318; sbj. 1* trespas *4084, 6654; ipf. 3* trespassast *980, 14032, 15198, 20060, 6* -assent *24784; p. p.* trespassé *4230, 16161, 24113,* etc., *f.* -ee *13052, 16575, 25185,* etc.; *fu* trespassez de vie *29187,* trépassa.

Trespensé *28158, p. p. -adj., préoccupé, soucieux.*

Trespercier, *v. tr., transpercer, traverser en perçant (la ligne de bataille). — Pr. 3* tresperce *10654, 22772, 6* -ent *23867; sbj. 3* tresperst *12137, 6* -ercent *21345.*

Tesperst, *v.* trespercier.

[Tressaillir], *v. intr., bondir 1589,* palpiter *1464, passer d'une affection à une autre 20286. — Pr. 3* tressaut *1464, 1589, 26473; sbj. ipf. 3* tressaillist *20286.*

[Tressuër], *v. intr., avoir des sueurs d'angoisse*; t. de mautalent *15550, avoir des sueurs provoquées par la colère. — Pr. 3* tressue *1947, 15012, 15550.*

[Trestorner], *v. tr., changer la direction de 11898, modifier 12444, 25496. — P. p.* trestorné *12445,* s. -ez *25496,* f. -ee *11898.*

Trestot, s. -toz, s. pl. -tuit 2205, 2759, etc..f. tote, adj ,absolument tout; — pron., par t. 12412, absolument partout 19203, 23198, 26141; — adv. 704, 15226, 19572, 21568, 23778, 27868, tout à fait.

[Trestrembler], v. intr., trembler violemment. — Pr. 3 trestremble 29378.

Trestuit, v. trestot.

[Treü], s. treüz 25947, 26851, contribution de guerre.

[Trezain], s. -ains 23268, f. -aine 19375, adj. num. ord., treizième.

Treze 20977, 23285, 27124, adj. num. card., treize.

[Trezime], s. -es 8121, f. -e 8231, 19206, adj. num. ord., treizième.

Tribler 16724, broyer.

[Tribol], r. pl. -ous, n. m., trouble, bouleversement.

*Tribolé, var de FN à reversé 89 (GL' triboulé), bouleversé.

Trich, v. trichier.

Tricheor 5207, s. trichiere 26709, trompeur.

[Tricheresse], pl. f. -esses 20669, 26913, trompeuse.

Tricherie 10398, 13630, 20261, 25062, 26274, 27077, tromperie, fausseté.

[Trichier], v. tr., tromper 20676; — intr. 566; t. a 20243; — réfl. 17660. — Pr. 1 trich 17660.

*Trie (var. de G à 15733-16382, v. 16), v. tr., pr. 3 de trièr, disperser.

Trieve (toujours en rime avec grieve) 12955, 16619, 20164, 21066, 24271, trève. Cf. triuë.

[Triomphe], s. -es 27037, supériorité sur tous.

Trist 1120, 14554, 17761, 22633, s. triz 13528, 20306, triste.

Triste 19100, 27190, s. -es 4788, f. -e 22439; tristes pensanz 5260, soucieux, qui a des idées tristes.

Tristece 10352, 13262, 13469,

16028, 19136, 20300, 23500, tristesse.

*Tristour (var. de G à 23037-126, v. 6), n. f., tristesse.

Triue (passim), trève. Cf. trieve.

Triz, v. trist.

[Troble], s. -es 20312, adj., troublé (au moral).

[Trobler], troubler 17320; — intr., être troublé, se troubler (en parlant de la vue) 22273. — Ipf. 3 troblot 22273; p. p. troblé 17320.

Troine 6816, 7928, voute du ciel.

Trois 5112 (blois :), n. m. (ordin' « morceau ») : cheveus aveient lons e blois sor les espaules par granz t. 5112, ils avaient les cheveux longs et blonds, étalés sur les épaules. Cf. tros.

[Tronc], s. trons 5240, tronc (d'arbre).

[Tronçon], r. pl. -ons 18952, 19003, 20555, 24010, tronçon (de lance).

[Tronçoner], v. intr., se briser en morceaux (en parlant du bois d'une lance). — Pr. 3 tronçone 23914, 24295.

Trop, adv., beaucoup 422, 438, 1174, 1216, 1241, etc., trop 270, 3460, 3462, 6008, 18278, 18310, 23108, 25706, 29481 (dans une prop. négative 27, 28, 2988, 3372).

Tropel 9617, 15689, 20535, 23840, s. -eaus 7194, 15815, troupe, groupe de combattants : joule 7194 (morir a tropeaus).

Tros 8454, 8874 (r.), 15844, 17120, 18686, 18702, 19125, 24302, tronçon (de lance).

Trosser 13330, empaqueter. — P. p. r. pl. trossez : d'avoir e de prisons t. 4534, chargés de butin (en paquets) et embarrassés de prisonniers.

[Troveor]. s. -ere 5192 (r.), trouveur (de sonez ert bons trovere).

Trover 3603, 4180, etc., trou-

ver; trouver dans sa source
35, 72, 81, 141, 198, 730,
763, 1644, 2054, 2838,
etc., prendre sur le fait 1499,
24661, constater 1501; ço
qu'Antenor a trové o ceus
de Grece 25012, *les condi-*
tions que les Grecs ont faites
à Anténor; — réfl. 14277, se
trouver par hasard; — récipr.
24283, se rencontrer. — Pr.
1 truis *35, 72, 81, 141,*
198, 730, 763, etc., 3 true-
vé *591*(r.)*,636,7512,9168,*
11250, 13487, 14277,
14461, etc., 4 trovons
16820, 23306, 24268,
26351, trovon *21617* (r.)*,*
22302 (r.)*, 6* truevent
2993,7095,27649,29736;
ipf. 3 trovot *3083, 5480;*
pf. 1 trovai *3606, 26645, 3*
-a 119,4627, 6 -erent *3378,*
29301; ft. troverai, *etc., 5*
-eiz 12189, 17823, 20376,
21986; cd. trovereie, *etc.;*
sbj. 1 truisse *22084, 29698,*
3 truisse *6253, 11076,* truist
13439, 28766, 6 truissent
2316; ipf. 3 trovast *5168,*
23390, 27422, 6 -assent
3182, 20582, trovissant
4549 (r.)*; p. p.* trové, *etc.*
Troveüre *4439, trouvaille,*
bonne occasion.
Trovissant, *v.* trover.
Trueve, -ent, truis, truisse,
-ent, truist, *v.* trover.
Tueison *16147, tuerie, carnage.*
Tuëlet *16777, tuyau.*
Tuen, tuens, *v.* ton.
[Tuër], *v. tr.,* tuer *13387,*
22137, blesser grièvement
16281 (joint à ocire *7534,*
9165, 16141, 22778). —
Pr. 3 tue *7534, 9165,*
13387, 16141, 22778; pf.
3 tua *22137; p. p.* tüé
16281, 27729, s. tüez
27717.
Tuert, *v.* tordre.
Tul, tun, *v.* tei.
Tumiame *13392, f., aromate*
distinct du baume et de l'en-
cens.
[Tunique], *pl.* -es *26935, n.f.*
pl., vêtements sacerdotaux.

Ueil *1693, 5521, 10588,*
10803, 11752, 12365,
15556, 16938, 17577,
19373, 20316, 20437,
20656, 26518, 28691,
29379, s. -ieuz *519, 1745,*
etc., œil.
Uelent, *v.* oleir.
Ues, *besoin, utilité, commodité,*
intérêt; bien t'est ues *1351,*
cela t'est bien nécessaire;
ensi a ues e mestier *24896;*
avront ues *6396, seront*
nécessaires; uevre a noz ues
trop damajose *17898, entre-*
prise très préjudiciable à nos
intérêts (cf. plait a lor ues
trop vergondos 25752); a
son ues, *pour soi 18026,*
23043, pour son utilité
3043 (cf. a lor ues *28188).*
à leur profit.
Ueut, *v.* oleir.
Uevre, *n. f., œuvre, travail;* oc-
cupation 3185, chose, acte
25209, 27749, 30235,
30239, 30287 (com faite-
ment l'uevre ert alee)*, en-*
treprise 2069, 2825, 2827,
2839, etc., 19616, 21330,
24686, 24730, 24769,
24891, 26113, 27690,
29813, bataille, mêlée
24168,24189,affaire 2131,
18110, 22450, 25287,
26681, 29242, démêlés
29141, façon 41, procédé,
art (de l'uevre Saragoceise
18631, taillié de l'u.)* Salemon*
1818, de la plus riche u. que
fust *16731; cf. 3077);*
uevres levees, *sculptures en*
relief 3109, 16538, monu-
ment 22409, 22434, 22475,
22491, fait 2831, 24403,
25592 (mostrer u. de sem-
blance *10531, citer des*
exemples). — N. propre.
l'Uevre *26340, la source de*
Benoit.
Ui, uis, *v.* hui, huis.
Uile *6627, n.f., huile.*
Uit *1292, 2866, 2930, 4870,*
5072, 8100, 11796, 12287,
14719, 19692, 20866,
21547, 23217, adj. num.
ord., huit.

[Uitain], *f.* -aine *8261* (dis e uitaine), *adj. num. ord., huitième.*

[Uitme], *s.* uitmes *8007* (l'), *8113* (li), *adj. num ord., huitième.*

Ullague (*s. pl.*) *28916*, *pirates.*

[Ullement], *r. pl.* -enz *21738*, *23063*, *hurlement.*

[Uller], *v. intr., hurler. — Pr.* 6 ullent *16749.*

Ullerece *16572*, *hurlements.*

[Umeliěr] sci, *v. réfl., se prosterner pour adorer; donner des marques de respect 25853, 27498. — Pr. 3* umelie *5816*, *5970*, *10622*, *25853*, *26247*, *27498*, *29390.*

Un, *s.* uns, *adj. num. card. et indéf.,* un; un seul *3674*, *7152*, *etc.,* un même *5109*, *5110*, *6723*, *7741, etc.; d'un grant, d'un gros 16666, de grandeur et de grosseur égale (cf. 16672); avec négation 25901, 26079, 27875, pas un seul, pas même un seul; — pronom: neutre,* un : venir a un *9485, 16728, former un tout, se réunir;* tote lor uevre fust mais a un *23831*, tot fust a un *26991*; une *(au sens neutre) 3479, une seule et même chose; — masc.,* sereiz tuit un *22003, vous ne fere₹ qu'un;* metre a un *9335, réunir;* morir a un *25096, mourir jusqu'au dernier;* un a un *26251*, uns e uns *(pl.) 5098, un à un;* les vit uns e uns *5098,* les vit isolément : — *adj. pl. (au sens partitif ou indéterminé) 1564* (d'unes bestes), *5497*, *5500*, *5712*, *6228, 7397, 7918, 13397, 14212, 14899, 23426, 24707, 24708, 28828, 29261; — avec l'art. (pr. indéfini), s. sg.* li uns *(avec élision,* l'uns *266, 4238, 8107, 8130, 8215, 9013, 9057, 9887, 9888, 10684, 10691, 11371, 11759, 12155, 12159, 12520, 12522, 13258, 13300, 13304,*

14164, *14659*, *27112*, *27319*, *27611*, *27617*, *27851*, *29309*, *29891*, *29892), r.* l'un, *s. pl.* li un *(jamais d'élision), r.* les uns ; — *avec l'art. et un nom,* greignor l'une meitié *23023-4, de moitié plus grande ;* a l'un ueil plore *13442, elle pleure d'un œil;* de l'une part *(non opposé à* de l'autre) *3041, à part.*

Us¹ *4876, 23327, 28856, usage, coutume;* lor est sovent en us de *(impers¹) 24278,* ils ont sovent coutume de.

Us² *15496, porte.*

Usage, coutume: solonc l'usage qu'il teneient *7862, selon la coutume de leur pays (cf. 10382).*

User, *v. tr. et intr. — P. p. adj.,* usé : estoire usee *129, histoire rebattue ;* usé de *14606, 18476, expérimenté dans, qui se connaît en.*

[Utage], *r. pl.* -es *925, 27595, n. f., itague (espèce de cordage de vaisseau).*

Va, *v.* aler.

[Vache], *pl.* -es *26946.*

Vaillance *21728, valeur, mérite.*

Vaillant *77, 455, etc., s.* -anz *2449, 3502, 5259, 28598, etc., f. s.* -ant *701, 23981* et -anz *2929, r. s.* -ant *30209, habile 4133, pl.* -anz *23335, 23351, p. pr.* -*adj., qui a de la valeur ou du mérite* (la reïne al cors v. *20748), brave 455, 3847, 4140, etc., utile 27392, important 28327* (cité v.), *28598* (nes vaillanz); *pris subs¹ 10210, 10377, 16827, 17340, 22515, 24276, 24529, 28489* (de toz v. *10210,* sor toz v. *18262). Voy. à* valeir.

Vain, *léger 13864, prêt à défaillir, très faible 16406, 16463, 18084, 22839; —* en v. *5542.*

Vair¹ -s. *adj. :* ieuz vairs *5175, 5469, 5549, 17557, 30011, yeux de couleur changeante*

ou pétillants; pelice *vaire*
1619, pélisse de vair; *v.*
vair².

Vair² *26892* (ne v. ne gris), *n.
m., fourrure de l'écureuil du
Nord, grise et blanche.*

Vais, vait, *v.* aler.

Vaissel *2780, 22463, 22470,
23041, s.* -eaus *12940,
16769, 16780, vase; urne
funéraire 22463, 22470,
29556, tombeau 23041.*

Vaissele *10117, 18901,* vais-
selle.

Val *1420, 18513, r. pl.* vaus
*3868, 17483, n. m., vallon,
vallée, fossé profond (dans
des fortifications) 17483;* —
a val *12355, 13997, 18713,
en bas;* — d'a val *24466, par
en bas;* contre val *2528,
6025, 11365, 21505, en
bas;* – a val *avec le cas rég.
(ellipse de* de). *loc. prépos.,* a
val le vis *16370, 22638,
26104, 29394,* — le menton
2704, — la face *24670.*

Valee *2428, vallée.*

Valeir *10492, 20793, 25431,
v. tr., valoir; défendre vaillamment 12906:* — ço que me
vaut? *18067, mais* ço quev.?
21105; que li v.? (imperst)
3803, à quoicelà me (lui) sert-
il? rien ne li v. (imperst)
*10060, 21440, 26160, celà
ne lui sert de rien;* n'i vaut
(pour n'i v. rien) *21343;* ne
te v. *25643;* ne sai iço que
vaut *18371, je ne sais ce que
celà signifie.* — *Pr. 1* vail
18419, 3 vaut *3803, 6123,
6695, 8619, 9021, etc., 6*
valent *11519, 17584,
23412;* ipf. *3* valeit *7888,
10928, 14664, 14864,
19176, 20472, 25779,
29727, 6-*eient *8307,
11577, 14615, 17400,
26856, 28781;* pf. *3* valut
*30299, 6-*urent *25917;*
ft. *3* vaudra; cd. *3* vaudreit;
sbj. *3* vaille *5362 (r.), 10480
(r.), 11261 (r.), 11331 (r.),
12182 (r.), 12906 (r.),
15434 (r.), 16919 (r.),
19909 (r.), 21253, 25428*

(r.), *6* vaillent *22546;* ipf. *3*
vausist *1853, 23982, 26520,
29307;* p. pr. vaillant: *pris
isolément (comme gérondif)
devant (ou après) un adj. numéral accompagné d'un nom
indiquant la valeur, e* de
rentes... plus de vaillant set
mile mars *3161-2, et plus
de sept mille marcs de rente;*
dis mile mars i a v. *27841;*
— *mais* valissant *(forme analogique d'après saillir), avec
l'article, est tout à fait employé comme un nom:* le v.
d'une chastaigne *(dans proposition négative) 16900, la valeur d'une châtaigne, rien du
tout;* le v. d'un sol denier
*28556. Voy. Ad. Tobler,
Vermischte Beiträge zur
französischen Grammatik,
5e série, 5.*

Valeton (add. de G *après
22589, v.* 8), *tout jeune
homme.*

Valissant, *v.* valeir.

Valor *2609, 3739, 5189,
5569, etc., pl.* -ors *26369,
valeur, mérite, vaillance
10686, 11874, 16825, etc.,
force 16979, 17889.*

Vantance: faire v. *de 26706,
faire étalage.*

Vanteor, *n. m., vantard.*

Vanter sei *14060, 20408,
26742, 26994, v. réfl., se
vanter.*

Vanterie *10510, vantardise.*

Vas¹ *25264, tombeau.*

Vas², *v.* aler.

Vaslet *2628, 14290, 22565,
24676, s.* -ez *2931, 6248,
6279, 8485, 11700, 27319,
etc., jeune noble, serviteur
noble.*

Vassal, *s.* -aus *500, 2228, etc.,
brave, courageux;* — *subst
512, 1074, 1313, 2031,
2614, etc., guerrier, chevalier ou homme noble (terme
générique).*

Vassaument *8698, 9244,
11288, 14264, 15827,
18874, 19050, 20065,
20986, courageusement.*

Vasselage *830, 7438, 18043,*

*20855, courage, vaillance;
acte de courage 7696,17146.*
*Vauge, -ent (*var. de M² à 12182,
12906, 22546*), *v.* valcir.
Vausist, *v.* valcir.
Vavassor *1008, 1199, 5008,
6050,16326,(propr¹: arrière vassal), noble de rang inférieur. Cf. v. de basse main
6772.*
Veant, *v.* vecir.
Veeir *869, 1196, etc., voir; —
réfl. 14687; avec un part.
au cas sujet, se veit saisiz
26308 (cf. 17793); — ré-
cipr.,* gent qu'onc ne s'erent
veü *13553; — subst 4355,
entrevue. — Pr. 1* vei *883,
4723, 6594, etc.,* 2 veiz
*15573, 15575, 21862,
21867,* 3 veit *2693, 3553,
etc.,* 4 veons *4438, 10617,*
5 veez *9629, 22198,* 6
veient *1581, 2416,etc.; ipf.*
2 vecies *8378,* 3 veeit *106,
14571, 14687, 28664,*
5 veiez *26684,* 6 veeient
*4570, 4653, 4656, 14545,
14558, 18188; pf. 1* vi
*1785,3874,16891,17640,
25098, 26076, 29841,
30059,* 3 vit *56, 1492, etc.,*
5 veïstes *3948, 8233, etc.,*
6 virent *2384, 2522, etc.,
ft.* verrai, *etc.* 5 verreiz
*3032, 4751, 6397, 6399.
etc.; cd.* verreie, *etc.; sbj. 1*
veie *3339, 17793, 30051,*
2 veies *1726,* 3 veie *11590,
13451, 14344, 14931,
20215, 21093, 22433,
24702, 29235,* 4 veons
16451, 5 veez *19938,
20380,6* veient *7619,7783,
19008, 27884; ipf. 1*
veïsse *25116, 29458,* 3 veïst
2767,7244, 10208, etc., 5
veïsseiz *2438, 2659, etc.,* 6
veïssent, veïssant *4550 (r.);
impér.* 2 veiz *21895,* 5 veez
*9362, 12585, 15689,
24039; p. pr.* veant *(dans
une prop. participiale absolue,
toujours invariable et placé
devant le nom (cf.* durant,
pendant), *214* (v. Grezeis),
498 (v.mil Greus),*519*(v. ses

ieuz, *etc. (fréquent); v.* les i.
as citeains *28368*),v. tes ieuz
*1745, etc.; exceptionn¹ après
le nom,* voz ieuz v. *26169,*
ses i. v. *26734,* ines i. v.
29374); p. p. veü *3675,
3961, etc., s.* veüz *118,
1690, etc., f.* veüe *1991,
3747, etc.*
[Veement], *s.* -enz *26953, refus (refus de rendre).*
Veer *14345, v. tr., défendre,
interdire. — Pr. 3* viee *488,
3891,16181, 20845; pf. 3*
vea *28001; sbj. 3* viet *7095,
10871, 15359, 29686.*
Veez, vei, veie, veient, *v.* vecir.
Veie, voie, *chemin;* totes veies
*20185, 29191, 29450,
30226, toutefois;* faire veie
a *7517, 10656, 11682,
24083, faire place à, laisser
libre passage à;* faire la v.
*9262, 9282, se frayer un
chemin;* porter en v. *11379,
jeter à terre;* tenir sa v.
*13116, passer son chemin,
s'éloigner;* t. sa veie a *22163,
se diriger vers;* metre a la v.,
m. sei a la v., *v.* metre.
Veile, voile; o* veiles *29548, à
la voile;* a v. pleine *979,* a
hautes veiles *929, 28459,à
hautes voiles;* v. levees *7094,
7129, 7154, 7223, 7238, à
voiles déployées. Cf.* les v.
dreciees al vent *7076, 7088.*
[Veilier], *v. tr. 4170, mettre à
la mer, mettre à flot; — réfl.
5929, 27310, prendre la
mer. — Pf. 6* veilierent *5929;
p. p.* veilié *27310, f. pl* -ices
4170.
Veigneiz, *v.* venir.
[Veillart], *s.* -arz *6897, vieux.*
Veillier *1492, v. intr., veiller.
— Pr. 3* veille *1369,* 6 -ent
*14792, 17486, 17513; pf.
3* veilla *18141,* 6 -ierent
*1479, 4487, 7628, 16565,
17379, 17386, 27097; ft.
6* veilleront *1489; sbj. ipf. 3*
veillast *1491.*
Veine: v. orguenal *18838 (litt¹
la veine principale), la tra-
chée-artère; — au fig., endroit sensible (?); ja* est to-

chiee de la v. dont les autres
font les forfaiz qu'om a sovent
dize retraiz 15180. Cf. Ovide,
Mét. I, 128, Protinus irrum-
pit venæ pejoris in ævum
Omne nefas, et Eustache
Deschamps, Ballade am. 493
(éd. marquis de Queux de
Saint-Hilaire, III, 318).

Veinquent, v. veintre.

Veint, veintreit, -eiz, -ont, v.
veintre.

Veintre 1455, vaincre; v. un
estor 536, v. une bataille
2231, être vainqueur dans un
combat; v. le champ 18860,
rester maître du champ de
bataille. — Pr. 3 veint 383,
536, 20236, 20862, 4 ven-
cons 2262; pf. 3 venqui 556,
18983, 6 -irent 221; ft. 5
veintreiz 19937, 6 -ont 9669,
23830; cd. 3 veintreit
24351; sbj. 6 veinquent
19028; p. p. vencu 2234,
3132, etc., s. -uz 8923,
16240, etc., f. -ue 2231,
5812, 5896, etc., pl. -ues
7147.

Veir, vrai, véritable; v. est
8997, c'est vrai, il est vrai;
de v. 3152, 3713, 3825,
4371, etc., en vérité, vraiment; por v. 4334, 5404,
6369, 8600, etc., m. s.;
tot por v. 27416; dire v. 51,
4024, 5779, 5872, 7945,
etc., d. la vérité vraie (al v. d.
18891, à vrai dire); puet
estre v. que ensi seit? 25426,
est-il possible qu'il en soit
ainsi? — adv. 21729, vraiment (ironiquement).

Veire¹ 28229, n. f., vérité.

Veire², adv., voire, et même
5315, vraiment (ironique-
ment) 11825, 17659, 17720.

Veirement 11, 2291, etc.,
vraiment.

Veisdie 5471, 10541, 11827,
28687, finesse, habileté,
astuce.

Veisin 2699, 2925, 2983, etc.,
voisin.

Veiziié 4348, 5475, 20224,
29119, adj., s. -iez 17464,
18160, avisé, rusé.

[Venchier] sei, se venger. —
Sbj. 3 venche 21416 (r.).

Vencons, -u, -ue, -ues, -uz, v.
veintre.

Vendre 12679, vendre; faire
payer cher (sa défaite ou sa
vie) 9173, 21121; v. chierement 7870, v. chier 15866,
17143, 18666, 23538, v.
griefment 28736, v. trop
21127, m. s.; — réfl., se
trahir 13456, 22215; v. sei
chierement 6036, v. sei chier
6546, faire payer cher sa défaite ou sa vie. — Pr. 3 vent
10661, 12781, 17143,
18666, 21127; ipf. 6 ven-
deient 28736; ft. 1 vendrai
15866, 24108, 24227; sbj.
ipf. 3 vendist 28815, 6 -is-
sent 20489; p. p. vendu
20066, s -uz 12037.

Veneison 14971, pl. -ons 6800,
venaison.

[Venele], pl. -es 26071, n. f.,
ruelle.

[Veneor], r. pl. -ors, veneur.

Veneracion 25404, 25673,
25941, n. f., vénération,
marques de respect.

Vengeison 28317, vengeance.

Vengement 2249, 4014, 4067,
4980, 26395, 29612, s. -enz
16396, vengeance.

Vengier 2845, 3778, etc., v.
tr., venger; — réfl. 4959,
6179, 9817, 11619, 20064,
27654, 27916, 29016; subst¹
20112. — Pr. 3 venge 6179
(r.), 24302 (r.), 27916; pf.
3 venja 688, 4 -ames 3414,
6 vengierent 26943; ft. 5
vengereiz 22968; cd. 6 ven-
gereient 24737; sbj. ipf. 3
venjast 2531, 4 vengissons
17004; p. p. vengié, s. -iez
9817, 11619, 12073, 22308,
24521, 27204, f. -iee 2842,
27654.

Vengissons, v. vengier.

Venin 1927, 12847.

Venir, venir, arriver; faire v.
29344; v. a 9490, attaquer;
en v., venir 2134, 18754,
21134, 26937, 29339, s'en
retourner, revenir 409,
21305; estre bien venu

27540; — *réfl.*, v. s'en, *venir*
1309, 2469, 12344, 26865,
28700, 29297, 29763, s'en
retourner 211, 891, 11721,
reculer 9358, 9529 ; — *im-*
pers *11812, 12090, 18325,*
22928,   25790,   26440,
28435 (a grant merveille vos
vendreit *23257, vous admi-*
reriez beaucoup) ; — v. avec
aveir *2739, 5717*; — v. mieuz,
v. pis, *v. mieuz, pis* ; — *subst*
6503, 9221, 10517, 12344,
29711. — Pr. 1 vieng *1315,*
4315, 3 vient *4107, 4311,*
etc., *6* vienent *3879, 8741,*
10202, etc.; ipf. veneie, etc.,
5 iez *19053; pf. 1* ving *1110,*
19585, 2 venis *30175,*
30183, 3 vint *2964, 3346,*
etc., *4* venimes *8570, 25033,*
5 -istes *1335, 13763, 16954.*
6 vindrent *2403, 2436, etc.*;
ft. vendrai, etc., *5* -eiz *1440,*
2293, etc; *cd.* vendreie, etc.,
5 -iez *15311*; *sbj. 1* vienge
13545, 23806, 3 vienge *544,*
1899, etc. (23743 et 24960:
crienge), *5* veigneiz *21981,*
21985 (r.), 6 viengent *8929*;
ipf. 1 venisse *5891, 3* -ist
1996, 4490, 14387, 15671,
etc., *6* -issent *2414, 7735,*
17954,   18998,   25357;
impér. 2 vien *19057, 23007,*
5 venez *19693*; *p. p.* venu, *s.*
-uz, *f.* -ue, *pl.* -ues.
Venja, -ames, ast, *v.* ven-
    gier.
Venjance *2118, 2854, 2917,*
etc., *vengeance.*
Venqueor *20595, 26822, vain-*
    queur.
Venqui, -irent, *v.* veintre.
Vent *3282, 3556, 4213, etc.,*
    s. venz *973, 3567, 4591,*
    4606, etc.
Ventaille *2579, 8551, 9086,*
    9771,   11275,   11548,
    12309,   14074,   14143,
    14530, 15599, 16219,
    18839, 23921, 24241, (dis-
    tinguée du haubert, donc sépa-
    rée 22760), *partie du haubert*
    qui se relevait devant la face
    (*G. Paris*, Orson).
[Venteler], *v. intr.*, s'agiter au

vent. — *Pr. 6* ventelent
21335.
[Venter], *v. intr. 959, 4172,*
13053, 27579, souffler (en
parlant d'un vent); — *tr. 3960*
(e en un feu ars e ventez, (*je*
consens à être condamné pour
cela) et brûlé et mes cendres
jetées au vent); — *impers.*
11983,   11986,   19273,
27900, faire du vent. — Pf. 3
venta *4172, 11983, 11986,*
19273, 6 -erent *27579,*
27900; *p. p. s.* ventez *3960.*
Ventre *5240, 9224, 9513, etc.,*
n. m., ventre; estomac 29290;
souvent considéré comme renfermant l'ensemble des viscères
et désignant par conséquent la
poitrine : mout li tressaut li
cuers el ventre *1464* (à
noter : ventres e piz *24193*);
cf. 12130-1, 12173, 16512,
16759, 21074, 22665 (?),
23607 (?), 24008 (?).
Venu, -uz, -ue, -ues, *v.* venir.
Venue *2057,   6984,   17243,*
23391, arrivée.
Verai *13509, 29626, s.* -ais
20313, 28829, f. -aie *13687,*
vrai, sincère; franc 20313;
verai pardon *29561, pardon*
complet   (indulgence   plé-
nière).
Veraiement, *exactement 1995*,
14887,   17068,   en vérité
19659, 21748.
Verdeiant, -anz, *v.* verdeier.
[Verdeier], *v. intr.*, *verdoyer.*
— *Pr. 3* verdeie *11380*; *p.*
pr. -adj. verdeiant *16671*,
f. pl. -anz *1555, 23456.*
[Vergié]¹, *r. pl.* -iez *3383* :
en uns v. *3383, dans des*
jardins.
[Vergié]², *s.* -iez, *p. p.* -adj.,
vergé : sis heaumes a or v.
11240, son heaume d'or à
rayures ou cannelé.
Vergier *957, 14556, pl.* -iers
2369, jardin.
Vergoigne,   *13195,   19033,*
27077, 27435, n. f., vergo-
gne, honte.
Vergonder *27744, déshonorer.*
Vergondos, *f.* -ose *1309, 1590,*
5287, qui a des mœurs hon-

teuses *5178, déshonorant
13740, 25752, (dans les
exemples au fém.) qui rougit
par pudeur, timide.*
Veritable *13863, franc,sincère.*
Verité 399, 5868, 16407,
18708, 28592, 29593,
29993, *vérité;* de v. 2957,
5704, 5809, *vraiment, en
vérité.*
Veritel *25063, sincère.*
[Veritier], *s.* -iers *5305, sincère.*
Verjant, *n. m., verge :* le v.
d'Amors *17572.*
Vermeil, *s.* -eiz 8066, 8708
(r.), *etc., f.* -eille *5394,
13344, 17607, 20426,
26450, pl.* -eilles *7998,
17160, d'un rouge vif, rougi
(de sanc).*
[Vermeillier], *v. intr., devenir
vermeil. — Pr. 3* vermeille
12806.
Vermeillon *3071, 30008, ver-
millon.*
[Vermine], *pl.* -es : v. serpen-
tines *23185, serpents.*
Verne *27597, n. m., espèce de
gouvernail (en bois de verne?).*
Verniz *7898, 8530, 10836,
15614, 18486, 18530,
20897, 22607, 23602, in-
var., vernis.*
*Verre, ms. G, sommaire spécial
(= lat. *vellerem), n. m., toison.*
[Verriere], *pl.* -es *3136, ouverture garnie d'un vitrail.*
Vers, *prép., vers, envers, à
l'égard de; du côté de, en
provenance de; en comparaison de 18453; combatre
v. 23823, combattre contre;
le vit v. sei 1917, le vit se diriger de son côté;* n'i a hauberc qui ne desmente vers
l'acier *23865-6, il n'y a
pas de haubert qui ne se fusse sous les coups de son épée.*
Versaine *21143, mesure de
longueur variable (propr¹ :
la longueur parcourue par le
laboureur avant de se retourner).*
Verser, *v. tr., renverser 11987,
renverser de cheval 18995;
— intr., se renverser (en par-*

lant d'un cheval) *21159,
être abattu, renversé de cheval 19247 (faire v. 7486,
abattre), tourner, se porter
sur (en parlant du combat)
24242.*
Vert¹ 6606, 7616, *etc., s.* verz
3012, 8410, 9415, *etc., f.*
vert 956, 2184, 12689,
16463, 20918, 24323, *adj.,
vert;* verz gemez, *v.* gemé;
— *subst¹* 7745, 7829, 7878,
etc., couleur verte.
Vert², *v.* vertir.
*Vertax (add. de G après le v.
22589,v. 2 et 5),n. m. r. pl.,
anneaux de fuseau.*
Verté 112, 5176, 10099, *s.*
verté 18231 *et* 21663 *(r.
concluantes),* 23837 *(r.),*
28761 *(r.),* 29719, *mais*
vertez 18917 *(r.),* 28040 *(r.
concl.),*23966 *(r.),*26989 *(r.),*
27641 *(r.), vérité.*
Vertir 7289, 23638, 28121,
*v. intr., se tourner; se diri-
ger* 7289, 28121. — *Pr. 3*
vert 9342; *p. p. s.* vertiz
27123.
Vertu, *invar. au sg., pl.* -uz,
*n. f., vigueur, vertu, force,
efficacité; au pl.,vigueur5144,
courage 28261, propriétés
16678, 16688, miracles
17874, idoles (?) 4268;* de
tel v. 8338, 27582, *si fort ;
de granz v. 9243, vigoureusement;* n'aveir vertu 20963,
être incapable de résister.
Vertuös 288, 5241, 5451,
5492, *etc., énergique, courageux;* jaspe v. *14660, jaspe
aux rares vertus.*
Vespre *26006, s.* -es *12565,
14520, 15774, etc., n. m.,
après-midi ;* v. bas *7547,
21966,23707,fin de l'aprés-
midi, commencement de la
soirée;* de haut v. *26006, de
bonne heure dans l'après-
midi.*
Vespree 7640, 18621,24254,
soirée, soir.
Vesque *13738, évêque.*
Vesqui, -ist, *v.* vivre.
Vest, vesteit -ent, *v.* vestir.
Vestement 23320, *vêtement.*

Vesteüre *1145, 5418, 16523,* vêtement.

Vesti, -irent, -ist, *v.* vestir.

Vestir *14535, vêtir, revêtir, se vêtir de. — Pr. 3* vest *1620, 23429, 6* vestent *7353, 11108, 19227;* ipf. *3* vesteit *5138;* pf. *3* vesti *3369, 13331, 29260, 29347, 6* -irent *17378;* sbj. ipf. *3* vestist *13339;* p. p. vestu *1819, 1823, etc., s.* -uz *5182, 6224, etc. (par exception,* vesti *21563* (r.), vestiz *22207* r.), f. vestue *1166* (isle mout bien v.),*3026* (si v., *en parlant de Troie), pl* -ues *3030 (en parlant des rues de Troie), (dans ces 3 derniers exemples le sens est : « couvrir, border de maisons »).*

Veüe *22273, vue.*

Vez *(contraction de veez, impér. de* veoir*) 888, 2646, 3774, 8736, 8759. etc., adv., voici, voilà; — se rapportant à une seule personne 9253, 29415 ; — le sens de l'impératif est encore sensible 3811, 9253, 29415; — au v. 2646, vez est rapproché de veez, qui se trouve au v. précédent; peut-être faut-il lire à ce vers : vez vos freres, vez voz amis.*

Viaire, *n. m., visage 8778, 22281, apparence 1225, opinion 17931 (estre a v. (imperst*) *1528, 6134, 26641), sembler, sembler bon* (si com mei semble et est v. *19900* (cf. ço m'est v. *19876*); faire le v. de *19818, faire ce qui semble bon à, suivre l'avis de).*

Viande *2972, 8370, nourriture.*

Vice-s, *défaut 6102, finesse, habileté 17466.*

Victoire *825, 1749, 1962, 3423, 4874, 5170, 5808, 5863, 6178, etc., victoire, succès; au pl. (pour parler d'une seule victoire) 2814.*

Vie, pl. vies *26825; à ma vie 849, pour toute ma vie; a ta vie 2682, a sa vie 15581.*

Vié *280, 571, 1097, etc., n. m., défense, interdiction; sor lor vié 27241, malgré la défense.*

Viee, viet, *v.* veer.

Vieil *358, 4953, 7601, 11378, 13118, 19415, 20081, 22147, 24893, 26065, 26422, vieuz 14590* (r.), *20222* (r.), *22680, s.* vieuz *5628, 5986, 6638, 6685, etc., 23027*(r.), *23343* (r.), *23729*(r.),*25663*(r.),*28169* (r.), f. vieille *26424, (subst* *1572), adj., vieil, vieux.*

Vieillece *22499, vieillesse.*

Viéle *14782, 23600. 29306, pl.* -es *29001, vielle.*

Vieng, vienge, -ent, *v.* venir.

Vit' *5750, 5753, 12125, etc., s.* vis *1681, 13482, etc., f.* vive *2621, 3969, 13293,15704, vivant* (n'est hui hom vis por cuil feisse *20409), vif, pressant* (par vit estover *18878*, par vit bosoing, *14281,* par vive force *15704, 30112); en apposition au sujet, sert à fortifier l'idée exprimée par le verbe :* qui par mei est vis confonduz *22963;* ne s'i sevent vif conseillier *25541,* qu'om ne s'i set vis c. *18573 (cf. 19429, 28044, 27471, 27600, 29600); — subst* *14229, 24347.*

Vif², *v.* vivre.

Vigne *18293.*

Vigor *286, 10685, 10789, 11037, 14068, n. f., vigueur, énergie;* de vi *11491,* par grant v. *2493, vigoureusement.*

Vil *9370* (il :), *19576, 25751, s.* vis *13102, 13103* (: chaitis *13185, 19025, 25224, 26165, 26508, 26905, 26996,* f vil *13280, 14939, 18271, 19637, pl.* vis *4087, de peu de prix; vil, honteux; — subst* *13103.*

Vilain -s, *digne d'un vilain, grossier, mal élevé, qui manque de dignité 15062, 15065, qui se conduit comme un vilain 5380; — avec une négation, il équivaut à cor-*

teis (cf. *1587*, *4838* et
13416); parole vilaine
24605; la gent v. *5081*, *la
multitude, le peuple*; — subst¹
(*opposé à* noble) *24461*; li
vilains dit *3807*, li v. dist
10393, li respiz al v. dit
2843, *formules pour citer un
proverbe quelconque, ce qui
n'implique pas que ce proverbe
figure dans le recueil qui
nous a été conservé sous le
titre de* Proverbes du vilain.
Vilanie *1546*, *5733*, *6473*,
11927, *13572*, *14894*,
22998, *27525*, *vilenie, action ou parole digne d'un vilain.*
Vile *2322*, *5376*, *7980*, etc.,
ville.
Vilment *2911*, *3522*, *3630*,
6351, *9772*, etc., *vilement,
vilainement; dans une situation vile, ignominieusement*
5752, *11776*, *25298*.
Viltance *26705*, acte vil.
Viltez, *r. pl., var. de* N à *27525*
(F vietez).
Vin *6627*, *12970*, *16508*,
26754, *26893*, *n. m.*
Ving, vint¹, *v.* venir.
Vint² *7686*, *9084*, *16718*,
18983, *20899*, *22094*,
22182, *26799*, *multiplié* vinz,
adj. num. card., vingt; subst¹,
li v. *22181*; de cent n'en
sont pas li v. sain *20128*, il
*n'y en a pas vingt sur cent
de non blessés*; v. e dous
4171, *5694*, *8282*, *22794*
(*indét.*), *23260*, vingt-deux;
v. e quatre *12840*, v. e sis
14050; v. mile *7291*, *12269*,
12469, *18906*, *18964*,
20024, *21335*, *22604*,
26047, *27257*, *27914*,
v. mil *18426*, *18427* (e autres
v., *s. -e.* mil), *23103*, *vingt
mille*; quatre vint (*prédicat*)
12783, q. vinz (*r. pl.*)
30268, *quatre-vingts*; sis
vinz e cinc (*rég.*) *23180*,
cent vingt-cinq; set vinz
10726, *cent-quarante.*
[Vintain], *s.* -ains *23272*, *f.*
-aine *8271*, *adj. num. ord.,*
vingtième.

[Violer]. *violer, profaner* (*un
temple*). — *P. p. s.* violez
25595, *25725*, *27652*.
Virginité *26511*.
Vis¹ *1892*, *2554*, *4236*, *5273*,
5297, etc., *visage*; o le cler
vis *30284*, *au teint clair,
éclatant.*
Vis², *avis, opinion*; ço m'est a
vis *1317*, *10604*, *11358*,
16955, *19498*, *19526*,
19683, *20759*, *20887*,
20908, *23192*, *23507*,
24081, *24625*, *27322*,
29198; si com m'est a vis
29690, ne m'est pas a vis
12992, il m'est a vis *18351*,
mei est a vis *4085*, *8930*,
12965, *20754*, *il me semble*; est a vis Ulixès *29971*,
a vis lor est *7015*, a vis li
ert *29827*; *de même* ço ert a
vis *1889*, ço m'ert a vis
29489, ço est a vis *16152*,
ço qu'a vis l'en iert *4075*,
semblant li est bien e a vis
20606; — ço li est vis *866*,
19807, *20238*, *29430*, ço
li ert vis *3058*, *14679*,
29624, ço li fu vis *3191*,
ço lor est vis *11961*, *13451*,
16313, ço m'est vis *3862*,
3977, etc.; si com m'est
vis *8715*, mei est vis *9442*,
or li est vis *29235*; ço cuident bien e lor est vis *25845*.
Vis³, *v.* vif¹ et vil.
Visage *5365*.
[Vision], *pl.* -ions *210*, *3961*,
15285, *29909*, *29941*,
30224, *vision, songe.*
Viste *5476*, *qui va vite, agile.*
Vistece *12548*, *agilité.*
Vitaille *2182*, *3684*, *4136*,
5637, etc., *vivres, provisions.*
ᵛVitance (*var. de* G à *21853-6*,
v. *11* et *20* et vité, *ibid.*, v.
42), *vilenie, honte.*
Vitre *14649*.
Vivant, *p. pr.* de vivre *pris
subst¹*: a mon v. *6346*, *13536*,
en mon v. *25042*, *pour la
vie*; a toz les jorz de mon v.
13590, *toute ma vie.*
[Vivier], *r. pl.* -iers *29954*,
*fossé plein d'eau vive ou d'eau
courante.*

Vivre 9042, 15163, 17792, 19064, 20641, 21840, 22382, 22681, 25287, 26503, 26519, 26522, 30212, v. intr.; — subst¹, vie 24824, vivres 6651, 12769, 27998, moyens de vivre 16853. — Pr. 1 vif 20635, 21708, 3 vit 18611, 18693, 5 vivez 21485; ipf. 1 viveie 21741, 3 viveit 16910, 26399; pf. 3 vesqui 150, 504, 6904 (r.), 9891, 12626, 30294, 30297, 6 -irent 29533; ft. vivrai, etc., 5 -ciz 12338; sbj. 1 vive 18727, 3 vive 12370, 16456, 19567, 30250, 4 vivon 16352; ipf. 1 ves- quisse 29457, 3 -ist 12,2880, 16592, 16840, 21759; p. pr. -adj. vivant 21900, 21591 (en cest siegle v.), 28569, s. -anz 3171, f. -ant 6736: sert ordinairement à fortifier home (ou son syno- nyme rien) dans une prop. nég.: ne creinsisseiz home v. 10343 (cf. 3171, 11555, 26033, 28569 et hom qui vive 27558); onc greignor n'ot rien v. 1974 (cf. 20200, 21758, 21763, 22176, 22575, 22914, 22961, 23164, 23405, 26515, 26779, 27842, 28740, 29965); p. p. vescu 16752, 21481, 30253.

Viz 22431, 22486. n. m. inv., escalier à vis.

Vo¹ 2636, 4325, 20395, 21194, r.pl. voz 2816, vœu; rendre un vo 2816, 4325, accomplir un vœu.

Vo², v. voër.

[Vochier], v. tr., considérer comme: nel vochasse pas sauf en eus 26527, je ne la (ma virginité) croirais pas en sûreté avec eux.

Voë (= lat. vota), n.f.: aler a male v. 757 (: soë, aller à sa perte.

Voër 6376, vouer, permettre: qu'éle a piece a un vo vué rendre 4325, qu'elle a depuis longtemps promis d'accomplir un vœu. — Pr. 1 vo 22031; p.p. voé 4325.

Voidier 8670, 20973, 24032, vider, évacuer 2322, perdre complètement (son sanc) 17224, 18658, 18813, vi- der (les arçons), quitter (la selle) (passim); — intr., se vider, être vidé (en parlant des arçons) 15916, être quitté (en parlant de la selle) 19260. — Pr. 3 vuide 17224, 18658, 24328, 6 -ent 15916, 19260; p. p. voidié 17208, 18813, f. -iec 2322, 2431, 9576, 9726, etc.

[Voier], v. intr., s'écouler com- plètement (en parlant du sang). — Pr. 3 vuie 11150 (: pluie).

Vois, voist, v. aler.

Voiz 4887, 5191, 5300, 5889, 8505, etc., voix.

Voleir¹ 2790, 3770, 3779, etc., volonté, souhait, gré; désir amoureux 18017, satisfac- tion de ce désir 19439; toz voz voleirs 19814, toutes vos volontés; a son v. 17502, 21291, a lor v. 8295, 16971, à son, à leur gré; a mes voleirs 13646; a lor v. 26372; par son v. (avec nég.) 17036, par sa faute; metre sei el v. de 17981, se mettre à la discrétion de; fu mis del tot en lor v. de l'aler o del remanir 26361- 2, on remit à leur choix de partir ou de rester; faire son v. de 7290, violer (une fem- me); f. toz ses voleirs 12610, faire toute sa volonté; f. toz s. v. de 16340.

Voleir² 6158, 29452, v. tr., vouloir, désirer; — auxiliaire fortifiant le verbe 185 (que pas ne voustrent estre oies), 13928, 23410, 23487, 25562 (que ço voleit senc- fier. ce que cela signifiait, voulait dire), 25580; — se vo- lez 19553, s'il vous plait; v. mieuz, v. mieuz. — Pr. 1 vueil 1628, 1732, 1758, etc., 2 vueus 1690, 4118, 6304,

8376, 20703, 20704, 20709, 3 vueut *1776, 1779,* etc., *4* volons *18281, 24506, 5* voiez *3922, 6313,* etc., *6* vuelent *1788, 2643,* etc., *ipf.* voleie, etc., *5* voliëz *6400; pf. 1* vous *4740, 26756.3* voust*111,301,* etc., *4* vousimes *6155, 6* vous-trent *60, 369,* etc., vorent *4037* (: porent); *ft.* voudrai, etc., *5* -eiz *4753, 11835, 12954, 15169, 16998, 19809, 24890; cd.* voudreie, etc., *5* iëz *11050, 11803; sbj. 1* vueille *4761, 20329, 22033, 3* vucille *1013, 2703, 15351, 18237, 19899, 20374, 22585, 22591, 24539, 25022, 25162, 5* voilleiz *19667, 6* vueillent *9175, 18314, 22530; ipf. 1* vousisse *3909, 4722, 13781, 13797, 19916, 20241, 12312, 22953, 3* -ist *1225, 1806,* etc., *5* -isseiz *24649, 6* -issent *8987, 9475, 12272, 18321, 19920, 25079, 28719; p. pr. pris subst*[1], voillant (bien) (*v.* bienvoillant); *p. p.* volu *9109, 23084.*

Volenté *867, 7934, 16889, 17037, 17968, 20338, 24557, 26326, 29487. pl.* -ez *3772, 12995, 15323, 15439, 17880, 18034, 18392, 19813, 24818, 27317,* volonté, ce que l'on désire *14603* (au pl. *17880, 18034*).

Volenteif, -ïs, *var. à* volenterif, -is.

Volenterif *12005, 13938, s.* -is *7689, 29386* (imprimé à tort volenteïs), *qui désire ardemment.*

Volentiers, *adv.,* volontiers (*passim*); *de bon gré* (*se rapportant au rég.*) *17192.*

Voler, *v. intr.,* voler *8324, 9157, 20554, se répandre* (dit de la Renommée) *24726, 27529, s'échapper* (dit d'un prisonnier) *9785, 11279,* (faire v. des poinz *12549, 25721,faire échapper),jaillir*

9400 (dit d'une étincelle), *16275* (du sang), *se séparer violemment d'un tout, sauter, vivement : dit des éclats d'un bois de lance 2516, 7363, 8342, 17110, 18952, 19991, 20555, 23915, 24010, 24137, du cercle du heaume 9417, 21504, du heaume 11215, 14055, des clous de l'écu 12246, de la tête 12086, 12403, 14091, 14486,* etc., *d'un œil 9921, des dents 15933. — Sbj. 6* vougent *14174; ipf. 5* volisseiz *1226; p. pr. -adj. r. pl.* volanz *14735, 14838.*

Volisseiz, *v.* voler.

Volu, *v.* voleir *et* voudre.

Vorent, *v.* voleir.

Vos, *v.* tei.

Vostre *882, 1075, 1093, 1438, 1615,* etc. (invar. au *sg.*), *r. pl.* vostres, *adj. possessif de la 2e pers. du plur. des deux genres; — avec l'art. et un nom 3548,16350, 16386, 16418, 24042, 26722, 29400 ; avec un adj. démonstratif et un nom 14172, pl. voz 16618, — forme abrégée invariable* (ordinairement proclitique) : *m. s. sg. et r. pl. voz 2905, 2906,* etc., *s. pl. vo 26664, f. pl. voz ; — avec l'art. et un nom, les voz pramesses 16418; — avec l'art. seul* (pron. possessif) *3408, 6397, 9648.*

[Voudre], *v. tr., envelopper ; garnir tout autour, doubler 1557, 1567 ; bâtir en forme de voûte 14824* (arc volu). — *P. p.* volu *14824, s.* -uz *13904* (escuz a or v.), *17184* (escuz d'or v.), *f.* -ues *13973* (fenestres d'or v.), *23876* (targes d'or v.), *et* (au sens de « doubler ») vous *1567,f.* vouse *1557.*

Vougent, *v.* voler.

Vous[1], vouse, *v.* voudre.

Vous[2], vousimes, voust, vous-trent, *v.* voleir.

[Vouser], *v. tr., voûter, bâtir en forme de voûte. — P. p.*

f. vousee *16719* (voute i ot faite d'or v.)

Vout (= *lat.* vultum) *4294, 5243, visage.*

Voute *16719, 16766, pl.* -es *22009, 22429, n. f., voûte.*

Voutiz *6482, 14402, 16705, 17976, f. pl.* -ices *3037, 3135, voûte, bâti en forme de voûte.*

[Voutor], *r. pl.* -ors *22352, 28372, vautour.*

Voz, *v.* vo' *et* vostre.

Vrai *28244, sincère.*

Vueil, vueille, -ent, *v.* voleir.

Vuel, *vouloir, volonté :* mon v. *22943, si ma volonté était faite ;* son v. *584, 1481, 2882, 11618, 18604, 25194, 29436, si sa volonté était (eût été) faite ;* lor v. *8103, 19322 (cf* a lor vueus *20174).*

Vuide, -ent, *v.* voidier.

Vuie, *v.* voier.

Vuit *9405, 14378, 14566 20006, 29370, vide.*

ADDITIONS ET CORRECTIONS[1]

Tome I (4e complément).

Avant-propos :

Page vi, *l.* 17, *lis.* : Addit. 30863 — vii, *note, l. dernière, lis.* : t. V.

1º *Texte :*

V. 139, *lis.* Letre — 271, 1038, 2545, 2930, 3245, 4825, *lis.* Rei — 456 Telopolon — 747 E — 901 Qu'une — 855, 1024, 1064, 1201, 1211, 1229, *etc.*, Reis — 958 fueille — 1375 gete — 1465 fortment — 1688 Mare — 1834 hom — 1846 Que — 1934 Senz — 2098 Mar — 2185 L'an — 2209 Sigeon 2244 le pris — 2551 dels — 2647 *et* 2841 Ore — 2741, 6538 *et* 7466 loinz — 2857 a plus — 3268 qu'om — 3607 part — 3610 Quar — 3635 porvers — 3834 noisement — 3906 Que (*cf. R* Che) — 4248 Que — 4292 Diona (*cf. F* idona *et voy.*

---

[1]. La plupart des corrections au texte ont pour but l'uniformisation de la graphie. Celles qui concernent les variantes proviennent généralement de recherches complémentaires faites en vue de justifier notre classification des mss. Nous devons nous excuser d'avoir omis à la fin du t. IV plusieurs passages spéciaux à certains mss., en particulier pour *G*.

la note) — 5014 *et* 5663 Telopolus — 5510 Ço que — 5725
Teus — 6039 *virgule après* morurent — 6253 qui ques —
6827 Ainz — 7172 trenchant — 7904 que — 8025 *point à la*
fin — 8099 Treze *et* 8100 dis e set *(en supprimant, avec*
E, *les v.* 8125-8 ; *voy. la note)* — 8135 Sezire.

　　2° *Variantes :*

　　Page 5, *l.* 1, *lis.* : *BH* deruerie — 8, *l.* 14, *ACMny* a —
l. 15, *CEn* escrite — 21, *l.* 12, *point-virgule après* genz
— 38, *l.* 4, *lis.* : et c. *(au lieu de* etc.) — 47, *l.* 16, *M²L*
quide — *l.* 17, a *(dialectal)* pense — 50, *l.* 1, *M²DFJK*
fueilles — 62, *l.* 8, 25-6 *(au lieu de* 25) — 63, *l.* 4, *ajoutez* :
39-48 *H donne* 8 *v. spéciaux* — 64, *l.* 17, *A²* Et ml't
dolce la parleure — 70, *l.* 4, *lis.* : *BJRky* — 77, *l.* 14 *et* 78,
l. 14, *BJRky* — 78, *l.* 16, *aj.* : 53-70 *m. à H* — 82, *l.* 5,
lis. : *Rk* — 87, *l.* 2, Gar, *DJK* Car, *C* Qar ; *M²AH* que, *C*
quen ; *A²* ramenteus — *l.* 3, *nA²*... esperduz *(A²* deceus)
— 89, *l.* 15, *BJRky* en s. l. mis — 106, *l.* 8, 98 *kn*
Mar, *les autres* Mal — 112, *l.* 5 *et* 120, *l.* 15 *et l.* 16,
BJRky — 113, *l.* 11, *M²DFK* le p. — 121, *l.* 2, 93-4 *interv.*
dans n — 133, *l.* 12, *M²C* duels — 141, *l.* 7, *aj.* : 2788-2920
m. à G (perte d'un feuillet) — 150, *l.* 4, *aj.* : *A²* Creusa qui
ert mariee — 152, *l.* 8, *lis.* : 3004-3238... ; 3004 — *l.* 10, *K*
buens ; *B³* bon mur — 6 *B³* fort e. et dur ; *D* — 172, *l.* 4, 84
(A¹A²BCHI) ; *G* Lors, *L* La — 176, *l.* 4, *M²AA²BCDHJRk*
— 182, *l.* 14, *nLR après 3618* ; *ils sont ici dans G* — 188, *l.*
13, 89 *A²* Ml't les haons et il plus nos ; *M²* — 199, *l.* 13, 98
(au lieu de 89) — 201, *l.* 13, *A²L* Esionain.... 38 *A²* Qu'il ont
en Grece nostre antain — *l.* 14, 39 *A²* Il feront plait tot a nos
grez — *l.* 17, *(AP)* ; *A²CGLN* nauires ; *BDFJk* — 204, *l.*
11, *BFJky* — 205, *l.* 4, *M²* escoutier — 4 *FJky* — 212, *l.*
16 *K* P. poons — 213, *l.* 11, *aj.* : *K* uolent — 214, *l.* 2, *lis.* :
BJMy — 215, *l.* 3 *et* 4, *kyB¹ (au lieu de* : *ek)* — 216, *l.* 2, o
uos Ml't erent et sage et prous — 219, *l.* 16, *yBB¹JM* —
220, *l.* 2, *BJek* — 223, *l. dern., M² (au lieu de* : *M⁰)* — 224,
l. dern., lis. : *(discours de Paris et d'Hélène)* — 226, *l.* 8, *ekJ*
— 227, *l.* 8, *BJky* — 232, *l.* 4, esbai, *les autres* esbahi — 248,
l. 6, *KRy* chargie — *l.* 7, *ABJRky* — 263, *l.* 8, *aj.* : 93-4 *G*
Jehans Maukaraumes ni lait Chose nulle que Dares trait —

265, *l.* 10, *BRk* P. b. — *l.* 17, *M'AB'E* — 266. *l.* 18, *CF*
(*au lieu de CE*) — 267, *l.* 4, *CW* machainz — *l.* 23,
M²AA'B²CIJPy — 269, *l.* 8, *ABIJRky... BI* on) — *l.* 17,
F aj. 2 *v.* — 274, *l.* 8, *A'Rk* — 283, *l.* 1, 5413 6 — *l.* 6,
AA'BJKy Merueilles (*H*-e) — 284, *l.* 1, *AA'DJe* - 285, *l.* 1,
yAJ Legiers — 294, *l.* 13, *CM'PR* — 295, *l.* 5, *C* pisse,
N pyse — 296, *l.* 22, *M²CLP* — 298, *l.* 4, *A²* Thele-
poleus, *CR* Thelopolus — *l.* 11, *GL* de cormenie — 300
l. 1, 89 (*A'F*) — *l.* 20, *les autres, sauf AEIJ,* teles — 366,
l. 12, *au lieu de : aux* Notes, *lis.* : *à la* Table analytique des noms propres, *s. v.* Therace — 392, *l.* 13, *lis.* :
e Ans. l. (*E* mestent) — 395, *l.* 15, *AA'LMRn* Perses
(*il faut p.-ê.* lire Perseis *dans le texte*) — 398, *l.* 22
BCFKL — *l.* 23, *M²JRy* — 401, *l.*10, *kA'BCJL'* — 408, *l.*
16, *nyAA'LP²R* — *l.* 20, *AA'LNP²Re* — 411, *l.* 15, *voy.*
aux Variantes complémentaires — 414, *l.* 5, *M²A'A²EH*
KRx — 419, *l.* 13, *P'n* Tot — 421, *l.* 12, 43, *M²B'R* —
422, *l.* 22, *BCDJM'k* et mestre (*K* -es, *B* maire) — 424, *l.*
5-6, *aj. : M'SS'* à la liste des *mss. utilisés* — *l.* 8, *lis. : A²C*
ELL'L²NPW — 425, *l.* 7, *BCDIJM²PS'Wk* — *l.* 23, *A'B*
CDJM'PS'Wk — *l.* 24, *LL'NP²* — *l.* 25, *nLL'L²P²* — *l.* 26,
A' faiz, *I* fais — *l.* 27, fete e., *BCDJM'PWk* — *l.* 29, *ABC*
DIJM'PWk — 426, *l.* 20, *F* (*au lieu de : n*) : *ce vers man-*
que à N — 427, *l.* 25, *nEP²* Car — 430, *l.* 13, *ekDJ* Ne —
432, *l.* 16, *M²A'BCDIJM'k* (*ils sont dans AA²EHP²Rx*) —
439, *l.* 1, (*M²k* treze, *A'* trante) vos en ai n. — 442, *l.* 11,
AA'A²EHR — 443, *l.* 13, *M²A'BCDIJM'k* — 446, *l.* 22, *au*
lieu de : voy. aux Notes, *lis. : voy. la note à ce vers* (*note*
ajoutée à l'Errata du t. V, ci-après).

TOME II (3ᵉ COMPLÉMENT).

1° *Texte* :

V. 8494, *lis.* : Pierre Lee — 8674, *point à la fin* — 8726
marc — 8828 Por — 8965 Nus — 9007 Celidas (*Grec dis-*
tinct de Celidis) — 9017 Dolon — 9054 remuent — 9514,
9515, 9517, 9519, 9520, 9521, 9820, 11409 *et* 14603 ore —
9744 Quintiliëns — 9753 atal — 10328 plor — 10655, 10731,

11249, 11950, 12156, 12180, 12182 *et* 14052 e — 10706 de
Rir — 10713 mautalant — 11032 ques — 11301 *et* 11385
Telopolus — 11467 *virgule à la fin* — 11558 morz — 11769
desheriter — 11778 fis — 10600, 11945, 12900, 12944,
13020, 14595, *etc.* Rei; *de même partout où le mot n'est pas
accompagné d'un nom propre et où il est précédé de l'article)*
— 11811 *et* 11879 Reis — 12124 puent nuire n'aidier —
12234 s'entresparnent — 13354 Troïien — 14102 Dui mout
haut conte — 14103 né — 14104 Riche vassal e honoré —
14633 pierres.

2° *Variantes* :

Page 10, *l.* 2 *du bas, lis.* : *CDJe* tir — 30, *l.* 7, *aj.* : *M²* Par
tant — 43, *l.* 13, *aj.* : *DJM'* prestes — 44, *l.* 7, *lis.* : *M²Ck*
— 55, *l.* 18, *aj.* : *M²En* espargne — 64, *l.* 14, *lis.* : *M²AF
KR* — 72, *l.* 17, *aj.* : *L* Escreua li forment seinna — 73, *l.*
10, *lis.* :*GLNP²* — 86, *l.* 11, *AA'B²DFJKy* — 94, *l.* 4, *B²D
FJy* Les — 103, *l.* 21, *DM'* pailles — 117, *l. dern.*, granz
— 119, *l.* 12, (*M'B²Fy* Fist s.) — 146, *l.* 4, (*AI*) — 147, *l.*
19, 14 *A* Com .j. — 155, *l.* 11, *x* (*au lieu de* : *nG*) —
170, *l.* 18, *voy. la note au v.* 11498 — 179, *l.* 14, *voy.
la note à ce vers* — 180, *l.* 8, *M²A'BB²CJky* — 191, *l.*
16, *B²* esclunes — 195, *l.* 10, *ajoutez S'* au groupe de
mss. — 196, *l.* 2, *lis.* :74, (*M²ABkn* Sera) — *l.* 15, *A'* Et
m. — *l.* 17, *xS* (*au lieu de* : *n*) — 200, *l.* 1, E si nos a si
— *l.* 2, 3, 9 *et* 10, *effacez I des groupes de mss.* — *l.* 20,
lis. : *M²I* de u. c. — 217. *l.* 1, 12107 — 227, *l.* 3, *fermez
la parenthèse après* : *A'* mennon — 241, *l.* 4, *effacez* :
C entraus dous — 243, *l.* 20, *lis.* : *A'BB²CDJKL²PSS'y* —
268, *l.* 13, *M²ABCGIJRky* — 273, *l.* 21, *M²AA'A²BCDIJ
Pkny* — *l.* 23, (*M* li conscis) — 274, *l.* 2, *aj.* : *I* Que il se
uont entremandant — 276, *l.* 7, *lis.* : 14 (*au lieu de* : 41) — *l.*
26, (*L²* -ier) — 277, *l.* 1, *aj. L²* au groupe de mss. — *l.* 5,
lis. : *A²F* (*au lieu de* : *AF*) — 278, *l.* 20, (*M²AILL'MNS'*);
A'A²BCDFJKL²PP²RSy — 279, *l.* 7, *M²AILL'MNP'S'* —
280, *l.* 13, *effacez P du groupe de mss.* — 281, *l.* 20, *lis.* :
Et (*M* As) autres — 283, *l.* 1, 13199 — 287, *l.* 1, *aj. G au
groupe de mss.* — *l.* 4, *lis.* (*A²DM'*) — 294, *l.* 22, *MS* De b.
— 295, *l.* 5, *aj.* : *M* Cele fu faite entierement — 301, *l.* 12, *lis.* :

BCDJWe — 3o7, *l.* 3,*A²* nen a, *S'* nara, *RV'* naura — *l.* 4,
A'BDJKL'PV²y — *l.* 17, (*V²* Anc. *A'* Ainc) -- *l.* 18, (*A'* lui)
g. — *l.* 24, *R* les peris, *A* lesperis,.... *P* li esperiz (*v. f.*), *xL'*
lesperit — 3o8, *l.* 16, *A'GIJLL'RS'y* en dem. — 3o9, *l.* 9, de
ca — 334, *l.* 5, *J* -uoil — 342, *l.* 2, *xA'N'* H. — 352, *l.* 13,
C'DJPV²y — 355, *l.* 15, *B'K* Ce quiert — 366, *l.* 19, *B'*
chevaler; *BB'CJRny* — 371, *l.* 14, *P²* escriz — 378, *l.* 8,
M²ACM'Rk — 382, *l.* 14, n (*au lieu de : x*)... *BCM* ofiace,
A' ofiquace — 386, *l.* 18, *BCDky* — 3o9o, *l.* 15, *AS'* peust
— *l.* 17, *aj.* : 93-4 *m. à S* —*l.* 18, *aj. SS' au groupe de mss.*
— 3o94, *l.* 20, *lis.* : ne si.

TOME III (2ᵉ COMPLÉMENT).

1º *Texte* :

V. 15248, *lis.* ore — 15273 blans — 15276 Asternatès —
15286 entrepretacions — 1534o jo — 15776 *point-virg. à la
fin* — 15875 et 1655o Reis — 16o43 *effacez le point à la fin* —
16108 *point à la fin* — 16128 et 16412 *virg. à la fin* — 1619o
E — 16505 pierre — 16679 l'entreposicion — 16699 *Voy*.
la correction proposée, Introduction, *Phonétique, Vocalisme.*
A, 1º — 17194 *et* 17212 Telopolus — 17227 Telopolon —
17247 fu — 17441 froment — 17841 talant — 188o1 *point-
virgule à la fin* — 1894o *virgule après* grant — 19718 nequeden — 19836 Deïtez — 2o375 D'iço — 21212 ancore —
22145, 22222, 2223o, 22247 *et* 22373 Antilogus — 22282
Antilogon — 22512 Ore — 22792 par mi — 23o6o Benciçon.

2º *Variantes* :

Page 4, *l.* 7, *lis.* : *M²AA'BCDJV'V²ky* — 8, *l.* 16, *aj.* : *G*
En dis — 11, *l.* 19, *lis.* : *A'A²BCJky* — 19, *l.* 17, (*AA'BCD
HIJP*); — *l.* 18, apareille — 20, *l.* 1, *M²A'BCDJPV'Wky*
— *l.* 4, *effacez V² du groupe de mss.* — 25, *l.* 22, *lis.* : *M²A²B
CJRV'Wy* ce (*CV'W* car) — 26, *l.* 1, *M²ABJKV²y* Que
(*AV'* Je) — *l.* 23, *xAV²* qi — 29, *l. dern.*, *x* (*au lieu de : nL*) —
3o, *l.* 2, *x* (*au lieu de : nLV²*) — *l.* 11, *V'* lestuet — *l.* 2o,

M^2BCJV^1Wky — l. 21, M^2RV^2n — 31, l. 7-12, *joindre I à
AR ou ARV*, *du v.* 15436 *au v.* 15442 — l. 8, *lis.* M^2RV^1ekn
— 35, l. 21, $AIRV^1V^2x$ — 55, l. *dern.*, A^2BCEK Et — 57,
l. 7, *aj.* : A^2BCEJM^1k ioie — 69, l. 15, *lis.* : (*ILRS*) —
73, l. 12, *efface* : (*ABC*) — 83, l. 17, *lis* : (*GIL*) — 88, l. 3
et 7, AA^2Jek (*au lieu de* : AA^2Jky) — 107,l. 17, M^2IK Poli-
tetes — 115, l. 4, M^2AA^2IMy — 118, l. 1, *x* Qui... volu
— 40 *M* Sanz son otroi; M^2Me sor son deuie — 121,
l. 10, $AA^2BCJPky$ — 136, l. 8, $A^1A^2BCDJky$ — 139, l. 17,
(*AGILR*) —l. 18, $A^1A^2BCDJky$ — 144, l. 2 *du haut*, *17481*
(*au lieu de* : *17486*) — 149, l. 6, M^2ky Car — l. 7, *aj.* : *H*
atacies — l. 9, $M^2BCHJMM^1$ la dame — 156, l. 6, a sentir
(*HKM*¹ sofrir) — 173, l. 4, 19378 (*au lieu de* : 193) — 200, l.
9, *aj.* : 21-36 *développés en* 20 *v.* *dans BI* — 202, l. 7, *aj.* :
56-63 *m. à H*(*bourdon*) — l. 10, *efface* : *H* Sempres uenissent a
lestor — l. 17, *lis.* : 64 *H* Sempres uenissent — l. 18, 65 (*J*);
H Quant des grigois — 205, l. 2, A Desus — 217, l. 8, *aj.* :
51-2 *interv. dans R* — l. 11, $ABIJkxy$ — 236, l. 4, *point-
virgule* (*au lieu de* : *virgule*) *après* : les a. — 234, l. 4, *aj.* :
K T. com de nos ot la m. — 236, l. 8, *lis.* : 27-38 — 240,
l. 1, e (*au lieu de* : $M'e$) — 246, l. 10, acilles iront — 256,
l. 15, *lis.* : M^2ANR — 257, l. 17, FHM^1 restorez — 263, l.
17, 46 N O le g. — 272, l. 5, (E quan) — l. 7, *aj.* : *e que
chascun oie* — l. 8, *lis.* : AG M. t. — l. *dern.*, *aj.* : *K répète ici
les v.* 19603-78 — 285, l. 5, *efface* M^1 *du groupe de mss.* —
286, l. 12, *efface* C *du groupe de mss.* — 289, l. 15, $M^2A^1A^2$
L^1Pk reparlance — 297, l. 8, *lis.* : M^2ARk *et aj.* : GL En mainz
sens len arrisonerent — 303, l. 15, *lis.* : D les costrent —
304, l. 9, A que tel nauoit — 306, l. 14, *m. à* DE — 311,
l. 1, 20649-50 — 321, l. 1, dit et — 324, l. 5, FKP Et si —
331, l. 3, (ADLR braiel) — l. 4, *aj.* : *N* ceruel — 344, l. 22,
95 (*AA*¹*CGLPR*) — 345, l. 11, *efface* : 11-26 *m. à B, et lisez* :
11-2 m. à BRkn — 350, l. 11, As eschieles — l. 12, eJ
Lors; J lors sentredonent — 351, l. 12, M^2DJ trois e. —
l. 15, M^2ACJy — 354, l. 6, BKLNR — l. 15, M^2AA^2CJy...
assez (A^1 tot fait) de uos — 359, l. 3, AA^2F — 360, l. 10, 97
BMn Sel — 365, l. 11, *y* (*au lieu de* : *e*) — l. 21, 89-90 —
370, l. 9, A Ainz — l. 11, mes fez — 378, l. 15, *m. à* A^2BC
RSkx — 390, l. 7, A^2BIRkn — 400, *à la marge de droite*,
lis. : 22291 (*au lieu de* : 21291) — 411, l. 24, kx (*au lieu*

de : kn) — 412, *l.* 3, 87, *G* Sor ulixes — 88 *G* messaiges —
l. 5, *vers suivis (au lieu de : vers précédés)* — 414, *l.* 2, 115-6
m. à Dy — 415, *l.* 6 *et* 7, *aj. I au groupe* A A*'* CJRkn — 436,
l. 4, *lis. :* 49 *(CJ): est placé dans A après* 23082.

TOME IV (COMPLÉMENT).

1° *Texte :*

V. 23438, *lis.* precïaus — 24524 E — 25113 mainent —
25424 N'i — 25470 *liseʒ avec* A*'* : Cent mile besanz d'or pesé ;
cf., dans le Roman en prose, 30.000 — 26181 Coilvert, traïtor, reneié — 26182 pitié — 26494 atel — 26834 noiseor —
26850 noiseors — 27259 s'en aut — 27297 guarreient —
27739 poëit — 27746 soduianz — 27806 soduiant — 27915
Reis — 27950 *point à la fin* — 28107, 29326 *et* 29525 Rei
— 28830 Poëstez — 28987 Qu'il aut — 29436 vuel —
29453 pardonge — 29454 esponge — 29472 face — 29474
tramistrent — 29552 neiel — 29590 lontain — 29643 E nes
son fil — 29688 l'aïder — 29743 sacrefises — 29829 image
— 29867 assemblee — 29872 aparceveir — 29882 enquereie — 29923 mare en crembra *(l'Errata du t. IV donne à
tort :* crembras) — 30015 chaceor — 30016 coreor — 30055
defensions — 30123 *virg. à la fin* — 30178 eü — 30182
ne teus (?) avec *CFIN* — 30201 douz — 30310 ire e dolor.

2° *Variantes :*

Page 7, *l.* 8, *lis. :* EH Con granz — 11, *l.* 9, et sire, *les
autres* sire — *l.* 15, ACIkx — *l.* 16, M*'*A*'*E — *l.*17, 98 *(AIK);*
— 18, *l.* 9, *(M'MSS'xy* preciaus), *K* principals, *ACIR* -aus
— 38, *l.* 15, *BI* Ensi — 44, *l.* 7, *B* li perce; *F* li s.; *M'JP*
Fauser a fait l. t. *(P* terliz) — 69, *l.* 18, M*'*DJP*y* — *l.* 19,
ABC f. c. — *l.* 20, A*'*Kx porchacierent — 75, *l.* 16, *(AA'C
DGHJR)* — *l.* 19, ACLNR — 78, *l.* 15, M*'*DJy — 99, *l.* 11,
AIM — 107, *l.* 11, *Rom. XVIII* — 110, *l.* 10, A*'*x Dor —
117, *l.* 3, *effaceʒ :* L En la uile lont a. — *l.* 6, ior niert —
118, *l.* 4, *HL* Ne uolroit il — 122, *l.* 17, M*'*BJLP*'y* — 133,
l. 14, *m. à yL* — 157, *l.* 1, 26001 — 163, *l.* 4, *aj. : H* nan-

terve — 166, *l.* 6, *EHL* — 178, *l.* 20, *ACGkn* — 183,
l. 9, *n* Dauoir au; (*M²JLen* atel), *A* autel, *K* tel; *GL*
resol; *GJ* Et a. ce; *G* en grant r. — 186, *l.* 16, *M²JLy* —
188, *l.* 2, *ouvrez la parenthèse devant :* *A²Cn* — 191, *l.* 16,
lis. : *BJLS'e* il ont (*S'* el sont, *L* auez) a. f. — *l.* 19, *M²B*
JLy — *l.* 20, 46-50 *m. à I* — 201, *l.* 18, *M'HJKLM'* —
206, *l.* 20, *M²BHJKM'P* — 208, *l.* 17, *M²HJKM'* — 213,
l. 2, *M²BDHJKM'* — 246, *l.* 6, *voy. aux* Variantes complémentaires — 253, *l.* 11, *M²JLM'* — 254, *l.* 6, *B'kn* Veiant
— 259, *l.* 11, *M²A'B'* — *l.* 16, *aj. :* *A'* Teus uint r. — *l.* 17,
lis. : *CD* botent... *DJM'* sus — *l.* 21, cheuals, *A'* Nes
traisissient.xxx.c., *M²BJ* — 260, *l.* 13, *A'* Et tos — *l.* 18, *B'*
compere — 261, *l.* 4, 35 — *l.* 5, *M²HJM'* e scientos, *L* et
scientroz — *l.* 7, fere ml't angoissoz — 262, *l.* 12, 68 (*A'A²*
B'C) — 264, *l.* 9, *M²ABB'CHM'Nk* — 269, *l.* 2, *HKL* a t. len-
fant — *l.* 7, e (et) — *l.* 8, *LN* -aus — 273, *l.* 13, *AMR* — 285,
l. 12-13, *A²EM* R. m. est (*EM* rest) a., ...14 (*ABEHJR*); *A'A²*
DLMM' — 297, *l.* 5, *A'A²BDJLM* — 301, *l.* 12, *M²ABJKPy*
— 303, *l.* 13 *et* 17, *A'* (*au lieu de A²*) — 304, *l.* 10, 49 (*au lieu
de :* 50) — 318, *l.* 9, *M²BDJKPe* — *l.* 11, *M²BDJKPe* tot
rec. (*E ac.*), *S'* — 326, *l.* 16, 66 *B* Entrapeloient, *DHJM'* —
17-18, *K* geus, *M* eulz, *JP* grels, *H* greus, *BD* — 327, *l.* 16,
aj. M au groupe de mss. — 337, *l.* 10, *aj. I au gr. de mss.* —
341, *l.* 7, *lis. :* *S³* (*au lieu de :* *S'*) — *l.* 13, *M²HJKM'PS³* —
342, *l.* 10, *aj. G au gr. de mss.* — 343, *l.* 3, *lis.* *BDHJKLM'*
PS'S³ — 344, *l.* 12, *Joly* — 347, *l.* 8, *M²BHIJM'Pk* — 348,
l. 16, *la fin de la* 1ʳᵉ *col.* v° *du* f° 177 (*au lieu de :* le reste)
— 349, *l.* 1, 87-8, *A²* Ne fu domme de mere nez Si fu quise
par mains regnez — 87 (*CR*); *S* Niert mes par home ne par
feme; *M²DHJM'S'* — *l.* 3, *aj. :* *S* Nen aura mes t. ne r., *S'* Ne
qui ou siecle eust corone — 357, *l.* 9, *lis. :* 53 *M²* — 364, *l.* 15,
M² lenquerreie — 373, *l.* 6, *n* -ons, *M²* -on — 377, *l.* 10, *m.
ici à E...* 32 *EH* de mautalent — 386, *l.* 1, *aj. :* 30303-4 *S'*
Benois soit qui lestoire a dite Plus ne mains ne vous en a
dite — *l.* 3, *aj. :* *S* Lauons escrit et plus non mis — *l.* 6, *lis. :*
S (*au lieu de :* *S'*) — *l.* 21, *aj. :* 15-6 *m. à V'* — *l.* 22, *lis. :*
A'CJLM'RS'n et uoie... *B* mete a uoie — *l.* 23, *BHJ* b. (*B*
si) sauance, *S'* b. garde, *L* — *l.* 24, garde — *l.* 25, *R n'a pas
les 10 vers complémentaires, mais il ajoute plusieurs vers de
mesure variée; au lieu de :* *A²C'DHM'S*, *lis. :* *A²C'DHM'S'V'*.

3° *Variantes complémentaires* :

Page 389, ajoutez : *Les v. 1239-48 sont remplacés dans H par 8 v. spéciaux* : Ensamble li tes .xx. puceles Qu'en tout le mont n'eüst si beles, Se Medea ne fust si près : Mais poi valt chaisnes les ciprès Et margerie les la rose, Q'al monde n'a si bele cose ; Mais quant sor bel vient belisor, Si pert ml't biaus de sa color.

Après le v. 1299, G ajoute 100 vers (discours de Médée) : (Ml't redoute l'anconmencier) : « Hé ! Dieus, » fait elle, « quel dongier Je soffre an moi et quel vitance ! Amours me tempte, c'est anfance : [5] « Medea, pour niant t'esmues : Ne sai quex dieus contre toi puet. » Fait Medea : « Je m'anmervoil Quex chose soit qui tel consoil Donne a mon cuer et donne a moi. [10] Aucune chose est samblans A anmor, si con sui voians. Li conmandement de mon pere A moi trop dur sunt. Jou compere Que la toudison dou mouton, [15] Ce n'est par force, ja n'avra hom (*sic*). Trop dur sunt il veraiement : Pour coi doute je voirement Celui que voi qu'il ne perisse. Quel cause an ai? Or sui trop nise [20] V (*lis*. O) ge ; car oste de ton cuer Icestui feu et boute fuer, Que tu ne soies² maleurose ; Mais tu ne pues : c'est perilose. Se tu peusses, tu fusses sainne ; [25] Mais la te trait novelle vainne. Une chose t'annorte Anmors, Tes cuers contrewelt autres tors. La millor chose woi aleu (*pour* aluec), Et si la voi³, la pior seu⁴. [30] Verge roiax, et qui t'esmuet Que ton hoste ainses de cuer, Et si woelz estre mariee A vallet d'estrange contree ? Ceste terre te puet donner [35] Honme ou te puisse[s] abandonner. Vive ou moire, ce est an Dieu : Plus n'an doit estre a moi seu. Toutes voies bien puis proier Que il vive sans perillier [40] Et sans anmor a otroier. Hé ! Dieus, car oies Yason fait : A tous jors

---

1. Nous nous excusons de n'avoir aperçu cette addition (et celle qui suit le v. 19448) qu'à l'occasion de recherches postérieures faites en vue du classement définitif du manuscrit. Godefroy, s. v. *pigre*, cite les v. 52-60.

2. Ms. *me tupnes oies*.

3. Ms. *Et si la boe*.

4. Cf. Ovide, *Met.* VII, 20, *video meliora proboque, Deteriora sequor*.

mais seroit retrait Celei pour cui tele biauté N'esmouveroit[1]
par loiauté [45] Et sa lignie et sa vertu(s). Et qui seroit en
tel vertu(s) Cui sa biautés n'esmouveroit? Com bien fois cil
riches ne soit, Certes pour lui suis bien esmeue. [50] Ja sera
mais ceue laiwe (*lis* : la veue) Dou feu que (li) torel jeteront
Par les narines : A lui courront Si annemi qui seront né De
la terre qu'avra semé; [55] Ou dou dragon la gloutenie
L'avra ja tot a lui saisie. Se a tel chose je suis pigre,
Criouse serai con la tygre; Se jou sueffre, je suis plus dure
[60] Que n'est roche, ce est laidure. Et que ai dist de l'aversier? Pour coi non las je perillier? Et les torax pour coi
n'anorte Contre lui et contre sa sorte? [65] Et les honmes
nes de la terre, Le dragon, quant ne muet la guerre? Li dieu
wellent or que j'eslise La millor part et que jes prise : Jo ne
dois mie ci prier, [70] Mais je le dois tout coi laissier. Weil
je mon pere deserter Pour estrange honme garder? An son
païs retrait et voisse, Autrui que moi se trait et doinse, [75]
Et Medea n'an soit menee : Je cuit que fanme a espousee.
Moire et ait sa destinee. Mais n'a mie [mauvais?] visaige(z) :
Sa noblesce le montre saige, [80] Ses couraiges [et] sa noblesce, Et la grace de sa biauté. Se je doute que ne me
praigne A espouse et ne m'a[n]maigne, Je l'astraindrai pour
aliance [85] Les diex estre an tesmoignance. Et pour coi
wels tu seüre estre? Va tost a lui, saiche son estre. Yason a
toi tous se donra, Sollempnement t'espousera; [90] Des cités
sera[s] tu la dame; Toi honor[r]a trestoute fanme. Calliope[2]

---

1. Ms. *Mesmoueroit*.

2. Corrigez *Calciope* ou *Chalciope*. Maukaraume fait ici preuve
d'une demie érudition, troublée sans doute par un ms. latin fautif.
Il en est de même quand il remplace (partout) *Andromacha* par
Andromeda. — Cette sœur de Médée, que Maukaraume donne
comme non encore mariée, avait, suivant Hygin (fable 3), épousé
Phryxus, qui s'était sauvé en Colchide avec sa sœur Hellé sur le
bélier à la toison d'or. Après la mort de Phryxus, mis à mort par
Æetès, qui craignait pour son trône, ses quatre fils, qui avaient pris
la fuite, auraient été ramenés à leur mère par Jason, ce qui lui
aurait valu la bienveillance de Médée. Ailleurs Hygin dit que c'est
Junon qui, reconnaissante de ce que Jason seul avait consenti à
lui faire traverser un fleuve alors qu'elle s'était déguisée en vieille
femme pour éprouver les mortels, lui procura l'amour de Médée
par l'intervention de Vénus.

lairai ma suer, Frere¹ et pere et irai fuer; Par la terre
ou je suis nee [95] Et par la mer serai roubee. Maus est mes
perez, et ma terre Est estrange, souvent muet guerre. Mes
freres [est] ancor petis; Ma suers vourroit avoir mari. »
[100] An son cuer a ainsis traitié.

   Page 392, *l.* 22, *lis.* : enseigniec — 393, *l.* 20, *aj.* : *Pour
les v. 7693-7702, A' donne une leçon spéciale en 12 vers* :
Qui si cousin erent proichien : Andui erent frere jermain.
Li ainz nez avoit non Glaucon, L'autre apeloit on Sarpedon. Andui erent roi queroné De Lice, dom il erent né. Cist
feront andui (*lis.* ancui) vasselaige, Car ml't estoient preu
et saige. .M. chevaliers après de[s]suens, Chascuns d'ex
esleüz et buens, Armez desus les missodors, Coverz de
pailes de colors; Hiaumes laciez, etc. — 394, *v.* 24, *lis.* : la
nue — 395, *l.* 8, *aj.* : *Après 10876, S' aj. 16 vers* : Antilo-
gus² ert apelez Et mout estoit bien renommez ; Cousin germain ert Boëtès, Et si estoit niez Achillès. [5] Contre Hector
vint sa lance droite, Qui mout estoit et gresle et roide. Hector feri enmi l'escu, Que tout envers l'a abatu. Les chevaus
prent, si les en moinne : [10] Rescous les a a mout grant poinne.
Hector sor Galatee monte, Car il avoit et ire et honte;
L'espee tret : mout fu dolens ; Entour li arestoit ses gens. [15]
Lor anemis ont remüez, Mais li cha[n]s fu tost recouvrez³.
— 396, *l. dern., lis.* : dedesus — 399, *note 1, effacez : de même
A pour les quatorze premiers vers;* — 402, *var., l.* 8, *aj.* : P²
Niert mes a mon col atachiez ; — 407, *l.* 14, *lis.* : *S (qui suit
la 2ᵉ rédaction)* — *l. 7 des var., aj.* : *L¹ aj. ces 2 vers* : Dame-
dous parz li roi i vienent Qui les dous rois chosent et tienent
— 410, *l.* 14, *virg. à la fin* — 414, *l.* 3, *lis.* : descriure —

---

   1. Ce frère s'appelait *Absyrtus*; suivant d'autres, il s'appelait
Ægialeus, et son nom d'Absyrtus ou Apsyrtus viendrait de ce que
Médée aurait dispersé ses membres sur sa route pour arrêter la
poursuite de son père, quand elle s'enfuyait avec Jason (cf. Pacu-
vius, dans Cicéron, *de Nat. Deorum,* 19 et 20, et Justin, 42, 3).
Suivant Hygin (f. 23), il fut tué en Istrie par Jason, et ses compagnons fondèrent la ville d'Absoris

   2. *Lis.* (?) : Archilogus.

   3. On aurait tort de croire à un bourdon qui authentiquerait
ces 16 vers : les v. 16875-6 sont, en effet, tout différents dans *S*¹
Voy. aux variantes.

415, *l.* 12, marïëe — 416, *l.* 19, *aj.* : *Les v. 19165-204 sont
réd. dans B à 4 v.* : Tant ont lor parlement tenu C' Agamennon ont resleü En la maistrie et en l'enpire, Si com je
l'oi a l'Auctor dire ; — *417, l.* 6, *aj.* : *Les v. 19429-792 sont
réd. dans B à 4 v.* : Proijé li ont ml't et conté Com Agamennon a mandé Que il alast a la bataille, Mais n'i a
proijere qui vaille. — *Après 19448, G intercale 26 vers
(monologue d'Achille), plus un vers de soudure, ce qui donne
un couplet de trois vers, comme souvent dans ce ms.* :
« Belle, » fait il, « quiej (= qui es, qu'es) plus luisans, Plus
clere assez que vis argens, Toute fanme votre biauté Sormonte, et a nobileté, Con li soulaus faït les estoilles [5] Ou
la lune. N'est pas mervoille Se tristesse mon cuer sormonte :
Quant je remir la belle blonde, Ses iex vairs, sa bouche
petite, Son bel viaire, tout sui triste. [10] Si tratif et si bel
san[s] faille, Con de ces dois la noble taille, N'est pas li
getons de la vigne : N'est mervoille se je decline, En remi-
rant son cors bien fait. [15] Nature i a son sen tout fait,
Toute i a donné sa science En lui former. Se j'ai grevance
A mon cuer souvant et esmai, Ne m'an doit nus blasmer en
vrai ; [20] Chevalerie le de (*lis.* : je *ou* te) desfi : A son
euz m'a dou tout saisi Anmours fine, a cui m'agree, A
cui lassie est ma pansee; Si suis (*sic*) lassiez dou tout a li,
[25] Mon cuer n'en puis torner d'ainqui. » Que qu'il estoit an
tel esfroi (*puis les v. 19449 ss.*). — *Les v. 19811-950 sont
réd. à 6 v. dans B* : Tenu en ont grant parlement : Tuit s'en
esmaijerent forment, Et li plus d'els le plus loa, Et Calcas
li vils le blasma. Dist lor que sans faille vaintroient : De
grant folie s'esmaioient — 420, *l.* 5, *aj.* : *Les v. 20375-92
sont résumés dans B en 6 v.* : Acillès li commence a dire :
« Par tos les dils », fait il, « bel sire, Je tieg ceste guerre a
folage : Pais faites, si ferés que sage. Ja mais a nul jor de
ma vie N'averés de moi nule aïe — 421, *l.* 18, *aj.* : *Après
21352, A² J aj. 4 v.* : Des heaumes et des talevaz, De trox
de lances et d'esclaz Sunt tot li champ si bien (*J* ensint) cochie
N'i pert de terre demi pié — 423, *l.* 19, *virg. à la fin* —
429, *l.* 32, antour — 432, *l.* 23, *aj.* : *Les v. 23549-52 sont
développés dans Dy en 8 vers (graphie de M')* : Tant com
chevaux (*M'*-al) li pot aler, A la ceux de l'ost encontrer : Si
bien l'a fet en son venir Qu'a .c. en fist vie guerpir (*H* seles

partir) Des meillors et des plus (*D* miex) vaillanz ; Mes des
suens (*H* Ne m. dessiens) en i perdi (*DE* i reperdi) tanz
Dont iert dolenz (*M¹* dolent) tot son eage. Ja i eüst ml't (*H*
trop) grant domage—434, *l.* 17, *aj.* : *Au lieu des v.* 24837-44,
P³ donne ces 8 vers : Et ami et segnor le claime, Et chas-
cuns (*lis.* Ch. et) ml't durement l'aime : Ne voudroient pas
son anui. Asis se sont tuit entor lui Por oïr et por escouter
Ce que il lor vorra conter. Adonc commença a parler Ml't
sagement sanz demorer — 435, *l.* 26, *aj.* : *Après* 27590, *A²*
aj. 6 *vers* : La mers fu grosse et ml't enflee Et perillose et
redotee : Ondes reversent par aïr, Tot manacent a transglotir, Hurtent as bors comme tempeste : Li Griu n'en
eurent point de feste — 437, *l. dern.*, *aj.* : *Après* 29690, *H*
aj. 4 *vers* : Puis li grans damages avint, A Miçaines l'ot et
la tint : Onques n'i misent contredit Sa gent de grant ne de
petit.

ADDITIONS ET CORRECTIONS AU TOME V.

Page 2, *l.* 23, *aj.* : on le trouve aussi dans *Meraugis de Port-*
lesguez, p. 39, v. 13 et p. 40, v. 18; dans *Les Enfances Gau-*
vain, 36 (*Rom.* XXXIX, 19), et sans doute ailleurs (mais il
n'en reste pas moins rare) — 4, *l.* 16, *ajoutez M. Kœrting à MM.*
Wagener et Greif ; — *à la fin de la même note, aj.* : Au v. 4292,
au lieu de *Diana*, le ms. *F* donne *Idona*, qui semble remonter à *Diona*. S'il en était ainsi, Benoit aurait eu un ms. de
Darès plus correct à ce passage que ceux qu'a utilisés le
dernier éditeur, Fr. Meiser, et il faudrait rétablir *Diona*
dans le texte critique de *Troie* : c'est ce que nous avons fait
plus haut, p. 321 — 5, *l.* 25, *lis.* 545-6, 17179-80 — *l.* 26, *aj.* :
La Cour d'amour (Mss. provençaux de Cheltenham), 687-
8 — 9, *l.* 2, *aj.* : Cf. *Revue de Dialectologie romane*, II, 381,
où M. Jean Haust relève l'anc. wallon *scawereau*, forme fran-
cisée de *severéz*, qu'il explique avec raison par « vivier com-
muniquant avec la rivière », le dérivant de *sèwer* =* exa-
quare, « faire écouler l'eau » et rapprochant *sêwe*, « chante-
pleure, ouverture dans un mur de clôture pour l'écoule-
ment des eaux », dans le *Vocabulaire du pêcheur* (Bull. de
la Soc. de Litt. Wallonne, XXIX, 274), et « lieu où l'on fait
écouler les eaux », dans Grandgagnage, II, 359 — 10 *l.* 3,

L'interpolation de ces quatre vers devient à peu près sûre, si l'on considère que *Cador de Lys* est le seul bâtard qui n'ait aucun rôle à la 2ᵉ bataille — *l*. 9, *lis*. : très probablement, au lieu de : peut-être — *l*. 37, *aj*. : 8203. *Scelidis GLM* (cf. *Celidis Mᶜ'ACKRny*), à cause de la rime, pour *Scelidus*, que l'on trouve partout dans *A²*, et dans *G* au v. 5615, où l'on à *Celidis CMᶜPR*, *Chelidus DJ*, *Celinus EH* (cf. *Scelidis* 12193 *EG*, *Celidus* 12093 et 12325 *C*. L'un et l'autre ont sans doute (pour ce qui concerne les scribes) été influencés par *Celidis*, qui est un personnage tout différent, et il n'est peut-être pas téméraire de supposer que Benoit avait écrit *Scedilis*. *Scedius*, que donne *B*, montre que le scribe (ou le modèle qu'il suivait) se souvenait du nom correct du frère d'Epistrophus (cf. 320, 5615, etc.), car il a modifié *Focidis* en *Focidus* pour observer la rime. — A la note aux v. 8315-7, *aj*. : et surtout les reproches d'Hector, v. 13178-88 — 11, *l*. 4, *lis*. : Polydamas — *l*. 15, *aj*. : Cf. 11921-30 — 12, *l*. 19, *aj*. : Dans les *Merveilles de Rigomer*, poème récemment publié par M. W. Fœrster, il est question (v. 10410 ss.) d'hommes sauvages à museau de chien, qui portent une corne sur la tête ; et aux v. 13697-400 on signale « une gent... qui des musiaus resamblent cien » et qu'on distingue des *Cornus*, nommés un peu plus loin, v. 13727 — *l*. 20, *lis*. : Mont Esclaire — 18, *l*. 8, *virg. après* : *tarder* — 21, *l*. 12, 16, *aj*. : Cf. 27249-62, qui ne concordent pas bien — *l*. 18, *aj*. : § 4, vers la fin — *l*. 36, *lis*. : Sousi... Cf. *Thèbes*, *sousi* 5073 — 26, *c*. 2, *l*. 38, devait donner sa sœur à Polibetès. Cf. Guido delle Colonne, *Historia destructionis Trojæ*. (Incunable 118 d'Aix, f. *i* 5, vᵒ c. 2 bas) : *Et dum meditaretur diligenter Achilles in his et Politenes dux, qui ob Achillis amorem in Grecorum subsidium se contulerat, sperans etiam quandam sororem Achillis ducere in uxorem*, etc. — 30, *c*. 1, *l*. 39, *fermez la parenthèse après* Philoctète — *c*. 2, *l*. 18, *aj*. : Ses fils, Eantidès et Eurisacès, sont confiés à Teücer 27313 ss. -- 32, *c*. 2, *l*. 40, *aj*. : C'est *Creüsa* dans *A*' — 33, *c*. 2, *l*. 6, *lis*. : 25364 ss. — 34, *c*. 1, *l*. 10, 22239, 22247, 22373 (*rég*. : plus) — *l*. 43, *aj*. : *Antipon* (rég.) 12129 (: *poumon*) — 35 *c*. 2, *l*. 7, *effacez* : 11498 — *l*. 18, *lis*. : Telopolus — *l*. 40, *Telopolus* — 36, *c*. 1, *l*. 22, 11305 — 37, *c*. 1, *l*. 15, *aj*. : Azoine, ·one, var. de *Amazoine* — 39, *c*. 2, *aj*. : *Calliope (Add*.

de G *après* 1299, *v*. 92), corruption de *Calciope* (*Chalciope*), sœur de Médée (voy. la note au texte, ci-dessus, p. 330, note 2) — 41, *c*. 1, *lis*. Celidas 9007, Grec abattu par Odenel à la 2ᵉ bataille (*Eneas* est à corriger) — *c*. 2, *l*. 4 du bas, Chelidus² (5615 *DJ*) — 42, *c*. 2, *aj*. : *Clarente (la riviere de)* 12994 éd. Joly (2ᵉ réd. de l'*Entrevue d'Achille et d'Hector*), nom imaginé par le remanieur — 44, *c*. 2, *l*. 14, *lis*. : *Darès* (toujours suj.) 110 (*après* :), 5201 (: *Ulixès*) — 45, *c*. 2, *l*. 22, 15314, 19836, f. pl. — *l*. 26, 5786 — 47, *c*. 2, *l*. 25, Doglas¹ (rég.) 7882, 9206 et 14388 — *l*. 27, *aj*. : secourt, avec Polydamas et Fion, les Troyens pressés par Agamennon 14385 ss. (mots à supprimer à l'article Doglas²) — 50, *c*. 1, *l*. 9, *effacez* : renuersé par Odenel 9007-8 — *l*. 51, Dolon² (suj.) 9017 (: *Polixenon*) et *Dolonz* — 48, *c*. 2, Edras (inv.) — 51, *c*. 2, *l*. 13, *virg. avant* 8235 — *l*. 15, *virg. après la parenthèse* — *l*. 41, *lis*. : Eüfemus 15378, et *Eufeme* 7929, s. *Eüfemes* 6696 (*l'amiraut*), 11322 — 54, *c*. 2, *l*. 28, 25039-42 — 55, *c*. 1, *l*. 47, *effacez* : 12657 — *c*. 2, *l*. 28, *lis*. : Dolon² — *l*. 3 du bas, *aj*. : à la demande de son cousin Ajax, qu'il a reconnu, fait cesser la 2ᵉ bat., au moment où les Troyens allaient brûler les vaisseaux 10121 ss. — 57, *c*. 2, *l*. 22, *aj*. : 22364 — 58, *c*. 2, *l*. 46, *lis*. Hupot 12046, 12059, *H. le grant* 12648, s. *Hupoz li granz* (*effacez* : cf. v. 12048) — 59, *c*. 1, *l*. 8, Idee (*les puiz d'*) — *c*. 2, *l*. 42, Forme le 3ᵉ corps, avec Menesteüs, à la 2ᵉ bat. 8182, ss. — 61, *c*. 1, *l*. 19, d'Idoménée — *c*. 2, *l*. 39, *virg. après* : *uns*) — 62, *c*. 1, *l*. 22, *lis*. : Leopilus — 63, *c*. 1, *l*. 49, 9247 — 64, *c*. 2, *l*. 28, 19587, 19612 et 22587 — 67, *c*. 2, *l*. 22, Molose 29089, 29777 (var. *Molossos, -oz* = accus. lat.; — *Mettre après cet article* : Moloso, -os, -oz, Molossos, var. de *Molose* — 68, *l*. 29, *lis*. : *Telopolus* et *Telopolemus* — 69, *c*. 2, *l*. 17, d'Ascalaphus — 70, *c*. 1, *l*. 40, *Orva* — *l*. 42, Orvain, var. de *Orva* — *l*. 43, Orva 8024, fée, etc. — 74, *c*. 1, *l*. 49, *lis*. : lequel ? Sersès ? ou Glaucon¹? Cf. 6853-5 et Darès (Meiser), xvii, p. 23, 3, de Æthiopia Perses et Memnon — *l*. 56, vers 17241, 17266 — 76, *c*. 1, *l*. 32, (invar.; exception : rég. *Pirron* 623) — 77, *c*. 1, *l*. 47, *effacez* : *devines* — 78, *c*. 1, *l*. 27, *aj*. : Dans *M²BIJMy*, Anténor stipule avec les Grecs qu'on lui donnera la moitié du royaume de Priam (dans *AA'Cx*, à un de ses fils) 24935-6 — 79, *c*. 1, *l*. 2, *lis*. : *Dolon* — 81,

c. 1, *l.* 22, *placez l'art.* : Prologue *avant* PROSERPINE — 82,
c. 2, *l.* 44, *aj.* : mais il est tué par Diomède — 83, c. 2, *l.* 21,
aj. : il est secouru par le roi de Perse (son père ?), qui est
tué — 85, c. 1, *l.* 28, *lis.* Menalus — 86, c. 1, *l.* 49, 30117 —
c. 2, s. v. TELOPOLON, *l.* 1, *effacez* : 11301 *et l.* 4 : et Telopolemus 5014; *l.* 2, *aj.* : 5014 *après* Telopolus -- 87, c. 1,
l. 15, *lis.* : lu *ad themesem* — 96, c. 1, *l.* 14, *effacez* : 1125,
et aj. à la fin de l'article : al 1125 = a *et le* (*pron. neutre*)
-- 105, c. 2, *l.* 20, *mettez un astérique devant* Anesse — *l.* 2
du bas, fermez la parenthèse après: 22066 — 111, c. 2, *l.* 50,
au v. 5140, atainz *signifie « fatigué »* — 112, c. 1, *l.* 3, *lis.* :
Atal 9753 — *l.* 5, *aj.* : ne lor estordra mie atal 9753 (*le
cas régime pour le cas sujet*) — 113, c. 2, *l.* 23, *lis.* : 16802
(*alumer :*) — 117, c. 1, *l.* 35, 17097 — 120, c. 1, *l.* 34, *aj.* :
2518 — 122, c. 1, *l.* 14, 4589, *etc.* (*pour les exceptions,
voyez à* bon); — *l.*19, 11017 — 123, c. 2, *l.* 47, *aj.* : revertir
en c. 4153, *être réduit en cendres* — 129, c. 1, *l.* 47, *réfl., se
réclamer 3638* (qui de part vos se claiment) — *l.* 55, 29635,
ó claiment 3638 — 130, c. 1, *l.* 29, *aj.* : (cf. ic'a fait 23587)
-- 141, c. 2, *l.* 16, *aj.* : *Criouse (add. de* G *au v. 1299,
v. 58*), *adj. f., cruelle* — *l.* 3 *du bas, aj.* : 13761 — 142, c.
2, *l.* 9, *lis.* : Cuiriees 23523, *n. f. pl.* — 144, c. 2, *l.* 15,
mettre : subj. 3 à la ligne précédente, après : *réfl.* — *l.* 16,
lis. : descende — 146, c. 1, *effacez l'article* [Deïté], *qui figure
à la* Table analytique des noms propres — 155, c. 2, *l.* 35,
mettez un astérique devant: Detrie — 156, c. 2, *l.* 51, *lis.*:
divin (*au lieu de* : devin) — 158, c. 1, *l.* 48, 22183 — 161, c.
1, *l.* 14, 12014 — 163, c. 1, *l.* 39, 27897, *et* el n'i a. m. del
morir 30170) — 172, c. 2, *l.* 5 *du bas, 4405, 8889, 8926*
(*ancui :*), *etc.*, 29449 (: *sui*), 30088 (*apui :*), s. enuiz 1517
(: *nuiz*) — 175, c. 1, *l.* 50, Escient — 176, c. 2, *l.* 22, 27501
— *l.* 55, *combattants* — 177, c. 1, *l.* 21, 4109 — 181, c. 1, *l.*
12-14, Essoine (*passim*), *toujours en rime avec un nom propre et presque toujours dans l'expression* — 196, c. 1, *l.* 19,
aj. : G', ge, *v.* mei — 211, c. 2, *l.* 34, *mettre* [Lapider] *et*
Lapiier *après* Lanz — 216, c. 1, *l.* 40, *lis.* : *pour l'enclise de
le* (les) — *l. dern., aj.* : 4075 — 217, c. 1, *l.* 3, *fermez la
parenthèse après* : 29433 — *l.* 11·4, *effacez* : 24603, 25285,
26750, 28435 *et* 28672 — *l.* 17, *ajoutez* : 24603, 25285,
26750 *et* 28672 — 222, c. 2, *l.* 34, *fermez la par. après*:

3923 — 223, *c.* 2, *l.* 11, *lis.* : *19187* — 224, *c.* 2, *l.* 9, *s. sg. et r. pl.* — 228, *l.* 2, *aj.* : Mieudre, *v.* meillor — 230, *c.* 1, *l. dern., lis.* : *s.* -aus — 233, *c.* 1, *l.* 49, *aj.* : *29364, etc.* — 239, *c.* 2, *l.* 2, *aj.* : *Oscurdols (var. de* B *au v. 27501), v.* escurdos — 242, *c.* 2, *l.* 41, *lis.* : *2918, 7202* — 259, *c.* 1, *l.* 26, pro² — *l.* 53, *aj.* : (*cf.* A², *add. à 13124*) — 265, *c.* 1, *l.* 37, *aj.* : Quis', *v.* que¹ — Quis², *v.* querre — 271, *c.* 1, *l.* 2, *aj.* : [Reillier] (*l'article est placé p. 281, après* Roignons) — 285, *c.* 1, *l.* 37, *lis.* : *24118.*

TABLE DES MATIÈRES

Publications de la Societe des Anciens Textes Français
(*En vente à la librairie* Firmin-Didot et Cie, *56, rue
Jacob, à Paris.*)

Bulletin de la Société des Anciens Textes Français (années 1875 à 1908).
N'est vendu qu'aux membres de la Société au prix de 3 fr. par année, en
papier de Hollande, et de 6 fr. en papier Whatman.

Chansons françaises du xve *siècle* publiées d'après le manuscrit de la Bibliothèque nationale de Paris par Gaston Paris, et accompagnées de la musique transcrite en notation moderne par Auguste Gevaert (1875). Epuisé.

Les plus anciens Monuments de la langue française (ixe, xe siècles) publiés par Gaston Paris. Album de neuf planches exécutées par la photo-
gravure (1875). . . . . 30 fr.

Brun de la Montaigne, roman d'aventure publié pour la première fois, d'a-
près le manuscrit unique de Paris, par Paul Meyer (1875) . . . . . 5 fr.

Miracles de Nostre Dame par personnages publiés d'après le manuscrit de
la Bibliothèque nationale par Gaston Paris et Ulysse Robert; texte complet t. I à VII (1876, 1877, 1878, 1879, 1880, 1881, 1883), le vol. . 10 fr.

Le t. VIII, dû à M. François Bonnardot, comprend le vocabulaire, la
table des noms et celle des citations bibliques (1893). . . . . 15 fr.

Guillaume de Palerne publié d'après le manuscrit de la bibliothèque de l'Arsenal à Paris, par Henri Michelant (1876). Épuisé sur papier ordinaire.

L'ouvrage sur papier Wathman. 20 fr.

Deux Rédactions du Roman des Sept Sages de Rome publiées par Gaston
Paris (1876). . . . . Épuisé sur papier ordinaire.

L'ouvrage sur papier Wathman. 16 fr.

Aiol, chanson de geste publiée d'après le manuscrit unique de Paris par
Jacques Normand et Gaston Raynaud (1877). Épuisé sur papier ordinaire.

L'ouvrage sur papier Whatman. 24 fr.

Le Débat des Hérauts de France et d'Angleterre, suivi de *The Debate be-
tween the Heralds of England and France, by* John Coke, édition commen-
cée par L. Pannier et achevée par Paul Meyer (1877). . . . . 10 fr.

Œuvres complètes d'Eustache Deschamps publiées d'après le manuscrit de
la Bibliothèque nationale par le marquis de Queux de Saint-Hilaire,
t. I à VI, et par Gaston Raynaud, t. VII à XI (1878, 1880, 1882, 1884,
1887, 1889, 1891, 1893, 1894, 1901, 1903), ouvrage terminé, le vol. 12 fr.

Le saint Voyage de Jherusalem du seigneur d'Anglure publié par François
Bonnardot et Auguste Longnon (1878). . . . . 10 fr.

Chronique du Mont-Saint-Michel (1343-1468) publiée avec notes et pièces
diverses par Siméon Luce, t. I et II (1879, 1883), le vol. . . . . . 12 fr.

Elie de Saint-Gille, chanson de geste publiée avec introduction, glossaire
et index, par Gaston Raynaud, accompagnée de la rédaction norvégienne
traduite par Eugène Koelbing (1879). . . . . 8 fr.

Daurel et Beton, chanson de geste provençale publiée pour la première fois
d'après le manuscrit unique appartenant à M. F. Didot par Paul Meyer
(1880). . . . . 8 fr.

La Vie de saint Gilles, par Guillaume de Berneville, poème du xiie siècle
publié d'après le manuscrit unique de Florence par Gaston Paris et
Alphonse Bos (1881) . . . . 10 fr.

L'*Amant rendu cordelier à l'observance d'amour*, poème attribué à MARTIAL d'AUVERGNE, publié d'après les mss. et les anciennes éditions par A. DE MONTAIGLON (1881)...................................... 10 fr.

Raoul de Cambrai, chanson de geste publiée par Paul MEYER et Auguste LONGNON (1882)........................ 15 fr.

Le Dit de la Panthère d'Amours, par NICOLE DE MARGIVAL, poème du XIIIᵉ siècle publié par Henry A. TODD (1883) .... 6 fr.

Les *Œuvres poétiques de Philippe de Remi, sire de Beaumanoir*, publiées par H. SUCHIER, t. I et II (1884-85)..................... 25 fr.
Le premier volume ne se vend pas séparément; le second volume seul 15 fr.

La Mort Aymeri de Narbonne, chanson de geste publiée par J. COURAYE DU PARC (1884)...................................... 10 fr.

Trois Versions rimées de l'Évangile de Nicodème publiées par G. PARIS et A. BOS (1885) .... 8 fr.

Fragments d'une Vie de saint Thomas de Cantorbéry publiés pour la première fois d'après les feuillets appartenant à la collection Goethals Vercruysse, avec fac-similé en héliogravure de l'original, par Paul MEYER (1885). 10 fr.

Œuvres poétiques de Christine de Pisan publiées par Maurice Roy, t. I, II et III (1886, 1891, 1896), le vol........................ 10 fr.

Merlin, roman en prose du XIIIᵉ siècle publié d'après le ms. appartenant à M. A. Huth, par G. PARIS et J. ULRICH, t. I et II (1886)........ 20 fr.

Aymeri de Narbonne, chanson de geste publiée par Louis DEMAISON, t. I et II (1887)..................................... 20 fr.

Le Mystère de saint Bernard de Menthon publié d'après le ms. unique appartenant à M. le comte de Menthon par A. LECOY DE LA MARCHE (1888). 8 fr.

Les *quatre Âges de l'homme*, traité moral de PHILIPPE DE NAVARRE, publié par Marcel DE FRÉVILLE (1888) .... 7 fr.

Le Couronnement de Louis, chanson de geste publiée par E. LANGLOIS, (1888). Épuisé sur papier ordinaire.
L'ouvrage sur papier Whatman.................... 30 fr.

Les *Contes moralisés de Nicole Bozon* publiés par Miss L. Toulmin SMITH et M. Paul MEYER (1889)........................ 15 fr.

Rondeaux et autres Poésies du XVᵉ siècle publiés d'après le manuscrit de la Bibliothèque nationale, par Gaston RAYNAUD (1889)........... 8 fr.

Le Roman de Thèbes, édition critique d'après tous les manuscrits connus, par Léopold CONSTANS, t. I et II (1890)................. 30 fr.
Ces deux volumes ne se vendent pas séparément.

Le Chansonnier français de Saint-Germain-des-Prés (Bibl. nat. fr. 20050), reproduction phototypique avec transcription, par Paul MEYER et Gaston RAYNAUD, t. I (1892)........................... 40 fr.

Le Roman de la Rose ou de Guillaume de Dole publié d'après le manuscrit du Vatican par G. SERVOIS (1893)................... 10 fr.

L'Escoufle, roman d'aventure, publié pour la première fois d'après le manuscrit unique de l'Arsenal, par H. MICHELANT et P. MEYER (1894). . 15 fr.

Guillaume de la Barre, roman d'aventures, par ARNAUT VIDAL de Castelnaudari, publié par Paul MEYER (1895)................. 10 fr.

Meliador, par Jean FROISSART, publié par A. LONGNON, t. I, II et III (1895-1899), le vol............................. 10 fr.

La Prise de Cordres et de Sebille, chanson de geste publiée d'après le ms. unique de la Bibliothèque nationale, par Ovide DENSUSIANU (1896)...................................... 10 fr.

Œuvres poétiques de Guillaume Alexis, prieur de Bucy, publiées par Arthur PIAGET et Emile PICOT, t. I, II et III (1896, 1899, 1908), le volume.................................. 10 fr.

L'Art de Chevalerie, traduction du *De re militari* de Végèce par JEAN DE MEUN, publié, avec une étude sur cette traduction et sur *Li Abrejance de l'Ordre de Chevalerie* de JEAN PRIORAT, par Ulysse ROBERT (1897). 10 fr.

Li Abrejance de l'Ordre de Chevalerie, mise en vers de la traduction de Végèce par JEAN DE MEUN, par Jean PRIORAT de Besançon, publiée avec un glossaire par Ulysse ROBERT (1897)................. 10 fr.

La Chirurgie de Maître Henri de Mondeville, traduction contemporaine de l'auteur, publiée d'après le ms. unique de la Bibliothèque nationale par le Docteur A. Bos, t. I et II (1897, 1898) . . . . 20 fr.

Les Narbonnais, chanson de geste publiée pour la première fois par Hermann Suchier, t. I et II (1898) . . . . 20 fr.

Orson de Beauvais, chanson de geste du XIIᵉ siècle publiée d'après le manuscrit unique de Cheltenham par Gaston Paris (1899) . . . . 10 fr.

L'Apocalypse en français au XIIIᵉ siècle (Bibl. nat. fr. 403), publiée par L. Delisle et P. Meyer. Reproduction phototypique (1900) . . . . 40 fr.
— Texte et introduction (1901) . . . . 15 fr.

Les Chansons de Gace Brulé, publiées par G. Huet (1902) . . . . 10 fr.

Le Roman de Tristan, par Thomas, poème du XIIᵉ siècle publié par Joseph Bédier, t. I et II (1902-1905), le vol . . . . 12 fr.

Recueil général des Sotties, publié par Em. Picot, t. I et II (1902, 1904), le vol . . . . 10 fr.

Robert le Diable, roman d'aventures publié par E. Löseth (1903) . . . 10 fr.

Le Roman de Tristan, par Béroul et un anonyme, poème du XIIᵉ siècle, publié par Ernest Muret (1903) . . . . 10 fr.

Maistre Pierre Pathelin hystorié, reproduction en fac-similé de l'édition imprimée vers 1500 par Marion de Malaunoy, veuve de Pierre Le Caron (1904) . . . . 6 fr.

Le Roman de Troie, par Benoit de Sainte-Maure, publié d'après tous les manuscrits connus, par L. Constans, t. I, II, III, IV et V (1904, 1906, 1907, 1908, 1909), le volume . . . . 15 fr.

Les Vers de la Mort, par Hélinant, moine de Froidmont, publiés d'après tous les manuscrits connus, par Fr. Wulff et Em. Walberg (1905) . . . 6 fr.

Les Cent Ballades, poème du XIVᵉ siècle, publié avec deux reproductions phototypiques, par Gaston Raynaud (1905) . . . . 10 fr.

Le Moniage Guillaume, chanson de geste du XIIᵉ siècle, publiée par W. Cloetta, t. I (1906) . . . . 15 fr.

Florence de Rome, chanson d'aventure du premier quart du XIIIᵉ siècle, publiée par A. Wallensköld, t. I et II (1907, 1909) . . . . 12 fr.

Les deux Poèmes de La Folie Tristan, publiés par Joseph Bédier (1907). 5 fr.

Les œuvres de Guillaume de Machaut, publiées par E. Hœpffner, t. I (1908) . . . . 12 fr.

Les œuvres de Simund de Freine, publiées par John E. Matzke (1909). 10 fr.

Le Mistère du Viel Testament, publié avec introduction, notes et glossaire, par le baron James de Rothschild, t. I-VI (1878-1891), ouvrage terminé, le vol . . . . 10 fr.
(Ouvrage imprimé aux frais du baron James de Rothschild et offert aux membres de la Société.)

Tous ces ouvrages sont in-8°, excepté *Les plus anciens Monuments de la langue française* et la reproduction de l'*Apocalypse*, qui sont grand in-folio.

Il a été fait de chaque ouvrage un tirage à petit nombre sur papier Whatman. Le prix des exemplaires sur ce papier est double de celui des exemplaires en papier ordinaire.

Les membres de la Société ont droit à une remise de 25 p. 100 sur tous les prix indiqués ci-dessus.

La Société des Anciens Textes français a obtenu pour ses publications le prix Archon-Despérouse, à l'Académie française, en 1882, et le prix La Grange, à l'Académie des Inscriptions et Belles-Lettres, en 1883, 1896, 1901 et 1908.

Le Puy-en-Velay. — Imprimerie Peyriller, Rouchon et Gamon.